EDIZIONE AZZURRA

Gianmario Marinoni
Claudio Cassinotti

LA DOMANDA DELL'UOMO

corso di religione cattolica per la secondaria di secondo grado

VOLUME UNICO

marietti scuola

marietti scuola

internet: www.mariettiscuola.it

e-mail: redazione@mariettiscuola.it

La Casa Editrice è certificata da
CISQCERT
In conformità alla norma UNI EN ISO 9001:2008
per l'attività di «Progettazione e realizzazione
di prodotti per l'editoria scolastica»
(certificato n. 02.565)

Redazione: Antonella Coppola, Barbara Rossi
Tecnico responsabile: Daniela Maieron
Progetto grafico e impaginazione: Studio Talarico – Lissone (MI)
Ricerca iconografica: Cristina Colombo, Ilaria Fabrizio

NULLA OSTA
della Conferenza Episcopale Italiana
Camillo Card. Ruini, Presidente
Roma, 8 novembre 1994
Prot. n. 740/94

IMPRIMATUR
Curia Metropolitana di Cremona
Giulio Nicolini, Vescovo
Cremona, 28 novembre 1994
Prot. n. 44/94

Nuova Edizione approvata dal Servizio Nazionale per l'IRC della CEI
Roma, 21 novembre 2006
Prot. n.83/06/IRC

1ª edizione: marzo 2007
edizione azzurra: gennaio 2010
Printed in Italy

Le fotografie di questo volume sono state fornite da: De Agostini Picture Library, Corbis, Roiters/Contrasto, Scala-Firenze, Marka, ICP.

Immagini in copertina: Master Vyssi Brod, *Gesù sul monte degli ulivi*, 1350 circa, Narodni Galerie, Praga.© Lessing/Contrasto.

Ricerca iconografica per la copertina: Cristina Colombo

Stampa: Deaprinting – Novara

Ristampa	6 7	8 9	10 11
Anno	2014	2015	2016

Le Unità

Questa nuova edizione del corso di religione cattolica per la Scuola secondaria di secondo grado, *La domanda dell'uomo*, è organizzata in Unità e Dossier.

Ogni **Unità** presenta una serie di paragrafi corredati da:

piccoli **box** di approfondimento legati a concetti o eventi storici di particolare rilievo.

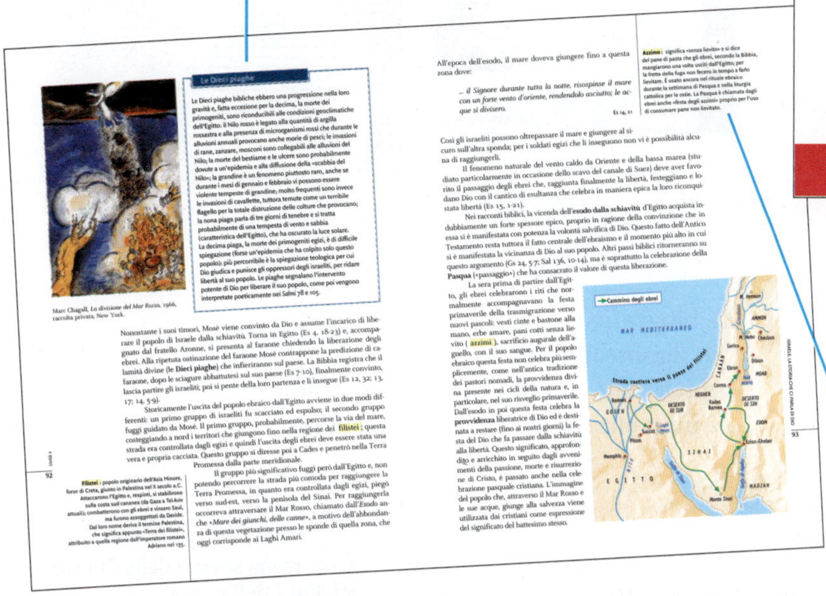

voci di **glossario** per spiegare i termini più significativi o difficili.

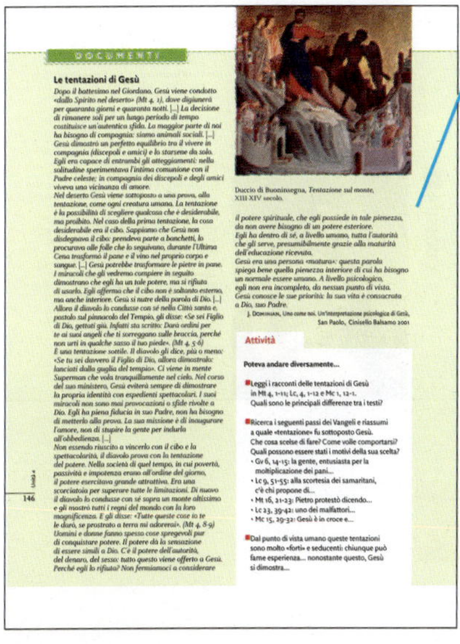

Documenti aggiornati che spesso servono da spunto per **Attività** anche interdisciplinari, collocati nel paragrafo di riferimento.

Schede di ampliamento e approfondimento.

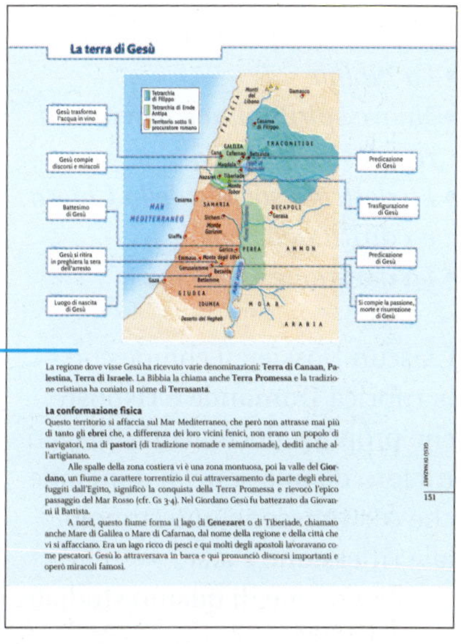

Ogni Unità si conclude con una scheda di **Sintesi** e con un nuovo apparato di esercizi intitolato **Operare e approfondire**.

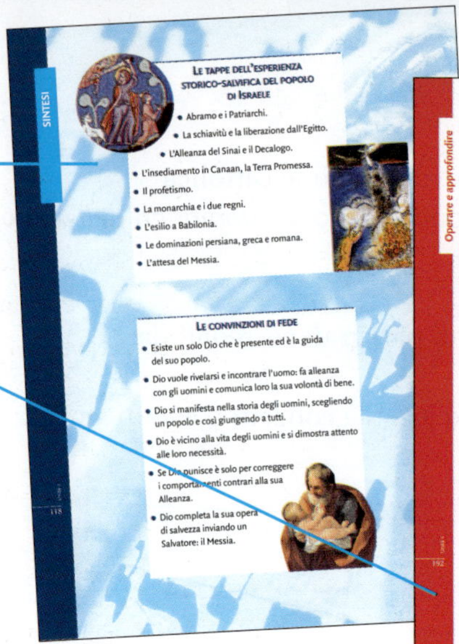

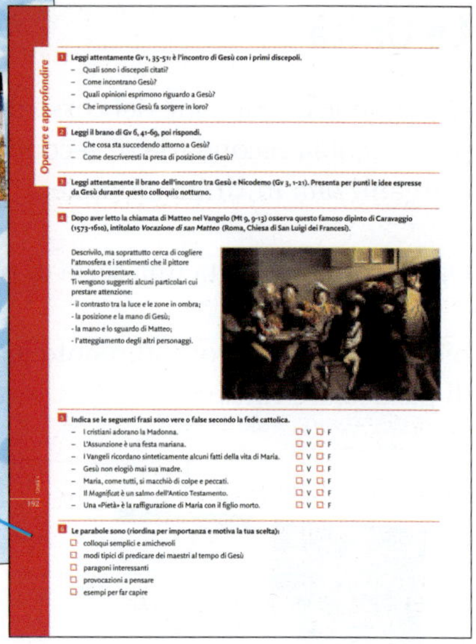

nascita di Gesù

e tra Regno del Nord e Regno del Sud il territorio degli ebrei di-
a dell'espansionismo degli imperi confinanti.
C. gli **assiri** conquistano il **Regno del Nord** e deportano gli israe-
favorendo l'insediamento di propri coloni nelle terre conquista-
egno di Israele.
egno di Giuda è in pericolo; i soldati babilonesi, infatti, stringono
lemme, che viene conquistata da **Nabucodonosor II** (605-562
Circa dieci anni più tardi (586 a.C.) segue una nuova occupazione
e una deportazione sempre a opera di Nabucodonosor II. Anche il
strutto. Per gli ebrei, dopo la schiavitù in Egitto, si verifica di nuo
ell'esilio: senza una terra, resi schiavi. Persino i simboli più alti del-
sono stati annientati. Pur non sapendo con precisione quanti fu-
– anche perché le deportazioni avevano un carattere selettivo, in
rsonalità più in vista subivano questo trattamento –, tuttavia l'a-
o esilio emerge fortemente in molti testi biblici. Durante il perio-
rra babilonese sono attivi alcuni profeti, tra cui Ezechiele e il pro-
feta identificato come **Deutero-Isaia** (Is
40-55). Essi interpretano l'esilio come la
giusta punizione di Dio per l'infedeltà

Le **biografie** dei personaggi più significativi citati nel testo sono riunite alla fine del volume e indicate da un pallino rosso all'interno del testo.

I Dossier

Cinque **Dossier**, due per il biennio e tre per il triennio, disponibili on line al sito www.scuola.com presentano i seguenti argomenti:

- *Lo spazio e il tempo come dimensioni espressive della fede*
- *La Bibbia*
- *Nuove spiritualità e movimenti religiosi alternativi*
- *La dottrina sociale della Chiesa e i diritti dell'uomo*
- *La questione ecologica*

Ciascun Dossier si chiude con la rubrica **Domande e risposte...** che propone documenti collegati tra loro da una serie di domande che costituiscono uno stimolo alla riflessione e alla rielaborazione di quanto studiato.

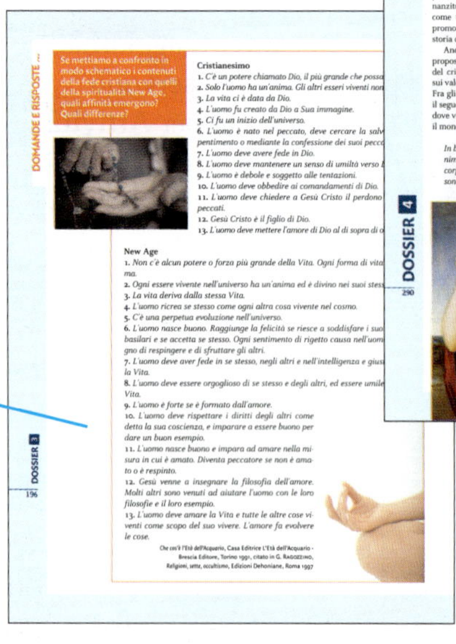

Indice

Per le citazioni bibliche è stato adoperato il testo della Bibbia di Gerusalemme.

Antico Testamento							
Pentateuco		2 Re	**2Re**	Proverbi	**Pr**	**Profeti minori**	
Genesi	**Gen**	1 Cronache	**1Cr**	Qoèlet	**Qo**	Osea	**Os**
Esodo	**Es**	2 Cronache	**2Cr**	Cantico dei cantici	**Ct**	Gioele	**Gl**
Levitico	**Lv**	Esdra	**Esd**	Sapienza	**Sap**	Amos	**Am**
Numeri	**Nm**	Neemia	**Ne**	Siracide	**Sir**	Abdia	**Abd**
Deuteronomio	**Dt**	Tobia	**Tb**			Giona	**Gn**
		Giuditta	**Gdt**	**Libri profetici**		Michea	**Mi**
Libri storici		Ester	**Est**	Isaia	**Is**	Naum	**Na**
Giosuè	**Gs**	1 Maccabei	**1Mac**	Geremia	**Ger**	Abacuc	**Ab**
Giudici	**Gdc**	2 Maccabei	**2Mac**	Lamentazioni	**Lam**	Sofonia	**Sof**
Rut	**Rt**			Baruc	**Bar**	Aggeo	**Ag**
1 Samuele	**1Sam**	**Libri sapienziali**		Ezechiele	**Ez**	Zaccaria	**Zc**
2 Samuele	**2Sam**	Giobbe	**Gb**	Daniele	**Dn**	Malachia	**Ml**
1 Re	**1Re**	Salmi	**Sal**				

Nuovo Testamento							
Vangeli e Atti		1 Corinzi	**1Cor**	2 Timoteo	**2Tm**	1 Giovanni	**1Gv**
Matteo	**Mt**	2 Corinzi	**2Cor**	Tito	**Tt**	2 Giovanni	**2Gv**
Marco	**Mc**	Galati	**Gal**	Filemone	**Fm**	3 Giovanni	**3Gv**
Luca	**Lc**	Efesini	**Ef**	Ebrei	**Eb**	Giuda	**Gd**
Giovanni	**Gv**	Filippesi	**Fil**				
Atti	**At**	Colossesi	**Col**	**Lettere cattoliche**		**Apocalisse**	
		1 Tessalonicesi	**1Ts**	Giacomo	**Gc**	Apocalisse	**Ap**
Lettere di san Paolo		2 Tessalonicesi	**2Ts**	1 Pietro	**1Pt**		
Romani	**Rm**	1 Timoteo	**1Tm**	2 Pietro	**2Pt**		

UNITÀ 1

In ricerca e in dialogo

Contenuti

- L'uomo e la sua ricerca
- Le domande che durano da sempre
- La meraviglia e la sofferenza
- Progettare la vita con Dio
- L'intelligenza di fronte a Dio

Obiettivi

- Comprendere che la persona umana è per se stessa aperta al mistero di Dio.
- Conoscere i bisogni fondamentali dell'essere umano: la ricerca della felicità, della giustizia, della verità, la necessità di amare ed essere amato.
- Riconoscere che l'esperienza religiosa fa parte delle caratteristiche fondamentali dell'uomo.
- Capire come le esperienze della meraviglia e della sofferenza portino a riflettere sul senso della vita.
- Distinguere la diversità tra religione, superstizione e magia.
- Riflettere sulla capacità umana di ricercare razionalmente Dio.
- Essere consapevoli della possibilità umana di raggiungere e scoprire la verità.
- Riconoscere i contenuti oggettivi e universalmente validi nell'esperienza religiosa.
- Individuare le ragioni che portano alla scelta di fede o a posizioni differenti.

L'uomo e la sua ricerca

La vita umana presenta un insieme di esigenze e di necessità dal cui soddisfacimento dipendono la vita stessa e la qualità dell'esistenza di una persona.

Vi sono, innanzitutto, **necessità materiali** e primarie legate ai ritmi fisiologici dell'individuo: respirare, nutrirsi, riposare ecc. Da esse dipende la vita fisica dell'uomo e della donna. Queste esigenze accomunano l'essere umano agli altri animali.

L'uomo però ha anche esigenze specifiche che lo caratterizzano come un **essere in ricerca**, con un desiderio di conoscenza che va oltre l'apprendimento delle tecniche di sopravvivenza fisica. Anche quando soddisfa le esigenze materiali, l'uomo arricchisce questi momenti di altri significati: mangiare, ad esempio, non è solo assumere il nutrimento indispensabile per la sopravvivenza, ma diventa anche momento di incontro, festa, dialogo. L'uomo dimostra quindi, anche nel soddisfacimento delle proprie esigenze materiali, un tentativo di rispondere a bisogni che vanno oltre la materialità, a **bisogni spirituali**.

Auguste Rodin, *Il pensatore*, 1880, Musée Rodin, Paris.

Accenniamo ad alcune di queste esigenze spirituali che da sempre hanno caratterizzato l'esistenza degli esseri umani.

Vi è nell'uomo, ad esempio, un forte **desiderio di conoscere**. Esso nasce dalla necessità di acquisire nuove informazioni e abilità per operare nel mondo, ma anche da una certa curiosità. La ricerca umana non si rivolge solamente all'apprendimento del funzionamento del mondo. L'uomo cerca di spiegarne il senso, indaga le ragioni che lo aiutino a capire perché esiste la vita: è la **ricerca della verità**. Ciascuno matura le proprie convinzioni e dentro di sé ricerca delle risposte "vere" e definitive.

Tale bisogno di verità non è rivolto solo alla conoscenza di quanto sta all'esterno della persona, ma si indirizza anche verso l'animo umano, i suoi sentimenti, la sua intelligenza, la sua libertà e volontà. L'uomo desidera quindi conoscere ciò che lo circonda, ma desidera anche conoscere quanto sta nel suo cuore.

Sant'Agostino• così rifletteva su questa sete di conoscenza.

In realtà io non riesco a comprendere tutto ciò che sono. Dunque lo spirito sarebbe troppo angusto per comprendere se stesso? [...] *No* [...] *Eppure gli uomini vanno ad ammirare le vette dei monti, le onde enormi del mare, le correnti amplissime dei fiumi, la circonferenza dell'Oceano, le orbite degli astri, mentre trascurano se stessi.*

AGOSTINO, *Le Confessioni*, X, 8, a cura di C. CARENA, Mondadori, Milano 1987

Così il vescovo di Ippona rimarcava che il completamento della conoscenza sta nella **ricerca della verità su se stessi**. Nonostante il tentativo di conoscere più in profondità se stesso, l'uomo scopre però di non riuscire a comprendere tutti gli aspetti della propria vita: molto resta avvolto nel mistero.

Nell'uomo, innanzitutto, vi è un fortissimo bisogno di ricevere e donare amore, come scrive papa Giovanni Paolo II.

> *L'amore è [...] la fondamentale e nativa vocazione di ogni essere umano.*
>
> GIOVANNI PAOLO II, *Familiaris Consortio*, n. 1, 22 novembre 1981

L'**esigenza di amore** emerge in maniera differente a seconda delle età della vita e si esprime con modalità diverse: reciproco aiuto e sostegno materiale e spirituale, solidarietà, amicizia, stima e rispetto, innamoramento, amore coniugale, affetto.

Per amore si fanno scelte che impegnano tutta la vita, scelte che costano sacrificio, ma quando l'amore è sincero, gratuito, motivato, una persona si sente contenta e realizzata.

È vero anche che il bisogno di amore è segnato da molte ambiguità, per cui a volte si esaurisce in esperienze parziali o limitate: anche l'insoddisfazione per i propri fallimenti è indice della ricerca di un amore più vero e autentico.

Un altro bisogno spirituale dell'essere umano è la **ricerca della giustizia**, cui rispondono le leggi che cercano di stabilire norme di comportamento per ridurre il più possibile le situazioni di ingiustizia, emarginazione, discriminazione.

Vi sono poi valori che guidano l'uomo nell'esistenza, per esempio il **rispetto della vita e del prossimo**, l'**onestà**, il **lavoro** ecc. Molti di questi valori sono maturati lungo la storia e questo ha determinato il progresso nella crescita civile e sociale: ad esempio, l'abolizione della schiavitù o il valore della partecipazione democratica alla vita di uno Stato.

La ricerca della giustizia avviene a livello personale, ma è frutto anche del dialogo, del confronto, dello scambio comunitario tra gli esseri umani che, in questo modo, cercano di costruire una società migliore. Gli obiettivi della giustizia non sono mai raggiunti una volta per tutte: ogni uomo, in ogni epoca, ha cercato di conquistarli.

Queste sono solamente alcune esemplificazioni di come l'essere umano, pur avendo esigenze materiali, senta di dover soddisfare anche i propri bisogni spirituali. L'insieme di questi bisogni si può definire con una semplice espressione: **la ricerca della felicità**. Ogni uomo vuole essere felice e dietro ogni comportamento vi è tale ricerca:

> *Nonostante queste miserie, l'uomo vuole essere felice, e non vuole essere altro che felice, e non può non volerlo essere: ma come ci riuscirà?*
>
> B. PASCAL, *Pensieri*, § 169, Edizioni Paoline, Roma 1979

Tutto ciò rende l'uomo desideroso di conoscere e incontrare il mistero di Dio anche quando non è chiamato con questo nome o non è percepito come tale. Sant'Agostino affermava:

> *Ci hai fatti per te, e il nostro cuore non ha posa finché non riposa in te.*
>
> AGOSTINO, *Le Confessioni*, X, 8, a cura di C. CARENA, Mondadori, Milano 1987

mistero: dal greco *mýo*, «sto in silenzio», deriva *mystérion*, «pratica segreta», «cerimoniale nascosto». Dio è mistero perché la sua esistenza è a noi parzialmente nascosta: le sue intenzioni e i suoi pensieri sono segreti, fatta eccezione per quanto ha voluto manifestarci e farci conoscere attraverso il creato e la nostra intelligenza, oppure rivelandosi al popolo ebraico e poi per mezzo di Gesù.

Dio: dal latino *deus*, che deriva dalla radice indoeuropea *div* che significa «luce», è il «celeste», che si contrappone a *homo*, il «terrestre». Nelle lingue indoeuropee Dio è detto Padre, per indicare l'origine di tutte le cose, l'autorità e insieme la bontà e la protezione. In molte espressioni viene utilizzata la particella «teo» (dal greco *theós*, «dio»): *teologia*, «studio su Dio», *teogonia*, «origine degli dèi», *panteismo*, «tutto è Dio» ecc.

Attività

- Prova a condurre una breve indagine tra amici e conoscenti, ponendo le seguenti domande:
  - Che cos'è la felicità?
  - Che differenza c'è tra la felicità e il piacere?
  - Nella vita si può essere felici?

  Confronta le risposte in classe e rifletti insieme ai compagni e alle compagne.
- Cerca e leggi il racconto di Oscar Wilde *Il principe felice*, individuando i motivi che dovrebbero portare il principe a essere «felice».

DOCUMENTI

- *E ti vengo a cercare...* di Franco Battiato è una canzone nella quale l'autore non usa mai il termine «Dio», eppure... Che cosa pensi di questa scelta? Il cantautore parla di «*Uno al di sopra del bene e del male*»: a chi si riferisce e perché usa questa espressione?

- Il secondo brano è tratto da un discorso di papa Benedetto XVI ai giovani. A tuo parere, le domande iniziali esprimono il senso della ricerca presente anche nella canzone di Battiato? Che cosa cercano i giovani? Quale risposta dà loro la fede cristiana?

E ti vengo a cercare...

E ti vengo a cercare
Anche solo per vederti o parlare
Perché ho bisogno della tua presenza
Per capire meglio la mia essenza
Questo sentimento popolare
Nasce da meccaniche divine
Un rapimento mistico e sensuale
M'imprigiona a te
Dovrei cambiare l'oggetto dei miei desideri
Non accontentarmi di piccole gioie quotidiane
Fare come un eremita
Che rinuncia a sé
E ti vengo a cercare
Con la scusa di doverti parlare
Perché mi piace ciò che pensi e che dici
Perché in te vedo le mie radici
Questo secolo ormai alla fine
Saturo di parassiti senza dignità
Mi spinge solo ad essere migliore
Con più volontà
Emanciparmi dall'incubo delle passioni
Cercare l'Uno al di sopra del Bene e del Male
Essere un'immagine divina
Di questa realtà
E ti vengo a cercare
Perché sto bene con te
Perché ho bisogno della tua presenza.

F. BATTIATO, *Le più belle canzoni*, EMI, Milano 1984

Un volto: quello di Gesù

Noi oggi [...] *siamo preoccupati per la condizione del mondo e domandiamo: Dove trovo i criteri per la mia vita, dove i criteri per collaborare in modo responsabile all'edificazione del presente e del futuro del nostro mondo? Di chi posso fidarmi, a chi affidarmi? Dov'è Colui che può offrirmi la risposta appagante per le attese del cuore? Porre simili domande significa innanzi tutto riconoscere che il cammino non è concluso fino a quando non si è incontrato Colui che ha il potere di instaurare quel Regno universale di giustizia e di pace a cui gli uomini aspirano, ma che non sanno costruire da soli. Porre tali domande significa poi cercare Qualcuno che non si inganna e non può ingannare ed è perciò in grado di offrire una certezza così salda da consentire di vivere per essa e, nel caso, anche di morire.*
Quando all'orizzonte dell'esistenza tale risposta si profila bisogna, cari amici, saper fare le scelte necessarie. È come quando ci si trova a un bivio: quale strada prendere? [...]
Cari giovani, la felicità che cercate, la felicità che avete diritto di gustare ha un nome, un volto: quello di Gesù di Nazaret [...] *Solo lui dà pienezza di vita all'umanità!* [...] *«Chi fa entrare Cristo [nella propria vita] non perde nulla, nulla, assolutamente nulla di ciò che rende la vita libera, bella e grande. No, solo in questa amicizia si spalancano le porte della vita. Solo in questa amicizia si dischiudono realmente le grandi potenzialità della condizione umana. Solo in questa amicizia noi sperimentiamo ciò che è bello e ciò che libera». Siatene pienamente convinti: Cristo nulla toglie di quanto avete in voi di bello e di grande, ma porta tutto a perfezione per la gloria di Dio, la felicità degli uomini, la salvezza del mondo.*

BENEDETTO XVI, *Discorso ai giovani incontrati sul catamarano e lungo le rive del Reno*, Colonia, 18 agosto 2005, in BENEDETTO XVI, *La rivoluzione di Dio*, Libreria editrice Vaticana - Edizioni San Paolo, 2005

Edvard Munch, *Il sole*, 1909-11, Aula magna dell'università, Oslo.

Confronta i due testi e poi rispondi.
- Che cosa sente di dover fare il cantautore?
- Che cosa dovrebbero fare i giovani secondo Benedetto XVI?

Le domande che durano da sempre

Edvard Munch, *Giovane donna sulla spiaggia,* 1896, Museo Munch, Oslo.

Le esigenze spirituali dell'uomo tendono a una sintesi, cioè all'elaborazione di un senso globale, che spieghi e orienti tutte le attività umane. L'uomo compie tante azioni e vive momenti diversi, ma si sente un tutt'uno ed è a livello di questa percezione unitaria di sé che si colloca la **domanda di senso**.

Oltre alle spiegazioni più immediate che giustificano le ragioni prossime delle proprie azioni, egli ricerca il significato profondo di tutta la sua esistenza.

Un animale cerca di soddisfare i propri bisogni, ma non si interroga sul motivo per cui vive. La vita degli animali è caratterizzata dall'istinto e dalla capacità di adattamento; essi non hanno però esigenze che vadano oltre i bisogni materiali. La dignità e la grandezza dell'uomo consistono proprio in questa capacità di **andare oltre**.

L'esigenza di spiegarsi in maniera profonda le ragioni della propria esistenza si esprime attraverso alcune domande e interrogativi: perché esiste la vita? Perché esiste la vita degli esseri umani? Perché io esisto? Perché quello è bene e questo è male? Perché esistono la fatica, la sofferenza fisica e spirituale, il dolore? Perché sono libero, penso, voglio qualcosa? Come si può essere felici?

Intelligenza, sentimenti, istinto, corporeità... eppure io mi sento un tutt'uno, con una mia coscienza: chi sono io? Che cosa c'era prima del mondo? Che cosa ero prima di esistere? E la morte che cos'è? Si può raggiungere l'eternità?

A volte queste domande vengono ignorate o negate, a volte ci si accontenta di facili risposte; è tuttavia impossibile eliminarle completamente.

A questo livello di indagine su di sé e sul mondo, l'uomo fa esperienza del **senso religioso** o **religiosità**, cioè del desiderio di scoprire il **perché ultimo**, il significato profondo e unitario delle cose.

La stessa parola religione etimologicamente significa «raccogliere di nuovo» e con ordine quanto si conosce, per averne una visione d'insieme «legata» all'idea di Dio. La sete di sapere e la ricerca di senso sono inesauribili; possono arricchirsi del contributo di chi è venuto prima, ma l'interrogativo di fondo si ripresenta per ognuno e non è mai pienamente evaso. Appartiene quindi alla struttura stessa dell'uomo cercare e indagare in profondità e, per questo, l'uomo può essere definito come un **essere religioso**.

Il senso religioso si può considerare dunque come una naturale inclinazione dell'uomo verso Qualcosa, Qualcuno, uno Spirito, un'Intelligenza, una Potenza... che spieghi la ragione dell'esistenza. L'uomo, in quanto tale, è aperto al mistero dell'Assoluto e del Divino.

Il senso religioso è universale nel tempo (l'uomo delle caverne, l'abitante dell'antica Grecia, l'uomo e la donna moderni o chi vivrà nei secoli futuri hanno in comune questi interrogativi e questa ricerca), nello spazio (indipendentemente dai luoghi e dalle culture di appartenenza l'esigenza del sacro si presenta immancabilmente) e in tutti i singoli uomini e donne (la religiosità è un'esperienza profondamente personale che coinvolge tutto l'individuo).

religione: deriva dal latino e potrebbe avere una duplice etimologia. Cicerone vede in *religio* una derivazione del verbo *re-legere*, «cogliere», «riunire di nuovo»; autori cristiani come Lattanzio e Tertulliano fanno invece derivare il termine dal verbo *ligare*, «legare». La parola indica l'insieme di credenze, atti di culto e devozione, norme di comportamento e insegnamenti su Dio e sul rapporto dell'uomo con Dio.

I giovani e la religiosità

L'esperienza religiosa è un momento fondamentale nella vita di molti giovani.

Come e quanto credono i giovani?

La fede è una scelta e un'esperienza profondamente personale, per questo non è facile dall'esterno e con i numeri delle statistiche e dei sondaggi conoscere in profondità questo aspetto dell'esperienza umana.

Nel febbraio 2006 sono stati presentati i dati di un'indagine del 2004 sui giovani tra i 15 e i 34 anni, nata dalla collaborazione tra l'Istituto di Ricerca Iard e il Centro di Orientamento pastorale (Cop): «Religiosità giovanile in Italia. Come i giovani italiani vivono il rapporto con la religione, come la religione influisce sulle scelte e sui comportamenti umani».

Le precedenti indagini degli anni Ottanta prevedevano che nel giro di qualche decennio, prima della fine del secolo, la domanda religiosa e l'interesse per Dio sarebbero scomparsi dalla vita dei giovani. Allora si segnalava un 80% di giovani che dicevano di credere in Dio.

Oggi i giovani che dicono di credere in Dio sono l'82%; il 69,4% si dichiara cattolico, ma solo il 14,6% va a messa tutte le settimane. Però nella fascia dei 15-17enni la percentuale torna a salire al 28%. Il 33% indica la religione tra le cose più importanti.

I commentatori di questi dati dicono che l'importanza della religione tra i giovani non sta diminuendo e in una epoca di secolarizzazione cresce la tensione religiosa giovanile, con differenti segnali di tendenza per fasce: una buona adesione nel periodo dell'adolescenza, un indebolimento verso i 20 anni e un ritorno alla pratica dopo i 30 anni.

In relazione al livello culturale della famiglia, la ricerca nota che più alta è la cultura più è bassa la propensione a credere nella Chiesa. Mentre accade esattamente il contrario con la tensione verso una dimensione spirituale. I non credenti e gli agnostici si trovano di più tra i maschi che tra le femmine.

I giovani «cattolici occasionali», quelli che frequentano a Natale e Pasqua, sono circa due milioni e mezzo (il 18%); quelli che vengono definiti «ritualisti», che vanno a Messa ma per i quali la fede è irrilevante nella vita, sono anch'essi quasi due milioni e mezzo (più femmine che maschi); poco più di un milione sono i cattolici «intimisti», che non vanno a messa ma dicono di pregare molto; mentre i «cattolici ferventi» sono poco meno di un milione tra i giovani.

A. Bobbio, *Questi giovani fragili e inquieti*, in "Famiglia cristiana" n. 7, 12 febbraio 2006

Secolarizzazione: dal latino *saeculum*, «mondo», indica un ampio processo sociale caratterizzato dall'emergere di modelli di vita non più orientati dalle religioni.
Il termine fu usato per la prima volta durante le trattative della pace di Westfalia, nel 1648, per indicare il passaggio di beni dalla Chiesa a regnanti laici.

Agnostico: dal greco *ágnostos*, «non conoscibile». L'agnosticismo è l'atteggiamento di coloro che sospendono il proprio giudizio di fronte ai problemi posti dalla religione, perché li ritengono irrisolvibili dalla mente umana.

Dopo il 6,7% di credenti «ferventi», per i quali la religione incide profondamente sulle scelte e sui comportamenti quotidiani, troviamo giovani che dicono di essere cristiani generici, cristiani lontani, moderati, oppure di credere in un dio generico, di appartenere a minoranze religiose o di essere agnostici e non credenti. Questi dati sono in accordo con quanto emerso anche dal *Rapporto Italia* 2006.

> *La stragrande maggioranza degli italiani continua a riconoscersi nella fede cattolica. Ciò che si riduce è la quota dei non credenti e degli agnostici* [...] *Ancora c'è una buona domanda e ricerca religiosa tra i giovani. Inoltre, la grande maggioranza degli italiani difende la presenza dei simboli religiosi nella società, chiedendo ad esempio che il crocifisso non sia rimosso dalle scuole e dagli edifici pubblici. In altri termini, non si vuole una società spoglia di richiami religiosi, che nasconda i segni della propria storia.*

F. GARELLI, *Ma nonostante tutto in Italia la Chiesa «tiene»*, in "Famiglia cristiana", 29 gennaio 2006

Le ricerche dicono che, per i giovani, il tema di Dio è affascinante, ricercato e provocatorio, anche se la fede è sentita come qualcosa di personale e intimistico, a discapito della dimensione pubblica e comunitaria caratteristica della Chiesa. I giovani rivendicano la libertà di costruirsi un rapporto individuale con la religione.

La ricerca realizzata dallo Iard e dal Centro di orientamento pastorale giovanile presenta altri dati interessanti:

- il 20,2% dichiara di pregare regolarmente tutti i giorni
- il 36,6% dice di pregare saltuariamente
- il 19,2% prega in occasioni particolari

Dati ricavati da G. RUGGERI, *Giovani e religiosità: i numeri del «ritorno»*, in "Avvenire", 7 febbraio 2006

Un totale del 76% di giovani dice quindi di pregare, e ciò significa che esiste una diffusa esigenza giovanile di spiritualità. Più disposte alla preghiera sono le donne, visto che un 32% di maschi dice di non pregare mai.

Una raccolta di preghiere di giovani evidenzia il loro modo di pregare:

> *Potremmo dire che i giovani «danno del Tu a Dio»* [...]. *Quale Dio, però? Ecco la scoperta: non l'amico o il fratello, come voleva una certa retorica ecclesiale, bensì il «Signore», titolo generico* [...] *«Signore», dunque e potrebbe essere un riconoscimento di potenza, quanto una sottolineatura un po' formale di distanza.*
> *Una prima conclusione affrettata – sintetizza il curatore – potrebbe indirizzare verso un Dio non-meglio-identificato (una preghiera difatti è rivolta a Dio chiunque egli sia), un Dio che va bene per tutti, è vicino ma*

Una ragazza prega durante il Meeting della comunità di Taizè, svoltosi a Milano nel dicembre 1998.

indeterminato e che talvolta quasi sconfina con il creato, identificandosi con esso.

R. Beretta, *O Signore ti prego (chiunque tu sia)*, in "Avvenire", 10 maggio 2005

Il ruolo della famiglia nell'educazione alla fede si conferma centrale. In particolare la testimonianza delle madri.

Chi ha avuto il ruolo più importante nella formazione del suo modo di intendere la religione?

34,9%	la madre	6,1%	il sacerdote
21,5%	non indica nessuno	6%	un nonno, una nonna
7,1%	non so	4,7%	il catechista, l'animatore
6,3%	il padre	1,5%	un amico

Dati ricavati da G. Ruggeri, *Giovani e religiosità: i numeri del «ritorno»*, in "Avvenire", 7 febbraio 2006

Che cosa si aspettano i giovani dagli adulti riguardo alla fede? Essi vivono la testimonianza degli adulti con grande attesa. Come risponde il mondo adulto a questa domanda? Purtroppo relegando la religione a un fatto intimistico, togliendole ogni rilevanza culturale e pubblica.

Non di rado i giovani rimangono delusi proprio dai pensieri, dalle scelte e dai comportamenti del mondo adulto. Mancano «adulti quotidiani»: quelli della famiglia, della porta accanto, della scuola, del lavoro, della politica. Adulti del feriale, pertanto, da poter mettere in connessione con padri e madri di testimonianza come Madre Teresa di Calcutta, Giovanni Paolo II o frère Roger.

G. Ruggeri, *Giovani e religiosità: i numeri del «ritorno»*, in "Avvenire", 7 febbraio 2006

Se anche la maggioranza dei giovani dice di essere «cattolico», il rapporto con la Chiesa è però contradditorio ed essi non si riconoscono del tutto in questa istituzione. L'alto indice di gradimento verso i preti e l'esperienza religiosa non trova infatti riscontro in una maggiore frequentazione da parte dei giovani della vita comunitaria cristiana e non c'è una forte identificazione con l'istituzione: da essa si può facilmente uscire quando al suo interno la proposta non è coinvolgente, il messaggio manca di incisività e non si «sente» che risponde ai bisogni profondi.

Alla Chiesa i giovani chiedono un cambiamento nel modo di comunicare la fede e il Vangelo. Uno studioso che ha condotto la ricerca commenta che:

[...] *la richiesta pare esser quella di una Chiesa familiare, in grado di essere contemporaneamente padre che dà regole certe, indica la strada da seguire e si pone come esempio di coerenza; madre sempre pronta ad accogliere nonostante gli errori; fratello disposto a camminare insieme nelle strade e nelle situazioni di ogni giorno.*

G. Ruggeri, *Cercano una Chiesa-famiglia*, in "Avvenire", 7 febbraio 2006

Grado di fiducia dei giovani italiani nei sacerdoti

	1983	2004
Molta fiducia	8,4%	12,7%
Abbastanza fiducia	34,9%	39,2%

Dati ricavati da "Famiglia cristiana", n. 7, 12 febbraio 2006

Le cose importanti della vita

(percentuale di giovani italiani che ritengono molto importanti le cose in elenco)

	1983	2004
Famiglia	81,9	83,3
Amicizia	58,4	77,5
Lavoro	67,7	59,6
Tempo libero	43,6	54,9
Interessi culturali	34,1	39,0
Sport	32,1	37,6
Religione	26,9	33,3
Impegno sociale	21,9	24,5
Attività politica	4,0	6,1

Dati ricavati da "Famiglia cristiana", n. 7, 12 febbraio 2006

Attività

- La fede è destinata a scomparire? Che cosa dovrebbe «estinguerla»?
- Che cosa si aspettano i giovani dagli adulti in tema di religione e fede?
- Che cos'è la preghiera per un giovane?
- Come dovrebbe essere la Chiesa per andare incontro alle aspettative dei giovani?
- Commenta le affermazioni di alcuni diciassettenni.

• *Mi spiace, ma fatico a credere in «qualcosa» o in «qualcuno» che non vedo e non sento.*

• *La proposta cristiana che mi è stata fatta era ed è una proposta tutt'altro che cupa, opprimente. Il Gesù che mi è stato presentato è un Gesù che mi libera dal peccato e dalla paura, che dona un senso alla vita, che mi rende attento ai bisogni degli altri.*

• [...] *tra la* Genesi *e* Charles Darwin *do retta al secondo.*

• [...] *Mi chiedete cosa mi differenzia dai miei coetanei che credono? Mah... direi la speranza. Loro ne hanno più di me.*

La meraviglia e la sofferenza

Durante l'esistenza, vi sono due esperienze che segnano profondamente l'animo umano e che potremmo definire **esperienze limite**. Per i sentimenti e le reazioni che suscitano in noi, queste situazioni esigono prese di posizione e risposte decise.

La prima è l'esperienza della **gioia interiore**, che deriva dalla **meraviglia** e dallo **stupore**; sul versante opposto sta l'esperienza della **sofferenza** e della **morte**.

Dalla contemplazione dell'universo e di tutti gli esseri viventi e non viventi che sono presenti sulla Terra, l'uomo trova motivo di indagine e amplia le proprie conoscenze. D'altra parte, il desiderio di conoscere sempre di più e di poter utilizzare con maggiore padronanza quanto la natura riserva è sempre stato coltivato dall'uomo e sta alla base del progresso scientifico e umano.

Caspar David Friedrich, *Luna nascente sul mare,* 1822, Museo di Berlino.

Di fronte alla varietà, ma soprattutto alla bellezza della natura, è difficile restare indifferenti e non apprezzare la meraviglia del mondo. Nell'atto di questa contemplazione l'uomo sente nascere sentimenti di gratitudine e di stupore che lo aprono al mistero della vita. Uno sguardo attento e interessato alla realtà del mondo suscita, oltre allo stupore, anche un senso di ordinata perfezione. E in questa perfezione ed equilibrio della natura molti uomini non vedono solo l'applicazione delle rigorose leggi che le scienze sperimentali studiano, ma vedono emergere anche il senso di una **provvidenzialità**.

Le culture primitive, proprio per il loro modo di vivere a stretto contatto con la natura, hanno avvertito con intensità la presenza del divino nel mondo naturale e hanno fatto oggetto della loro venerazione gli elementi della natura (ad esempio il Sole, la Luna ecc.).

Jean Francois Millet, *L'Angelus*, 1857-59, Museo del Louvre, Parigi. Due agricoltori in raccoglimento per la preghiera dell'*Angelus*.

La società attuale, altamente scientifica e tecnologica, ha abbandonato la «venerazione» per la natura. La ricerca e lo studio offrono all'uomo innumerevoli possibilità di conoscenza e di controllo sul creato. E proprio grazie alla scienza possiamo venire a contatto con ciò che è smisuratamente grande e con ciò che è infinitesimale e microscopico: tutto questo suscita ancor più stupore e meraviglia e contribuisce ad accrescere interrogativi e domande. La scienza aumenta lo stupore e il mistero davanti al creato. L'uomo raggiunge anche una maggiore consapevolezza dei propri limiti, inserito in un universo più grande di ogni sua aspettativa e immaginazione. È la stessa emozione che provava il salmista davanti al cielo stellato e immenso:

> *... Che cosa è l'uomo* [...]*?*
>
> Sal 8, 5

Nella vita umana vi è un'altra esperienza che può risultare ambivalente in ordine alla ricerca di Dio: quella della **sofferenza** e del **dolore**.

Al dolore non si può sfuggire; la vita non è tutta dolore, ma riserva particolari momenti di sofferenza fisica e morale durante i quali l'uomo si sente fragile e limitato.

La medicina e le scienze hanno fatto enormi progressi: molte malattie sono ormai sconfitte, la vita media si è allungata, ma il problema del dolore resta.

Vi può essere la risposta di chi accetta la sofferenza come un'inevitabile componente della vita umana: non è possibile sfuggirla quindi cerchiamo di ripararci, di soffrire il meno possibile e di prepararci psicologicamente ad affrontarla. L'uomo esprime la propria grandezza anche fronteggiando con dignità, coraggio e forza interiore queste prove.

Vi è anche la reazione di chi vive questo momento come la prova che la vita dell'uomo è assurda: siamo gettati a caso nell'avventura dell'esistenza ed è inutile cercare un senso per ogni cosa. In definitiva, il mistero della vita coincide con l'assurdità e l'incomprensibilità dell'uomo.

La sofferenza suscita talvolta anche un senso di rivolta verso Dio: «Com'è possibile che esista un Dio che permette il dolore?». Alcuni concludono quindi che Dio non esiste. Se esistesse, sarebbe limitato e non sarebbe onnipotente, visto che non interviene a debellare la sofferenza. Se esistesse e fosse onnipotente, allora sarebbe crudele permettendo il dolore e la morte.

Ma il dolore e la sofferenza possono essere anche accolti in una **prospettiva di fede**. La situazione di dolore pone l'uomo in una condizione di umiltà e, in tali momenti, anche il sentimento di autosufficienza, la volontà, la padronanza di sé vengono meno, poiché si ha bisogno degli altri. Si ha bisogno degli altri e si ha bisogno di Qualcun Altro a cui affidarsi, di Qualcun Altro che sappia la ragione del soffrire e agli occhi del quale non risulti inutile la sofferenza. Egli la accetta e, pur essendo l'Onnipotente, la permette perché ha un piano superiore e sconosciuto o difficile da capire per noi uomini.

Edvard Munch, *L'urlo*, 1893, Museo Munch, Oslo. In questo quadro il dolore esistenziale del pittore si rispecchia nei colori drammatici di un tramonto rosso sangue.

Il dolore cerca un Dio che protegge, un Dio che possa spiegare ciò che noi uomini rifiutiamo decisamente, cioè il venir meno delle nostre abilità e possibilità.

Così le esperienze della **meraviglia** e dello stupore, come quelle del **dolore** e della sofferenza, possono avvicinare all'idea di Dio. Non risolvono il problema dell'esistenza di Dio, anche se aprono l'uomo a una visione più profonda della sua vita. Sono **esperienze ambivalenti** perché lo stupore può risolversi in una gioia chiusa in se stessa e il dolore può aumentare i dubbi, persino in un uomo di fede. Però sono esperienze per loro stessa natura aperte alla ricerca di ragioni più profonde per vivere.

DOCUMENTI

Tutto parla di Te, Signore

Nel coro finale de *L'assassinio nella cattedrale* (1935), Thomas Stearns Eliot (1888-1965) presenta l'idea di una fede come riconoscimento della potenza di Dio in ogni manifestazione del creato e accettazione di ogni aspetto della realtà, fino al martirio. Il protagonista del dramma è Thomas Beckett (1118-1170), amico del re Enrico II, che diviene arcivescovo di Canterbury. Dopo un passato di divertimenti, Thomas accetta la carica di vescovo e si dispone a difendere la libertà della Chiesa dalle indebite ingerenze del potere laico. Dopo sette anni di esilio in Francia, torna in Inghilterra dove è fatto assassinare dal re nella stessa cattedrale di Canterbury.

Noi Ti lodiamo, Dio, per la Tua gloria dispiegata
in tutte le creature della terra.
Nella neve, nella pioggia, nel vento, nella tempesta;
in tutte le Tue creature, i cacciatori come le prede.
Che tutte le cose esistono soltanto come viste da Te,
solo come conosciute da Te, tutte le cose esistono.
Soltanto nella Tua luce, e la Tua gloria vien dichiarata
anche da ciò che Ti nega; la tenebra dichiara la gloria
della luce.
Coloro che Ti negano non potrebbero negare, se Tu
non esistessi; e la loro negazione non è mai completeta,
ché se così fosse, essi non esisterebbero.
Essi vivendo Ti affermano; tutte le cose vivendo
Ti affermano: l'uccello nell'aria, falco e fringuello;
l'animale sulla terra, lupo e agnello; il verme sotto
il suolo e il verme nel ventre.
Perciò l'uomo, che Tu hai fatto perché sia cosciente
di Te, deve lodarTi con coscienza, nel pensiero
e nella parola e nell'opera.

T.S. Eliot, *Assassinio nella cattedrale*, in *Teatro*, trad. di A. Castelli, Bompiani, Milano 1972

La superstizione e la magia

Davanti alle situazioni e alle vicende più svariate che possono capitare nell'esistenza personale e collettiva, nascono istintivi nell'animo umano il desiderio e il bisogno di sicurezza. Si cercano forme di protezione e difesa; si vogliono evitare e neutralizzare possibili pericoli; si cerca di vincere la paura di ipotetici mali.

Questo atteggiamento di autodifesa è normale nell'uomo, ma si trasforma in superstizione quando si dimentica quello che rende davvero l'uomo amministratore della propria vita, cioè la sua ragione e la sua libertà. Il termine **superstizione** deriva infatti dal latino *superstare*, «stare sopra», e indica quell'atteggiamento per il quale si attribuisce a cause soprannaturali la spiegazione di fenomeni razionalmente spiegabili.

Alcune persone, talvolta influenzate dal contesto culturale in cui vivono, altre volte condizionate da un'eccessiva insicurezza esistenziale, si affidano a pratiche e riti che avrebbero il potere di garantire loro serenità e sicurezza.

Il mondo della magia e della superstizione in Italia ha dimensioni impensate, con situazioni di raggiri e illegalità.

> *22.000 maghi e astrologi (di cui 7000 reclamizzati in Tv, giornali e Internet), così ripartiti: 41% al Nord, 31% al Centro e 28% al Sud e isole.* [...] *5 cittadini su 100 sporgono denuncia; 47 anni l'età media delle vittime; 10.000.000 i cittadini che si sono rivolti a maghi e astrologi negli ultimi cinque anni; 550.000.000 euro il giro d'affari annuo (98% di evasione fiscale)* [...] *500.000 euro l'esborso singolo più consistente (in provincia di Torino).*
>
> Fonte: Telefono Antiplagio, dati riportati in "Famiglia cristiana", 25 gennaio 2004

L'**astrologia** (dal greco: «studio degli astri») è un'arte che pretende di predire l'influsso delle posizioni planetarie sul destino dell'uomo. Essa ha origini antiche e deriva dalla concezione mesopotamica secondo la quale il movimento regolare delle stelle sarebbe causato dalla presenza in loro di un'intelligenza che le renderebbe simili a dèi. Esse predisporrebbero e influenzerebbero il corso della vita degli uomini e della storia. Da qui deriva l'interesse a studiare gli influssi che le stelle esercitano sul carattere degli uomini e il loro effetto sul corso dei fatti storici. Questa attività divinatoria, di previsione del futuro, viene condotta attraverso l'**oroscopo** (dal greco: «che osserva l'ora» della nascita) che, con un linguaggio allusivo e simbolico, pretende di descrivere il carattere e il futuro di una persona partendo dalla posizione degli astri al momento della nascita. Le stelle hanno qualche influsso sulla salute e sull'attività psichica dell'uomo, come del resto lo hanno le condizioni climatiche e meteorologiche in genere, ma gli stessi astrologi di professione (cioè coloro che si dedicano esclusivamente a questi studi e attività anche a livello universitario) insegnano che l'agire dell'uomo non è il risultato necessario di questi influssi. San Tommaso affermava: *Astra inclinant non necessitant* («Gli astri provocano una inclinazione ma non una costrizione»).

Una rappresentazione dello Zodiaco che orna un volume dell'astronomo Apiano, XVI secolo.

La libertà e la responsabilità di chiunque sono soggette a condizionamenti di ogni tipo, ma non subiscono determinismi e costrizioni.

Sempre cercando di prevedere il proprio futuro, si ricorre a pratiche quali l'interpretazione dei sogni, la lettura delle linee della mano o di altri segni presenti sul corpo o all'osservazione di movimenti di determinati animali. Già l'antico mondo etrusco ricorreva a simili forme di predizione: l'*àugure* era infatti il sacerdote che, presso gli etruschi (e poi presso i romani), prediceva il futuro osservando il volo degli uccelli e proponendo l'interpretazione dei sogni o di altri fenomeni naturali; l'*arùspice*, invece, osservava le interiora degli animali e ne traeva un responso sul futuro. I greci si recavano frequentemente al santuario di Delfi dove la Pizia o Pitonessa, sacerdotessa del dio Apollo, offriva responsi e oracoli. Nel mondo romano erano frequenti i pellegrinaggi a Cuma, dove la Sibilla profetizzava su richiesta e interrogazione dei fedeli. Il desiderio di sapere prima che cosa accadrà nel futuro non è quindi un fenomeno nuovo nella storia.

Bonifacio Bembo (1420-1477), *Carte da tarocchi* (lamina d'oro e d'argento miniata su cartone). Le antiche carte per il gioco dei tarocchi vengono oggi utilizzate dai cartomanti per predire il futuro.

> *La Chiesa condanna tutte le forme di superstizione, che è una deviazione del culto dovuto al vero Dio e che si esprime anche nelle varie forme di divinazione, magia, stregoneria e spiritismo.*
>
> *Catechismo della Chiesa Cattolica*, Compendio n. 445, Libreria Editrice Vaticana, Edizioni San Paolo, Roma 2005

L'uomo, infatti, deve guidare e costruire il proprio futuro con senso di responsabilità e sviluppando le proprie qualità, senza la pretesa di conoscere gli eventi futuri per dominarne il corso.

Ma la superstizione, che è una forma di paura nei confronti di forze sconosciute ed è un tipo di fiducia in potenze non dimostrate scientificamente, si esprime in molti altri comportamenti scaramantici, spesso abituali e quotidiani, presenti anche in società avanzate. Alcune persone portano con sé amuleti, pendagli, oggetti magici, talismani delle tipologie più diverse come pietre, vegetali, metalli, reliquie di persone e luoghi santi, scritti sacri o formule riprodotti sui materiali più svariati. Oppure si procurano un portafortuna, senza alcun fondamento tradizionale, che diviene tale in ragione di manie o esperienze personali. Vi sono compagnie aeree che hanno eliminato i posti a sedere numerati con il tredici o il diciassette perché è diffusa la convinzione che portino sfortuna. I motivi di tale superstizione sono vari: ad esempio, per gli inglesi il tredici è un numero sfortunato perché il boia riceveva come onorario uno scellino e un penny, cioè tredici pence. Però sappiamo che questo numero era detestato anche da Omero• (*Iliade*, V) e da Cicerone• (*Pro Caecina*). Il numero diciassette, in caratteri romani (XVII), è l'anagramma della parola *vixi* («sono vissuto») che veniva scritta nell'elenco di bordo delle navi mercantili quando una persona dell'equipaggio moriva e veniva gettata in mare. Tuttavia, og-

Attività

- Ricerca alcuni oroscopi che si riferiscano allo stesso segno zodiacale e riguardino le previsioni per un medesimo periodo. Confrontali con quelli trovati dai tuoi compagni e dalle tue compagne ed esprimi poi (per punti e con riferimenti motivati ai testi esaminati) le tue considerazioni.
- Prova a fare un elenco di gesti, comportamenti, espressioni che, nel tuo ambiente, indicano un atteggiamento superstizioso.

Una statuetta del Congo utilizzata nelle pratiche magico-religiose.

gi questo atteggiamento è spontaneo e non vi è più alcun riferimento all'origine di questa credenza.

Anche nelle società tecnologicamente più progredite e scientificamente avanzate il mondo della superstizione continua a proliferare. Nonostante il progresso e una maggiore diffusione dell'istruzione, ancora molti ricorrono a persone ritenute in grado di influenzare positivamente la vita oppure di difendere dal male che altri potrebbero lanciare nei nostri confronti con incantesimi e malocchi. Questo indica quanto insidiosa sia ancora oggi la superstizione, ma anche quanto bisogno abbia l'uomo di sicurezza e serenità. Per raggiungere questi obiettivi e per esorcizzare le proprie paure non disdegna queste pratiche irrazionali.

La superstizione diventa **magia** quando si trasforma nel tentativo di dominare gli eventi per poter attuare i propri desideri. Tradizionalmente essa si divide in **magia bianca** e **magia nera.** La pratica dei riti di magia bianca è finalizzata al conseguimento di un beneficio, come la liberazione da qualche maledizione o malattia. La magia nera, invece, viene attuata chiedendo l'intervento di forze malefiche, in modo da ottenere un bene materiale per sé (successo, denaro, potere ecc.), ma soprattutto per fare del male agli altri, sui quali viene gettato il maleficio o fattura.

I rituali adottati variano notevolmente a seconda degli scopi prefissati, anche se in tutti si richiede l'intervento del demonio per nuocere a qualcuno.

La Chiesa condanna la magia e sottolinea i rischi soprattutto di quella nera, che pone l'individuo sotto il raggio d'azione del diavolo. Da un punto di vista più generale, la visione cristiana dell'uomo e della sua vita presenta la persona come un essere dotato di intelligenza e libertà, qualità queste che costituiscono gli strumenti per la realizzazione del proprio futuro e la gestione delle proprie scelte. Ricorrere a pratiche magiche o superstiziose sminuisce la grandezza dell'uomo, che sta appunto nella sua capacità di costruire la propria esistenza e di indirizzarla. La superstizione e la magia si contrappongono alla fede cristiana soprattutto perché negano la sovranità di Dio su tutto quanto è stato creato e affidano a forze misteriose parte dei poteri divini; ne consegue che superstizione e magia offuscano la visione di un Dio buono, padre provvidente e onnipotente.

Per questi motivi i Padri della Chiesa dei primi secoli sostenevano che il ricorso a pratiche superstiziose e magiche non solo costituisse un oltraggio a Dio, ma fosse addirittura una negazione della dignità umana, in quanto la superstizione e la magia offendono la fede e la stessa ragione dell'uomo.

demonio: nel Vangelo di Marco si parla di «spiriti immondi», che equivale a «demoni», «spiriti maligni» che fanno del male all'uomo tentandolo nel peccato, facendolo soffrire o impossessandosi di lui. Quando però si vuole sottolineare colui che direttamente si oppone a Dio, si ricorre a una svariata serie di titoli: diavolo, Satana, Belzebùl, il serpente, il drago, la bestia. Questi termini identificano la realtà personale che liberamente sceglie di contrastare Dio e, invidiosa della salvezza offerta agli uomini, cerca di privarli dell'amicizia con Dio. Il termine *Satana*, più che un nome proprio indica molto semplicemente «l'accusatore», «l'avversario», quindi è «colui che mette sotto una cattiva luce e deprezza ogni bene e realtà positiva». Viene poi assunto nei testi biblici come nome proprio. Invece la parola diavolo (dal greco *dia*, «attraverso», e *bállein*, «gettare») evidenzia come esso tenda a staccare l'uomo da Dio, spezzando ciò che lo tiene unito al suo Creatore e agli altri uomini e frantumando l'unità e la coerenza della coscienza umana con i valori del bene e della giustizia. Nella Bibbia, infatti, è l'avversario di Dio, personificazione del male. Spingendo l'uomo al male, acquista pure il nome di *tentatore*. *Belzebùl* era il titolo con il quale i farisei chiamavano il principe dei demoni.

Padri della Chiesa: sono i primi autori cristiani impegnati nella difesa del contenuto dogmatico del cristianesimo, contro le persecuzioni e le interpretazioni eretiche, contrarie alla vera rivelazione e al vero spirito cristiano. A partire dal IV secolo, sono così chiamati gli scrittori cristiani (come Agostino d'Ippona) che formularono i principi dogmatici e dottrinali rimasti sostanzialmente inalterati fino a oggi.

Progettare la vita con Dio

Nella vita bisogna compiere numerose scelte e anche davanti al problema di Dio bisogna prendere posizione.

> *Senza una fede non si vive. L'alternativa è soltanto tra l'accordar credito a ciò che non è Dio e, invece, l'accordar credito a Dio. Ma ciò che non è Dio può diventare oggetto di fede solo per una inconsapevole illusione o, peggio, a prezzo di menzogna.*

COMMISSIONE EPISCOPALE PER LA DOTTRINA DELLA FEDE, LA CATECHESI E LA CULTURA, *Non di solo pane. Catechismo dei giovani*, Edizioni Conferenza Episcopale Italiana, Roma 1979

Giotto, *La fede*, particolare, affreschi della Cappella degli Scrovegni, 1304-06, Padova.

Fare la scelta di **credere** certamente non è facile. Possono nascere resistenze e difficoltà di vario tipo, ad esempio, derivanti dal modo in cui la fede ci viene presentata, oppure da un'immagine del credere distorta dalla cultura o da chi la contrasta. In noi sono a volte presenti anche **resistenze interiori** o idee legate all'infanzia. Per questo, anche chi ha ricevuto un'educazione cristiana deve riscoprire e approfondire la propria fede.

È possibile che abbracciare la fede cristiana sia oggi più difficile che in altre epoche?

> *Lo si sente ripetere spesso: l'uomo d'oggi, influenzato dalla logica della ragione scientifica e tecnologica, ha enormi difficoltà nei confronti della fede cristiana. Ciò è vero, anche se la fede in quanto atto libero della persona comporta sempre un superamento di sé, una conversione, un'apertura all'Altro, che tanti motivi possono render difficili. In altri tempi, si dice, era più facile credere. Giudizi di questo tipo lasciano un po' perplessi, perché la fede è qualcosa di talmente intimo e personale che è difficile giudicarne dall'esterno. Riguardo ai tempi passati si può, però, formulare l'interrogativo: quanti erano veramente credenti, e non soltanto dei cristiani dal punto di vista sociologico e culturale?*

F. ARDUSSO, *Le ragioni della fede cristiana*, Edizioni San Paolo, Cinisello Balsamo 2001

Ancora più difficile è fare delle scelte di fede che coinvolgano anche il proprio **modo di vivere** e il proprio **comportamento**.

Papa Giovanni Paolo II durante il suo pontificato (16 ottobre 1978 - 2 aprile 2005) ha proclamato un numero di santi e beati superiore a tutti quelli beatificati e

Juan Vicente Masip, *Martirio di sant'Agnese*, prima metà del XVI secolo, Museo del Prado, Madrid.

canonizzati in precedenza (1338 beati e 482 santi). In questo modo ha riconosciuto come moltissimi uomini e donne non solo abbiano creduto «in modo teorico», ma abbiano scelto di vivere seguendo il messaggio di Cristo, alcuni sacrificando la vita nel **martirio**. Questo dimostra che la fede non è soltanto una «dottrina», ma è forza di vita che orienta scelte e progetti: chi ha fede dimostra continuità e coerenza tra ciò in cui crede e ciò che mette in pratica.

Nella fase dell'adolescenza e della crescita, occorre coltivare **progetti** e andare alla ricerca di ciò che «è importante» per il proprio futuro, dei **valori** che orienteranno l'esistenza e potranno darle un senso.

La fede in Dio, e in particolare la fede cristiana, è un orientamento per la vita personale di ciascuno, propone dei valori, indica ciò che è bene e ciò che è male, contribuisce alla piena realizzazione di ciascuno e alla costruzione di un mondo migliore.

L'intelligenza di fronte a Dio

Il problema di Dio è inevitabile, perché sorge dentro di noi. Il desiderio innato della verità e del bene, l'aspirazione verso la felicità, l'imperativo morale e la prospettiva della morte ci portano inevitabilmente a prendere in considerazione il problema di Dio. Ma non ce ne danno ancora la soluzione. Essa può venire soltanto da una considerazione razionale e metafisica della realtà.

G. Bortolaso, *Possibilità e limiti della ragione nella conoscenza di Dio*, in *Evangelizzazione e ateismo*, Atti del convegno internazionale, Roma 6-11 ottobre 1980, Paideia, Brescia 1981

L'uomo ha quindi una naturale inclinazione verso l'Assoluto, che abbiamo chiamato senso religioso o religiosità, ma ha anche a sua disposizione una qualità che lo rende unico e che è un valido strumento di indagine: la sua intelligenza.

La **ragione umana** non solo può, ma sente anche l'**esigenza di indagare** sul **mistero del divino**, che in definitiva è anche la soluzione al mistero di se stessi.

Caspar David Friedrich, *Monaco in riva al mare*, 1808-09, Schloss Charlottensburg Berlino.

Lungo la storia dell'umanità molti pensatori e filosofi, santi e scrittori, persone colte e uomini semplici hanno cercato di penetrare nel mistero dell'esistenza di Dio, di provare a capire se e come esiste un Dio.

La ragione umana, se vuole rimanere fedele a se stessa, non può tralasciare la fatica di cercare una risposta al naturale senso religioso; se lo facesse, trascurerebbe e dimenticherebbe una dimensione importante dell'esistenza. In questa ricerca l'intelligenza dell'uomo percepisce la propria debolezza e talvolta l'inadeguatezza delle proprie risposte, ma non viene meno in essa la fiducia nella possibilità di **trovare soluzioni** e gettare spiragli di luce sul mistero.

La difficoltà che l'intelligenza umana sperimenta quando cerca di indagare la realtà divina è dovuta alla situazione di **peccato** che allontana l'uomo da Dio e gli rende faticosa la possibilità di entrare nel mistero divino. A questa difficoltà è venuto incontro Dio stesso, attraverso la sua **rivelazione**.

Caravaggio, *Conversione di san Paolo*, 1600-01, collezione Odescalchi, Roma.

Parlando davanti all'élite culturale di Atene radunata nell'Areopago (il tribunale e il luogo in cui avvenivano le riunioni pubbliche), san Paolo affermava:

Egli creò da uno solo tutte le nazioni degli uomini, perché abitassero su tutta la faccia della terra. Per essi ha stabilito l'ordine dei tempi e i confini del loro spazio, perché cercassero Dio, se mai arrivino a trovarlo andando come a tentoni, benché non sia lontano da ciascuno di noi. In lui infatti viviamo, ci muoviamo ed esistiamo [...].

At 17, 26-28

Siamo dunque fatti per cercare Dio, anche se è una ricerca faticosa e Dio resta sempre un mistero.

Dire che la realtà di Dio è un mistero non significa dire che è in contrapposizione con la ragione umana o che è inconoscibile e inaccessibile. Quando si parla di un mistero si intende affermare che tale realtà non è totalmente esauribile dal pensiero, che può comunque coglierla e spiegarne alcuni aspetti.

Il pensiero cattolico afferma che:

L'uomo ha facoltà che lo rendono capace di conoscere l'esistenza di un Dio personale.

Catechismo della Chiesa Cattolica, n. 35, Libreria Editrice Vaticana, Roma 1992

Partendo dalla creazione, cioè dal mondo e dalla persona umana, l'uomo con la sola ragione può con certezza conoscere Dio come origine e fine dell'universo e come sommo bene, verità e bellezza infinita.

Catechismo della Chiesa Cattolica, Compendio, n. 3, Libreria Editrice Vaticana, Edizioni San Paolo, Roma 2005

La conoscenza di Dio a cui l'uomo può arrivare non è certo paragonabile alla conoscenza dei fenomeni naturali ottenuta attraverso le scienze sperimentali: l'uomo comprende che esiste Dio e che questo Essere Superiore gli chiede di rispettare la Sua volontà. In un'adesione libera di fede, la conoscenza e la comprensione del mistero di Dio vengono completate e perfezionate poiché l'uomo, senza trascurare la propria intelligenza, è in grado di accogliere anche la **rivelazione** di Dio.

I percorsi di pensiero che l'uomo ha seguito per arrivare a Dio sono chiamati **prove dell'esistenza di Dio** e hanno come punto di partenza il mondo materiale e la persona umana. Queste «prove» sono state formulate nel corso della storia da alcuni pensatori e si propongono come un tentativo di risposta all'interrogativo sull'esistenza di Dio e, in quanto tali, sono **argomenti convincenti** che permettono di raggiungere delle certezze.

La mente umana, d'altra parte, è fatta per cogliere delle verità e non per restare perennemente nell'incertezza o nel dubbio: con la sua intelligenza l'uomo può quindi giungere alla comprensione dell'esistenza di un Dio personale. La grazia di Dio e la libera scelta di fede di ciascuno permettono, poi, di entrare in comunione con Dio e di accoglierne la rivelazione.

A proposito dei pagani san Paolo afferma:

> *Poiché ciò che di Dio si può conoscere è loro manifesto; Dio stesso lo ha loro manifestato. Infatti, dalla creazione del mondo in poi, le sue perfezioni invisibili possono essere contemplate con l'intelletto nelle opere da lui compiute* [...].
>
> Rm 1, 19-20

Anche quando la ragione umana arriva a comprendere e mostrare l'esistenza di Dio a partire dal mondo creato e dall'analisi della persona, non è ancora completamente appagata e soddisfatta nella sua ricerca, dal momento che il Divino è un mistero inesauribile. Per questo l'uomo resta aperto all'Assoluto e, in un certo senso, ha bisogno che Egli si manifesti, dica qualcosa di sé, si riveli: questo bisogno ha una risposta nella rivelazione di Dio, che è venuto incontro alla difficoltà della ricerca umana.

La fede cristiana consiste proprio in quest'apertura e adesione obbediente a Dio che si rivela; è un'adesione dove le potenzialità umane sono valorizzate e impegnate in un sincero sforzo di comprensione e indagine.

Scuola di Raffaello, *Dio crea la Luna e il Sole*, XVI secolo, Logge Vaticane, Roma.

L'UOMO E LA SUA RICERCA

L'uomo ha delle necessità spirituali, come la ricerca della verità, la necessità di amare ed essere amato, il desiderio di giustizia ecc.

LE DOMANDE CHE DURANO DA SEMPRE

Sono molte le esperienze da cui emerge la ricerca di significato e molti sono gli interrogativi ai quali non è facile dare risposta.

LA MERAVIGLIA E LA SOFFERENZA

La meraviglia e lo stupore di fronte alla natura o a momenti di gioia interiore sollecitano uno sguardo aperto all'infinito; la sofferenza e la morte sono domande aperte al mistero. Queste esperienze possono avvicinare all'idea di Dio.

PROGETTARE LA VITA CON DIO

Per vivere l'uomo ha bisogno di avere dei valori e realizzare un progetto. La fede in Dio è un orientamento per la vita di ciascuno.

L'INTELLIGENZA DI FRONTE A DIO

L'uomo attraverso la sua intelligenza può arrivare a conoscere Dio.
Ma Dio resta anche un mistero che si può svelare solamente se Egli decide di rivelarsi all'uomo, che lo accetta nella fede.

Operare e approfondire

1 **Fai degli esempi di esigenze e bisogni spirituali presenti nelle persone.**

2 **L'uomo è considerato un «essere religioso» perché... Indica le risposte che ritieni giuste.**

- ☐ pratica riti e culti
- ☐ la sua vita è sacra
- ☐ fa promesse e voti religiosi
- ☐ ha in sé il desiderio di cercare Dio
- ☐ tutti credono in qualche Dio
- ☐ è aperto al mistero di Dio
- ☐ lungo la storia ha sempre manifestato di credere
- ☐ ognuno deve darsi una risposta al problema di Dio

3 **Suddividetevi in due gruppi e, dopo esservi scambiati dei pareri, un gruppo dovrà sostenere la seguente tesi mentre l'altro dovrà smentirla.**

L'avanzare della civiltà comporta quasi necessariamente il declino del senso di meraviglia. E questo costituisce un sintomo allarmante.

A.J. Heschel, citato in *L'uomo indivisibile*, a cura di L. Valli, SEI, Torino 1977

4 **Commenta questa frase di Albert Einstein.**

Qual è il senso della nostra esistenza, qual è il significato dell'esistenza di tutti gli esseri viventi in generale? Il saper rispondere a una siffatta domanda significa avere sentimenti religiosi. Voi direte: ma ha dunque un senso porre questa domanda? Io vi rispondo: chiunque crede che la sua propria vita e quella dei suoi simili sia priva di significato è non soltanto infelice, ma appena capace di vivere.

A. Einstein, *Come io vedo il mondo*, Giachini, Milano 1955

5 **Ci sono domande che hanno livelli di profondità e di significato diversi: prova a completare la tabella.**

	La domanda potrebbe significare	Chi potrebbe rispondere?	Che risposte potrebbe dare?
Perché si nasce?	Come si arriva a nascere?		
	Perché sono nato proprio io?		
Perché esiste l'universo?	Come si è formato l'universo?		
	Chi ha fatto esistere questo universo?		
Perché si soffre e si muore?	Quali sono i motivi della sofferenza e della morte?		
	Perché soffriamo e dobbiamo morire?		

6 **Prova a riflettere. In quali momenti della vita possono sorgere più facilmente il pensiero e l'interrogativo sull'esistenza di Dio? Quali esperienze umane, secondo te, avvicinano al senso della presenza di Dio?**

7 **Cerca sulla Bibbia e leggi i *Salmi* 8 e 63 e poi rispondi.**

- Quali sentimenti ha voluto esprimere l'autore di questi testi e di quali immagini si è servito?

8 **Leggi e analizza la seguente preghiera liturgica.**

Dio onnipotente ed eterno, tu hai messo nel cuore degli uomini una così profonda nostalgia di te, che solo quando ti trovano hanno pace; fa' che, al di là di ogni ostacolo, tutti riconoscano i segni della tua bontà e, stimolati dalla testimonianza della nostra vita, abbiano la gioia di credere in te, unico vero Dio e padre di tutti gli uomini.

dalla *Liturgia del Venerdì Santo*

– *«... al di là di ogni ostacolo»*: che cosa può ostacolare la fede?
– Che cosa invece aiuterebbe a credere?
– Con quali attributi viene descritto Dio?

9 **Individua, tra le seguenti definizioni, quelle condivisibili dal punto di vista cristiano e quelle non corrispondenti al pensiero cristiano. Il mistero è...**

- ☐ qualcosa di inconoscibile
- ☐ qualcosa di illogico e assurdo
- ☐ qualcosa che va oltre la ragione
- ☐ qualcosa che va contro la ragione
- ☐ qualcosa di impensabile
- ☐ qualcosa che supera la ragione umana
- ☐ qualcosa di inesistente
- ☐ qualcosa di cui posso parlare senza mai esaurirlo

10 **Che tu creda o meno, ti sei fatto/a un'idea di Dio? Prova a rispondere seguendo la traccia proposta.**

- Proponi una serie di aggettivi o espressioni che descrivono la tua idea di Dio.
- Confrontati in classe; quali sono le caratteristiche più ricorrenti?

11 **Qual è l'insegnamento della Chiesa che si può ricavare da queste due indicazioni?**

La santa madre Chiesa ritiene e insegna che Dio, principio e fine di tutte le cose, può essere certamente conosciuto con il lume naturale della ragione umana dalle cose create.

Concilio Vaticano I, 1870, *Dei Filius*

L'uomo è «capace» di Dio.

Catechismo della Chiesa Cattolica, n. 1

Operare e approfondire

12 **Quali esigenze spirituali, quali interrogativi sono presenti nel testo di questa canzone?**

Che vuoto che c'è!
La vita cos'è?
è una gara senza senso e noi
siamo soli nell'immenso vuoto che c'è...
Agnus Dei,
non ci sarà redenzione per i nostri peccati,
e non c'è verità che non vada a pezzi,
siamo pazzi, siamo dannati.
Non prendersi mai e ritrovarsi qui,
distratti e abbandonati.
Quante stelle nel cellophane questa notte avvolgerai?
Quanti sogni nell'anima come angeli incontrerai?
Non lo vedi? Lo sai, siamo fragili noi...
Siamo soli nell'immenso vuoto che c'è,
soli in fondo all'universo senza un perché.
C'è bisogno di una luce quaggiù,
non lasciarmi amore almeno tu come me...
Siamo soli nell'immenso vuoto che c'è!
Dove sei? Come si fa a resistere in questi momenti?
Se non c'è chi dà neanche una certezza, una carezza
siamo violenti.
Quante stelle hai raccolto già per il buio che vivrai?
Nei deserti dell'anima quanti angeli incontrerai?
Non lo senti? Lo sai! Siamo fragili noi...
Siamo soli nell'immenso vuoto che c'è
condannati a dare un senso al nulla perché
c'è bisogno di una luce quaggiù.
Non lasciarmi amore almeno tu come me...
Dammi un segno che non vivo più
ne ho bisogno, credi! Almeno tu...
Siamo soli nell'immenso vuoto che c'è
soli in fondo all'universo senza un perché
e ho bisogno di una luce quaggiù
non lasciarmi amore almeno tu.
Dove sei?
Siamo soli nell'immenso vuoto che c'è
e ho bisogno di te e ho bisogno di te
dove sei dove sei dove sei dove sei?

RAF, *Siamo soli nell'immenso vuoto che c'è*, da *Sogni*, 1991, Ed. Sugarmusic/il Bigallo/Girotondo

Questo testo ti sembra soprattutto:

- ☐ una protesta
- ☐ un'invocazione
- ☐ una riflessione
- ☐ un'espressione di sfiducia
- ☐ una manifestazione di infelicità
- ☐ una ricerca di risposte

Motiva la tua risposta.

UNITÀ 2

Le grandi religioni del mondo

Contenuti

- L'unico mistero e le tante religioni
- L'induismo
- Il jainismo
- Il sikhismo
- Il buddhismo
- Il taoismo
- Il confucianesimo
- Lo shintoismo
- L'islam
- Gesù unico salvatore

Obiettivi

- ☐ Conoscere la storia e la collocazione geografica delle più importanti religioni esistenti.
- ☐ Prendere visione degli insegnamenti religiosi e morali essenziali delle grandi religioni.
- ☐ Individuare le caratteristiche delle religioni monoteiste, politeiste e animistiche.
- ☐ Saper confrontare i contenuti dottrinali delle varie religioni.
- ☐ Saper usare in modo appropriato i termini principali delle singole religioni.
- ☐ Riconoscere il rapporto tra una religione e la cultura di un popolo.
- ☐ Comprendere il valore del rispetto e della tolleranza.
- ☐ Conoscere la posizione del pensiero cattolico riguardo alle religioni non cristiane.

L'unico mistero e le tante religioni

Gli esseri umani hanno sempre espresso delle forme di religione per cercare di rispondere alle domande più profonde sul senso della vita dell'universo e degli individui. Le religioni, poi, con le loro dottrine, i loro riti e insegnamenti morali, hanno guidato la vita individuale e sociale. Tutte le religioni che si sono espresse lungo la storia sono un insieme di esperienza e di pensiero che costituisce un tesoro di saggezza e di spiritualità. Anzi, le varie tradizioni religiose contengono e propongono elementi che vengono da Dio, proprio perché lo Spirito agisce nel cuore delle persone e nella storia degli uomini.

Gesù insegna di essere l'unigenito Figlio di Dio e sostiene che è necessario credere in lui per essere salvi (cfr. il dialogo con Nicodemo in Gv 3, 1-19).

Agli apostoli Gesù dichiara apertamente:

> *... Io sono la via, la verità e la vita. Nessuno viene al Padre se non per mezzo di me. Se conoscete me, conoscerete anche il Padre* [...].
>
> Gv 14, 6-7

Dunque, la fede di Gesù e in Gesù è la vera fede. Ciò non impedisce tuttavia di apprezzare e stimare gli elementi positivi presenti nelle altre religioni. Anzi, è proprio Gesù che dice a Nicodemo:

> *Il vento soffia dove vuole e ne senti la voce, ma non sai di dove viene e dove va: così è di chiunque è nato dallo Spirito.*
>
> Gv 3, 8

A coloro che ricercano sinceramente, Dio viene incontro con la sua grazia e il suo Spirito, preparandoli e offrendo loro occasioni perché si aprano alla sua azione e scoprano riflessi autentici della sua luce, fino a essere condotti ad accogliere la rivelazione della vera fede in Gesù.

La Chiesa, inoltre, ritiene che sia suo dovere promuovere l'unità e l'amore tra tutti gli esseri umani e quindi è importante considerare attentamente tutto ciò che essi hanno in comune, soprattutto perché:

> *... una sola comunità costituiscono i vari popoli. Essi hanno una sola origine poiché Dio ha fatto abitare l'intero genere umano su tutta la faccia della terra; essi hanno anche un solo fine ultimo, Dio, la cui provvidenza, testimonianza di bontà e disegno di salvezza si estendono a tutti.*
>
> CONCILIO VATICANO II, *Nostra Aetate*, n. 1, 28 ottobre 1965

Non solo lo Spirito di Dio agisce nel cuore di tutti gli uomini di buona volontà, ma tutti siamo uniti da stretti legami di fratellanza perché Dio ci ha voluti come un'unica famiglia.

Per questo la Chiesa ha un grande rispetto per le altre religioni: è un rispetto dovuto a ogni essere umano, alla sua ricerca interiore, alle sue domande profonde; è un rispetto sincero, perché Dio è padre di tutti; e infine è un rispetto dovuto all'azione dello Spirito di Dio che spinge ogni individuo alla fede nell'unico vero Dio.

Le religioni sono diverse e i loro insegnamenti spesso sono profondamente discordanti, però:

> *La Chiesa nulla rigetta di quanto è vero e santo in queste religioni. Essa considera con sincero rispetto quei modi di agire e di vivere, quei precetti e quelle dottrine che, quantunque in molti punti differiscano da quanto essa stessa crede e propone, tuttavia non raramente riflettono un raggio di quella Verità che illumina tutti gli uomini.*
>
> CONCILIO VATICANO II, *Nostra Aetate*, n. 2c, 28 ottobre 1965

Concilio Vaticano II: Il Concilio è l'assemblea dei vescovi di tutta la Chiesa. Per la validità delle decisioni e dichiarazioni che emana, il Concilio deve essere presieduto dal papa o da un suo delegato. Il Concilio è convocato quando vi sono urgenti o importanti problemi di carattere universale che riguardano la fede, la morale e la guida della Chiesa. Nella storia i concili sono stati ventuno e prendono il nome dal luogo in cui sono stati celebrati. L'ultimo è il Concilio Vaticano II indetto da papa Giovanni XXIII l'11 ottobre 1962 e proseguito sotto la guida di papa Paolo VI fino al 1965. Il Concilio Vaticano II ha emanato importanti Costituzioni dogmatiche e decreti riguardanti la Chiesa, la Parola di Dio, la liturgia, la formazione sacerdotale, il compito dei vescovi, i religiosi, i laici, l'impegno missionario, l'ecumenismo, le Chiese orientali, gli strumenti di comunicazione sociale. Vi sono infine tre *Dichiarazioni* che riguardano l'educazione cristiana, la libertà religiosa e le relazioni con le religioni non cristiane.

Negli ultimi decenni, proprio grazie al Concilio Vaticano II, la Chiesa ha cercato di creare e cogliere tutte le occasioni di incontro e dialogo con le altre religioni e di impegnarsi per la pace, il rispetto della dignità umana, il rispetto del creato, l'aiuto ai poveri, la solidarietà. Soprattutto davanti ai problemi della divisione del mondo tra ricchi e poveri, di fronte alle tante guerre che spesso sembrano giustificate da motivi religiosi, il dialogo tra le varie religioni cerca di costruire unità e fratellanza.

Fondamentale è stato l'incontro di Assisi voluto da papa Giovanni Paolo II il 26 ottobre 1986, a cui hanno partecipato tutti i rappresentati delle religioni del mondo per pregare, digiunare e dare un segnale di unità al mondo. Quell'incontro ha dato il via a tante altre iniziative e a momenti di sincera collaborazione e dialogo.

Non solo: il cristiano sa che dialogando e collaborando con tutti rafforza e approfondisce le ragioni della sua stessa fede e viene aiutato dagli altri a cogliere con maggiore riconoscenza il dono della fede che ha ricevuto per mezzo di Gesù.

L'induismo

Con il termine induismo si intende l'insieme delle tradizioni religiose del subcontinente indiano che presentano tra loro innumerevoli diversità, dando origine a una mescolanza di elementi molto differenti tra loro. Di essi si metteranno in evidenza gli aspetti comuni e quelli più rilevanti.

L'induismo non ha mai fatto opera di proselitismo e la sua continuità nel tempo è stata assicurata dalla trasmissione all'interno delle famiglie e della cultura indù.

Storia e testi sacri

La storia dell'induismo è molto articolata poiché si riconduce a testi sacri scritti in epoche diverse, a riti e concezioni sorte in momenti storici differenti e, soprattutto, perché non vi è un fondatore né vi sono dogmi e dottrine ritenuti essenziali.

Possiamo individuare alcuni periodi.

- La **prima fase** è compresa fra il 4000 e il 2200 a.C. circa, come documentano i ritrovamenti di oggetti rituali provenienti dalla valle dell'Indo, attraverso i quali è possibile ricostruire alcune forme di culto verso divinità primitive, tra le quali si può individuare un dio maschile seduto in posizione yoga, come verrà caratterizzato successivamente il dio Shiva. Anche il rito di purificazione con l'acqua è già in uso durante questo periodo.

• La **seconda fase** storica dell'induismo è quella **vedica**, che va dalla seconda metà del II millennio a.C. fin verso il 500 a.C. Durante questo periodo vengono scritti i libri Veda («conoscenza, scienza sacra») che sono una raccolta di quattro testi sacri, il più antico dei quali è il *Rig-Veda*. Successivi ai *Veda* sono i *Brahmana* che contengono racconti mitologici e prescrizioni per i riti. Durante questo periodo si consolida la credenza in un'unica energia cosmica che regola tutto ciò che esiste (il *brahman*) e che si può governare con il sacrificio. Da ciò deriva la supremazia della casta sacerdotale dei *brahmani* (o *bramini*) ai quali competono le funzioni rituali. Nel medesimo periodo si consolida la suddivisione della società in caste rigidamente chiuse e vengono stabiliti innumerevoli doveri che gli appartenenti alle caste devono rispettare. Sempre in questo arco di tempo si completa la stesura di un altro dei testi sacri dell'induismo: le *Upanishad*, un'opera filosofica che descrive il modo in cui l'anima entra in unione con l'Uno.

Una pagina delle *Upanishad* appartenenti alla biblioteca dell'imperatore moghúl Aurangzeb del XVII secolo.

• La **terza fase** storica si sviluppa fra il V secolo a.C. e il V secolo d.C. In questo periodo si accentua la divisione tra le caste e si rivalutano le divinità di Shiva e Vishnù, figure secondarie nei testi sacri precedenti, e le loro manifestazioni: queste divinità si incarnano e assumono forme umane a seconda dei momenti e delle necessità degli uomini. I libri del *Ramayana* e del *Mahabarata* raccontano i miti relativi a queste divinità e ai loro *avatara* («rivelazioni») da cui derivano le innumerevoli divinità del pantheon induista. Nel *Mahabarata* è incluso il *Bhagavadgita* («Canto del beato»), un poema epico tra i più importanti della tradizione induista.

• Dal VI secolo d.C. fino a oggi si è soliti situare la **quarta fase** storica dell'induismo. In questi secoli vi sono state molte reinterpretazioni dei testi e delle concezioni religiose, per cui l'induismo si presenta profondamente complesso e suddiviso in diversi gruppi, correnti e sette. Altri testi sacri sono i *Puranha* (che trattano temi come la creazione del mondo, i tempi antichi, i luoghi sacri), i *Tantra* (opere utilizzate per i riti e le pratiche magiche), i *Dharmasutra* e *Dharmasastra* (manuali pratici per riti, sacrifici, feste, norme morali, purificazioni). Questi testi e i precedenti sono stati scritti in sanscrito. Vi sono poi anche opere scritte in alcune delle lingue locali indiane come i *Terevam* (liriche in onore di Shiva) e i *Nalayiram* (inni in onore di Vishnù).

Le dottrine principali

Secondo l'induista esiste una legge immutabile, il **karma**, cui è soggetta tutta la realtà e che nemmeno le divinità possono mutare. Questa legge universale prevede una continua rinascita, per cui l'anima dell'uomo, dopo la morte, nasce nuovamente e il suo spirito si reincarna per una successiva esistenza. Tale situazione può ripetersi innumerevoli volte, per cui l'attuale esistenza dell'uomo potrebbe essere conseguenza di milioni di altre vite già concluse. Le modalità e le caratteristiche della vita successiva sono determinate dal comportamento tenuto durante le esistenze precedenti. Così l'anima umana può reincarnarsi in un altro essere umano di una casta superiore o anche rivivere in forme di vita inferiori (animali e vegetali), a seconda che meriti un innalzamento di grado o sia condannata a una punizione. Questo ciclo di rinascite continua fino a quando lo spirito non è completamente purificato grazie a pratiche e vie di liberazione.

La liberazione dalla costrizione alla reincarnazione (*samsàra*) avviene attraverso alcune vie di salvezza che portano lo spirito umano a ricongiungersi con il *nigurna-Brahman,* cioè l'Assoluto indifferenziato. Le correnti dei devoti a Vishnù (visnuiti) praticano un metodo di devozione chiamato *bhakti,* che afferma la possibilità di un'unione d'amore tra l'anima dell'uomo e la divinità prescelta; in tale modo sarebbe possibile sfuggire al ciclo delle reincarnazioni. Un altro metodo è quello dello yoga con il quale si intende acquisire un autodominio sul proprio corpo e liberare tutta la potenzialità dell'anima umana, così che la mente possa dominare tutto ciò che ricade sotto il controllo dei sensi.

Ruota in pietra in un tempio indiano. Nell'iconografia induista la ruota rappresenta il *samsàra,* il ciclo delle reincarnazioni dell'anima.

La «via contemplativa» o *jnana-marga* si fonda sullo sviluppo della capacità intellettiva dell'uomo. Vi è anche il tantrismo che propone un insieme di pratiche meditative con esercizi respiratori, liturgie segrete e simbolismi molto accentuati.

La via più comune e seguita è però quella della pratica dei riti e dell'osservanza delle norme liturgiche. La più antica delle vie di liberazione praticata è chiamata *karma-marga.*

Le divinità

Le divinità presenti nella tradizione indù sono numerose, anche se tra tutte emergono per importanza Brahma, Shiva e Vishnù (la **Trimurti**).

- **Brahma** è l'origine della vita; tutto deriva da lui, anzi, alcune correnti affermano che Brahma è il Tutto. Quanto esiste è Brahma, noi siamo Brahma e la diversità tra gli esseri viventi è frutto del potere illusionistico del *brahman.*
- **Shiva** è il dio della distruzione, che presiede al dissolvimento di quanto esiste. Con la sua potenza devasta e scuote il mondo con terremoti, tempeste e ogni sorta di calamità. Tuttavia, quest'opera di devastazione e morte è indispensabile per il ciclo della vita del cosmo, per cui egli simboleggia anche la forza riproduttiva della natura. Viene raffigurato di solito in posizione yoga di meditazione. La moglie di Shiva, **Uma**, nella sua forma benefica è chiamata **Parvati** e in quella crudele è **Durga**, talvolta raffigurata anche nera e con il nome di **Kalì**; ha tuttavia anche altri nomi con i quali è venerata.
- **Vishnù** è un dio benefico che mantiene in vita gli esseri e conserva il mondo. Quando serve, si incarna per salvare gli uomini e ristabilire la giustizia sulla Terra. Molte sono le sembianze con le quali è rappresentato, ma tra tutte so-

Yoga: dal sanscrito *yuj*, «congiungere, aggiogare», è un metodo di autodisciplina che costituisce uno dei sei sistemi filosofici dell'induismo ed è praticato anche dal giainismo e dal buddhismo. Attraverso la pratica delle virtù fondamentali e di tecniche fisiche, tra cui il controllo del respiro e le varie posizioni corporee, lo yoga mira a condurre lo spirito alla concentrazione, alla preghiera contemplativa, e all'illuminazione cui segue la liberazione dai conflitti interiori.

Tantrismo: dalla voce sanscrita *tantra*, che significa «trama di un tessuto» e, per estensione, «dottrina, regola». È l'insieme delle dottrine rituali, mitologiche, etiche, e dei testi ritualistici a carattere iniziatico-esoterico, la cui origine risale al IV-V secolo (ma la redazione è posteriore, dell'XI-XIII secolo) propri del buddhismo mahayanico. Molti di questi testi, per il loro carattere esoterico, sono di difficile interpretazione.

no privilegiate quelle di **Krishna** e **Rama** che sarebbero, rispettivamente, la settima e l'ottava incarnazione di Vishnù (i suoi *avatara*, cioè le discese in forma umana, sarebbero in tutto dieci). Nella forma di Krishna, egli insegna agli uomini che l'anima è immortale e il corpo è solo apparenza, per cui essi devono superare l'influenza delle passioni e abbandonarsi fiduciosi e sereni a Dio.

Oltre alle tre divinità principali, l'induismo presenta innumerevoli incarnazioni di dèi, eroi e personaggi mitologici nei quali si è manifestata una particolare divinità o *avatara*, per cui risulta un numero non facilmente quantificabile di dèi. Indipendentemente da quanti siano gli dèi, vige il principio dell'*ishtaveda*: ogni fedele venera cioè la divinità che preferisce come dio supremo. Così ogni persona o famiglia ha i propri dèi protettori e questo senza negare che si possano venerare altre divinità o addirittura non venerare nessun dio.

Statua in avorio, XVIII secolo, rappresentante Vishnù in trono.

La società indù

La società indù è suddivisa in **caste**, cioè in gruppi sociali tra loro chiusi e disposti secondo una gerarchia crescente. Non è facile ricostruire l'origine di questa rigida divisione in gruppi sociali anche se, lungo la storia, questa è servita a mantenere la stabilità e l'ordine sociale.

Le caste sono strettamente legate all'idea della reincarnazione, e la scala gerarchica di importanza secondo la quale sono ordinate dipende dall'applicazione della remunerazione dei meriti o della punizione delle colpe meritate nella vita precedente.

Le principali caste, chiamate ***varna***, sono:

- quella dei ***brahmani*** (o *bramini*) che è la casta sacerdotale e la più elevata;
- quelle dei **guerrieri** (*ksatriya*) e dei **commercianti** (*vaisya*);
- infine i **servitori** (*shudra*).

Fuori dalle caste vi sono gli **intoccabili** o **paria** (*chandala-harijan*): il contatto con queste persone renderebbe impuri.

Anche se l'induismo è tollerante circa le altre fedi, tuttavia è molto rigido nel mantenere un insieme di norme che stabiliscono i diritti, le possibilità, i doveri e gli obblighi rituali delle singole caste. Persone di caste differenti non possono sposarsi (si pratica il matrimonio endogamico, cioè tra persone appartenenti alla stessa casta); ad alcune caste sono proibiti gli alcolici, ad altre sono vietati alcuni tipi di cibo. Ogni casta, poi, ha al proprio interno ulteriori differenziazioni e sottogruppi.

Nonostante la Costi*tuzione dell'Unione Indiana* abbia abolito questa forma discriminatoria, essa resiste ancora nella cultura e nella mentalità della gente.

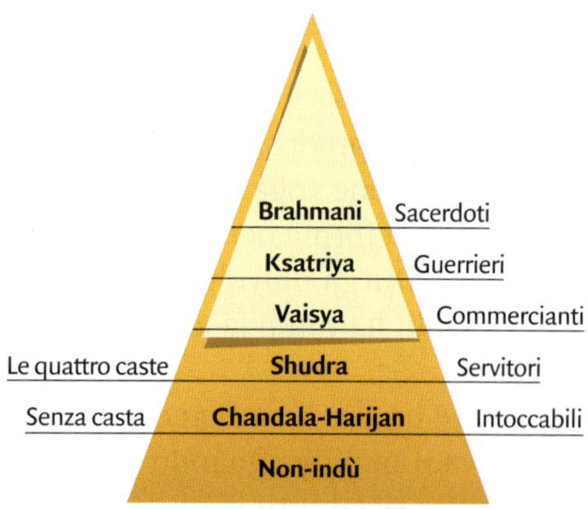

Lo schema delle caste indiane.

I riti e le feste

La pratica dei riti e l'osservanza delle norme rituali è una delle vie per giungere alla liberazione dal ciclo delle reincarnazioni.

Sebbene ogni casta abbia riti propri, tuttavia vi sono anche riti comuni. Innanzitutto vi è il **bagno mattutino** che ha il significato di purificazione. Particolarmente benedette e adatte a liberare la persona da ogni forma di impurità sono le acque del fiume Gange presso la città di Benares. Al mattino ci si immerge nell'acqua e, rivolti verso il Sole che sorge, ci si bagna ripetendo formule sacre.

I fedeli si purificano nelle acque del Gange.

Alla nascita di un bambino vengono celebrati i *samskara*, cioè i **riti di benedizione** e di affidamento alla protezione di una divinità contro i pericoli delle potenze demoniache. Cresciuto e giunto all'età dell'adolescenza, il giovane appartenente a una delle tre caste più elevate, attraverso i **riti di iniziazione** (*upanayana*), entra a far parte della società indù: al giovane *brahmano* viene assegnato il cordone sacro che dovrà sempre portare, oppure gli viene assegnato il *mantra* (una formula sacra) che dovrà recitare.

Il *vivaha*, cioè il **matrimonio**, è un rito di estrema importanza: per un indù sposarsi è quasi un obbligo religioso, che si deve assolvere per rispetto degli antenati e per assicurarsi una discendenza.

La **morte** porta con sé una situazione di impurità, che i familiari purificheranno osservando alcune prescrizioni per una decina di giorni dopo le esequie. Il corpo del defunto viene cremato su una pira e, preferibilmente, è il primogenito che compie questo rito, finalizzato a liberare definitivamente l'anima dalla prigionia del corpo per permetterle di trasmigrare. Le ceneri saranno poi sparse nei fiumi. A Benares, lungo il Gange, esistono molte piattaforme predisposte per questo rito poiché molti si recano a morire nella città santa, dove è più facile liberarsi da ogni impurità contratta.

Ogni famiglia ha poi un luogo dove celebra i **riti domestici** che, di solito, sono affidati alla don-

Pittura su stoffa del XVII-XVIII secolo raffigurante il *mandala*. Questa immagine mistica, che rappresenta simbolicamente l'universo, è utilizzata come strumento di meditazione.

na. La statua della divinità viene trattata come un qualsiasi altro familiare, per cui la si sveglia al mattino, le si porta il cibo e così via.

Meritori sono considerati la **lettura in comune di brani sacri** o il **canto di inni sacri**, anche se queste pratiche non sono diffuse e sono tipiche di alcuni gruppi particolarmente devoti.

Pratiche invece molto diffuse sono il **pellegrinaggio** verso le città sante (Benares, Conjeeveram, Mathura, Brindavan ecc.) e la **risalita del corso dei fiumi**. Quest'ultimo rito è carico di simbolismo, perché si riferisce al cammino verso le sorgenti della vita.

I santuari sono numerosi e collegati a diversi fatti mitologici relativi agli dèi. Le feste sono fortemente differenziate proprio per la svariata e libera venerazione di cui godono le divinità anche se, ogni dodici anni, vi è la celebrazione della *Khumba-mela*, un particolare pellegrinaggio con bagno sacro: questo appuntamento richiama ingenti masse di fedeli.

Nell'induismo vi sono persone che godono di un particolare rispetto da parte degli altri fedeli: sono i *guru* e i *sannyasi*. Questi ultimi, che hanno lasciato tutto per vivere in ascesi, penitenza e povertà, seguono la via della liberazione attraverso la rinuncia. Essendo uomini «liberati in vita», alla loro morte non si reincarnano più.

DOCUMENTI

Il rispetto per gli animali e la vacca sacra

Gli indù hanno grande rispetto per la vita in ogni sua manifestazione (si rammenti quanto si è detto del karma*: l'anima, infatti, può trasmigrare anche in forme animali). Ciò è espresso dall'atteggiamento di non violenza (*ahimsa*) nei confronti degli esseri viventi, specialmente degli animali. Per questo, gli indù più osservanti sono spesso strettamente vegetariani. Fra gli animali oggetto di particolare rispetto e perfino di una sorta di venerazione, vi sono gli elefanti, le scimmie, le formiche, il toro, la vacca, il cobra e i serpenti in genere. Il rispetto per la mucca ha origini antichissime: essa è sempre stata utilissima e rappresentava il classico dono da presentare ai bramini. Tuttavia, poteva anche essere offerta in sacrificio e mangiata; sacrificare, infatti, non è uccidere.*

Induismo: filosofia e vita, in Le grandi religioni, EMI, Bologna

Aghnya, *cioè «quella che non deve essere uccisa»: così nei* Veda *è chiamata la vacca e il posto di primo piano che questo animale si è guadagnato nel pantheon indù è uno degli aspetti di questa religione che a tutt'oggi colpisce di più gli occidentali. Per comprendere la santità di questo animale bisogna considerare il fatto che l'85% della popolazione indiana vive ancora nei villaggi e che la civiltà agricola e arcaica ha sempre avuto nella mucca il suo perno di vita. L'animale fornisce prodotti nutrienti che consentono una dieta vegetariana e che si offrono anche agli dèi. Nel corso degli anni quindi è stata associata alla figura del* bramino*, colui che svolge compiti sacri. E questo le ha permesso di acquisire una caratteristica di sacralità, che, però, viene meno non appena la mucca muore: della sua macellazione si occupano infatti gli intoccabili.*

La protezione della vacca per me è qualcosa di infinitamente più grande di una mera protezione della vacca. La vacca simboleggia tutto ciò che vive. La protezione della vacca significa protezione dei deboli, degli inermi, dei muti e dei sordi. L'uomo allora non diventa signore e padrone di tutta la creazione, bensì servitore di essa. La vacca per me è un sermone di pietà. [...] un indù che protegge la vacca dovrebbe proteggere ogni animale. [...] Il dovere di non uccidere animali, e quindi di proteggerli, deve essere accettato come fatto incontestabile. Va perciò ascritto a maggior merito dell'induismo l'aver prescritto la protezione della vacca come dovere. Mentre è un difetto dell'induismo la mancata estensione della protezione ad altri animali. La vacca non è che un simbolo, e la protezione della vacca è il minimo che ci si possa attendere da un indù. [...] La filosofia della protezione della vacca perciò, a mio avviso, è sublime. Pone immediatamente gli animali allo stesso livello dell'uomo per quel che riguarda il diritto alla vita.

GANDHI, L'Induismo, Newton Compton, Roma 1995

Il jainismo

La comunità dei jainisti (circa 3 milioni, appartenenti per lo più alle classi alte) è diffusa soprattutto nell'India occidentale (specie nel Gujarat) e si ritiene una religione antica che *Vardhamana*, il *Jina* (vittorioso), detto anche *Mahavira* (grande eroe), ha rinnovato.

Jina (539-467 a.C.) nacque nella zona di confine con il Bengala occidentale da una famiglia della casta degli *kshatriya* e lasciò la famiglia (la moglie e la figlia) all'età di trent'anni per farsi monaco. Poco dopo lasciò anche l'abito monastico e si dedicò a un'ascesi rigorosissima finché, una notte d'estate, seduto sotto un albero, conseguì l'onniscienza. Si dedicò alla predicazione fino alla morte, avvenuta all'età di 72 anni.

Secondo la dottrina jainista l'universo è eterno e solo attraverso rigide **pratiche ascetiche** (fino al digiuno totale) è possibile superare la legge della trasmigrazione delle anime (*Karma*), liberandosi dalla prigionia della materia. Il salvato possiede conoscenza infinita, gioia, forza e dimora al di sopra dei cieli.

Il jainismo predica il rispetto assoluto per ogni forma di vita, la sincerità, il rispetto delle cose altrui, la castità e il distacco dai beni materiali.

Interno di un tempio indiano: le divinità sono rappresentate in una tipica posizione dello yoga.

La comunità jainista è suddivisa in monaci, monache, laici e laiche. I monaci, che s'intendono più prossimi alla liberazione, devono praticare, in modo rigoroso, le virtù consuete dell'ascesi indiana (i cosiddetti «grandi voti»): non nuocere, dire la verità, non rubare, osservare l'assoluta castità e non cercare il possesso di alcunché.
*Naturalmente, l'*ahimsa *(non nuocere), date le particolari concezioni dei Jaina, è principio e culmine di ogni altra virtù e deve essere osservato scrupolosamente. Perciò i monaci vanno nudi o vestiti di abiti bianchi, portano una pezzuola sulla bocca, filtrano l'acqua prima di berla, spazzano il luogo davanti a sé e osservano numerose altre norme, per evitare di fare involontariamente del male agli esseri viventi più infimi.*

Induismo: *filosofia e vita*, in *Le grandi religioni*, EMI, Bologna

Il jainismo insiste sulla dieta vegetariana e sull'opposizione alla macellazione di animali. Ai laici si raccomanda di impegnarsi soltanto in attività che riducano la distruzione di esseri viventi: per questo la maggior parte dei jainisti appartiene a classi mercantili e professionali.

Anche se i jainisti non credono in una divinità suprema e in un creatore, in India vi sono molti templi dove si venerano Jina e i ventitré maestri spirituali che lo precedettero, cioè i Tirthankara (dal sanscrito: «colui che prepara il guado, il passaggio») recitando questa litania: «*Rendiamo omaggio ai Jina! Rendiamo omaggio alle anime che hanno raggiunto la liberazione! ... Rendiamo omaggio ai maestri!*».

Il sikhismo

Storia e testi sacri

Il sikhismo (dal termine *sikh*, «discepolo» del *guru*, maestro religioso) fu fondato dal **Guru Nanak** (1469-1539), uno *kshatriya* originario della parte del Punjab oggi nel Pakistan. Fin da bambino si dimostrò precoce, propenso alla meditazione e critico verso le pratiche tradizionali indù e musulmane. A trent'anni visse un'esperienza mistica. A Sultanpur, la città dove lavorava, ricevette l'illuminazione e si trovò alla presenza di Dio, che conversò con lui. Durante il bagno nel fiume, scomparve per tre giorni e ritornato pronunciò la frase: «*Non c'è indù né musulmano, perciò quale via seguirò? Io seguirò la via di Dio. Dio non è né indù né musulmano, e la via che io seguo è la via di Dio*». Dio si pone quindi al di là dei sistemi religiosi di cui Nanak critica fortemente le espressioni.

Il Tempio d'Oro di Amritsar, la città santa del sikhismo.

Per oltre vent'anni viaggiò per tutta l'India e si recò forse anche al suo esterno: si narra, infatti, di un suo pellegrinaggio fino alla Mecca. Nel 1520 fondò il villaggio di Kartarpur dove seguì lo sviluppo della comunità sikh e dove morì nel 1539.

Dopo di lui seguirono altri nove guru, tutti considerati di uguale importanza, che diedero continuità all'insegnamento sikh fino al 1708.

L'*Adi Granth*, «Libro Originario», o *Guru Granth Sahib*, «Nobile libro», raccoglie gli inni di Nanak e dei Guru successivi, con i poemi di Kabir, un mistico di origine musulmana, e altri mistici indù e musulmani. Guru Arjan, il quinto della serie (fu guru dal 1581 al 1606), raccolse il *Granth*, organizzò la comunità dei sikh e fece costruire il «Tempio di Dio» ad Amritsar, che diventò così la città santa del sikhismo. A motivo dei conflitti insorti con i musulmani, il gruppo, da religioso e pacifico, divenne armato e militante. Soprattutto l'ultimo *guru* Gobind Singh, dal 1676 al 1708, istituì una sorta di confraternita militare, la fratellanza, *Khalsa*. Chi vi si unisce prende il titolo di *Singh* (Leone) e dove portare su di sé i cinque segni (le cinque k): capelli lunghi, braghe, pettine, bracciale e spada.

Mentre Gobind Singh moriva assassinato, dichiarò che il libro dell'*Adi Granth* era il suo successore. Il libro è così diventato la guida spirituale, oggetto di culto particolare, sostituendo l'autorità del guru. Attualmente i *sikh* rivendicano l'autonomia della loro terra, che dal 1947 è divisa tra Pakistan e India, per fondare nel Punjab la **Repubblica del Khalistan**, pur continuando a sostenere i valori della tolleranza, della coesistenza e del reciproco rispetto. Il sikhismo si è diviso, nel corso della sua movimentata storia, in numerose sette.

Alcuni hanno considerato il sikhismo come un movimento di riforma dell'induismo contro le caste, poiché questo movimento sottolinea l'egualitarismo e la democrazia; per altri fu un tentativo di riconciliare induismo e islam mescolando elementi dottrinali.

L'insegnamento di Nanak afferma con forza l'unicità di Dio, Signore Supremo, che è al di là di ogni conoscenza e comprensione umana e che non va venerato sotto nessuna forma di statua o altra rappresentazione. Egli si comunica attraverso la sua parola e il suo messaggio di illuminazione. I guru sono guide spirituali, ma la loro illuminazione è giunta direttamente da Dio: il vero Guru è solo Dio. Attraverso la **meditazione**, l'essere è permeato da Dio e chi prende coscienza della presenza interiore di Dio e obbedisce alla sua voce ottiene la liberazione spirituale già in questa vita. Nanak, infatti, conservò alcuni usi brahmanici come la credenza nel *karma* e nel *samsàra*.

Dopo la morte lo spirito vivrà alla presenza di Dio senza doversi più reincarnare. La generosità verso i fratelli e la retta condotta, che sono i complementi della vita mistica, hanno grande importanza.

Ritratto di un sikh con il tipico costume da guerriero e la barba lunga.

Riti e feste sacre

I sikh non osservano nessun giorno sacro settimanale, ma di solito l'undicesimo giorno del mese lunare è occasione di servizi religiosi nel luogo di culto chiamato *gurdwara* («porta» del guru). Altre feste cadono negli anniversari di nascita o morte dei guru.

Il Tempio Dorato di Amristar è il principale santuario dove si legge senza interruzione l'*Adi Granth Sahib*. Questo libro è centrale anche nei riti di imposizione del nome al bambino (si apre a caso e si legge la prima parola del primo inno della pagina a sinistra: l'iniziale sarà l'iniziale del nome), nella decisione di sposarsi (la coppia gira quattro volte intorno al Sacro Libro) e nel matrimonio che è valido se celebrato alla sua presenza. La maggior parte dei riti si conclude con una preghiera in piedi rivolti verso il *Guru Granth Sahib* e la distribuzione del *karah prasas* (una specie di budino caldo) offerto a tutti per simboleggiare l'uguaglianza.

Una breve professione di fede dice:
C'è un unico Dio, il suo nome è verità eterna.
Egli è il creatore di tutte le cose, lo spirito che tutto pervade.
Privo di paura e di odio, al di fuori del tempo e senza forma.
Al di là della nascita e della morte, egli risplende di luce propria.
Egli può essere conosciuto per grazia del Guru.

Il buddhismo

Storia e testi sacri

Ai documenti che presentano la vita del Buddha, si sono aggiunti molti racconti leggendari, per cui risulta difficile ricostruire in maniera completa l'esistenza del fondatore del **buddhismo**.

Nato nella regione himalayana verso il 560 a.C., **Siddharta Gautama** era un nobile principe della dinastia dei Sâkya appartenente alla casta dei guerrieri. Cresciuto a palazzo ed educato secondo le regole della nobiltà, sposò una nobile ragazza dalla quale ebbe un figlio. All'età di 29 anni, nonostante le cautele del padre che lo voleva immune dalle sofferenze umane, venne a contatto con situazioni di miseria e fragilità umana. La leggenda dice che Buddha incontrò un vecchio, un malato, un corteo funebre con un morto e un asceta: fu la scoperta della debolezza umana e dei limiti che impediscono all'uomo la piena realizzazione

Il Buddha seduto in un momento di meditazione.

e felicità. Decise così di abbandonare il palazzo e di seguire la via dell'ascetismo.

Dapprima con un gruppo di compagni, poi in maniera completamente solitaria, si dedicò alla penitenza, all'ascesi e alla contemplazione. All'età di 35 anni avvenne il grande risveglio, l'illuminazione: divenne il Buddha, cioè «il Risvegliato», «l'Illuminato», «il *Sakyamuni*», cioè il più saggio dei *Sâkya*.

Tenne un discorso a Benares, nel quale espose le **quattro nobili verità**, poi cominciò a viaggiare per tutto il subcontinente indiano, presentando il proprio pensiero come via sicura per raggiungere la salvezza. Attorno alla sua persona si formò una comunità di discepoli numerosa e ben organizzata che, dopo la sua morte (460 a.C.), continuò la diffusione del suo messaggio.

I testi fondamentali del buddhismo sono raccolti in tre gruppi:

- i **Sutra**: sono gli scritti più importanti del canone buddhista e presentano i discorsi dell'Illuminato e i suoi insegnamenti diretti;
- i **Vinaya**: sono scritti che contengono regole monastiche e norme disciplinari;
- gli **Abhidhamma**: sono testi di dottrina buddhista che ne trattano i dogmi in maniera teorica.

Questi testi furono scritti in differenti lingue e il loro numero si è accresciuto con il passare del tempo, poiché il buddhismo non considera il proprio «canone sacro» chiuso nel tempo e nel contenuto.

Le verità fondamentali

La ricerca spirituale del Buddha si inserisce sulla religiosità induista che afferma la reincarnazione come destino dell'uomo. Buddha sostiene che il senso dell'esistenza umana consiste nella **ricerca della felicità**, una felicità impedita dalla vita stessa che si rivela intrinsecamente dolorosa.

Nel discorso di Benares, che inaugura il buddhismo, egli sostiene quattro verità.

- La **prima verità** insegna che ogni **esistenza è dolore**. Dalla nascita alla morte ogni uomo sperimenta la sofferenza fisica e spirituale: la vita umana presenta malattie, dolori, fatiche, vecchiaia, e questo è motivo di sofferenza. Ma anche spiritualmente l'uomo soffre per l'insoddisfazione generata da certi desideri, per il distacco o la perdita di persone care e per le innumerevoli preoccupazioni del vivere quotidiano. La sete di eternità e di potere, la ricerca dei piaceri e ogni cupidigia, sono causa di dolore. La vita porta quindi con sé un notevole carico di dolore.
- La **seconda verità** fa prendere coscienza del fatto che l'insoddisfazione e la sofferenza hanno una comune origine: il **desiderio**. Anzi, il desiderio è la stessa ragione del ciclo delle reincarnazioni (*samsàra*), poiché esso tende verso qualcosa che si vuole: la perfezione. Dunque, sia il desiderio di avere qualcosa, sia quello di essere qualcuno, sia il desiderio di volersi annientare e perdere nel *brahman*, qualsiasi desiderio origina dolore.
- La **terza verità** insegna che la soluzione alle sofferenze umane e allo scarto esistente tra i desideri e la loro realizzazione (dolore) va ricercata nello **spegnimento del desiderio stesso**. Quando non si hanno desideri, non si prova nessun genere di tensione interiore e si estingue il dolore.

• La **quarta verità** indica la strada da seguire per raggiungere questo obiettivo. Essa consiste nell'**ottuplice sentiero**, la via che conduce al Nirvana (dalla radice *nirva*, che significa «spegnimento»). Questo percorso etico si pone come soluzione intermedia tra l'eccessivo ascetismo e il comportamento permissivo e lassista, inoltre impegna l'intelletto umano, suggerendogli norme morali:

- retta comprensione
- retta intenzione
- retta parola
- retta azione
- retto contegno
- retto sforzo
- retto ricordo
- retta concentrazione

Nirvana: in sanscrito significa «cessazione», «estinzione». È forse il vocabolo più noto della terminologia buddhista, ma il più sfuggente, il più difficile da definire. Letteralmente significa «estinzione di una fiamma mediante un soffio». Buddha ne parla come di estinzione della bramosia, dell'odio e dell'ignoranza che conduce alla rinascita. Il Nirvana, quindi, coincide con quello stato che è la soppressione del dolore.

Si tratta di strumenti finalizzati a rafforzare l'autodominio della persona che, partendo da una corretta assimilazione delle verità (retta comprensione) ne fa una guida per la vita (retta intenzione). Per retta azione si intende il rispetto dei cinque precetti del "non uccidere alcun vivente", "non rubare", "non commettere atti impuri", "non mentire", "non bere bevande alcoliche". Colui che raggiunge questo elevato livello di vita spirituale spegne ogni desiderio, neutralizzando il dolore presente nell'esistenza umana.

Raggiungere il Nirvana significa allora lo spegnimento completo di ogni desiderio, l'annullamento totale di ogni passione. Esso è frutto di esperienza spirituale e non è spiegabile; Buddha non chiarisce infatti appieno in che cosa consista il Nirvana e nemmeno parla di Dio.

Le scuole buddhiste, a questo riguardo, hanno diverse posizioni: vi è chi sostiene che il Nirvana sia uno stato, una situazione di pace e serenità complete raggiunte in maniera stabile e definitiva; altri affermano che sia il completo nulla nel quale l'esistenza umana si annienta, per cui l'individuo non esiste più con le proprie personali caratteristiche e, non esistendo più come persona, non sperimenta le sofferenze legate alla vita individuale.

La dottrina buddhista si presenta come un insegnamento morale, non come una vera e propria religione, poiché non si pone direttamente il problema di Dio, ma il problema di come vivere l'esistenza umana liberi dal dolore.

Una ruota a otto raggi, che simboleggia il ciclo delle reincarnazioni.

Il forte **carattere etico** del buddhismo ne ha fatto la prima religione che ha predicato la fratellanza universale.

Pur affermando il ciclo delle reincarnazioni, la dottrina buddhista della rinascita non è da confondersi con quella induista; non vi è infatti una diretta trasmigrazione di anime in altri esseri viventi, ma l'insieme di impulsi e forze vitali che costituiscono la spiritualità umana si disgregano con la morte per riaggregarsi in altri viventi.

Le correnti buddhiste

Con la morte del Buddha venne a mancare una persona autorevole che guidasse lo sviluppo delle dottrine insegnate e, nel giro di pochi anni, si arrivò alle divisioni che caratterizzano ancor oggi il buddhismo. Vi erano molte questioni lasciate irrisolte dall'insegnamento del Buddha: esiste un Dio personale? Che cosa si intende realmente per Nirvana? Come redigere una regola monastica? È possibile una via di salvezza anche per chi non fa la scelta monastica e resta laico?

Un monaco buddhista legge un testo sacro.

Questi problemi portarono a soluzioni diverse e la divisione si manifestò già durante il primo «concilio» della comunità alla fine del V secolo a.C., quando si sentì la necessità di fissare le regole per le comunità monastiche.

La grande frattura avvenne tra due scuole religiose denominate «Piccolo Veicolo» e «Grande Veicolo». La divisione si stabilì definitivamente agli inizi del I secolo d.C.

Il **Piccolo Veicolo** (*Hînayâna*) è una corrente buddhista rigorista che propone il messaggio del Buddha per un ristretto gruppo di persone, poiché presuppone che solo l'*arhat*, cioè il monaco, possa incarnare l'ideale di vita. Solo l'*arhat*, nel suo cammino di ascesi, giunge alla perfezione. Da questa posizione risulta che gran parte dei fedeli (i laici) restano esclusi e di qui deriva la definizione polemica di Piccolo Veicolo, cioè via alla salvezza per un piccolo numero di eletti. Questa scuola insegna che ognuno deve badare da solo alla propria salvezza e non vi è possibilità di creare una solidarietà tra gli uomini in vista di essa, poiché il mondo degli esseri viventi è costituito da una serie innumerevole di anime individuali tra loro autonome.

Il **Grande Veicolo** (*Mahâyâna*) insegna che nel cosmo esiste un'unica realtà assoluta ed eterna. L'esistenza degli individui è illusoria poiché ognuno fa parte di un Tutto onnicomprensivo. L'ideale religioso proposto da questa corrente buddhista è quindi quello del *Bodhisattva*, cioè di colui che tende a essere come Buddha.

Siccome gli esseri viventi sono uniti nel Tutto, la salvezza si consegue amando il prossimo, offrendo aiuto materiale e spirituale a chiunque, nutrendo rispetto e una sorta di simpatia verso qualsiasi essere vivente. Coloro che conseguono questi obiettivi, avvicinandosi all'ideale incarnato da Buddha, divengono oggetto di culto dopo la morte e i loro meriti possono essere trasferiti e donati ad altri fedeli, in modo che anche i laici possano raggiungere la salvezza. Il primo a ricevere questo culto è indubbiamente il Buddha che, nella scuola religiosa del Grande Veicolo, viene deificato. Per spiegare il processo di deificazione del Buddha, i fedeli ricorrono alla teoria dei tre corpi: Buddha avrebbe un **corpo apparente** soggetto alla corruzione, il corpo del principe Siddharta; un **corpo glorioso** che sarebbe la persona del Buddha arricchita di maestà, luce e atti meritori, conseguiti durante le diverse esistenze precedenti; e, infine, un **corpo reale** o **corpo della Legge** che coincide con l'Assoluto, poiché è l'estensione a tutto il cosmo dell'illuminazione conseguita dal Buddha, cioè la comprensione del mistero della vita.

Oltre a queste due grandi correnti del buddhismo, ve ne sono altre legate alla predicazione e all'insegnamento di differenti maestri spirituali e di scuole monastiche.

Paul-Elie Ranson, *Cristo e Buddha*, 1890, Collezione privata.

Induismo, buddhismo e cristianesimo a confronto

L'incontro con il divino

L'induismo e il buddhismo danno grande importanza alla **spiritualità**, e questo è un aspetto molto apprezzato dal cristianesimo. Tuttavia, per un cristiano la ricchezza interiore di una persona non sta nella sua capacità di introspezione: l'uomo è immagine di Dio e la sua felicità piena sta nell'incontro con Dio. Le religioni orientali invitano alla meditazione, alla riflessione, ma non parlano dell'incontro con Dio come di un incontro con Qualcun Altro, con una realtà personale con cui dialogare, da ascoltare, a cui chiedere aiuto ecc. Anzi, nell'induismo, quando l'uomo incontra l'Assoluto si perde, annienta la propria individualità, non esiste più come persona, si dissolve nel Divino. Nella fede cristiana, invece, l'incontro con Dio sarà un incontro personale e ognuno di noi sarà se stesso per sempre. La stessa preghiera cristiana non è solo introspezione e analisi di sé, ma è dialogo e ascolto, è un incontro personale con Dio.

Nella religiosità indù senza dubbio colpisce la grande devozione popolare, che si manifesta attraverso pellegrinaggi di massa nei luoghi sacri. Colpiscono anche i santoni che, dopo aver rinunciato a tutto, conducono una vita ascetica in totale solitudine.

L'induismo è sempre stato tollerante nei confronti delle altre fedi: secondo i suoi principi tutte le religioni hanno il medesimo valore poiché sono come raggi di uno stesso sole o fiumi diretti verso uno stesso mare. Purtroppo, negli ultimi tempi questo atteggiamento sta venendo meno, a causa di movimenti fondamentalisti che vorrebbero fare dell'induismo la religione ufficiale dell'India.

Cristianesimo, induismo e buddhismo considerano la vita come processo di **purificazione**, ma il punto di arrivo è diverso.

Per il cristiano la purificazione consiste nella progressiva **imitazione di Cristo** per raggiungere la gioia del paradiso, dell'incontro definitivo con Dio. L'indù e il buddhista cercano invece la purificazione per **liberarsi dal ciclo** di nascite e rinascite.

Papa Giovanni Paolo II e il Dalai Lama si abbracciano durante l'incontro di Assisi nell'ottobre 1986.

Affinità e differenze

Vi sono certamente delle incompatibilità fondamentali tra la fede cristiana e queste religioni. Innanzitutto la **trasmigrazione delle anime**: secondo il cristianesimo, infatti, non ci si può incarnare in un altro uomo, perché ognuno è unico e irripetibile. Il cristiano crede che l'esistenza sia l'unica possibilità di realizzare o perdere se stessi, parla di risurrezione dei morti e di vita eterna, e non di reincarnazione. Ciascuno è amato per se stesso, la sua vita è originale e unica e non si perderà nel nulla della morte e nemmeno nell'indistinzione divina. Ciascuno risorgerà, cioè Dio prenderà la sua vita e la porterà nella comunione eterna di gioia con Lui: saremo noi stessi per sempre e con Dio. Per il cristiano è poi inaccettabile il **sistema delle caste indù**, inconciliabile con l'uguaglianza fra gli uomini predicata da Gesù. Infine, l'esistenza di **tanti dèi** nel pantheon indù non si può accordare con l'unicità di Dio del cristianesimo. Buddha, invece, non parla di dèi, anzi, non parla nemmeno di Dio: mantiene il silenzio sulla sua esistenza. Il cristianesimo crede nell'esistenza di un Dio personale e soprattutto nella rivelazione di Dio che, facendosi uomo in Gesù, si è rivelato.

Tutte queste religioni, comunque, insegnano il rispetto, l'amore, la concordia, la non-violenza.

Nell'induismo, gli uomini scrutano il mistero divino e lo esprimono con l'inesauribile fecondità dei miti e con i penetranti tentativi della filosofia; essi cercano la liberazione dalle angosce della nostra condizione sia attraverso le forme di vita ascetica, sia nella meditazione profonda, sia nel rifugio in Dio con amore e confidenza.
Nel buddhismo, secondo le sue varie scuole, viene riconosciuta la radicale insufficienza di questo mondo materiale e si insegna una via per la quale gli uomini, con cuore devoto e confidente, siano capaci di acquistare lo stato di liberazione perfetta o di pervenire allo stato di illuminazione suprema per mezzo dei propri sforzi e con l'aiuto venuto dall'alto.

CONCILIO VATICANO II, *Nostra Aetate*, n. 2b

Il taoismo

Storia e testi sacri

Il **taoismo** è una religione asiatica, diffusa soprattutto in Cina e legata alle tradizioni degli abitanti di questa nazione. Fu fondata da Lao-Tze (VI-V secolo a.C.), un personaggio che molti ritengono leggendario; sarebbe nato verso il 540 a.C. (contemporaneo, dunque, di Confucio, il grande maestro di sapienza cinese) e avrebbe esercitato l'attività di archivista di Stato del governo centrale, vivendo tuttavia ritirato, in una condizione quasi monacale.

A Lao-Tze viene attribuita la stesura del *Libro della via e della virtù*. L'origine delle idee del taoismo viene fatta risalire anche alle opere mistiche e filosofiche di Chuang-Tzu (IV secolo a.C.). Questa religione era il giusto completamento delle teorie confuciane: Confucio proponeva un'etica sociale, il taoismo concetti religiosi e insegnamenti dottrinali sull'origine del cosmo e sulle divinità.

Gli insegnamenti taoisti sono raccolti nel libro *Tao-Teh-King*: il «libro dell'azione nel mondo del Tao». In origine il taoismo non aveva una struttura religiosa ben organizzata e fu soprattutto grazie all'iniziativa di Chang-Tao-Ling (I secolo d.C.) che esso ricevette una precisa struttura gerarchica e dottrinale.

Una statuetta raffigurante Lao-Tze.

La dottrina

Alla base della dottrina taoista vi è il **Tao**, cioè il respiro primordiale (*T'ai-chi*), l'origine di tutto, il principio generatore di tutte le cose e la via attraverso cui l'Essere Supremo si rivela e, contemporaneamente, la strada che l'uomo deve seguire per rispondere a Dio. Il *Tao* produce tutto ciò che esiste nel mondo e lo riempie della propria presenza e amorevolezza; infatti, egli nutre e mantiene generosamente in vita ogni creatura.

All'interno del Tao si possono individuare due qualità contrapposte: lo **Yang** e lo **Yin** che sono la presenza del Tao nelle realtà create. Lo *Yang* è il principio positivo, attivo, forte, lo *Yin* quello negativo, passivo. Tuttavia, bisogna ricordare che il bene e il male non si identificano con uno dei due principi, poiché il bene è costituito dall'armonia fra *Yang* e *Yin*, mentre il male è rappresentato dalla loro disarmonia.

Da questi principi discendono il Primordiale Nobile Celeste che governa il cielo, il Nobile Celeste che governa la terra e il Nobile Celeste che presiede alle acque e alle rinascite.

Il fine della religione taoista consiste nella possibilità di instaurare un'unione con il Tao trascendente. Per realizzare ciò occorre seguire la via dell'«azione senza azione»: essa non consiste in una pura passività davanti alla vita, ma piuttosto nell'agire essendo liberi dalle passioni, dagli interessi e dall'attaccamento alle cose. Perciò l'uomo deve essere naturale e spontaneo, con uno stile di vita semplice, accontentandosi di poco. Si tratta, in definitiva, di assumere una capacità di distacco da tutte le influenze esterne, per cui un individuo raggiunge la «somma pace», che simbolicamente rappresenta l'immortalità, poiché il corpo assume sempre più i caratteri dello spirito e lo spirito si amalgama totalmente con il corpo spiritualizzandolo.

Lo *Yin* (principio femminile) e lo *Yang* (principio maschile) circondati dai segni zodiacali.

Per raggiungere questi obiettivi si seguono differenti strade: lo studio e l'applicazione all'alchimia; il ricorso a particolari diete, con il divieto di assumere determinati alimenti; la preparazione di farmaci in maniera naturale e con pratiche occulte; la via della concentrazione, della meditazione e di precise tecniche respiratorie; infine, la pratica di riti con l'intervento di sciamani (sorta di sacerdoti) che ricercano l'estasi e cadono in stato di trance.

I riti e le feste

Sotto l'influsso del buddhismo, il taoismo si è organizzato in comunità monastiche; esiste tuttavia un **clero** (i *taoshi*) che si preoccupa dei riti per i defunti, presiede le varie cerimonie e conduce la propria vita in mezzo al popolo e alle famiglie. Le celebrazioni più importanti sono legate al ciclo naturale, per cui durante il solstizio invernale avviene la celebrazione del **Su-ch'i**, ossia il rituale del rinnovamento cosmico. Durante questo rito, il taoista «pianta» i cinque elementi (legno, fuoco, metallo, acqua e terra) e stabilisce un sacro contatto con i poteri spirituali del cosmo intero.

Il primo giorno del primo mese lunare è la **festa del capodanno**, ricorrenza in cui si ricordano gli antenati.

Il quindicesimo giorno è la **festa delle luci**, con danze di draghi e processioni di lanterne.

Il quindicesimo giorno del settimo mese, prima del raccolto si celebra la **festa delle anime**, in cui vengono perdonate e liberate dall'inferno.

Vi sono poi i riti legati alla vita dell'individuo: innanzitutto i **riti della nascita** che vedono la donna incinta esonerata da incombenze e lavori quotidiani perché bisogna rispettare il *T'ai-shen* o «spirito del feto», il protettore della madre in quel particolare periodo. Poi vengono le celebrazioni della **maturità** e del **matrimonio**. Quando si avvicina la *morte*, il taoista si fa deporre sul pavimento di casa, accanto all'altare degli antenati che sarà velato nei giorni successivi al decesso, in segno di lutto. Nella bara, insieme con il corpo, vengono deposti cibo e oggetti preziosi; i familiari bruciano denaro di carta per intercedere a favore dell'anima del defunto, a ricordo del quale verrà poi posto sull'altare di casa un ramo di salice.

Il confucianesimo

Il **confucianesimo** non fu mai e non è ancor oggi una vera e propria religione, anche se ha segnato profondamente le tradizioni e le inclinazioni del popolo cinese. Esso è soprattutto una scuola morale, una raccolta di insegnamenti di comportamento che si inserisce su tradizioni religiose molto antiche della Cina.

Confucio• (nome latinizzato di *Kung-fu-tsu* che significa: «il maestro Kung») visse in Cina durante la dinastia dei Chou (551-479 a.C.). Non si presentò mai come un profeta inviato da Dio né come il fondatore di una nuova religione. Spesso affermò di non insegnare nulla di nuovo, ma di trasmettere gli insegnamenti degli antichi.

Statua di Confucio situata davanti al Tempio di Fuzimiao a Nanchino, in Cina.

In qualità di ministro dell'imperatore, passò la sua vita viaggiando tra le varie corti dei principi, cercando di convincere i diversi feudatari cinesi a fermare la decadenza e la corruzione che regnavano durante la dinastia Chou. Egli intese quindi moralizzare la vita sociale del suo tempo e, per fare ciò, rivalutò le tradizioni religiose cinesi. Queste antiche credenze affermavano l'esistenza di innumerevoli divinità ordinate tra loro in maniera gerarchica secondo uno schema feudale che vedeva come divinità principale il **Dio del Cielo** e poi il **Dio della Terra**. L'adorazione del Cielo (*Tien*) era la pratica cultuale più importante; il suo tempio principale era situato nella capitale, Pechino; questo dio non era rappresentato in forma antropomorfa, cioè in forma umana, e aveva le caratteristiche della maestà, onnipotenza, intelligenza, onnipresenza, provvidenza.

Si riteneva che da queste divinità discendesse l'ordine della società, per cui lo Stato era espressione della volontà divina. L'imperatore era figlio del Cielo e i suoi sudditi erano tenuti all'obbedienza e al rispetto dovuto verso il rappresentante del volere divino.

Alla venerazione verso gli **dèi**, le tradizioni religiose dell'antica Cina univano la venerazione per le **anime degli antenati** e il profondo valore della **famiglia**.

DOCUMENTI

Gli insegnamenti di Confucio

Il Maestro dice: «Un giovane deve essere rispettoso in casa verso i genitori e in società verso i fratelli maggiori. Non sia prodigo di promesse e mantenga quelle che ha fatto. Estenda la sua simpatia a tutti gli uomini». (I, 6)

Il Maestro dice: «Se governerete a colpi di leggi e se manterrete l'ordine solo con i castighi, il popolo si limiterà a ubbidire, senza provare il minimo senso di colpa.
Ma se governerete con la virtù e se creerete armonia con i riti, il popolo non soltanto proverà vergogna a infrangerli, ma tenderà da solo verso il bene». (II, 3)

Il Maestro dice: «Onori e ricchezze sono ciò che l'uomo desidera di più al mondo, e tuttavia è meglio rinunciarvi che allontanarsi dalla Via. Umiltà e povertà sono ciò che l'uomo teme di più al mondo, e tuttavia è meglio accettarle che allontanarsi dalla Via». (IV, 5)

Il Maestro dice: «L'uomo saggio desidera la virtù, l'uomo da poco i beni materiali. L'uomo saggio ha il senso della legge, l'uomo da poco non pensa che ai privilegi». (IV, 11)

Il Maestro dice: «Io trasmetto l'insegnamento degli antichi senza creare nulla di nuovo, poiché esso mi sembra degno di fede e di adesione». (VII, 1)

Il Maestro dice: «Se incontri un uomo di valore, cerca di rassomigliargli. Se incontri un uomo mediocre, cerca i suoi difetti in te stesso». (IV, 17)

Il Maestro dice: «Sii padrone di te stesso, e commetterai pochi errori». (IV, 23)

Passeggiando con il Maestro sotto gli alberi presso l'altare della pioggia, Fan Chi gli domanda: «Che cosa bisogna fare per rafforzare la propria virtù, per sradicare i vizi e per vincere l'incostanza?».
Il Maestro: «Eccellente domanda! Compiere il proprio dovere senza pensare alla ricompensa, non significa forse rafforzare la propria virtù? Prendersela con i propri vizi e non con quelli degli altri, non è forse il mezzo per sradicarli?». (XII, 21)

CONFUCIO, *Dialoghi*, Mondadori, Milano 1994

Attività

- Quali insegnamenti morali, quali virtù, quali valori puoi ricavare dagli insegnamenti di Confucio qui riportati?
- Quali ti sembrano i più interessanti, anche in riferimento a situazioni attuali o personali? Motiva la tua risposta.
- Fai un confronto tra taoismo, confucianesimo e shintoismo riguardo a questi argomenti:
  - la divinità;
  - il modo di impostare il proprio comportamento;
  - la natura.

In entrambi i casi veniva sottolineata l'importanza della solidarietà familiare e del legame di protezione che continua oltre la morte. I genitori, in quanto «capi» della famiglia, devono essere rispettati dai figli che devono dimostrare nei loro confronti amore e pietà filiale.

Confucio, con l'intento di creare una società più unita e giusta, oltre a rivalutare il patrimonio della religiosità cinese, presentò una serie di **insegnamenti morali** che dovevano regolare i rapporti sociali, familiari e personali: la pietà e il rispetto filiale verso i genitori (*hsiao*); l'obbedienza all'imperatore e la fedeltà allo Stato (*chung*); il rispetto (*li*) e l'amicizia autentica (*yi*); la tolleranza e l'accoglienza verso gli stranieri (*jen*). Ma, soprattutto, indicò che la perfezione dell'uomo consiste nella ricerca della virtù. Non sono le ricchezze, né gli onori, né il piacere che possono rendere felice un uomo; soltanto la virtù, che si conquista con forza di volontà, tenacia e osservanza delle norme, può dare all'uomo una vita armoniosa e serena.

Così i rapporti tra gli uomini devono essere determinati dall'armonia che governa il cosmo, permettendo all'individuo di raggiungere la propria realizzazione personale. La sincerità, la bontà, lo studio, la rettitudine sono caratteristiche dell'uomo perfetto, il quale vive ben inserito nella società e non offre agli altri motivi di risentimento.

L'insegnamento di Confucio, inizialmente passato sotto silenzio e osteggiato, venne notevolmente rivalutato nei secoli successivi, in particolare ai tempi dell'imperatore Wu Ti (II secolo d.C.), tanto da diventare la religione di Stato fino al 1912, anno della caduta dell'imperatore manchù. A Confucio viene tributato il culto di Stato e gli si rivolgono sacrifici e offerte come a una divinità.

Il suo insegnamento è raccolto in una serie di scritti (i *Quattro libri* e i *Cinque classici*) dove emerge il suo intendimento di migliorare l'uomo per migliorare poi tutta la società.

Lo shintoismo

La tradizione religiosa del Giappone presenta aspetti tra loro differenziati e viene indicata con il termine **shintoismo** (*To*, «sentiero»; *Shin*, «degli dèi»).

Il culto degli shintoisti è indirizzato verso la **natura** e verso gli **antenati**. L'uomo deve prendere coscienza della presenza del divino in ogni realtà naturale

Sotto, a sinistra, edificio delle offerte del Tempio shintoista Yasaka a Kyoto, in Giappone.

A destra, il Tempio shintoista Jishu a Kyoto, in Giappone.

A sinistra, tavolette di legno esposte in un tempio, contenenti le preghiere dei giovani di Tokyo scritte alla vigilia di esami scolastici.

A destra, sacerdoti shintoisti in processione all'ingresso del santuario Taisha a Izumo.

(mare, montagne, corsi d'acqua, vento, pioggia, sole ecc.) e questa conoscenza avviene in maniera intuitiva attraverso un contatto con la natura. Nell'unione tra uomo e natura, egli percepisce lo spirito divino e le caratteristiche divine presenti nei vari elementi chiamate **Kami**. Nello shintoismo tutto è divino, ma il contatto con questa dimensione avviene solo se l'uomo ha un animo puro e segue particolari riti (purezza rituale).

Nello shintoismo non vi è una morale ben definita; ognuno segue la propria coscienza poiché ogni essere umano sa come comportarsi e la natura glielo suggerisce in ogni momento: come gli animali sono guidati dall'istinto che suggerisce loro che cosa fare, così, a maggior ragione, gli esseri umani. Non esistendo il concetto di peccato, la purezza richiesta per i riti shintoisti rimanda all'onore e al rispetto dovuto a ciò che è più grande dell'uomo, al *Kami*, allo spirito divino.

Questa tradizione religiosa non ha fondatori né dogmi, anche se, durante i secoli, si sono consolidate alcune pratiche quali la venerazione verso gli antenati e l'obbedienza nei confronti dell'imperatore (che è considerato discendente del Cielo).

Lo shintoismo ha un forte senso dell'onore personale, anche se talvolta questo è considerato come un valore assoluto, sganciato da uno scopo più alto della vita umana.

Pur rilevando la presenza del divino in ogni realtà, lo shintoismo parla di alcune divinità del cielo, tra le quali le più importanti sono *Amenominakanushi, Takamimusubi, Kamimusubi*. Gli studiosi hanno tuttavia individuato una tendenza ad allontanarsi dal politeismo e un avvicinamento al monoteismo, in quanto queste divinità e i Kami sarebbero espressioni dell'unica realtà divina che pervade la natura.

Le feste sono diverse a seconda dei vari santuari e luoghi di culto.

I **riti domestici** sono molto semplici, mentre i **riti delle solennità** sono articolati e richiedono specifici preparativi (ad esempio i riti dell'incoronazione dell'imperatore). A officiare i riti sono preposte persone incaricate che fungono da ministri di culto.

Politeismo: dal greco *polús* e *theós*, «molti dèi», è l'esatto contrario di monoteismo. Con questo termine si indicano forme religiose che ammettono l'esistenza di più divinità a cui è destinato il culto.

Monoteismo: dal greco *mónos* e *theós*, «un solo dio», è la fede nell'esistenza di un dio unico. Indica le tradizioni religiose che praticano un culto nei confronti di una sola divinità, della quale affermano l'unicità con l'esclusione categorica di ogni altro dio.

Confucianesimo, shintoismo e cristianesimo

Il confucianesimo è una proposta religiosa indubbiamente interessante. L'ideale di una vita civile ben ordinata e rispettosa, come proponeva Confucio, in cui gli individui sono mossi da sinceri sentimenti di rispetto e solidarietà, è presente nel comandamento dell'amore insegnato da Cristo.

Quanto la saggezza confuciana afferma ha però bisogno di una motivazione che vada oltre le ragioni di opportunità e ordine sociale. Il cristianesimo afferma l'importanza di una società solidale e rispettosa, dove la famiglia occupa il primo posto in quanto cellula dell'intero tessuto civile; il quarto comandamento dice di onorare il padre e la madre; le lettere degli apostoli insegnano a rispettare chi ci governa, ma tutto ciò in nome di Dio: da Lui gli uomini derivano e quindi si ritrovano in un comune legame di fratellanza.

Gesù riprende la stessa regola d'oro di Confucio:

Ciò che non vorrei che gli altri mi facessero, per nulla al mondo vorrei farlo agli altri. (V, 11)

Ciò che non vuoi sia fatto a te, non farlo agli altri. (XII, 2)

Confucio, *Dialoghi*, Mondadori, Milano 1994

Se Confucio insegna a non fare del male, Gesù insegna a fare del bene:

Tutto quanto volete che gli uomini facciano a voi, anche voi fatelo a loro [...].

Mt 7, 12 (anche Lc 6, 31)

Non sono solo ragioni di convenienza e opportunità sociale a spingere il cristiano al rispetto e alla solidarietà; è la convinzione che tutti formino la stessa famiglia di Dio, dove Dio Padre rende gli uomini tra loro fratelli.

Dall'Oriente giunge all'Occidente cristiano un forte richiamo all'attenzione per la natura. Per lo shintoismo essa è espressione di un ordine superiore e in essa si rende presente lo spirito divino, il *Kami*. Ogni volta che l'uomo entra in stretto contatto con essa non fa altro che unirsi alla divinità. Il cristianesimo vede nella natura uno dei riflessi più belli della presenza di Dio, ma la natura non è Dio; la natura è qualcosa di creato da Dio per accogliere l'uomo e non è l'uomo a doversi perdere nella realtà del cosmo, ma è la natura a dover essere guidata e utilizzata (con saggezza e rispetto) dall'uomo. L'Occidente industrializzato ha forse dimenticato l'importanza di un contatto genuino e stupito con la natura: guardare un fiore, conoscere i ritmi delle stagioni, immergersi nel silenzio di un bosco... Queste sono esperienze che avvicinano a Dio (si pensi a Francesco d'Assisi), ma non sono Dio, né esauriscono la nostra esperienza di fede che si concretizza anche nell'impegno etico per cambiare il nostro comportamento e indirizzarlo, sotto la guida della mente e della volontà, secondo i comandi di Dio. Nel cristianesimo non vi è lo spontaneismo di chi segue quanto la coscienza gli suggerisce di volta in volta, fidando che la natura umana possa arrivare al bene da sé.

Attività

- Confronta l'insegnamento di Confucio e quello di Cristo: in che cosa sono simili?
- Sapresti spiegare perché non sono tuttavia due insegnamenti identici?

L'islam

L'**islam** (parola che significa «sottomissione, obbedienza completa a Dio») non è soltanto una religione, ma si caratterizza come una vera e propria cultura, poiché il suo insegnamento investe anche l'ambito dell'organizzazione sociale, civile e penale. L'islam presenta infatti anche norme in materia di giustizia, igiene, alimentazione, costume, diritto pubblico e privato.

Oltre al termine **islam**, questa religione è indicata anche come **musulmanesimo** (da *muslim*, «fedele») o **maomettanesimo** (dal nome del fondatore, Muhammad).

Miniatura iraniana del XVI secolo rappresentante Muhammad mentre ascende al cielo in sella al cavallo Burak.

La storia: Muhammad e l'origine dell'islam

Muhammad (Maometto) nacque alla Mecca verso l'anno 570 d.C. Rimasto orfano sia di padre sia di madre in giovane età, venne cresciuto dallo zio Abu Talib e raggiunse stabilità economica sposando un'agiata mercantessa vedova, di nome Kadigia, presso la quale aveva prestato servizio come guardiano di cammelli. Egli stesso raccontò di avere avuto una visione dell'arcangelo Gabriele in una notte del 610: fu l'inizio di una serie di rivelazioni. Muhammad iniziò così a predicare il suo nuovo messaggio religioso. L'ambiente arabo del suo tempo era caratterizzato, dal punto di vista economico, dalla pratica dell'attività commerciale. Dal punto di vista religioso, le diverse tribù di beduini adoravano differenti divinità (politeismo) e praticavano la litolatria (adorazione delle pietre). Comune alle differenti tribù arabe era la venerazione per **Allah** e per la **pietra nera** conservata alla Mecca presso la *Ka'ba* («cubo»). Muhammad fece leva su questi elementi comuni e, con il suo insegnamento religioso, contribuì a unificare le diverse tribù arabe attorno a un'unica religione. I commercianti della Mecca, vedendo minacciati i propri interessi dall'insegnamento che Muhammad diffondeva e temendo un decremento nei pellegrinaggi tradizionali alla *Ka'ba*, si opposero al nuovo profeta. Muhammad fuggì dalla Mecca e cercò rifugio a Yatrib, una città a circa 450 km dalla Mecca e che prese successivamente il nome di Medina (*Madinat-al-nabi*, «città del Profeta»). Il 622 d.C., data di questa migrazione forzata (in arabo *hijra*, «egira»), segna l'inizio del calendario islamico. Nel 630 Muhammad organizzò la conquista dei territori meccani e la diffusione della sua dottrina. La Mecca venne conquistata e da quel momento ebbe inizio la grande espansione musulmana. L'8 giugno del 632 Muhammad morì, ma l'espansione dell'islam continuò, conquistando il nord Africa, le regioni orientali fino all'India, espandendosi fino nell'Indonesia. Anche l'Europa fu minacciata dalla

Ka'ba: è una costruzione cubica alta 15 metri, larga 10 e lunga 12. Nell'angolo est si trova la «pietra nera». Secondo la tradizione, Adamo venne cacciato dal Paradiso per il suo peccato, ma fu perdonato. Ricevette allora l'ordine di costruire una tenda, che fosse un «segno», e attorno a questa compiere dei giri di venerazione. Con il diluvio universale questa tenda andò distrutta, fino a quando Dio, con un vento impetuoso, sgomberò il terreno e con l'ombra di una nuvola indicò ad Abramo il perimetro della *Ka'ba*. Aiutato dal figlio Ismaele, Abramo edificò questo monumento cubico, dove l'angelo Gabriele collocò la «pietra nera»: essa era in realtà bianca, fino a quando non si caricò dei peccati degli uomini. Visitando la *Ka'ba* è possibile anche vedere quella che tradizionalmente è chiamata «l'impronta del piede di Abramo».

Una pagina miniata del Corano. Per i musulmani anche la scrittura è sacra, in quanto è la lingua in cui si è espresso Allah.

conquista islamica quando, nel 711, gli arabi giunsero in Spagna; Carlo Martello (685-741) li fermò nel 732 a Poitiers, vicino a Tour. Gli arabi riuscirono però a conquistare gran parte della penisola iberica (VIII secolo) e a insediarsi in Sicilia nel IX secolo. Sul versante dell'Europa orientale, gli ottomani conquistarono la regione balcanica, giungendo fino a Kijev e alle porte di Vienna (1683).

A guidare l'espansione islamica furono i califfi, diretti discendenti di Muhammad, che rivestivano un incarico politico e religioso.

Muhammad è considerato il sigillo dei profeti: egli è il Profeta per eccellenza. Dio ha parlato attraverso tante altre persone (il riferimento va soprattutto ai personaggi biblici), ma poiché il loro insegnamento, il vero messaggio biblico, è stato manomesso da ebrei e cristiani, Dio ha dovuto inviare nuovamente e definitivamente il proprio messaggero, l'arcangelo Gabriele, e rivelare il suo volere a Muhammad, che è soltanto un profeta, non una manifestazione di Dio, né tanto meno il figlio di Dio. Muhammad conclude la serie delle profezie proponendo, con il messaggio che insegna in nome di Allah, la definitiva e autentica manifestazione del pensiero divino.

Il Corano

La fonte primaria dell'islam è il libro del Corano (in arabo *al-qur'an*, «da recitarsi ad alta voce, da trasmettere, da raccontare»). È suddiviso in 114 *sure* (capitoli) di diversa ampiezza, ognuna delle quali inizia con «nel nome di Allah clemente e misericordioso». I contenuti del Corano risalgono a Muhammad che però non scrisse nulla; furono i suoi discepoli a scrivere le sentenze e i detti che il Profeta affermava di aver ricevuto in rivelazione da Dio; la redazione, la stesura definitiva e la revisione furono completate durante il regno del terzo califfo, 'Uthman (644-656).

Molti passi coranici riprendono temi, fatti e personaggi biblici; infatti, non va dimenticato che Muhammad, grazie alla propria attività commerciale, ebbe modo di viaggiare e conoscere la religione e i testi ebraici e cristiani (anche se del cristianesimo conobbe soltanto la dottrina di alcuni gruppi eretici).

I cinque pilastri dell'islam

Con l'espressione «i cinque pilastri dell'islam» si indicano i punti fondamentali della fede e della pratica religiosa islamica e gli atti che, secondo il Corano, stanno alla base della vita di un buon musulmano.

La fede nell'unico Dio (*shahada*)

L'islam è uno dei più rigorosi monoteismi e insegna l'esistenza di un unico Dio, Allah (in arabo significa appunto Dio). Egli è trascendente, eterno, sussistente, ha creato il mondo e l'uomo deve a Lui obbedienza, rispetto e devozione.

La professione di fede recita: «*Allah è l'unico Dio e Maometto è il suo Profeta*». Pur avendo un ruolo insostituibile e di estrema importanza, Maometto resta un uomo ed è il profeta scelto da Allah. Le caratteristiche di Dio più meditate dai musulmani sono la **Potenza** e la **Misericordia**.

La fede perfetta consiste nella sottomissione e nell'abbandono a Dio al quale vanno l'adorazione e la lode dei credenti. Al termine della sua esistenza, ogni credente riceverà il premio o la punizione eterna: vi sarà la risurrezione dei corpi e il giudizio universale. Il Paradiso consisterà in una condizione di felicità e beatitudine proveniente dal godimento di un'abbondanza di beni.

Oltre a Dio, il musulmano crede in un mondo ultraterreno popolato da angeli, spiriti, demoni (il cui capo è Iblis, nome coranico per il Diavolo) contrapposti agli angeli. Vi sono anche i *ginn*, spiriti invisibili che possono essere benevoli oppure ostili all'uomo.

La preghiera (*salat*)

Inizialmente la preghiera veniva fatta rivolgendosi verso Gerusalemme, poi in direzione della Mecca. Nel Corano sono prescritte tre preghiere quotidiane, ma nei commentari successivi alla morte del Profeta si prevedono cinque momenti precisi: al mattino, a mezzogiorno, a metà pomeriggio, al tramonto e un'ora dopo il tramonto. Prima di pregare il musulmano deve compiere delle abluzioni, cioè lavarsi con dell'acqua per essere in uno stato di purezza rituale. In assenza di acqua le abluzioni si possono fare anche con sabbia e terra pulita. La preghiera musulmana, che segue un rituale preciso, consiste nella recita della *Fàtiha* (= la *sura* aprente) e di parte del Corano. Si inizia portando le mani vicino al capo, aperte e rivolte in avanti e dicendo: «*Allàh akbar*» («Dio è il più grande»). La preghiera in forma comunitaria si recita il venerdì a mezzogiorno. Di solito uomini e donne sono separati e gli uomini pregano nella sala principale della moschea. Il *muezzin* è colui che, dall'alto del minareto, annuncia l'ora della preghiera quotidiana e della funzione del venerdì.

I fedeli entrano in una moschea per la preghiera del venerdì.

L'elemosina (*zakàt*)

Dare ai poveri parte delle proprie ricchezze è un atto meritorio, è segno di riconoscenza verso Allah, completa la preghiera ed espia i peccati: «*Eseguite la preghiera, date in elemosina*» (Corano II, 43). L'elemosina legale è quindi una donazione a favore dei bisognosi. La carità è un obbligo e chi non ha mezzi deve compiere un'azione buona e di cortesia verso gli altri. Nelle diverse fasi storiche, si formularono anche regole precise per stabilire il contributo minimo da versarsi a favore degli indigenti.

Il digiuno di Ramadan (*Siyàm*)

Con il sorgere della luna il primo del mese di Ramadan inizia il grande digiuno per celebrare la rivelazione del Corano da parte dell'arcangelo Gabriele a Maometto.

> *È il mese di Ramadan, il mese in cui fu rivelato il Corano come guida per gli uomini e prova chiara di retta direzione e salvazione, non appena ne vedete la luna, digiunate per tutto il mese.* [...] *Bevete e mangiate, fino a quell'ora dell'alba in cui potrete distinguere un filo bianco da un filo nero, poi compite il digiuno fino alla notte.*
>
> Corano 2, 185 e 187

A sinistra, i fedeli, in pellegrinaggio alla Moschea di Medina durante il Ramadan, consumano il loro pasto dopo il tramonto.

A destra, Maometto prega davanti alla *Ka'ba.*

Prima ancora che fosse istituito il digiuno islamico del Ramadan, Maometto aveva stabilito un giorno di digiuno, seguendo la tradizione ebraica del digiuno nel mese di *Tishri*. Il digiuno ricorda anche la vittoria di Badr del 624 d.C., avvenuta nel mese di *Ramadan*, che fu un momento importante agli inizi dell'espansione islamica.

Fatta eccezione per i malati e per chi è in viaggio, tutti gli adulti devono astenersi dal mangiare e dal bere per tutta la giornata; dopo il tramonto è possibile ristorarsi. Ci si astiene anche dall'uso di tabacco, di profumi, dai rapporti sessuali. Chi interrompe il digiuno, ha l'impegno di recuperare al più presto la giornata nel mese successivo. Con la penitenza e il digiuno, vi è anche l'impegno della lettura e della riflessione sui testi del Corano. A conclusione del mese vi è la festa della **Rottura del digiuno**.

Il pellegrinaggio alla Mecca (*hajj*)

Ogni musulmano che non sia fisicamente impedito o economicamente impossibilitato, almeno una volta nella vita ha l'obbligo di recarsi al grande pellegrinaggio annuale alla Mecca. La città natale del Profeta è meta di questo pellegrinaggio per la presenza della Ka'ba dove è conservata la Pietra nera. Il pellegrinaggio comprende alcuni riti, tra cui: la vestizione di un abito bianco; la grande abluzione; la visita alla fonte di Zamzam; i sette giri intorno alla Ka'ba; la rasatura dei capelli a Mina; il cammino avanti e indietro per sette volte tra le colline Sala e Mawa, correndo per un tratto del tragitto; la sosta nella valle di Arafat, poco distante dalla Mecca; a Mina, una pianura a circa sette chilometri dalla Mecca, avviene il rito della lapidazione di Satana, rappresentato simbolicamente da tre stele di pietra poste a qualche centinaio di metri l'una dall'altra, contro le quali i fedeli scagliano sette sassi; il ritorno alla vita quotidiana rivestendo abiti nuovi e deponendo quelli del pellegrino.

La realizzazione dello *hajj* resta una profonda aspirazione di ogni musulmano; nel caso di reale impossibilità si può mandare alla Mecca un proprio rappresentante oppure celebrare dei riti sostitutivi come il «piccolo *hajj*» che può consistere nello sfamare un povero o aiutarlo in qualche altro modo.

Il calendario islamico

Il calendario islamico è ritmato sul ciclo lunare e conta 354 giorni. Dato che l'anno solare è più lungo di quello musulmano, si avrà ogni trentatré anni la differenza di un anno fra l'era musulmana e la nostra.

Il computo degli anni nel calendario islamico parte dal giorno della migrazione (Egira) di Maometto a Medina (16 luglio 622) e quindi: il 2007 corrisponde al 1385-86, il 2008 al 1386-87, il 2009 al 1387-88 ecc.

Il Corano stabilisce che i mesi sono dodici:

In verità il numero dei mesi, presso Dio, è di dodici mesi segnati nella Scrittura di Dio il giorno in cui creò i cieli e la terra.

(Corano 9, 36).

Essi sono:

1. *Muharram*	4. *Rabi'II*	7. *Rajab*	10. *Shawwal*
2. *Safar*	5. *Jumada I*	8. *Sha'ban*	11. *Dhu-l-Qa'da*
3. *Rabi'I*	6. *Jumada II*	9. *Ramadan*	12. *Dhu-l-Hijja*

Durante l'anno il fedele musulmano celebra le feste islamiche.

- Il 1° del mese di *Muharram* è il **capodanno islamico**; nella tradizione dei musulmani sciiti (cioè di coloro che ritengono i discendenti di Alì, che aveva sposato Fatima, la figlia di Maometto, i soli e legittimi successori del Profeta), le prime giornate dell'anno sono dedicate a processioni di lutto, a sacre rappresentazioni, a forme di digiuno. Queste pratiche religiose sono rivolte a celebrare la morte di Husayn, secondogenito di Alì, che fu catturato e giustiziato dopo la battaglia di Kerbela, combattuta nel 680 d.C. contro la dinastia degli Omayyadi, la cui morte è considerata l'esempio più alto del martirio.
- Il 1° del mese di *Ramadan* inizia il grande digiuno. Alla fine del mese, la sera del 27, si celebra la **Notte del Destino**, in cui si fa memoria della prima rivelazione del Corano; a conclusione del mese vi è la festa della **Rottura del digiuno**. Durante le notti del mese vengono tenuti speciali servizi religiosi.
- Dall'8 al 13 di *Dhu-l-Hijja* avviene il pellegrinaggio annuale alla Mecca.

In concomitanza, il 10 di questo mese, si celebra la festa più importante del calendario musulmano che è la **Festa del Sacrificio o festa dell'agnello** (*Eid el-Adha*), per ricordare il sacrificio a Dio, da parte di Abramo, del proprio figlio Ismaele, considerato il capostipite del popolo arabo. Abramo ebbe infatti due figli: Ismaele e Isacco. Ismaele era il primogenito e, secondo il Corano, fondò con il padre Abramo alla Mecca il primo luogo di culto dedicato ad Allah. La *sura* 37, 101-106 racconta della disponibilità di Abramo a sacrificare il suo primogenito in obbedienza a Dio.

- A queste feste annuali si aggiunge la celebrazione del giorno di venerdì, «il giorno dell'Adunanza» (Corano 62, 9), e proprio in questo giorno i fedeli si ritrovano insieme nella moschea per la preghiera rituale.

Musulmani in pellegrinaggio alla città santa della Mecca intorno alla Pietra nera.

DOCUMENTI

La *Sunnah* e gli *hadith*

Oltre al Corano, anche la vita e l'esempio del profeta devono guidare ogni giorno la vita dei musulmani. A tutt'oggi gran parte dei musulmani segue questa indicazione e costituisce l'Islam sunnita [...] *La* Sunnah *è il comportamento tradizionale basato, in età preislamica, sull'imitazione del comportamento degli avi e degli anziani e, con l'avvento dell'Islam, sulla* sira, *la «biografia» del profeta, e sugli* hadith, *racconti-tradizione che narrano di «detti e fatti» di Muhammad, dei suoi compagni, dei suoi familiari.*
Gli hadith, *migliaia di racconti riuniti in numerose compilazioni, hanno tanto più valore quanto più è stato possibile dimostrare che risalgono veramente all'età della rivelazione e, quindi, alle effettive memorie dei compagni del profeta che, ricordando azioni e parole pronunciate dal loro maestro in situazioni particolari, hanno voluto lasciare un esempio per chi, in futuro, si trovasse in un'analoga situazione.*
La Sunnah *costituisce il secondo dei fondamenti su cui si basa il diritto musulmano (il primo, ovviamente, è il Corano) e, di fatto, contiene un'abbondante casistica di situazioni a cui fare riferimento in caso sorga qualche dubbio di natura etica o pratica e il giureconsulto debba stabilire quale sia la posizione più conforme all'ortodossia islamica.*

Tratto da Islam: *nel nome di Allah*, in *Le grandi religioni*, EMI, Bologna

I sunniti e gli sciiti

I sunniti. *I musulmani che si mantengono fedeli alla* Sunnah *(la «tradizione») vengono designati col nome di sunniti (*ahl al-Sunnah wa'l-gama'a*: «gente della* Sunnah *e della comunità»): essi ammontano attualmente a 680 milioni e costituiscono quindi più dell'83% di tutti i musulmani.*
*Per i sunniti, in origine, la carica di califfo (*khalifah*: «luogotenente, successore») doveva essere riservata al parente più prossimo del profeta, discendente in linea maschile dalla stirpe dei Qurays: una volta circoscritta questa cerchia, insistevano sulla libera elezione fatta dalla comunità. Più tardi, tuttavia, con le dinastie ereditarie degli Omayyadi (Ommiadi, 661-750), degli Abbasidi (750-1258), dei Fatimidi (909-1171), dei Mamelucchi (1252-1517) e degli Ottomani (Osmanli, 1517-1924), la successione al califfato seguirà una strada diversa. Per quanto riguarda tale successione i sunniti si trovano in netto contrasto con gli sciiti. Le tradizioni della* Sunnah *sulle parole, l'operato e la vita di Maometto sono raccolte negli* hadith *e costituiscono, insieme al Corano, la base normativa di comportamento per ogni musulmano sunnita.* [...]

Maometto attorniato dai propri seguaci.

Sciiti *vengono chiamati i seguaci della* shi'a *(partito di 'Alì). Si tratta di una denominazione collettiva, comprensiva di diverse correnti che concordano nel riconoscere quali legittimi successori di Maometto, e quindi guide dell'intera comunità musulmana, solamente 'Alì (602-661, califfo dal 656), cugino e genero del profeta, e la discendenza dal suo matrimonio con la figlia di Maometto, Fatima: è per questa ragione che gli sciiti vengono designati anche col nome di* 'Alidi. *I primi tre califfi «ben diretti», riconosciuti dai sunniti, vengono da essi considerati degli usurpatori. In altissima considerazione presso gli sciiti sono tenuti invece 'Alì, che viene venerato con il titolo di* Wali Allah *(«amico di Allah») e i suoi due figli avuti da Fatima, Hasan (morto nel 669) e Husayn (morto nel 680). L'impressione per la tragedia di Kerbela, nella quale persero la vita Husayn e la sua famiglia, è ancora oggi viva tra tutti gli sciiti e ha ispirato numerosi poemi, elegie e drammi liturgici. Il sepolcro di Husayn a Kerbela e quello del padre 'Alì a Negef sono importantissime mete di pellegrinaggio.*
Secondo l'insegnamento della shi'a, *Maometto, poco prima di morire, avrebbe iniziato ai più profondi segreti dell'Islam il cugino e genero 'Alì, il quale avrebbe poi trasmesso questo «sapere esoterico» alla sua famiglia. I suoi diretti discendenti vengono perciò considerati imam, ovvero «guide» e custodi di questa segreta sapienza. La principale differenza dottrinale tra sunniti e sciiti consiste nel fatto che questi ultimi aggiungono ai cinque pilastri dell'Islam un sesto: la figura appunto dell'*imam. *Egli, ispirato da Allah, è la vera guida della comunità islamica: a esso spetta una autorità incontestabile, in quanto discendente in linea diretta da Maometto.* [...] *Attualmente non esiste nessun* imam *vivente, «visibile»: l'ultimo imam è in realtà «nascosto» per gli sciiti e tornerà in un tempo stabilito, come imam Madhi, per fondare un regno di giustizia. Durante la sua assenza, sono i* mullah *a formulare le sentenze.*

Tratto da Islam, in *Enciclopedia delle religioni*, Garzanti, Milano 1997

Cristianesimo e islam

La concezione di Dio

Tra i concetti cristiani che a un musulmano risultano difficili da comprendere vi è l'idea della Trinità, come appare nel Nuovo Testamento.

Il Corano afferma che Dio è «*l'unico*» (*al-Wâhid*) e «*non c'è Dio al di fuori di Iddio*». L'islam, quindi, è una religione rigorosamente monoteista. Essa non accetta il Dio cristiano e ritiene che il cristianesimo cada nel triteismo perché crede in un Dio Padre, Figlio e Spirito. Per l'islam Dio è Onnipotente e l'uomo gli deve tributare piena adorazione e fiduciosa sottomissione (*islam* significa, appunto, «sottomissione a Dio»). Dio è il Vivente e il Sussistente: Egli è dall'Eternità.

> *Di': Egli, Dio, è Uno, Dio, l'Eterno. Non generò, né fu generato e nessuno Gli è pari.*
>
> Corano, *sura* CXII

La famiglia del Profeta, tratta dalla *Cronologia* di al-Biruni, XV secolo, Biblioteca Nazionale di Francia, Parigi.

Per il cristianesimo Dio è unico, ma la sua trascendenza rispetto al mondo e all'uomo viene sorpassata dalla sua misericordia, per cui nel suo disegno di amore ha deciso di farsi uomo. L'incarnazione di Dio non diminuisce la grandezza divina, ma è la prova del suo attento sguardo verso l'uomo, uno sguardo premuroso, che si lascia coinvolgere dall'uomo. Dio Padre che ha creato il mondo, manda suo Figlio a salvarlo e a comunicare con gli uomini; inoltre, Dio vuole restare presente nell'intimo dell'uomo con la sua grazia che perdona, fa crescere quanto di bene vi è nell'animo umano, suscita il desiderio di raggiungere Dio, stimola al bene. Questa comunicazione di Dio a noi e la sua presenza nella storia e nel cuore dell'uomo, è lo Spirito. Questo Spirito di Dio lega in un'unione strettissima d'amore il Padre con il Figlio, quindi lega anche noi a Dio. Per i cristiani parlare di Dio Padre, di Dio Figlio, di Dio Spirito, non significa spezzare Dio in tre parti così da avere tre dèi. Per il cristiano la realtà di Dio è unica e irripetibile ed è la realtà dell'amore che lega il Padre al Figlio nello Spirito.

Il monoteismo islamico distacca Dio dalla realtà del mondo, rendendolo una realtà fortemente trascendente. Il cristianesimo, al contrario, dice che Dio è uno solo, ma è una ricchezza di amore aperta e disponibile a comunicarsi all'uomo.

Quindi il cristianesimo è monoteista, come lo è l'islam, anche se in maniera diversa.

L'islam afferma rigorosamente l'esistenza di un solo e unico Dio, trascendente, distante e infinitamente superiore al mondo e all'uomo; così superiore all'uomo e distante da questo mondo da non poter essere raggiunto dall'intelligenza e dalla ricerca umana, per cui c'è stato bisogno che Egli si rivelasse offrendo il Corano, il libro sacro dove c'è scritto quel che è da credersi e quel che è da farsi.

Trinità: termine usato dalla fine del II secolo da alcuni Padri della Chiesa e poi da tutta la teologia cristiana per indicare l'esistenza in un unico Dio di tre persone uguali e distinte: Padre, Figlio e Spirito Santo. La dottrina della Trinità, che diede vita a numerose controversie teologiche, venne definita dogmaticamente nei concili di Nicea (325) e di Costantinopoli (381) con la formulazione della confessione di fede (il *Credo*).

Nel Corano, Allâh rimane dunque il Dio trascendente che sta al di sopra di tutto. Di lui si afferma l'esistenza e poi la potenza, la provvidenza e la misericordia, ma nessuna domanda gli viene rivolta da parte umana o profetica, come invece avviene nella Bibbia: «Tu, chi sei? Qual è il tuo nome?», perché ciò sarebbe blasfemo. [...] *Il Corano parla spesso di dio alla terza persona, Lui,* Huwa, *come se fosse l'Assente* (Ghâ'ib) *e non lo mette mai alla pari con qualche creatura, come invece viene fatto nella Bibbia, dove dio non ha paura di paragonarsi al vasaio che modella bei vasi, al vignaiolo che cura la sua vigna, al buon pastore che ricerca la pecora smarrita, allo sposo generoso che aspetta con ansia il ritorno della sposa infedele. Per il Corano queste sono parabole indegne della maestà divina.*

M. BORRMANS, *Islam e Cristianesimo*, Edizioni Paoline, Roma 1993

La concezione dell'essere

All'interno del confronto tra islam e cristianesimo vi è un'altra forte differenza riguardo la considerazione dell'essere umano. Nel cristianesimo Dio parla all'uomo entrando nella sua vita, facendosi uomo tra gli uomini, invitandolo a utilizzare i doni naturali che gli sono concessi (intelligenza, affettività, abilità personali le più svariate). La struttura dell'essere umano non è scavalcata da Dio: Egli lo ha creato «capace di sintonizzarsi sulla lunghezza d'onda di Dio». Nell'islam l'uomo è invitato alla pura obbedienza a Dio: Egli ha manifestato la sua volontà attraverso il Corano per mezzo del quale si può capire il volere di Dio o arrivare a percepire la sua volontà. Anzi, pur mutando i contesti storici e culturali in cui vive l'uomo, tuttavia non cambia l'insegnamento del Corano né si può intervenire con arbitrari adattamenti. L'intelligenza umana non può esaurire totalmente l'esperienza della fede; l'intelligenza e le sue capacità sono strumenti da utilizzare nella vita quotidiana, ma si rivelano «strumenti umani» quando si entra nel raggio della fede. Per il cristianesimo non è così, e lo provano gli innumerevoli tentativi di cercare delle «prove» dell'esistenza di Dio, di spiegare, con esempi e confronti con il mondo umano, anche i misteri di Dio, di motivare anche razionalmente le norme morali e di comportamento presentate dalla fede.

La Chiesa cattolica riconosce queste differenze e assume un atteggiamento di dialogo e apertura.

La Chiesa guarda anche con stima i musulmani che adorano l'unico Dio, vivente e sussistente, misericordioso e onnipotente, creatore del cielo e della terra, che ha parlato agli uomini. Essi cercano di sottomettersi con tutto il cuore ai decreti di Dio anche nascosti, come si è sottoposto anche Abramo, a cui la fede islamica volentieri si riferisce. Benché essi non riconoscano Gesù come Dio, lo venerano tuttavia come profeta; essi onorano la sua Madre Vergine, Maria, e talvolta pure la invocano con devozione. Inoltre attendono il giorno del giudizio quando Dio retribuirà tutti gli uomini risuscitati. Così pure essi hanno in stima la vita morale e rendono il culto a Dio soprattutto con la preghiera, le elemosine, e il digiuno.

CONCILIO VATICANO II, *Nostra aetate*. n. 3a

Gesù unico salvatore

La Chiesa, come abbiamo visto, guarda con stima e apprezzamento alle altre religioni, ma crede anche che Gesù di Nazaret sia l'unico salvatore e redentore dell'umanità. Fin dagli inizi gli apostoli hanno professato la fede in Gesù unico salvatore del mondo.

Pietro, pieno di Spirito Santo, disse loro: «Capi del popolo e anziani, [...] Gesù è la pietra che, scartata da voi, costruttori, è diventata testata d'angolo. In nessun altro c'è salvezza; non vi è infatti altro nome dato agli uomini sotto il cielo nel quale è stabilito che possiamo essere salvati».

At 4, 8-12

Dio, nostro salvatore, vuole che tutti gli uomini siano salvati e arrivino alla conoscenza della verità. Uno solo, infatti, è Dio e uno solo il mediatore fra Dio e gli uomini, l'uomo Cristo Gesù, che ha dato se stesso in riscatto per tutti.

1Tm 2, 3-6

La fede cristiana, proprio credendo che Gesù è il Figlio di Dio fatto uomo per salvare tutti, con umiltà ma anche con convinzione ritiene di aver ricevuto da Cristo la verità e quindi di essere la «vera» religione.

Oggi alcuni tendono a far equivalere tutte le religioni. Al di là della sincera coscienza e del grado di conoscenza del cristianesimo che ha chi aderisce ad altre fedi, Gesù è l'unico salvatore inviato da Dio, centro di gravità attorno al quale ruota la redenzione dell'umanità.

L'Infinito, l'Assoluto, il Mistero ultimo di Dio si manifesterebbe così all'umanità in tanti modi e in tante figure storiche: Gesù di Nazaret sarebbe una di queste. [...] Queste tesi contrastano profondamente con la fede cristiana.

Congregazione per la dottrina della fede, *Dominus Jesus*, n. 9-11, 6 agosto 2000

Gli uomini cercano Dio e le religioni sono una manifestazione di questa ricerca sincera e profonda. La fede cristiana crede che solo in Gesù vi sia la risposta completa di Dio all'uomo:

La rivelazione di Dio si fa definitiva e completa a opera del suo Figlio unigenito [...] in questa Parola definitiva della sua rivelazione, Dio si è fatto conoscere nel modo più pieno: Egli ha detto all'umanità chi è.

Giovanni Paolo II, *Redemptoris missio*, n. 5, 7 dicembre 1990

Induismo

- Esiste una legge immutabile per cui l'anima con la morte trasmigra finché non raggiunge la liberazione.
- Attraverso la via delle opere, la via contemplativa, lo yoga ecc. si può raggiungere la piena liberazione.
- Esistono molti dèi, in particolare la Trimurti (Brahman, Shiva e Visnù), con le loro discese e manifestazioni in terra (*avatara*).

Buddhismo

- Il principe Siddharta Gautama ha raggiunto l'illuminazione, è il "Buddha".
- Il Buddha insegna che:
  tutto è dolore...
  ...il desiderio è all'origine del dolore...
  ...solo l'estinzione del desiderio...
  ...attraverso l'ottuplice sentiero porta alla piena liberazione.

Taoismo

Ricercare l'armonia tra Yang e Yin.

Confucianesimo

Confucio insegna i valori della saggezza umana per un'armoniosa vita sociale.

Shintoismo

La presenza dei *kami* nella natura ci pone nella condizione di essere a contatto con il Divino.

Islam

- Maometto insegna quanto Dio gli ha rivelato ed è conservato nel Corano.
- Gli insegnamenti fondamentali dell'islam sono:
  - credere nell'unico Dio e in Maometto suo profeta;
  - pregare cinque volte al giorno;
  - praticare il digiuno di *Ramadan*;
  - fare l'elemosina;
  - recarsi in pellegrinaggio alla Mecca.

La Chiesa nulla rigetta di quanto è vero e santo in queste religioni [...] quantunque in molti punti differiscano [...] non raramente riflettono un raggio di quella Verità che illumina tutti gli uomini.

Concilio Vaticano [II]
Nostra Aetate, n. [2]

1 **Completa nel modo migliore questi inizi di frase, aggiungendo il maggior numero di informazioni pertinenti.**

- L'induismo è una religione diffusa ______
- La religione induista ha influenzato la società e la distinzione tra le persone ______

2 **Partendo dalla spiegazione degli accostamenti proposti, sviluppa delle informazioni e delle considerazioni sull'induismo:**

- caste - bramini
- Trimurti - *avatara* - *ishtaveda*
- *Bhagavadgita* - *Upanishad*
- Yoga - Via contemplativa - *Karma-samsàra*

3 **Spiega le seguenti espressioni idiomatiche presenti nella lingua italiana, completando le tracce proposte:**
" i paria della società", " la casta dei nobili".

- Deriva da ______ Significa ______ Possibili sinonimi ______

4 **Presenta l'esperienza personale di Siddharta Gautama; a quale scelta di vita e a quali convincimenti religiosi arriva. Quali sono le quattro verità fondamentali del buddhismo?**

5 **Vere o False? Correggi le affermazioni false dando l'informazione corretta.**

- Riguardo ai defunti, la pratica più diffusa nell'induismo è l'inumazione. ☐ V ☐ F
- La ruota simboleggia l'avvicendarsi degli dèi che a turno reggono il cosmo. ☐ V ☐ F
- I *Veda* sono libri sacri dell'induismo. ☐ V ☐ F
- Buddha parlò di Dio come di un Essere superiore e personale. ☐ V ☐ F
- Induismo e buddhismo non hanno tra loro un collegamento storico. ☐ V ☐ F
- Il buddhismo parla del *brahman* come del destino ultimo di ogni vivente. ☐ V ☐ F

6 **Contesta in modo motivato queste affermazioni che sono errate:**

L'induismo è una religione che, secondo le indicazioni del fondatore, si è mantenuta uniforme grazie a riti e dottrine comuni e fondamentali per ogni indù.

L'induismo, il buddhismo e l'islamismo hanno un uguale insegnamento riguardo al destino degli uomini dopo la morte.

7 **Distribuisci nell'insieme appropriato i seguenti termini e spiega brevemente che cosa significano.**
Guru **Arhat** **Bodhisattva** **Khumba-mela** **Veda** **Vinaya** **Mahabarata**

Induismo	Buddhismo

8 **Presenta l'islam e le sue dottrine fondamentali, quelli che sono detti "i cinque pilastri".**

9 **Abbina correttamente e motiva.**

Yatrib	La Mecca
Nel nome di Allah clemente e misericordioso	Angeli
Iblis	Sure
Ka'ba	Egira

10 **Il cristianesimo guarda con attenzione e stima alle altre religioni.**

- Il Concilio Vaticano II esprime queste idee nel documento ______
- Riguardo all'induismo, il Concilio apprezza ______
- Riguardo al buddhismo, il Concilio apprezza ______
- Riguardo all'islam, il Concilio evidenzia la condivisione di ______

11 **Fai un confronto tra la fede islamica e quella cristiana riguardo ai seguenti temi:**

	Che cosa credono i musulmani	Che cosa credono i cristiani
Esistenza di Dio		
Rivelazione di Dio		
Persona umana		

12 **Completate una tabella comparativa delle varie religioni da realizzare sul quaderno, oppure come un cartellone da esporre in classe.**

Religione	Fondatore Origine Storia	Libri sacri	Principali dottrine e insegnamenti	La/e divinità	Il destino dopo la morte	Riti, preghiere, feste	Città sante e luoghi di culto	Diffusione nel mondo
Induismo								
Buddhismo								
Taoismo								
Shintoismo								
Confucianesimo								
Islam								

Israele: la storia che ci parla di Dio

Contenuti

- Abramo
- Mosè: dalla schiavitù alla libertà
- Il deserto, il Decalogo, la Terra Promessa
- Il profetismo
- ... fino alla nascita di Gesù
- L'attesa del Messia e il riconoscimento di Gesù
- L'ebraismo

Obiettivi

- Conoscere le vicende bibliche del popolo d'Israele e i personaggi fondamentali della storia e della fede ebraica.
- Essere consapevoli dell'importanza religiosa dell'Antico Testamento per il cristianesimo e per l'islam.
- Ricostruire le peculiarità del popolo ebraico dal punto di vista politico e sociale e la sua vocazione divina.
- Istituire collegamenti tra le vicende dell'Antico Testamento e gli insegnamenti sia dell'ebraismo sia del cristianesimo.
- Riconoscere e rifiutare ogni forma di antisemitismo.
- Individuare i punti di incontro tra ebrei e cristiani.

Gianbattista Tiepolo, *Gli angeli compaiono ad Abramo*, 1727, Museo Diocesano, Udine.

Abramo

La figura di **Abramo** domina la storia delle origini del popolo di Israele, ma anche il cristianesimo e l'islam si ritengono **religioni abramitiche**, cioè iniziate con l'esperienza storica di Abramo. La sua personale vicenda e poi tutta la storia del popolo di Israele (la **storia della salvezza**) si svolgono nella regione compresa tra la Mesopotamia e l'Egitto. La regione intermedia di questa zona mediorientale, che gli studiosi chiamano Mezzaluna fertile, la Palestina, diviene crocevia e territorio di conquista dei grandi regni confinanti (l'Egitto e gli imperi della Mesopotamia). Questa terra è anche il centro della storia dei discendenti di Abramo, gli **israeliti**. Verso questa terra, che viveva di agricoltura e pastorizia, emigrò Abramo.

La sua vicenda è raccontata nel *Libro della Genesi* (capp. 12-25), la cui redazione definitiva è databile al VI secolo a.C., anche se questi testi, tra gli ultimi della Bibbia a essere messi per iscritto, si fondano su tradizioni scritte e orali precedenti. Sono quindi vicende che, pur basandosi su un originario nucleo storico, hanno subito un notevole lavoro di rielaborazione, ripensamento e interpretazione, per giungerci poi così come il testo della *Genesi* le riporta.

La storia degli antenati del popolo d'Israele (i **Patriarchi**) è collocata tra i secoli XIX e XIV a.C. e la figura del patriarca Abramo, in particolare, risale al 1850 a.C. circa. Siamo in un periodo di civiltà seminomadica: si pratica soprattutto la pastorizia, che richiede spostamenti in cerca di nuovi pascoli. Questi flussi migratori interessano gruppi di persone tra loro strettamente legate da vincoli di sangue (clan) sotto la guida di un capofamiglia.

Abramo risiede a Ur dei Caldei, una città della Mesopotamia, dove conduce una vita economicamente stabile grazie alla pratica del commercio e dell'allevamento. Un giorno riceve una chiamata da Dio che lo invita a lasciare quel luogo e a dirigersi verso la Terra Promessa, la terra che Dio assicura come stabile dimora per il popolo numeroso che da Abramo sarebbe dovuto discendere (Gen 12, 1-5). Egli, quindi, diventa da questo momento il depositario della promessa di Dio che prospetta una terra, una larga discendenza, la benedizione su di lui e, attraverso di lui, su tutti i popoli del mondo.

Abramo parte insieme con familiari, servi, greggi: tutto il clan emigra. Giunto in **Canaan**, la meta indicata da Dio, dopo poco tempo è costretto a ripartire per scampare alla carestia e si rifugia in Egitto

(Gen 12, 10-20). Ritornato nuovamente a Canaan, divide il territorio, assegnando a suo nipote Lot la parte migliore e ponendo così fine alle discordie nate tra i componenti del clan a motivo dei terreni per il pascolo (Gen 13, 1-18).

Abramo non ha ancora un figlio e, secondo il costume del tempo, che permetteva a un capofamiglia di unirsi con la propria schiava pur di avere un erede, concepisce un figlio con la serva Agar a cui dà il nome di **Ismaele** (Gen 16, 1-16). Tre personaggi misteriosi, cui Abramo offre la propria ospitalità presso le Querce di Mamre, gli annunciano tuttavia la nascita di un figlio dalla moglie Sara, considerata sterile, a cui porrà nome **Isacco** (Gen 18, 1-15 e Gen 21, 1-7).

I rapporti di Isacco con Ismaele sono difficili, pertanto Abramo allontana la schiava Agar con suo figlio e i due prenderanno la via del deserto arabico (Gen 21, 8-21). Da Ismaele discendono le **tribù ismaelitiche** che abitavano anticamente l'Arabia. Per questo i musulmani si sentono direttamente collegati e discendenti di Abramo.

L'angelo inviato da Dio ferma la mano di Abramo che sta sacrificando il figlio Isacco. Miniatura del XIII secolo.

La vicenda di Abramo riserva ancora un passaggio fondamentale: Dio chiede il sacrificio di Isacco (Gen 22, 1-19). Abramo obbedisce e, dopo tre giorni di cammino, giunge nel territorio di Moria, sul monte dove avrebbe dovuto immolare suo figlio. All'ultimo momento un intervento divino ferma l'uccisione di Isacco e le parole di Dio riconoscono ad Abramo il merito di aver ubbidito con indiscussa e decisa fede.

La religiosità del mondo mesopotamico, in cui Abramo era cresciuto, era per lo più politeista e molto distante dalla possibilità di comprendere le caratteristiche del «Dio di Abramo, di Isacco e di Giacobbe».

A partire da Abramo si presenta la convinzione che la realtà di Dio sia unica, non abbia concorrenti né che esista alcun altro essere che si possa porre sullo stesso piano: **Dio** è **unico**, **trascendente** (cioè al di là della comune esperienza e della conoscenza umana), diverso dalle raffigurazioni materiali o mentali che l'uomo può farsene.

Siamo all'origine del **monoteismo** che contraddistingue le tre grandi religioni abramitiche: l'**ebraismo**, il **cristianesimo**, l'**islam**.

La vicenda di Abramo è esemplare per descrivere in che cosa consista la fede. Parecchie volte Abramo è chiamato a scelte di fede coraggiose e sempre risponde positivamente all'appello di Dio, per il quale lascia la propria terra, alla ricerca di una Terra Promessa per il suo popolo; è convinto che Dio gli assicurerà una discendenza numerosa, anche se la realizzazione di questo annuncio

La Terra Promessa

È la punta occidentale di quella che, convenzionalmente, è chiamata «Mezzaluna fertile», che si estendeva dalla Mesopotamia fino all'Egitto. Questo territorio ha avuto, lungo la storia, varie denominazioni. La Bibbia parla di «terra d'Israele» undici volte per indicare tutto il territorio, ma utilizza le diciture più precise di «Israele» per indicare il Regno del Nord e di «Giuda» per il Regno del Sud.
L'espressione «terra di Canaan» o «paese dei cananei» era riferita alle popolazioni che l'abitavano prima degli ebrei. Erano popoli idolatri, additati a esempio di condotta immorale.
L'espressione «Terra Promessa» è legata al giuramento con il quale Dio si è impegnato con Abramo e i suoi discendenti a dar loro quella terra.
Per le tre grandi religioni monoteiste (ebraismo, cristianesimo, islam), è la «Terrasanta», dove ogni luogo evoca messaggi di fede. I luoghi biblici ed evangelici, in particolare, hanno sempre richiamato numerosi fedeli in pellegrinaggio e in preghiera.
Il nome «Palestina» non è di derivazione biblica. Nei documenti assiri risalenti all'800 a.C. ca. si parla di questa terra chiamandola «Palastu»; altre forme simili (come quella di «Paleshet») sono impiegate dal linguaggio amministrativo degli Imperi romano e bizantino. Il significato etimologico parrebbe essere quello di «terra dei filistei», il popolo insediatosi a sud di questa regione.

risulta misteriosa e paradossale: crede alla possibilità di avere un figlio da una moglie sterile e di età avanzata ed è disposto a sacrificarlo, come atto di fede in Dio.

San Paolo e la *Lettera agli ebrei* sottolineano la grandezza della fede di Abramo e come egli fosse un uomo giusto, in quanto uomo di fede (Rm 4, 1-25; Gal 3, 6-14; Eb 11, 1-19).

Una peculiarità dell'esperienza di Abramo è la convinzione della possibilità di un dialogo, di un incontro tra Dio e l'uomo, che esprime il desiderio di Dio di legarsi alle persone e non ai luoghi o alle cose. L'espressione usata dai Patriarchi «*il Dio di mio/tuo/suo padre*» (Gen 31, 5-29; 43, 23; 46, 3; 50, 17; Es 3, 6; 15, 2; 18, 4), indica da una parte la situazione storica dell'**enoteismo** (l'adorazione del dio protettore e venerato nel proprio clan) e, dall'altra, rivela la convinzione di fede che Dio si lega alle persone.

La vocazione di Abramo (Gen 12, 1-7) è il primo momento dell'incontro di Dio con l'umanità. In quel momento Dio si lega ad Abramo promettendogli una terra e donandogli la sua benedizione. Nella mentalità semita, la benedizione è molto di più che un semplice augurio e un'invocazione di protezione divina: è la comunicazione tra due vite, una comunicazione di forza, sapienza, potere. Abramo riceve questa benedizione di Dio.

DOCUMENTI

Isacco dato a morte

... La prova è stata dura per Abramo ma non lo è stata meno per Isacco, che non dimenticherà mai quel terribile momento. L'esperienza attraverso cui è passato gli ha fatto comprendere di essere, più ancora che figlio di Abramo, dono di Dio e «figlio» di Dio. [...] *Isacco è figura di Cristo. Il suo silenzio e la sua obbedienza ricordano il silenzio e la sottomissione del Cristo condotto al Calvario. La sua prodigiosa liberazione annuncia la risurrezione di Gesù.*

Bibbia per la formazione cristiana, EDB, Bologna 1993

Caravaggio, *Il sacrificio di Isacco*, 1601-2, particolare, Galleria degli Uffizi, Firenze

Per capire il significato di questo episodio bisogna rifarsi anche al contesto culturale e alla mentalità degli antichi popoli del Vicino Oriente. Essi pensavano che la vera religione comportasse l'offerta di tutto a Dio, anche di quello che si possiede di più sacro: i figli. Il sacrificio dei bambini era una pratica cultuale diffusa tra i popoli vicini a Israele.

La tradizione cristiana, a partire dalla stessa Lettera agli ebrei *(11, 17-19), l'ha interpretato come un segno del sacrificio e della risurrezione di Cristo: in questa luce la scena è già raffigurata in un affresco della catacomba di Priscilla (III secolo) e anche un pittore ebreo come Marc Chagall nelle vetrate realizzate per le cattedrali francesi di Metz (1958) e Reims (1974) assocerà Isacco e Gesù.*

G. Ravasi, Il sacrificio di Isacco, in "Famiglia cristiana", n. 15/2001

Isacco è figura di Cristo che viene sacrificato ma risorge. Scriveva l'autore della Lettera agli ebrei*: «Per fede Abramo, messo alla prova, offrì Isacco e, proprio lui che aveva ricevuto le promesse, offrì il suo unico figlio* [...]. *Egli pensava, infatti, che Dio è capace di far risorgere anche i morti: per questo lo riebbe e fu come un simbolo» (11, 17.19). Ma l'autore sacro quale significato attribuiva a livello di base all'episodio? Il filo conduttore, intuito già da san Paolo nella* Lettera ai romani *(capitolo 4), è quello della fede pura e «nuda». Essa non deve avere altri appoggi se non nella parola divina. È una fede che conosce anche il baratro del mistero, del silenzio di Dio: il terribile cammino di tre giorni affrontato da Abramo per raggiungere la vetta della prova diventa il paradigma e il modello esemplare di ogni itinerario di fede.* [...]
La narrazione è, quindi, la raffigurazione della fede ricondotta al suo stadio più puro, assoluto e drammatico, una fede priva di ogni sostegno umano, razionale e religioso. Eppure la prova non era cieca, aveva un suo valore.

G. Ravasi, L'offerta del figlio amato, in "Famiglia cristiana", n. 16/2001

Con Abramo inizia, dunque, una nuova modalità attraverso la quale Dio si rivela: quando Dio vuole incontrare le persone e legarsi a loro, si rende presente nella loro vita. Il luogo della rivelazione di Dio diviene quindi la vita e la storia degli uomini.

Nel *Libro della Genesi*, dopo i racconti di Abramo seguono quelli degli altri Patriarchi, i capostipiti dell'ebraismo: **Isacco**, **Giacobbe** e **Giuseppe**.

Nonostante le differenze letterarie tra i diversi cicli narrativi, vi è un'idea comune che li lega profondamente: la **promessa di Dio**. Da Abramo le benedizioni divine passano a Isacco (Gen 25, 11) e da questo a Giacobbe (Gen 27, 27-29), al quale Dio stesso rinnova le promesse fatte ad Abramo (Gen 35, 9-12). Giacobbe poi benedirà i propri figli e i figli di Giuseppe (Gen 48 e 49), rendendo tutto il popolo di Israele, che da loro discende, depositario delle promesse di Dio. L'intera storia di Israele manifesta la salvezza di Dio per tutta l'umanità: è la storia della salvezza.

Periodo dei Patriarchi	...alcuni brani importanti nella Bibbia
Abramo (periodo storico: 1850 a. C. circa)	■ la chiamata di Abramo: Gen 12, 1-9 ■ le promesse e l'Alleanza di Dio: Gen 15, 1-21 ■ l'apparizione alle querce di Mamre: Gen 18, 1-15 ■ nascita di Isacco, allontanamento di Agar e Ismaele: Gen 21, 1-21 ■ sacrificio di Isacco: Gen 22, 1-19
Isacco, **Giacobbe** ...	■ nascita di Esaù e di Giacobbe: Gen 25, 19-28 ■ Giacobbe ottiene la primogenitura: Gen 25, 29-34 ■ Giacobbe ottiene la benedizione di Isacco: Gen 27, 1-45 ■ il sogno di Giacobbe: Gen 28, 10-22 ■ la lotta con Dio: Gen 32, 23-33
Giuseppe (periodo storico: verso il 1700 a.C)	■ Giuseppe venduto dai suoi fratelli: Gen 37, 1-36 ■ Giuseppe in Egitto: Gen 39, 1-23 ■ Giuseppe interpreta i sogni: Gen 40, 1-23 ■ Giuseppe e il faraone: Gen 41. 1-49 ■ Giuseppe incontra i fratelli: Gen 44, 1-45, 15 ■ discesa in Egitto: Gen 45, 16-46, 7

La scala di Giacobbe, Scuola provenzale, 1490 circa.

Attività

La storia di Giuseppe

■ Leggi nella Bibbia i racconti della storia di Giuseppe, narrata in Gen 37, 1-46, 7.

■ Sintetizza i fatti.

■ Leggi ora questo breve commento.
Nella storia sacra questo racconto è importante perché la fortuna di Giuseppe in Egitto permetterà alla famiglia di Giacobbe di stabilirsi nella terra dei faraoni in una zona molto fertile dove troveranno le condizioni favorevoli per moltiplicarsi fino a diventare un grande popolo, come Dio aveva promesso.
Dal punto di vista più strettamente religioso, il significato di tutte le peripezie di Giuseppe verrà spiegato chiaramente dallo stesso protagonista ai suoi fratelli (cfr. Gen 45, 4-9 e 50, 20).
La persona di Giuseppe (venduto, umiliato, glorificato, che perdona generosamente e benefica i fratelli) è tanto vicina a quella di Gesù redentore che egli ne è una delle più belle figure. Inoltre egli è un magnifico esempio di virtù bibliche: incrollabile fede in Dio; onestà a tutta prova; perdono delle offese, ricambiate con i più grandi benefici.

A. Girlanda, *Antico Testamento*, San Paolo, Cinisello Balsamo 1995

Indica in quali occasioni Giuseppe ha dimostrato:
- incrollabile fede in Dio;
- onestà a tutta prova;
- perdono delle offese.

■ La storia di Giuseppe è un racconto sapienziale che, pur offrendoci degli agganci storici, aiuta a riflettere sulla presenza di Dio nella storia.
Nonostante le scelte ingiuste degli uomini, Dio guida la storia verso la salvezza: dove emerge questa convinzione nel racconto biblico?

Mosè: dalla schiavitù alla libertà

Verso il 1700 a.C. gli israeliti scendono in Egitto e, con il favore di Giuseppe, si stanziano in quella terra. L'iniziale ospitalità di cui godevano, con il passare del tempo e il sorgere di discriminazioni a opera degli egizi, si trasforma in terribile schiavitù. Gli ebrei sono sottoposti a dure leggi di lavoro a servizio del faraone e a norme per il controllo delle nascite e la decimazione (Es 1). La situazione precipita durante il regno di Ramesse II (1290 ca.-1224 a.C.); Dio interviene però a questo punto per salvare il popolo ebraico per mezzo di **Mosè**. La sua vicenda storica è collocata attorno al 1250 a.C. circa.

Giovanni Battista Spinelli, *Il ritrovamento di Mosè*, XVII secolo, Museo Condé, Francia.

Il significato del nome di questo personaggio, che diverrà centrale nella fede ebraica, è spiegato dalla Bibbia come «*salvato dalle acque*» (Es 2, 1-10): il nome avrebbe dovuto ricordare che la figlia del faraone lo salvò dalle acque del Nilo, presso cui sua madre lo aveva abbandonato (le leggi del faraone prevedevano infatti di sopprimere i figli maschi di donne ebree). Il suffisso *mose* era però utilizzato sovente nella lingua egizia in riferimento alle divinità (Amose, Tutmose) e significa semplicemente «figlio».

Un giorno Mosè, che viene allevato alla corte del faraone, vede un soldato egiziano picchiare duramente uno schiavo ebreo e si scaglia contro di lui, uccidendolo (Es 1, 11-15). Pare che la notizia non sia risaputa; tuttavia, quando Mosè cerca di pacificare due ebrei che litigano, si sente rinfacciare questo omicidio. Egli deve fuggire dall'Egitto perché rischia la condanna a morte per l'assassinio del soldato e si dirige verso la penisola del Sinai, dove trova ospitalità e lavoro come guardiano di greggi. Durante il pascolo presso il monte Sinai, Mosè nota un roveto che

DOCUMENTI

Io sono colui che sono

Il filosofo e santo Agostino di Ippona (354-430 d.C.), cerca di illustrare il significato dell'espressione «Io sono colui che sono»: in questo modo Dio, dal roveto ardente sul Sinai, ha risposto a Mosè che gli chiedeva il nome (Es 3, 14). Già il testo presenta di per se stesso difficoltà di traduzione ed è di difficile resa a motivo della struttura grammaticale ebraica. Più difficile ancora risulta dare una convincente, ma soprattutto esaustiva, interpretazione di tale espressione.

Che cosa significa «Io sono colui che sono» se non «Io non posso cambiare»? Che cosa significa «Io sono colui che sono» se non «Io sono eterno»? [...] *Essendo questo un nome eterno, è tanto più importante che Egli abbia voluto avere un nome di misericordia, cioè: «Io sono il Dio di Abramo, il Dio di Isacco, il Dio di Giacobbe». Quell'altro nome, infatti, designa ciò che Dio è in se stesso; questo invece designa ciò che è per noi. Se egli avesse voluto essere soltanto ciò che è in se stesso, cosa saremmo noi?* [...] *Allora: sono colui che sono, sono lo stesso essere, sono tutto l'essere: ma non voglio essere assente dall'uomo. Perciò, per quanto possiamo, cerchiamo il Signore... Lodiamo la sua natura ineffabile, ma amiamo la sua misericordia.*

AGOSTINO, *Sermoni al popolo*, VII, 7

brucia senza consumarsi. Incuriosito si avvicina e viene chiamato da Dio che lo incarica di liberare il popolo oppresso in Egitto (Es 3, 1-12).

Dio parla a Mosè:

> ... *Io sono il Dio di tuo padre, il Dio di Abramo, il Dio di Isacco, il Dio di Giacobbe.* [...] *Ho osservato la miseria del mio popolo in Egitto e ho udito il suo grido a causa dei suoi sorveglianti; conosco infatti le sue sofferenze. Sono sceso per liberarlo dalla mano dell'Egitto* [...].
>
> Es 3, 6-8

Mosè, a nome di Dio, è inviato a liberare il popolo degli israeliti ma, dovendosi presentare agli ebrei, chiede di sapere il nome di Dio.

> *Dio disse a Mosè: «Io sono colui che sono!». Poi disse: «Dirai agli israeliti: Io-Sono mi ha mandato a voi».*
>
> Es 3, 14 -15

Jaime Huguet, *Mosè e il roveto ardente*, XV secolo, Cattedrale di Tortosa, Spagna.

Il nome di Dio

La spiegazione del nome di Dio, JHWH, è problematica sia dal punto di vista grammaticale sia dal punto di vista dell'interpretazione. Dio, infatti, rivela il proprio nome utilizzando non un sostantivo, ma un verbo (*'ehjeh 'asher 'ehjeh*: «Io sono colui che sono»). Il verbo «essere», «divenire», «continuare a essere» (*hjh*) è utilizzato in una forma arcaica detta «causativa», che assume il significato di «causare, produrre un'attività»: «Io sono colui che fa essere, che porta all'esistenza».

L'espressione si presta a diverse interpretazioni, che possono sottolineare o l'eternità di Dio («Colui che è sempre») oppure la sua fedeltà («Colui che è sempre fedele») e può essere tradotta in modi differenti: «Io sono colui che sono»; «Io sono ciò che io sono»; «Io sono colui che è»; «Io sono l'esistente», «Io sarò sempre quello che sono» (traduzione interconfessionale in lingua corrente).

Per la mentalità semita, tuttavia, conoscere il nome di qualcuno e poterlo utilizzare significava avere potere su di lui e penetrarne la più profonda identità: per questo il nome di Dio non veniva pronunciato ed era trascritto con il tetragramma JHWH. Agire e combattere nel nome di qualcuno significava possederne la stessa autorità, perciò la rivelazione di Dio presso il Sinai risulta in realtà una non-rivelazione: Dio non vuole precisare né rivelare il proprio nome e si chiude in una reticenza che sottolinea come Egli sia innominabile e trascendente. La conoscenza di Lui non sta in un nome ma nell'esperienza del suo agire.

Il tetragramma del nome di Dio non è mai pronunciato dagli ebrei, nemmeno durante la lettura della Bibbia, dove pur compare 6.823 volte. Poiché è *ha-Shem*, il nome per eccellenza, viene sostituito con le parole *Adonaj* («Signore») oppure *Shem* («nome»). Soltanto il sommo sacerdote, una volta all'anno, pronunciava questo nome quando entrava nel Santo dei Santi, nella stanza più interna del Tempio di Gerusalemme, dove era collocata l'Arca dell'Alleanza. Questo rito, che avveniva nel giorno dello Yom Kippur, era accompagnato dal suono di trombe così che nessuno udisse pronunciare il nome divino.

In origine il tetragramma era scritto solo con le consonanti, mentre dal VI secolo d.C. furono introdotti dei segni vocalici. Secondo gli studiosi la probabile pronuncia originaria del nome è Jahweh. Nella Bibbia compaiono altri nomi per indicare Dio: El («divinità»), *Elohim* (plurale di El), *El-Roi* («Dio che vede»), *El-Olam* («Dio eterno»), *El-Shaddaj* («Dio onnipotente»), *'El-'Elyôn* («Dio altissimo»).

Marc Chagall, *La divisione del Mar Rosso*, 1966, raccolta privata, New York.

Le Dieci piaghe

Le Dieci piaghe bibliche ebbero una progressione nella loro gravità e, fatta eccezione per la decima, la morte dei primogeniti, sono riconducibili alle condizioni geoclimatiche dell'Egitto: il Nilo rosso è legato alla quantità di argilla rossastra e alla presenza di microrganismi rossi che durante le alluvioni annuali provocano anche morie di pesci; le invasioni di rane, zanzare, mosconi sono collegabili alle alluvioni del Nilo; la morte del bestiame e le ulcere sono probabilmente dovute a un'epidemia e alla diffusione della «scabbia del Nilo»; la grandine è un fenomeno piuttosto raro, anche se durante i mesi di gennaio e febbraio vi possono essere violente tempeste di grandine; molto frequenti sono invece le invasioni di cavallette, tuttora temute come un terribile flagello per la totale distruzione delle colture che provocano; la nona piaga parla di tre giorni di tenebre e si tratta probabilmente di una tempesta di vento e sabbia (caratteristica dell'Egitto), che ha oscurato la luce solare.
La decima piaga, la morte dei primogeniti egizi, è di difficile spiegazione (forse un'epidemia che ha colpito solo questo popolo): più percorribile è la spiegazione teologica per cui Dio giudica e punisce gli oppressori degli israeliti, per ridare libertà al suo popolo. Le piaghe segnalano l'intervento potente di Dio per liberare il suo popolo, come poi vengono interpretate poeticamente nei *Salmi* 78 e 105.

Nonostante i suoi timori, Mosè viene convinto da Dio e assume l'incarico di liberare il popolo di Israele dalla schiavitù. Torna in Egitto (Es 4, 18-23) e, accompagnato dal fratello Aronne, si presenta al faraone chiedendo la liberazione degli ebrei. Alla ripetuta ostinazione del faraone Mosè contrappone la predizione di calamità divine (le **Dieci piaghe**) che infieriranno sul paese. La Bibbia registra che il faraone, dopo le sciagure abbattutesi sul suo paese (Es 7-10), finalmente convinto, lascia partire gli israeliti; poi si pente della loro partenza e li insegue (Es 12, 32; 13, 17; 14, 5-9).

Storicamente l'uscita del popolo ebraico dall'Egitto avviene in due modi differenti: un primo gruppo di israeliti fu scacciato ed espulso; il secondo gruppo fuggì guidato da Mosè. Il primo gruppo, probabilmente, percorse la via del mare, costeggiando a nord i territori che giungono fino nella regione dei filistei; questa strada era controllata dagli egizi e quindi l'uscita degli ebrei deve essere stata una vera e propria cacciata. Questo gruppo si diresse poi a Cades e penetrò nella Terra Promessa dalla parte meridionale.

Il gruppo più significativo fuggì però dall'Egitto e, non potendo percorrere la strada più comoda per raggiungere la Terra Promessa, in quanto era controllata dagli egizi, piegò verso sud-est, verso la penisola del Sinai. Per raggiungerla occorreva attraversare il Mar Rosso, chiamato dall'*Esodo* anche «*Mare dei giunchi, delle canne*», a motivo dell'abbondanza di questa vegetazione presso le sponde di quella zona, che oggi corrisponde ai Laghi Amari.

Filistei: popolo originario dell'Asia Minore, forse di Creta, giunto in Palestina nel X secolo a.C. Attaccarono l'Egitto e, respinti, si stabilirono sulla costa sud cananea (da Gaza a Tel Aviv attuali); combatterono con gli ebrei e vinsero Saul, ma furono assoggettati da Davide. Dal loro nome deriva il termine Palestina, che significa appunto «Terra dei filistei», attribuito a quella regione dall'imperatore romano Adriano nel 135.

All'epoca dell'esodo, il mare doveva giungere fino a questa zona dove:

> *... il Signore durante tutta la notte, risospinse il mare con un forte vento d'oriente, rendendolo asciutto; le acque si divisero.*
>
> Es 14, 21

Azzimo: significa «senza lievito» e si dice del pane di pasta che gli ebrei, secondo la Bibbia, mangiarono una volta usciti dall'Egitto; per la fretta della fuga non fecero in tempo a farlo lievitare. È usato ancora nel rituale ebraico durante la settimana di Pasqua e nella liturgia cattolica per le ostie. La Pasqua è chiamata dagli ebrei anche «festa degli azzimi» proprio per l'uso di consumare pane non lievitato.

Così gli israeliti possono oltrepassare il mare e giungere al sicuro sull'altra sponda; per i soldati egizi che li inseguono non vi è possibilità alcuna di raggiungerli.

Il fenomeno naturale del vento caldo da Oriente e della bassa marea (studiato particolarmente in occasione dello scavo del canale di Suez) deve aver favorito il passaggio degli ebrei che, raggiunta finalmente la libertà, festeggiano e lodano Dio con il cantico di esultanza che celebra in maniera epica la loro riconquistata libertà (Es 15, 1-21).

Nei racconti biblici, la vicenda dell'**esodo dalla schiavitù** d'Egitto acquista indubbiamente un forte spessore epico, proprio in ragione della convinzione che in essa si è manifestata con potenza la volontà salvifica di Dio. Questo fatto dell'Antico Testamento resta tuttora il fatto centrale dell'ebraismo e il momento più alto in cui si è manifestata la vicinanza di Dio al suo popolo. Altri passi biblici ritorneranno su questo argomento (Gs 24, 5-7; Sal 136, 10-14), ma è soprattutto la celebrazione della **Pasqua** («passaggio») che ha consacrato il valore di questa liberazione.

La sera prima di partire dall'Egitto, gli ebrei celebrarono i riti che normalmente accompagnavano la festa primaverile della trasmigrazione verso nuovi pascoli: vesti cinte e bastone alla mano, erbe amare, pani cotti senza lievito (azzimi), sacrificio augurale dell'agnello, con il suo sangue. Per il popolo ebraico questa festa non celebra più semplicemente, come nell'antica tradizione dei pastori nomadi, la provvidenza divina presente nei cicli della natura e, in particolare, nel suo risveglio primaverile. Dall'esodo in poi questa festa celebra la **provvidenza** liberatrice di Dio ed è destinata a restare (fino ai nostri giorni) la festa del Dio che fa passare dalla schiavitù alla libertà. Questo significato, approfondito e arricchito in seguito dagli avvenimenti della passione, morte e risurrezione di Cristo, è passato anche nella celebrazione pasquale cristiana. L'immagine del popolo che, attraverso il Mar Rosso e le sue acque, giunge alla salvezza viene utilizzata dai cristiani come espressione del significato del battesimo stesso.

La Pasqua e le feste ebraiche

Il calendario ebraico è scandito da dodici mesi lunari di 29 o 30 giorni e questo comporta uno sfasamento rispetto all'anno solare. Quindi, per rimettere ordine, ogni tre o quattro anni c'è un anno bisestile con un mese supplementare. Questo è l'elenco dei mesi ebraici:

1. *Tishri*
2. *Cheshvan*
3. *Kislev*
4. *Tevet*
5. *Shevat*
6. *Adar*
7. *Nisan*
8. *Iyyar*
9. *Sivan*
10. *Tammuz*
11. *Av*
12. *Elul*

La numerazione degli anni secondo questo calendario è basata sugli anni trascorsi dal giorno della creazione. Comparando la datazione cristiana con la datazione ebraica risulta che il 2007 corrisponde al 5767-68, il 2008 al 5768-69 e così via.

• La festa più importante del calendario ebraico è la **Pasqua** (*Pésah*, Es 12, 1-27) che celebra l'uscita degli ebrei dall'Egitto, la loro liberazione dalla schiavitù.

Il Signore disse a Mosè e ad Aronne nel paese d'Egitto: «Questo mese sarà per voi l'inizio dei mesi, sarà per voi il primo mese dell'anno. Parlate a tutta la comunità di Israele e dite: Il dieci di questo mese ciascuno si procuri un agnello per famiglia, un agnello per casa. Se la famiglia fosse troppo piccola per consumare un agnello, si assocerà al suo vicino, al più prossimo della casa, secondo il numero delle persone; calcolerete come dovrà essere l'agnello, secondo quanto ciascuno può mangiarne. Il vostro agnello sia senza difetto, maschio, nato nell'anno; potrete sceglierlo tra le pecore o tra le capre e lo serberete fino al quattordici di questo mese: allora tutta l'assemblea della comunità d'Israele lo immolerà al tramonto. Preso un po' del suo sangue, lo porranno sui due stipiti e sull'architrave delle case, in cui lo dovranno mangiare. In quella notte ne mangeranno la carne arrostita al fuoco; la mangeranno con azzimi e con erbe amare. Non lo mangerete crudo, né bollito nell'acqua, ma solo arrostito al fuoco con la testa, le gambe e le viscere. Non ne dovete far avanzare fino al mattino: quello che al mattino sarà avanzato lo brucerete nel fuoco. Ecco in qual modo lo mangerete: con i fianchi cinti, i sandali ai piedi, il bastone in mano; lo mangerete in fretta. È la pasqua del Signore! In quella notte io passerò per il paese d'Egitto e colpirò ogni primogenito nel paese d'Egitto, uomo o bestia; così farò giustizia di tutti gli dèi dell'Egitto. Io sono il Signore! Il sangue sulle vostre case sarà il segno che voi siete dentro: io vedrò il sangue e passerò oltre, non vi sarà per voi flagello di sterminio, quando io colpirò il paese d'Egitto. Questo giorno sarà per voi un memoriale; lo celebrerete come festa del Signore: di generazione in generazione, lo celebrerete come un rito perenne.

Es 12, 1-14

Piatto raffigurante la cena pasquale.

La cena pasquale

Il mese di *Nisan,* in cui si celebra la Pasqua, la festa più importante, è considerato «l'inizio dei mesi» per il culto ebraico, anche se è il settimo nel calendario.

Al centro della celebrazione è la cena (*Séder*, «ordine»), durante la quale si legge l'*Haggadà*, cioè la narrazione biblica dell'*Esodo*. Per otto giorni si mangia **pane azzimo**, cioè pane non lievitato, a ricordo della fretta della fuga, per cui non vi fu tempo per attendere che il pane lievitasse prima della cottura. Il pane azzimo ha acquistato poi anche un valore simbolico: il lievito è sinonimo di violenza, quindi bisogna toglierlo. Le azzime indicano inoltre l'umiltà del fedele che davanti a Dio non deve gonfiarsi d'orgoglio. Durante la cena si mangia anche l'**uovo sodo**, simbolo di vita perché è l'embrione di essa e, non avendo angoli, raffigura la continuità della vita stessa; poi c'è lo **zampetto d'agnello** che ricorda il sacrificio pasquale; c'è il *haròseth*, un impasto rossastro di mele cotogne, uvette e altra frutta, che ricorda la malta con cui gli ebrei schiavi facevano i mattoni. Per rievocare le amarezze subite durante la schiavitù si mangiano **erbe amare**.

Pagina di un codice lombardo del XV secolo, la *Miscellanea Rothschild*, raffigurante tre momenti della preparazione della cena pasquale. Dall'alto: ebreo che elimina dalla madia ogni traccia di lievito; impasto delle azzime con farina e acqua; cottura delle azzime. Accanto corre il testo con le preghiere.

L'agnello pasquale, il pane azzimo, l'offerta delle primizie che avveniva al 16 di *Nisan* ricordano l'origine più antica di questa festa: prima che acquistasse il significato di liberazione dalla schiavitù, era una festa pastorale, legata all'inizio della mietitura e all'inizio della stagione primaverile (il 14 di *Nisan* è infatti il plenilunio di primavera). Per la Pasqua e la successiva festa della Pentecoste si pellegrinava a Gerusalemme.

Le altre festività

- Dalla Pasqua si contano sette settimane e si giunge così a *Shavuòth*, che vuol dire «settimane», proprio perché cade sette settimane dopo la Pasqua, cioè al cinquantesimo giorno (**Pentecoste**). Si offrivano a Dio le primizie del pane fatto con il frumento della nuova mietitura (cfr. Nm 28, 26-31). È la festa che celebra la promulgazione del Decalogo: il popolo ebraico ai piedi del monte Sinai ricevette i Dieci Comandamenti direttamente da Dio.
- Nel mese di *Tishri*, dal 15 al 23, si celebrano gli otto giorni della **Festa delle Capanne** (*Sukkoth*) in cui si ricorda quando gli ebrei, usciti dall'Egitto, rimasero per quarant'anni nel deserto abitando in capanne e sotto le tende (cfr. Lv 23. 33-36). Si costruisce una capanna in casa propria dove si mangia e si dovrebbe anche dormire.

Luigi Ademollo, *Preparazione di una festa ebraica*, XIX secolo, Palazzo Pitti, Firenze.

Ebrei ortodossi durante la festa di *Yom Kippur* a Gerusalemme.

La festa di *Sukkoth* finisce con *Simhat Torah,* «la gioia della Legge». Questa ricorrenza coincideva anche con il raccolto autunnale (Dt 16, 13-16 e Ne 8, 14-18) quando si andava pellegrini a Gerusalemme.

- Il **capodanno ebraico** (*Rosh Ha-Shanà*) è festeggiato in autunno, il 1° del mese di *Tishri,* verso la metà di settembre. Durante il pranzo si mangiano dei cibi particolari (zucca, melograno, porri, bietole ecc.) che hanno un significato beneaugurante e si inzuppa una mela nel miele per augurare un buon anno, un anno «dolce», per Israele e per tutta la famiglia umana.
- Nel giorno in cui si celebra la creazione del mondo, si deve cercare di ritornare come si era in origine, quindi ci si deve purificare. Per questo dopo il capodanno vengono dieci giorni di penitenza, raccoglimento, in preparazione allo *Yom Kippur* che è giorno di digiuno, giorno di preghiera in sinagoga, giorno per invocare il perdono da Dio. Il 10 di *Tishri* è quindi lo *Yom Kippur,* chiamato anche **Giorno delle espiazioni** (cfr. Lv 23, 26-32).
- Festa molto suggestiva ancor oggi è la festa della purificazione e della dedicazione del Tempio di Gerusalemme; è conosciuta anche come **Festa delle Luci** (*Hannukkah,* cfr. 2Mac 10, 5-8). Viene acceso il candelabro a nove bracci per ricordare come un'ampolla di olio arse per otto giorni nel Tempio.
- Il 14 e il 15 del mese di *Adar* si celebra la **Festa delle Sorti** o del *Purim* a ricordo del coraggio con il quale la giovane Ester, data in sposa al re di Persia Assuero, intervenne presso suo marito perché annullasse il decreto che stabiliva lo sterminio degli ebrei (V secolo a.C., cfr. Est 9). Questi sono giorni di festa per lo scampato pericolo.

Il deserto, il Decalogo, la Terra Promessa

Superato l'ostacolo naturale che si frapponeva alla loro libertà, gli israeliti affrontano l'esperienza del deserto: attraversano il deserto di Shur, poi quello di Paran e giungono nella parte meridionale della penisola del Sinai, proprio presso «il monte di Dio».

Anche se l'uscita dall'Egitto è avvenuta in due modi diversi (cacciata e fuga) e il popolo israelita è ancora un insieme eterogeneo di diverse tribù, tuttavia l'esperienza della liberazione viene presentata dai testi sacri come esperienza di tutto il popolo. L'esodo dalla schiavitù si configura come il momento nel quale l'israelita trova la propria identità sentendosi parte di un **popolo eletto** e **salvato** da Dio.

Il testo biblico evidenzia come Dio intervenga in tutte le numerose difficoltà del viaggio a favore del popolo eletto e a tutela della sua libertà provvedendo l'acqua (Es 15, 22-25; 17, 1-16) e il cibo (la manna e le quaglie Es 16, 1-35).

Guido Reni, *Mosè con le Tavole della Legge,* 1624-25, Galleria Borghese, Roma.

In questa prospettiva di elezione del suo popolo da parte di Dio si colloca l'Alleanza del Sinai, siglata dall'adesione del popolo ai **Dieci Comandamenti**, il **Decalogo** (dal greco «*dieci parole*», dove il numero dieci indica la totalità).

Il testo del Decalogo è riportato in due versioni: quella di Es 20, 2-17 (tradizione elohista) e quella di Dt 5, 6-21 (tradizione deuteronomista); la formulazione è posteriore all'VIII secolo a.C. Probabilmente il testo più antico è quello conservato dal *Deuteronomio* (fatta eccezione per le aggiunte tardive riguardo all'uso del nome divino, alla consuetudine del sabato e all'onore verso i genitori e, per la rielaborazione di Dt 5, 8, sulla proibizione di immagini). Nell'*Esodo* il Decalogo è inserito nel contesto della manifestazione di Dio al Sinai.

Manna: il termine viene spiegato dalla Bibbia stessa: «Gli israeliti la videro e si dissero l'un l'altro: "Man hu?" Che cos'è? Perché non sapevano che cosa fosse» (Es 16, 15). Con questo vocabolo si indica il misterioso cibo che sfamò gli ebrei nel deserto. La Bibbia annota anche che gli israeliti non potevano raccoglierne più di un *omer* a testa (circa quattro litri). In arabo il termine *Man* indica la sostanza resinosa che cola dalla *tamarix*, una pianta che cresce nelle zone del Sinai. Questo lattice colando si rapprende e i beduini lo raccolgono e lo mangiano sul pane. Se viene esposta al sole essa si scioglie nuovamente. La manna ha acquistato un significato simbolico in quanto segno della provvidenza e misericordia di Dio, fino ad acquistare il valore di prefigurazione dell'eucarestia (Sap 16, 20-26 e Gv 6, 48-50).

Si è cercato di ricostruire un Decalogo originario nella sua forma primitiva: il nucleo risalente all'epoca mosaica doveva essere costituito da una serie di formule brevi e facili da mandare a memoria, che si radicavano nell'antica etica del clan. Inserito nel contesto storico del popolo di Israele (cioè di una cultura seminomadica e clanica senza un capo), il Decalogo diviene l'espres-

DOCUMENTI

L'Alleanza di Dio

Ciò che noi chiamiamo «alleanza», nella Bibbia non è concepito come un rapporto simmetrico tra due partner che stabiliscono tra loro una relazione contrattuale paritetica con obblighi e sanzioni reciproche: quest'idea di relazione i cui partner si pongono sullo stesso piano è incompatibile con l'immagine biblica di Dio. Le Scritture presuppongono piuttosto che l'uomo non sia di per sé in grado di stabilire un rapporto con Dio, né tanto meno di dargli qualcosa e, in cambio, di ricevere da lui o, addirittura, di imporgli degli obblighi in relazione alle azioni dall'uomo stesso compiute. Se si giunge a un rapporto tra Dio e l'uomo, ciò può avvenire solo grazie a una libera scelta di Dio, la cui sovranità resta per questo intatta.
Si tratta dunque di una relazione del tutto asimmetrica, dato che nel rapporto con la creatura Egli è e resta il totalmente altro: l'«alleanza» non è un contratto che impegna a un rapporto di reciprocità, ma un dono, un atto creativo dell'amore di Dio. [...] *Benché la struttura dell'alleanza abbia come modello i patti statuali ittiti e assiri, in cui il sovrano concedeva dei diritti al vassallo, l'alleanza di Dio con Israele è più di un contratto vassallatico: il re-Dio non riceve nulla dall'uomo, ma gli dà la via della vita nel dono della sua Legge.*

J. Ratzinger, *La Chiesa, Israele e le religioni del mondo*, San Paolo, Cinisello Balsamo 2000

Mosè e il popolo eletto, Bibbia manoscritta, XIII secolo, Francia.

DOCUMENTI

Dieci Parole ancora attuali

Mosè scende dal Sinai con le tavole della Legge incise da Dio sulla pietra, vede le danze e i sacrifici attorno al vitello d'oro[1]*, si indigna per il tradimento di Israele, spezza le tavole, distrugge l'idolo, punisce i trasgressori, implora il perdono di Dio. E Dio stesso incide le Dieci Parole su due nuove tavole di pietra approntate da Mosè e gliele consegna. Fin qui il racconto dell'*Esodo.

Per gli ebrei, nel corso dei millenni, le Dieci Parole sono sempre state il codice della loro vita privata e sociale e non sono mai state sentite come un peso, ma piuttosto, e con affetto, come un patto nuziale. Dieci Parole per garantire la vita, la libertà, la dignità, le responsabilità di ogni uomo e di ogni cultura.

I Dieci Comandamenti riassumono l'intera concezione biblica dell'uomo, delle sue relazioni con Dio, con gli altri, con la natura. [...]

«La portata dei Dieci Comandamenti non si limita però alle tre religioni abramitiche. Il luogo della loro proclamazione è il deserto. E il deserto non appartiene a nessuno. Le Dieci Parole si rivolgono quindi all'umanità intera, per il fatto di riassumere in poche frasi la condizione umana e le condizioni di sopravvivenza dell'umanità»[2].

Sono la vera e propria spina dorsale di tutta la società umana.

Oggi la società occidentale, sotto la spinta della secolarizzazione, sembra sia sull'orlo di abbandonare e tradire le Dieci Parole. Si vive come se Dio non esistesse e per questo si agisce come se il Decalogo non esistesse. Eppure, molti princìpi basilari del Decalogo sono passati nella legislazione nazionale e internazionale.

Scuola di Raffaello, *Storie di Mosè: la presentazione delle tavole della Legge agli ebrei*, Logge vaticane, Città del Vaticano.

Basti pensare alla Dichiarazione universale dei diritti dell'uomo, *firmata all'Onu [...] "Tutti gli esseri umani nascono liberi e uguali in dignità e diritti", recita uno dei punti della Dichiarazione. Quanto Decalogo c'è in questa affermazione! Perché, possiamo chiederci, i diritti dell'uomo sono spesso ignorati in culture pur venerande come quelle orientali, maturate non all'ombra del Sinai? Occorre ritornare al Decalogo.*

C. Fiore, *Le tavole della Vita*, in "Dimensioni Nuove", maggio 2005

[1] Cfr. Es 32, 1-35.

[2] A. Chouraqui, *I Dieci Comandamenti*, Mondadori, Milano 2001.

sione di alcuni valori morali necessari alla vita stessa dei gruppi tribali, che venivano insegnati dal padre ai figli come regole di comportamento.

I testi biblici, collocando il **Decalogo** all'interno dell'Alleanza di Dio con il suo popolo, gli attribuiscono il valore di proclamazione della **volontà di Dio**. In questo caso, il Decalogo acquista il valore di un contratto tra Dio e Israele. Pur contenendo norme e precetti di legge naturale universale e norme tipiche anche di un diritto statale, il Decalogo si pone innanzitutto come insieme di obblighi che Dio dà al suo popolo nel momento in cui stringe un patto con lui.

I Comandamenti sono espressi in stile lapidario e, fatta eccezione per il riposo del sabato e il rispetto verso i genitori, sono in forma negativa, ma hanno valore positivo.

L'introduzione al Decalogo sottolinea che Dio ha liberato il suo popolo, quindi Israele non deve avere altri dèi, deve rispettare le feste, non deve uccidere ecc. perché Dio ha fatto dono della libertà.

L'etica del Decalogo si capisce, dunque, partendo dall'idea di Dio liberatore e i Comandamenti, più che precetti isolati, diventano uno sviluppo dell'enunciato iniziale:

Io sono il Signore, tuo Dio, che ti ho fatto uscire dal paese di Egitto, dalla condizione servile (di schiavitù).

Dt 5, 6; Es 20, 2

L'Alleanza del Sinai è il vertice della storia dell'esodo e anche della religione ebraica: Dio sceglie Israele come popolo eletto e gli dona la possibilità di rispondergli, rispettando la sua volontà.

Tuttavia il popolo, durante la permanenza di Mosè sul Sinai, fonde una statua d'oro rappresentante un vitello e costruisce un altare in suo onore (Es 32). Scendendo dal monte Mosè, indignato per l'atto di idolatria, spezza le Tavole della Legge e invoca il perdono di Dio sul peccato del popolo. Questo fatto è un indizio di come il popolo faccia fatica ad accettare il passaggio dalla mentalità religiosa antica, legata a idoli materiali e a un rapporto di sudditanza tra uomo e Dio, all'idea di un Dio trascendente e non materializzabile.

Dopo l'Alleanza del Sinai, il cammino degli ebrei nel deserto continua. La Bibbia annota che gli spostamenti del popolo di Israele prima di giungere alla terra di Canaan durano quarant'anni (Dt 8, 2-6).

Giunti ai confini della Terra Promessa, nella zona a est del Giordano, Mosè vede la terra da lontano, ma non gli è permesso entrarvi (Dt 34, 1-12). La guida del popolo passa nelle mani di **Giosuè** (Dt 31, 1-8; Nm 27, 12-23) che si era già distinto a fianco di Mosè per la sua abilità di comando.

Con Giosuè il popolo entra e si stabilisce in Palestina: siamo verso gli anni 1220-1200 a.C.

Ultimata la conquista di Canaan, Giosuè convoca il popolo in una grande assemblea a Sichem (Gs 24, 1-24) e, ripercorrendo la storia israelitica fin dalle origini, invita tutti a rinnovare l'Alleanza. La risposta degli israeliti è corale:

Luca Signorelli, *Storie di Mosè: testamento e morte di Mosè,* 1481-82, *Mosè consegna il bastone del comando a Giosuè inginocchiato,* particolare, Cappella Sistina, Città del Vaticano.

... anche noi vogliamo servire il Signore, perché Egli è il nostro Dio.

Gs 24, 18

In quest'occasione il popolo è chiamato a riflettere sul senso di tutto quello che è successo, sulla storia passata e sui fatti che hanno accompagnato il suo percorso. Nella fede biblica non vi è spazio per teorie astratte su Dio, ma tutto è ricondotto a un'esperienza vissuta e diretta di quanto operato dal Signore: la riflessione che porta a Dio è innanzitutto riflessione sul senso della propria vicenda storica.

Dopo l'insediamento nella Terra Promessa, gli israeliti devono affrontare i problemi della pacifica convivenza con i popoli limitrofi, ma anche le difficoltà dell'organizzazione interna. Il popolo non ha una guida centrale e stabile di governo; di volta in volta, a soluzione delle difficoltà del momento, Dio sceglie tra il popolo un uomo che gestisca la situazione e la risolva. È il periodo dei **Giudici**, uomini dotati di un particolare carisma e mandati da Dio per risolvere una determinata situazione.

... dall'esodo alla monarchia	... alcuni brani importanti nella Bibbia
Mosè • esodo dall'Egitto • Alleanza del Sinai (periodo storico: 1250 a.C. ca.)	▪ schiavitù degli ebrei: Es 1, 8-22 ▪ nascita di Mosè: Es 2, 1-10 ▪ il roveto ardente e il nome divino: Es 3, 1-15 ▪ la Pasqua: Es 12, 1-14 ▪ esodo e passaggio del mare: Es 14, 5-31 ▪ il Decalogo: Es 20, 1-21; Dt 5, 6-22 ▪ morte di Mosè: Dt 34, 1-12
Giosuè • conquista della Terra Promessa (periodo storico: 1220-1200 a.C. ca.)	▪ passaggio del Giordano: Gs 3, 1-17 ▪ presa di Gerico: Gs 6, 1-21 ▪ assemblea e alleanza di Sichem: Gs 24, 1-28
I Giudici (periodo storico: 1225-1040 a.C. ca.) **Samuele** (1040 ca.)	▪ storia di Iefte: Gdc 10, 6 - 11, 40 ▪ storia di Sansone: Gdc 13, 1 - 16, 31 ▪ il profeta Samuele: 1Sam 3, 1-21 (chiamata); 1Sam 8, 1-22 (il popolo domanda un re)
Monarchia unita • Saul (1030-1010 ca.) • Davide (1010-970 ca.) • Salomone (970 ca. - 931 a.C.)	▪ Saul è sorteggiato re: 1Sam 10, 17-27 ▪ Saul respinto dal Signore: 1Sam 15, 10-23 ▪ unzione regale di Davide: 1Sam 16, 1-13 ▪ Davide e Golia: 1Sam 17, 1-54 ▪ peccato e pentimento di Davide: 2Sam 11, 1- 12, 13 ▪ giudizio di Salomone: 1Re 3, 16-28 ▪ dedicazione del Tempio: 1Re 8, 22-66
Monarchia divisa • Regno di Giuda con capitale Gerusalemme (Roboamo 931-913) • Regno di Israele con capitale Samaria (Geroboamo 913-910) e successivi re	▪ scisma politico e religioso: 1Re 11, 41 - 12, 33

La regina di Saba porta doni a re Salomone e ne mette a prova la saggezza, breviario Grimani, secolo XV.

● **Con l'insegnante di Storia, confrontate queste indicazioni con le informazioni che vi sono date sul testo di storia, evidenziando gli avvenimenti fondamentali del periodo.**

Il profetismo

Dall'XI secolo a.C. la storia di Israele registra la significativa presenza dei profeti, anche se il profetismo è un fenomeno che riguarda quasi tutta la storia dell'Antico Testamento. Infatti, la Bibbia chiama Abramo « profeta » (Gen 20, 7) e anche Mosè riceve questo titolo (Dt 18, 18). È però a partire dal periodo di Samuele (XI-X secolo a.C.) che il profetismo viene esercitato indipendentemente dal sacerdozio e dal potere politico. L'attività dei profeti va dunque dall'XI fino al V secolo, quando il profetismo si estingue. Essi operano nel regno di Giuda e in quello di Samaria, quando ancora vi è la monarchia, ma anche durante l'esilio in terra babilonese e durante il successivo rimpatrio.

Profeta: dal greco *prophethès*, che significa «parlare in nome di qualcuno». Nella tradizione religiosa ebraica i profeti richiamano al valore interiore del culto, predicano la fedeltà e l'alleanza con Dio, annunciano castighi e salvezza. Dunque il profeta è l'uomo incaricato da Dio di trasmettere la sua parola, è il suo portavoce.

Per indicare il profeta sono state utilizzate varie espressioni: «veggente» (*ro'eh*), «uomo dello spirito», «uomo di Dio», «messaggero», «sentinella», «custode», tutte espressioni che interpretano in qualche modo la sua funzione; ma la parola più usata è *nabi'*, da collegarsi alla radice *naba'* che significa «annunziare, proclamare». La versione greca della Bibbia (Bibbia dei Settanta) traduce utilizzando la parola *prophetes*, cioè «portavoce» di Dio.

Bibbia dei Settanta : la versione dei Settanta (*Septuaginta* in latino, abbreviata LXX) è la traduzione in greco dell'Antico Testamento per la comunità di ebrei stanziatisi ad Alessandria d'Egitto che, dopo la diaspora, non conoscevano più l'ebraico. Secondo la tradizione fu tradotta dall'ebraico da 72 saggi ad Alessandria d'Egitto. È l'unica versione non in ebraico realizzata prima del cristianesimo. L'intera versione della Bibbia dei Settanta costituisce il canone dei libri dell'Antico Testamento per le Chiese ortodosse.

Il fenomeno del profetismo non è esclusivo dell'esperienza di Israele. Nell'ambiente orientale, ad esempio presso gli assiri, i cananei, gli egizi, troviamo forme di divinazione, interpretazione dei sogni, responsi di oracoli, da parte di indovini e di persone che si dicevano intermediarie tra il popolo e la divinità.

All'origine del profetismo in Israele possono esserci stati influssi provenienti dalle culture limitrofe e non è escluso che agli inizi, tra i profeti biblici, vi fossero anche dei **veggenti**. In seguito, il fenomeno acquistò caratteristiche particolari che lo distinsero e lo caratterizzarono nettamente. Il profeta biblico, innanzitutto, è un uomo chiamato da Dio a tale missione: alcuni profeti presentano la loro vocazione (Is 6, 1-13; Ger 1, 4-19) e tutti sottolineano a più riprese che «*a loro fu rivolta la Parola del Signore*». Essi si fanno dunque portatori di quel messaggio perché è «*oracolo del Signore Dio*». Il **profetismo biblico** è quindi frutto dell'iniziativa di Dio che chiama, sceglie, rivolge la sua Parola e vuole che la sua volontà sia portata a conoscenza di tutti. Esso inoltre è caratterizzato da un preciso riferimento al monoteismo e alla fede in JHWH. Le parole dei profeti non sono vaghe intuizioni, previsioni, oracoli, ma sono l'espressione della volontà precisa di Dio e la difesa dell'autentica fede in JHWH. Per questo motivo i profeti sono i più strenui difensori dell'Alleanza e degli impegni di fedeltà cui il popolo è tenuto.

La loro missione scatenò anche forti resistenze e persecuzioni, benché generalmente essi godessero di grande stima e rispetto tra il popolo, al punto che la Bibbia ricorda persone devote che facevano gruppo attorno alla figura del profeta, dando vita a delle comunità. Il secondo *Libro dei Re* ne parla chiamando i componenti di queste comunità «*figli dei profeti*» (2Re 4, 38-44; 6, 1). Vi era poi un altro genere di profeti, che operavano alla corte del re come consiglieri, ricevendo uno stipendio per la loro attività.

La storia di Israele presenta anche dei **falsi profeti** (cfr. Ger 28, 1-17; Ger 29, 24) che il popolo aveva imparato a riconoscere dall'abitudine di far riferimento a sogni o a visioni più che alla Parola di JHWH, dall'incoerenza o immoralità della condotta, dall'avidità di denaro e prestigio e dal mancato adempimento delle loro profezie. Lo scontro tra costoro e i veri profeti era continuo (Mi 3, 5-11; Os 4, 4-5; Zc 13, 2-4).

Antonio Balestra, *Il profeta Isaia*, XVII-XVIII secolo.

La Bibbia parla anche di **donne profeta** come Maria, sorella di Mosè (Es 15, 20), Debora (Gdc 4, 4), la moglie di Isaia (Is 8, 3) e Culda (2Re 22, 14).

I profeti sono molto diversi tra loro, non solo per le caratteristiche del messaggio divulgato, ma anche per l'estrazione sociale, la storia personale e familiare, il carattere e il grado di cultura.

La prima grande figura profetica presentata dalla Bibbia è quella di **Elia**, che

Ford Madox Brown, *Elia guarisce il figlio della vedova*, XIX secolo, Victoria and Albert Museum, Londra.

Generi letterari : categorie in base alle quali si distinguono le opere letterarie in rapporto ai contenuti e alla forma. In particolare, nella Bibbia si trovano tre grandi generi: *prosa*, *poesia* e *detti*. La prosa si distingue a sua volta in *discorsi*, *documenti* e *narrazioni*. La poesia comprende anche le forme particolari dei *canti* e dei *salmi*. I detti (un genere intermedio tra prosa e poesia) sono molto vari e includono anche i *proverbi*.

opera a metà del IX secolo nel Regno del Nord (da 1Re 17 a 2Re 2). Egli rivendica con forza il primato di JHWH, scontrandosi con i sacerdoti di Baal, divinità cananea, con la politica di compromessi e ingiustizie del re d'Israele Acab (871-851 a.C.) e con la moglie di lui, la regina Gezabele (IX secolo a.C.), che aveva introdotto in Israele il culto degli dèi cananei. Elia è diventato il simbolo di tutto il profetismo biblico e i Vangeli lo presentano, insieme con Mosè, come testimone della divinità di Gesù durante la trasfigurazione (Lc 9, 30).

Elia conferisce a **Eliseo** (IX-VIII secolo a.C.) il compito di profeta (1Re 19, 19-21). Né di Elia né di Eliseo, come di altri profeti precedenti, possediamo libri che portino il loro nome, mentre la predicazione di altri profeti è stata raccolta in testi che da loro prendono il titolo, per cui si fa tradizionalmente una distinzione tra **profeti scrittori** e **profeti non scrittori**. Siccome il primo interesse dei profeti era la comunicazione orale del messaggio di Dio, questi testi sono da considerarsi opera di simpatizzanti e discepoli che hanno conservato e trascritto l'insegnamento del profeta, prima in piccole collezioni e poi in raccolte sempre più complesse. Nei libri profetici ritroviamo differenti generi letterari : inni e canti (Is 5), racconti di vocazione (Is 6), sogni (Zc 1-6), narrazioni storiche (Is 36-39), racconti di azioni simboliche (Ez 4) e anche la lettera di Geremia agli ebrei in esilio (Ger 29). Dai loro libri emerge che i profeti non erano uomini che prevedevano il futuro e pronosticavano in anticipo le soluzioni ai problemi. La loro ispirazione non li rendeva, infatti, indipendenti dalle condizioni storiche del tempo. Essi vivevano le stesse situazioni del popolo, ma su queste pronunciavano il giudizio di Dio, esprimevano il pensiero e le intenzioni di JHWH.

Così la loro parola risultava talvolta un forte e anche minaccioso richiamo alla fedeltà che gli israeliti dovevano all'Alleanza con Dio; a volte essi annunciavano la necessità della conversione minacciando i castighi di Dio; altre volte ancora portavano parole di misericordia. Erano pure uomini di speranza, poiché nei momenti più tragici (esilio, distruzione di Gerusalemme, deportazione) seppero incoraggiare e aiutarono a vedere il piano provvidenziale di Dio dietro le sciagure del momento. Il profeta era quindi l'anima critica del popolo, legato alla situazione presente e portavoce del pensiero di Dio, assicurando al popolo che Egli avrebbe mantenuto fede alle proprie promesse. A causa della loro missione e del loro messaggio talvolta i profeti dovettero soffrire il ri-

Rembrandt, *Il profeta Geremia lamenta la distruzione di Gerusalemme*, 1630, Rijhskmuseum, Amsterdam.

fiuto e la persecuzione. Bastano alcune frasi di Geremia (la cui attività va dal 626 al 587 a.C.) per rendersi conto delle difficoltà da loro affrontate.

Mi hai sedotto, Signore, e io mi sono lasciato sedurre;
mi hai fatto forza e hai prevalso.
Sono diventato oggetto di scherno ogni giorno;
ognuno si fa beffe di me.
Quando parlo, devo gridare,
devo proclamare: «Violenza! Oppressione!».
Così la parola del Signore è diventata per me
motivo di obbrobrio e di scherno ogni giorno.

Ger 20, 7-8

Intanto, andava delineandosi l'attesa di una salvezza piena che Dio avrebbe donato per mezzo di un suo inviato, il Messia (l'«unto», il «consacrato di Dio»).

Su questo misterioso e atteso personaggio si concentravano le più diverse aspettative: vi era chi pensava al Messia condottiero che avrebbe portato pace e stabilità militare e politica; altri attendevano il Messia sacerdote per ripristinare il vero culto di Dio presso il Tempio di Gerusalemme; per altri il Messia sarebbe stato un profeta, per far comprendere a tutti e in modo inequivocabile la volontà di Dio.

DOCUMENTI

... Futuro o presente?

Il profeta, uomo consapevole di essere inadeguato, sperimenta la propria chiamata. Un'esperienza misteriosa con il Dio vivente, che un osservatore esterno non è in grado di giudicare: una rivelazione in forma di visione, ascolto o ispirazione, come attestano le diversissime visioni che accompagnano la chiamata di Isaia[1], Geremia[2] ed Ezechiele[3]. Al cospetto della grandezza di Dio il profeta si sente certamente piccolo e indegno, ma non soggiogato, bensì posto di fronte a una decisione: rispondere sì o no alla chiamata di Dio. Una volta pronunciato il sì richiestogli, il profeta si sa eletto in maniera del tutto personale, si sente mosso, anzi spinto ad assolvere l'incarico rinunciando a ogni tranquillità, soddisfazione e sicurezza: a proclamare nel tempo, che piaccia o no, la minacciosa parola di Dio annunciatrice di sventure e, se accolta dai destinatari, la parola di salvezza. Tutto qui ruota attorno al tempo presente. A questi profeti non preme un futuro lontano, ma il presente. E soltanto chi annuncia la volontà di JHWH in modo veritiero [...] è, secondo la concezione della Bibbia ebraica, un vero profeta. In quanto portavoce di Dio pieni di spirito, i profeti sono i custodi, gli ammonitori, i controllori, gli esortatori scomodi. Non strumenti privi di volontà; ma risoluti interpreti della volontà di Dio. Non superuomini o taumaturghi[4], ma uomini turbati nell'intimo, insicuri e tuttavia certi della grazia di Dio. In ogni caso essi non si lasciano distogliere, anche di fronte a fosche costellazioni di potenze politiche straniere o a situazioni critiche di politica interna, dal proporre il messaggio di Dio con azioni simboliche (non magiche) e proverbi, racconti e discorsi profetici (non divinatori), sempre vigili, coraggiosi, ostinati, anche se qualche volta depressi e quasi disperati. «Così ha parlato JHWH» – «Così parla JHWH»: questa, davanti a tutti, è la loro costante parola di riconoscimento; il loro segno distintivo.

H. KUNG, *Ebraismo*, Rizzoli, Milano 1993

Michelangelo, *Il profeta Geremia*, 1511, Cappella Sistina, Città del Vaticano.

[1] Is 6.
[2] Ger 1,4-10.
[3] Ez 1, 1-3.
[4] I taumaturghi sono uomini che compiono guarigioni miracolose. La parola deriva dal greco *thàuma*, "fatto meraviglioso" e *érgon*, "opera".

... fino alla nascita di Gesù

Dopo la divisione tra Regno del Nord e Regno del Sud il territorio degli ebrei diviene facile preda dell'espansionismo degli imperi confinanti.

Nel 721 a.C. gli **assiri** conquistano il **Regno del Nord** e deportano gli israeliti come schiavi favorendo l'insediamento di propri coloni nelle terre conquistate: è la fine del Regno di Israele.

Anche il **Regno di Giuda** è in pericolo; i soldati babilonesi, infatti, stringono d'assedio Gerusalemme, che viene conquistata da **Nabucodonosor II** (605-562 a.C.) nel 597 a.C. Circa dieci anni più tardi (586 a.C.) segue una nuova occupazione di Gerusalemme e una deportazione sempre a opera di Nabucodonosor II. Anche il Tempio viene distrutto. Per gli ebrei, dopo la schiavitù in Egitto, si verifica di nuovo l'esperienza dell'esilio: senza una terra, resi schiavi. Persino i simboli più alti della loro religiosità sono stati annientati. Pur non sapendo con precisione quanti furono i deportati – anche perché le deportazioni avevano un carattere selettivo, in quanto solo le personalità più in vista subivano questo trattamento –, tuttavia l'amarezza di questo esilio emerge fortemente in molti testi biblici. Durante il periodo dell'esilio in terra babilonese sono attivi alcuni profeti, tra cui Ezechiele e il profeta identificato come **Deutero-Isaia** (Is 40-55). Essi interpretano l'esilio come la giusta punizione di Dio per l'infedeltà del popolo all'Alleanza (2Cr 36, 15-21; Is 43, 24-28). Dio però, allo stesso modo in cui ha salvato l'antico popolo d'Israele dalla schiavitù in Egitto, così ricondurrà in patria gli esuli, purché vi sia un ritorno all'Alleanza e il rifiuto di ogni contaminazione idolatrica, in nome di JHWH, l'unico Dio.

Ebrei in catene davanti al re Nabucodonosor, in una miniatura tedesca del XIII secolo.

A partire dalla **distruzione del Tempio** (586 a.C.) e dall'**esilio** a Babilonia si parlerà di **giudaismo**, per indicare la forma assunta dalla religione ebraica.

Nel 538 a.C. **Ciro** (600 ca.-529 a.C.), re di **Persia**, emana un editto e consente agli ebrei di ritornare in Palestina e ricostruire il Tempio. La loro terra resta però sottomessa all'Impero persiano, divenendone la quinta **satrapia** (regno) con il nome di Abar Nahara (oltre il fiume Eufrate).

I profeti Aggeo, Zaccaria, il Trito-Isaia (Is 56-66), Malachia, e con loro alcuni autori di testi sapienziali sostengono e incoraggiano il popolo. In questo periodo nascono anche i libri di *Qoèlet*, del *Siracide*, della *Sapienza*, dei *Proverbi*, di *Giobbe*.

Dopo il 445, Neemia ed Esdra consolidano la comunità ebraica. Riedificano le mura di **Gerusalemme**, ristabiliscono il riposo sabbatico, proibiscono i matrimoni misti, migliorano la situazione economica, insegnano la Legge. Gerusalemme non è più centro del potere politico (non vi è più la corte) ma il Tempio diviene il centro religioso. Sempre in questo periodo, per l'impossibilità di raggiungere il Tempio da parte di molti, diviene fondamentale per la sopravvivenza del giudaismo la sinagoga, luogo per la preghiera del sabato e anche centro per l'istruzione dei bambini.

Si configura il canone ebraico dei libri sacri ed emerge il gruppo degli scribi, dediti allo studio accurato della *Torah*.

Molti ebrei ritornano in Palestina, mentre alcuni preferiscono restare nei territori in cui erano stati deportati o insediarsi in altre terre, dando così inizio al fenomeno della diaspora.

Diaspora: deriva dal termine greco *diaspéirein*, che significa «disseminare». È la dispersione del popolo ebraico costretto ad abbandonare le sue sedi originarie. Nel mondo antico (VI secolo a.C.) le comunità ebraiche si stanziarono soprattutto a Cartagine, Roma, Babilonia, Antiochia. Dai primi secoli dell'era cristiana il fenomeno riguardò l'intero bacino del Mediterraneo, poi l'Europa e, in epoca moderna, tutti i continenti.

L'Impero persiano soccombe sotto la conquista macedone (333-323 a.C.) e alla morte di Alessandro Magno (323) l'**Impero macedone** viene diviso. La Palestina è posta prima sotto il dominio dei **tolomei** del Regno d'Egitto e poi, dopo la battaglia di Panion (198 a.C.), sotto il dominio dei **seleucidi** del Regno di Siria. Con l'ascesa al trono di Antioco IV Epifane (175-163 a.C.) le cose cambiano radicalmente: sono aboliti la Legge mosaica e il culto jahvistico e si impongono conversioni forzate. In reazione a questi soprusi scoppia la **rivolta dei fratelli maccabei** (Giuda Maccabeo, Gionata e Simone: cfr. 1 e 2 Mac) che combattono per la libertà religiosa. La rivolta di Giuda Maccabeo (166-160 a.C.) diviene il simbolo della resistenza nazionale, ma il successo è tuttavia parziale e, dopo la rivolta, il potere rimane nelle mani di alcuni membri della famiglia di Mattatia (il sacerdote dalla cui famiglia partì la rivolta), dando origine alla dinastia degli asmonei.

... dall'esilio fino all'era cristiana	... alcuni brani importanti nella Bibbia
Occupazione di Samaria e deportazione in Assiria (722 o 721 a.C.)	▪ riflessioni sulla rovina del Regno di Israele e deportazione in Assiria: 2Re 17, 5-22
Nabucodonosor II • assedia Gerusalemme (597 a.C.) • nuova occupazione e distruzione del Tempio (586 a.C.) • esilio a Babilonia (586-538 a.C.)	▪ assedio di Gerusalemme e deportazione: 2Re 24, 10-25, 7 ▪ seconda deportazione e distruzione del Tempio: 2Re 25, 8-21 ▪ canto dell'esiliato: Sal 137
Dominazione persiana • editto di Ciro e ritorno dall'esilio (538 a.C.) • secondo Tempio (537 a.C.) • Esdra e Neemia consolidano la comunità (445-398 a.C.)	▪ editto di Ciro e ricostruzione del Tempio: Esd 1, 1-5 ▪ fondazione del secondo Tempio: Esd 3, 8-11 ▪ Esdra legge e spiega la Legge: Ne 8, 1-18 ▪ riedificazione delle mura di Gerusalemme: Ne 2, 11-18
Epoca ellenistica (333 - 63 a.C.) • morte di Alessandro Magno e dominio dei tolomei (323 a.C.) • Giudea sottomessa ai Seleucidi (198-142 a.C.) • la grande persecuzione di Antioco IV Epifane (167-164 a.C.) • rivolta di Giuda Maccabeo (166-160 a.C.) • dinastia degli Asmonei (143-63 a.C.)	▪ introduzione dei culti pagani: 1Mac 41-64 ▪ martirio di Eleazaro: 2Mac 6, 18-31 ▪ martirio dei sette fratelli: 2Mac 7, 1-42 ▪ purificazione e dedicazione del Tempio: 1Mac 36-61
Occupazione romana • Pompeo occupa Gerusalemme (63 a. C.) • regno di Erode il Grande (37-4 a.C.) • nascita di Gesù (7- 6 a.C. ca.)	▪ scisma politico e religioso: 1Re 11, 41 - 12, 33

● **Con l'insegnante di Storia, confrontate queste indicazioni con le informazioni che vi sono date sul testo di storia, evidenziando gli avvenimenti fondamentali del periodo.**

La condotta di questa dinastia porta alla decadenza e la Giudea diviene un focolaio di intrighi, offrendo a **Roma** il pretesto per intervenire con un'azione di conquista: nel 63 a.C. la Palestina diviene una provincia romana.

Al periodo della dominazione tolemaica risale probabilmente l'istituzione del **Sinedrio**, organo di governo religioso degli ebrei: era composto da 71 membri, sotto la presidenza di un Sommo Sacerdote; ne facevano parte gli anziani e i rappresentanti più in vista del popolo, i Sommi Sacerdoti non più in carica e gli scribi. All'inizio aveva una competenza assai vasta, che venne poi fortemente ridimensionata dai dominatori romani.

Al periodo della **dominazione romana** risale la nascita di **Gesù Cristo**.

Guido Reni, *San Giuseppe e Gesù Bambino*, 1640-42.

L'attesa del Messia e il riconoscimento di Gesù

Miniaturisti della scuola di Bruges, *Gli israeliti implorano Dio di mandare il Messia*, fine XV secolo, dal Breviario Grimani, Biblioteca Marciana, Venezia.

L'attesa del Messia, cioè dell'inviato di Dio, è uno dei contenuti di fede dell'ebraismo e il cristianesimo crede che le promesse della Sacra Scrittura si siano realizzate in Gesù. Ma chi era il «Messia» e quale sarebbe stata la sua funzione?

Il Messia è il re giusto, il maestro di sapienza, il profeta di Dio, l'autentico interprete della *Torah*; in tempi di sofferta dominazione straniera era visto come il guerriero liberatore: avrebbe riportato in onore il popolo d'Israele e avrebbe realizzato le promesse messianiche di bene. A questa visione «personalistica» (il Messia è una persona inviata da Dio) ha fatto seguito anche un'interpretazione differente, soprattutto negli ultimi secoli: il Messia è l'immagine di un mondo migliore e giusto, purificato dal male, dove si realizza pienamente il Regno di Dio.

Tra questi due estremi si situa la variegata interpretazione dell'attesa messianica.

L'ebraismo rifiuta la messianicità di Gesù...

... perché non si sono verificati quelli che nei libri tradizionali ebraici sono chiamati i segni dell'era messianica: la risurrezione dei morti e la pace per tutti i popoli.

E. Toaff- A. Elkann, *Essere ebreo*, Bompiani Milano 2005

Per l'ebreo, Gesù non è il Messia perché il mondo odierno, ricolmo di brutali ingiustizie, non può essere il Regno messianico. Per l'ebreo inoltre non è affatto evidente che le sue Scritture mirino alla croce del Messia.

E. Ardusso, *Che cosa rappresenta Gesù per gli ebrei di oggi?*, in "Famiglia Cristiana", n. 26, luglio 1998

Per l'ebraismo dunque le promesse messianiche non si sono realizzate con Gesù e anche attualmente restano irrealizzate: non c'è ancora un mondo di giustizia, di felicità, di pace e di riconciliazione come lo descrivono i profeti.

Questo non impedisce però all'ebraismo di rendere onore a ciò che Gesù ha detto e fatto per la crescita spirituale del mondo; la morte in croce di Gesù è un fatto tragico che mostra ancor di più la bellezza e la grandezza morale del maestro di Nazaret. In questo contesto studiosi ed esponenti dell'ebraismo parlano di Gesù con un atteggiamento di grande rispetto e attenzione. Abbiamo così una serie di giudizi diversi: Gesù è un grande profeta; uno dei più geniali maestri della Legge; i suoi insegnamenti (insieme a quelli di Muhammad), nel piano di Dio, servono a preparare la venuta del Messia; è un grande personaggio della storia ebraica, «*il più ebreo degli ebrei*»; è il simbolo della sofferenza del suo popolo, della sofferenza dell'innocente e del giusto. C'è persino qualche esponente dell'ebraismo che ritiene possibile che Gesù sia stato risuscitato dal Dio d'Israele, in vista di una preparazione dei pagani alla venuta del Messia. E per alcuni è la gloria dell'ebraismo.

> *Gesù non è una figura leggendaria, ma un personaggio storico. È la gloria dell'ebraismo; perché saggio, di nascita ebraica, è divenuto il più grande dottore del mondo; i suoi insegnamenti devono servire di norma anche ai suoi correligionari.*
>
> U. Bonsirven, *Les Juifs et Jésus, Attitudes nouvelles*, Beauchesne, Parigi 1937

Martin Buber•, un grande esponente dell'ebraismo contemporaneo, definisce Gesù «il grande fratello».

L'ebraismo

Gli ebrei nel mondo sono quasi 15 milioni e in Italia circa 30.000; tra le comunità più importanti, quelle di Roma, Milano, Torino, Firenze, Livorno, Venezia, Trieste.

Tra cristianesimo ed ebraismo vi è un rapporto particolare, poiché gli ebrei sono i diretti eredi della rivelazione di Dio prima della venuta di Cristo, e i cristiani riconoscono che il loro Dio, Padre di Gesù Cristo, è lo stesso Dio dell'ebraismo. La rivelazione cristiana assume l'intera tradizione di fede attestata dai libri dell'Antico Testamento, senza il quale non esisterebbe il Nuovo. Gesù era ebreo e la Chiesa è nata dalla radice ebraica di Gesù: i cristiani ritengono dunque che la fede ebraica sia un momento fondamentale della manifestazione di Dio.

Per questi motivi il rapporto tra ebraismo e cristianesimo è diverso dal dialogo con le altre religioni.

Un ebreo concentrato nello studio dell'Antico Testamento.

Torah: termine ebraico che designa la Legge, cioè gli insegnamenti e le prescrizioni impartiti da Dio a Mosè e al popolo ebraico, contenuti nel Pentateuco. È la dottrina insegnata da Dio agli uomini attraverso i profeti, dal sacerdote al popolo e dai genitori ai figli.

Origine e Sacre Scritture

La fede ebraica si fonda sulle Sacre Scritture: *Tôràh* (la Legge), *Neb'îm* (i Profeti), *Ketubîm* (gli Scritti), testi che i cristiani definiscono "Antico o Primo Testamento". Per l'ebreo lo studio della *Torah* è il primo di tutti gli impegni, cui segue il rispetto delle osservanze religiose o *Mizvot*, in tutto 613 (248 positive e 365 negative).

Le preghiere e il sabato

L'ebreo prega appena sveglio ringraziando Dio; prima dei pasti recita la benedizione del pane e al termine quella del ringraziamento; al pomeriggio e alla sera nelle sinagoghe si celebrano servizi di culto; alla sera, prima di coricarsi, è tradizione recitare lo *Shemá Israel*, che proclama l'unità di Dio.

La festa più solenne è quella del sabato, che prevede l'assoluta astensione da ogni lavoro. Il riposo sabbatico (*shabbat* significa «riposo») è da ricondursi al riposo di Dio al termine della creazione (Gen 2, 2-3; Es 20, 8-11), ma è anche celebrazione della libertà ottenuta grazie all'intervento liberatore di Dio, come ricorda il Decalogo riportato in *Deuteronomio* (5,12-15).

Celebrare il sabato significa accorgersi della presenza di Dio e della sua azione nel mondo e, nello stesso tempo, riconoscere il rischio che il lavoro, la produttività, l'attività asserviscano l'uomo. In primo piano, più che la proibizione, vi è l'aspetto legato alle attività da compiere: è occasione per riflettere sull'essenziale, sulla creazione, sull'Alleanza, sull'aldilà, di cui il riposo sabbatico è un'anticipazione. Il tempo è di Dio e il riposo del sabato è occasione di unione con Lui.

Il sabato viene salutato il venerdì sera come una sposa divina, e allo stesso modo lo si congeda al tramonto del giorno di festa.

Il riposo del sabato è assoluto (fatta eccezione per i casi di pericolo per la vita), anche se la *Torah* non dice chiaramente quali lavori siano da evitare. Gli ebrei di sabato non guidano l'automobile, non accendono né la luce né il fuoco o gli apparecchi elettrici, non cucinano e non fumano; ristoranti e cinema restano chiusi, non si praticano attività sportive, i mezzi di trasporto sono fermi; di sabato nemmeno si scrive.

Di sabato ci si reca in sinagoga per la preghiera. Rientrati a casa si celebra il solenne banchetto, si riempie il calice del vino benedicendo Dio, si spezzano i due pani del sabato (*challot*) e, al termine del pasto, si cantano gli inni sabbatici di ringraziamento.

Parte della giornata è dedicata allo studio religioso e alla sera si congeda solennemente il sabato con la recita dell'*Havdala* (separazione tra sabato e giorno feriale).

I rotoli sacri della *Torah* (in alto). Poiché gli ebrei pensano che non sia permesso toccarli per rispettarne la sacralità, si servono di una piccola mano d'argento o di legno per tenere il segno durante la lettura (immagine in basso).

DOCUMENTI

La fede dell'ebreo

Il filosofo Mosè Maimonide (seconda metà del XII secolo d.C.) cercò di presentare una sintesi dei contenuti fondamentali della fede ebraica.

1. *Credo con fede assoluta che il Creatore, benedetto sia il suo nome, è il Creatore e la guida di tutto ciò che è stato creato, e che Egli solo ha fatto, fa e farà tutte le cose.*
2. *Credo con fede assoluta che il Creatore, benedetto sia il suo nome, è una unità, e che non vi è altra unità simile alla sua, e che Egli solo è il nostro Dio che era, è e sarà.*
3. *Credo con fede assoluta che il Creatore, benedetto sia il suo nome, è incorporeo, che è libero da ogni accidente corporeo e che non ha nessuna forma.*
4. *Credo con fede assoluta che il Creatore, benedetto sia il suo nome, è il primo e l'ultimo.*
5. *Credo con fede assoluta che il Creatore, benedetto sia il suo nome, e solo Lui sia giusto pregare e che non è giusto pregare nessun altro all'infuori di Lui.*
6. *Credo con fede assoluta che tutte le parole dei profeti sono vere.*
7. *Credo con fede assoluta che la profezia di Mosè, il nostro maestro, la pace sia su di lui, era vera e che egli era il capo dei profeti, sia di quelli che vennero prima di lui che di quelli che lo seguirono.*
8. *Credo con fede assoluta che l'intera Torah ora nelle nostre mani è quella che fu data a Mosè, il nostro maestro, che la pace sia su di lui.*
9. *Credo con fede assoluta che questa Torah non verrà cambiata e che mai ci sarà un'altra Torah da parte del Creatore, benedetto sia il suo nome.*
10. *Credo con fede assoluta che il Creatore, benedetto sia il suo nome, conosca tutte le azioni degli uomini e tutti i loro pensieri, come è detto: «Egli plasma i loro cuori, capisce tutte le loro azioni».*
11. *Credo con fede assoluta che il Creatore, benedetto sia il suo nome, premia coloro che seguono i suoi comandamenti e punisce coloro che li violano.*
12. *Credo con fede assoluta nell'avvento del Messia e, sebbene indugi, ciononostante lo aspetterò ogni giorno che verrà.*
13. *Credo con fede assoluta che ci sarà la risurrezione dei morti quando lo vorrà il Creatore, benedetto sia il suo nome e lodata sia la sua memoria nei secoli dei secoli.*

R.A. Rosenberg, *L'Ebraismo*, Mondadori, Milano 1997

Shemá Israel

Ascolta, Israele: il Signore è il nostro Dio, il Signore è uno solo. Tu amerai il Signore tuo Dio con tutto il cuore, con tutta l'anima e con tutte le forze. Questi precetti che oggi ti do, ti stiano fissi nel cuore; li ripeterai ai tuoi figli, ne parlerai quando sarai seduto in casa tua, quando camminerai per via, quando ti coricherai e quando ti alzerai. Te li legherai alla mano come un segno, ti saranno come un pendaglio tra gli occhi e li scriverai sugli stipiti della tua casa e sulle tue porte.

Dt 6, 4-9

Ricava dal testo di Mosè Maimonide le indicazioni fondamentali della fede ebraica seguendo lo schema di sintesi proposto, e poi fai un confronto con lo *Shemá Israel*.

Completa le seguenti affermazioni.

- L'ebraismo crede in un Dio che è ....
- La Rivelazione di Dio è giunta a noi e conservata ....
- Il Messia ....
- Nell'aldilà ....

La vita dell'ebreo

Ebreo è colui che nasce da una madre ebrea o chi è entrato a far parte dell'ebraismo, convertendosi, dopo aver seguito dei corsi di studio ed essere stato esaminato sulla conoscenza della fede ebraica. L'uomo entra a far parte dell'ebraismo con la **circoncisione** che viene praticata dal *mohèl* (circoncisore) davanti a un gruppo di almeno dieci persone (*minían*) all'ottavo giorno dalla nascita. La circoncisione è il segno dell'appartenenza al Dio dell'Alleanza, come fu richiesto di fare ad Abramo (Gen 17,10-13). In tale occasione si impone anche un nome biblico, oltre a quello laico. Quando un ma-

Durante la celebrazione del *Bar Mitzvah*, presso il Muro del pianto a Gerusalemme, un ragazzo slega i rotoli della *Torah*.

schio ebreo raggiunge il tredicesimo anno di età diventa adulto dal punto di vista religioso e sottoposto ai precetti della Legge (*Bar mitzvah*, «figlio del precetto») ed è invalso l'uso di festeggiare questa data: in molte sinagoghe l'adolescente legge per la prima volta davanti a tutti un brano della *Torah*. Recentemente alcune sinagoghe celebrano un'analoga cerimonia anche per le ragazze (*Bat mitzvah*, «figlia dei comandamenti»).

Il matrimonio e il funerale

Il **matrimonio** è preceduto dalla firma della *ketubbah* (contratto matrimoniale). Durante il rito i due sposi sono accompagnati dai genitori sotto la *huppah* (baldacchino) e chi officia incomincia con un'invocazione a Dio cui segue la benedizione della coppa di vino da cui gli sposi bevono. A questo punto il fidanzato mette l'anello al dito della donna e seguono le sette benedizioni sulla seconda coppa di vino, che rappresenta il matrimonio. Dopo aver bevuto, la sposa rompe un bicchiere con il tacco della scarpa, in ricordo della distruzione del Tempio. Grande importanza è data alla generazione e all'educazione dei figli.

Durante la celebrazione del matrimonio ebraico i due sposi sono coperti dal *Talit*, il mantello della preghiera.

L'ebraismo tradizionale crede nella risurrezione e nella vita eterna, anche se questi temi sono trattati in modo sfumato durante i **funerali**, che normalmente si svolgono il giorno seguente alla morte. Il defunto viene rivestito di un semplice lenzuolo bianco, a simboleggiare che tutti sono uguali davanti alla morte, e l'uomo è sepolto con il suo *tallít* (lo scialle che si pone sulle spalle durante la preghiera). La maggior parte degli ebrei non consente la cremazione. Dopo la sepoltura si prepara un pasto per i parenti con uova sode, simbolo della vita, e per sette giorni si osserva il lutto.

Le prescrizioni alimentari e l'abitazione

L'ebreo osserva anche alcune **prescrizioni alimentari** che specificano quali cibi sono *kashèr*, cioè permessi secondo la tradizione ebraica e le prescrizioni del *Levitico* (Lv 11): sono ammesse solo le carni di animali ruminanti e con l'unghia fessa; la carne di maiale (che non è ruminante) è proibita e mangiarne è considerato un segno di abbandono dell'ebraismo (cfr. 2Mac 6, 18-21). La macellazione deve avvenire in modo appropriato, eliminando il più possibile il sangue dalla carne, poiché è proibito berne (il divieto si trova in Lv 17, 11 ss. e in Gen 9, 4). Tra i pesci sono ammessi solo quelli con scaglie e pinne (sono vietati i frutti di mare). Inoltre, è proibito mescolare durante uno stesso pasto la carne con il latte (o i suoi derivati).

La **casa** di un ebreo dovrebbe essere segnata sullo stipite della porta con la *mezuzàh*, un piccolo contenitore con dei passi biblici (Dt 6, 4-9 e 11, 13-21) scritti su pezzi di pergamena. La *mezuzàh* è segno della protezione divina e ricorda all'ebreo i doveri sia nell'entrare sia nell'uscire di casa.

L'antisemitismo

Le origini

Il termine **semita** indica gli appartenenti al popolo ebreo e deriva da Sem, uno dei figli di Noè. Il termine dovrebbe comprendere tutte le popolazioni dell'area mediorientale, anche arabi, ma il suo utilizzo è stato ristretto ai soli discendenti degli israeliti.

Per **antisemitismo** si intende una forma di razzismo, intolleranza, pregiudizio e discriminazione contro persone appartenenti al popolo e alla religione ebraica.

L'antisemitismo, inteso come dottrina teorica, è molto recente e si lega in particolare al **periodo nazista**, anche se affonda le sue radici in una storia bimillenaria di rifiuti, discriminazioni, pregiudizi e persecuzioni nei confronti degli ebrei.

A partire dall'**esilio babilonese** (586 a.C.), le vicende storiche hanno portato gli ebrei a diffondersi in tutto il mondo. La stretta osservanza dei riti e delle prescrizioni religiose e familiari ha contribuito a mantenere tra gli ebrei una **forte identità** di gruppo e quindi anche a far sì che si distinguessero all'interno dei diversi popoli presso i quali avevano trovato asilo.

Johann Heiss, *La partenza degli ebrei dall'Egitto*, XVII secolo, Collezione privata, New York.

Cristiani, musulmani ed ebrei

Nel I secolo d.C., il cristianesimo si diffonde prendendo in qualche modo le distanze rispetto al contesto ebraico nel quale era nato e nel quale affondava i propri fondamenti dottrinali. In questo periodo si viene a creare una sorta di antagonismo teologico poiché la Chiesa si considera il Nuovo Israele e riconosce in Cristo il Messia atteso, quel Gesù Cristo che alcuni ebrei hanno rifiutato e condannato a morte. Il popolo ebreo nel suo complesso viene quindi accusato di aver rifiutato il Messia e di aver condannato a morte il Figlio di Dio (accusa di **deicidio**).

Quando il cristianesimo diviene la religione dell'Impero romano, nel IV secolo, l'ebraismo e in genere le altre religioni vedono ristrette le loro possibilità d'azione: ai non cristiani vengono proibite alcune cariche pubbliche (magistratura, insegnamento) e si cerca di limitare al massimo ogni forma di proselitismo (cfr. il *Codice* dell'imperatore Teodosio• del 395).

Nel VII secolo, con l'espansione dell'islam, la Palestina viene posta sotto il dominio musulmano, che considera gli ebrei come cittadini di seconda classe, ad esempio imponendo loro speciali tasse, restrizioni e, in alcuni casi, anche conversioni forzate.

Il Medioevo

Nel 1096 e nel 1146 le crociate, volute per restituire i **luoghi santi**, controllati dagli arabi, al libero accesso dei pellegrini, provocano episodi di persecuzione antiebraica: si registrano massacri di ebrei in Gallia, prima della partenza dei crociati e anche in Palestina dove, in Galilea e a Gerusalemme, insieme con i musulmani vengono sterminate anche comunità ebraiche.

Il Ghetto Vecchio di Venezia.

Altri episodi di intolleranza verso gli ebrei nel Medioevo sono rappresentati dai massacri di Norwich (1144) e di York (1190), dalla disposizione del Concilio Lateranense IV che impone agli ebrei di portare un segno distintivo (1215), dalle accuse di essere responsabili della diffusione della peste attraverso l'avvelenamento dei cibi e dei pozzi e la preparazione di intrugli venefici. L'intervento di papa Clemente VI, che smentisce queste accuse infondate, non serve tuttavia a evitare insurrezioni e stragi come quelle del 1348-1349. A Strasburgo vengono bruciati duemila ebrei; le comunità ebraiche di Erfurt e Francoforte vengono distrutte, mentre a Spira la comunità ebraica si dà fuoco nella sinagoga per sfuggire ai persecutori.

Il periodo medievale è contrassegnato anche da innumerevoli **espulsioni** di ebrei dagli Stati europei (dalla Gran Bretagna nel 1290; dalla Francia nel 1306 e nel 1394; dalla Germania nel 1348-1350; dalla Spagna nel 1492; dal Portogallo nel 1497; dalla Provenza nel 1498) e dalla successiva confisca dei loro beni.

Messi continuamente al bando e costretti a emigrazioni forzate, gli ebrei vedono ristrette le loro possibilità lavorative e si dedicano al commercio. Per questo motivo si rafforzano nei loro confronti gli infamanti pregiudizi di essere assetati di denaro e potere e di praticare l'usura.

La nascita dei ghetti

In seguito, in varie città d'Europa, le comunità ebraiche vengono costrette a risiedere in zone riservate: in Spagna, per esempio, dal 1412 erano obbligati a risiedere in un *barrio* (quartiere) separato da quello dei cristiani. Il primo ghetto italiano sorge a Venezia nel 1516 (il termine viene ricondotto all'isola della laguna veneta di Gheto, dove furono confinati gli ebrei; altri collegano questo termine alla parola ebraica *ghet* «separazione»). Nel 1555 Paolo IV istituisce il ghetto di Roma.

Ghetto

Con questo termine, passato a designare una situazione di segregazione ed emarginazione, si indicava il quartiere nel quale erano costretti a risiedere gli ebrei. Gli accessi erano sorvegliati e gli ebrei che uscivano dai suoi confini erano costretti a indossare abiti che li facessero riconoscere (copricapo particolari, abiti tipici e colori facilmente riconoscibili, come il giallo). All'interno gli ebrei esercitavano attività umili, in prevalenza artigianali, e il prestito di denaro. Nel XII secolo sorsero dei ghetti in Spagna, Portogallo, Germania e nel XIV secolo anche in Italia. Aboliti dalla Rivoluzione francese, questi quartieri furono ripristinati dai nazisti.

Francesco Bertelli, *Maschere di ebrei*, XVI secolo.

L'età dei Lumi e l'Ottocento

Nel Settecento, il Secolo dei Lumi e della tolleranza, sopravvive un clima culturale ostile e carico di pregiudizi verso il popolo ebreo. Le idee antisemite, che emarginano dalla vita sociale e culturale gli ebrei, sono professate anche da esponenti di primo piano della cultura del tempo.

Nell'Ottocento Joseph-Arthur Gobineau•, autore del *Saggio sull'ineguaglianza delle razze umane* (1853), sostiene che solo la razza bianca, che ha avuto origine in India da un certo Ario• (da cui deriva la razza ariana), abbia i requisiti per essere considerata artefice di una civiltà, come testimonia la storia dell'Europa e l'adesione alla religione cristiana. Persino il famoso musicista Richard Wagner (1813-1883) aderisce a questo clima antisemita fino al punto di sostenere che Gesù non fosse ebreo.

Alla fine dell'Ottocento, con Theodor Herzl•, nasce il **movimento sionista** (da Sion, altro nome di Gerusalemme), che si propone la costituzione di uno Stato ebraico, dove poter vivere in pace, lontani da discriminazioni e forme di intolleranza o emarginazione. Nel 1897 il movimento tiene il suo primo congresso.

Le manifestazioni antisemite continuano anche in questo periodo: in Francia, a Parigi, il capitano francese Dreyfus (1890), di origine ebrea, è accusato di spionaggio; benché venga provata la sua innocenza, in un secondo processo (1899) viene riconfermata la condanna.

All'inizio del secolo scorso l'Ochrana, cioè la polizia segreta russa, redige dei documenti falsi chiamati *I protocolli di Sion*. In essi sono riportati i verbali di fantomatici complotti dei capi più in vista del giudaismo per distruggere la stabilità politica internazionale. Sono documenti falsi, ma che fanno opinione e scatenano una vera e propria «caccia al giudeo», che si conclude nei **pogrom** russi, le sanguinose sollevazioni di popolo contro gli ebrei durante il regno degli zar.

Pogrom

Il termine *pogrom* in russo significa «distruzione» e designa i massacri delle minoranze ebraiche avvenuti nella Russia zarista alla fine del XIX secolo e all'inizio del XX. Il sentimento antiebraico iniziò a infuriare in concomitanza con i disordini scoppiati dopo l'assassinio dello zar Alessandro II nel 1881. Da allora, nonostante le proteste avanzate dall'Occidente, le persecuzioni divennero una consuetudine. Dopo l'episodio di Kishinev (1903), quando in un pogrom ci furono più di 50 morti e 500 feriti, le vittime incominciarono a reagire, ma questo inasprì ulteriormente i loro persecutori. Nel 1905 entrarono in azione le Centurie Nere che, appoggiandosi all'esercito, compirono stragi provocando centinaia di morti. La situazione si smorzò nel 1907, quando la politica antisemita venne ridimensionata dal governo di Stolypin, che voleva soffocare qualunque agitazione perché la Russia recuperasse la fiducia dei mercati finanziari internazionali.

Il linciaggio degli ebrei durante un *pogrom* in Russia, 1880.

Il nazismo

Con l'avvento dell'**ideologia pangermanista** si ha la teorizzazione dell'odio antisemita: nei confronti degli ebrei si scatena un'ostilità di matrice economica (gli ebrei sono considerati ricchi e avidi) e di matrice biologica (gli ebrei sono considerati di razza inferiore rispetto a quella ariana).

Il 15 settembre **1935** in **Germania** vengono introdotte le leggi razziali «*per la protezione del sangue e dell'onore tedesco*»: sono proibiti i matrimoni tra ebrei e tedeschi, quelli già celebrati sono da considerare nulli, gli ebrei non possono avere al proprio servizio come domestiche cittadine di sangue tedesco ed è loro proibito innalzare la bandiera del Reich.

1945: due ebrei nel ghetto di Budapest. Sugli abiti è cucita la stella di David a sei punte.

Il 5 settembre **1938** anche l'**Italia** adotta **leggi razziali** che proibiscono agli ebrei di esercitare funzioni amministrative negli enti pubblici (anche come dipendenti); vietano la professione di insegnante, limitano l'accesso all'istruzione pubblica; impediscono il matrimonio tra cittadini di razza ariana e persone di altra razza e obbligano a denunciare la propria appartenenza al gruppo etnico ebraico; limitano la possibilità per gli ebrei di detenere beni immobili e privano i genitori ebrei della patria potestà sui figli, qualora questi fossero di altra religione.

L'ingresso del lager di Auschwitz in Polonia. La scritta che accoglie i prigionieri recita: "Il lavoro rende liberi".

In Germania Alfred Rosenberg (1893-1946) teorizza lo sterminio di massa: sorgono così i campi di concentramento sparsi in tutta Europa (tra i più noti Dachau, Mathausen, Ebensee, Gusen, Auschwitz) dove sei milioni di ebrei di varia nazionalità vengono uccisi. È la *Shoah*, lo sterminio.

Attualmente alcuni intellettuali e storici propongono una sorta di «revisionismo storico», cercando di dimostrare che la portata di quelle morti fu infinitamente minore; taluni hanno cercato anche di costruire una teoria storica secondo la quale i campi di concentramento sono stati edificati dalla propaganda semita che poi ha divulgato la notizia sulle stragi naziste.

Shoah: il termine *Shoah* deriva dall'ebraico e significa «sterminio, distruzione». Con esso si indica il progetto messo in atto dal regime nazista per sterminare il popolo ebraico nella sua totalità nei campi di concentramento durante la Seconda guerra mondiale. Gli ebrei preferiscono il termine Shoah a quello di olocausto che significa "sacrificio totale", e che si riferisce alla pratica delle religioni antiche di sacrificare le vittime su un altare bruciandole.

La Chiesa e l'antisemitismo

Durante il periodo delle stragi e delle persecuzioni la Chiesa si schiera a fianco degli ebrei dando loro rifugio, ospitalità e salvandoli dai rastrellamenti nazisti. Pio XI, il 14 marzo 1937, scrive l'enciclica *Mit brennender Sorge* (*Con ardente sollecitudine*), letta in tutte le chiese tedesche il successivo 21 marzo: in essa si condanna fermamente ogni forma di razzismo, denunciando apertamente il nazismo.

Il Concilio Vaticano II, nel documento *Nostra Aetate* (28 ottobre 1965), afferma il profondo legame che unisce i cristiani al patrimonio storico e dottrinale degli ebrei e precisa che essi non possono essere globalmente ritenuti responsabili della morte di Gesù Cristo, quindi cancella l'accusa di deicidio che gravava su un intero popolo.

> *Scrutando il mistero della Chiesa, il Sacro Concilio ricorda il vincolo con cui il popolo del Nuovo Testamento è spiritualmente legato con la stirpe di Abramo. La Chiesa di Cristo infatti riconosce che gli inizi della sua fede e della sua elezione si trovano già, secondo il mistero divino della salvezza, nei Patriarchi, Mosè e i Profeti.*
> *Essa afferma che tutti i fedeli di Cristo, figli di Abramo secondo la fede*[1]*, sono inclusi nella vocazione di questo Patriarca e che la salvezza della Chiesa è misteriosamente prefigurata nell'esodo del popolo eletto dalla terra di schiavitù. Per questo la Chiesa non può dimenticare che ha ricevuto la rivelazione dell'Antico Testamento per mezzo di quel popolo con cui Dio, nella sua ineffabile misericordia, si è degnato di stringere l'Antica Alleanza.* [...]
> *Essa ricorda anche che dal popolo ebraico sono nati gli Apostoli, fondamenta e colonne della Chiesa, e così quei moltissimi primi discepoli che hanno annunciato al mondo il Vangelo di Cristo.* [...]
> *Essendo* [...] *tanto grande il patrimonio spirituale comune a cristiani e a ebrei, questo Sacro Concilio vuole promuovere e raccomandare tra loro la mutua conoscenza e stima, che si ottengono soprattutto dagli studi biblici e teologici e da un fraterno dialogo.*
> *E se autorità ebraiche con i propri seguaci si sono adoperate per la morte di Cristo*[2]*, tuttavia quanto è stato commesso durante la sua Passione, non può essere imputato né indistintamente a tutti gli ebrei allora viventi, né agli ebrei del nostro tempo.*
>
> *Nostra Aetate*, n. 4, a, b, c, d, f, g

Nell'aprile del 1986 la visita di papa Giovanni Paolo II• alla sinagoga di Roma e il suo incontro con l'allora rabbino capo Elio Toaff hanno sancito definitivamente la via del dialogo e dell'incontro. Il papa ha definito gli ebrei «*fratelli maggiori*» dei cristiani e ha condannato ogni forma di antisemitismo «... *da chiunque*» sia stata commessa.

Il 13 aprile 1986 avvenne lo storico incontro tra papa Giovanni Paolo II e il rabbino capo Elio Toaff, nella sinagoga di Roma.

[1] Cfr. Gal 3, 7.
[2] Cfr. Gv 19, 6.

La religione ebraica non ci è «estrinseca» ma, in un certo qual modo, è «intrinseca» alla nostra religione. Abbiamo quindi verso di essa dei rapporti che non abbiamo con nessun'altra religione. Siete i nostri fratelli prediletti e, in un certo modo, si potrebbe dire i nostri fratelli maggiori.

GIOVANNI PAOLO II, *Discorso alla sinagoga di Roma*, 13 aprile 1986

A ciò si aggiungano le parole indirizzate alla comunità ebraica da papa Benedetto XVI, il 19 agosto 2005 a Colonia.

[La Dichiarazione *Nostra aetate* del Concilio Ecumenico Vaticano II], *nel quarto capitolo, ricorda le nostre radici comuni e il ricchissimo patrimonio spirituale che gli ebrei e i cristiani condividono. Sia gli ebrei che i cristiani riconoscono in Abramo il loro padre nella fede* [...], *e fanno riferimento agli insegnamenti di Mosè e dei profeti. La spiritualità degli ebrei come quella dei cristiani si nutre dei Salmi. Con l'apostolo Paolo, i cristiani sono convinti che «i doni e la chiamata di Dio sono irrevocabili»* [...]. *In considerazione della radice ebraica del cristianesimo* [...], *il mio venerato Predecessore*[1], *confermando un giudizio dei Vescovi tedeschi, affermò: «Chi incontra Gesù Cristo incontra l'ebraismo».*

Una giovane coppia osserva un'immagine di Hitler, responsabile dello sterminio di sei milioni di ebrei, allo *Yad Vashem* di Gerusalemme, il Museo costruito in memoria della *Shoah*.

La Dichiarazione conciliare Nostra aetate, *pertanto, «deplora gli odii, le persecuzioni e tutte le manifestazioni di antisemitismo dirette contro gli Ebrei in ogni tempo e da chiunque». Dio ci ha creati tutti «a sua immagine»* [...], *onorandoci con questo di una dignità trascendente. Davanti a Dio tutti gli uomini hanno la stessa dignità, a qualunque popolo, cultura o religione appartengano.* [...] *Sulla base della dignità umana comune a tutti, la Chiesa cattolica «esecra come contraria alla volontà di Cristo qualsiasi discriminazione tra gli uomini o persecuzione perpetrata per motivi di razza o di colore, di condizione sociale o di religione». La Chiesa è consapevole del suo dovere di trasmettere, nella catechesi per i giovani come in ogni aspetto della sua vita, questa dottrina alle nuove generazioni che non sono state testimoni degli avvenimenti terribili accaduti prima e durante la Seconda Guerra Mondiale. È un compito di speciale importanza in quanto oggi purtroppo emergono nuovamente segni di antisemitismo e si manifestano varie forme di ostilità generalizzata verso gli stranieri.* [...]

[1] Si tratta di Giovanni Paolo II, Karol Wojtyla (1920-2005), papa dal 1978 al 2005.

Resta però ancora molto da fare. Dobbiamo conoscerci a vicenda molto di più e molto meglio. Perciò incoraggio un dialogo sincero e fiducioso tra ebrei e cristiani: solo così sarà possibile giungere ad un'interpretazione condivisa di questioni storiche ancora discusse e, soprattutto, fare passi avanti nella valutazione, dal punto di vista teologico, del rapporto tra ebraismo e cristianesimo. Questo dialogo, se vuole essere sincero, non deve passare sotto silenzio le differenze esistenti o minimizzarle: anche nelle cose che, a causa della nostra intima convinzione di fede, ci distinguono gli uni dagli altri, anzi proprio in esse, dobbiamo rispettarci e amarci a vicenda.
Infine, il nostro sguardo non dovrebbe volgersi solo indietro, verso il passato, ma dovrebbe spingersi anche in avanti, verso i compiti di oggi e di domani. Il nostro ricco patrimonio comune e il nostro rapporto fraterno ispirato a crescente fiducia ci obbligano a dare insieme una testimonianza ancora più concorde, collaborando sul piano pratico per la difesa e la promozione dei diritti dell'uomo e della sacralità della vita umana, per i valori della famiglia, per la giustizia sociale e per la pace nel mondo. Il Decalogo (cfr. Es 20; Dt 5) *è per noi patrimonio e impegno comune. I dieci comandamenti non sono un peso, ma l'indicazione del cammino verso una vita riuscita.*

Benedetto XVI, *Discorso alla comunità ebraica a Colonia*, 19 agosto 2005, in Benedetto XVI, *La rivoluzione di Dio*, San Paolo- Libreria Editrice Vaticana, 2005

Il **27 gennaio** di ogni anno, per Legge del Parlamento italiano, si celebra la **Giornata della memoria** ricordando la *Shoah*, proprio nella data della liberazione del campo di Auschwitz (1945). Nelle comunità ebraiche e in Israele si celebra anche lo *Yom ha-Shoah*, che è una ricorrenza introdotta recentemente e cade il 27 di *Nisan*: ricorda il coraggio dei 60.000 insorti nel ghetto di Varsavia (1943) che cercarono di resistere alla deportazione e allo sterminio e tutti i morti nei campi di concentramento. A Gerusalemme è stato edificato lo *Yad Vashem*: all'interno del monumento arde una fiamma perenne in memoria degli ebrei sterminati.

Il Muro dei nomi al museo *Yad Vashem* di Gerusalemme. Su questa parete sono esposte le fotografie di centinaia di ebrei uccisi durante il periodo nazista.

Le tappe dell'esperienza storico-salvifica del popolo di Israele

- Abramo e i Patriarchi.
- La schiavitù e la liberazione dall'Egitto.
- L'Alleanza del Sinai e il Decalogo.
- L'insediamento in Canaan, la Terra Promessa.
- Il profetismo.
- La monarchia e i due regni.
- L'esilio a Babilonia.
- Le dominazioni persiana, greca e romana.
- L'attesa del Messia.

Le convinzioni di fede

- Esiste un solo Dio che è presente ed è la guida del suo popolo.
- Dio vuole rivelarsi e incontrare l'uomo: fa alleanza con gli uomini e comunica loro la sua volontà di bene.
- Dio si manifesta nella storia degli uomini, scegliendo un popolo e così giungendo a tutti.
- Dio è vicino alla vita degli uomini e si dimostra attento alle loro necessità.
- Se Dio punisce è solo per correggere i comportamenti contrari alla sua Alleanza.
- Dio completa la sua opera di salvezza inviando un Salvatore: il Messia.

1 **Per fede Abramo... che cosa ha fatto?**

Completa una serie di frasi seguendo quest'inizio: Per fede Abramo...
Alla fine confrontale con quello che ha scritto l'autore della *Lettera agli Ebrei* (11, 8-17), contenuta nel Nuovo Testamento.

2 **Al roveto ardente sul Sinai, Mosè incontra Dio che lo manda in Egitto a liberare gli ebrei e gli rivela il suo nome: «*Io sono colui che sono*».**

– Come si può interpretare l'espressione pronunciata da Dio: «*Io sono colui che sono*»?

3 **Confronta il testo del Decalogo presente in Es 20, 1-21 con quello di Dt 5, 6-21.**

– Quali differenze noti?
– Quali comandamenti presentano una spiegazione?
– Quali valori morali sono contenuti in ogni comandamento?
– Come si può suddividere l'elenco dei comandamenti?

4 **Che cosa pensa Gesù del Decalogo?**

Ricerca nei seguenti brani: Mt 19, 16-22 e Mt 5, 17-19.

- **Gesù è in continuità con la fede ebraica? Confronta questi brani tratti, rispettivamente, dall'Antico e dal Nuovo Testamento.**

Antico Testamento	Nuovo Testamento
Amerai il Signore tuo Dio con tutto il cuore, *con tutta l'anima e con tutte le forze.* Dt 6, 5 *Amerai il tuo prossimo come te stesso.* *Io sono il Signore.* Lv 19, 18	*Allora si accostò uno degli scribi che li aveva uditi discutere, e, visto come aveva loro ben risposto, gli domandò: «Qual è il primo di tutti i comandamenti?». Gesù rispose: «Il primo è: Ascolta, Israele. Il Signore Dio nostro è l'unico Signore; amerai dunque il Signore Dio tuo con tutto il tuo cuore, con tutta la tua mente e con tutta la tua forza. E il secondo è questo: Amerai il prossimo tuo come te stesso. Non c'è altro comandamento più importante di questi».* Mc 12, 28-31

5 **Presenta l'origine, il significato, l'importanza e le modalità della cena pasquale.**

6 **Quale situazione storica descrive il seguente brano tratto dal *Salmo* 137? Che cosa noti confrontando il *Salmo* con la poesia di Salvatore Quasimodo?**

Sui fiumi di Babilonia, *là sedevamo piangendo* *al ricordo di Sion.* *Ai salici di quella terra* *appendemmo le nostre cetre.* *Là ci chiedevano parole di canto* *coloro che ci avevano deportato,* *canzoni di gioia, i nostri oppressori:* *«Cantateci i canti di Sion!».* *Come cantare i canti del Signore* *in terra straniera?* Salmo 137, 1-4	*E come potevamo noi cantare* *con il piede straniero sopra il cuore,* *fra i morti abbandonati nelle piazze* *sull'erba dura di ghiaccio* *al lamento d'agnello dei fanciulli,* *all'urlo nero della madre* *che andava incontro al figlio* *crocifisso sul palo del telegrafo?* *Alle fronde dei salici, per voto,* *anche le nostre cetre erano appese,* *oscillavano lievi al triste vento.* S. Quasimodo, *Alle fronde dei salici*

7 Profeta...

- Con quale significato si usa oggi questa parola? Qual è il significato originario?
- Ricordi qualche importante profeta biblico?
- Che funzioni svolgevano i profeti in Israele?
- Che qualità avevano i profeti biblici?

8 Ricerca i brani biblici indicati. Come descrivono il Messia? Che idea hanno del Messia?

Brani dell'Antico Testamento che preannunciano il Messia	Parlano del Messia come di... Dicono che egli avrebbe...	Per l'interpretazione cristiana lo collego al brano
Is 52, 1 -53, 12		
Dt 18, 17-19		
Is 7, 10-14		
Dn 7, 13-14		
Sal 72, 4-8		

- **I brani seguenti aiutano a capire perché i cristiani credono che Gesù sia il Messia atteso.**

Collega i brani dell'Antico Testamento che hai appena analizzato con i seguenti, indicando nella terza colonna della tabella la lettera corrispondente.

a. *Allora il sommo sacerdote gli disse: «Ti scongiuro, per il Dio vivente, perché ci dica se tu sei il Cristo, il Figlio di Dio». «Tu l'hai detto, gli rispose Gesù, anzi io vi dico:*
d'ora innanzi vedrete il Figlio dell'uomo seduto alla destra di Dio, e venire sulle nubi del cielo ». (Mt 26, 63-64)

b. [A Giuseppe] *apparve in sogno un angelo del Signore e gli disse: «Giuseppe, figlio di Davide, non temere di prendere con te Maria, tua sposa, perché quel che è generato in lei viene dallo Spirito Santo. Essa partorirà un figlio e tu lo chiamerai Gesù: egli infatti salverà il suo popolo dai suoi peccati». Tutto questo avvenne perché si adempisse ciò che era stato detto dal Signore per mezzo del profeta:*
Ecco, la vergine concepirà e partorirà un figlio
che sarà chiamato Emmanuele,
che significa Dio con noi. (Mt 1, 20-23)

c. *Quando Gesù ebbe finito questi discorsi, le folle restarono stupite del suo insegnamento: Egli infatti insegnava loro come uno che ha autorità e non come i loro scribi.* (Mt 7, 28-29)
Allora la gente, visto il segno che Egli aveva compiuto, cominciò a dire: «Questi è davvero il profeta che deve venire nel mondo!». (Gv 6, 14)

d. [Gesù] *disse loro* [ai discepoli di Emmaus]*: «Sciocchi e tardi di cuore nel credere alla parola dei profeti! Non bisognava che il Cristo sopportasse queste sofferenze per entrare nella sua gloria?». E cominciando da Mosè e da tutti i profeti spiegò loro in tutte le Scritture ciò che si riferiva a Lui.* (Lc 24, 25-27)

e. *Il regno di Dio infatti non è questione di cibo o di bevanda, ma è giustizia, pace e gioia nello Spirito Santo* (Rm 14, 17)

9 Ricerca sul libro di Storia dell'arte raffigurazioni (dipinti, sculture ecc.) di fatti dell'Antico Testamento: analizzali e preparane una breve presentazione scritta.

10 Individua alcuni elementi di continuità tra ebraismo e cristianesimo e precisa gli elementi che li differenziano.

UNITÀ 4

Gesù di Nazaret

Contenuti

- Uno come noi
- Gesù l'ebreo
- Quando Gesù capì di essere Figlio di Dio?
- La società al tempo di Gesù
- I Vangeli come storia
- I Vangeli apocrifi
- Le fonti pagane e giudaiche che parlano di Gesù

Obiettivi

- ☐ Conoscere l'esistenza storica di Gesù di Nazaret.
- ☐ Ricostruire la situazione storica e sociale della Palestina al tempo di Gesù.
- ☐ Contestualizzare la vita di Gesù nella storia.
- ☐ Sapere che il cristianesimo è una religione con un fondamento storico.
- ☐ Essere a conoscenza della storicità dei Vangeli e mettere a confronto criticamente i vari testi evangelici, al fine di arrivare a una conoscenza unitaria e fondata.
- ☐ Mettere a confronto le fonti pagane, giudaiche e apocrife che parlano di Gesù.
- ☐ Saper distinguere tra le affermazioni con valore storico e quelle espressamente religiose.

Uno come noi

Chi ha incontrato Gesù ha visto un uomo in tutto simile a noi, e questo non ha facilitato il riconoscimento in lui del Messia (cfr. Mc 6, 3; Mt 13, 55-56).

I Vangeli non descrivono le caratteristiche fisiche di Gesù di Nazaret e da essi possiamo ricavare solamente qualche indizio; per questo lungo i secoli gli artisti lo hanno rappresentato seguendo una loro personale sensibilità e la cultura del tempo.

A differenza di Giovanni Battista (cfr. Mt 11, 18-19), Gesù vestiva in modo dignitoso: portava una tunica tessuta tutta d'un pezzo, un abito quindi non di fattura ordinaria (cfr. Gv 19, 23-24), ornato alle estremità secondo l'uso (cfr. Nm 15, 38; Dt 22, 2), anche se rimproverava l'eccessiva vanità degli abiti dei farisei (cfr. Mt 23, 5). Il suo sguardo deve essere stato particolare perché sapeva penetrare nelle coscienze, come testimonia il caso del giovane ricco: «*Allora Gesù, fissatolo, lo amò* [...]» (Mc 10, 21).

Deve essere stato un uomo in salute, fisicamente forte e resistente alla fatica: si alzava presto (cfr. Mc 1, 35), sopportava anche veglie notturne prolungate (cfr. Lc 6, 12-13), manteneva ritmi sostenuti al punto che «*non potevano neppure prendere cibo*» (Mc 3, 20; 6, 31) ed era un formidabile camminatore. Provava fame, sete e stanchezza (cfr. Gv 4, 7-8), e in croce chiedeva da bere perché stremato dalle torture subite (cfr. Gv 19, 28).

Non è facile capire il mondo interiore di una persona, però i Vangeli danno testimonianza di molti aspetti della **personalità** di Gesù.

Innanzitutto sottolineano la sua straordinaria **chiarezza di idee**: era fermo e deciso, convinto di quanto faceva e di quanto diceva (cfr. Mt 7, 28-29), pronto anche a soffrire (cfr. Mc 8, 31-33). Era un **osservatore attento** e sapeva utilizzare le piccole cose concrete per parlare a tutti di Dio (ad esempio, le parabole). Riconosceva e rispettava le autorità, ma non aveva timori: era un **uomo libero**. Non ave-

Gesù con Marta e Maria, sorella di Lazzaro, pittura fiamminga del XVII secolo.

va preclusioni verso nessuno e si rivolgeva con estrema franchezza a tutti, ricchi e poveri, scribi e pastori, farisei e contadini, sacerdoti e braccianti. Anche se profondamente amico dei suoi discepoli, manteneva tuttavia la libertà di rimproverarli (cfr. Mt 16, 21-23) e non obbligava nessuno: «*Forse anche voi volete andarvene?*» (Gv 6, 67).

Non era preoccupato nemmeno del giudizio della gente (cfr. Mt 11, 19; Lc 6, 26). A volte si meravigliava (cfr. Gv 3, 10) e si aspettava un atteggiamento diverso da parte dei propri interlocutori; talvolta li rimproverava in modo deciso (cfr. Mt 23, 1-33) e si dimostrava stupito di tanta incomprensione (cfr. Mt 15, 8-11) e rattristato (Mc 3, 1-6); altre volte ancora era impaziente verso i propri discepoli che sperava più capaci di cogliere il senso dei fatti accaduti e delle sue parabole (cfr. Mc 7, 17-18; Mt 16, 7-11; Lc 24, 25). Rimproverava la gente che non voleva capire (cfr. Mc 9, 14-19; Mc 8, 17-21) e arrivava fino a inquietarsi per comportamenti irrispettosi verso Dio (cfr. Gv 2, 13-17).

Carl Vogel von Vogelstein, *Lasciate che i bambini vengano a me*, XIX secolo, Galleria d'Arte Moderna, Firenze.

Questo carattere **forte** e **deciso** si accompagnava a una ricchezza di sentimenti e a un'eccezionale **sensibilità** verso le persone. Gesù dimostrava **affetto** e **amicizia** per i suoi discepoli (cfr. Gv 15, 15), **preoccupazione** per loro (cfr. Gv 16, 1-4), fiducia nei loro confronti (cfr. Mc 3, 14). Davanti alla folla si commuoveva (cfr. Mt 15, 32; Mc 6, 33-34) e anche di fronte a malattie e lutti (cfr. Mc 1, 40-42; Lc 7, 11-15). Quando il dispiacere era forte, Gesù piangeva: alla morte di Lazzaro, davanti alla sua tomba scoppiò in lacrime (cfr. Gv 11, 32-3); ma pianse anche pensando a Gerusalemme, alla sua gente che non capiva il piano di Dio (cfr. Lc 19, 41-44). Si sdegnava per certi comportamenti troppo rigidi verso i **bambini**, per i quali dimostrava una naturale simpatia (cfr. Mc 10, 13-16); altre volte era veramente contento e lodava Dio per la sua **gioia interiore** (cfr. Lc 10, 21). Amava la compagnia festosa dei banchetti e la vicinanza dei suoi apostoli. Senza far torto a nessuno, aveva però una predilezione per Pietro, Giacomo e Giovanni, «*il discepolo che egli amava*» (Gv 19, 26; Gv 20, 2; Gv 21, 7), e li voleva accanto a sé in momenti particolari (cfr. Mt 17, 1; Mc 5, 37; Mc 14, 33; Lc 8, 51).

Tutta la sua forza, ma anche tutta la sua **umanità**, emersero durante la **passione**, quando provò paura e angoscia nell'imminenza del suo arresto (cfr. Mt 14, 33) e chiese la vicinanza dei suoi apostoli. La **sofferenza** che provava era vera e in croce il **dolore** lo faceva gridare (cfr. Mt 27, 50).

Per la fede è importante che Gesù sia stato veramente uomo perché questo significa che Dio sa...

... compatire le nostre infermità, essendo stato lui stesso provato in ogni cosa, a somiglianza di noi, escluso il peccato. Accostiamoci dunque con piena fiducia al trono della grazia, per ricevere misericordia e trovare grazia ed essere aiutati al momento opportuno.

Eb 4, 15-16

Messia: dall'ebraico *mashiah*, «unto». È il Redentore, il Salvatore che verrà alla fine dei tempi. Nella Bibbia il termine ricorre 28 volte. Nel Nuovo Testamento Gesù è identificato con il Messia atteso dal popolo ebraico, descritto dai libri dell'Antico Testamento ora come sacerdote ora come re. In greco il termine è tradotto con *christós*.

DOCUMENTI

Le tentazioni di Gesù

Dopo il battesimo nel Giordano, Gesù viene condotto «dallo Spirito nel deserto» (Mt 4, 1), dove digiunerà per quaranta giorni e quaranta notti. [...] La decisione di rimanere soli per un lungo periodo di tempo costituisce un'autentica sfida. La maggior parte di noi ha bisogno di compagnia: siamo animali sociali. [...] Gesù dimostrò un perfetto equilibrio tra il vivere in compagnia (discepoli e amici) e lo starsene da solo. Egli era capace di entrambi gli atteggiamenti: nella solitudine sperimentava l'intima comunione con il Padre celeste; in compagnia dei discepoli e degli amici viveva una vicinanza di amore.
Nel deserto Gesù viene sottoposto a una prova, alla tentazione, come ogni creatura umana. La tentazione è la possibilità di scegliere qualcosa che è desiderabile, ma proibito. Nel caso della prima tentazione, la cosa desiderabile era il cibo. Sappiamo che Gesù non disdegnava il cibo: prendeva parte a banchetti, lo procurava alle folle che lo seguivano, durante l'Ultima Cena trasformò il pane e il vino nel proprio corpo e sangue. [...] Gesù potrebbe trasformare le pietre in pane. I miracoli che gli vedremo compiere in seguito dimostrano che egli ha un tale potere, ma si rifiuta di usarlo. Egli afferma che il cibo non è soltanto esterno, ma anche interiore. Gesù si nutre della parola di Dio. [...]
Allora il diavolo lo condusse con sé nella Città santa e, postolo sul pinnacolo del Tempio, gli disse: «Se sei Figlio di Dio, gettati giù. Infatti sta scritto: Darà ordini per te ai suoi angeli che ti sorreggano sulle braccia, perché non urti in qualche sasso il tuo piede». (Mt 4, 5-6)
È una tentazione sottile. Il diavolo gli dice, più o meno: «Se tu sei davvero il Figlio di Dio, allora dimostralo: lanciati dalla guglia del tempio». Ci viene in mente Superman che vola tranquillamente nel cielo. Nel corso del suo ministero, Gesù eviterà sempre di dimostrare la propria identità con espedienti spettacolari. I suoi miracoli non sono mai provocazioni o sfide rivolte a Dio. Egli ha piena fiducia in suo Padre, non ha bisogno di metterlo alla prova. La sua missione è di inaugurare l'amore, non di stupire la gente per indurla all'obbedienza. [...]
Non essendo riuscito a vincerlo con il cibo e la spettacolarità, il diavolo prova con la tentazione del potere. Nella società di quel tempo, in cui povertà, passività e impotenza erano all'ordine del giorno, il potere esercitava grande attrattiva. Era una scorciatoia per superare tutte le limitazioni. Di nuovo il diavolo lo condusse con sé sopra un monte altissimo e gli mostrò tutti i regni del mondo con la loro magnificenza. E gli disse: «Tutte queste cose io te le darò, se prostrato a terra mi adorerai». (Mt 4, 8-9)
Uomini e donne fanno spesso cose spregevoli pur di conquistare potere. Il potere dà la sensazione di essere simili a Dio. C'è il potere dell'autorità, del denaro, del sesso: tutto questo viene offerto a Gesù. Perché egli lo rifiuta? Non fermiamoci a considerare

Duccio di Buoninsegna, *Tentazione sul monte*, XIII-XIV secolo.

il potere spirituale, che egli possiede in tale pienezza, da non avere bisogno di un potere esteriore. Egli ha dentro di sé, a livello umano, tutta l'autorità che gli serve, presumibilmente grazie alla maturità dell'educazione ricevuta.
Gesù era una persona «matura»: questa parola spiega bene quella pienezza interiore di cui ha bisogno un normale essere umano. A livello psicologico, egli non era incompleto, da nessun punto di vista. Gesù conosce le sue priorità: la sua vita è consacrata a Dio, suo Padre.

J. DOMINIAN, *Uno come noi. Un'interpretazione psicologica di Gesù*, San Paolo, Cinisello Balsamo 2001

Attività

Poteva andare diversamente...

- Leggi i racconti delle tentazioni di Gesù in Mt 4, 1-11; Lc, 4, 1-12 e Mc 1, 12-1. Quali sono le principali differenze tra i testi?

- Ricerca i seguenti passi dei Vangeli e riassumi a quale «tentazione» fu sottoposto Gesù. Che cosa scelse di fare? Come volle comportarsi? Quali possono essere stati i motivi della sua scelta?
  - Gv 6, 14-15: la gente, entusiasta per la moltiplicazione dei pani...
  - Lc 9, 51-55: alla scortesia dei samaritani, c'è chi propone di...
  - Mt 16, 21-23: Pietro protestò dicendo...
  - Lc 23, 39-42: uno dei malfattori...
  - Mc 15, 29-32: Gesù è in croce e...

- Dal punto di vista umano queste tentazioni sono molto «forti» e seducenti: chiunque può farne esperienza... nonostante questo, Gesù si dimostra...

Gesù l'ebreo

Claudio Ridolfi, *Circoncisione di Cristo*, XVII secolo, Museo di Castelvecchio, Verona.

I racconti dei Vangeli, pur sottolineando la novità del messaggio e del comportamento di Cristo, ricordano che egli è un ebreo.

Pochi giorni dopo la nascita, Gesù venne circonciso e riscattato (cfr. Lc 2, 21-24): secondo la tradizione ebraica, infatti, la **circoncisione**, istituita da Dio stesso (Gen 17, 9-14), è un segno del patto tra Dio e il popolo ebraico; inoltre, in base alla Legge, ogni figlio primogenito doveva essere **consacrato a Dio** e **riscattato** (cfr. Es 13, 11 ss.), a memoria del fatto che il Signore aveva liberato il suo popolo dalla schiavitù dell'Egitto, uccidendo tutti i primogeniti degli egizi.

Dai genitori Gesù apprese l'usanza di recarsi in pellegrinaggio a **Gerusalemme** per la festa di **Pasqua** (cfr. Lc 2, 41-42): nei giorni della sua Passione, infatti, si mostra coerente con la tradizione religiosa che prescrive la celebrazione della cena pasquale e la presenza a Gerusalemme (cfr. Mt 26, 17-19).

Come ogni ebreo devoto, di sabato si recava in **sinagoga** per ascoltare la lettura della Bibbia, il suo commento e per pregare con gli altri fedeli (cfr. Lc 4, 16).

Gesù, quando incontrò dieci lebbrosi che invocavano da lui la guarigione, nel rispetto delle norme ebraiche che regolavano la situazione delle persone colpite dalla lebbra (cfr. Lv 13-14), comandò loro di presentarsi ai sacerdoti: «*... mentre essi andavano furono sanati* [...]» (Lc 17, 11-19).

Vi era quindi in Gesù l'intenzione manifesta di inserirsi nel mondo religioso, culturale e civile del suo tempo, accettandone regole e tradizioni senza rifiutare quanto apparteneva alla sua organizzazione sociale, anche se dimostrava piena libertà rispetto alle consuetudini e riprovazione nei confronti di un'adesione puramente formale alla Legge. Al riguardo è significativo il racconto dell'incontro di Gesù con la samaritana (cfr. Gv 4, 5-30), circostanza nella quale i suoi stessi discepoli si meravigliarono: era infatti sconveniente per un uomo perdersi in chiacchiere con una donna, e per di più samaritana, dal momento che i giudei non avevano buone relazioni con i samaritani (cfr. Gv 4, 9).

Gerbrand van den Eeckhout, *Cristo nella sinagoga di Nazaret*, XVII secolo.

Anche il riposo sabbatico, secondo Gesù, andava vissuto con l'adesione sincera allo spirito profondo che anima i Dieci Comandamenti (cfr. Mt 12, 1-8) e non con un rispetto soltanto formale.

Quest'apparente trasgressività rivela una fedeltà completa al cuore della Legge, al significato profondo delle norme, all'autentico messaggio della Bibbia. La libertà del comportamento di Gesù va dunque interpretata come una nuova maniera di aderire alla Bibbia. Più volte egli si rifà all'**insegnamento mosaico** affermandone l'indiscutibile valore (cfr. Mt 5, 17-18) e mette in guardia coloro che insegnano a mancare di rispetto verso il messaggio e l'insegnamento normativo dell'Antico Testamento. Conclude così:

> *... se la vostra giustizia non supererà quella degli scribi e dei farisei, non entrerete nel regno dei cieli.*
>
> Mt 5, 20

Gli scribi e i farisei erano stimati dal popolo per lo scrupolo con cui osservavano la Legge. In particolare, i farisei avevano costruito attorno alla Legge una siepe di norme e regolamenti che applicavano alla lettera.

Per Gesù il rispetto dei Comandamenti è il primo impegno di chi vuol essere suo discepolo: al giovane ricco che chiede come salvarsi, Gesù risponde indicandogli prima i Comandamenti e proponendogli poi di seguirlo (cfr. Mc 10, 17-22).

La fedeltà alle norme religiose non gli impedì, tuttavia, di condannare le tradizioni che nulla avevano a che fare con il messaggio di Dio e che erano usate a pretesto per giustificare scelte di comodo (cfr. Mt 7, 1-13).

Quando Gesù capì di essere Figlio di Dio?

Gesù sapeva di essere il Figlio di Dio? Conosceva con sicurezza la propria missione e il proprio destino?

I Vangeli ci presentano Gesù già adulto: non conosciamo l'infanzia e la giovinezza di Cristo. Dopo lo smarrimento e il ritrovamento di Gesù dodicenne al tempio, Luca annota brevemente che:

Dio e Gesù Bambino in cielo, attorniati dai simboli degli evengelisti, in una pergamena copta del XVI secolo.

> *Partì dunque con loro e tornò a Nazaret e stava loro sottomesso. Sua madre serbava tutte queste cose nel suo cuore. E Gesù cresceva in sapienza, età e grazia davanti a Dio e agli uomini.*
>
> Lc 2, 51-52

Ma Gesù non era un bambino prodigio o un essere angelicato: come tutti noi è cresciuto, ha imparato quel che non conosceva, ha avuto bisogno di qualcuno che gli insegnasse e lo educasse, ha avuto bisogno di guide adulte, innanzitutto dei suoi genitori.

Il rapporto di Gesù con la madre e il padre è stato fondamentale per il suo sviluppo umano. I suoi genitori non furono soltanto dei fornitori di cibo, ma ebbero un ruolo attivo e determinante sulla personalità che egli sarebbe diventato. I Vange-

li, meno interessati a questo aspetto, danno grande rilievo soprattutto alla figura del Gesù adulto.

J. Dominian, *Uno come noi. Un'interpretazione psicologica di Gesù*, San Paolo, Cinisello Balsamo 2001

Charles Le Brun, *Sacra Famiglia*, 1655, Museo del Louvre, Parigi.

I risultati di questo periodo giovanile di formazione e di crescita si vedono in Gesù adulto: è una persona matura, sicura, autonoma, fiduciosa nei confronti degli altri, cooperativa, capace di autocontrollo, forte, ha autostima; è anche amorevole, capace di gesti di tenerezza e di clemenza e comprende in profondità l'animo delle persone. Queste sono tutte qualità umane frutto dell'**educazione familiare**, oltre che dell'impegno personale di **autoformazione**.

Ma quando Gesù ha capito di essere il Figlio di Dio?

A dodici anni, ai suoi genitori preoccupati per averlo smarrito, risponde:

... Non sapevate che io devo occuparmi delle cose del Padre mio?

Lc 2, 49

Da adulto insegnerà alle folle in modo chiaro:

Io e il Padre siamo una cosa sola.

Gv 10, 30

Gesù, dodicenne, è già in grado di distinguere tra Giuseppe, il **padre terreno**, e Dio, il **Padre divino**. Dobbiamo immaginare che questa conoscenza di sé sia maturata in lui gradualmente, attraverso un progresso e una crescita interiore, fino a capire di essere il Figlio di Dio. Come ogni persona scopre se stessa e prende coscienza delle proprie qualità gradualmente, conosce a poco a poco il proprio temperamento, capisce i propri interessi e inclinazioni, e sceglie che indirizzo darsi nella vita, così deve essere stato anche per Gesù. Già l'educazione religiosa ricevuta lo aveva aiutato a crescere nella fede ebraica e gli aveva fatto prendere familiarità con le Sacre Scritture e la speranza del Messia.

Maria e Giuseppe, come tutti i genitori che spiegano al figlio il sorgere della vita umana, gli avranno parlato del mistero della sua nascita verginale.

Sicuramente Maria visse nella certezza che suo figlio Gesù avesse una **missione particolare**: gliene avrà parlato, lo avrà anche sostenuto nel seguire la sua vocazione, lo avrà aiutato a cercare nella Bibbia la volontà di Dio su di lui, anche se lei per prima visse momenti di sorpresa davanti ai comportamenti del Figlio e di drammatica sofferenza quando Egli morì in croce.

Oltre a questi presupposti umani e familiari, Gesù deve aver avuto anche un'«illuminazione diretta da Dio»: l'intervento divino non sostituisce però il lavoro interiore di riflessione, interrogazione, comprensione e autocomprensione, il superamento di dubbi e incertezze. Leggendo le Sacre Scritture, Gesù le ha sentite rivolte soprattutto a sé, ha capito che parlavano di lui.

Gesù è andato dunque via via scoprendo la sua missione, e nella sua missione la sua misteriosa e ineffabile personalità. E se a dodici anni già parla di

Perugino, *Battesimo di Cristo*, 1498-1500, Kunsthistorisches Museum, Vienna.

Dio suo Padre con accento inaudito fino allora, rivelando così una certa consapevolezza della sua inimitabile condizione filiale, tuttavia il desiderio ardente di sentire parlare i dotti e di interrogarli ci dice che a quell'età Egli è ancora un ricercatore di Dio alle prime armi e perciò il suo stesso mistero non gli si è compiutamente dissolto.
Dovendo indicare in un episodio il momento in cui Egli raggiunge la piena e limpida visione di Dio Padre e insieme della sua personalità profonda, possiamo scegliere il battesimo nel Giordano. Da allora, sapendo chi Egli sia, conosce anche il Padre e può manifestarlo agli uomini; da allora Egli diventa il Maestro.

G. Biffi, *Alla destra del Padre*, Vita e Pensiero, Milano 1970

Pian piano dunque Dio ha rivelato e Gesù ha compreso la sua missione e identità, pregando e meditando la Parola di Dio. Così ha imparato a capirsi come uomo e come Figlio di Dio, e ha scelto di seguire la sua vocazione.

Se per un bambino la **conferma** da parte dei genitori è essenziale per l'autostima, anche gli adulti hanno bisogno di essere rassicurati che quello che stanno facendo è giusto. Il battesimo presso il fiume Giordano (cfr. Mt 3, 13-17), Giovanni Battista che invita i suoi discepoli a seguire Gesù (cfr. Gv 1, 19 ss.), le parole del Padre alla trasfigurazione (cfr. Mt 17, 1-8), la risposta di Pietro (cfr. Mt 16, 13-16) sono delle conferme e delle rassicurazioni per Cristo stesso.

Gesù era libero e anche per lui si trattava dunque di fare delle scelte: sapendo di essere Dio, il suo compito e la sua responsabilità erano molto più impegnativi.

Gesù è Figlio di Dio, ma anche Lui deve credere in se stesso e fidarsi di ciò che il Padre gli ha fatto capire di essere; sa qual è la sua missione, ma deve decidersi a metterla in pratica; conosce il bene e il male, ma è libero; Dio non lo abbandona, ma come tutti anche Lui fatica a seguire la volontà di Dio, in ogni momento.

Gesù sa che la morte non è la fine, ma non è certo della risurrezione e, come ogni uomo, si affida a Dio. Anche Lui poteva scegliere di diventare qualcos'altro, anche per Lui restare fedele a Dio era impegnativo, come lo è per ogni uomo che vuole dare il meglio di sé.

Gesù ha quindi avuto il suo **cammino di fede**: ha dovuto rafforzare la propria fede e con speranza abbandonarsi alla volontà di Dio.

Giovanni Bellini, *Trasfigurazione di Cristo*, 1480 ca., Museo nazionale di Capodimonte, Napoli.

Trasfigurazione: manifestazione di Gesù in gloria agli apostoli Pietro, Giacomo e Giovanni sul monte identificato per tradizione con il Tabor. Il corpo e le vesti di Gesù divennero risplendenti e ai tre apostoli apparvero i profeti Mosè ed Elia; Dio stesso proclamò Cristo suo Figlio.

La terra di Gesù

La regione dove visse Gesù ha ricevuto varie denominazioni: **Terra di Canaan**, **Palestina**, **Terra di Israele**. La Bibbia la chiama anche **Terra Promessa** e la tradizione cristiana ha coniato il nome di **Terrasanta**.

La conformazione fisica

Questo territorio si affaccia sul Mar Mediterraneo, che però non attrasse mai più di tanto gli **ebrei** che, a differenza dei loro vicini fenici, non erano un popolo di navigatori, ma di **pastori** (di tradizione nomade e seminomade), dediti anche all'artigianato.

Alle spalle della zona costiera vi è una zona montuosa, poi la valle del **Giordano**, un fiume a carattere torrentizio il cui attraversamento da parte degli ebrei, fuggiti dall'Egitto, significò la conquista della Terra Promessa e rievocò l'epico passaggio del Mar Rosso (cfr. Gs 3-4). Nel Giordano Gesù fu battezzato da Giovanni il Battista.

A nord, questo fiume forma il lago di **Genezaret** o di Tiberiade, chiamato anche Mare di Galilea o Mare di Cafarnao, dal nome della regione e della città che vi si affacciano. Era un lago ricco di pesci e qui molti degli apostoli lavoravano come pescatori. Gesù lo attraversava in barca e qui pronunciò discorsi importanti e operò miracoli famosi.

L'assetto politico

Da un punto di vista politico, come si può vedere nella cartina di p. 151, la Palestina era divisa in tre principali zone: la regione controllata dai romani (divisa in Samaria, Giudea, Idumea); la tetrarchia di Erode Antipa (di cui facevano parte la Galilea e la Perea); la tetrarchia di Filippo.

La predicazione in Galilea

La Galilea è la regione da dove Gesù incominciò la sua predicazione. Le città principali erano Cafarnao, dove abitavano Pietro e altri apostoli e dove Gesù tenne discorsi impegnativi sui temi della sua identità e dell'eucaristia (cfr. Gv 6, 22-59); Nain dove ridiede la vita a un ragazzo morto (cfr. Lc 7, 11-17); Cana dove, invitato a uno sposalizio, cambiò l'acqua in vino (cfr. Gv 2, 1-12); infine Nazaret, il villaggio dove abitavano i suoi genitori, Maria e Giuseppe, e dove Egli passò la propria gioventù fin verso i trent'anni. Nella sua cittadina Gesù non fu ben accolto e accettato (cfr. Mc 6, 1-6) e la sua provenienza da Nazaret, villaggio mai citato nell'Antico Testamento, non deporrà a favore della sua identità di Messia presso gli ebrei (cfr. Gv 1, 46).

La predicazione in Giudea

Nella Giudea si trovava **Gerusalemme**, dove confluivano i pellegrini al **Tempio**, sede del potere politico e religioso. Qui risiedeva l'organo di governo ebraico (il Sinedrio).

Più a sud di Gerusalemme si trovava **Betlemme**, un piccolo centro famoso per aver dato i natali al più illustre sovrano d'Israele, il re Davide. Qui nacque Gesù, dal momento che i suoi genitori vi si erano recati per il censimento tribale voluto da Augusto. Un'altra città di questa regione, più volte ricordata nei Vangeli, era **Betania**, dove risiedeva la famiglia di Lazzaro con le sorelle Maria e Marta (Gv 11, 1-45); Gesù vi si recava spesso perché era loro amico.

La ricostruzione della pianta di Gerusalemme all'epoca di Gesù.

Giotto, *Ingresso di Gesù a Gerusalemme*, 1303-05, Cappella degli Scrovegni, Padova.

La Giudea era divisa dalla **Samaria** da antiche contrapposizioni che risalivano all'epoca in cui i giudei rifiutarono la collaborazione dei samaritani per la ricostruzione del Tempio di Gerusalemme al tempo di Zorobabele (480 a.C. ca.) (cfr. Es 4, 1-5); di questa inimicizia parla anche il Vangelo (cfr. Gv 4, 9). Sul monte **Garizim** i samaritani avevano edificato il proprio Tempio in opposizione a quello di Gerusalemme.

Questo territorio, povero e schiacciato tra i domini di potenti imperi (Egitto e Mesopotamia), teatro sovente di saccheggi e conquiste, è la terra dove visse Gesù e che divenne il luogo d'origine del cristianesimo.

Attività

- Con l'aiuto dell'insegnante di Geografia e Storia, confrontate le informazioni di questa scheda con la situazione geo-politica attuale.

Comparate la cartina dei territori palestinesi al tempo di Gesù con una attuale:
- raccogliete alcune informazioni sullo Stato di Israele e sulla questione palestinese;
- potete creare una presentazione con immagini dei territori, delle città, dei luoghi santi (suddivisi in gruppi, potete scegliere anche di concentrare l'attenzione su una sola città: ad esempio Nazaret o Gerusalemme).

La società al tempo di Gesù

Durante la vita di Gesù, i **territori ebraici** erano sotto la **dominazione romana**: dal 63 a.C. Roma controllava infatti tutta la regione. **Erode il Grande**• aveva ottenuto con scaltrezza il titolo di re a partire dal 37 a.C.; fu lui che ordinò la strage di bambini al tempo della nascita di Gesù (cfr. Mt 2, 16-18). Non godeva della simpatia del popolo, tuttavia aveva creato attorno a sé un gruppo di sostenitori, cortigiani e persone, detto degli erodiani, che traevano benefici appoggiandolo. Gli erodiani erano favorevoli al governo romano e per questo guardavano con sospetto il favore popolare suscitato da Gesù.

Pilato si lava le mani, mosaico del V secolo, Sant'Apollinare Nuovo, Ravenna.

Alla morte di Erode i territori furono divisi tra i suoi figli: Archelao, che regnò dal 4 a.C. e venne deposto nel 6 d.C., ebbe l'Idumea, la Giudea e la Samaria; Filippo, che regnò dal 4 a.C. al 34 d.C., ebbe il governo sui territori del Nord (Iturea, Traconitide); Erode Antipa•, che regnò dal 4 a.C. al 39 d.C., ebbe la Galilea e la Perea. Questo Erode è quello che fece imprigionare e uccidere Giovanni Battista e di cui si parla durante la vita pubblica di Gesù (cfr. Lc 13, 32) e il processo (cfr. Lc 23, 5-12).

Poiché Archelao si dimostrò un tiranno crudele, Roma gli tolse il potere (6 d.C.) e le regioni di Idumea, Giudea e Samaria furono governate da un prefetto inviato da Roma: egli risiedeva a Cesarea Marittima, ma in occasione della Pasqua si trasferiva a Gerusalemme per controllare l'ordine pubblico e il flusso di pellegrini. Per questo motivo Ponzio Pilato•, che governò dal 26 al 36 d.C., si trovava nella Città Santa quando arrestarono e crocifissero Gesù.

Da una stima approssimativa, si presume che gli ebrei fossero tra i 500.000 e il milione, di cui 25-30.000 a Gerusalemme.

Il 90% della popolazione palestinese è contadina. I ricchi vivono presso la corte, mentre i poveri sono schiavi o lavoratori a giornata. Praticamente assente una categoria intermedia. In alto, nella scala sociale, troviamo sacerdoti, leviti e aristocrazia sacerdotale; segue la nobiltà laica, i cosiddetti «anziani», poi gli scribi, i farisei, la gente comune, gli schiavi ebrei, gli israeliti illegittimi, gli schiavi pagani, i samaritani. Le correnti religiose sono numerose e complesse. Il variegato panorama di gruppi, sette e movimenti è accomunato da un unico fattore: la passione per la propria identità nazionale e religiosa.

F. CRAVERO, *L'inchiesta*, Elledici, Torino 1999

Tiziano, *Cristo della moneta*, 1516-18, Pinacoteca d'arte antica, Dresda. Un fariseo mostra una moneta a Cristo chiedendogli se sia giusto o meno pagare il tributo a Cesare. Cristo risponde: «*Rendete a Cesare quello che è di Cesare e a Dio quello che è di Dio*» (Mc 12, 17).

La maggior parte del popolo non apparteneva a nessuno di questi gruppi, anche se i **farisei** raccoglievano maggiori simpatie tra la gente. Anche nei Vangeli si ricordano spesso i farisei (parola che significa i «separati», coloro che vogliono mantenersi puri). Assidui studiosi della *Torah*, che si proponevano di mettere in pratica in modo scrupoloso, erano un gruppo formato da laici contrari alla dominazione romana, benché non approvassero azioni violente contro gli oppressori stranieri. Il popolo li considerava come delle guide e degli esempi di religiosità. Gesù condannò aspramente la loro osservanza della Legge, che si era trasformata in un rispetto solo formale, non accompagnato da una sincera religiosità interiore e fatto soltanto di apparenze ed esteriorità (cfr. Mt 2, 13-36). Il termine oggi ha acquisito questo significato negativo, che in origine non aveva.

I **sadducei** (da Sadoq, Sommo Sacerdote scelto da Salomone) raggruppavano i gradi più alti dei sacerdoti, i nobili e i grandi proprietari terrieri. Pur di mantenere il prestigio e i loro vantaggi, erano disposti a compromessi e forme di collaborazione con i romani. Non credevano alla risurrezione (cfr. Mt 22, 23) e all'esistenza degli angeli; si attenevano soltanto ai primi cinque libri della Bibbia. Tra di essi veniva scelto il Sommo Sacerdote che capeggiava gli altri sacerdoti che gestivano i riti a Gerusalemme, ricavando benefici sulle attività che si svolgevano presso il Tempio. Anche nei loro confronti Gesù ebbe parole di rimprovero (cfr. Mt 16, 1-12).

Presso il Tempio prestavano servizio anche i **leviti** che erano degli addetti al culto, guidavano i canti, suonavano strumenti musicali, tenevano in ordine gli ambienti e assistevano i sacerdoti durante i riti.

Gli **scribi** erano studiosi della *Torah*, dottori della Legge, esperti nell'insegnamento di Mosè e delle tradizioni; erano chiamati «Rabbi», maestri, e avevano grande autorità anche all'interno del Sinedrio. Potevano essere farisei o sadducei.

Gli **zeloti** erano dei «partigiani», un gruppo di decisi oppositori alla dominazione romana che volevano liberare i territori ebraici e proponevano l'assoluto dominio di Dio. Nel 66 d.C. si organizzarono e scatenarono una rivolta contro i romani che provocò la loro reazione e la distruzione di Gerusalemme (70 d.C.). Durante la vita di Gesù si limitavano ad azioni dimostrative isolate, con attentati condotti a termine da «sicari».

Al tempo di Gesù esisteva però in Palestina un altro movimento religioso, molto originale, che non viene mai nominato nel Nuovo Testamento: si tratta del gruppo degli **esseni** (parola che significa i «devoti» o anche i «silenziosi»). Il loro centro più importante era la comunità di Qumran, sulla riva a nord-ovest del Mar Morto.

> *... vivevano una vita comunitaria da monaci, osservando il celibato e mettendo i loro beni in comune; erano governati da superiori eletti dai membri della comunità. La loro giornata era regolata da un preciso orario comprendente la preghiera, lo studio, il lavoro manuale, le abluzioni rituali* [...]. *L'orientamento teologico e spirituale di questi monaci era di tipo apocalittico: si ritenevano la «comunità della nuova alleanza», i «figli della luce», che al seguito del messia davidico, avrebbero combattuto la battaglia finale e decisiva contro i figli delle tenebre.*
>
> A. GIRLANDA, *Nuovo Testamento*, San Paolo, Cinisello Balsamo 1997

Gli esseni contestavano il sacerdozio esercitato al Tempio di Gerusalemme e attendevano due Messia: uno laico, discendente dal re Davide e l'altro, discendente dalla stirpe sacerdotale di Aronne, che avrebbe avuto la preminenza. La scoperta dei manoscritti del Mar Morto nel 1947 ha favorito la conoscenza di questo gruppo e della loro importanza spirituale.

L'icona del 1590 raffigura Gesù nella sinagoga circondato da scribi e farisei che lo osservano sconcertati, Museo Kolomenskoe, Mosca.

La cronologia della vita di Gesù

La datazione dell'anno zero

Dionigi il Vecchio o **il Piccolo**, monaco vissuto nel VI secolo d.C., ridefinì la datazione storica, sostituendo alla data fino a quel tempo calcolata a partire dalla fondazione di Roma (*ab Urbe condita*), quella contata a partire dalla nascita di Cristo. Si hanno quindi due periodi: quello «avanti Cristo» e quello «dopo Cristo». Egli commise tuttavia un errore di calcolo: è infatti probabile che Cristo sia nato in una data corrispondente a un periodo collocabile fra il 7 e il 5 a.C.

Le indicazioni dei Vangeli riportano alcuni dati storici relativi agli anni in cui visse Gesù, ma risulta difficile e approssimativa una ricostruzione completa delle date della sua vita. Si è soliti comunque dividere la vita di Cristo in due momenti:

- la **vita nascosta**, cioè il periodo successivo alla nascita: l'infanzia, l'adolescenza e la giovinezza trascorse a Nazaret, presumibilmente conducendo una vita in tutto simile a quella degli altri suoi concittadini. È il periodo più lungo (30 anni circa) ed è il periodo di cui si sa di meno. Marco e Giovanni passano sotto silenzio quest'arco della vita di Cristo e le informazioni offerte da Matteo e Luca sono concentrate soprattutto sugli eventi che hanno accompagnato la nascita del Nazareno (cfr. Mt 1-2; Lc 1-2);
- la **vita pubblica**, che inizia con il battesimo di Gesù presso il fiume Giordano. A questo periodo appartengono la chiamata dei primi discepoli e poi i discorsi, i miracoli, gli incontri, i viaggi fino alla salita a Gerusalemme per la festa di Pasqua durante la quale viene arrestato, condannato, crocifisso e risorge. Su questo periodo della vita di Gesù si concentra in modo particolare l'attenzione degli evangelisti.

Riportiamo una tavola comparativa delle date della storia e della vita di Gesù, con rimandi ai testi biblici.

Eventi storici	Vita di Gesù	Riferimenti biblici
63 a.C.: Gerusalemme è occupata dai romani e i giudei perdono la loro indipendenza.		
37 a.C.: il governo della Palestina viene affidato a Erode il Grande, che ottiene il titolo di «re dei giudei», amico e alleato di Roma.		
29 a.C.: Ottaviano diventa imperatore a vita (nel 27 assume il titolo di Augusto).		
Inverno del 20-19 a.C.: Erode, re dei giudei, per ingraziarsi il popolo inizia la ricostruzione del Tempio a Gerusalemme.		
6-5 a.C. ca.: in seguito a una profezia che preannunciava la nascita di un re che lo avrebbe spodestato, Erode ordina la cosiddetta «strage degli innocenti», cioè l'uccisione di tutti i neonati maschi.	**7-6 a.C. ca.**: nascita di Gesù a Betlemme di Giudea, mentre è in corso il censimento voluto da Augusto.	Lc 2, 1-3
4 a.C.: morte del re Erode il Grande. Gli succedono i suoi tre figli: Archelao etnarca («capo del popolo») di Giudea, Samaria e Idumea; Filippo tetrarca («capo della quarta parte») dei territori oltre il Giordano, che regna fino al 34; Erode Antipa tetrarca di Galilea e Perea, che regna fino al 39.	**4 a.C.**: Gesù e i suoi genitori ritornano dall'Egitto, dove si erano rifugiati per sfuggire alla persecuzione di Erode. 	Mt 2, 19
6 d.C.: Archelao viene destituito e la regione passa alle dirette dipendenze di Roma, che la governa tramite procuratori. **14 d.C.**: muore l'imperatore Augusto e gli succede Tiberio che regna fino al 37 d.C.		

Eventi storici	Vita di Gesù	Riferimenti biblici
18-36 d.C.: Caifa è Sommo Sacerdote e capo del Sinedrio ebraico.		Mt 26, 57
26-36 d.C.: Ponzio Pilato è procuratore della Palestina (Samaria e Giudea) e dell'Idumea.		Gv 18, 28
27 d.C. ca.: Erode Antipa prende in moglie Erodiade, sebbene fosse già sposato ed ella fosse la moglie di suo fratello Filippo.		Lc 3, 19-20
	26-27 d.C.: Giovanni Battista inizia la sua missione e predicazione; Gesù viene battezzato nel fiume Giordano e dà avvio al suo ministero pubblico.	Lc 3, 1 ss.
	Pasqua del 28 d.C.: Gesù è a Gerusalemme.	Gv 2, 20
	**Inizio 29 d.C.**: Giovanni Battista, che aveva criticato Erode Antipa per la sua condotta immorale, viene fatto decapitare.	Mt 14, 3-12
	29 d.C.: poco prima della Pasqua Gesù compie la moltiplicazione dei pani.	Gv 6, 1
	**30 d.C.**: Gesù celebra l'Ultima Cena; viene arrestato, processato e condannato; verso le tre del pomeriggio del venerdì di Pasqua muore sulla croce; alla sera viene sepolto.	Mt 26 e 27 Mc 14 e 15 Lc 22 e 23 Gv 13 e 19
	30 d.C.: nella domenica di Pasqua la tomba è trovata vuota: Gesù è risorto.	Mt 28 Mc 16 Lc 24 Gv 20
	Pentecoste del 30 d.C.: discesa dello Spirito Santo e inizio della predicazione apostolica.	At 2, 1-41

I Vangeli come storia

I Vangeli canonici di Matteo, Marco, Luca e Giovanni sono le fonti più complete che parlano diffusamente della vita e dell'insegnamento di Gesù. Essi trattano un periodo relativamente breve della sua vita: fatta esclusione per Matteo e Luca, che pongono all'inizio dei loro Vangeli due capitoli sulla nascita e l'infanzia di Cristo, tutta l'attenzione dei testi evangelici è posta infatti sulla sua attività pubblica.

Per i **Vangeli sinottici** (quelli di Matteo, Marco e Luca) la vita pubblica di Gesù dura meno di un anno, mentre la testimonianza di Giovanni riguarda circa tre anni. Già questa differenza indica che i Vangeli sono sì fonti storiche, ma non come le intende la storiografia contemporanea. Essi nascono da una **tradizione orale** centrata sull'annuncio che Gesù, morto e risorto, è il Figlio di Dio. La preoccupazione dei Vangeli è questa proclamazione di fede. La successiva necessità di chiarire e approfondire l'insegnamento di Cristo fece emergere il bisogno di ricostruire una memoria storica. Le notizie intorno alla vita di Gesù vengono trasmesse

I quattro evangelisti intenti alla stesura del Vangelo. Dall'alto e da sinistra: Luca, simboleggiato dal toro; Matteo dall'angelo; Marco dal leone; Giovanni dall'aquila. Miniature del XIII secolo.

Canonici: da canone, che deriva dal greco *kánon*, «regola, misura». I libri canonici sono quelli ritenuti divinamente ispirati, stabiliti nel Concilio di Trento (1546).

DOCUMENTI

Conoscere Gesù senza i Vangeli?

La riuscita e il valore di un identikit [l'autore sta presentando la personalità di Gesù e i suoi tratti umani, n.d.r.] *dipendono dall'attendibilità dei testimoni. Noi qui siamo fortunatamente in una condizione di privilegio: come credenti possiamo contare su attestazioni che hanno la garanzia dell'assistenza e dell'ispirazione divina. Questo non lo dovremo mai dimenticare, pur restando sempre consapevoli che la mediazione degli estensori delle pagine sacre va accuratamente esplorata anche con l'ausilio delle discipline filologiche e storiche. Ma pur sotto il profilo dell'autorevolezza meramente umana le narrazioni evangeliche sono fonti eccellenti di dati che si impongono a ogni onesto ricercatore. [...] Molti anche ai nostri giorni si lasciano indurre a parlare di Gesù Cristo, a raccontare le sue vicende, ad assegnargli pensieri, propositi, intenzioni, preferenze. È una prova dell'attrazione che Egli continua a esercitare su tutti; ed è perciò un fenomeno di cui in linea di massima ci si può rallegrare. Purché però nessuno si abbandoni su questo argomento all'invenzione del tutto infondata e gratuita; che è invece una tentazione ritornante e diffusa. Non ci sono strade corrette e culturalmente legittime di accostarsi alla verità di Cristo, diverse da quelle di attenersi a ciò che risulta dalle narrazioni evangeliche. Le altre possibili fonti o tacciono (è praticamente il caso degli scritti extracristiani) o non godono di sufficiente attendibilità intrinseca ed estrinseca (è il caso dei* Vangeli apocrifi*). Perciò o si aderisce scrupolosamente ai* Vangeli *o si rinuncia a parlare di Lui: asserire arbitrariamente o favoleggiare non serve a niente.*

G. Biffi, *Identikit del Festeggiato*, Elledici, Torino 1999

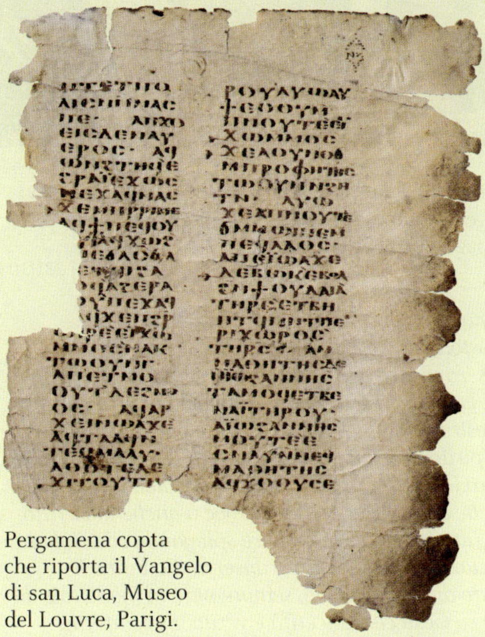

Pergamena copta che riporta il Vangelo di san Luca, Museo del Louvre, Parigi.

e conservate seguendo alcuni schemi o blocchi tematici (ad esempio: le parabole, i miracoli, la passione e la morte) e chi si accosta ai Vangeli deve tener conto del prioritario obiettivo religioso ed entrare in sintonia con i testi evangelici, senza togliere per questo ai Vangeli il loro valore storico.

I Vangeli non hanno la preoccupazione di scrivere tutto e subito quello che ha fatto o detto Gesù e dunque, nonostante studi approfonditi, è difficile risalire alle precise parole di Gesù («*ipsissima verba Jesus*»); essi sono tuttavia fedeli ai dati storici e rispettosi dell'originario insegnamento di Cristo.

Dopo la risurrezione gli apostoli illuminati dallo Spirito Santo e animati dalla fede hanno interpretato i fatti della vita di Gesù, ma non li hanno inventati. Gli evangelisti, in alcuni passaggi dei loro testi, sottolineano infatti che i loro racconti sono fondati su **testimonianze personali** (cfr. Gv 19, 35; Gv 21, 24), o fanno riferimento a **testimonianze fondate** (cfr. Lc 1, 1-4).

Anche san Pietro ricorda di non essere andati dietro a favole artificiosamente inventate (cfr. 2Pt 1, 16), ma di essere testimoni diretti della vita di Cristo.

Matteo e **Giovanni** furono apostoli del Signore e testimoni diretti; **Marco** non fu apostolo, ma fu discepolo prima di Paolo e poi di Pietro e raccolse i dati storici per il suo Van-

Risurrezione: nella concezione di alcune religioni, è il ritorno alla vita dopo la morte.
Le principali religioni fanno riferimento a diverse modalità di risurrezione: per alcune la nuova vita fa rifiorire le spoglie terrene del defunto; per altre il defunto è ammesso a vivere una vita di puro spirito (vita eterna). Il termine richiama il fatto centrale della religione cristiana e il nucleo stesso del cristianesimo: la risurrezione di Cristo dopo la morte in croce e la sepoltura. Per ebraismo, cristianesimo e islam alla fine dei tempi ci sarà la risurrezione dei corpi e l'uomo sarà reintegrato nella sua corporeità.

DOCUMENTI

Storicità dei Vangeli

Il Concilio Vaticano II nella Costituzione dogmatica *Dei Verbum* («La Parola di Dio») del 18 novembre 1965, affronta il tema della Sacra Scrittura e i molti problemi che vi sono connessi; tra questi temi vi è anche l'origine apostolica dei quattro Vangeli e la loro storicità. La Chiesa cattolica ritiene che i Vangeli abbiano un valore storico e che alla loro origine vi siano fatti reali tramandati fedelmente e poi stesi nelle redazioni evangeliche.

Luca di Tommé, *Predicazione di san Paolo*, XIV secolo. L'evangelista Luca, autore del terzo Vangelo e degli Atti, accompagnò Paolo nei suoi viaggi.

Origine apostolica dei quattro Evangeli

a) A nessuno sfugge che tra tutte le Scritture, anche del Nuovo Testamento, i Vangeli meritatamente eccellono, in quanto costituiscono la principale testimonianza relativa alla vita e alla dottrina del Verbo Incarnato [Gesù], *nostro Salvatore.*
b) La Chiesa ha sempre e in ogni luogo ritenuto e ritiene che i quattro Vangeli siano di origine apostolica. Infatti, ciò che gli Apostoli per mandato di Cristo predicarono, dopo, per ispirazione dello Spirito Santo, fu dagli stessi e da uomini della loro cerchia tramandato in scritti, come fondamento della fede, cioè l'Evangelo quadriforme, secondo Matteo, Marco, Luca e Giovanni.

CONCILIO VATICANO II, *Dei Verbum*, n. 18

Storicità dei Vangeli e criteri redazionali

La Santa Madre Chiesa ha ritenuto e ritiene con fermezza e costanza massima, che i quattro suindicati Vangeli, di cui afferma senza alcuna esitazione la storicità, trasmettano fedelmente quanto Gesù Figlio di Dio, durante la sua vita tra gli uomini, effettivamente operò e insegnò per la loro eterna salvezza, fino al giorno in cui fu assunto in cielo (cfr. At 1, 1-2). Gli apostoli poi, dopo l'Ascensione del Signore, trasmisero ai loro ascoltatori ciò che Egli aveva detto e fatto, con quella più completa intelligenza di cui essi, ammaestrati dagli eventi gloriosi di Cristo e illuminati dallo Spirito di verità, godevano. E gli autori sacri scrissero i quattro Vangeli, scegliendo alcune cose tra le molte che erano tramandate a voce o anche in iscritto, alcune altre sintetizzando, altre spiegando con riguardo alla situazione delle chiese, conservando infine il carattere di predicazione, sempre però in modo tale da riferire su Gesù con sincerità e verità. Essi, infatti, attingendo sia ai propri ricordi sia alla testimonianza di coloro, i quali «fin dal principio furono testimoni oculari e ministri della parola», scrissero con l'intenzione di farci conoscere la «verità» (cfr. Lc 1, 2-4) delle cose sulle quali siamo stati istruiti.

CONCILIO VATICANO II , *Dei verbum*, n.19

gelo soprattutto dalla predicazione di quest'ultimo; **Luca** afferma, in apertura del suo testo, di essersi preoccupato di cercare notizie fondate e di aver raccolto scritti e resoconti che altri avevano steso prima di lui.

Possediamo, inoltre, **prove indirette** di quanto narrano i Vangeli, costituite ad esempio da alcuni rinvenimenti archeologici. Indubbiamente, non basta che i riferimenti storici e geografici siano corretti perché anche i fatti siano necessariamente veri; tutto questo rende però storicamente più attendibili gli avvenimenti narrati.

Gli studiosi hanno individuato alcuni **criteri** che confermano la **coerenza interna** e l'**affidabilità storica** dei Vangeli.

- Quando un fatto o un insegnamento viene riportato da fonti diverse, il dato evangelico può essere considerato come solidamente attestato e quindi degno di affidabilità storica perché più testimonianze lo confermano. Questo criterio di analisi dei Vangeli si dice **criterio di attestazione multipla**. Il tema della misericordia di Gesù verso i peccatori, ad esempio, è storicamente fondato, perché viene attestato da tutti gli evangelisti e in forme letterarie differenti tra loro (parabole, discorsi, racconti di incontri di Gesù con varie persone, polemiche con i farisei e i capi del popolo). Anche i miracoli, le parabole, la sua morte in croce e la sua risurrezione sono fatti accreditati.

- Per valutare l'affidabilità storica dei Vangeli si applica anche il **criterio di discontinuità**. Quando un dato contrasta con l'ambiente e con la mentalità giudaica del tempo in cui visse Gesù, tale dato è da ritenersi autentico. Ad esempio: l'atteggiamento di Gesù nei confronti dei farisei e del sabato, che rappresenta un caso di rottura con il mondo rabbinico, o l'uso da parte di Cristo del termine familiare *Abbà* per riferirsi a Dio.
- Si può considerare autentico un dato evangelico se è conforme e coerente con tutto il messaggio di Gesù. È il **criterio di conformità**, grazie al quale è possibile trovare un'intima coerenza interna ai detti e fatti di Gesù.
- Il **criterio di spiegazione necessaria** dice che ogni fatto deve poter essere adeguatamente spiegabile; talvolta una spiegazione diventa necessaria perché è l'unica possibile, in quanto altre spiegazioni farebbero sorgere numerosi e più grandi problemi. Questo criterio praticamente dice: «la spiegazione più semplice talvolta è quella necessaria e plausibile anche se esce dagli schemi più comuni». Ad esempio, che gli apostoli non abbiano trafugato il corpo di Gesù dalla tomba va accreditato come veritiero: diversamente, come avrebbero potuto eludere la custodia dei soldati? Dove avrebbero trovato il coraggio, dal momento che i Vangeli li descrivono come estremamente timorosi?

I Vangeli apocrifi

Nell'ambito cristiano, attorno alla persona di Gesù, sono nati dei testi che la Chiesa non ha poi riconosciuto come autentici: sono i **Vangeli apocrifi**, nati dal desiderio di presentare la figura di Cristo come quella di colui che opera «cose meravigliose» a testimonianza del fatto che è Dio. L'interesse per gli **aspetti sorprendenti** e **prodigiosi** della vita di Gesù è così marcato che i racconti tendono ad assomigliare a un romanzo colorito, a una bella fiaba, a una serie di aneddoti dove il **miracolo** è sempre di scena. I Vangeli apocrifi si soffermano volentieri a sottolineare le coincidenze particolari tra i fatti e alternano l'esposizione di notizie (poco attendibili dal punto di vista storico) a quella di leggende; il loro carattere apertamente fantasioso è tale da far dubitare della loro veridicità.

Questi testi nascono in ambiente giudaico, presso i gruppi degli ebioniti, dei nazarei, dei nicolaiti; oppure presso gruppi gnostici che si ispiravano alla filosofia di Plotino (205-270 d.C.) e interpretavano la predicazione di Gesù attraverso la sua filosofia.

Il linguaggio dei Vangeli apocrifi è oscuro, talvolta incomprensibile, anche perché spesso ricorre a simboli e criptogrammi, cioè messaggi nascosti dietro giochi di parole.

I racconti si occupano, in particolare, di alcune tematiche ricorrenti.

Ebioniti, nazarei, nicolaiti: gli **ebioniti** erano un gruppo di fedeli (sorto nel I secolo d.C.) che vedeva in Gesù l'uomo giusto, il profeta mandato da Dio a difesa dei poveri, degli umili, degli indifesi. Il nome deriva dall'ebraico *ebionim* = «povero, umile». Essi professavano solo l'umanità di Cristo.
I **nazarei** riconoscevano in Gesù l'esempio più alto di rigore morale e di fedeltà alle norme bibliche. Praticavano il voto di nazireato, cioè l'impegno momentaneo o definitivo alla castità, a condurre una vita semplice e sobria, e come segno della loro promessa tenevano barba e capelli intonsi. Il termine deriva da *nazir* che significa «distinto, separato» e non, come potrebbe sembrare, «originario di Nazaret».
I **nicolaiti** erano una setta ereticale di cui si hanno poche e frammentarie informazioni; vi sono dei riferimenti probabili a questo gruppo in passi, per altro di difficile interpretazione, dell'Apocalisse (2, 6; 2, 14-15). Sant'Ireneo (II secolo d.C.) nell'opera *Adversus Heareses* (I, XXVI, 3 e III, XI, 1), li fa derivare da Nicola, uno dei sette diaconi di cui parlano gli Atti degli apostoli (At 6, 5). Secondo questa e altre testimonianze, sarebbe stata una setta libertina, per la quale i piaceri sensuali non sarebbero stati peccati, in quanto non contaminano il corpo. Negavano inoltre la divinità di Cristo.

- Una prima serie di Vangeli apocrifi è nota come **Vangeli dell'infanzia**, dove si racconta di questo periodo sconosciuto della vita di Gesù.
- Un secondo gruppo è legato ai racconti della passione, della morte e della risurrezione di Gesù, con molti testi che si riferiscono a Ponzio Pilato.
- Altri Vangeli apocrifi mostrano una marcata attenzione alla **vita della Madonna** e, in particolare, parlano della fine della vita terrena di Maria, raccontando la sua dormizione (il sonno che sembra morte) e il suo **transito** al cielo, dove viene assunta nella gloria di Dio.
- Un ultimo gruppo di Vangeli apocrifi è definito di **ispirazione gnostica** (da gnosi, «conoscenza»): si tratta di alcune interpretazioni della vita e della predicazione di Cristo, considerato quale modello perfetto dell'uomo spirituale e celeste. Secondo questa concezione il suo spirito doveva liberarsi dalla prigionia del corpo e della materia e quindi anche la sua morte in croce era un fatto necessario, come inevitabile era il tradimento di Giuda (cfr. il Vangelo di Giuda). Gesù avrebbe inoltre rivelato una dottrina segreta per pochi discepoli e persone colte. Questi Vangeli sono i più difficili, perché utilizzano un linguaggio molto complesso e presentano contenuti filosofici.

Nonostante la generale inaffidabilità storica di questi Vangeli, essi restano una testimonianza del cristianesimo primitivo e del diffuso bisogno di conoscere la figura di Gesù.

Caravaggio, *La morte della Vergine*, 1604, Museo del Louvre, Parigi.

Dormizione: riguardo alla conclusione della vita terrena della Madonna, i testi antichi e i commenti dei Padri della Chiesa utilizzano varie espressioni: «dormizione della Vergine», «transito», «assunzione in cielo». La fede cristiana afferma che alla fine della propria esistenza Maria entrò definitivamente nella gloria di Dio in anima e corpo e fu la prima a partecipare della risurrezione di Cristo. A partire dal IV secolo fiorirono molte leggende e racconti a sostegno di questa fede già ampiamente diffusa tra i cristiani, che in Oriente festeggiavano la festa della Dormizione di Maria (in Occidente è chiamata Assunzione di Maria al cielo e si celebra il 15 agosto). Con la Costituzione apostolica *Munificentissimus Deus*, papa Pio XII ha confermato come verità di fede l'assunzione di Maria al cielo (1950).

Gnosi: il termine greco *gnosis* significa «conoscenza». Anche di questa corrente filosofica, legata al neoplatonismo e divenuta una setta ereticale, si hanno pochi documenti. All'influsso di questo gruppo sono da far risalire alcuni dei Vangeli apocrifi chiamati appunto «gnostici». Secondo gli gnostici esistono due verità: una detta esterna, accessibile a tutti e coincidente con il cristianesimo, un'altra detta interna, riservata a pochi, gli gnostici appunto. Il mondo sarebbe stato organizzato da un Demiurgo, divinità intermedia fra il sommo Dio e il mondo, che ha il compito di plasmare la materia. Cristo, prendendo un corpo apparente, sarebbe disceso da Dio per insegnare la via della salvezza, rivelando anche un messaggio segreto riservato a un gruppo di uomini colti. Tutto ciò che esiste deriverebbe per un'emanazione graduale dall'entità divina: più le realtà si allontanano dal principio primordiale, più si avvicinano alla materia e diventano negative. La negatività deriverebbe dalla commistione tra materia e parti divine; essi affermavano quindi la contrapposizione tra spirito e materia. Dalla gnosi derivarono poi due correnti ereticali opposte: la prima che praticava una forte ascesi; l'altra che giustificava un libertinismo lascivo.

Apocrifi: qualche esempio

Pochi giorni dopo, uno del vicinato mentre spaccava legna si tagliò la pianta del piede con la scure e stava per morire dissanguato. Ed essendo accorsa molta gente, anche Gesù si recò là con loro. Afferrò il piede del giovane che era ferito, lo risanò immediatamente, e gli disse: «Levati su, ora, e spacca la tua legna».
Quello, levatosi su, gli manifestò la sua venerazione e si mise a spaccare la legna. E ugualmente tutti quelli che erano là, meravigliati, gli esprimevano la loro gratitudine.
Quando aveva sei anni, Maria, sua madre, lo mandò ad attingere acqua alla fontana. Ma mentre egli vi si recava, la sua brocca si ruppe. Egli allora, giunto alla fontana, stese il mantello che aveva indosso e prendendo acqua alla fontana lo riempì, lo prese su, e portò l'acqua a sua madre. E quella, vedendo ciò, fu meravigliata e abbracciandolo lo baciò.

Il *Vangelo dello Pseudo-Tommaso*, IX-XI, in *I Vangeli apocrifi*, a cura di M. Craveri, Einaudi, Torino 1990

Giuseppe conduceva con sé il Signore Gesù, andando in giro per tutta la città: infatti, a motivo del suo mestiere, la gente lo chiamava perché costruisse porte, sgabelli, lettiere e armadi. E il Signore Gesù stava sempre con lui, dovunque egli andasse.
Tutte le volte che Giuseppe doveva far diventare qualche pezzo del suo lavoro più lungo o più corto, oppure più largo o più stretto, di un cubito o di un palmo, il Signore Gesù tendeva la mano verso di quello, che, a quel gesto, diventava tale e quale Giuseppe voleva, senza che egli avesse bisogno di far nulla di sua mano. Giuseppe infatti non era molto bravo nel mestiere di falegname.

Vangelo dell'infanzia arabo-siriaco, XXXVII-XXXVIII, in *I Vangeli apocrifi*, op. cit.

Cristo ha in se stesso tutte le qualità: è sia uomo, sia angelo, sia mistero, sia Padre.
Coloro che dicono che il Signore prima è morto e poi è risuscitato, si sbagliano, perché Egli prima è risuscitato e poi è morto. Se uno non consegue prima la risurrezione non morirà perché – come è vero che Dio vive – egli sarà già morto.
Nessuno nasconde un oggetto prezioso in un recipiente di grande valore, ma spesso tesori incalcolabili sono posti in un recipiente del valore di un asse[1]*. Così è per l'anima: essa è un oggetto prezioso ed è venuta a trovarsi in un corpo spregevole.*
[...] *Né carne né sangue possono ereditare il Regno di Dio. Qual è quello che non erediterà? Il corpo che noi abbiamo. Qual è invece quello che erediterà? Quello di Gesù e il suo sangue. È per questo che Egli ha detto: «Chi non mangerà la mia carne e non berrà il mio sangue non ha la vita in se stesso». E cosa sono queste cose? La sua carne è il* Logos *e il suo sangue è lo Spirito Santo. Chi ha ricevuto queste cose ha cibo, bevanda e vestito.*

Vangelo di Filippo, in *I Vangeli apocrifi*, op. cit.

Disse loro la beata Maria: Io ho pregato mio figlio, prima che soffrisse la passione, che Egli stesso e voi foste presenti alla mia morte, ed Egli mi accordò questo favore. Perciò sappiate che domani avverrà il mio transito. Vegliate e pregate con me, in modo che, quando verrà il Signore a prendere la mia anima, vi trovi in veglia. Allora tutti promisero di vegliare. E vegliarono e pregarono tutta la notte con salmodie e cantici e grandi luminarie.
Venuta la domenica, all'ora terza, come lo Spirito Santo discese sopra gli apostoli in una nube discese pure Cristo con una moltitudine di angeli e accolse l'anima della sua diletta madre. E fu tanto lo splendore di luce e il soave profumo, mentre gli angeli cantavano il Cantico dei cantici al punto in cui il Signore dice: «Come un giglio tra le spine, tale è la mia amata tra le fanciulle» che tutti quelli che erano là presenti caddero sulla loro faccia come caddero gli apostoli quando Cristo si trasfigurò alla loro presenza sul monte Tabor e per una intera ora e mezza nessuno fu in grado di alzarsi.
Poi la luce si allontanò e insieme con essa fu assunta in cielo l'anima della beata vergine Maria in un coro di salmi, inni e cantici dei cantici. E mentre la nube si elevava, tutta la terra tremò e in un solo istante tutti i Gerosolimitani videro chiaramente la morte della santa Maria. [...] *Allora anche il beatissimo Tommaso venne trasportato all'improvviso sul monte degli Ulivi e vide il beatissimo corpo dirigersi verso il cielo, e si diede a gridare, dicendo: – O madre santa, madre benedetta, madre immacolata! Se ora, poiché ti vedo, ho trovato il tuo favore, letifica il tuo servo, per mezzo della tua misericordia, dato che vai in cielo! Allora la fascia con cui gli apostoli avevano cinto il santissimo corpo venne gettata giù dal cielo a Tommaso. Ed egli la prese* [...].

Transito della beata Vergine Maria dello Pseudo Giuseppe di Arimatea in *I Vangeli apocrifi*, op. cit.

[1] Asse: antica moneta romana di bronzo.

Attività

- Indica a quale gruppo e tipologia di Vangeli apocrifi appartiene ciascuno dei brani riportati.
- Verifica che cosa raccontano i Vangeli di Matteo, Marco, Luca e Giovanni riguardo all'infanzia di Gesù (basta andare ai primi capitoli).
- Che impressione ha prodotto in te la lettura di questi brani? Riesci a spiegare perché la Chiesa non li ha considerati autentici nel loro insegnamento sul messaggio di Gesù?

Le fonti pagane e giudaiche che parlano di Gesù

Giuseppe Flavio mentre presenta il *De bello judaico*, miniatura della Guerra giudaica, regione di Tolosa, XI secolo.

La più antica fonte non cristiana che attesta l'esistenza e la morte di Gesù è un passo delle *Antichità giudaiche* (XVIII, 3), opera del 93 d.C. circa. Il testo narra la storia del popolo ebreo e fu redatto da **Giuseppe Flavio** (37-105 ca.), un giudeo che, dopo la distruzione di Gerusalemme (70 d.C.) da parte dei romani, venne fatto prigioniero e passò al servizio della Gens Flavia da cui prese il secondo nome. Il brano nel quale parla di Cristo è chiamato *Testimonium Flavianum*.

A quell'epoca viveva un saggio di nome Gesù. La sua condotta era buona, ed era stimato per la sua virtù. Numerosi furono quelli che, tra i giudei e le altre nazioni, divennero suoi discepoli. Pilato lo condannò a essere crocifisso e a morire. Ma coloro che erano divenuti suoi discepoli non smisero di seguire il suo insegnamento. Essi raccontarono che era apparso loro tre giorni dopo la sua crocifissione e che era vivo. Forse era il Messia di cui i profeti hanno raccontato tante meraviglie.

GIUSEPPE FLAVIO, *Antichità giudaiche*, XVIII, 3

Giuseppe Flavio aveva già accennato a Gesù e ad altri personaggi dei Vangeli in un'opera precedente, *La guerra giudaica* (75-79 ca.). Accanto alla sua testimonianza, ricordiamo una lettera risalente al 73 d.C. circa, di uno storico minore della Siria, **Mara Bar Serapion**, che riferisce della sconfitta e della diaspora subita dai giudei a seguito della distruzione di Gerusalemme nel 70 d.C. In questa lettera, che l'autore indirizza al proprio figlio, si afferma che tali fatti erano la «*punizione*» ai giudei per aver ucciso il loro «*re saggio*» in croce. Il riferimento alla crocifissione di Gesù pare evidente anche se Egli non è espressamente menzionato.

Oltre ai documenti giudaici abbiamo i documenti di origine romana.

Publio Cornelio Tacito negli *Annali* (115 d.C. ca.), riferendo dell'incendio che devastò Roma durante il regno di Nerone (64 d.C.), parla dei cristiani e delle accuse lanciate contro di loro di aver appiccato il fuoco al quartiere romano della Suburra. Descrive poi la crudeltà delle prime persecuzioni scatenate contro i cristiani. Ecco un passaggio del suo racconto.

Ma l'oltraggiosa convinzione che l'incendio fosse stato ordinato [dall'imperatore] *non cessava né con mezzi umani, né con elargizioni sovrane, né con i sacrifici espiatori, per cui Nerone, volendo mettere a tacere questa diceria, diede la colpa ad altri e punì con raffinati supplizi coloro che la gente chiamava cristiani e che, a causa delle loro scelleratezze, erano odiati da tutti. Questo nome ha avuto origine da Cristo, che fu condannato a morte sotto il regno di Tiberio dal procuratore Ponzio Pilato.*

TACITO, *Annali*, XV, 44

Una pagina miniata degli *Annali* di Tacito, XVI secolo.

Tacito non era favorevole ai cristiani e faceva proprio il giudizio negativo sulla loro fede e sulle loro pratiche religiose definendole «*scelleratezze*»; ci fornisce però una prova storica dell'esistenza e della morte di Gesù.

Pochi anni prima, dal 111 al 113 d.C., un altro letterato romano, amico di Tacito, **Plinio il Giovane**, svolse la funzione di governatore in Bitinia (Asia Minore). Egli scrisse una lettera all'imperatore Traiano (53-117) chiedendo come comportarsi nei confronti dei cristiani e durante i processi contro di loro. Questa lettera è una sicura testimonianza del cristianesimo primitivo.

> *Non ho partecipato mai a nessuna istruttoria sul conto dei cristiani; pertanto ignoro quali comportamenti, e in quale misura, siano oggetto di punizione e di inchiesta.* [...]
> *Fu presentata una denunzia anonima che conteneva i nomi di molte persone. Ritenni che bisognasse rilasciare coloro che negavano di essere cristiani o di esserlo mai stati, se invocavano gli dèi secondo la formula che recitavo per primo, e sacrificavano incenso e vino alla tua immagine* [...] *e inoltre maledicevano Cristo, cose tutte cui non possono indursi – è opinione comune – quelli che sono veramente cristiani.* [...] *Dichiararono poi che tutta la loro colpa o il loro errore erano consistiti nell'uso di riunirsi in un determinato giorno prima dell'alba, di cantare tra di loro a cori alterni un inno a Cristo, ritenendolo un dio, e di impegnarsi con un giuramento non a qualche crimine, ma a non commettere furti, rapine, adulteri, a non venir meno alla parola data, e a non negare, quando ne fossero richiesti, un deposito. Compiuti questi riti avevano la consuetudine di ritirarsi e di riunirsi di nuovo per prendere un cibo, che è in ogni caso modesto e innocente.* [...] *L'affare mi è parso infatti tale da bisognare della tua consultazione, specialmente in considerazione del gran numero delle persone che rischiano l'incriminazione: molte, di ogni età, di ogni ceto sociale, perfino d'ambo i sessi, sono coinvolte, e ancora lo saranno. Non soltanto nelle città, ma anche nei villaggi e nelle campagne, s'è propagato il contagio di questa superstizione, che però credo si possa arginare e correggere.*

Testa in bronzo dell'imperatore Claudio, I secolo d.C., National Gallery, Londra.

PLINIO IL GIOVANE, *Epistola* X, 96, trad. G. GAETANIELLO, in G. CAROTENUTO, *Antologia della letteratura latina*, Edizioni Canova, Treviso 1985

Anche lo storico romano **Svetonio** accenna a Gesù. Scrivendo la biografia degli imperatori romani (120 d.C. ca.), quando parla dell'imperatore Claudio (10 a.C.-54 d.C.), che regnò dal 41 al 54 d.C., riferisce dell'editto con il quale egli:

> *... espulse da Roma i giudei i quali, istigati da un certo Crestos, provocavano spesso tumulti.*

SVETONIO, *Vita di Claudio*, 25, 4

Il nome *Crestos* è una deformazione del nome «Cristo». La notizia dell'espulsione dei giudei e dei cristiani da Roma corrisponde a verità ed è attestata anche dal Nuovo Testamento (cfr. At 18, 2): nel 49 d.C., infatti, Claudio ordinò tale allontanamento per ragioni di ordine pubblico e per evitare disordini. La confu-

Pontormo, *Il martirio dei diecimila*, 1528-30, Palazzo Pitti, Firenze.

sione tra giudei, cristiani e Cristo è comprensibile, poiché i romani non avevano una chiara conoscenza di quali fossero le differenze tra ebraismo e cristianesimo: entrambe queste religioni venivano dalla Palestina, entrambe avevano la Bibbia come testo sacro.

Tutte le fonti che abbiamo citato, tuttavia, non sono resoconti specifici sulla vita di Gesù: al Nazareno si accenna di sfuggita all'interno di un discorso che sviluppa altri temi. Esse testimoniano soltanto dell'esistenza e della crocifissione di Gesù. Gli interessi di questi autori, del resto, erano rivolti principalmente alle vicende storiche e politiche di Roma e certamente la vicenda di un galileo morto in croce non era al centro della loro attenzione. Una conclusione è comunque d'obbligo.

> *Le testimonianze non cristiane che abbiamo di Gesù provengono dai più autorevoli rappresentanti della cultura romana della fine del I secolo e sono più che sufficienti per stabilire il fatto dell'esistenza storica di Gesù.* [...] *Inglobato in categorie di tipo profano con una totale astrazione dell'appello religioso che esso contiene, il fatto Gesù viene ad assumere proporzioni insignificanti, ed è appena degno di un accenno affrettato.*

C.M. Martini, in "Il Messaggio della Salvezza", IV, Elledici, Leumann-Torino 1976

Gesù di Nazaret, chiamato il Cristo

(7-6 a.C. - 30 d.C.)

ebreo per nascita e fede

vero uomo e vero Dio

da Lui nasce il cristianesimo di cui è fondatore e fondamento.

La sua esistenza storica è attestata in modo sicuro

- **da fonti non cristiane**
  - giudaiche:
    - lettera di Mara bar Serapion (73 d.C. ca.)
    - Giuseppe Flavio: *Antichità giudaiche*, XVIII, 3 (93 d. C. ca.)
  - pagane:
    - Plinio il Giovane: *Epistola X*, 96 (111- 113 d.C.)
    - Publio Cornelio Tacito: *Annali*, XV, 44 (115 d.C. ca.)
    - Svetonio: *Vita di Claudio*, 25, 4 (120 d.C. ca.)

- **da fonti cristiane**
  - I Vangeli canonici: Matteo, Marco, Luca e Giovanni
  - Altri testi del Nuovo Testamento: *Atti degli apostoli e Lettere apostoliche*

    Sulla base dei criteri di:
    - attestazione multipla;
    - discontinuità;
    - conformità;
    - spiegazione necessaria.

    I Vangeli e il Nuovo Testamento hanno affidabilità storica e ci presentano in modo sicuro il messaggio e la figura di Cristo.
  - Vangeli apocrifi

1 **Per la fede cristiana Gesù è il Figlio di Dio fatto uomo, realmente uomo come noi e nello stesso tempo veramente Dio. La sua reale umanità ce lo fa sentire vicino perché....**

(segui gli spunti suggeriti e completa)

- ha provato dei veri sentimenti ______________________
- ha fatto esperienza di amicizie sincere ______________________
- è cresciuto «in sapienza, età e grazia davanti a Dio e agli uomini» (Lc 2, 52) ______________________
- ha sentito anche la fatica e il dolore fisici ______________________

2 **Farisaico, fariseismo, fariseo... con quale significato si utilizzano queste parole? Spiega l'origine e l'evoluzione del loro significato, facendo una ricerca di approfondimento anche su altri testi.**

3 **Ricerca i seguenti versetti dei Vangeli: Lc 1, 1-4; Gv 19, 35; Gv 21, 24.**

In questi passi gli evangelisti presentano alcune considerazioni. Quali sono e quale preoccupazione si evidenzia attraverso le annotazioni degli autori?

4 **I Vangeli sono un genere letterario particolare. Che cosa li differenzia da una biografia?**

5 **Verifichiamo come è possibile giustificare l'affidabilità storica di queste informazioni.**

- Gesù, come tante altre persone, si reca al Giordano e riceve il battesimo da Giovanni Battista. Secondo la fede cristiana, Gesù non aveva però peccati e non aveva bisogno di questo segno penitenziale. Com'è credibile il «battesimo di Gesù»?
Segui queste indicazioni:
- verifica questi testi: Mt 3, 13-17; Mc 1, 9-11; Lc 3, 21-22;
- individua adesso il criterio di affidabilità storica dei Vangeli che si può applicare.

- Gesù viene caricato della croce e...

... quando giunsero al luogo detto Cranio, là crocifissero lui e i due malfattori, uno a destra e l'altro a sinistra. Gesù diceva: «Padre, perdonali, perché non sanno quello che fanno».

Lc 23, 33-34

Gesù, dopo aver subito dolorose torture (flagellazione, coronazione di spine, il carico della croce), perdona i propri uccisori. Com'è pensabile che abbia affidabilità storica questa indicazione?
Segui queste indicazioni:
- verifica questi altri testi: Mt 18, 21-22; 1Pt 2, 23;
- individua adesso il criterio di affidabilità storica dei Vangeli che si può applicare.

6 **Completa le informazioni.**

	definizione	sono quelli di...
Vangeli canonici		
Vangeli sinottici		
Vangeli apocrifi		per esempio...

7 **In questi brani vi sono delle indicazioni geografiche o dei riferimenti alla società del tempo. Precisa a che cosa si riferiscono e completa con altre informazioni.**

In quei giorni Gesù venne da ***Nazaret di Galilea*** *e fu battezzato nel* ***Giordano*** *da Giovanni.*

Mc 1, 9

L'angelo disse loro: «Non temete, ecco vi annunzio una grande gioia [...] *oggi vi è nato nella* ***città di Davide*** *un salvatore.*

Lc 2, 11

Un altro sabato Egli entrò nella ***sinagoga*** *e si mise a insegnare. Ora c'era là un uomo, che aveva la mano destra inaridita.* ***Gli scribi e i farisei*** *lo osservavano per vedere se lo guariva di sabato, allo scopo di trovare un capo di accusa contro di lui.*

Lc 6, 6-7

8 **Inserisci nella tabella le informazioni che le fonti pagane e giudaiche ci danno di Gesù.**

Autore	Titolo della fonte	Notizie riportate

In alcuni di questi testi vengono anche espressi dei giudizi su Gesù. Che valutazioni si danno?

9 **Collega queste indicazioni del Nuovo Testamento con alcune informazioni simili che troviamo anche nelle fonti giudaiche e pagane su Gesù.**

Rispose Simon Pietro: «Tu sei il Cristo, il Figlio del Dio vivente».

Mt 16, 16

Io ritenni [...] *di non sapere altro in mezzo a voi se non Gesù Cristo, e questi crocifisso.*

1Cor 2, 2

Barnaba poi partì alla volta di Tarso per cercare Saulo e trovatolo lo condusse ad Antiochia. Rimasero insieme un anno intero in quella comunità e istruirono molta gente; ad Antiochia per la prima volta i discepoli furono chiamati cristiani.

At 11, 24-26

Allora [Pilato] *lo consegnò loro perché fosse crocifisso.*

Gv 19, 16

10 Dimostra con degli esempi tratti dai Vangeli le seguenti affermazioni.
Le affermazioni sono tratte dal documento della COMMISSIONE PER I RAPPORTI RELIGIOSI CON L'EBRAISMO, *Sussidi per una corretta presentazione degli Ebrei e dell'Ebraismo nella predicazione e nella catechesi della Chiesa cattolica* (nn. 1, 2, 3).

Gesù è ebreo e lo è per sempre [...] Gesù è pienamente un uomo del suo tempo e del suo ambiente ebraico palestinese del I secolo, di cui ha condiviso gioie e speranze.	
Le relazioni di Gesù con la legge biblica e con le sue interpretazioni più o meno tradizionali sono indubbiamente complesse ed Egli ha dimostrato al riguardo una grande libertà.	
Egli ha voluto inserire nel contesto del culto della sinagoga l'annuncio della sua messianicità. Ma soprattutto ha voluto realizzare l'atto supremo del dono di sé nel quadro della liturgia domestica della Pasqua.	

UNITÀ 5

Gesù tra gli uomini

Contenuti

- Il Discorso della Montagna
- Gesù incontra tutti
- Le parabole
- I miracoli di Gesù
- Il Regno di Dio e la civiltà dell'amore

Obiettivi

- Essere a conoscenza del modo in cui Gesù si pone in relazione con gli uomini.
- Riflettere sull'importanza della figura di Maria.
- Conoscere i contenuti delle parabole e le caratteristiche del genere letterario cui appartengono.
- Prendere visione dei miracoli operati da Gesù e della loro interpretazione.
- Essere consapevoli dell'innovazione portata dal messaggio cristiano pur nella sua stretta continuità con la spiritualità ebraica.
- Riconoscere le ragioni dell'importanza religiosa e morale di Cristo.
- Conoscere il senso dell'espressione «Regno di Dio» e sapere a quale realtà rimanda.
- Saper distinguere tra senso letterale e senso pieno e/o tipico del Vangelo.
- Saper cogliere il messaggio di Cristo attraverso generi diversi (discorso, miracolo, parabola...).

Il Discorso della Montagna

I capitoli 5, 6 e 7 del Vangelo di Matteo riportano uno dei discorsi più importanti di Gesù, il *Discorso della Montagna*, così chiamato perché si annota che:

> *Vedendo le folle, Gesù salì sulla montagna e, messosi a sedere, gli si avvicinarono i suoi discepoli. Prendendo allora la parola, li ammaestrava.*
>
> Mt 5, 1-2

Beato Angelico, *Il Discorso della Montagna*, 1440-52, Convento di san Marco, Firenze.

Alcuni studiosi sostengono che fu il «discorso fondamentale» che Gesù ripeté diverse volte, con delle varianti in circostanze diverse, ma sempre mantenendo intatto l'insegnamento. Luca ne riporta un'altra esposizione nel suo Vangelo al capitolo 6.

Gandhi scrisse:

Vidi che il Discorso della Montagna *era tutto il cristianesimo per chi voleva vivere una vera vita cristiana. Fu questo discorso che mi fece amare Gesù.* [...] *non mi importerebbe proprio nulla se qualcuno dimostrasse che quell'uomo chiamato Gesù non è mai vissuto, e che ciò che è narrato nei Vangeli è stata finzione dell'immaginazione dello scrittore. Perché il Discorso della Montagna per me continuerebbe ad essere vero.*

Gandhi ci parla di Gesù, EMI, Bologna 1980

All'inizio di questo discorso Gesù proclama le cosiddette Beatitudini ed elenca una serie di persone che considera «beate», per le quali Dio riserva la felicità nel suo Regno.

Ma le Beatitudini sono, in un certo senso, anche la descrizione che Gesù fa di se stesso: Egli è il povero in spirito, l'uomo che soffre, mite, desideroso di giustizia, l'uomo interiormente retto, costruttore di pace e perseguitato per la giustizia.

L'evangelista Matteo continua la presentazione di questo discorso e mette in evidenza che Gesù non cambia l'insegnamento dell'Antico Testamento ma lo vuole interpretare e insegnare in modo nuovo e completo.

> *Non pensate che io sia venuto per abolire la Legge o i Profeti; non sono venuto per abolire ma per dare compimento. In verità vi dico: finché non siano passati il cielo e la terra, non passerà neppure uno iota* [la vocale «i» dell'alfabeto greco] *o un segno dalla Legge.*
>
> Mt 5, 17-18

Vincenzo Vela, *La preghiera del mattino*, 1846, Ospedale Maggiore Ca' Granda, Milano.

Gesù commenta quindi alcuni dei precetti biblici e non si ferma al rispetto formale: Egli allarga il senso di moralità e fedeltà a Dio, chiede una rettitudine profonda di intendimenti e azioni.

«*Avete inteso che fu detto... ma io vi dico*»: con queste parole Gesù dà la sua interpretazione personale e si presenta come il portavoce e l'interprete definitivo della volontà di Dio.

Gesù fa poi seguire una serie di consigli per il vero discepolo: andare oltre la vendetta e anche la semplice giustizia umana, amare anche i nemici, pregare, digiunare e fare del bene a tutti con sincerità di cuore e senza esibizionismi, fidarsi della Provvidenza di Dio, correggere i propri difetti e non giudicare gli altri, mettere in pratica la fede con i fatti e non a parole.

Sempre in questo discorso Gesù parla dell'efficacia della preghiera fatta con fede e costanza e invita i propri discepoli all'autenticità di sentimenti quando si rivolgono a Dio. È in questo contesto che Gesù insegna il *Padre Nostro*, la «preghiera cristiana» per eccellenza.

Il *Discorso della Montagna* si conclude con la parabola della casa sulla roccia (Mt 7, 24-27): chi ascolta la parola di Gesù, fonda la propria vita su valori solidi e sicuri che risultano essere validi punti di appoggio soprattutto nei momenti di difficoltà e disorientamento.

Attività

Le beatitudini

- Leggi il testo delle Beatitudini in Mt 5, 1-12 e Lc 6, 20-23. Confronta i due testi ed evidenzia le differenze che ti sembrano più significative.
- Prova a dire qual è per te la «beatitudine» più facile da capire e da accettare. Spiega poi quale beatitudine ti risulta più incomprensibile e difficile da accettare.
- Riformula con le tue parole le singole beatitudini, introducendo anche la tua interpretazione.
- Costruisci una tabella a due colonne e inserisci a sinistra le singole beatitudini; nella colonna di destra esemplifica il modo attuale di pensare, la mentalità più diffusa oggi e gli atteggiamenti in contrasto con l'insegnamento delle beatitudini di Gesù.
- Conosci qualche santo, qualche personaggio al quale collegheresti, in particolare, una o più beatitudini?
- Quale solennità celebra la Chiesa cattolica il primo novembre? Il Vangelo che viene proposto è proprio quello delle Beatitudini: spiega le ragioni di questa scelta.

Gesù incontra tutti

I Vangeli riportano alcuni incontri significativi di Gesù con varie persone. Più volte Egli dimostra di voler incontrare tutti, senza pregiudizi razziali, culturali, religiosi: incontra persone del suo popolo, ma anche samaritani (di cui, a quell'epoca, i giudei avevano una cattiva opinione), pagani, soldati romani. Non si sottrae nemmeno al colloquio con persone che la società del tempo riteneva sconveniente avvicinare, come peccatrici e pubblicani (gli esattori delle imposte, tradizionalmente detestati).

Questi colloqui hanno qualcosa di imprevisto e sorprendente perché alcune persone non si aspettano di dover ospitare Gesù (ad esempio Zaccheo, cfr. Lc 19, 1-10) o di poter dialogare con lui (ad esempio la samaritana, cfr. Gv 4, 1-42) o di sentirsi cercati da lui (ad esempio la chiamata di Matteo, cfr. Mt 9, 9). Da questi incontri le persone risultano cambiate: inizia per loro una vita diversa ed essi si impegnano a seguire il messaggio di Gesù; alcuni, addirittura, lasciano tutto e seguono direttamente il Maestro. È il caso dei primi discepoli (cfr. Gv 1, 37-51) e degli apostoli (cfr. Mc 1, 16-20): per loro inizia una nuova vita al seguito di Gesù Cristo.

Juan de Flandes, *Cristo e la samaritana*, 1496-99, Museo del Louvre, Parigi.

DOCUMENTI

Al di là dei Comandamenti

Gesù descrive la nuova giustizia determinando meglio il senso di alcuni fra i Dieci Comandamenti mediante la formula: «Fu detto agli antichi, ma io vi dico». *Fu detto di non uccidere ed egli afferma che la minima offesa verbale va considerata dal discepolo pari all'omicidio. Fu detto di amare il prossimo ed egli ordina di amare i nemici, di non opporsi ai malvagi, di cedere alla violenza invece di resistere. Fu detto di non giurare il falso, ma egli ordina di non giurare mai fidandosi sempre della parola dell'altro. Fu detto di non commettere adulterio,*

Affresco del XV secolo raffigurante le opere di misericordia, *Dar da mangiare agli affamati*, particolare, Galleria Nazionale, Parma.

ma egli equipara l'interno desiderio di una donna all'atto consumato.
La radicalità di queste richieste (che sarà bene andare a rileggere con attenzione al capitolo 5 del Vangelo di Matteo) lascia tutti senza fiato. [...]
Gli scribi e i farisei erano stati rigidi nell'aggiungere ai Comandamenti del Decalogo molte altre norme. Il loro amore per l'ubbidienza alla Legge di Dio si manifestava nel precisare, con norme aggiuntive, tutti i particolari ulteriori che bisognava osservare per non correre il pericolo di trasgredire la Legge. La loro ansia di perfezione si manifestava sotto la forma della precisione e della proibizione sempre più specifica e accurata.
Miravano allo stesso scopo di Gesù, ma con un metodo opposto. Essi cercavano di incanalare in guide sempre più rigide i discepoli. Gesù, invece, apre loro spazi infiniti di libertà e di coraggio. Quando dice di lasciare anche il mantello a chi ci vuol portar via la tunica non ci dà un precetto da eseguire così come è enunciato, ma induce la nostra immaginazione a non porre limiti alla sfida della generosità e della gratuità. È certo che si può anche rinunciare materialmente alla tunica, ma non è l'adempimento in quanto tale che soddisfa l'esigenza di Gesù, ma il fatto che non ci sia mai un «basta» a fermare la fantasia creatrice di nuove possibilità di operare il bene, rinunciando alla protezione di se stessi.
La grandezza tremenda della prospettiva di Gesù sta proprio in questo. Non ti dà solo una legge, dura fin che si vuole, ma di cui si può a un certo punto esaurire le richieste e riposarsi. Ti dà uno stimolo creativo senza confini, che lascia inquieto il discepolo, perché c'è sempre un di più di generosità ancora possibile. Sta in questa tremenda apertura il fascino della vita cristiana.

R. Cavedo, *L'amore vero è fonte di vita*, Federazione Oratori Cremonesi 1993

Attività

- Leggi attentamente Mt 5, 21-47: Gesù sta presentando la sua interpretazione di alcuni Comandamenti e insegnamenti tradizionali dell'ebraismo del tempo. Nella prima colonna riporta il Comandamento che Gesù sta commentando; nella seconda riporta l'interpretazione e il significato nuovo che Gesù dà a quell'insegnamento morale. Fai riferimento soprattutto a situazioni attuali.

Comandamento	Interpretazione
Non uccidere	Non basta evitare l'omicidio. Gesù condanna ogni forma di rancore, odio, offesa, vendetta...

I Vangeli sottolineano dunque che la figura di Cristo è occasione per ripensare la propria vita, le proprie scelte e i propri comportamenti. Gesù interpella infatti la coscienza dei propri interlocutori aiutandoli a scegliere e a riflettere (ad esempio Nicodemo, cfr. Gv 3, 1-21; il giovane ricco, cfr. Mc 10, 17-22).

Pur dimostrando la massima apertura e disponibilità, non sminuisce la portata del suo messaggio o l'impegno delle sue proposte: l'incontro con la donna adultera (cfr. Gv 8, 1-11) esemplifica bene la capacità di perdono, ma mostra anche un Gesù esigente che ribadisce un chiaro invito a non peccare più. Gesù distingue tra il peccato e il peccatore, tra il male e la persona che lo compie: il peccato e il male sono sempre da condannare, ma la persona è sempre da accogliere.

Figlio dell'uomo: l'espressione ebraica *ben adam*, «figlio dell'uomo», viene utilizzata da Gesù per indicare se stesso. Spesso ha solo il significato di uomo, ma nell'intenzione di Gesù tale espressione indica la sua messianicità: Egli è stato scelto da Dio come salvatore. All'origine dell'espressione e del contenuto con cui è utilizzata nel Nuovo Testamento vi è l'interpretazione data nel libro di Daniele (7, 13). In esso il profeta descrive la venuta dal cielo di un essere simile a un uomo che, presentato davanti al trono di Dio, riceve potere e gloria eterni. Sulla bocca di Gesù quest'espressione assume connotati di umiltà per cui indica l'umana condizione del Figlio di Dio (Mc8, 13; Lc 9,58); in altri casi assume caratteristiche di gloria (Mt 25, 31; Mc 8, 38).

Chi si accosta a Gesù percepisce la grandezza della sua figura e Gesù non nasconde, anzi rivela, la propria identità dicendo e facendo capire di essere il Messia inviato da Dio.

A Nicodemo dice che Dio ha mandato suo Figlio perché chi crede in Lui abbia la salvezza (cfr. Gv 3, 16-18); alla samaritana, che lo interroga sulla venuta del Messia, risponde: «*Sono io, che ti parlo*» (Gv 4, 26); così pure incontrando l'uomo cieco dalla nascita, dopo la sua guarigione lo invita a credere nel Figlio dell'uomo:

> *«E chi è, Signore, perché io creda in lui?». Gli disse Gesù: «Tu l'hai visto: colui che parla con te è proprio Lui».*
>
> Gv 10, 36-37

Lorenzo Lotto, *Cristo e l'adultera*, 1550 ca., Pinacoteca della Santa Casa, Loreto.

Maria di Nazaret

Tra le tante persone vicine a Cristo durante la sua vita terrena si trova Maria, sua madre. Il nome «Maria», dall'ebraico *Myriam*, significa probabilmente «Signora» o «Bella».

Non sono molte le notizie dei Vangeli su Maria: Matteo, ma più ancora Luca, ne parlano a proposito degli eventi che riguardano la nascita di Cristo.

Promessa sposa a un certo Giuseppe, discendente come lei del casato del re Davide, Maria riceve l'annuncio dell'angelo Gabriele e accetta di diventare Madre del Figlio di Dio che si fa uomo, nascendo in maniera verginale da Maria, per opera dello Spirito Santo (cfr. Mt 1, 18; Lc 1, 26-38). Luca racconta che Maria si mette in viaggio per raggiungere la cugina Elisabetta, la madre di Giovanni il Battista, e assisterla durante il periodo della gravidanza. Dunque da Nazaret si sposta in una cittadina della Giudea identificata con Ain Karim (Lc 1, 39-56).

Lorenzo Lotto, *Annunciazione*, 1527 ca., Pinacoteca civica, Recanati.

Al momento del loro incontro, Elisabetta saluta Maria: «*Benedetta tu fra le donne e benedetto il frutto del tuo grembo!*» riconoscendo in lei la «*madre del mio Signore* [...] *beata colei che ha creduto nell'adempimento delle parole del Signore*» (Lc 1, 42-45). Luca, descrivendo l'incontro tra le due donne, attribuisce alla Vergine uno dei cantici biblici più famosi (anche per le innumerevoli produzioni artistiche musicali che ha ispirato) e più recitati: il *Magnificat* («*L'anima mia magnifica il Signore...*»).

Ritornata a Nazaret, nonostante sia in attesa di un figlio, viene presa in moglie da Giuseppe, che supera i pregiudizi legati alla mentalità del tempo e rigetta l'usanza che prevedeva il ripudio della moglie o della promessa sposa infedele (Mt 1, 19-21).

Un editto dell'imperatore Augusto, sotto la cui autorità era posta la provincia della Palestina, bandisce un censimento. A differenza dei censimenti di tipo residenziale, con l'iscrizione nel luogo di residenza, quel censimento era di tipo tribale, cioè ognuno doveva farsi iscrivere nella città da cui aveva avuto origine il proprio casato. Giuseppe e Maria devono quindi recarsi a Betlemme, la città del re Davide dalla cui famiglia entrambi discendevano. Durante la loro permanenza a Betlemme Maria dà alla luce Gesù (Lc 2, 1-20).

Maria è ancora presente in alcuni episodi dell'infanzia di Gesù: la visita dei Magi (Mt 2, 1-11), la circoncisione di Gesù all'ottavo giorno (Lc 2, 21-38), la fuga in Egitto, per sfuggire alla persecuzione di Erode (Mt 2, 13-23), il pellegrinaggio a Gerusalemme per la Pasqua, durante il quale Gesù si ferma nel Tempio, all'insaputa dei genitori, lasciando Maria e Giuseppe nell'angoscia (Lc 2, 41-52).

Quando Gesù è adulto, troviamo Maria alle nozze di Cana, dove Gesù compie il suo primo miracolo, come annota l'evangelista, proprio su richiesta della Madonna (Gv 2, 1-12).

Poi i Vangeli non parlano più di Maria ma conservano alcuni accenni indiretti. Un giorno annunciano a Gesù che sua madre e dei suoi parenti lo aspettavano; Gesù risponde: «*Ecco mia madre e i miei fratelli! Chi compie la volontà di Dio, costui è mio fratello, sorella e madre*». (Mc 3, 34-35; cfr. anche Mt 12, 46-50 e Lc 8, 21).

La risposta di Gesù sembra scortese verso sua madre solo apparentemente, come in un'altra occasione quando:

> *... una donna alzò la voce di mezzo alla folla e disse: «Beato il ventre che ti ha portato e il seno da cui hai preso il latte!». Ma Egli disse: «Beati piuttosto coloro che ascoltano la parola di Dio e la osservano!».*
>
> Lc 11, 27-28

Michelangelo, *Pietà*, XVI secolo, Firenze.

Gesù, di fatto, elogia sua madre non tanto per il legame di sangue con lei, ma soprattutto per la fede che lei per prima ha dimostrato di avere in suo figlio.

Giovanni annota che ai piedi della croce vi era anche Maria, la madre di Gesù. Prima di morire Gesù affida Maria alla custodia di Giovanni e l'apostolo a sua madre (Gv 19, 25-27).

La tradizione parla poi della presenza di Maria a Efeso, città dell'Asia Minore, dove risiedette l'apostolo Giovanni.

L'ultima annotazione che riguarda Maria si trova negli Atti degli apostoli che ricordano come la Madonna fosse presente nel Cenacolo insieme con gli apostoli in preghiera e in attesa dello Spirito Santo (At 1, 12-14).

La devozione cristiana ha espresso innumerevoli forme di venerazione della Madonna. I Vangeli raccontano che, dopo la sua morte, Gesù fu tolto dalla croce e posto in un sepolcro (Mt 27, 57-61; Mc 15, 42-47; Lc 23, 50-56). Nessun evangelista parla di Maria che accoglie tra le sue braccia il corpo del Figlio, eppure la pietà popolare e la sensibilità artistica hanno creato stupende raffigurazioni al riguardo.

Così pure, circa la risurrezione di Gesù, nessun Vangelo canonico riferisce apparizioni del Risorto a sua Madre. La tradizione orientale tuttavia (a partire dal *Diatessàron* o *Vangelo concordato* di Taziano, uno scrittore greco cristiano del II secolo) e quella occidentale (cominciando dal poeta Sedulio del V secolo fino alla *Leggenda aurea* di Jacopo da Varagine nel XII secolo) conservano il ricordo di Gesù Risorto che appare a Maria prima che a chiunque altro, salutandola con le parole dell'antifona che ancora si recita durante il tempo pasquale: «*Regina dei cieli rallegrati perché Colui che hai meritato di portare nel tuo grembo è veramente risorto*».

La Madonna ha goduto, e gode ancora, di grande affetto e devozione nel mondo cristiano e anche tra i musulmani. Il culto cristiano si è diffuso soprattutto a partire dal Concilio di Efeso (431 d.C.) che l'ha riconosciuta come **Madre di Dio** (festa che si celebra il 1° gennaio).

Dio l'aveva scelta come Madre di suo Figlio e per questo l'ha custodita libera dal peccato originale, **Immacolata** (festa che si celebra l'8 dicembre), totalmente salvata in quanto preservata da ogni male fin dal primo istante del suo concepimento, grazie alla salvezza che Gesù avrebbe realizzato.

Tiziano, *L'Assunta*, 1516-1518, Santa Maria Gloriosa dei Frari, Venezia.

La fede cristiana afferma che ogni uomo è reso partecipe della risurrezione di Cristo: per questo la Chiesa ortodossa e la Chiesa cattolica venerano la Madonna come assunta in cielo, cioè risorta anch'essa come Cristo e partecipe della gloria di Dio in anima e corpo. L'**assunzione di Maria** si celebra il 15 agosto.

Maria, pur favorita da questi doni di Dio, restò sempre una donna libera e la sua fede fu il frutto della sua libera scelta di credere e amare Dio e il Figlio di Dio, che era diventato suo figlio, Gesù. Ha avuto il suo personalissimo cammino di fede e di carità; è cresciuta anche lei nella santità:

Ha percorso il suo pellegrinaggio di fede e ha serbato fedelmente la sua unione con il Figlio fino ai piedi della croce

CONCILIO VATICANO II, *Lumen Gentium*, 58

Papa Giovanni Paolo II la descrive come una donna che «*ha risposto con tutto il suo «io» umano, femminile*», una donna che ha compiuto il «*suo itinerario verso Dio*» (*Redemptoris Mater*, 25 marzo 1987, nn. 13-14).

Attività

■ Le opere d'arte riprodotte di seguito illustrano alcuni brani del Vangelo in cui si parla di Maria.
Ricerca i passi evangelici che si riferiscono alle immagini, servendoti anche delle indicazioni presenti nella scheda, e riporta la frase che ritieni più significativa oppure un tuo personale commento al dipinto.

1. La *visitazione*, affresco del XIII secolo, Stovkirke Museum, Norvegia.

2. *L'adorazione dei pastori* di Bartolomé Esteban Murillo (1618-1682), Madrid, Museo del Prado.

3. Antonie Van Dyck, *Riposo durante la fuga in Egitto*, 1630 ca., Pinacoteca di Monaco.

4. Mathias Grünewald, *La Vergine e san Giovanni*, particolare della *Crocifissione*, 1510-15 ca., Musée D'Unterlinden, Colmar.

5. La discesa dello Spirito Santo su Maria e gli apostoli, icona russa, XVIII secolo, Chiesa greca di Barletta.

Le parabole

La **parabola** è un paragone (dal greco «porre vicino, confrontare») che si sviluppa in forma di racconto. Gli elementi presenti sono fittizi, ma tratti dalla vita concreta e hanno perciò la caratteristica della verosimiglianza; le parabole non sono quindi delle fiabe o delle narrazioni d'invenzione: esse partono da una comparazione di base, risolta poi attraverso la narrazione. Il racconto è formulato al momento, utilizzando episodi presi dalla vita concreta e quotidiana degli ascoltatori, senza ricorrere a elementi fantastici.

La scelta di avvenimenti propri della vita dei suoi ascoltatori è fatta da Gesù affinché il messaggio risulti chiaro a tutti coloro che si pongono nella disposizione d'animo di comprendere, senza chiusure pregiudiziali.

Rembrandt, *Il ritorno del figliol prodigo*, 1668, Museo dell'Ermitage, San Pietroburgo.

Le parabole sono delle «provocazioni a pensare» e la loro finalità è quella di invitare l'ascoltatore a riflettere e a formulare un proprio giudizio. Alcune parabole sono infatti raccontate in forma di domande, oppure alla fine Gesù chiede all'ascoltatore un parere. Fatta eccezione per la parabola del seminatore (Mt 13, 3-9; Mt 13, 18-23) e per quella della zizzania (Mt 13, 24-30; Mt 13, 36-43), le altre parabole non sono spiegate ma soltanto «raccontate» e, in alcuni casi, si concludono con un invito esplicito: «*Chi ha orecchi, intenda!*» (Mt 13, 9; Mt 13, 43; Mc 4, 9; Lc 8, 8; Lc 14, 35). Ogni ascoltatore maturerà una propria valutazione e poi la dovrà applicare alla propria vita.

La parabola contiene quindi un insegnamento che passa attraverso la comparazione tra la situazione proposta e quella personale: alla riflessione da parte dell'ascoltatore dovrebbe accompagnarsi la decisione di cambiare il proprio comportamento.

Le parabole parlano di Dio, di chi è e di come si comporta; ma Gesù intende anche far capire la sua missione.

> *In Gesù Cristo, Dio stesso insegue la «pecorella smarrita», l'umanità sofferente e perduta. Quando Gesù nelle sue parabole parla del pastore che va dietro alla pecorella smarrita, della donna che cerca la dracma, del padre che va incontro al figlio prodigo e lo abbraccia, queste non sono soltanto parole, ma costituiscono la spiegazione del suo stesso essere ed operare.*
>
> BENEDETTO XVI, *Deus caritas est*, n. 12

Intesa come paragone, la parabola presenta dunque un senso generale: la parabola del buon samaritano (Lc 10, 29-37), ad esempio, richiama alla disponibilità verso il prossimo, anche quando questi è un nemico. In passato si è sviluppata anche un'interpretazione allegorica delle parabole, attribuendo ai vari elementi del racconto un significato simbolico: allora, ad esempio, il samaritano è immagine di Gesù stesso; l'uomo ferito è immagine dell'umanità sofferente e ferita dal peccato; la locanda è figura della Chiesa. Questo tipo di interpretazione è stato indotto dal fatto che gli stessi evangelisti l'hanno tentato (cfr. la seconda parte della parabola del seminatore, Mt 13, 18-23).

La parabola, partendo da un paragone di base, si sviluppa in un racconto con personaggi e un susseguirsi di fatti.

Vediamo, ad esempio, la parabola della zizzania.

... Il Regno dei cieli si può paragonare a un uomo che ha seminato del buon seme nel suo campo. Ma mentre tutti dormivano venne il suo nemico, seminò zizzania in mezzo al grano e se ne andò. Quando poi la messe fiorì e fece frutto, ecco apparve anche la zizzania. Allora i servi andarono dal padrone di casa e gli dissero: «Padrone, non hai seminato del buon seme nel tuo campo? Da dove viene dunque la zizzania?». Ed egli rispose loro: «Un nemico ha fatto questo». E i servi gli dissero: «Vuoi dunque che andiamo a raccoglierla?». «No – rispose – perché non succeda che, cogliendo la zizzania, con essa sradichiate anche il grano. Lasciate che l'una e l'altro crescano insieme fino alla mietitura e al momento della mietitura dirò ai mietitori: "Cogliete prima la zizzania e legatela in fastelli per bruciarla; il grano invece riponetelo nel mio granaio"».

Mt 13, 24-30

Il paragone di partenza da cui si sviluppa il racconto è il campo nel quale crescono sia il grano sia la zizzania, simbolo del mondo dove bene e male coesistono. Sarà Dio a operare la distinzione definitiva tra il bene e il male alla fine del mondo. I personaggi che compaiono sono il padrone del campo, i servi e il nemico, seminatore di zizzania. Si semina del buon grano, ma nel campo cresce anche della zizzania, seminata dal nemico del padrone. Entrambi sono lasciati crescere: il momento della mietitura sarà l'occasione per decidere che cosa fare dell'erbaccia.

È possibile raggruppare le parabole individuando alcune caratteristiche, secondo i seguenti filoni tematici.

- **Parabole del Regno**: presentano il modo in cui si sviluppa il Regno di Dio e il suo valore. Attraverso immagini e racconti, Gesù spiega le caratteristiche del Regno. Normalmente sono introdotte dall'espressione «*Il Regno dei cieli è simile a...*». Il capitolo 13 di Matteo ne riporta parecchie: la parabola del seminatore, della zizzania, del tesoro e della perla, del grano di senapa, del lievito, della rete.
- **Parabole della preghiera**: in esse Gesù evidenzia le caratteristiche che deve avere la preghiera. Esse sono: la parabola dell'amico importuno (Lc 11, 5-8), del fariseo e del pubblicano (Lc 18, 9-14), del giudice e della vedova (Lc 18, 1-8), del figlio che domanda qualcosa al padre (Lc 11, 11-13).
- **Parabole della misericordia**: in esse è presentato l'amore di Dio sempre disponibile al perdono e alla ricerca di chi ha sbagliato. Le più conosciute sono: la parabola del figlio prodigo (Lc 15, 11-32), della pecora perduta (Lc 15, 4-7), della dramma perduta (Lc 15, 8-10), dei due debitori (Lc 7, 40-43).

Jacopo Bassano, *Parabola del seminatore*, 1568 ca., Szépmùvészeti Mùzeum, Budapest.

• **Parabole morali**: in esse si presentano diversi atteggiamenti e comportamenti e si invita l'ascoltatore a comprendere quello giusto. Esse sono, ad esempio, la parabola del buon samaritano (Lc 10, 29-37), quella dei due figli (Mt 21, 28-32), del ricco cattivo e del povero Lazzaro (Lc 16, 19-31), dell'amministratore fedele (Lc 16, 1-8).

• **Parabole escatologiche**: in esse si riflette sul destino ultimo e definitivo della vita umana (escatologia è un termine greco che significa «dottrina delle cose ultime»). Ogni uomo sarà giudicato secondo i doni ricevuti (parabola dei talenti, Mt 25, 14-30); l'attesa dell'incontro con Dio deve essere vigile (parabola delle dieci vergini, Mt 25, 1-13); Dio separerà il bene e il male (parabola della zizzania, Mt 13, 24-30).

Escatologia : la parola deriva dal greco e significa studio (*lógos*) delle realtà e delle situazioni ultime, estreme, definitive (*éschatos* = «ultimo»). L'escatologia è quella parte della teologia che studia il destino definitivo e ultraterreno dell'uomo e del mondo. L'aggettivo escatologico si riferisce quindi alla situazione di perfezione che le realtà avranno quando Dio concluderà la storia umana e instaurerà il suo Regno. Il mistero della fede cristiana è destinato ad avere un completamento oltre la storia attuale, quindi la fede cristiana ha un carattere escatologico.

Le parabole indicate costituiscono solo alcuni esempi. Ve ne sono molte altre facilmente catalogabili, ma bisogna aggiungere che, essendo le parabole suscettibili di varie interpretazioni, in quanto si tratta di paragoni aperti, alcune di esse possono rientrare in diversi filoni tematici (la parabola dei talenti, ad esempio, è escatologica, ma può essere vista anche come morale).

Ecco uno schema che riporta l'elenco di tutte le parabole.

Parabola	Matteo	Marco	Luca
1. L'uomo forte	12, 24-26	3, 24-27	11, 17-18. 21-22
2. Il grano di senapa	13, 31-32	4, 30-32	13, 18-19
3. Il lievito	13, 33		13, 20-21
4. Il seme che spunta da solo		4, 26-29	
5. Il seminatore	13, 3-9	4, 3-9	8, 5-8
6. La zizzania	13, 24-30		
7. Il banchetto nuziale	22, 1-10		14, 16-24
8. I due figli	21, 28-31		
9. I vignaioli omicidi	21, 33-41	12, 1-9	20, 9-16
10. Il figlio prodigo			15, 11-32
11. La pecora perduta	18, 12-14		15, 4-7
12. La dramma perduta			15, 8-10
13. I due debitori			7, 36-50
14. Il servo e il padrone			17, 7-10
15. Gli operai mandati nella vigna	20, 1-16		
16. Il fariseo e il pubblicano			18, 9-14
17. I ragazzi in piazza	11, 16-19		7, 31-34
18. Il tesoro	13, 44		
19. Il mercante e la perla preziosa	13, 45-46		
20. Il servo infedele	18, 23-35		
21. Il buon samaritano			10, 29-37
22. I due in lite	5, 25-26		12, 58-59
23. L'amministratore fedele			16, 1-8
24. Il ricco e il povero Lazzaro			16, 19-31
25. Il ricco insensato			12, 16-21
26. Il fico sterile	24, 32-36	13, 28-32	13, 6-9
27. Il portiere in attesa		13, 33-36	12, 35-38
28. Il ladro notturno	24, 43-44		12, 39-40
29. Il maggiordomo	24, 45-51		12, 42-46
30. Le dieci vergini	25, 1-13		
31. I talenti o mine	25, 14-30		19, 11, 27
32. L'amico importuno			11, 5-10
33. Il giudice iniquo e la vedova importuna			18, 2-8
34. La rete	13, 47-48		
35. L'invitato senza veste nuziale	22, 11-14		

DOCUMENTI

Un messaggio in parabole

Le parabole sono oggi, fra gli insegnamenti di Gesù, quelli più facilmente ricordati, e magari anche considerati più facili. Ma noi ricordiamo le parabole insieme alle spiegazioni che talvolta ne danno i Vangeli, e che comunque ne dà la predicazione corrente. All'origine esse dovevano certo attrarre e imprimersi nella memoria per il loro incisivo carattere narrativo, ma non dovevano apparire sempre chiare. La forma della parabola consente di insinuare una verità senza enunciarla a chiare lettere; proprio per questo essa è particolarmente indicata per parlare di quell'avvenimento misterioso che Gesù annuncia – l'avvento del Regno di Dio – che per natura sua non consente una descrizione chiara ed esaustiva, e sfugge a ogni tentativo di delinearne con precisione i contorni: «Il Regno di Dio non viene in modo da attirare l'attenzione, e nessuno dirà: Eccolo qui, o: eccolo là. Perché il Regno di Dio è in mezzo a voi!» (Lc 17, 21).
Le immagini capaci di suggerire che cosa sia, o meglio come accada il Regno di Dio, sono offerte da avvenimenti quotidiani e appartenenti all'esperienza comune: un fattore che falsifica le fatture, un samaritano che si ferma a curare un giudeo, un padrone che paga lo stesso salario per una giornata di lavoro e per un'ora sola, e così via.
Il carattere solo allusivo della parabola costringe l'ascoltatore a una riflessione personale, perché ne possa comprendere il senso: costringe quanto meno l'ascoltatore a interrogare ancora Gesù, perché Egli stesso illumini il cammino ulteriore. E in rapporto a questo cammino ulteriore gli ascoltatori di Gesù si dividono; precisamente si dividono in base alla disponibilità o meno di procedere oltre. Per quelli che si rifiutano a questo cammino ulteriore, le parole di Gesù restano un raccontino pittoresco, puerile e insignificante.
La forma parabolica ha un'intrinseca congenialità con il messaggio che Gesù vuole trasmettere; in tal senso Egli proporrà parabole nelle occasioni più diverse e per esprimere molteplici aspetti dell'unico messaggio.

COMMISSIONE EPISCOPALE PER LA DOTTRINA DELLA FEDE, LA CATECHESI E LA CULTURA, *Non di solo pane. Catechismo dei giovani*, Edizioni Conferenza Episcopale Italiana, Roma 1979

La parabola del ricco epulone tratta dal *Vangelo dei popoli*, Biblioteca Apostolica Vaticana, Città del Vaticano.

I miracoli di Gesù

Il miracolo è un fatto straordinario (cioè fuori dall'ordinario), soprannaturale (dovuto all'intervento di una forza superiore alla natura), che sospende le consuete leggi cui sono sottoposte la vita umana e la realtà. Il fatto soprannaturale non contraddice le leggi di natura, semplicemente consente l'intervento di Dio nell'ambito umano.

I Vangeli testimoniano che Gesù non fece miracoli quando gli venivano chiesti senza una fede sincera, da coloro che ricercavano soltanto il fatto prodigioso per il gusto dello straordinario. Ad esempio, ai farisei che gli chiedono un segno miracoloso, Gesù offre «*il segno di Giona profeta*» (cfr. Mt 12, 38-40), ricordando la predicazione del profeta a Ninive e l'importanza della conversione.

Giona, che per tre giorni fu inghiottito da un grosso pesce, simboleggia i tre giorni dopo i quali Gesù risorgerà dalla morte: e questo è l'unico miracolo che ci serve per ottenere la salvezza di Dio.

La fede è dunque una condizione indispensabile: da sola non opera l'evento soprannaturale, ma senza fede non si riesce a cogliere l'intervento di Dio e anche il miracolo non sarebbe altro che un fatto inspiegabile. E come il miracolo più grande, quello della risurrezione di Cristo, va accettato per fede, così anche gli altri miracoli da Lui compiuti in vita la presuppongono.

I miracoli non sono compiuti per obbligare a credere e Gesù non intende assolutamente cercare notorietà e fama compiendo prodigi. Per questo i Vangeli annotano che, dopo alcune guarigioni, Gesù dice «*di non dir niente a nessuno*» (Mc 1, 44).

Sono comunque molti i miracoli operati da Cristo in pubblico. Essi acquistano allora il significato di segni potenti che manifestano il fatto che la salvezza di Dio è presente tra gli uomini. In particolare, Giovanni parla dei miracoli come di segni: sono gesti finalizzati a mostrare che Gesù è il Figlio di Dio.

El Greco, *Cristo guarisce il cieco*, 1567-70, Pinacoteca d'arte antica, Dresda.

Non sono esibizione di potenza soprannaturale, ma sono un invito ad accogliere la totalità della salvezza portata da Cristo. Questa salvezza non riguarda solamente l'animo o la spiritualità dell'uomo, ma anche la sua dimensione corporea e le sue esigenze materiali: tutto l'uomo, nella sua interezza, viene salvato da Dio. Ecco perché nella guarigione del paralitico, Gesù prima gli perdona i peccati e poi, a riprova che la salvezza da Lui portata coinvolge tutto l'uomo, lo guarisce (cfr. Mc 2, 1-12). Dopo aver guarito il cieco nato, lo guida alla fede in Lui (cfr. Gv 9, 1-41); prima di far risorgere Lazzaro chiede alle sorelle se hanno fede in Lui (cfr. Gv 11, 1-44).

I miracoli sono motivati e orientati alla fede, ma rispondono a necessità concrete, molto elementari: una malattia da risanare, la fame della folla, la mancanza di vino a una festa di nozze, la tempesta che spaventa gli apostoli ecc.

Pur con varianti e ricchezza di motivi, è possibile individuare una struttura fissa nei racconti dei miracoli:

- vi è la presentazione di Gesù, dell'uomo o della donna bisognosi e di chi li accompagna;
- viene presentato il bisogno, la necessità, rimarcando come la situazione sia preoccupante e dolorosa;
- in modi diversi e con varie espressioni Gesù verifica la fede della persona che deve ricevere il miracolo;
- Gesù fa il miracolo compiendo alcuni gesti e pronunciando alcune parole;
- viene constatato l'effetto benefico del miracolo e si congeda la persona che ne ha beneficiato.

Prendiamo come esempio la risurrezione della figlia di Giairo, il capo della sinagoga, e la guarigione della donna che soffriva di emorragia.

> *Mentre diceva loro queste cose, giunse uno dei capi che gli si prostrò innanzi e gli disse: «Mia figlia è morta proprio ora; ma vieni, imponi la tua mano sopra di lei ed essa vivrà». Alzatosi, Gesù lo seguiva con i suoi discepoli.*

Ed ecco una donna, che soffriva d'emorragia da dodici anni, gli si accostò alle spalle e toccò il lembo del suo mantello. Pensava infatti: «Se riuscirò anche solo a toccare il suo mantello, sarò guarita». Gesù, voltatosi, la vide e disse: «Coraggio, figliola, la tua fede ti ha guarita». E in quell'istante la donna guarì. Arrivato poi Gesù nella casa del capo e veduti i flautisti [erano coloro che accompagnavano con tristi melodie i momenti del lutto] *e la gente in agitazione, disse: «Ritiratevi, perché la fanciulla non è morta, ma dorme». Quelli si misero a deriderlo. Ma dopo che fu cacciata via la gente, Egli entrò, le prese la mano e la fanciulla si alzò. E se ne sparse la fama in tutta quella regione.*

Mt 9, 18-26

La morte di una fanciulla e la malattia persistente di una donna sono i problemi concreti che Gesù deve affrontare. Il capo della sinagoga chiede espressamente l'intervento di Gesù, dimostrando di aver fede in Lui, ma anche la donna, nel suo animo, fa professione di fede in Gesù, che le riconosce di essere stata risanata proprio in forza della sua fiducia.

I gesti attraverso i quali si compiono questi miracoli sono semplici: Gesù prende per mano la fanciulla e la donna tocca il suo mantello.

Così Gesù ha manifestato di essere Dio a persone che erano aperte ad accoglierlo nella fede come Messia.

Alla pagina successiva un prospetto dei miracoli compiuti da Gesù.

Il santuario di Lourdes

Il santuario di Lourdes è uno dei più famosi e frequentati del mondo. Si trova nella zona dei Pirenei, e sorge sul luogo dove dall'11 febbraio 1858, per diciotto volte, la Madonna apparve alla giovane Bernadette Soubirous, canonizzata nel 1933. Vi si sono verificate numerose guarigioni miracolose che hanno richiamato la presenza di molti malati i quali chiedono non solo la guarigione fisica, ma anche il dono di una fede più forte. Tuttavia, a fronte delle migliaia di dossier conservati presso il *Bureau Médical* (il centro medico stabile che studia e documenta i casi miracolosi), la Chiesa ha riconosciuto soltanto settantacinque casi di guarigione «miracolosa».

La Chiesa è estremamente prudente e cauta ed esige che, per esservi un miracolo, la guarigione sia improvvisa e istantanea (non riconducibile a un decorso pur rapidissimo e straordinario della malattia); totale, completa, organica e non funzionale (la malattia deve scomparire da tutto il corpo e non solo da alcune parti); duratura e definitiva (la malattia non deve più ricomparire); inspiegabile per le conoscenze mediche e scientifiche del tempo.

Ritratto di Bernadette Soubirous, conservato nel Museo del Santuario di Notre Dame di Lourdes, Francia.

I miracoli	Matteo	Marco	Luca	Giovanni
Risurrezioni				
Il figlio della vedova di Nain			7, 11-17	
La figlia di Giairo	9, 18-26	5, 21-43	8, 40-56	
Lazzaro				11, 1-44

Paolo Veronese, *Risveglio del figlio della vedova di Nain,* 1565-70, Kunsthistorisches Museum, Vienna.

I miracoli	Matteo	Marco	Luca	Giovanni
Liberazioni di indemoniati				
Indemoniato di Cafarnao		1, 21-28	4, 31-37	
Indemoniato muto	9, 32-34			
Indemoniato cieco e muto	12, 22-23		11, 14	
Indemoniati gadareni	8, 28-34	5, 1-20	8, 26-39	
Figlia di una cananea	15, 21-28	7, 24-30		
Epilettico indemoniato	17, 14-21	9, 14-29	9, 37-43	
Guarigioni				
Suocera di Pietro	8, 14-15	1, 29-31	4, 38-39	
Un lebbroso	8, 1-4	1, 40-45	5, 12-16	
Emorroissa	9, 20-22	5, 25-34	8, 43-48	
Servo del centurione	8, 5-13		7, 1-10	4, 46-54
Ciechi di Gerico	20, 29-34	10, 46-52	18, 35-43	
Due ciechi	9, 27-31			
Sordo-muto		7, 31-37		
Cieco di Betsaida		8, 22-26		
Dieci lebbrosi			17, 11-19	
Paralitico	9, 1-8	2, 1-12	5, 17-26	
Mano inaridita	12, 9-14	3, 1-6	6, 6-11	
Idropico			14, 1-6	
Donna curva			13, 10-17	
Orecchio di Malco			22, 50-51	
Infermo di Betzaetà				5, 1-18
Cieco nato				9, 1-41
Miracoli sulla natura				
Nozze di Cana				2, 1-11
Prima moltiplicazione dei pani	14, 13-21	6, 30-44	9, 10-17	6, 1-15
Seconda moltiplicazione dei pani	15, 32-39	8, 1-10		
Pesca miracolosa			5, 1-11	21, 3-14
Tempesta sedata	8, 23-27	4, 35-41	8, 22-25	
Cammino sulle acque	14, 22-33	6, 45-52		6, 16-21
Tassa per il Tempio	17, 24-27			
Fico sterile e seccato	21,18-22	11, 20-25		
Sommari di miracoli				
	4, 24	1, 32-34	4, 40-41	
	8, 16-17			

DOCUMENTI

I miracoli: segni del nuovo

Un autentico approccio al miracolo può essere impedito da un duplice pregiudizio: quello di chi parla di intervento divino in ogni fatto prodigioso senza minimamente attendere alla spiegazione naturale della scienza. L'altro pregiudizio rimuove per principio la possibilità di intervento di Dio nel cosmo e nella storia e, in base a una presunzione scientista[1]*, giudica anacronistica*[2]*, arretrata e oscurantista la credenza nei fatti miracolosi. L'uno e l'altro pregiudizio impediscono una corretta impostazione del problema.*
[...]
Ma cosa si intende per miracolo? Nella concezione cristiana non è tanto un'azione straordinaria che supera le forze della natura creata, quanto piuttosto un segno di Dio[3]*. Il miracolo essenziale è la risurrezione del Cristo, principio di rinnovamento di tutta la creazione, a partire dal fatto dell'incarnazione redentrice. Tutti gli altri miracoli, se autentici, vanno considerati come segni anticipatori della realtà nuova che riguarda il futuro dell'umanità rigenerata e dell'universo. In tale prospettiva, il miracolo non appare tanto una violazione delle leggi naturali quanto piuttosto l'apparizione, qui e ora, di una nuova condizione del mondo, di cui la presente non è che la preparazione.*
La convinzione che Gesù di Nazaret compì molti miracoli non vuol dire che tutti i racconti di guarigioni miracolose, scritti nella Bibbia e raccontati come accaduti nella storia della Chiesa, si debbano accogliere acriticamente come autentici verbali di fatti storici. Gesù stesso dice che i miracoli di guarigione, che egli compie, sono segni: della sua vittoria messianica sulle potenze ostili a Dio, personificate in Satana; della sovranità assoluta di Dio, che si instaura nel luogo e nel momento stesso in cui si compie il miracolo; della sollecitudine che la grazia di Dio riserva agli uomini, a prescindere da ogni loro merito. Questi criteri valgono anche per giudicare l'autenticità dei miracoli nella storia del Cristianesimo.

L. Lorenzetti, Miracoli sì, miracoli no: tra fede e fanatismo, in "Famiglia cristiana", n. 6, 1993.

Miracoli e miracolismo

Occorre che i miracoli lascino il posto alla quotidianità della fede, dell'amore e della speranza, perché solo qui risiede l'unica vera garanzia della vita credente. Ciò deve avvenire in particolare quando – come oggi spesso succede – è diffusa o va crescendo una mentalità «miracolistica» e in un contesto nel quale molti cercano in modo spasmodico i miracoli, li vogliono vedere ad ogni costo, fino a vederli anche là dove non ci sono e, se li vedono, li assolutizzano come se da essi dovesse derivare la salvezza [...]. Il «vero» miracolo allora non è tanto il dono della guarigione, che il Signore rimane comunque libero di concedere. Il «vero» miracolo consiste nel riconoscere nel volto di Gesù crocifisso l'amore radicale di Dio [...]. L'esistenza del miracolo mette in risalto, infine, la radicale «indisponibilità» della vita umana. Quest'ultima non è nelle mani del medico; è nelle mani di Dio e viene affidata alle mani del medico perché egli se ne faccia custode e servitore amorevole, intelligente e competente, ma anche «umile», capace cioè di lasciare e riconoscere a Dio di essere Dio e di comportarsi come tale, mettendo in atto la sua «onnipotenza» piena di amore.

D. Tettamanzi, in "Avvenire", 24 novembre 2002

Sebastiano del Piombo, *La resurrezione di Lazzaro*, 1517-19, National Gallery, Londra.

1 Presunzione scientista: si intende la convinzione che tutto può e deve essere spiegato dalla scienza; ciò che non risponde a questo requisito, non può essere vero né esistere.
2 Anacronistica: fuori dal tempo, disusata.
3 Un segno di Dio: il miracolo resta sempre qualcosa che supera e va oltre le forze della natura e le possibilità dell'uomo. Qui l'autore intende tuttavia sottolineare come nel fatto soprannaturale vi sia l'intenzione di Dio di comunicare, per cui il miracolo acquista il valore di «segno».

Il Regno di Dio e la civiltà dell'amore

Nell'Antico Testamento e nella fede di Israele l'espressione «Regno di Dio» indica quasi sempre il potere di Dio, la sua «sovranità», che si manifesta concretamente soprattutto nel soccorrere i bisognosi, i poveri, i deboli. Il Regno di Dio era quindi sinonimo di giustizia, di speranza, di salvezza e di pace. Nello stesso tempo, il Regno di Dio risponde anche alle esigenze profonde di ogni uomo che ricerca la pace, la giustizia, la libertà, la vita vera.

Gesù annuncia che «*è certo giunto fra voi il Regno di Dio*» (Mt 18, 28; cfr. anche Mt 11, 2-15; Lc 7, 18-28). L'espressione «Regno di Dio» (o «Regno dei cieli», come si esprime Matteo che, secondo l'usanza ebraica, evita di pronunciare il nome di Dio) compare una settantina di volte nei Vangeli sinottici.

I Vangeli non presentano una definizione chiara di che cosa sia. Le parabole del regno (ad esempio, Mt 13) insegnano che esso è presente ma silenzioso, nascosto ma efficace; anche i segni miracolosi testimoniano che il Regno di Dio è arrivato.

Gesù annuncia dunque il «Regno di Dio», la presenza di Dio tra gli uomini, una presenza che cambia i cuori e la società; quando parla del Regno di Dio, Gesù ne descrive alcuni aspetti.

Il Regno di Dio è una realtà presente, è già iniziato con la venuta di Gesù.

> *Il tempo è compiuto e il Regno di Dio è vicino; convertitevi e credete al Vangelo.*
>
> Mc 1, 14-15; Mt 4, 17

Bernard Saulet, *Cristo risuscita gli eletti*, Museo episcopale di Vic, Spagna.

Il compimento pieno sarà alla fine dei tempi, quando Dio realizzerà la salvezza ed eliminerà ogni forma di male, in un futuro che Dio sta preparando. Il Regno di Dio è quindi, allo stesso tempo, una realtà presente e una realtà futura (cfr. Mc 9, 1; Lc 22, 30). Questa speranza futura si fonda però sulla presenza di Cristo e sui segni attuali di bene che sono già presenti e che crescono.

Il Regno di Dio non ha nulla di eclatante o clamoroso: non attira l'attenzione (cfr. Lc 17, 20-21); non si impone con potenza; è il tesoro nascosto, la perla preziosa di cui parlano le parabole (cfr. Mt 13), richiede lo sforzo della ricerca, il coraggio di decidersi e anche tribolazioni e persecuzioni, per cui bisogna anche soffrire (cfr. At 14, 22; 2Ts 1, 4-5).

La conversione è la condizione necessaria per riconoscere e costruire il Regno di Dio. Per entrarvi non servono inutili parole, invocazioni o preghiere, ma una vita giusta e un comportamento retto (cfr. Mt 7, 21) al punto che la mancanza di una sincera conversione e alcuni peccati escludono dal Regno (cfr. 1Cor 6, 9-10; Gal 5, 19-21; Ef 5, 5). Chi invece con sincerità di cuore riconosce di aver bisogno della misericordia di Dio e della sua grazia, precederà coloro che orgogliosamente ritengono di avere prerogative o meriti (cfr. Mt 21, 31-32).

La conoscenza dei Comandamenti avvicina al Regno di Dio (cfr. Mc 12, 34), ma senza il coraggio di scelte radicali non si può diventarne degni (cfr. Lc 9, 60). Per questo la ricerca del Regno di Dio deve essere al primo posto nella vita del discepolo; il resto verrà di conseguenza e sarà dato in più poiché tutto ha un valore soltanto relativo (cfr. Mt 6, 23; Lc 12, 31).

Gesù non nasconde che le persone privilegiate siano i «poveri» (cfr. Mt 5, 3; Lc 6, 20), chi è aperto a Dio, le persone semplici e dal cuore sincero come i bambini (cfr. Mt 18, 1-4; 19, 14; Lc 18, 16; Mc 10, 14-15). Chi non sa staccarsi dai beni terreni difficilmente entrerà nel Regno di Dio:

Quant'è difficile, per coloro che possiedono ricchezze, entrare nel Regno di Dio. È più facile per un cammello passare per la cruna di un ago che per un ricco entrare nel Regno di Dio.

Lc 18, 24-25 (anche in Mt 19, 23-24; Mc 10, 23-25)

Caravaggio, *Conversione di san Paolo*, 1600-01, Cappella Cerasi, Santa Maria del Popolo, Roma.

Il Regno di Dio non è nulla di materiale e non è in nulla assimilabile ai «regni di questo mondo», come Gesù dice a Pilato durante il processo (cfr. Gv 18, 36); non si identifica con nessun tipo di potere umano e politico, «*ma è giustizia, pace e gioia nello Spirito Santo*» (Rm 14, 17).

Ma più che «qualcosa» il Regno di Dio è «qualcuno», cioè è Gesù stesso. Dio ha scelto in maniera nuova e irrevocabile di essere alleato dell'uomo inviando suo Figlio. In Gesù, Dio fatto uomo, si costruisce un nuovo rapporto tra Dio e gli uomini e tra tutti gli uomini. Per questo il Regno di Dio si identifica con la persona di Gesù e con il suo messaggio.

Alla fine di questa vita e della storia del mondo i limiti e le incoerenze della vita umana saranno cancellati e si realizzerà in pieno il «Regno di Dio» e il potere del suo amore.

Gesù, annunciando il Regno di Dio, dice che nella storia degli uomini si è iniziato a costruire un mondo dove le relazioni tra le persone sono improntate al rispetto della verità, della giustizia, del vero bene comune e personale di ciascuno; è un mondo dove il vero potere è quello dell'amore. Con una felice espressione corrente ci si riferisce al Regno di Dio come a una «civiltà dell'amore».

L'ultima domenica dell'anno liturgico (verso la fine di novembre) la Chiesa celebra la festa di Cristo Re dell'universo e, riferendosi al Regno di Dio, la liturgia afferma:

Egli, sacrificando se stesso immacolata vittima di pace sull'altare della croce, operò il mistero dell'umana redenzione; assoggettate al suo potere tutte le creature, offrì alla tua maestà infinita il regno eterno e universale: regno di verità e di vita, regno di santità e di grazia, regno di giustizia, di amore e di pace.

Messale Romano, prefazio di Cristo Re

La simbologia cristiana dei primi secoli

Quando il cristianesimo si diffonde nel bacino del Mediterraneo (I secolo d.C.), la nuova religione viene a contatto con le forme artistiche della classicità greca e romana e le acquisisce, rielaborandole in senso cristiano. Nasce così l'**arte paleocristiana** che prende dal mondo antico forme e tecniche artistiche, dando loro contenuti e valori cristiani.

Vi sono raffigurazioni descrittive di fatti e brani biblici, ma vi è soprattutto una ricchezza di simboli il cui significato è riconducibile sia a un'origine pagana sia all'espressione della fede in Cristo. Questi simboli cristiani, nati durante i primi secoli, sono rimasti anche nei secoli successivi e sono ancora oggi rappresentati.

La scelta di utilizzare simboli e sigle cristologiche aveva una doppia finalità: da una parte sfuggire ai rischi di un'aperta proclamazione di fede (nel periodo delle persecuzioni) e dall'altra utilizzare la grande capacità espressiva racchiusa nei simboli.

- A partire dal II secolo, sebbene vi siano alcune testimonianze anteriori anche se dubbie, sorge l'uso del monogramma ☧, formato dalla sovrapposizione delle iniziali greche di ΧΡΙΣΤΩΣ (*Christós*).

Una leggenda, nata alla corte di Costantino per giustificare un intervento divino a favore dell'imperatore, racconta che in sogno egli vide questo simbolo e udì una voce che ammoniva: «*in hoc signo vinces*» («con questo segno vincerai»). Questa sigla fu posta sui labari (i vessilli) dei legionari di Costantino durante la battaglia di ponte Milvio (312 d.C.), che si concluse con la vittoria di Costantino sul rivale Massenzio.

In qualche caso il monogramma di Cristo è raffigurato cinto di alloro, il simbolo romano di trionfo e vittoria. Questo simbolo ebbe grande diffusione nei luoghi di sepoltura.

- Il **pesce** richiama già da sé i fatti evangelici della moltiplicazione dei pani e dei pesci, le pesche miracolose sul lago di Genezaret e l'attività dei pescatori svolta dalla maggior parte degli apostoli divenuti poi «*pescatori di uomini*» (Lc 5, 10). L'interpretazione più consolidata è però quella che vede nel pesce un acrostico (un nome formato dall'iniziale delle parole che compongono una frase) dell'espressione greca: «*Gesù Cristo Figlio di Dio Salvatore*» (*Iesús Christós Theú Uiós Sotér*). Le iniziali delle parole di questa frase formano la parola greca **ICHTÚS** che significa, appunto, «pesce».
  In alcune raffigurazioni il pesce è presentato insieme con alcuni pani: il richiamo è alla moltiplicazione dei pani e dei pesci e, indirettamente, all'eucaristia di cui il miracolo operato da Gesù era un segno anticipatore.

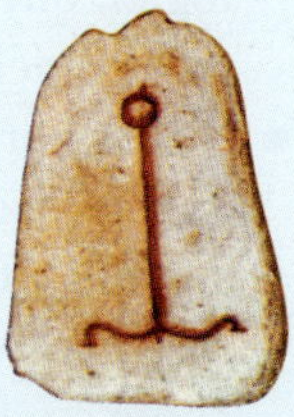

- L'**ancora**, per la sua funzione abituale di ormeggio della nave, diviene segno della fede che dà stabilità all'esistenza umana.
- L'immagine del **buon pastore** è frutto di una felice fusione della tradizione classica con quella evangelica, dove Gesù si presenta come il buon pastore. Nella classicità l'immagine del pastore era presentata sotto tre differenti forme: quella di Orfeo che incanta la natura con il suo flauto; quella di Mercurio «psicopompo», cioè portatore delle anime nell'Ade; infine quella del pastore vero e proprio che guida le pecore ai

pascoli o all'ovile. La simbologia cristiana utilizza tutte e tre le forme. Il Pastore è sempre Cristo che, raffigurato come Orfeo, ristabilisce la pace del paradiso terrestre tra uomo e natura; con le caratteristiche di Mercurio trasportatore di anime, indica il Cristo che porta gli uomini a Dio; nella raffigurazione più realistica e meno mitologica, cioè quella del pastore vero e proprio con sandali, tunica e bisaccia, simboleggia il perdono e l'amore di Dio che cerca le pecore disperse.

- Collegata all'immagine del pastore, ma di marcata origine biblica, è la simbologia di Cristo come **agnello**. Già Isaia presentava il Messia sofferente come agnello mansueto condotto al macello (Is 53, 7) e quest'immagine è presente fino all'ultimo libro biblico dove solo Cristo, «*agnello innocente*», può portare salvezza (Ap 7, 9-10).
  Nell'immagine dell'agnello sono evidenziate le caratteristiche della mansuetudine e della mitezza, ma è richiamato anche il mistero del sacrificio offerto a Dio, cioè il sacrificio della croce.
- Altra simbologia strettamente collegata ai Vangeli è quella della **vite** e dei **tralci** (oppure dei **grappoli d'uva**). Oltre al richiamo al vino eucaristico, il riferimento è all'immagine della parabola della vigna e soprattutto al discorso di Gesù nell'Ultima Cena: «*Io sono la vite, voi i tralci*» (Gv 15, 5).
- Anche l'accostamento delle lettere dell'alfabeto greco A–Ω, Alfa e Omega (cioè la prima e l'ultima lettera dell'alfabeto), è un simbolo cristologico. «*Io sono l'Alfa e l'Omega*» (Ap 1, 8); «*Io sono l'Alfa e l'Omega, il Principio e la Fine*» (Ap 21, 6): sono definizioni attribuite a Cristo dal libro dell'Apocalisse.
- I simboli della fenice, del pavone e della palma sono collegati all'idea dell'immortalità, della vita eterna e della risurrezione.
  La **fenice**, secondo la mitologia, aveva la capacità di rinascere dalle proprie ceneri.
  Il **pavone** simboleggia la rinascita a vita nuova, perché ogni anno rinnova le proprie penne e, secondo la leggenda, le sue carni sarebbero incorruttibili.
  La **palma** (Sal 92, 13), grazie al suo fogliame sempre verde, simboleggia la longevità e la vita eterna, meritata con il martirio.
  Questi simboli avevano anche una funzione decorativa.
- Un'altra raffigurazione ricorrente nell'arte catacombale è quella dell'**orante** con le braccia aperte rivolte al cielo. È simbolo della Chiesa che si rivolge a Dio e in quel caso viene raffigurato come una donna vestita riccamente e adornata di gioielli.
- Le **colombe bianche**, che talvolta circondano il monogramma di Cristo o che bevono a una fonte, simboleggiano le anime dei fedeli.
- Tra gli oggetti che più frequentemente si sono ritrovati durante gli scavi archeologici, oltre a vasi e anfore, abbiamo anche **lampade** e **lucerne**. Alla funzione pratica dell'illuminazione univano la simbologia della luce.
- Resta una curiosità: perché un uso così infrequente e raro della raffigurazione della **croce**? Perché non compare mai, salvo rarissimi casi, fino ai secoli successivi alla proclamazione della libertà religiosa nell'impero?

Il segno della croce era troppo evidente e troppo apertamente identificabile come simbolo cristiano. Nel mondo romano la croce e il supplizio della crocifissione creavano un forte disagio e, oltre a essere un chiaro segno cristiano in periodo di persecuzioni, tale simbolo avrebbe urtato troppo la sensibilità del tempo.

Le beatitudini

Beati i poveri in spirito,
perché di essi è il Regno dei cieli.
Beati gli afflitti,
perché saranno consolati.
Beati i miti,
perché erediteranno la Terra.
Beati quelli che hanno fame e sete della giustizia,
perché saranno saziati.
Beati i misericordiosi,
perché troveranno misericordia.
Beati i puri di cuore,
perché vedranno Dio.
Beati gli operatori di pace,
perché saranno chiamati figli di Dio.
Beati i perseguitati per causa della giustizia,
perché di essi è il Regno dei cieli.
Beati voi quando vi insulteranno, vi perseguiteranno e, mentendo, diranno ogni sorta di male contro di voi per causa mia.
Rallegratevi ed esultate, perché grande è la vostra ricompensa nei cieli. Così infatti hanno perseguitato i profeti prima di voi.

Mt 5, 3-12

Gesù realizza le beatitudini del Regno di Dio

- Incontra tutti senza distinzione (ricchi, poveri, peccatori, persone oneste, discepoli, increduli...) perché Dio non fa distinzione e tutti sono suoi figli.
- Con molte parabole Gesù insegna alla folla, stimolando la riflessione personale di chi lo ascolta e di chi vuole cercare sinceramente Dio.
- Compie miracoli, come segni che Dio salva «tutto» l'uomo, anche nella sua dimensione fisica.
- A tutti annuncia che il Regno di Dio si è fatto presente tra gli uomini, cresce e si diffonde.

Gesù è l'Emmanuele, il Dio-con-noi

Con Lui il Regno di Dio è entrato nella vita degli uomini... per sempre

1 **Leggi attentamente Gv 1, 35-51: è l'incontro di Gesù con i primi discepoli.**

– Quali sono i discepoli citati?
– Come incontrano Gesù?
– Quali opinioni esprimono riguardo a Gesù?
– Che impressione Gesù fa sorgere in loro?

2 **Leggi il brano di Gv 6, 41-69, poi rispondi.**

– Che cosa sta succedendo attorno a Gesù?
– Come descriveresti la presa di posizione di Gesù?

3 **Leggi attentamente il brano dell'incontro tra Gesù e Nicodemo (Gv 3, 1-21). Presenta per punti le idee espresse da Gesù durante questo colloquio notturno.**

4 **Dopo aver letto la chiamata di Matteo nel Vangelo (Mt 9, 9-13) osserva questo famoso dipinto di Caravaggio (1573-1610), intitolato *Vocazione di san Matteo* (Roma, Chiesa di San Luigi dei Francesi).**

Descrivilo, ma soprattutto cerca di cogliere l'atmosfera e i sentimenti che il pittore ha voluto presentare.
Ti vengono suggeriti alcuni particolari cui prestare attenzione:

- il contrasto tra la luce e le zone in ombra;
- la posizione e la mano di Gesù;
- la mano e lo sguardo di Matteo;
- l'atteggiamento degli altri personaggi.

5 **Indica se le seguenti frasi sono vere o false secondo la fede cattolica.**

– I cristiani adorano la Madonna. ☐ V ☐ F
– L'Assunzione è una festa mariana. ☐ V ☐ F
– I Vangeli ricordano sinteticamente alcuni fatti della vita di Maria. ☐ V ☐ F
– Gesù non elogiò mai sua madre. ☐ V ☐ F
– Maria, come tutti, si macchiò di colpe e peccati. ☐ V ☐ F
– Il *Magnificat* è un salmo dell'Antico Testamento. ☐ V ☐ F
– Una «Pietà» è la raffigurazione di Maria con il figlio morto. ☐ V ☐ F

6 **Le parabole sono (riordina per importanza e motiva la tua scelta):**

☐ colloqui semplici e amichevoli
☐ modi tipici di predicare dei maestri al tempo di Gesù
☐ paragoni interessanti
☐ provocazioni a pensare
☐ esempi per far capire

7 **Ci sono parabole che nel loro insieme risultano «strane» e il cui insegnamento non è di facile e immediata comprensione. Prova ad affrontarne alcune, ad esempio:**

- gli operai mandati a lavorare nella vigna (Mt 20, 1-16);
- l'amministratore fedele (Lc, 16, 1-8).

- Anche nelle parabole di immediata comprensione ci sono dei particolari «strani». Prova a individuarli in alcune parabole e cerca di darne una spiegazione. Ad esempio:
  - il banchetto nuziale: il padrone invita i poveri mendicanti di strada e pretende che abbiano la veste per le nozze (Mt 22, 1-14);
  - il buon samaritano non si limita al «primo soccorso», ma paga di tasca propria per un viandante che non conosce e che ha soltanto incontrato ferito sulla strada (Lc 10, 29-37).

Conosci altre parabole nelle quali vi sono dei particolari curiosi o poco chiari?

8 **Leggi i brani del Vangelo che presentano l'incontro di Gesù con Zaccheo e con il giovane ricco. Segui le indicazioni e fai un confronto tra le due situazioni.**

Gesù incontra Zaccheo: Lc 19, 1-10	Gesù incontra un giovane ricco: Mt 19, 16-26
Descrivi le persone che si incontrano con Gesù	
Zaccheo era...	Il giovane era...
Dando un giudizio morale, in una parola diremmo che era...	Dando un giudizio morale, in una parola diremmo che era...
Che cosa avviene e di che cosa parlano durante l'incontro?	
Come si conclude l'incontro? ... Perché questo esito?	
Qual è la reazione delle persone presenti?	

Dopo aver letto e confrontato questi due incontri, come spiegheresti il significato di «conversione»?

9 **Leggi attentamente questo brano.**

Il ricco epulone (cfr. Lc 16, 19-11) implora dal luogo della dannazione che i suoi fratelli vengano informati su ciò che succede a colui che ha disinvoltamente ignorato il povero in necessità. Gesù raccoglie per così dire tale grido di aiuto e se ne fa eco per metterci in guardia, per riportarci sulla retta via. La parabola del buon Samaritano (cfr. Lc 10, 25-37) conduce soprattutto a due importanti chiarificazioni. Mentre il concetto di «prossimo» era riferito, fino ad allora, essenzialmente ai connazionali e agli stranieri che si erano stanziati nella terra d'Israele e quindi alla comunità solidale di un paese e di un popolo, adesso questo limite viene abolito. Chiunque ha bisogno di me e io posso aiutarlo, è il mio prossimo. Il concetto di prossimo viene universalizzato e rimane tuttavia concreto. Nonostante la sua estensione a tutti gli uomini, non si riduce all'espressione di un amore generico e astratto, in se stesso poco impegnativo, ma richiede il mio impegno pratico qui ed ora.

[...] Infine, occorre qui rammentare, in modo particolare, la grande parabola del Giudizio finale (cfr. Mt 25, 31-46), in cui l'amore diviene il criterio per la decisione definitiva sul valore o il disvalore di una vita umana. Gesù si identifica con i bisognosi: affamati, assetati, forestieri, nudi, malati, carcerati. «Ogni volta che avete fatto queste cose a uno solo di questi miei fratelli più piccoli, l'avete fatto a me» (Mt 25, 40). Amore di Dio e amore del prossimo si fondono insieme: nel più piccolo incontriamo Gesù stesso e in Gesù incontriamo Dio.

Benedetto XVI, *Deus caritas est*, n. 15

- Ricerca nei Vangeli e rileggi le parabole ricordate nel brano letto.
- Ritieni giustificata l'interpretazione del messaggio che viene data? Perché?
- Nelle parabole ci sono dei particolari che ti incuriosiscono e ti sembrano poco chiari?

10 La parabola del buon samaritano (Lc 10, 29-37) è molto conosciuta e il suo senso è di facile comprensione. Prova ad approfondirne il significato partendo da alcuni interrogativi che ti vengono offerti e che possono arricchire la comprensione generale della parabola.

- Perché Gesù ha scelto la figura di un samaritano e non, per esempio, di un giudeo?
- Dopo i primi soccorsi, il samaritano porta il malcapitato alla locanda: che cosa dice all'albergatore? È tenuto a comportarsi così? Che significato può avere tutto questo? Non sta esagerando pagando di persona?
- Tra la domanda del maestro della Legge e quella finale fatta da Gesù, vi è una differenza? Ha qualche significato?
- «*Ancor oggi* [Gesù] *come buon samaritano viene accanto a ogni uomo piagato nel corpo e nello spirito...*» (dal Messale Romano, *Prefazio Comune* VIII).
  Trova i punti di somiglianza tra il samaritano e la persona di Gesù così da giustificare questa interpretazione offerta dalla liturgia.

11 Se Gesù fosse vissuto ai nostri giorni e nella nostra società, avrebbe utilizzato altre parabole, altri paragoni per esprimere le stesse idee contenute nei Vangeli.

Con i tuoi compagni e con i suggerimenti che può offrirvi l'insegnante, prova a riscrivere in chiave moderna, con riferimenti tratti dalla quotidianità, una delle parabole proposte qui di seguito:

Mt 22, 1-14: parabola del banchetto nuziale;

Mt 25, 1-13: parabola delle dieci vergini;

Lc 15, 1-10: parabole della pecora perduta e della dramma perduta.

12 Create un dialogo tra due persone (o tra due gruppi all'interno della classe) sulla possibilità dei miracoli. Potrebbe esserci la posizione del credente e quella di una persona scettica che si confrontano sulla possibilità dei miracoli, cercano di chiarire in che rapporto stanno con la fede, spiegano perché Cristo ha guarito soltanto pochi malati e non ha fatto scomparire ogni sofferenza.

13 Individua e spiega la simbologia cristiana presente in queste raffigurazioni.

	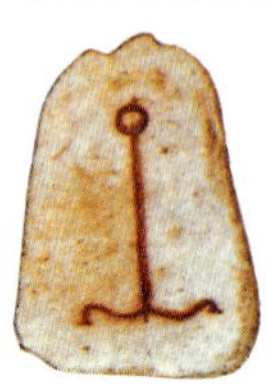		

UNITÀ 6

Gesù il Vivente

Contenuti

- Verso... “il” fine
- Si consegnò a morte
- Era necessario che morisse?
- Ma Dio l’ha risuscitato
- Il mistero della tomba vuota
- Le apparizioni del Risorto
- Chi è Gesù?

Obiettivi

- ☐ Ricostruire i fatti evangelici relativi alla passione, morte e risurrezione di Gesù.
- ☐ Comprendere il valore della morte e risurrezione di Cristo per la fede cristiana.
- ☐ Essere consapevoli della libertà e della volontarietà di Cristo di fronte alla sua morte.
- ☐ Comprendere la vita di Cristo partendo dalla sua donazione totale nella morte e risurrezione.
- ☐ Intendere la morte di Cristo e di ogni uomo come passaggio in Dio.
- ☐ Saper distinguere le caratteristiche proprie della risurrezione di Cristo rispetto alla reincarnazione e al semplice ritorno in vita.
- ☐ Essere in grado di porsi consapevolmente gli interrogativi circa la vita dopo la morte.

Verso... "il" fine

Gesù è consapevole che la sua predicazione e il suo comportamento trovano ostilità da parte dei capi dei giudei. Egli sa di essere rifiutato e sa che si vuole la sua morte. Marco, nel suo Vangelo, presenta per tre volte aperte dichiarazioni di Gesù, nelle quali Egli annuncia ai suoi apostoli la tragica fine che Lo aspetta.

Pieter Paul Rubens, *Il Cenacolo*, 1632 ca., Pinacoteca di Brera, Milano.

E cominciò a insegnar loro che il Figlio dell'uomo doveva molto soffrire, ed essere riprovato dagli anziani, dai Sommi Sacerdoti e dagli scribi, poi venire ucciso e, dopo tre giorni, risuscitare.

Mc 8, 31

Si possono leggere altri annunci della passione di Gesù in Mc 9, 30-32 e Mc 10, 32-34.

Davanti a queste parole è scontata la reazione degli apostoli che, non comprendendo che cosa significhi risurrezione, vogliono evitare tutta la sofferenza del rifiuto e della morte. Gesù continua però nel suo cammino verso Gerusalemme, sapendo che fuggire tale morte significherebbe sfuggire alla volontà di Dio.

Nel discorso durante la cena pasquale (l'Ultima Cena), Gesù dimostra di avere piena consapevolezza di quello che sta per succedergli. Sa bene chi lo tradirà, ma con estremo rispetto per la libera scelta di Giuda, pur indicandolo come traditore, non lo consegna al linciaggio morale degli altri apostoli. D'altra parte, anch'essi non brillano per fedeltà: fuggono infatti tutti e chi lo segue a distanza, come fa Pietro, non ha il coraggio di prendere le sue difese.

La morte di Gesù non è quindi un incidente di percorso, una tragica fatalità, un imprevisto.

Gesù resta fedele fino alla fine alla sua missione, coerente con se stesso. Giovanni annota, proprio in apertura del racconto dell'Ultima Cena, che...

... prima della festa di Pasqua Gesù, sapendo che era giunta la sua ora di passare da questo mondo al Padre, dopo aver amato i suoi che erano nel mondo, li amò sino alla fine.

Gv 13, 1

DOCUMENTI

La pazienza di Dio

Il pastore di tutti gli uomini, il Dio vivente, è divenuto lui stesso agnello, si è messo dalla parte degli agnelli, di coloro che sono calpestati e uccisi. Proprio così Egli si rivela come il vero pastore: «Io sono il buon pastore... Io offro la mia vita per le pecore», dice Gesù di se stesso (Gv 10, 14s). Non è il potere che redime, ma l'amore! Questo è il segno di Dio: Egli stesso è amore. Quante volte noi desidereremmo che Dio si mostrasse più forte. Che Egli colpisse duramente, sconfiggesse il male e creasse un mondo migliore. Tutte le ideologie del potere si giustificano così, giustificano la distruzione di ciò che si opporrebbe al progresso e alla liberazione dell'umanità. Noi soffriamo per la pazienza di Dio. E nondimeno abbiamo tutti bisogno della sua pazienza. Il Dio, che è divenuto agnello, ci dice che il mondo viene salvato dal Crocifisso e non dai crocifissori. Il mondo è redento dalla pazienza di Dio e distrutto dall'impazienza degli uomini.

BENEDETTO XVI, Omelia della messa di inaugurazione del pontificato, 24 aprile 2005

Si consegnò a morte

Già in altre occasioni vi erano stati dei tentativi di uccidere Gesù, gettandolo da uno strapiombo (Lc 4, 29) o lapidandolo (Gv 10, 31).

La conclusione della vita terrena di Gesù è nota: viene arrestato dopo una serie di complotti che riescono grazie al tradimento di uno dei suoi apostoli. Gesù è condotto nel Sinedrio, il tribunale ebraico, e accusato di bestemmia contro la religione, poiché si è dichiarato **Figlio di Dio**. È un'accusa che riguarda la fede e che il Sinedrio affronta proprio per le sue funzioni di guida religiosa del popolo.

Rembrandt, *Negazione di Pietro*, 1660, Rijksmuseum, Amsterdam.

Gesù viene considerato punibile con la morte per essere andato contro il monoteismo ebraico, ma per eseguire la sentenza serve il consenso dell'autorità romana. Per questo Gesù viene condotto da Pilato, davanti al quale è accusato di essere un sobillatore politico e di essersi proclamato «*re dei giudei*». Dopo vari tentativi di liberarlo, temendo la reazione della folla istigata dai capi del Sinedrio, il governatore romano lascia che Gesù venga condannato alla crocifissione. La sentenza viene eseguita subito, vista l'imminenza delle festività pasquali ebraiche. Così, in tempi molto rapidi, si susseguono i fatti della passione e morte di Cristo.

Coloro che l'hanno seguito durante la sua predicazione fuggono intimoriti; Pietro segue a distanza l'accaduto, ma rinnega di essere suo discepolo (Lc 22, 54-62); Giuda, il traditore, divorato dal rimorso, corre a impiccarsi (Mt 27, 3-10); solo Giovanni sta ai piedi della croce con Maria, la madre di Gesù, e altre donne (Gv 19, 25-27). Dall'insieme della narrazione degli evangelisti emerge però con chiarezza che Gesù è solo davanti alla morte.

È solo nel giardino del Getsemani, dove aspetta pregando l'arrivo di Giuda e dei soldati, venuti ad arrestarlo (Lc 22, 39-46; Mt 26, 36-46; Mc 14, 32-42).

È solo davanti a un Sinedrio che gli è pregiudizialmente contrario e ostile (Lc 22, 66-71).

È solo davanti al procuratore romano che non ha a cuore la giustizia, ma è preoccupato soltanto di un apparente ordine pubblico che gli permetta di non porsi in cattiva luce davanti all'imperatore (Gv 18, 28; 19, 16).

È solo davanti alla folla che, aizzata dai capi del Sinedrio, sceglie Barabba al suo posto (Gv 18, 39-40).

È solo durante le ore di agonia, appeso al patibolo della croce. Tuttavia, anche nel momento in cui umanamente sente la più terribile solitudine di fronte alla morte, in Gesù non viene meno la fede in Dio. Le parole

... Dio mio, Dio mio, perché mi hai abbandonato? [...]

Mt 27, 45

DOCUMENTI

Il segno della croce: da simbolo di morte a simbolo di vita

■ Il segno della croce, pur con tutto il carico di repulsione che suscitava nel mondo romano, fu accolto dai cristiani come il simbolo della loro fede. Era un simbolo di morte ma, essendo il patibolo sul quale era morto Gesù, dimostrava fino a quale punto di abnegazione poteva giungere l'amore di Dio per gli uomini. E Cristo era venuto per dire e testimoniare proprio questo amore di Dio che raggiunge livelli paradossali: la morte di suo Figlio.

I seguaci di Gesù giunsero molto presto alla conclusione che Egli era vissuto per morire, che la sua morte non era affatto l'interruzione della sua vita, ma scopo supremo di essa. Anche col computo più generoso, i Vangeli ci danno notizie su meno di un centinaio di giorni[1] *della vita di Gesù; ma per gli ultimi due o tre giorni della sua vita essi forniscono un racconto particolareggiato, quasi ora per ora. E il culmine del racconto è il Venerdì Santo, e le tre ore di Gesù sulla croce. Il* Credo o Simbolo apostolico *e quello niceno*[2] *passano direttamente dalla sua nascita «dalla Vergine Maria» alla sua crocifissione «sotto Ponzio Pilato». Ciò che è detto del signore di Cawdor nel* Macbeth[3] *vale eminentemente per Gesù: «Nella sua vita nulla gli si convenne come il lasciarla».*[4] *Fu soprattutto l'apostolo Paolo a dare particolare risalto alla morte sulla croce. «Lungi da me», egli dice, «gloriarmi se non nella croce di nostro Signore Gesù Cristo, mediante la quale il mondo è stato crocifisso per me e io per il mondo» (Gal 6, 14). Ma il Vangelo della croce pervade il Nuovo Testamento e la letteratura paleocristiana. Cristo era l'«Agnello di Dio, che toglie il peccato dal mondo» (Gv 1, 29). La profezia del capitolo 53 di Isaia sul servo sofferente «trafitto per i nostri delitti, percosso per le nostre iniquità» veniva riferita a Gesù sulla croce. L'uso del segno della croce, come forma di riconoscimento e come mezzo di difesa contro le forze demoniache, non è menzionato nel Nuovo Testamento; ma compare molto presto nella storia cristiana, e quando se ne parla lo si dà già per scontato. Tertulliano*[5] *dice che «a ogni passo, nell'entrare e nell'uscire, [...] in ogni atto della vita quotidiana, noi tracciamo sulla nostra fronte il segno»; e il segno della croce diventò testimonianza primaria di una tradizione non scritta osservata da tutti, anche se non comandata nella Bibbia.*

J. PELIKAN, *Gesù nella storia*, Laterza, Roma-Bari 1989

1 Per i Vangeli sinottici la vita pubblica di Gesù dura meno di un anno.
2 È la professione di fede; nella formula sintetica riportata dalla predicazione degli apostoli, e nella formula stesa dal Concilio di Nicea (325 d.C.). È recitata ogni domenica durante la celebrazione eucaristica.
3 *Macbeth*: opera teatrale di William Shakespeare (1564-1616), scritta tra il 1605 e il 1606.
4 W. Shakespeare, *Macbeth*, 1.47.
5 Tertulliano: scrittore cristiano vissuto tra il 160 ca. e il 240 ca. d.C. Scrisse opere in difesa del cristianesimo (l'*Apologeticum* è la più importante) e altre dedicate alla morale cristiana.

non esprimono reale scoraggiamento, ma sono l'inizio di un *Salmo* (Sal 22, 2) che richiama nella mente dell'ascoltatore il messaggio di quella preghiera. Il *Salmo* 22, infatti, presenta nella parte iniziale la tragica situazione di abbandono, sofferenza e sconfitta che coincide con la situazione obiettiva di Gesù in croce, ma termina presentando una situazione di completa salvezza e riabilitazione dovuta all'intervento di Dio.

«Dio mio, Dio mio, perché mi hai abbandonato?
Tu sei lontano dalla mia salvezza»:
sono le parole del mio lamento. [...]
Sei tu la mia lode nella grande assemblea,
scioglierò i miei voti davanti ai suoi fedeli.
I poveri mangeranno e saranno saziati,
loderanno il Signore quanti lo cercano:
«Viva il loro cuore per sempre».

Sal 22, 2 ; 26-27

Gesù, in quanto ebreo, prega in croce con questo *Salmo* presentando la sua tragedia, ma confidando nella salvezza di Dio, come testimoniano le ultime parole: *Padre, nelle tue mani consegno il mio spirito* (Lc 23, 46).

In quanto uomo Gesù vive tutta la sofferenza della morte, ma sa anche che è giusto aderire alla volontà del Padre (Mc 14, 33). Nell'Orto degli Ulivi Gesù manifesta la sua angoscia ma anche la sua convinta fiducia in Dio: tale professione di fede non toglie la drammatica sofferenza di essere stato rifiutato e odiato fino alla morte e di morire sull'infamante patibolo della croce.

Paolo Veronese, *Cristo nell'orto del Getsemani*, XVI secolo, Pinacoteca di Brera, Milano.

In questa situazione drammatica risalta meglio la personale forza interiore di Gesù. Il Vangelo di Giovanni attribuisce ripetutamente a Gesù il titolo di «re». L'atteggiamento di Cristo durante le fasi della sua passione è infatti caratterizzato da una grande libertà e fortezza: liberamente Egli si lascia arrestare, con franchezza estrema risponde a chi lo interroga, oppure tace se vede che vi è soltanto pregiudizio nei suoi confronti; rifiuta di compiere il miracolo di scendere dalla croce per salvarsi dalla morte.

La crocifissione

Beato Angelico, *Cristo inchiodato alla croce*, XV secolo, Museo di San Marco, Firenze.

Non è ancora chiara l'origine di questo patibolo, che secondo alcuni sarebbe un'invenzione dei fenici. Forse è stato introdotto a Roma da Cartagine dopo le Guerre puniche, dal momento che l'antico diritto romano delle XII Tavole non ne parla. Era il supplizio per gli schiavi, i delinquenti, i disertori, i sobillatori e i rivoltosi. Chi godeva della cittadinanza romana non poteva essere crocifisso: è il caso degli apostoli Pietro (che la tradizione vuole crocifisso in posizione capovolta) e Paolo (che viene decapitato). Era una grave violazione del diritto romano contravvenire a tale regola: non si trattava infatti soltanto di una semplice pena capitale, ma anche di una condanna umiliante e discriminatoria. Paolo stesso parla dello «*scandalo della croce*» (1Cor 1, 23) e del profondo disagio e imbarazzo all'idea che il Figlio di Dio potesse essere morto in croce.
Cicerone e altri scrittori latini esprimono tutto il loro disagio e risentimento verso un simile crudele supplizio.
La croce era formata da due elementi: lo *stipes*, che era il palo verticale già fissato e predisposto nei luoghi di esecuzione, e il *patibulum*, cioè il palo orizzontale che il condannato portava sulle spalle e al quale veniva fissato con chiodi e corde per poter poi essere innalzato.
La forma più comune di croce era la *crux immissa* o *crux capitata*, quella cioè dove il palo verticale sporgeva oltre quello orizzontale formando quattro braccia: Gesù morì su questo tipo di croce.
La *crux commissa* è quella a forma di T e la *crux decussata* è quella da noi conosciuta come «croce di sant'Andrea».

Antonie van Dyck, *Crocifissione*, 1632 ca., Museo nazionale di Capodimonte, Napoli.

Era necessario che morisse?

Certamente Dio poteva scegliere molti modi per manifestare agli uomini il suo messaggio e per sollecitarli a seguire la sua volontà: la morte di Gesù sembra proprio il fallimento di questo obiettivo. Eppure, nella fede cristiana, tale **sacrificio** è il momento culminante della rivelazione divina.

Gesù accetta liberamente di morire e tale scelta è coerente con quanto ha detto e fatto: ha proclamato il messaggio dell'**amore** e ha dimostrato una **solidarietà** straordinaria con i poveri, gli emarginati, i sofferenti. Ora, morendo, raggiunge il culmine di questa solidarietà con gli uomini che soffrono; è il culmine dell'unione con tutti gli uomini, poiché tutti gli uomini muoiono.

Dio poteva salvare gli uomini senza provare a vivere come loro, senza soffrire come loro, senza sperimentare le situazioni più acute di emarginazione, il rifiuto e l'odio: il Dio cristiano ha invece accettato tutto questo per amore.

Nella vita umana vi è soprattutto l'esperienza di come il bene sia impotente e disarmato davanti alla spregiudicatezza e alla prepotenza del male. Poche azioni malvagie possono distruggere un ingente lavoro positivo; la cattiveria di pochi può seminare infiniti motivi di discordia; la mano armata di alcuni può rovinare i desideri di pace di molti. Il bene è impotente, o meglio, appare tale se visto solo nell'esperienza della vita umana, senza uno sbocco in Dio. Anche Cristo è vittima di questo male, anzi è vittima di uomini rovinati dal loro male e peccato. Nel passo seguente, tratto dal *Libro della Sapienza*, c'è una chiara prefigurazione della situazione di Gesù.

La Via Crucis

La devozione e preghiera della *Via Crucis* ripropone il cammino percorso da Gesù dalla condanna a morte fino alla crocifissione e sepoltura. I pellegrini a Gerusalemme ripercorrevano questo tragitto e dal V secolo, di ritorno dalla Terrasanta, in Europa si iniziarono a costruire edicole e cappelle raffiguranti gli episodi della passione. Nel 1400 i francescani, e in particolare san Leonardo da Porto Maurizio, edificarono e diffusero le *Via Crucis*. Il 3 aprile 1731, papa Clemente XII fissa a 14 il numero delle stazioni della *Via Crucis*, che ripropongono alla meditazione la condanna di Gesù, la salita al Calvario, le cadute, gli incontri con le pie donne, Maria, il Cireneo, la Veronica, la crocifissione fino alla sepoltura.

Marco Palmezzano, *Salita al Calvario*, 1494, Pinacoteca civica, Forlì.

DOCUMENTI

L'islam e la morte di Gesù

«Abbiamo ucciso il Cristo, Gesù figlio di Maria, messaggero di Dio» mentre né lo uccisero né lo crocifissero, bensì qualcuno fu reso ai loro occhi simile a Lui [...] ché per certo, essi non lo uccisero ma Iddio lo innalzò a sé, e Dio è potente e saggio.

Corano IV, 157-158

Secondo i musulmani Gesù non è morto sulla croce; Egli ha sventato i perfidi piani dei suoi detrattori; costoro hanno crocifisso uno somigliante, il suo sosia. L'essenziale per la tradizione consisteva nello scoprire l'identità di questo sosia. Secondo alcuni fu un volontario che rispose alla chiamata di Gesù (forse lo stesso Pietro); secondo altri fu il «disertore» e «delatore» nello stesso tempo (dunque Giuda in persona); secondo altri ancora, un criminale qualunque implicato da Dio nel fatto. Qualunque sia l'identità di un tale sosia, tutta l'esegesi musulmana è oggi unanime nel rifiutare la crocifissione [...] Se l'islam rifiuta di riconoscere la crocifissione di Gesù, è perché intende negare i significati profondi che vi sono implicati: a suo avviso è contrario alla sana ragione che qualcuno muoia per gli altri, così come è indegno di Dio lasciar morire i suoi inviati nella sconfitta. [...] Per l'islam la realtà stessa di «redenzione» si oppone alla ragione. È impossibile pensare che Dio, che è nello stesso tempo giusto e misericordioso, abbia fatto soffrire fino a tal punto un innocente. [...] Nell'islam la salvezza consiste in una «purificazione dell'anima dalle vane credenze pagane e dai costumi corrotti»; non è ammesso alcun mediatore, non è concepibile alcun ricorso a un mezzo magico (come la croce). [...] Se la croce significa «apparente sconfitta» e «abiezione» totale e se il segno della «vittoria» (nasr) *deve sempre accompagnare i testimoni di Dio, si comprende come nell'islam un ulteriore motivo venga a impedire al credente di accettare la crocifissione. [...] I cristiani, da parte loro, fortunatamente hanno imparato nuovamente e riaffermato a meraviglia che la loro fede si radica nel mistero della Pasqua: Gesù non soltanto è morto per noi, ma è risorto, «primizia di coloro che sono morti, primogenito fra i morti». Nell'insistere troppo sulla croce e sulla morte di Gesù, i cristiani rischiavano di cadere «nell'agguato» che veniva loro inconsciamente teso: tanto più si affermava la morte di Gesù quanto più il partner musulmano la negava. Non si dovrebbe forse aderire instancabilmente nel linguaggio corrente all'affermazione stessa del nostro* Credo: *«Gesù è morto e risorto»? Per i musulmani come per i cristiani, Gesù Cristo è vivo, anche se per i primi si tratta di una «prima» vita differita, mentre per i secondi è già la «seconda» vita, pienamente gloriosa. In realtà, se il musulmano afferma che Gesù non è morto, ma vivente, lo fa per dire che un giorno ritornerà per morire e risuscitare poi come tutti i mortali, mentre il cristiano afferma che Gesù è morto, una volta per sempre, che è risorto il terzo giorno ed è quindi vivo per sempre presso Dio e gli uomini, nella perfezione stessa del suo essere di Figlio.*

M. Borrmans, *Islam e cristianesimo*, Edizioni San Paolo, Milano 1993

Agli occhi degli stolti parve che morissero;
la loro fine fu ritenuta una sciagura,
la loro partenza da noi una rovina,
ma essi sono nella pace.
Anche se agli occhi degli uomini subiscono castighi,
la loro speranza è piena di immortalità.

Sap 3, 2-4

Così la morte di Cristo testimonia la speranza cristiana: non è insensato credere nel bene e continuare a cercare un mondo più giusto e secondo la volontà di Dio.

La morte di Cristo ha però soprattutto un **valore redentivo**. Egli, innocente, con la sua morte, ottiene il perdono di Dio per i peccati del mondo e non vi è peccato, per quanto grave e continuato, che non possa essere rimesso agli uomini. Il perdono stesso sarebbe meno, rispetto all'immensa **prova d'amore** racchiusa nella morte di Gesù. Se Dio non ha risparmiato il proprio figlio, a maggior ragione non negherà il perdono a chi Gli si rivolge con sincerità di cuore.

Attività

La passione di Cristo

- Rileggi uno dei racconti della passione e morte di Gesù, scegliendolo tra i Vangeli sinottici: Mt 26-27; Mc 14-15; Lc 22-23.
- Cerca su Internet o su un libro di Storia dell'arte il dipinto *La passione di Cristo* del pittore fiammingo Memling (1435-1494). Individua le scene, i personaggi e i fatti narrati, stabilendone la successione cronologica.
  Secondo te, qual è la finalità di questo dipinto, che raffigura l'insieme di differenti scene evangeliche?

La **Sindone** è un lenzuolo di lino (436 x 110 cm) custodito a Torino, con l'impronta frontale e dorsale di un uomo morto in croce. La tradizione lo ha identificato come il lenzuolo nel quale avvolsero Gesù dopo che fu calato dalla croce per essere deposto nel sepolcro. I Vangeli scrivono che Giuseppe d'Arimatea, comprato un lenzuolo, vi avvolse Gesù e lo depose in un sepolcro scavato nella roccia (Mc 15, 46; Mt 27, 59-60).

Le notizie storiche

Le notizie storiche precedenti al XIII secolo confermano che i panni sepolcrali di Cristo furono conservati e le informazioni che abbiamo consentono di identificarli in modo quasi certo con la Sindone di Torino.

Giovanni Battista della Rovere, *Cristo avvolto nel sacro sudario*, particolare, XVI secolo, Galleria Sabauda, Torino.

Nel 544, a Edessa (oggi Urfa, in Turchia), si venerava un'immagine «*non dipinta da mano d'uomo*», ripiegata così che se ne vedesse soltanto il volto, ritenuto quello di Cristo.

Nel 944 l'immagine di Edessa viene portata a Costantinopoli dove, a partire dal 1204, abbiamo le testimonianze dei crociati che ci parlano della Sindone.

Venuta in possesso di Goffredo di Charny, nel 1353 viene trasferita in Francia, a Lirey. Nel 1453 passa in proprietà al duca Ludovico di Savoia, che la trasporta a Chambery, dove viene custodita nella Sainte Chapelle; un incendio, scoppiato la notte tra il 3 e il 4 dicembre 1532, fa fondere parte della cassa d'argento che la custodiva e la Sindone ripiegata viene bruciata in più punti; le suore clarisse rammendarono le parti distrutte dal fuoco.

Divenuta oggetto di venerazione, il 14 settembre 1578 la Sindone viene trasferita a Torino per abbreviare il pellegrinaggio di san Carlo Borromeo, che voleva pregare davanti a essa. Da allora è rimasta a Torino e dal 1° giugno 1694 è custodita nella cappella della Sindone, progettata da Guarino Guarini (1624-83) e sormontata da una cupola a forma di corona di spine.

La tradizione ha identificato in Gesù l'uomo la cui immagine è misteriosamente impressa sul lino sindonico. In effetti, l'uomo che vi è stato avvolto presenta i segni della crocifissione e anche i segni della flagellazione e coronazione di spine. Sono individuabili anche le tracce di un colpo di lancia al costato, le trafitture dei chiodi ai piedi e alle mani: sono presenti cioè tutti quei particolari che caratterizzano la morte di Gesù come ci è descritta nei Vangeli. Tali particolari corrispondono anche a quanto la storia testimonia riguardo alle condanne alla crocifissione. Dal punto di vista medico si è potuto confermare che l'uomo della Sindone ha subito una morte uguale a quella di Gesù. Da uno studio del calcolo delle probabilità, vi sarebbe una possibilità su 200 miliardi che l'uomo della Sindone non sia il Gesù dei Vangeli.

Gli studi scientifici

Il telo della Sindone, conservato in una cappella del Duomo di San Giovanni a Torino.

La vera identità del personaggio, la formazione di tale immagine, la datazione della Sindone: sono questi i problemi ancora aperti e ai quali diverse discipline scientifiche cercano di dare risposta.

- Un impulso decisivo alle ricerche venne nel 1898, quando fu fotografata per la prima volta da Secondo Pia: sulla lastra fotografica restò impressa un'immagine positiva, ben visibile, e non negativa. La Sindone è cioè un «negativo fotografico» dove le luci e le ombre sono disposte inversamente rispetto alla realtà. Ne risulta che, se quanto si vede sulla Sindone viene «invertito», l'immagine diviene meglio visibile e individuabile. Questo esclude ogni fattura pittorica o comunque manuale, in quanto, prima dell'invenzione della fotografia, non si conoscevano i concetti di negativo e positivo fotografico. Sul lino, del resto, non vi sono tracce di pigmenti o di colori.
- La Sindone è stata studiata nel 1973 dal biologo Max Frei, alla ricerca di tracce microscopiche di polline presenti nelle fibre del lino: questi pollini sono stati identificati come appartenenti a piante che crescono solamente in Palestina, nella Turchia meridionale e a Istanbul: questo confermerebbe il percorso e la provenienza del lenzuolo. Il tessuto della Sindone (lino) e la tessitura corrispondono agli usi del Medio Oriente al tempo di Gesù.
- Nel 1976 John Jackson ed Eric Jumper hanno elaborato al computer l'immagine riprodotta dalla Sindone: quello che ne è risultato è un'immagine tridimensionale di uomo.
- Altri studi hanno rilevato l'impronta di due monete poste in corrispondenza degli occhi della figura umana: sarebbero dei *lepta*, cioè le monete coniate da Ponzio Pilato tra il 29 e il 32 d.C., e poste sugli occhi del defunto.
- Dalla Sindone, inoltre, emergono particolari di medicina legale sconosciuti fino al XX secolo (per esempio la distinzione tra sangue venoso e arterioso, tra sangue fuoriuscito prima o dopo la morte).
- Nel 1988 è stata effettuata la prova del carbonio 14 in tre diverse università scientifiche (Tucson in Arizona, Oxford e Zurigo) per datare il lenzuolo attraverso la misurazione della radioattività della materia (in questo caso del lino): il risultato colloca la datazione della Sindone tra il 1269 e il 1350. Alcuni scienziati mettono però in discussione la validità del risultato: vi sono infatti molti fattori e circostanze che possono influire sul grado di radioattività dell'oggetto e quindi alterarne la datazione (in questo caso, ad esempio, l'incendio cui il lenzuolo fu soggetto nel 1532, la presenza di alcuni funghi e batteri, lo stato di cura con cui è stata custodita).
- Anche la modalità con la quale si è prodotta l'immagine resta un mistero: non vi è applicazione di alcuna sostanza colorante; l'immagine è formata da fibre di cellulosa ingiallite a causa di un processo di disidratazione, cioè una sorta di

Icona : produzione tipica dell'arte bizantina e russa, dipinta su tavola. Il termine si rifà al greco eikón, «immagine». Le prime produzioni risalgono all'inizio del x secolo e fanno capo a diverse scuole. Nelle chiese ortodosse le icone sono i dipinti su tavola che raffigurano Cristo, Maria, gli angeli e i santi.

Reliquia : dal latino *reliquiae*, «resti», il termine indica, in senso stretto, la salma di un santo o una parte di essa. In senso lato, una reliquia è un oggetto che ebbe un legame con i santi, ad esempio gli abiti, gli strumenti del martirio o altre cose in loro possesso. Sono particolarmente venerati i corpi di santi che si conservano incorrotti a distanza di decenni o di secoli dalla morte. A partire dal v secolo le reliquie furono solitamente custodite in oggetti di uso liturgico, detti reliquiari.

leggera e superficiale «bruciatura» del tessuto.

Secondo molti sindonologi, è quasi impossibile che la Sindone sia opera di un falsario, poiché è improbabile che gli uomini del Medioevo fossero in grado di contraffarla e possedessero conoscenze che la scienza ha acquisito soltanto negli ultimi decenni.

Inoltre, vi sono delle strane coincidenze tra alcuni particolari della Sindone e determinate raffigurazioni antiche, il che proverebbe che il lenzuolo non è medievale, ma risale ai primi secoli della cristianità.

Il significato religioso della Sindone

Per i credenti la Sindone è soprattutto un' icona , un'immagine della passione e morte di Cristo. Si parla di reliquia se si presuppone l'autenticità storica, ma questo è compito di studio della scienza. Indipendentemente dai risultati scientifici, la Sindone, con l'immagine dell'uomo crocifisso, richiama con forza a riflettere sul senso della morte, della sofferenza umana e sul valore della croce di Cristo. Per questo i cristiani hanno pregato davanti a questo lenzuolo e lo hanno custodito con venerazione.

La Sindone resta un indizio, una prova storica, qualora se ne provasse l'autenticità; mai però potrebbe diventare una prova della fede. La venerazione che circonda questo lenzuolo vuole soprattutto esprimere la fede nella morte e risurrezione di Gesù, non la fede in un oggetto o una prova storica della salvezza.

Ma Dio l'ha risuscitato

Ma che cosa significa risurrezione?
Innanzitutto, nessun Vangelo canonico ci racconta la risurrezione di Cristo. I Vangeli annotano che le donne, il mattino del giorno dopo il sabato, si recano al sepolcro. Il loro intento è quello di completare le pratiche per la definitiva sepoltura del corpo di Gesù e per questo portano con sé gli aromi per la sepoltura (Mt 28, 1-10; Mc 16, 1-8; Lc 24, 1-12; Gv 20, 1-10). Giunte alla tomba scoprono con sorpresa e preoccupazione che il corpo di Gesù non c'è più: la tomba è aperta, il sepolcro è vuoto.

I Vangeli descrivono manifestazioni di angeli (Mt 28, 1-8; Mc 16, 1-8; Lc 24, 1-8) e soprattutto di Gesù stesso (Mt 28, 9-10; Mt 28, 16-20; Mc 16, 9-20; Lc 24, 13-53; Gv 20, 11-29; Gv 21, 1-23): tutte queste **apparizioni** vogliono confermare il fatto della risurrezione e specificarne il significato.

Beato Angelico, *Resurrezione di Cristo*, 1438-47, affresco in una cella del Convento di san Marco a Firenze.

La risurrezione di Gesù non è né una forma di reincarnazione né il «ritorno a questa vita». Gesù è risorto non come uno spirito che ritorna alla vita sotto altra forma (reincarnazione), ma con la sua anima e con il suo corpo. È la sua persona, è Lui, con la sua piena identità spirituale e corporea che vince la morte ed entra nella vita eterna. Anche la sua realtà umana, il suo corpo, vengono glorificati ed Egli è costituito in maniera definitiva come Signore e Messia (At 2, 32-36).

Le pie donne al sepolcro, affresco del XV secolo appartenente al ciclo della *Vita di Cristo*, cappella di Saint Sebastien, Lans le Villard, Francia.

La risurrezione di Gesù non è la semplice rianimazione di un corpo o il ritornare alla stessa vita di prima: la risurrezione è il passaggio nella vita di Dio che conferma in questo modo tutto il messaggio e la testimonianza resa da Cristo durante la sua vita terrena. La sua vita e il suo messaggio non sono finiti nel nulla della morte; anzi, in Gesù la vita dell'uomo può unirsi alla vita di Dio ed entrare a farne parte perché risorge in maniera totale, con la sua realtà umana e corporea. La nuova ed eterna Alleanza, conclusa nella morte e risurrezione di Gesù, è quest'unione tra uomo e Dio, senza che si annulli la specificità della vita personale di ciascuno.

La risurrezione di Cristo è il nucleo centrale della fede cristiana. Senza di essa l'uomo non sarebbe salvato totalmente, non sarebbero perdonati i peccati e non sarebbe stato superato il divario tra Dio e uomo, che invece Gesù ha superato. Per questo motivo la risurrezione è il fondamento del cristianesimo, come scrive Paolo.

> *Ma se Cristo non è risuscitato, allora è vana la nostra predicazione ed è vana anche la vostra fede.* [...] *se Cristo non è risorto, è vana la vostra fede e voi siete ancora nei vostri peccati. Se poi noi abbiamo avuto speranza in Cristo soltanto in questa vita, siamo da compiangere più di tutti gli uomini.*
>
> 1Cor 15, 14-19

Gesù è risorto, i discepoli fanno esperienza che Gesù è risorto e da questo momento prende inizio ogni reinterpretazione della vita e del messaggio di Cristo che, diversamente, resterebbe solamente un messaggio morale, una dottrina teologica, un'esperienza umana. Senza la risurrezione il cristianesimo si svuota; senza questa possibilità di passaggio nell'eternità di Dio, ogni speranza svanisce.
L'agnello sacrificato per la cena pasquale ebraica era immagine di Cristo:

> *È lui il vero Agnello che ha tolto i peccati del mondo, è lui che morendo ha distrutto la morte e risorgendo ha ridato a noi la vita.*
>
> Messale Romano, *prefazio pasquale*

DOCUMENTI

La sequenza pasquale

Questa sequenza (inno) risale all'XI secolo e viene letta o cantata il giorno di Pasqua prima della lettura del Vangelo. In essa si alternano riferimenti ai racconti evangelici con riflessioni sul significato della morte e risurrezione di Cristo.

Vi sono anche accostamenti particolari: l'agnello che salva tutto il gregge, l'innocente che riscatta i peccatori colpevoli, il re della vita che muore.
Del Cristo risorto restano i segni del sepolcro vuoto, le vesti, il sudario: Egli ora ci precede rivestito della sua gloria, sulle vie della quotidianità vissuta secondo Dio.

Víctimae paschále laudes
ímmolent christiáni.
Agnus rédemit oves:
Christus ínnocens
Patri reconciliávit peccatóres.

Mors et vita
duéllo conflixére mirándo:
dux vitae mórtuus
regnat vivus.

Dic nobis, María,
quid vidísti in via?
Sepúlcrum Christi viventis:
et glóriam vidi resurgéntis.
Angélicos testes,
sudárium et vestes.
Surréxit Christus spes mea:
praecédet suos in Galilaéam.

Scimus Christum
surrexísse a mórtuis vere:
tu nobis, victor Rex,
miserére.

Alla vittima pasquale
s'innalzi oggi il sacrificio di lode.
L'agnello ha redento il suo gregge,
l'Innocente ha riconciliato
noi peccatori col Padre.

Morte e Vita si sono affrontate
in un prodigioso duello.
Il Signore della vita era morto:
ma ora, vivo, trionfa.

«Raccontaci, Maria:
che hai visto sulla via?».
«La tomba del Cristo vivente,
la gloria del Cristo risorto,
e gli angeli suoi testimoni,
il sudario e le sue vesti.
Cristo, mia speranza, è risorto;
e vi precede in Galilea»[1].

Sì, ne siamo certi:
Cristo è davvero risorto.
Tu, Re vittorioso,
portaci la tua salvezza.

Hubert e Jan van Eyck, *Polittico di Gand*, 1432, particolare del pannello centrale con l'*Adorazione dell'Agnello mistico*, San Bavone, Gand.

1 La Galilea era la regione dove gli apostoli esercitavano la loro attività lavorativa; il richiamo può essere quindi alla quotidianità della vita oppure al filone evangelico che pone le apparizioni del Risorto in Galilea.

Attività

- Si parla di "vittima" e di "agnello". A quali fatti dell'Antico e del Nuovo Testamento fa riferimento la Pasqua cristiana?
- A quali altri fatti pasquali raccontati nei Vangeli allude la sequenza?
- Quali espressioni potresti definire come una "professione di fede" del cristiano?

Il mistero della tomba vuota

La risurrezione di Gesù è allo stesso tempo un fatto reale, storico e anche un mistero. Alcuni negano la risurrezione di Gesù e propongono altre spiegazioni per giustificare la tomba vuota e i fatti seguiti alla sua scoperta. Ecco le principali.

- **Il furto del corpo di Gesù**: i discepoli avrebbero trafugato il corpo di Gesù e poi diffuso la falsa notizia della sua risurrezione. Secondo i Vangeli, però, i capi dei sacerdoti fanno custodire la tomba di Gesù chiedendo a Pilato un picchetto di soldati per garantirne l'inviolabilità (Mt 27, 62-66) e i discepoli, inoltre, sono spaventati: nessuno, eccetto Giovanni, ha seguito Gesù sotto la croce.

> *Se Gesù non fosse risuscitato, e i discepoli ne avessero trafugato il cadavere, sarebbe stato impossibile per loro, da un punto di vista psicologico, avere la motivazione, la resistenza e la costanza necessarie per andare avanti a diffondere la fede in Gesù, in non pochi casi al prezzo della vita.*
>
> J. Dominian, *Uno come noi. Un'interpretazione psicologica di Gesù*, San Paolo, Cinisello Balsamo 2001

- **La sottrazione del cadavere**: in questo caso la sparizione del corpo di Gesù sarebbe dovuta al trafugamento fatto dagli ebrei oppure al trasferimento della salma da parte di Giuseppe di Arimatea: i discepoli, non trovando più il corpo di Gesù e non sapendosene dare una spiegazione, avrebbero elaborato la fede nella risurrezione. Come già notava Giovanni Crisostomo nel IV secolo, chiunque avesse rubato o spostato il corpo di Gesù, non lo avrebbe tolto dalle bende e dal lenzuolo funebre e non si sarebbe preoccupato di arrotolare il sudario in un luogo a parte, per portar via un corpo rigido e nudo.

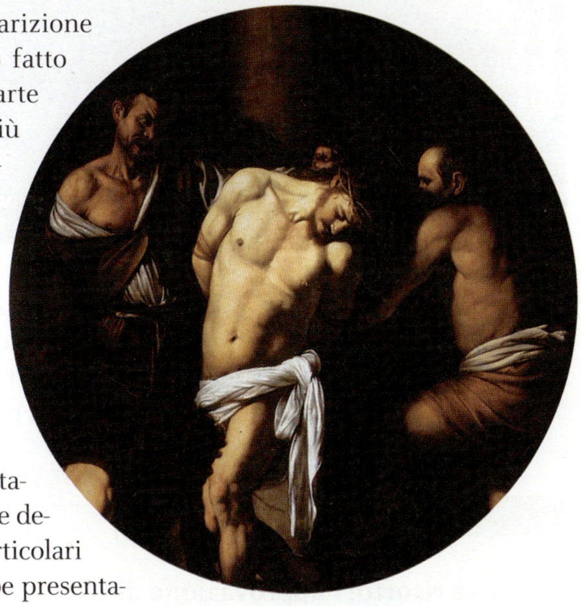

Caravaggio, *Flagellazione di Cristo*, 1610 ca., Museo nazionale di Capodimonte, Napoli.

- **La rianimazione del cadavere**: Gesù non sarebbe realmente morto in croce, ma sarebbe caduto in uno stato di catalessi e morte apparente. Staccato dalla croce e deposto nel sepolcro si sarebbe rianimato grazie alle particolari condizioni ambientali e, uscito dalla tomba, si sarebbe presentato vivo ai suoi discepoli. Quest'ipotesi è improbabile perché i romani eseguivano le condanne a morte con scrupolosa precisione: si accertavano del decesso e provocavano la morte se l'agonia si allungava troppo (ad esempio, spezzando le gambe e favorendo l'asfissia del morente; nel caso di Gesù vi fu un colpo di lancia al cuore, Gv 19, 32-34). Cristo, inoltre, prima della morte, aveva subito pesanti forme di estenuazione fisica (una notte insonne, la flagellazione a cui pochi condannati resistevano, la coronazione di spine, la sospensione in croce). Per questo:

> *«Pilato si meravigliò che Gesù fosse già morto e, chiamato il centurione, concesse la salma a Giuseppe» (Mc 15, 44-45). Questa notizia, molto attendibile storicamente considerando la prassi giudiziaria romana, spazza via tutte le fantasie su un Gesù deposto dalla croce solo svenuto, rianimatosi nel sepolcro, liberatosi dalle bende funerarie e magari fuggito in Kashmir con Maria Maddalena, come ogni tanto qualche giornale in secca di notizie cerca di vaneggiare.*
>
> G. Ravasi, *I Vangeli della Passione*, San Paolo periodici, Milano 2004

Pontormo, *Cena in Emmaus*, 1525, Galleria degli Uffizi, Firenze.

• **Lo scambio di tomba**: i discepoli avrebbero confuso la tomba di Gesù con un'altra vuota e, reinterpretando le parole del Maestro sulla sua morte e risurrezione, avrebbero formulato la fede nel Risorto. I Vangeli annotano però che le donne erano presenti nel luogo della sepoltura di Gesù (Mt 27, 61; Mc 15, 47; Lc 23, 55)... e se vi fosse stato uno scambio di tomba, perché non cercare quella vera?

• **Non vi è stata alcuna risurrezione**: Cristo sarebbe realmente morto ma, dopo l'iniziale disorientamento e scoraggiamento, gli apostoli non vollero che il messaggio di Gesù finisse con Lui e continuarono a predicare, sostenendo che l'insegnamento di Gesù era ancora vivo e vero. Da qui l'affermazione «Gesù è vivo», passata poi a significare la risurrezione della persona di Cristo.

• **La teoria delle visioni**: la risurrezione di Gesù è frutto di visioni avute da singole persone. I Vangeli raccontano però anche di apparizioni «di gruppo»: ai due discepoli di Emmaus, agli apostoli riuniti insieme nel cenacolo, sulle rive del lago di Genezaret durante la pesca. Non è poi verosimile che la prima comunità dei cristiani fosse composta da estatici e sognatori, tanto presi dai loro stati d'animo da essere indifferenti a ciò che realmente accadeva.

• **La risurrezione è un mito**: non importa che Gesù sia realmente risorto oppure no. Ciò che conta è la fede nella risurrezione che consente all'uomo di soddisfare una delle sue esigenze più profonde: il bisogno di immortalità.

DOCUMENTI

Gesù è risorto: l'approvazione di Dio

Cristo è risorto. A prima vista sembra essere un annuncio di gioia senza ombre; in realtà il Nuovo Testamento lo presenta sempre in un contesto drammatico. [...]
Come disse Pietro nel suo primo discorso il giorno di Pentecoste[1], la Pasqua di Gesù mette in luce prima di tutto la radicale opposizione tra Dio e gli uomini. Questi ultimi avevano giudicato Gesù meritevole di condanna e di morte, ma Dio l'ha risuscitato.
La risurrezione è la suprema approvazione da parte di Dio di colui che gli uomini avevano respinto. [...]
Accettare la risurrezione significa far proprio il giudizio di Dio e non quello degli uomini, riconoscendo che Dio ha sottratto Gesù al rifiuto a lui opposto dal mondo e lo ha costituito al di sopra di tutto e di tutti. Lo ha reso signore e giudice della storia: come usa dire la Bibbia, lo ha fatto sedere alla sua destra.[2] D'ora innanzi, per Dio, è vero e giusto soltanto ciò che Gesù ha insegnato.
Dalla Pasqua in poi, il mondo deve prendere atto di questa scelta divina, in contrasto con l'intera umanità, per valutare ciò che vale e ciò che non vale nella vita dell'uomo. È difficile tenere vie di mezzo, perché la sentenza di Dio è chiara: Gesù soltanto è nel giusto, chi non è con Lui e come Lui, agli occhi di Dio, è nel torto.

R. Cavedo, *L'amore vero è fonte di vita*, pubblicazione a cura della Federazione degli Oratori Cremonesi, 1993

1 Cfr At 2, 14-41.

2 Colui che siede alla destra di un sovrano lo consiglia e ne indirizza le decisioni; Gesù siede alla destra del Padre e ciò significa che il potere di Dio è posto nelle mani di Cristo. Egli ha il potere di Dio e la sua stessa autorità.

Le apparizioni del Risorto

Vi ho trasmesso dunque, anzitutto, quello che anch'io ho ricevuto: che cioè Cristo morì per i nostri peccati secondo le Scritture, fu sepolto ed è risuscitato il terzo giorno secondo le Scritture, e che apparve a Cefa e quindi ai Dodici. In seguito apparve a più di cinquecento fratelli in una sola volta: la maggior parte di essi vive ancora, mentre alcuni sono morti. Inoltre apparve a Giacomo, e quindi a tutti gli apostoli.

1Cor 15, 3-7

Questo brano della lettera di Paolo evidenzia come il nucleo centrale della nascente fede cristiana fosse la risurrezione di Cristo; essa è attestata dalle manifestazioni del Risorto a testimoni qualificati della fede, cioè gli apostoli e i discepoli (At 10, 41).

Anche i Vangeli, che non descrivono il momento della risurrezione di Gesù, parlano di apparizioni che seguirono alla scoperta del sepolcro vuoto. Si parla di apparizioni e non di visioni, cioè è Gesù che si mostra a persone che hanno difficoltà ad accettare che Egli sia risorto e stentano persino a riconoscerlo. Non sono quindi gli altri che lo vedono, ma è Lui che si manifesta.

Pomponio Amalteo, *L'apparizione di Gesù Cristo a Maria Maddalena*, particolare, XVI secolo.

I destinatari di queste particolari manifestazioni del Risorto sono Maria Maddalena (Gv 20, 11-18), alcune donne accorse al sepolcro (Mt 28, 9-10), Pietro e gli Undici riuniti nel cenacolo o solamente alcuni di essi (Mt 28, 16-20; Mc 16, 14-20; Lc 24, 36-53; Gv 20, 19-29; Gv 21, 1-23), alcuni discepoli in viaggio (Lc 24, 13-35): sono cioè persone che avevano condiviso parte della loro vita con Gesù e che lo avevano seguito.

Nella descrizione di queste apparizioni, ritorna però con insistenza l'annotazione che coloro ai quali Cristo appare fanno fatica a riconoscerlo. Anzi, Gesù viene riconosciuto e ogni dubbio viene risolto solamente quando Egli mostra i segni della crocifissione o spezza il pane.

Giovanni Battista Crespi, *Cristo appare ai santi Pietro e Paolo*, 1626-28, Kunsthistorisches Museum, Vienna.

Si parla quindi di **apparizioni di riconoscimento**: Gesù si fa riconoscere dimostrando che il Risorto è lo stesso Gesù che avevano seguito e che era stato crocifisso. Questa difficoltà a riconoscere Gesù da parte dei discepoli, che pure avevano avuto un rapporto di estrema familiarità con Lui, è dovuta al fatto che Gesù Risorto è nella vita di Dio, trasfigurato nella sua realtà personale.

Gesù compie alcuni gesti per sottolineare che Egli è risorto anche con il suo corpo, che non è solamente uno spirito e nemmeno un fantasma (Lc 24, 36-43): chiede a Tommaso di toccargli le ferite (Gv 20, 27), prende del pane e del pesce e lo offre ai suoi discepoli (Gv 21, 13), mangia una porzione di pesce arrostito (Lc 24, 43). Queste apparizioni vogliono quindi sottolineare la concretezza della risurrezione e la perfetta identità tra Gesù e il Risorto.

Nei Vangeli, inoltre, vi sono le **apparizioni di missione**: Gesù si mostra Risorto non tanto per farsi riconoscere, ma per affidare e confermare un incarico e una missione. Appare nel cenacolo e incarica gli apostoli di perdonare i peccati in nome di Dio (Gv 20, 19-23). Prima di ascendere al Padre lascia ai suoi apostoli l'impegno di annunciare il Vangelo e di battezzare (Mt 28, 18-20; Mc 16, 14-20): perché assolvano alla loro missione, Gesù promette il dono dello Spirito Santo (Lc 24, 49).

Nelle apparizioni di missione riveste un ruolo particolare l'incarico pastorale affidato a Pietro. Così, apparendo sul lago di Tiberiade e dopo la pesca miracolosa, interroga Pietro per tre volte e per tre volte gli affida il compito di «*pascere il suo gregge*» (Gv 21, 15-19), confermando le parole già in precedenza rivoltegli (Mt 16, 16-19; Lc 22, 31-32). Vi sono anche altri cenni alle apparizioni del Risorto a Pietro nei testi del Nuovo Testamento (Lc 24, 34; 1Cor 15, 5).

Tiziano, *Noli me tangere*, 1510-15, National Gallery, Londra.

In alcuni casi, i Vangeli annotano che l'apparizione di Gesù Risorto avviene di domenica, giorno che per i cristiani è diventato il giorno dell'eucaristia, cioè il sacramento della presenza reale di Gesù vivo tra i suoi (Lc 24, 13; Lc 24, 36; Gv 20, 19; Gv 20, 26). L'inizio degli Atti degli apostoli annota ancora:

> *Egli si mostrò a essi vivo, dopo la sua passione, con molte prove, apparendo loro per quaranta giorni e parlando del Regno di Dio.*
>
> At 1, 3

Tutto questo ha confermato i primi discepoli nella convinzione che Gesù fosse vivo e fosse sempre con loro. Non era soltanto l'insegnamento di Gesù che, per la sua validità, poteva superare l'ostacolo del tempo, ma la persona stessa di Gesù, oltre la morte, è entrata nella vita di Dio, vive per sempre ed è presente a ogni uomo.

Chi è Gesù?

La risurrezione di Cristo è il fatto centrale del cristianesimo.

> *Senza risurrezione vera, le promesse di Cristo si vanificano, le prospettive di vita e di eternità vengono stravolte, l'uomo e l'universo ripiombano nella loro disperata solitudine. La morte si riprende l'ultima parola. Tutto sta o cade con la verità di questo annuncio: Cristo è risorto. È il sigillo sulla divinità di Gesù. Senza risurrezione cade la fede in Cristo. Se Gesù non fosse risorto, sarebbe solo un uomo in più assassinato dalla malvagità umana.*
>
> C. Fiore, *Il mistero della risurrezione*, in "Dimensioni Nuove", novembre 2004

Dopo l'esperienza dell'incontro con Gesù Risorto, gli apostoli ripensano ai fatti della vita di Gesù prima della sua morte e comprendono in profondità il suo messaggio e la sua identità.

Gesù aveva detto di sé:

> *Io sono il buon pastore* (Gv 10, 14)
> *Io sono il pane vivo, disceso dal cielo* (Gv 6, 51)
> *Io sono la luce del mondo* (Gv 8, 12)
> *Io sono la porta delle pecore* (Gv 10, 7)
> *Io sono la risurrezione e la vita* (Gv 11, 25)
> *Voi siete di quaggiù, io sono di lassù; voi siete di questo mondo, io non sono di questo mondo* [...] *quando avrete innalzato il Figlio dell'uomo, allora saprete che Io Sono* [...]
>
> Gv 8, 23-28

Molte persone avevano riconosciuto in Lui un individuo straordinario, un grande profeta, l'inviato di Dio: ma la risurrezione di Gesù è la prova definitiva che Lui è «il Signore». Pietro, nel discorso di Pentecoste, proclama con chiarezza l'annuncio fondamentale del cristianesimo:

> *Gesù Dio l'ha risuscitato e noi tutti ne siamo testimoni. Innalzato pertanto alla destra di Dio e dopo aver ricevuto dal Padre lo Spirito Santo che egli aveva promesso, lo ha effuso, come voi stessi potete vedere e udire.* [...] *Sappia dunque con certezza tutta la casa di Israele che Dio ha costituito Signore e Cristo quel Gesù che voi avete crocifisso!.*
>
> At 2, 32-36

Francesco d'Umbertino Bachiacca, *La risurrezione*, XVI secolo, Museo delle Belle Arti, Digione.

La Settimana Santa e il Triduo pasquale

> [La Chiesa] *ogni settimana, nel giorno a cui ha dato il nome di domenica, rammenta la Risurrezione del Signore, che ogni anno, unitamente alla sua beata Passione, celebra a Pasqua, la più grande delle solennità.*
>
> CONCILIO VATICANO II, *Sacrosanctum Concilium*, n. 102

Pasqua è la solennità centrale di tutto l'anno liturgico ed è celebrata con il Triduo della passione, morte e risurrezione di Gesù nei tre giorni del Venerdì e Sabato santi e Domenica di Pasqua.

Il Triduo si colloca nella **Settimana Santa** durante la quale la liturgia rivive gli ultimi fatti della vita di Cristo e il loro valore attraverso una serie di celebrazioni.

Con la **Domenica delle Palme** comincia la «grande settimana». La processione con i rami di palme e di ulivo fa rivivere l'ingresso messianico di Gesù in Gerusalemme come annuncio, figura del trionfo della risurrezione, «*preludio alla Pasqua*». Ma questa è anche l'unica domenica in cui si fa memoria e si legge il racconto della passione del Signore.

Un bambino festeggia la Domenica delle Palme.

Il mattino del Giovedì Santo il vescovo con i sacerdoti concelebra la messa del Crisma durante la quale vengono benedetti gli olii per i sacramenti: il crisma per l'unzione battesimale, la cresima, l'ordinazione dei preti e dei vescovi; l'olio dei catecumeni per il battesimo; l'olio degli infermi per l'unzione dei malati. In questo giorno si ricorda l'istituzione del sacerdozio ministeriale e per questo i sacerdoti rinnovano il loro impegno. Alla sera, con la messa «*in coena Domini*», nel ricordo dell'Ultima Cena, e la memoria dell'istituzione dell'eucaristia, inizia il **Triduo** pasquale con il rito della lavanda dei piedi. Rievocando il gesto di Gesù che lava i piedi ai suoi apostoli, la Chiesa esprime l'impegno di fedeltà al comandamento dell'amore:

> *Se dunque io, il Signore e il Maestro, ho lavato i vostri piedi, anche voi dovete lavarvi i piedi gli uni gli altri.*
>
> Gv 13, 14

Al termine della messa, l'eucaristia viene solennemente riposta per essere adorata e conservata per il giorno successivo, quando non si consacra il pane eucaristico.

Il **Venerdì Santo**, infatti, giorno della passione, morte e sepoltura di Gesù, non si celebra l'eucaristia, ma una liturgia durante la quale si legge la **passione del Signore**, vi è una solenne preghiera dei fedeli per le necessità del mondo e della Chiesa, si adora la croce e si conclude con la comunione. In varie regioni e paesi il Venerdì Santo (e tutta la Settimana Santa) è caratterizzato da tradizioni e devozioni locali molto sentite e partecipate, come le processioni con il Cristo morto e la Madonna Addolorata, le sacre rappresentazioni della passione e la *Via Crucis*.

Il **Sabato Santo** è un giorno aliturgico, senza celebrazioni; è un giorno di silenzio e di attesa della risurrezione.

Alla sera si celebra la **Veglia pasquale**, che è la celebrazione più importante perché solennizza l'evento centrale della fede cristiana: la risurrezione di Cristo. Già a metà del I secolo d.C. si hanno testimonianze della celebrazione della veglia pasquale: il significato di questa celebrazione era collegato all'uso di amministrare il battesimo ai catecumeni (cioè coloro che si preparano al battesimo). Il collegamento al battesimo e la celebrazione della risurrezione resero la veglia pasquale il centro dell'anno liturgico.

Attività

- Conduci una ricerca sulle tradizioni e i riti che si celebrano durante la Settimana Santa nella tua zona di residenza.
- Presta attenzione a come i mass-media informano riguardo alle celebrazioni pasquali (quali notizie danno, che aspetti evidenziano, quali immagini mostrano ecc.)

Una processione durante la celebrazione della Settimana Santa a Siviglia, in Spagna.

La passione di Cristo

Prima della festa di Pasqua
Gesù, sapendo che era giunta la sua ora
di passare da questo mondo al Padre,
dopo aver amato i suoi che erano nel mondo,
li amò sino alla fine! (Gv 13, 1)

Ultima Cena: Gesù celebra la pasqua ebraica con gli apostoli, ma dà un nuovo valore al pane e al vino: essi sono il suo corpo e il suo sangue, la sua vita sacrificata per la salvezza del mondo.

Venerdì Santo: Gesù è arrestato, processato dal Sinedrio e condannato per bestemmia. Il procuratore romano Pilato acconsente all'esecuzione e condanna Gesù alla crocifissione. Cristo muore perdonando i suoi uccisori e affidando la sua vita e ogni sua speranza al Padre.

Sabato Santo: Gesù è nel sepolcro; per i discepoli e gli apostoli la sua morte sembra segnare la fine di ogni speranza.

Pasqua di Risurrezione

Il giorno dopo il sabato le donne andate al sepolcro scoprono che la tomba è vuota.
Gesù Risorto appare e si manifesta vivo alle donne, agli apostoli e ad altri discepoli.
Tutto ciò che Gesù aveva compiuto e detto viene rivisto alla luce della risurrezione, il fatto centrale della vita di Gesù:

- Gesù è stato risuscitato da Dio;
- Gesù è il Messia, il Cristo inviato da Dio;
- la sua morte è il momento più alto della sua missione di Salvatore;
- Dio dimostra il suo grande amore con il sacrificio di suo Figlio;
- per la morte di Gesù, Dio ha perdonato tutti;
- si è conclusa la nuova e definitiva Alleanza di Dio con gli uomini.

1 **Analizza la parabola dei vignaioli omicidi (Mc 12, 1-9; Lc 20, 9-16; Mt 21, 33-41) e trova i riferimenti (intenzionalmente fatti da Gesù) alla storia del popolo di Israele e alla sua stessa vita.**

2 **Siamo nel periodo fascista. Il contadino Berardo Viola lascia il proprio paese, Fontamara, in Abruzzo, per recarsi a Roma in cerca di lavoro. Nella capitale viene però arrestato con l'accusa di attività sovversiva contro il regime. Il brano riporta le riflessioni di Berardo la notte prima della sua morte.**

«Parlate dunque» insisté il commissario.
«Impossibile, signor commissario» gli rispose Berardo preso da una strana commozione. «Adesso piuttosto preferisco morire».
Il commissario continuò a esortarlo. Ma Berardo era in spirito già altrove. Egli non vedeva più il commissario. Egli non lo sentiva più. Egli si lasciò ricondurre in cella come qualcuno che ha fatto testamento, prima di morire. Eppure la lotta non era finita.
Nessuno di noi due chiuse occhio durante la notte. Berardo si teneva la testa fra le mani come se stesse per scoppiargli. Decideva di confessare, si pentiva, tornava a decidersi, tornava a pentirsi. Si stringeva la testa con le mani perché non gli scoppiasse. Perché doveva restare in carcere? Perché doveva morire in carcere, a trent'anni? Per l'onore? Per l'idea? Ma quando mai lui si era occupato di politica? Così passavano le ore della notte. Così parlava, a me e a sé, Berardo Viola, mentre l'altro compagno di cella cercava di cogliere ogni sua parola. La lotta continuava:
«Che senso ha il vivere ora che Elvira[1] è morta? E se io tradisco, tutto è perduto. Se io tradisco» diceva «la dannazione di Fontamara sarà eterna. Se io tradisco passeranno ancora centinaia di anni prima che una simile occasione si ripresenti. E se io muoio? Sarò il primo cafone[2] che non muore per sé, ma per gli altri».
Questa era la sua grande scoperta. Questa parola gli fece sbarrare gli occhi, come se una luce abbagliante fosse entrata nella cella.
Mai dimenticherò il suo sguardo, la sua voce in quelle ultime parole.
«Sarà» egli disse «qualche cosa di nuovo. Un esempio nuovo. Il principio di qualche cosa del tutto nuova».
Poi aggiunse, ricordandosi all'improvviso di un fatto assai importante:
«Fin da ragazzo mi era stato predetto che sarei morto in carcere».
Questa persuasione gli diede una grande pace. Egli era steso sul cemento come un albero abbattuto, un albero pronto per il fuoco.
Aggiunse soltanto:
«Quando li rivedrai, saluta gli amici».
Furono le ultime parole che udii da Berardo.
Al mattino seguente fummo separati definitivamente.

I. Silone, *Fontamara*, Mondadori, Milano 1980

- Ricerca la frase evangelica di Gv 15, 13.
- Individua in questo brano, tratto dal romanzo *Fontamara* di Ignazio Silone, le somiglianze tra la morte di Gesù e quella di Berardo Viola.
- Confronta il significato che ha il sacrificio di Cristo nella *sequenza pasquale* (p. 208) e quello di Berardo Viola in *Fontamara*.

1 Elvira è la fidanzata di Berardo.
2 Contadino. Il termine non è qui usato in accezione offensiva.

3 **Spiega la differenza tra:**

- ritornare in vita ____________________
- reincarnazione ____________________
- risurrezione cristiana ____________________

4 **Ricerca nei Vangeli i capitoli che parlano delle apparizioni del Risorto:**

- Mt 28
- Mc 16
- Lc 24
- Gv 20 e 21

Scegli il racconto di un'apparizione, fanne una breve sintesi e fai emergere i particolari che ritieni interessanti o problematici: saranno motivo di confronto e scambio di opinioni in classe e con l'insegnante.

5 **Analizza il significato delle seguenti immagini, a partire dai brani biblici che ti vengono indicati:**

- Lc 24, 34-35
- Gv 20, 11-18

Pontormo, *Cena in Emmaus*, 1525

Tiziano, *Noli me tangere*, 1510-15

6 **Che cosa differenzia questi giudizi su Gesù dalla fede cristiana in Gesù?**

Io considero Gesù come un grande maestro dell'umanità, ma non lo considero come il figlio unigenito di Dio.
Io credo nella perfettibilità della natura umana. Gesù si è avvicinato alla perfezione nella massima misura possibile.
Gesù, dunque, è per me un grande maestro di importanza mondiale, come gli altri. Per i seguaci del suo tempo è stato senza dubbio «l'unigenito Figlio di Dio». Ma non c'è bisogno che io faccia mia la loro fede. La sua importanza nei riguardi della mia vita non diminuisce di certo per il fatto di considerarlo uno fra i tanti figli di Dio.
Dio non può essere un padre esclusivo e io non posso attribuire la divinità esclusivamente a Gesù. Egli è divino al pari di Krishna o di Rama o di Maometto o Zoroastro.

Gandhi ci parla di Gesù, Editrice Missionaria Italiana, Bologna 1980

7 **Hai mai partecipato al rito delle esequie cristiane? Durante la celebrazione vengono compiuti alcuni gesti e sono presenti alcuni simboli:**

- il defunto viene portato in chiesa e deposto davanti all'altare;
- si leggono brani della Bibbia;
- si celebra l'eucaristia;
- davanti al feretro arde il cero pasquale;
- si prega per il defunto;
- si asperge con l'acqua il defunto;
- si incensa il defunto.

Prova a spiegare il significato di questi riti e segni in riferimento alla fede cristiana nella risurrezione. Vi sono altri segni, frasi o riti che ti sono rimasti impressi?

8 **Commenta questa poesia di D.M. Turoldo. A quali momenti della passione di Cristo fa riferimento? Quale stato d'animo cerca di esprimere e di riflettere?**

La notte del Signore

Anche Tu
hai urlato «perché» dall'alto
di quella Cima, e nessuna
risposta è venuta (allora!).
E l'urlo si spandeva a onde
nel cielo cupo e sordo;
un cielo – almeno allora – vuoto,
squarciato dal tuo grido cui
una eco interminabile
ancora si effonde
di balza in balza su clivi
di millenni: «perché, perché...».
E dunque,
anche Tu
finivi con la certezza di essere
un abbandonato.

Anche Tu
non sapevi! E hai gridato il perché
di tutti i maledetti, appesi
ai patiboli. E non era
desiderio di sapere le ragioni
del morire: non questo,
non la morte è l'enigma (oh,
la bella morte di chi
operoso e carico di anni
saluta i figli e tramonta come
dopo lungo giorno il sole
si cala a sera).

Mistero è che nessuno comprende
come tu possa, Dio, coesistere
insieme al Male, insieme al lungo
penare di un bimbo, insieme
alla interminabile agonia del Giusto;
quando la certezza di essere soli divampa

dagli occhi del torturato (e Tu
non intervieni); quando
il sospetto del Nulla ti avvinghia e navighi,
mozzato il respiro, entro irreali abissi.
È questo tuo abbandono
il più nero enigma, o Cristo.

E dunque
anche Tu
ateo?... Fu questa
la tua vera Notte, Signore,
la tua discesa agl'Inferi
avanti che ti accogliesse
nel suo ventre la Terra.

D.M. Turoldo, *O sensi miei...*, in *La Settimana Santa*, Edizioni San Paolo e Periodici San Paolo, Milano 2002

UNITÀ 7

Il Dio di Gesù Cristo

Contenuti

- La rivelazione definitiva di Dio in Gesù
- Dio come padre
- La Trinità
- Dio: il nostro destino eterno

Obiettivi

- ☐ Sapere che, per la dottrina cattolica, con Gesù la rivelazione di Dio è stata definitiva.
- ☐ Comprendere il significato della visione cristiana di Dio come Padre e Amore.
- ☐ Affrontare la comprensione del mistero della Trinità e il suo rapporto con il monoteismo.
- ☐ Saper riconoscere le caratteristiche del Dio di Gesù.
- ☐ Sapere quali sono gli attributi di Dio nell'islam, mettendo a confronto l'idea cristiana di Dio con quella di altre religioni.
- ☐ Essere consapevoli dei limiti e delle possibilità del linguaggio umano per esprimere il mistero di Dio.
- ☐ Saper utilizzare realtà e attributi del mondo umano utili a esemplificare la realtà divina.
- ☐ Riconoscere nel comandamento cristiano dell'amore l'espressione del mistero stesso di Dio.
- ☐ Individuare il rapporto tra giustizia e misericordia in Dio.

La rivelazione definitiva di Dio in Gesù

Il tentativo di capire il mistero di Dio è una preoccupazione costante nell'esistenza degli uomini. Le varie religioni rispondono all'esigenza di spiegare quanto esiste nel mondo e, dal momento che interpretano la realtà come un segno, cercano di spiegare che cosa sia Dio. Tutti i percorsi immaginati dall'uomo si mostrano però incapaci di definire la natura profonda di Dio: Egli resta un mistero. La parola mistero indica la trascendenza di Dio, il fatto, cioè, che Dio è molto di più e molto al di là delle nostre esperienze umane. L'apostolo Paolo nella prima lettera a Timoteo scrive che Dio è:

> *... il solo che possiede l'immortalità, che abita una luce inaccessibile, che nessuno fra gli uomini ha mai visto né può vedere.*
>
> 1 Tm 6, 16

Ma il mistero di Dio non è assolutamente impenetrabile. Ancora Paolo afferma che vi è la possibilità, da parte umana, di arrivare a comprendere qualcosa di Dio:

> *... poiché, ciò che di Dio si può conoscere è loro* [agli uomini] *manifesto; Dio stesso lo ha loro manifestato. Infatti, dalla creazione del mondo in poi, le sue perfezioni invisibili possono essere contemplate con l'intelletto nelle opere da lui compiute, come la sua eterna potenza e divinità.*
>
> Rm 1, 19-20

Questa convinzione circa le possibilità umane di sondare parte del mistero divino era già stata espressa anche nei secoli precedenti al cristianesimo. Proprio a partire dal creato l'uomo può capire qualcosa di Dio e, in particolare, l'esistenza, la grandezza, la bellezza, la potenza e l'intelligenza del Creatore (Sap 13, 1-5). Dunque il creato è la

Edvard Munch, *Il sole*, XX secolo.

prima via attraverso cui la divinità si svela. Anche Gesù invita a guardare attentamente alla natura per distinguere in essa i tratti di un Dio provvidente e premuroso verso l'uomo (Mt 6, 25-34).

Oltre alla rivelazione attraverso il mondo naturale, la fantasia e la bontà di Dio hanno percorso un'altra via per rendere più accessibile agli uomini il mistero della Sua esistenza: ha scelto di entrare nella storia degli uomini e, in particolare, nella storia di un popolo.

Le vicende personali di alcuni uomini, raggiunti dalla chiamata e dall'ispirazione divina, divengono, ripensate alla luce della fede, le esperienze rivelatrici di Dio. Dio sceglie gli ebrei al fine di essere accolto da tutti gli uomini. La storia dell'Antico Testamento è la via d'ingresso attraverso cui il mistero di Dio viene partecipato a tutti i popoli: è un Dio che, pur potendo imporsi con la forza all'uomo, sceglie di avere compassione di tutto.

> *Tu risparmi tutte le cose, perché tutte son tue, Signore, amante della vita, poiché il tuo spirito incorruttibile è in tutte le cose.*
>
> Sap 11,26 - 12,1

Mosè riceve le tavole della Legge, miniatura da un manoscritto medievale, IX secolo, The British Library, Londra.

Dio è onnipotente e compassionevole, trascendente e presente nel mondo, giusto e misericordioso.
La stessa vicenda di Mosè evidenzia questi aspetti di Dio che vede le sofferenze del suo popolo schiavo in Egitto e ne soffre (Es 3, 7). Ai segni di potenza Egli accosta sempre la rivelazione della sua magnanimità.

DOCUMENTI

Un Dio che si comunica

In questa poesia Rainer Maria Rilke (1875-1926) presenta un'idea di Dio per certi versi molto vicina all'idea biblica. È un Dio non lontano dall'uomo, anzi è un Dio che si comunica nell'intimo della coscienza umana e che rifugge dall'intervenire con potenza perché cerca nell'uomo un libero interlocutore, sensibile alla Sua presenza.

Non attender che Dio su te discenda
e che ti dica: «Sono».[1]
Senso alcuno non ha quel Dio che afferma
l'onnipotenza sua.[2]
Sentilo tu, nel soffio ond'Ei ti ha colmo[3]
da che respiri e sei.
Quando, non sai perché, ti avvampa il cuore,
è Lui che in te si esprime.

R.M. Rilke, *Epilogo*, *Liriche e prose*, in *L'uomo indivisibile*, a cura di L. Valli, SEI, Torino 1977

1 Quest'espressione ritorna spesso nella Bibbia come nome di Dio (Es 3, 14) e Gesù stesso la utilizza per presentare la sua divinità (Gv 8, 28).

2 Dio non interviene affermando la propria esistenza per mezzo di portenti, prodigi, opere straordinarie.

3 L'immagine del soffio come presenza di Dio è utilizzata nella Bibbia per indicare una particolare comunicazione della vita divina agli uomini (Gen 2, 7; Gv 20, 22).

Allora il Signore scese nella nube, si fermò là presso di lui e proclamò il nome del Signore. Il Signore passò davanti a lui proclamando: «Il Signore, il Signore, Dio misericordioso e pietoso, lento all'ira e ricco di grazia e di fedeltà, che conserva il suo favore per mille generazioni, che perdona la colpa, la trasgressione e il peccato [...]

Es 34, 5-7

Dio vuole rivelarsi e venire incontro agli uomini (Gen 12, 1 ss.; Dt 4, 32-34; Dt 7, 7-8). Il momento definitivo di questo percorso è la venuta di Gesù di Nazaret:

Dio, che aveva già parlato nei tempi antichi molte volte e in diversi modi ai padri per mezzo dei Profeti, ultimamente, in questi giorni, ha parlato a noi per mezzo del Figlio, che ha costituito erede di tutte le cose e per mezzo del quale ha fatto anche il mondo.

Eb 1, 1-2

DOCUMENTI

L'originalità del cristianesimo

Il cristianesimo non è la sola religione che parla di una manifestazione umana di Dio. Anche la religiosità greca ammetteva che gli dèi discendessero nel mondo degli uomini e pure alcune religioni orientali affermano la possibilità delle divinità di assumere forma umana. Vi è però una sostanziale differenza: il cristianesimo crede che il vero Dio, e non una sua immagine, si sia fatto vero uomo in Gesù. Questo evento, l'incarnazione, è definitivo e irripetibile.

A partire dal Nuovo Testamento fino ai Concili di Nicea e di Calcedonia,[1] *la riflessione cristiana si è dedicata a capire ed esprimere il meno imperfettamente possibile come Gesù fosse in effetti il Dio vivente che si manifesta, sebbene distinto dal Padre. Dio non è completamente immerso in questa incarnazione attraverso la quale si manifesta. La vita di Dio non è solitaria.* [...]
Notiamo qui semplicemente la differenza radicale che esiste tra l'idea cristiana dell'incarnazione e il tema, frequente nelle religioni sia dell'India che della Grecia, di una manifestazione di un dio all'uomo, sotto una apparenza umana. Le manifestazioni della divinità nella tradizione indiana per esempio possono essere innanzitutto in numero illimitato.
Secondo alcuni teosofi[2] *indù, Gesù è una di queste manifestazioni dell'Assoluto, allo stesso titolo di altre anteriori o posteriori. Nella prospettiva cristiana, questa incarnazione dell'Assoluto*[3] *è unica; ma questa non è la differenza più importante.*
Nella prospettiva cristiana, l'Assoluto viene in questo mondo, che è sua opera, per manifestarsi, nascendo all'interno dell'umanità, assumendo pienamente l'umanità: pienamente Dio, pienamente uomo, veramente Dio e veramente uomo. Dio non ha assunto una apparenza d'umanità, ma l'umanità reale e concreta. Il Cristo è consostanziale[4] *al Padre secondo la divinità, è consostanziale a noi secondo l'umanità, simile in tutto a noi salvo che nel peccato. In questo l'idea cristiana di incarnazione, esplicitata nel Concilio di Calcedonia, si distingue radicalmente da tutte le teofanie*[5] *delle religioni non cristiane.*

C. Tresmontant, *L'intelligenza di fronte a Dio*, Jaca Book, Milano 1981

1 Il Concilio di Nicea (325 d.C.) affermò la completa uguaglianza di natura (consustanzialità) tra il Figlio e il Padre affermando in maniera chiara che il Figlio è eterno come il Padre, pur essendo da Lui generato («*generato e non creato, della stessa sostanza del Padre*»).

2 Nella cultura occidentale il teosofo è colui che ritiene di poter giungere alla conoscenza di Dio sia attraverso la riflessione razionale, sia attraverso un'illuminazione della divinità stessa. La dottrina teosofica è ricca di elementi mistici e fantastici mutuati da fedi e insegnamenti provenienti dall'Oriente in particolare dall'India.

3 Il linguaggio filosofico sostituisce talvolta la parola Assoluto al termine Dio (dal latino *absolutus*, «sciolto»), per indicare quella realtà che è in sé perfetta, illimitata ed eterna.

4 Cristo è consostanziale al Padre, cioè della stessa sostanza, quindi si ha la più completa uguaglianza tra Gesù-Dio e Dio-Padre. Il termine deriva dal latino *cum substantia*, «della stessa natura».

5 La teofania (dal greco *theós*, «dio» e *pháinomai*, «mostrarsi») è la manifestazione di Dio agli uomini.

Cesare Nebbia, *Il Concilio di Nicea*, XVI secolo, Biblioteca Apostolica Vaticana, Roma.

Rivelazione pubblica e rivelazioni private

La Bibbia conserva fedelmente la rivelazione pubblica di Dio, cioè tutto quello che Dio ha manifestato attraverso la storia del popolo ebreo e, in modo definitivo, con Gesù.
«*L'economia cristiana* [= la fede cristiana], *dunque, in quanto è alleanza nuova e definitiva, non passerà mai, e non è da aspettarsi alcun'altra rivelazione pubblica prima della manifestazione gloriosa del Signore Nostro Gesù Cristo*» (Concilio Vaticano II, *Dei Verbum*, n. 4).
Possono esserci anche rivelazioni private di Dio a qualche persona (ad esempio apparizioni, ispirazioni ecc.), il cui valore resta però legato ai singoli che ne fanno esperienza. I credenti sono liberi di fronte a queste rivelazioni, la cui veridicità è sempre da verificare tenendo conto dell'insegnamento della Bibbia, quindi della rivelazione pubblica di Dio.

Nicolas Tournier, *Cristo e i fanciulli*, XVII secolo, Galleria Nazionale d'Arte Antica di Palazzo Corsini, Roma.

Così l'autore della *Lettera agli Ebrei* chiarisce come la rivelazione di Dio sia arrivata al suo momento più alto e chiarificatore. È pur sempre vero che Dio parla ancora molte volte e in molti modi (la ricerca e la storia personale di ciascuno, la storia del pensiero umano, l'intelligenza, la coscienza...) e non è affatto superato il discorso intrapreso da Dio con i «*padri per mezzo dei Profeti*», cioè tutta l'esperienza dell'Antico Testamento e del popolo ebraico: tutto questo mantiene il suo valore. Esiste tuttavia una scelta nuova di Dio: inviare suo Figlio.

La piena rivelazione di Dio agli uomini passa attraverso il messaggio e la vita di Gesù di Nazaret: Egli definisce se stesso come la via sicura che porta alla conoscenza di Dio. Non viene meno la legittimità degli altri percorsi, anche se in essi resta la possibilità di errori, fraintendimenti, difficoltà talvolta insormontabili.

Quel che Dio ha voluto far saper di Sé e quel che è indispensabile alla salvezza degli uomini, è manifestato nella vita di Gesù in maniera definitiva.

Dio come Padre

Gesù approfondisce un'idea che non è estranea all'Antico Testamento: la percezione di Dio come Padre. Soprattutto in alcune pagine dei Profeti è possibile trovare immagini di Dio premuroso verso l'uomo alla maniera di un genitore.

Così il profeta Osea presenta i sentimenti di Dio verso il suo popolo, in questo brano indicato anche con il nome di Efraim, una delle principali tribù di Israele.

Quando Israele era giovinetto, io l'ho amato e dall'Egitto ho chiamato mio figlio. [...] *A Efraim io insegnavo a camminare, tenendolo per mano, ma essi non compresero che avevo cura di loro. Io li traevo con legami di bontà, con vincoli d'amore; ero per loro come chi solleva un bimbo alla sua guancia; mi chinavo su di lui per dargli da mangiare.* [...] *Come potrei abbandonarti, Efraim, come*

Il profeta Osea.

consegnarti ad altri Israele? [...] Il mio cuore si commuove dentro di me, il mio intimo freme di compassione. Non darò sfogo all'ardore della mia ira, non tornerò a distruggere Efraim, perché sono Dio e non uomo [...]

Os 11, 1-9

Questa pagina è una tra le più delicate di tutto l'Antico Testamento. In essa si ha un'immagine veramente paterna di Dio, un Dio carico di tante attenzioni verso il suo popolo, con le premure e i gesti di affetto di un padre. Se anche il peccato, l'ingiustizia del popolo avessero giustificato un intervento punitivo di Dio, Egli ritiene di essere fino in fondo se stesso, cioè un padre, e di subordinare le esigenze della giustizia umana a quelle della sua bontà.

In Gesù la manifestazione di Dio come Padre buono è completa: a Lui nessuna distinzione di nazione, popolo, razza, ceto sociale, sesso, nessun criterio di umana giustizia o di convenienza può impedire di accostarsi a ogni persona come un padre si accosta a un figlio. La vita stessa di Gesù testimonia la paterna misericordia di Dio verso tutti e infatti Egli incontra le guide del popolo, ma anche la gente comune e perfino quelli che dal popolo erano allontanati ed emarginati (peccatori, pubblicani, prostitute, lebbrosi, indemoniati...).

Gesù presenta la bontà di Dio verso gli sventurati e i peccatori in alcune parabole: la pecora perduta (Lc 15, 4-7), la dramma perduta (Lc 15, 8-10), il fariseo e il pubblicano (Lc 18, 9-14), gli operai mandati alla vigna (Mt 20, 1-16), ma la para-

DOCUMENTI

Nessuno è Padre come Dio

In molte religioni Dio viene invocato come «Padre». Spesso la divinità è considerata come «padre degli dèi e degli uomini». Presso Israele, Dio è chiamato Padre in quanto Creatore del mondo. Ancor più Dio è Padre in forza dell'Alleanza e del dono della Legge fatto a Israele, suo «figlio primogenito» (Es 4, 22). È anche chiamato Padre del re d'Israele. In modo particolarissimo Egli è «il Padre dei poveri», dell'orfano, della vedova, che sono sotto la sua protezione amorosa.

Chiamando Dio con il nome di «Padre», il linguaggio della fede mette in luce soprattutto due aspetti: che Dio è origine primaria di tutto e autorità trascendente, e che, al tempo stesso, è bontà e sollecitudine d'amore per tutti i suoi figli.

Questa tenerezza paterna di Dio può anche essere espressa con l'immagine della maternità, che indica ancor meglio l'immanenza di Dio,[1] l'intimità tra Dio e la sua creatura. Il linguaggio della fede si rifà così all'esperienza umana dei genitori che, in certo qual modo, sono per l'uomo i primi rappresentanti di Dio. Tale esperienza, però, mostra anche che i genitori umani possono sbagliare e sfigurare il volto della paternità e della maternità. Conviene perciò ricordare che Dio trascende la distinzione umana dei sessi. Egli non è né uomo né donna. Egli è Dio. Trascende pertanto la paternità e la maternità umane, pur essendone l'origine e il modello. Nessuno è padre quanto Dio.

Catechismo della Chiesa Cattolica, nn. 238-239, Libreria Editrice Vaticana, Città del Vaticano 1992

Perugino, *L'eterno in gloria*, 1515, Galleria Nazionale dell'Umbria, Perugia.

[1] Con questa espressione si intende la presenza di Dio in noi e nel mondo e di conseguenza la sua vicinanza e prossimità al mondo e agli uomini (dal latino *manere*, «stare dentro»).

El Greco, *Ultima cena*, 1567, Pinacoteca Nazionele, Bologna.

bola che meglio esprime la profondità della bontà paterna di Dio è quella del padre misericordioso (Lc 15, 11-32). L'affetto del padre della parabola verso i suoi figli gli permette di perdonare l'arrogante pretesa di autonomia del figlio minore, ma anche il freddo rapporto di giusto, ma formale rispetto del figlio maggiore. Da entrambi i figli, il padre vuole qualcosa di più della semplice osservanza delle regole della convivenza familiare: egli vuole la profonda sintonia del cuore.

Se il criterio umano di giudizio si fonda sulla valutazione dei meriti personali, quello divino è, invece, determinato dall'amore per l'uomo: un'attenzione così grande per gli uomini da indurLo a inviare suo Figlio, rendendoci così partecipi della sua vita.

> *... perché Dio è amore. In questo si è manifestato l'amore di Dio per noi: Dio ha mandato il suo unigenito Figlio nel mondo, perché noi avessimo la vita per lui.*
>
> Gv 4, 8-9

Quello che Gesù ha detto e fatto corrisponde fedelmente a quello che pensa e fa Dio (Gv 5, 19-20). Per definire l'identità di Dio («*Dio è amore*») Giovanni utilizza la parola greca *agàpe* («amore, carità»). In greco esistono altre parole per esprimere il termine amore: *éros* indica l'amore, l'affetto mosso e giustificato da un'attrattiva particolare, da un fascino; *filía* esprime l'amore inteso come amicizia, rapporto e relazione amichevole e di concordia. *Agàpe*, invece, indica l'amore, l'affetto di chi si prende cura e ha caro qualcuno o qualcosa senza che dall'altra parte ci sia motivo di attrattiva, fascino o merito alcuno; è un amore puramente gratuito, proprio come quello del padre misericordioso della parabola di Luca.

Agàpe: il termine *agàpe*, utilizzato da san Giovanni per indicare la realtà di Dio, nel Nuovo Testamento e nei primi secoli cristiani, viene utilizzato per riferirsi alla celebrazione dell'eucaristia. Al momento propriamente eucaristico dello spezzare il pane e bere il vino, come aveva comandato Gesù nell'Ultima Cena, veniva fatto precedere un pasto fraterno e di condivisione per esprimere l'unione e la familiarità che devono contraddistinguere coloro che credono nel «Dio che è amore». Di questo uso vi sono testimonianze in raffigurazioni paleocristiane e anche in testi di san Paolo (1Cor 11, 17-22).

Dio è madre

Giovanni Segantini, *L'amore alla fonte della vita*, particolare, XIX secolo.

Noi persone, essendo creature siamo maschi o femmine ed esprimiamo il nostro amore in modo maschile o femminile. Dio non è né maschio né femmina perché Dio è «amore», è l'origine di tutto e quindi anche di ogni paternità e di ogni maternità: ama come un «padre» e come una «madre» e il suo amore è più grande di qualsiasi amore umano.

La Bibbia parla di Dio al maschile perché lo descrive con il linguaggio e la cultura del tempo.

Questo non esclude che anche gli atteggiamenti materni siano adeguati a dirci la bontà di Dio; anzi, l'uomo e la donna sono entrambi immagine di Dio, dal quale proviene ogni paternità e maternità.

Se sfogliamo l'Antico Testamento bisogna riconoscere che Dio non è mai chiamato Madre. Vi sono, tuttavia, brani in cui vengono riferite a Dio espressioni tipicamente materne come i verbi «concepire», «portare in grembo», «generare», per indicare il rapporto di figliolanza tra il popolo di Israele e Dio (Nm 11, 11-12; Dt 32, 18).

Il brano più esplicito nel tratteggiare la bontà di Dio con un linguaggio femminile è quello di Isaia.

Si dimentica forse una donna del suo bambino, così da non commuoversi per il figlio delle sue viscere? Anche se queste donne si dimenticassero, io invece non ti dimenticherò mai.

Is 49, 15

In un brano successivo è scritto:

Come una madre consola un figlio così io vi consolerò.

Is 66, 13

Marc Chagall, *La maternità ai piedi dell'albero*, vetrata della pace, particolare, 1976, Cappella dei Francescani, Sarrebourg, Francia.

Anche Gesù ricorre ad alcune immagini femminili per parlare di Dio come quando, ad esempio, ispirandosi ai gesti tipici della massaia, racconta la parabola della donna che impasta la farina con una manciata di lievito (Mt 13, 33), oppure quando narra la parabola della donna che cerca la moneta persa (Lc 15, 8-9).

Nel corso del suo brevissimo pontificato, durato soltanto trentatré giorni, papa Giovanni Paolo I (morto il 29 settembre 1978), aveva tenuto un discorso nel quale sottolineava l'amore di Dio affermando:

Noi siamo oggetto da parte di Dio di un amore intramontabile. Sappiamo che ha sempre gli occhi aperti su di noi, anche quando sembra che ci sia notte. È papà. Più ancora è madre.

Giovanni Paolo I, 10 settembre 1978

La Trinità

Nell'Antico Testamento si parla di un unico Dio (monoteismo) che ha creato tutto con la sua Sapienza (Pr 8, 22-31) ed espande su tutte le sue creature il suo Spirito di vita senza il quale nulla può esistere (Sal 104, 30). Gesù conferma la fede in un Dio unico da amare.

> *... Ascolta Israele. Il Signore Dio nostro è l'unico Signore; amerai dunque il Signore Dio tuo con tutto il tuo cuore, con tutta la tua mente e con tutta la tua forza.*
>
> Mc 12, 29

Gesù insegna che Dio è unico ma rivela anche che Dio è un mistero di comunione e di amore: Dio non è solitudine ma è carità, un flusso vivo ed eterno di puro e totale amore. Con la ragione umana non è possibile capire e comprendere tutto il mistero divino: le nostre parole sono inadeguate per descrivere il segreto delle profondità di Dio, per descrivere il mistero di amore che Dio è in se stesso.

Andrej Rublëv, *Trinità nell'Antico Testamento,* 1410 ca., Galleria Tret'jokov, Mosca.

Gesù rende accessibile il mistero della vita intima di Dio. Egli chiama il Creatore dell'universo con il nome familiare di Abbà, papà. Dio è Padre, Creatore di ogni cosa e tutto esiste come un libero e gratuito dono. L'universo non aggiunge nulla alla sua perfezione ma è frutto della sovrabbondanza ed espansività del suo amore. Dio è la pura gioia del donare senza riserve. Questo Dio onnipotente e creatore è entrato nella storia degli uomini e si è rivelato attraverso la storia e la fede del popolo ebreo. Per questo:

> *... il nome che conviene propriamente a Dio è quello di «Padre» piuttosto che di «Dio». [...] Dire «Dio» significa indicare il dominatore di tutte le cose; dire «Padre» significa invece raggiungere una proprietà intima. [...] «Padre» è dunque in un certo modo il nome più vero di Dio, il suo nome proprio per eccellenza.*
>
> Cirillo di Alessandria, *Commento al Vangelo di Giovanni*, 2, 7

Gesù rivela che questo Dio è suo Padre. Al battesimo presso il fiume Giordano, Dio attesta che Gesù è il suo Figlio e su di Lui discende lo Spirito.

Gesù è Figlio di Dio in un modo particolare ed esclusivo: è Figlio perché viene, è generato dal Padre, ma nello stesso tempo è identico a Lui.

> *Io e il Padre siamo una cosa sola.*
>
> Gv 10, 30

Gesù è Dio che si fa uomo; è la manifestazione, l'apertura, la presenza di Dio.

Piero della Francesca, *Battesimo di Cristo,* 1448-50, National Gallery, Londra.

Gli disse Filippo: «Signore, mostraci il Padre e ci basta». Gli rispose Gesù: «[...] tu non mi hai conosciuto, Filippo? Chi ha visto me ha visto il Padre».

Gv 14, 8-9

L'identificazione di Sé come Dio si desume da numerosi passi dei Vangeli.

In verità, in verità vi dico: prima che Abramo fosse, Io Sono.

Gv 8, 58

Gesù attribuisce a se stesso lo stesso nome «*Io Sono*» con il quale Dio si era rivelato a Mosè dal roveto ardente (Es 3, 14 e p. 209).

Ma Gesù parla di una terza Persona divina, cioè dello Spirito Santo.

Quando verrà il Consolatore che io vi manderò dal Padre, lo Spirito di verità che procede dal Padre, Egli mi renderà testimonianza.

Gv 15, 26

Lo Spirito è l'onnipotenza dell'amore con cui Dio attua il suo progetto di salvezza: dona la vita, illumina e rivela il mistero di Dio, perdona i peccatori, rende presente e tutto avvolge della presenza di Dio. Lo Spirito ci introduce nella comunio-

DOCUMENTI

La Trinità, mistero di Dio e segreto dell'uomo

Per noi uomini la Trinità è l'origine, il sostegno, la direzione e la meta del nostro cammino. Siamo creati a sua immagine e chiamati a partecipare alla sua vita di amore.
Siamo soggetti singoli e irripetibili; ma ci apparteniamo gli uni gli altri. Tendiamo ad affermare la nostra identità personale, la nostra libertà e originalità; non però nell'isolamento. Per essere noi stessi e sentirci vivi, abbiamo bisogno che altre persone ci accettino e riconoscano il nostro valore; abbiamo bisogno di comunicare con loro e di condividere le cose, gli atteggiamenti, perfino i segreti più intimi. Ciò si può realizzare solo nella reciprocità dell'amore, non certo in altri rapporti umani caratterizzati dalla violenza, dal dominio, dal possesso.
Secondo un detto di Gesù, non riferito dai Vangeli canonici, ma attribuito a lui dall'antica tradizione cristiana, il Regno di Dio viene «quando due diventano uno». Come il Padre è donazione e il Figlio è accoglienza nell'unità dello Spirito Santo, così noi viviamo davvero e cresciamo nella misura in cui impariamo a donare noi stessi e ad accogliere gli altri, in uno scambio incessante per attuare la comunione nel rispetto delle persone e della loro libertà e originalità. [...] l'uomo, il quale in terra è la sola creatura che Dio abbia voluto per se stessa, non può ritrovarsi pienamente se non attraverso un dono sincero di sé.

CONFERENZA EPISCOPALE ITALIANA, *La verità vi farà liberi*, Libreria editrice Vaticana, Città del Vaticano 1995, n. 348

Attività

- Esemplifica alcune esperienze nelle quali ti senti te stesso, ti senti vivo, grazie alla presenza, alla stima, all'accettazione degli altri: situazioni in cui grazie agli altri la tua vita acquista senso e valore.
- A che cosa ti fa pensare la frase «Il Regno di Dio viene quando due diventano uno»?

ne di amore con Dio, ci rende figli di Dio; lo Spirito è amore, è dono. E quando Gesù parte definitivamente da questa terra concludendo la propria esperienza terrena, invia i suoi discepoli nel mondo ad annunziare il Vangelo e a battezzare «*nel nome del Padre, del Figlio e dello Spirito Santo*» (Mt 28, 19).

L'abbraccio, il vortice, il flusso di eterno e puro amore che è Dio in se stesso, ora abbraccia e avvolge ogni essere umano: tutti siamo chiamati a entrare in questa comunione di amore divino.

Da un punto di vista razionale è presunzione cercare una chiarezza completa sul mistero dell'intimità di Dio: Dio, se è tale, è infinitamente più grande di noi.

Dio è infinita sorgente di luminoso amore, come un sole la cui luce intensa è difficile da fissare. La sua luminosità si rende presente dovunque e avvolge tutto; tutto illumina e riscalda, tutto acquista la propria vera immagine, tutto ruota attorno a Lui e ritorna a cercare luce e calore a questa sorgente.

Il dogma della Trinità, cioè l'identità di Padre, Figlio e Spirito Santo, non è una dottrina astrusa, astratta, un elaborato di idee teoriche. La Trinità è il mistero di Dio, ma è anche il segreto più profondo della vita dell'uomo. Noi siamo chiamati a realizzarci nell'amore con Dio e con i fratelli. In particolare, l'amore coniugale riflette il mistero della Trinità.

L'amore totale tra l'uomo e la donna li rende un tutt'uno, pur mantenendo la loro personale identità. Così è in Dio, profonda unità d'amore e identità di ciascuno.

La Trinità, l'immagine più bella di Dio

La Trinità divina non è una conquista del pensiero umano. Essa è da noi creduta unicamente perché Gesù ce l'ha rivelata, attestando la sua familiarità col Padre, che l'aveva inviato, e promettendo lo Spirito Santo ai suoi discepoli come «l'altro Paraclito» (consolatore, avvocato).
Credere pertanto non è sinonimo di vedere, o di capire tutto senza alcuna difficoltà. Un bel passo di san Paolo nella sua prima lettera ai Corinti è illuminante: «Ora vediamo come in uno specchio, in maniera confusa; ma allora vedremo a faccia a faccia. Ora conosco in modo imperfetto, ma allora conoscerò perfettamente, come anch'io sono conosciuto» (13, 12).
La nostra fede però non rinuncia a capire ciò che crede, pur nella consapevolezza che il nostro comprendere sarà sempre imperfetto e inadeguato. [...]
Due gli aspetti da sottolineare. Innanzitutto ci viene comunicata una bella immagine di Dio, che non ha nulla a che fare con quella di un superpadre monarchico e padrone. Il Dio unico è comunione di persone, è relazione interpersonale. [...] *In secondo luogo il Dio cristiano si è manifestato in Gesù Cristo come dedizione, amore, vicinanza...*
Lascio immaginare le conseguenze che ne derivano in vista della comprensione di noi stessi, della società, di tutta la realtà, dal momento che tutto ciò che esiste reca in sé l'impronta del Dio creatore. La più bella conseguenza la si potrebbe formulare così: essere persona non significa essere un io solitario, bensì essere in relazione con altri. Potremmo dire addirittura che diventiamo noi stessi mediante il nostro essere con gli altri e per gli altri.
Come si vede, la Trinità è tutt'altro che una verità inutile e senza conseguenze pratiche, come sosteneva Kant!

F. Ardusso, *La Trinità è l'immagine più bella e più vera di Dio*, in "Famiglia cristiana", 26 maggio 2002

Alle radici della fede cristiana: le promesse battesimali

Durante la celebrazione del battesimo e nella notte di Pasqua, i cristiani rinnovano le loro «promesse battesimali», cioè l'affermazione della loro fede in Dio Trinità. Ecco il testo della *Traditio Apostolica* di Ippolito Romano risalente all'inizio del III secolo.

Credi in Dio Padre onnipotente?
Credi in Gesù Cristo, Figlio di Dio,
che è nato di Spirito Santo da Maria vergine,
e fu crocifisso sotto Ponzio Pilato
e morì e fu sepolto,
e risorse il terzo giorno vivo dai morti,
e ascese nei cieli e siede alla destra del Padre,
e verrà a giudicare i vivi e i morti?
Credi nello Spirito Santo,
e la santa Chiesa e la risurrezione della carne?

Federico Barocci, *Annunciazione*, 1592-96, particolare, Santa Maria degli Angeli, cappella Coli-Pontani, Perugia.

Gesù di Nazaret è il Figlio di Dio, vero Dio e vero uomo. Da sempre il Verbo di Dio esiste, generato da Dio come «*luce da luce*». «*Per noi uomini e per la nostra salvezza discese dal cielo*»: è stato concepito da Maria per opera dello Spirito Santo e si è fatto uomo, si è fatto Gesù di Nazaret.

Ma come spiegare la profonda identità di Gesù? Come ha potuto essere allo stesso tempo vero Dio e vero uomo?

Nello sforzo di interpretare la persona di Gesù, si sono originate alcune eresie dette «cristologiche» perché riguardano Cristo, e anche «trinitarie» quando coinvolgono la Trinità di Dio.

- La prima grande eresia è l'**arianesimo**. Ario, un sacerdote di Alessandria d'Egitto († 336), insegnava che Cristo non è pienamente uguale a Dio Padre, non è della stessa sostanza del Padre, ma sarebbe la prima, la più eccelsa e la più perfetta delle creature, creata da Dio prima di tutte le cose. Dunque, secondo Ario, il Verbo di Dio, Figlio di Dio, che si è fatto uomo in Gesù, non sarebbe né eterno né della stessa sostanza divina, ma sarebbe una sorta di demiurgo, di semidio. Atanasio († 373), vescovo di Alessandria, combatté l'arianesimo. Il Concilio di Nicea (325) affermò solennemente la piena uguaglianza del Figlio di Dio con Dio Padre e insegnò che il Figlio è eterno come Dio e con Lui condivide la stessa divinità. Egli è «*nato dal Padre prima di tutti i secoli: Dio da Dio* [...], *generato e non creato, della stessa sostanza del Padre*», quindi «*Dio vero da Dio vero*», come luce che si sprigiona da una sorgente luminosa. Nonostante il Concilio di Nicea, l'arianesimo si diffuse presso varie popolazioni barbariche (germani, goti, vandali, longobardi) fino al VII secolo.
  Bisogna ricordare che nel linguaggio corrente l'aggettivo «ariano» non è subito collegato all'eresia, ma (derivando dal sanscrito *ariya'*, «nobile», «signore») indica quelle popolazioni il cui ceppo originario è di provenienza indoeuropea,

Il Concilio di Nicea in una miniatura bizantina, X-XI secolo.

formatosi a seguito di ripetute migrazioni verso l'Europa dall'Asia centrale e suddivisosi poi nei gruppi etnico-linguistici latino, slavo e germanico.

Cristo insegnante in una miniatura copta del XVIII-XIX secolo.

- Se l'arianesimo negava la piena divinità del Figlio di Dio, Apollinare di Laodicea (310 ca. - 390) voleva mettere in evidenza la divinità di Cristo, ma finì per negargli una vera intelligenza e volontà umane. Gesù, durante la vita terrena, si era limitato ad assumere un corpo e la divinità del Verbo aveva sostituito la dimensione spirituale umana di Gesù. Il Concilio di Costantinopoli (381) insegnò, contro l'**apollinarismo**, che il Verbo di Dio si è fatto uomo in Gesù assumendo in pienezza ogni dimensione umana, anima e corpo.
- In un certo senso l'apollinarismo aveva anticipato il **monofisismo** («una sola natura», quella divina): il monaco greco Eutiche (378 ca. - 454), infatti, riconosceva in Cristo solo la divinità.
  L'umanità di Cristo è solo apparente perché è stata assorbita dalla sua divinità, quindi Egli non è più un vero e completo uomo, ma solamente vero Dio. Il Concilio di Calcedonia (431) difese la piena umanità di Cristo, «*perfetto nella sua umanità*», «*vero uomo, composto di anima razionale e di corpo, consustanziale al Padre per la divinità e consustanziale a noi per l'umanità, simile in tutto a noi, fuorché nel peccato*».
  Le decisioni del Concilio di Calcedonia, sfavorevoli a Eutiche, spaccarono in due la Chiesa, con la separazione dell'Egitto, di parte della Palestina e di molte comunità siriane. Questa separazione è all'origine delle attuali Chiese monofisite copta, armena e siriaca, con comunità monofisite in Mesopotamia e India.
- Un'altra eresia che tende a negare la piena umanità di Cristo è il **monotelismo** («una sola volontà»). Come era possibile che Gesù avesse una vera volontà umana unita, non contrapposta e sempre concorde con la volontà divina? Il monotelismo insegnava che in Cristo vi era solo la volontà divina. Il terzo Concilio di Costantinopoli (680-681) ribadì che Gesù aveva una piena e libera volontà umana che ha aderito alla piena e libera volontà divina.
- Anche il **docetismo** (dal verbo greco *dokéo*, «apparire», «sembrare») negava la piena e completa umanità di Cristo perché insegnava che il corpo fisico di Gesù e la sua natura umana erano apparenti: «sembrava» uomo, ma non lo era veramente. In questo modo si banalizzava il senso della vita terrena, della sofferenza e della morte di Gesù. Già alcune frasi del Nuovo Testamento, contro ogni tentazione docetista, affermano la realtà e non l'apparenza del corpo e dell'umanità di Cristo (ad esempio Gv 1, 14; 6, 53-55; 20, 24-28; At 10, 41; 1Gv 4, 1-3; Rm 8, 3).
- L'**eresia nestoriana** è un'altra prova della difficoltà di capire come Cristo sia vero uomo e nello stesso tempo vero Dio. Il vescovo di Costantinopoli Nestorio (381-451) accentuava talmente l'umanità e la divinità di Gesù al punto da far credere che parlasse di due persone, due identità, quella divina e quella umana, giustapposte ma non pienamente unite nell'unica persona di Gesù. In Cristo vi

Annibale Carracci, *Cristo in gloria e santi*, 1597-98 ca., Galleria Palatina, Firenze.

era la persona del Verbo di Dio e la persona umana di Gesù, ma non era un'unione personale, non era un unico «essere», non era quindi un'unione ipostatica. È una posizione diametralmente opposta al monofisismo, che emerge chiaramente quando Nestorio dice che Maria è da invocarsi come «*Madre di Cristo*» (*Christótokos*) oppure come «*colei che ha ricevuto Dio*» (*Theódochos*), intendendo che la Madonna ha dato al mondo solo la persona umana di Cristo. Il Concilio di Efeso (431) riconosce che la Madonna è «*Madre di Dio*» (*Theótokos*) come è venerata dalla Chiesa tuttora il 1° gennaio, avendo dato al mondo la persona del Figlio di Dio fattosi uomo.

Ma vi sono eresie che negano la divinità di Gesù.

- Con il termine **adozionismo** si intendono quelle dottrine che, con sfumature differenti, considerano Gesù Cristo come un semplice uomo diventato Dio solo per «adozione»: Gesù, pieno dello spirito di Dio, fedele alla volontà divina, e scelto da Dio per salvare gli uomini, sarebbe stato «adottato» da Dio come suo figlio, «fatto diventare» Dio da Dio stesso. Molti adozionisti considerano il battesimo di Gesù al Giordano come il momento in cui l'uomo Gesù diviene Figlio di Dio. Dunque Gesù non è uguale a Dio ma gli è inferiore e subordinato: in questa prospettiva stanno il **monarchianesimo** («assoluta unicità, monarchia del Padre») e più in generale il **subordinazionismo** (il Figlio è subordinato al Padre), di cui l'arianesimo è un esempio.

Come si è potuto constatare, alcune eresie:

> *... enfatizzano un aspetto parziale della verità in maniera così unilaterale da lasciarne in ombra o negarne altri. Alcune accentuano l'umanità di Cristo a scapito della divinità; altre, viceversa, accentuano la divinità in modo da misconoscere la sua vera e completa umanità. Tutte finiscono per allontanare Dio dalla storia degli uomini, compromettendo la concezione cristiana della salvezza come unione di Dio con l'uomo.*
>
> CONFERENZA EPISCOPALE ITALIANA, *La verità vi farà liberi*, n. 306, Libreria Editrice Vaticana, Città del Vaticano 1995

Si pensi infatti alle conseguenze per la vita del cristiano, tentato di far prevalere l'aspetto divino e di trascurare i valori umani e l'impegno concreto; oppure accentuare l'umano e dimenticare gli aspetti trascendenti. La preoccupazione della Chiesa è sempre stata quella di salvaguardare la fede in Gesù, vero uomo e vero Dio. Tutto questo è riassunto nelle formule del *Simbolo apostolico* e del *Simbolo niceno-costantinopolitano*, il *Credo*.

Il Dio dei musulmani

Maiolica iraniana con l'iscrizione in arabo: *Non avrai altro Dio oltre ad Allah*, 1307, Pergamon Museum, Berlino.

Il Corano afferma che Dio è «*l'unico*» (*al-Wâhid*) e «*non c'è Dio al di fuori di Iddio*». L'islam è, quindi, una religione rigorosamente monoteista. Essa non accetta il Dio cristiano e ritiene che il cristianesimo cada nel «triteismo» perché crede in un Dio Padre, Figlio e Spirito. Per l'islam Dio è Onnipotente e l'uomo gli deve tributare piena adorazione e fiduciosa sottomissione (islam significa, appunto, «sottomissione a Dio»). Dio è il Vivente e il Sussistente: Egli è dall'Eternità.

> *Di': Egli, Dio, è uno, Dio, l'Eterno.*
> *Non generò, né fu generato e nessuno Gli è pari.*
>
> Corano, *sura* CXII

Le caratteristiche di Dio più meditate dai musulmani sono la Potenza e la Misericordia. Infatti ogni *sura* (capitolo) del Corano inizia con la frase: «*Nel nome di Dio Clemente e Misericordioso*».

Nel Corano Dio parla alcune volte al singolare (Io), altre volte utilizza il «plurale di maestà» (Noi).

Il mistero di Dio è spiegato attraverso un lungo elenco di attributi a Lui riferiti e contenuti nel Corano in ordine sparso. La devozione musulmana li ha raccolti: sono i novantanove «nomi belli di Dio». I fedeli musulmani, per adorare e lodare Dio, hanno introdotto la pratica della recita di questi nomi. Si possono recitare tutti, oppure sceglierne uno che viene ripetuto e meditato con l'aiuto di un rosario, composto da novantanove o trentatré grani, che serve, appunto, alla recitazione litanica. Questa è una pratica devozionale che fa parte delle preghiere libere e volontarie. Riportiamo qui sotto «i nomi belli» di Dio.

Il Benefattore
Il Misericordioso
Il Re
La Bellezza
La Pace
Il Fedele
Il Difensore
Il Potente
Il Riparatore
Il Grande
Il Fecondo
Il Creatore
Il Vigilante
L'Indulgente
Il Dominatore
Il Glorificato
Il Magnifico
Il Guardiano
Il Donatore
La Beneficenza

Il Vittorioso
La Conoscenza
Colui che apre
Colui che chiude
Il Veggente
L'Attento
Il Giudice
Il Giusto
Il Sottile
L'Osservante
Il Clemente
Il Magnanimo
Il Piacevole
L'Immutabile
L'Unico
L'Eterno
Il Dispensatore
La Provvidenza
Il Maestoso
Il Generoso

La Sentinella
Colui che vede
Colui che esaudisce
Il Saggio
Lo Splendido
L'Amatissimo
Colui che abbassa
Colui che innalza
Colui che dà la dignità
Colui che toglie
L'Invincibile
Il Santo
Il Degno di ogni lode
L'Onnisciente
Il Principe
La Risurrezione
Il Padrone della Morte
Il Vivente
L'Opulento
La Novità

L'Equo
Colui che raduna
Il Sufficiente
Il Ricco
Colui che detiene i beni
Colui che li separa
Colui che li distribuisce
La Dolcezza
Il Bene
La Carità
Il Prudente
Colui che produce
Colui che previene
Il Primo
L'Ultimo
Il Manifestato
Il Nascosto
Il Protettore
Il Degnissimo
L'Onnipotente

Il Testimone
La Verità
Il Forte
Il Diritto
Il Perdono
Il Decisore
Il Buono
L'Amabile
Il Regno
Il Signore della Maestà
Il Signore della Generosità
La Luce
Il Compassionevole
Il Glorioso
L'Universale
La Guida
Il Perfetto
Il Sublime
Il Paziente

Una pagina del Corano (sopra) in un manoscritto in lingua araba.

Un rosario islamico (a destra) appoggiato su un Corano: di esso i fedeli si servono per recitare i nomi di Dio.

Tuttavia bisogna ricordare che per l'islam:

Dio rimane irraggiungibile, tanto più che se Egli parla ai profeti e insegna alle nazioni, non si allea con loro e non rivela alcuno degli aspetti della sua identità profonda, come invece fa nella Bibbia. [...] *Se l'islam si presenta come monoteismo della trascendenza assoluta, esso pretende anche di essere una religione profetica. Secondo il Corano, Dio non abbandona nessun popolo e si preoccupa di inviare a tutti dei messaggeri "come Nunzi e Ammonitori" (6, 48).*

M. Borrmans, *Islam e Cristianesimo*, Edizioni Paoline, Roma

Attività

- Alcuni «nomi belli di Dio» possono essere applicati anche al Dio cristiano. Pur restando la profonda differenza nel modo di comprendere l'esistenza di Dio tra cristiani e musulmani, tuttavia è possibile ricercare i punti di contatto, collegando a ogni frase biblica riportata uno dei nomi che il Corano attribuisce a Dio.

Frasi bibliche	Nomi belli di Dio
In Principio Dio creò il cielo e la terra. (Gen 1, 1)	
Ha rovesciato i potenti dai troni, ha innalzato gli umili. (Lc 1, 52)	
Santo, santo, santo il Signore Dio, l'Onnipotente, Colui che era, che è e che viene. (Ap 4, 8)	
In quel tempo io vi guiderò, in quel tempo vi radunerò e vi darò fama e lode... (Sof 3, 20)	
A Te si deve la lode, o Dio, in Sion, a Te si sciolga il voto in Gerusalemme. (Sal 65, 2)	
A Te che sei stato il mio aiuto, esulto di Gioia all'ombra delle tue ali. (Sal 63, 8)	
Io sono l'Alfa e l'Omega. (Ap 1, 8)	
La sua benedizione si diffonde come un fiume e irriga come un'inondazione la terra. (Sir 39, 22)	

DOCUMENTI

Islam e cristianesimo

La dottrina musulmana afferma un rigoroso e assoluto monoteismo, condannando la fede nella Trinità dei cristiani come un triteismo. Muhammad, che era venuto a contatto con gruppi di cristiani, non aveva ricevuto una presentazione corretta del monoteismo cristiano, forse anche per il fatto che egli ebbe contatti con gruppi eretici. Nel Corano è chiaramente affermata la profonda differenza tra cristiani e musulmani nell'intendere l'unicità di Dio.

O uomini! È venuto a voi il Messaggero con la Verità data dal vostro Signore. Credete dunque e sarà meglio per voi. Ma se rifiutate la Fede, sappiate che di Dio è tutto ciò che è nei cieli e che è sulla terra e Dio è saggio e sapiente. – O Gente del Libro![1] Non siate stravaganti nella vostra religione e non dite di Dio altro che la Verità! Ché il Cristo Gesù figlio di Maria non è che il Messaggero di Dio, il Suo Verbo che egli depose in Maria, uno Spirito[2] da Lui esalato. Credete dunque in Dio e nei suoi Messaggeri e non dite: «Tre!» Basta! E sarà meglio per voi! Perché Dio è un Dio solo, troppo glorioso e alto per avere un figlio! A Lui appartiene tutto quel ch'è nei cieli e quel ch'è sulla terra, Lui solo basta a proteggerci! – Il Cristo non ha disdegnato d'essere un semplice servo di Dio.

CORANO, *sure* 4, 170-172

Certo sono empi quelli che dicono: «Il Cristo, figlio di Maria, è Dio» mentre il Cristo disse: «O figli di Israele! Adorate Dio, mio e vostro Signore».[3] E certo chi a Dio dà compagni, Dio gli chiude le porte del paradiso: la sua dimora è il Fuoco, e gli ingiusti non avranno alleati. – E sono empi quelli che dicono: «Dio è il terzo di Tre» Non c'è altro Dio che un Dio solo, e se non cessano di dire simili cose un castigo crudele toccherà a quelli di loro che così bestemmiano. – Non si convertiranno mai dunque a Dio chiedendo il Suo perdono? Dio è indulgente clemente. – Il Cristo figlio di Maria non era che un Messo di Dio come gli altri che furono prima di lui, e sua madre era una santa, ma ambedue mangiavano cibo. Guarda come noi spieghiamo chiari a essi i Segni, e guarda come essi si allontanano dal Vero.

CORANO, *sure* 5, 72-75

Un bambino studia le *sure* all'esterno di una scuola coranica.

E quando Dio disse: «O Gesù figlio di Maria! Sei tu che hai detto agli uomini: "Prendete me e mia madre come dèi oltre a Dio?"[4] E rispose Gesù: «Gloria a Te! Come mai potrei dire ciò che non ho il diritto di dire? Se lo avessi detto Tu lo avresti saputo: Tu conosci ciò ch'è nell'intimo mio, e io non conosco ciò che è nell'intimo Tuo.[5] Tu solo sei il profondo conoscitor degli arcani![6] Io non dissi loro se non quello che Tu mi ordinasti di dire, cioè: "Adorate Iddio, mio Signore e Signor vostro".

CORANO, *sure* 5, 116-117, a cura di A. Bausani, Rizzoli, Milano 1990

La rivelazione dell'arcangelo Gabriele a Muhammad in una miniatura turca del IX-XI secolo, Museo del Louvre, Parigi.

1 Con questa espressione ci si riferisce ai fedeli delle religioni ebraica e cristiana, così chiamati perché queste religioni credono nella rivelazione di Dio contenuta nella Bibbia.
2 Per i musulmani come per i cristiani cattolici, il concepimento di Gesù nel grembo di Maria è avvenuto per opera dello Spirito di Dio, in maniera verginale.
3 La distinzione evidenziata è attestata anche dai Vangeli (Mt 5, 48 e 7, 21).
4 Questa frase, da cui risulta che la Trinità sarebbe formata da Dio, Gesù e Maria, con molta probabilità è dovuta al fatto che il fondatore dell'islam era venuto a contatto con gruppi eretici di cristiani che affermavano come tra Dio, Gesù e Maria vi fosse un particolare legame in ordine alla salvezza degli uomini.
5 L'intima e profonda unità di intenti tra Dio e Gesù è affermata a più riprese nei Vangeli (Gv 14, 9-11; Gv 17, 22-25).
6 Dal latino *arcanus*, «segreto, mistero».

Dio: il nostro destino eterno

Tutta la Bibbia presenta Dio in stretto contatto con gli uomini: si manifesta presente tra loro e vuole stringere con loro un legame indistruttibile, un'alleanza di amore eterno. Matteo, parlando della nascita di Gesù, dice che Egli sarà l'Emanuele, il «*Dio con noi*» (cfr. Mt 1, 23) e nell'Ultima Cena Gesù parla dell'offerta della sua vita come della «*nuova alleanza*» (cfr Lc 22, 20), il patto definitivo con cui Dio vuole unirsi a noi in una relazione d'amore.

Il libro dell'*Apocalisse* descrive il futuro dell'umanità come l'incontro definitivo con Dio.

> *Vidi poi un nuovo cielo e una nuova terra, perché il cielo e la terra di prima erano scomparsi e il mare non c'era più* [...]
> *«Ecco la dimora di Dio con gli uomini!*
> *Egli dimorerà tra di loro*
> *ed essi saranno suo popolo*
> *ed Egli sarà il "Dio-con-loro"».*

Ap 21, 1. 3

Nulla potrà separarci da questa comunione con Dio che, grazie alla fede, incomincia in questa vita terrena, ma continuerà nella vita eterna. Nemmeno la morte potrà separaci dall'amore di Dio (cfr. Rm 8, 31-35), né impedire che si realizzi questa profonda vocazione dell'uomo: incontrare ed essere con Dio. Anzi, proprio la morte è il passaggio alla comunione definitiva con Dio. Cristo con la sua morte ha aperto il passaggio (= pasqua) alla vita eterna.

Luca Signorelli, *La Resurrezione della carne*, 1499-1504, ciclo di affreschi della cappella del Duomo di San Brizio, Orvieto.

La fine della vita è motivo di paura e turbamento per tutti, ma Gesù rassicura:

Non sia turbato il vostro cuore. Abbiate fede in Dio e abbiate fede anche in me. Nella casa del Padre mio vi sono molti posti. Se no, ve l'avrei detto. Io vado a prepararvi un posto; quando sarò andato e vi avrò preparato un posto, ritornerò e vi prenderò con me, perché siate anche voi dove sono io.

Gv 14, 1-3

Ogni persona è stata creata per amore e per incontrare l'Amore vero e definitivo che è Dio.

La vocazione definitiva dell'uomo, il suo destino [...] è essere con Gesù, entrare nella piena comunione con Dio che è trino, che è comunione di persone, che è amore in sé e vuole che questo amore sia partecipato anche dalle creature. Dio ci ha creati fin dal primo istante per condividere il suo rapporto interno di amore. Per questa ragione ha inviato a noi suo Figlio, per salvarci, per unirci a lui in modo da partecipare a questa comunione d'amore. Il paradiso al quale il Signore ci invita è la piena comunione con Dio.

L. Ladaria, in M. Cacciari - L. Ladaria - B. Maggioni - C. Molari, *L'aldilà*, Edizioni Paoline, Milano 2001

Dio è Trinità, è amore, è dialogo, è comunione piena e sogna un mondo futuro, perfetto, dove non ci sarà più né tempo né spazio e dove tutto l'amore di Dio sarà condiviso e donato anche agli uomini. Allora la vita e la gioia eterna saranno la stessa vita e la stessa gioia di Dio (cfr Mt 25, 21.23).

In questo mondo futuro, nell'aldilà, si svelerà pienamente chi siamo e raggiungeremo la nostra piena realizzazione. San Giovanni scrive:

Carissimi, noi fin d'ora siamo figli di Dio, ma ciò che saremo non è stato ancora rivelato. Sappiamo però che quando Egli si sarà manifestato, noi saremo simili a lui, perché lo vedremo così come Egli è.

1Gv 3, 2

Con la morte entreremo nella verità: cadranno tutte le apparenze e finiranno i nostri dubbi. Non solo vedremo Dio così come Egli è, ma nella luce di Dio sapremo giudicare rettamente la nostra vita e valutare le nostre azioni. Gesù parla di un giudizio che ci attende dopo la morte (cfr Mt 25, 31-46) con un premio (paradiso) e un castigo (inferno). Infatti Dio è amore, misericordia, perdono ma è anche giustizia. A noi risulta difficile capire come Dio-giudice saprà conciliare la sua infinita misericordia con la giustizia divina, la bontà di Padre con l'equità del giudice, il perdono con il premio o la punizione. Nella Bibbia vi sono certamente dei testi che parlano di minaccia e punizione eterna, ma pochi ne parlano fuori da un contesto di più grande misericordia; molti sono invece i brani che parlano di misericordia senza concludere con la minaccia. Il fatto che Gesù sia morto per i nostri peccati non è un'aggravante nel giudizio di Dio, ma è il motivo e la prova di quanto forte sia l'amore di Dio, che vuole la salvezza di tutti.

Ma vi sarà anche un giudizio universale.

La seconda parte del Credo *si conclude con la prospettiva del Giudizio finale e la terza con quella della risurrezione dei morti. Giudizio: non è che con ciò ci viene inculcata nuovamente la paura? Ma non desideriamo forse tutti che un giorno sia fatta giustizia per tutti i condannati ingiustamente, per quanti hanno sofferto lungo la vita e poi da una vita piena di dolore sono stati inghiottiti nella morte? Non vogliamo forse tutti che l'eccesso di ingiustizia e di sofferenza, che vediamo nella storia, alla fine si dissolva; che tutti in definitiva possano diventare lieti, che tutto ottenga un senso? Questa affermazione del diritto, questo congiungimento di tanti frammenti di storia che sembrano privi di senso, così da integrarli in un tutto in cui dominino la verità e l'amore: è questo che s'intende col concetto di Giudizio del mondo. La fede non vuol farci paura; vuole però chiamarci alla responsabilità! Non dobbiamo sprecare la nostra vita, né abusare di essa; neppure dobbiamo tenerla semplicemente per noi stessi; di fronte all'ingiustizia non dobbiamo restare indifferenti, diventandone conniventi o addirittura complici. Dobbiamo percepire la nostra missione nella storia e cercare di corrispondervi. Non paura ma responsabilità: responsabilità e preoccupazione per la nostra salvezza, e per la salvezza di tutto il mondo, sono necessarie. A ciò, ciascuno deve dare il proprio contributo. Quando, però, responsabilità e preoccupazione tendono a diventare paura, allora ricordiamoci della parola di san Giovanni: «Figlioli miei, vi scrivo queste cose perché non pecchiate; ma se qualcuno ha peccato, abbiamo un avvocato presso il Padre: Gesù Cristo giusto» (1 Gv 2,1). «Qualunque cosa il nostro cuore ci rimproveri – Dio è più grande del nostro cuore ed Egli conosce ogni cosa» (1 Gv 3,20).*

BENEDETTO XVI, Omelia Santa Messa a Regensburg, 12 settembre 2006, in Benedetto XVI, *Chi crede non è mai solo*, Libreria editrice Vaticana, Roma - Cantagalli, Siena 2006

I cristiani credono dunque in un Dio, che è «*il Dio della speranza*» che riempie «*di ogni gioia e pace nella fede*» (Rm 15, 13), e per questa fede vivono non nel timore ma nella riconoscenza e nell'amore verso Dio.

Sia benedetto Dio e Padre del Signore nostro Gesù Cristo; nella sua grande misericordia Egli ci ha rigenerati, mediante la risurrezione di Gesù Cristo dai morti, per una speranza viva, per una eredità che non si corrompe, non si macchia e non marcisce. Essa è conservata nei cieli per voi.

1Pt 1, 3-4

Dio entra nella storia dell'uomo

L'Antico Testamento presenta Dio come aperto ai bisogni dell'uomo: Dio fa Alleanza con Israele.

Dio è padre

Alcune pagine dei Profeti parlano di Dio utilizzando immagini familiari: Dio come un padre che cura il proprio bambino.

La rivelazione di Dio in Gesù

Con Gesù si completa in maniera definitiva la rivelazione dell'amore di Dio:

- Dio è Padre di Gesù e Padre di ogni uomo;
- Dio vuole essere amico dell'uomo;
- Dio chiede agli uomini di rispondergli in maniera filiale;
- Dio accetta con pazienza e disponibilità al perdono anche i rifiuti dell'uomo.

Il mistero di Dio

La ragione dell'apertura e disponibilità di Dio sta nel mistero stesso della sua identità.

Chi è Dio

- Dio è amore;
- Dio è una comunità di amore: Padre, Figlio e Spirito;
- Dio è amore che si allarga al di fuori di se stesso e si estende agli uomini.

Dio ama il genere umano

La creazione del mondo e dell'uomo, la venuta di Gesù e la salvezza, l'azione dello Spirito, che rende presente la forza di Dio nella storia degli uomini guidandoli al bene, manifestano l'amore di Dio per gli uomini.

1 **Ricerca e leggi il brano di Dt 4, 32-40 e riporta, accanto a ogni indicazione contenuta nello schema, la frase del testo biblico che la giustifica.**

- Dio è potente: ______
- Dio è il liberatore: ______
- Dio è sempre fedele: ______
- Dio dona agli uomini una Legge da rispettare: ______
- Dio è unico: ______

2 **Ricerca la definizione di:**

- monoteismo;
- politeismo;
- ateismo;
- enoteismo.

La radice *-teismo* significa: ______

Fai qualche esempio di religione monoteista e politeista.

3 **Leggi il brano di At 17, 22-31. È il discorso che san Paolo tiene ad Atene, nell'Areopago, centro della vita politica e culturale degli ateniesi. Analizza il brano e completa lo schema scrivendo accanto a ogni versetto le azioni e le qualità di Dio, come le descrive Paolo.**

Versetto	Azioni e qualità di Dio
22	
23	
24	
25	
26	
27	
28	
29	
30	
31	

4 **Il segno della croce è uno dei gesti più comuni e frequenti per un cristiano.**

- Quali sono le parole che accompagnano questo segno?

______

- Quali verità di fede vogliono esprimere le parole e il segno?

______

5 **Di seguito viene riportata la parte iniziale della *Preghiera Eucaristica IV*. La *Preghiera Eucaristica* è il momento centrale della messa, in cui avviene la consacrazione del pane e del vino. In essa vengono sinteticamente richiamati i passaggi più importanti della storia della salvezza. Leggi attentamente e completa lo schema esplicitando le azioni che compiono le tre Persone della Santissima Trinità e indicando quale delle tre Persone compie l'azione.**

Preghiera Eucaristica	Quali azioni compie la Trinità? Quale Persona lo compie?
Noi ti lodiamo, Padre santo, per la tua grandezza: tu hai fatto ogni cosa con sapienza e amore, a tua immagine hai formato l'uomo, alle sue mani operose hai affidato l'universo perché nell'obbedienza a Te, suo creatore, esercitasse il dominio su tutto il creato. E quando, per la sua disobbedienza, l'uomo perse la tua amicizia, tu non l'hai abbandonato in potere della morte, ma nella tua misericordia a tutti sei venuto incontro, perché coloro che ti cercano ti possano trovare. Molte volte hai offerto agli uomini la tua alleanza, e per mezzo dei profeti hai insegnato a sperare nella salvezza.	
Padre santo, hai tanto amato il mondo da mandare a noi, nella pienezza dei tempi, il tuo unico Figlio come salvatore. Egli si è fatto uomo per opera dello Spirito Santo ed è nato dalla Vergine Maria; ha condiviso in tutto, eccetto il peccato, la nostra condizione umana. Ai poveri annunziò il vangelo di salvezza, la libertà ai prigionieri, agli afflitti la gioia. Per attuare il tuo disegno di redenzione si consegnò volontariamente alla morte, e risorgendo distrusse la morte e rinnovò la vita.	
E perché non viviamo più per noi stessi, ma per Lui che è morto e risorto per noi, hai mandato, o Padre, lo Spirito Santo, primo dono ai credenti, a perfezionare la sua opera nel mondo e compiere ogni santificazione.	

6 **Dio è creatore, onnipotente, Padre. Eppure il mondo non corrisponde al disegno originario di perfezione e bontà voluto da Dio. Esistono il male e il peccato.**

- Discuti su come è possibile conciliare questi aspetti: che cosa limita l'onnipotenza divina? Perché Dio non interviene?

7 **Il testo che segue è il *Prefazio* della festa della Trinità (che si celebra la domenica dopo Pentecoste). Riformula sul quaderno con le tue parole quanto recita questo testo di lode che introduce la preghiera eucaristica.**

È veramente cosa buona e giusta,
nostro dovere e fonte di salvezza
rendere grazie sempre e in ogni luogo
a te, Signore, Padre santo,
Dio onnipotente ed eterno.
Con il tuo unico Figlio e con lo Spirito Santo
sei un solo Dio, un solo Signore,
non nell'unità di una sola persona,
ma nella Trinità di una sola sostanza.

Quanto hai rivelato della tua gloria,
noi lo crediamo,
e con la stessa fede, senza differenze,
lo affermiamo del tuo Figlio e dello Spirito Santo.
E nel proclamare te Dio vero ed eterno,
noi adoriamo la Trinità delle Persone,
l'unità della natura,
l'uguaglianza nella maestà divina.
Gli Angeli e gli Arcangeli, i Cherubini e i Serafini,
non cessano di esaltarti uniti nella stessa lode:
Santo, Santo, Santo il Signore...

Messale Romano, Prefazio della SS. Trinità

8 Osserva attentamente queste raffigurazioni della Trinità.

Reginaldo Piramo, *La santissima Trinità*, miniatura in un messale latino, XVI secolo.

Lorenzo Lotto, *Trinità*, 1523-24, Chiesa di Sant'Alessandro della Croce, Bergamo.

Masaccio, *La Trinità*, 1424, affresco, Santa Maria Novella, Firenze.

- Quali elementi iconografici ricorrono con frequenza?
- Con quali caratteristiche è rappresentato il Padre, il Figlio e lo Spirito?
- Confronta queste raffigurazioni con la Trinità ortodossa di Andrej Rublev (p. 187): che differenze noti? Che cosa ha voluto significare, secondo te, il pittore russo rappresentando in questo modo la Trinità?

UNITÀ 8

La Chiesa

Contenuti

- Da Cristo alla Chiesa
- La Pentecoste cristiana
- I Dodici e la Chiesa apostolica
- I primi cristiani erano così
- Il Concilio di Gerusalemme
- La carità
- Vi perseguiteranno... oggi come allora

Obiettivi

- ☐ Ricostruire il legame inscindibile tra la Chiesa e Cristo.
- ☐ Seguire lo sviluppo e le caratteristiche della prima comunità cristiana, riconoscendo i tratti costitutivi della realtà ecclesiale secondo il Nuovo Testamento.
- ☐ Sapere che compito dei ministeri nella comunità è quello di garantire la fedeltà al messaggio di Cristo.
- ☐ Riconoscere nella missionarietà/evangelizzazione un'espressione di fede vissuta e testimoniata.
- ☐ Essere consapevoli che la carità è il «comandamento nuovo» del cristiano e riconoscere l'impegno caritativo della Chiesa.
- ☐ Saper individuare la funzione propria del successore di Pietro, cioè il papa.
- ☐ Riconoscere la duplice natura della Chiesa: divina e umana.
- ☐ Saper individuare nella realtà ecclesiale la continuazione storica del messaggio e del ministero di Cristo.

Da Cristo alla Chiesa

Gesù sapeva molto bene che la sua esperienza terrena avrebbe avuto una fine e un fine: la sua morte e la sua risurrezione; e voleva che qualcuno portasse avanti l'opera da lui iniziata.

Nei Vangeli vediamo una crescente preoccupazione di Gesù per organizzare il gruppo di coloro che avrebbero proseguito l'esperienza e il messaggio che Egli aveva iniziato.

Innanzitutto, Gesù incontra la folla e dialoga con la gente, dimostrando particolare compassione perché tutte quelle persone hanno bisogno di una guida.

> *Gesù andava attorno per tutte le città e i villaggi, insegnando nelle loro sinagoghe, predicando il vangelo del regno e curando ogni malattia e infermità. Vedendo le folle ne sentì compassione, perché erano stanche e sfinite, come pecore senza pastore. Allora disse ai suoi discepoli: «La messe è molta, ma gli operai sono pochi! Pregate dunque il padrone della messe che mandi operai nella sua messe!».*
>
> Mt 9, 35-38

Per preparare e sostenere l'annuncio del Vangelo, Gesù invia settantadue discepoli nelle città in cui sta per recarsi. Al termine delle raccomandazioni che precedono la partenza dei discepoli Egli dà loro il potere di parlare in suo nome e di rappresentarlo.

> *Chi ascolta voi ascolta me, chi disprezza voi disprezza me. E chi disprezza me disprezza colui che mi ha mandato.*
>
> Lc 10, 16

Gesù sta organizzando pian piano il gruppo di chi continuerà la predicazione e l'opera di salvezza da lui iniziata e a costoro conferisce pieno mandato.

Raffaello, *Pasce oves meas*, 1514-15, Victoria and Albert Museum, Londra. L'esortazione «*Pasci i miei agnelli*», che dà il titolo al dipinto, si riferisce alle parole che Gesù rivolse a Pietro.

I Dodici

Il numero dodici nel mondo biblico indica la totalità del popolo eletto da Dio.
Infatti dodici erano i figli di Giacobbe/Israele da cui discesero le dodici tribù del popolo ebraico. Nel Nuovo Testamento Gesù sceglie i dodici apostoli (cfr. Mt 10, 1-4; Mc 3, 13-19; Lc 6, 12-16) e in tal modo esprime la sua intenzione di costituire un «nuovo popolo di Israele», il nuovo popolo dei salvati.
Anche i multipli del dodici sono utilizzati per esprimere la globalità del popolo nuovo dei salvati e la completezza della salvezza portata da Cristo. Infatti il libro degli Atti annota che il primo nucleo della Chiesa, nuovo popolo di Dio, era di centoventi persone (cfr. At 1, 15) e nel libro dell'*Apocalisse* questa numerazione esprime in maniera simbolica il Regno di Dio nella Nuova Gerusalemme. La descrizione della città è tutta costruita sulla base di questo numero e dei suoi multipli: 12 porte, 12 basamenti, 12.000 stadi di lunghezza delle mura e 144 braccia della loro altezza, 12 raccolti di frutti dagli alberi che crescono in essa (cfr. Ap 21, 10-22, 2). L'idea di totalità e perfezione contenuta nel numero dodici è ulteriormente rafforzata quando vengono utilizzati i suoi multipli come nel caso dei 144.000 salvati (12 x 12 x 1000) della visione di Ap 7, 4-8: in questo passaggio biblico la simbologia dei numeri vuole esprimere come il numero dei redenti sia immenso e raggiunga tutti i popoli del mondo.

Cristo e gli apostoli: la trasfigurazione, affresco del X secolo, Cappadocia, Turchia.

Vi è la scelta di un gruppo particolare, che lo seguirà più da vicino: sono i **dodici apostoli** che Gesù, dopo una notte passata in preghiera (segno dell'importanza della decisione che stava per prendere), chiama direttamente e personalmente. Egli li aveva già chiamati in diverse occasioni ed essi lo avevano seguito, ma ora la scelta si fa definitiva e acquista un'importanza particolare.

> *In quei giorni Gesù se ne andò sulla montagna a pregare e passò la notte in orazione. Quando fu giorno, chiamò a sé i suoi discepoli e ne scelse dodici, ai quali diede il nome di apostoli: Simone, che chiamò anche Pietro, Andrea suo fratello, Giacomo, Giovanni, Filippo, Bartolomeo, Matteo, Tommaso, Giacomo d'Alfeo, Simone soprannominato Zelota, Giuda di Giacomo e Giuda Iscariota, che fu il traditore.*
>
> Lc 6, 12-16

I Dodici seguono Gesù da vicino, condividendone i momenti pubblici e anche i tempi più riservati. A loro Egli affida il compito di celebrare il sacramento della sua presenza, l'eucaristia.

> *... Fate questo in memoria di me.*
>
> Lc 22, 19

e quello di perdonare in suo nome...

> *... Ricevete lo Spirito Santo; a chi rimetterete i peccati saranno rimessi e a chi non li rimetterete, resteranno non rimessi.*
>
> Gv 20, 22-23

Domenico Ghirlandaio, *Storie di Cristo: vocazione dei primi apostoli*, 1481-82, Cappella Sistina, affresco, Palazzi Vaticani, Città del Vaticano.

Sempre ai Dodici, prima di ritornare a Dio, affida l'impegno di evangelizzare e di battezzare.

> *Andate dunque e ammaestrate tutte le nazioni, battezzandole nel nome del Padre e del Figlio e dello Spirito Santo, insegnando loro a osservare tutto ciò che vi ho comandato. Ecco, io sono con voi tutti i giorni, fino alla fine del mondo.*

Mt 28, 19-20

A capo del gruppo degli apostoli sceglie Simone (cfr. Mt 16, 13-19), che chiama con il nome di Pietro (in aramaico *Cefa*), indicando la sua funzione di fondamento alla comunità. Nonostante le intemperanze e il rinnegamento di Pietro, Gesù non cambia la sua scelta e gli riconferma l'incarico di guida del gruppo apostolico e della comunità intera.

Guercino, *Lacrime di san Pietro*, 1647, Museo del Louvre, Parigi.

Nell'organizzazione e nella vita della prima comunità cristiana è evidente il ruolo degli apostoli e la loro convinzione di essere i continuatori di Gesù. Essi fondano la loro autorità sul mandato ricevuto dal Signore risorto e ricordano in più occasioni di esserne i testimoni.

> *E noi siamo testimoni di tutte le cose da lui compiute nella regione dei Giudei e in Gerusalemme. Essi lo uccisero appendendolo a una croce, ma Dio lo ha risuscitato al terzo giorno e volle che apparisse, non a tutto il popolo, ma a testimoni prescelti da Dio, a noi, che abbiamo mangiato e bevuto con lui dopo la sua risurrezione dai morti. E ci ha ordinato di*

annunziare al popolo e di attestare che Egli è il giudice dei vivi e dei morti costituito da Dio.

At 10, 39-42 ; cfr. anche Lc 24, 48; At 1, 8; At 1, 22; At 3, 15

Dall'esperienza terrena di Gesù, e soprattutto dal mandato affidato agli apostoli, nasce la comunità ecclesiale, la **Chiesa**. Essa «è la continuazione storica di Gesù» chiamata a condurre gli uomini «alla verità tutta intera», grazie allo Spirito del Risorto che in essa agisce come forza illuminante (Gv 16, 13). E il primo annuncio, il cuore della Chiesa nascente, sarà proprio la fede nel Risorto: Gesù è vivo e presente tra i suoi.

DOCUMENTI

Le immagini bibliche della comunità ecclesiale

Il linguaggio biblico utilizza spesso immagini e similitudini per esprimere ciò che le parole umane non potrebbero definire in maniera accurata e nemmeno esaurire nei suoi contenuti. Anche per parlare del mistero della comunità dei credenti, la Chiesa, troviamo una serie di immagini che aprono la riflessione e cercano di chiarire la sua natura e funzione. La loro suggestività non risolve tuttavia le difficoltà di conciliare nel mistero della Chiesa la dimensione divina, la presenza di Dio e della sua salvezza con gli aspetti umani, i limiti della storia e l'imperfezione.

Duccio di Boninsegna, *Maestà: vocazione di Pietro e Andrea*, 1308-1311, National Gallery of Art, Washington.

La difficoltà di una definizione essenziale si spiega se si tiene presente che la Chiesa è una realtà misteriosa, soprannaturale, non rapportabile adeguatamente con nessuna realtà umana. Essa è sì una società, ma è molto di più che un'unione morale tra individui; ha un'autorità, ma i poteri che questa esercita e i criteri a cui si ispira differiscono radicalmente da quelli delle autorità terrene; si vale di mezzi, ma questi sono prevalentemente di ordine soprannaturale.
Ecco perché il Nuovo Testamento *presenta la Chiesa mediante numerose immagini, spesso già usate dall'*Antico Testamento *per illustrare i rapporti tra Dio e il popolo eletto. Parecchie sono ispirate alla vita agricola, come quella del podere (Rm 11, 16-24; 1Cor 3, 6-9) e della vigna (Mt 21, 33-43; Gv 15, 1-6); oppure alla vita pastorale, come quella dell'ovile, del gregge, del pastore (Gv 10, 1-6; 1Pt 5, 2-4); altre immagini si riferiscono alla costruzione di edifici, come quella della casa di Dio (1Tm 3, 15) o dell'edificio, oppure all'amore sponsale (Ef 5, 25-27; Ap 19, 7 s.) o al ruolo materno (Gal 4, 24-27; Ap 12, 17).*
*Queste stesse immagini ed altre ancora si ritrovano fin dagli inizi nell'insegnamento dei Padri,[1] come pure nei testi liturgici e negli scritti dei maestri della Scolastica.[2] Fra l'altro, la Chiesa è vista prefigurata nelle donne dell'*Antico Testamento *(in Thamar, Rahab, Ruth, Betsabea), è considerata come* casta meretrix[3] *ed è paragonata alla luna che riflette la luce del sole (che è Cristo) e alla barca di Pietro spinta dal soffio dello Spirito. Anche il Concilio Vaticano II non si esprime diversamente e dedica un intero paragrafo alle immagini della Chiesa* (Lumen Gentium 6).

C. Porro, *La Chiesa*, Piemme, Casale 1986

[1] Sono gli scrittori ecclesiastici dei primi secoli dell'era cristiana, ritenuti dalla Chiesa particolarmente autorevoli.

[2] Filosofi, pensatori, studiosi del periodo medioevale che applicarono alla riflessione teologica alcune delle categorie filosofiche aristoteliche. Loro intento era anche quello di organizzare in modo sistematico e completo tutta la teologia così da facilitarne anche l'apprendimento scolastico. Tommaso d'Aquino (1221-1274) è considerato unanimemente il vertice della Scolastica medioevale.

[3] L'espressione latina *casta meretrix* significa «meretrice casta», cioè una prostituta pura, illibata, virtuosa. L'immagine indica come la Chiesa per un verso sia peccatrice e segnata dai limiti e difetti umani, dall'altro sia portatrice e depositaria della salvezza di Dio, della sua Parola, dei suoi sacramenti.

La Pentecoste cristiana

Durante la vita pubblica, Gesù ha avviato con i discepoli e con gli apostoli un'esperienza di comunione e di missione. La sua morte crea fortissimo disorientamento e delusione, come trapela dalle parole dei discepoli di Emmaus (cfr. Lc 24, 21). Apparendo risorto a vari testimoni, Gesù rianima il gruppo e, prima di salire al cielo...

El Greco, *Pentecoste*, 1596-1600, Museo del Prado, Madrid.

... mentre si trovava a tavola con essi, ordinò loro di non allontanarsi da Gerusalemme, ma di attendere che si adempisse la promessa del Padre «[...] sarete battezzati in Spirito Santo, fra non molti giorni».

At 1, 4-5

Essi rimangono uniti nel suo nome. Il gruppo non è molto numeroso: ci sono gli apostoli, Maria, i parenti di Gesù, alcune donne e qualche altro seguace, in tutto «*centoventi persone*» (At 1,15). In un clima fraterno, di fiducia e di preghiera attendono la venuta dello Spirito promesso (cfr. At 1, 12-14).

Sette settimane dopo la Pasqua, al cinquantesimo giorno, gli ebrei celebrano la festa di Pentecoste ricordando quando il popolo, liberato dalla schiavitù d'Egitto, giunse al monte Sinai e ricevette il dono della Legge. Come ricordano anche gli *Atti degli apostoli* (At 2, 5), molti pellegrini provenienti da diverse regioni si recavano a Gerusalemme. Proprio...

... a Pentecoste, si completa la fondazione della Chiesa e si avvia la sua espansione. [...] Quanto accade in questo giorno ai seguaci di Gesù, viene narrato come una teofania, simile a quella del monte Sinai: rumore fragoroso, vento potente, lingue di fuoco.

CONFERENZA EPISCOPALE ITALIANA, *La verità vi farà liberi*, nn. 417 e 419, Libreria Editrice Vaticana, Città del Vaticano 1995

Gli *Atti degli apostoli* descrivono il dono dello Spirito in questo modo.

Mentre il giorno di Pentecoste stava per finire, si trovavano tutti insieme nello stesso luogo. Venne all'improvviso dal cielo un rombo, come di vento che si abbatte gagliardo, e riempì tutta la casa dove si trovavano. Apparvero loro lingue come di fuoco che si dividevano e si posarono su ciascuno di loro; ed essi furono tutti pieni di Spirito Santo e cominciarono a parlare in altre lingue come lo Spirito dava loro il potere d'esprimersi.
Si trovavano allora in Gerusalemme giudei osservanti di ogni nazione che è sotto il cielo. Venuto quel fragore, la folla si radunò e rimase sbigottita perché ciascuno li sentiva parlare la propria lingua. Erano stupefatti e fuori di

sé per lo stupore dicevano: «Costoro che parlano non sono forse tutti galilei? E com'è che li sentiamo ciascuno parlare la nostra lingua nativa?».

At 2, 1-8

Pentecoste: il termine deriva dal greco e significa «cinquantesimo giorno». Infatti cinquanta giorni dopo la Pasqua, gli ebrei celebravano la festa del ringraziamento per il primo raccolto, offrendo a Dio le primizie del pane fatto con il frumento della nuova mietitura (cfr. Nm 28, 26-31). In quel giorno si celebrava quindi la festa delle Messe, o delle primizie, o «delle settimane» (*Shaw'oth*). In tale occasione il popolo ebreo faceva memoria dell'alleanza del Sinai e del dono della Legge. Cinquanta giorni dopo la risurrezione di Cristo, nel giorno di Pentecoste, lo Spirito Santo scese sugli apostoli (cfr. At 2, 1-8) confermandoli nella missione di testimoniare il Vangelo. Nella fede cristiana la Pentecoste ha quindi un riferimento diretto allo Spirito Santo.

Teofania: dal greco *theós*, «Dio» e *phaínomai*, «mi mostro». È la manifestazione sensibile della divinità. Dio si manifesta a Mosè due volte: la prima in una fiamma di fuoco in mezzo al roveto, che però non brucia; la seconda sul Sinai. I due racconti provengono da tradizioni diverse.

Soltanto ora, dopo la Pasqua e la Pentecoste, accogliendo lo Spirito del Risorto, la comunità costituita da Gesù diventa pienamente operante.

Al centro della fede del popolo di Israele sta la *Torah*, la Legge di Dio data al Sinai; il centro animatore della fede cristiana è lo Spirito di Cristo che diventa «nuova Legge» scritta nei cuori, come fu promessa dai profeti.

Porrò il mio Spirito dentro di voi e vi farò vivere secondo i miei statuti e vi farò osservare e mettere in pratica le mie leggi.

Ez 36, 27

Per mezzo del suo Spirito, Cristo risorto resta presente nella Chiesa e, per mezzo di essa, Egli continua a offrire la sua salvezza. La liturgia, nel giorno di Pentecoste, prega dicendo:

Oggi hai portato a compimento il mistero pasquale
e su coloro che hai reso figli di adozione in Cristo tuo Figlio
hai effuso lo Spirito Santo,
che agli albori della Chiesa nascente
ha rivelato a tutti i popoli il mistero nascosto nei secoli,
e ha riunito i linguaggi della famiglia umana
nella professione dell'unica fede.

Messale Romano, *Prefazio di Pentecoste*

Icona russa raffigurante la Pentecoste, XIX secolo.

Sempre a Pentecoste inizia la predicazione pubblica del Vangelo. Pietro per primo prende la parola e parla alla folla dicendo che Cristo è il Messia inviato da Dio, fatto risorgere dalla morte per essere il Salvatore di tutti (cfr. At 2, 14-41). In questo senso il fatto che gli apostoli parlino molte lingue indica l'universalità della fede cristiana e diventa un segno contrapposto alla disgregazione dei popoli avvenuta alla torre di Babele (cfr. Gen 11, 1-9).

Nella Chiesa non ci sono più «*stranieri né ospiti*» ma tutti sono «*familiari di Dio*» (Ef 2, 14) l'unica famiglia dei figli di Dio che, «*sotto l'azione dello Spirito Santo*», riconoscono che «*Gesù è Signore*» (1Cor 12, 3).

DOCUMENTI

La Pentecoste

Il giorno di Pentecoste lo Spirito Santo scese con potenza sugli Apostoli; ebbe così inizio la missione della Chiesa nel mondo. [...]
Le immagini che usa san Luca per indicare l'irrompere dello Spirito Santo – il vento e il fuoco – ricordano il Sinai, dove Dio si era rivelato al popolo di Israele e gli aveva concesso la sua alleanza (cfr. Es 19, 3 ss). La festa del Sinai, che Israele celebrava cinquanta giorni dopo la Pasqua, era la festa del Patto. *Parlando di lingue di fuoco (cfr. At 2, 3), san Luca vuole rappresentare la Pentecoste come un nuovo Sinai, come la* festa del nuovo Patto, *in cui l'Alleanza con Israele è estesa a tutti i popoli della Terra. La Chiesa è cattolica e missionaria fin dal suo nascere. L'universalità della salvezza viene significativamente evidenziata dall'elenco delle numerose etnie a cui appartengono coloro che ascoltano il primo annuncio degli Apostoli (cfr. At 2, 9-11).*
Il Popolo di Dio, che aveva trovato al Sinai la sua prima configurazione, viene quest'oggi ampliato fino a non conoscere più alcuna frontiera né di razza, né di cultura, né di spazio né di tempo. A differenza di quanto era avvenuto con la torre di Babele (cfr. Gen 11, 1-9), quando gli uomini, intenzionati a costruire con le loro mani una via verso il cielo, avevano finito per distruggere la loro stessa capacità di comprendersi reciprocamente, nella Pentecoste lo Spirito, con il dono delle lingue, mostra che la sua presenza unisce e trasforma la confusione *in* comunione. *L'orgoglio e l'egoismo dell'uomo creano sempre divisioni, innalzano muri d'indifferenza, di odio e di violenza. Lo Spirito Santo, al contrario, rende i cuori capaci di comprendere le lingue di tutti, perché ristabilisce il ponte dell'autentica comunicazione fra la Terra e il Cielo. Lo Spirito Santo è l'Amore.*

BENEDETTO XVI, Omelia nella solennità di Pentecoste, 4 giugno 2006

Giotto, *Pentecoste*, 1304-06, Cappella degli Scrovegni, Padova.

I Dodici e la Chiesa apostolica

Il numero dodici nella Bibbia indica la totalità del popolo eletto da Dio: dodici erano i figli di Giacobbe/Israele da cui discesero le dodici tribù del popolo ebraico. Al tempo di Gesù di fatto esistevano ancora solo due tribù e mezza (Giuda, Beniamino e parte di Levi). La ricostituzione del popolo era attesa per il tempo della salvezza con la venuta del Messia.

Gesù sceglie i dodici apostoli (cfr. Mt 10, 1-4; Mc 3, 13-19; Lc 6, 12-16): *apostolo* significa «inviato». Il numero dodici è intenzionale, perché in tal modo Gesù esprime la propria intenzione di costituire un «nuovo popolo di Israele», il nuovo popolo dei salvati, il popolo della Nuova Alleanza aperto a tutti e non solo al popolo ebraico. Questa scelta fu fatta in assoluta libertà da Cristo («*chiamò a sé quelli che egli volle*» Mc 3, 13) e infatti scelse anche Giuda.

Francesco Hayez, *Apostoli in viaggio*, XIX secolo.

Gesù li invia nelle città (Mt 10, 5): non dovevano esigere compensi ma, in modo gratuito, predicare e annunciare la conversione. Questo fu l'inizio della missione che diventerà definitiva con l'ascensione di Gesù in cielo. Da quel momento essi sono i testimoni ufficiali della risurrezione di Cristo, compiono miracoli, annunciano il Vangelo, perdonano i peccati a nome di Cristo, dispensano i doni del battesimo, dello Spirito Santo, celebrano l'eucaristia e i sacramenti , continuano a fare quello che fece Gesù.

Nella Chiesa delle origini essi occupano il posto di guide e formano un collegio presieduto da Pietro. Il loro compito doveva avere una continuità, come spiega Pietro, in occasione della scelta di Mattia.

Sacramenti : dal latino *sacramentum*, che traduce il greco *mystérion*, «insegnamento segreto». Sono i segni visibili della salvezza celebrati dalla Chiesa e operanti nella vita quotidiana.

> *Bisogna dunque che tra coloro che ci furono compagni per tutto il tempo in cui il Signore Gesù ha vissuto in mezzo a noi, incominciando dal battesimo di Giovanni fino al giorno in cui è stato di tra noi assunto in cielo, uno divenga, insieme a noi, testimone della sua risurrezione.*
> *Ne furono proposti due, Giuseppe detto Barabba, che era soprannominato Giusto, e Mattia. [...] Gettarono quindi le sorti su di loro e la sorte cadde su Mattia, che fu associato agli undici apostoli.*

At 1, 21-26

Proprio in occasione dell'elezione di Mattia troviamo i Dodici ancora riuniti insieme, poi di Andrea, Filippo, Tommaso, Bartolomeo, Matteo, Simone, Giuda Taddeo e Mattia gli *Atti* non parlano più. Si parla ancora di Pietro, Giovanni, Giacomo di Zebedeo e Giacomo di Alfeo detto il «Minore», ma solo in episodi isolati o ricordando il nome. È sorta così nei primi secoli del cristianesimo una vasta letteratura detta «apocrifa» che racconta la loro vita con ricchezza di episodi, molti dei quali passati nella tradizione e nella liturgia cristiana. Sono testi spesso suggestivi, alcuni storicamente poco attendibili, che ispirarono molti artisti e scrittori.

La successione apostolica

Subito dopo la morte e risurrezione di Gesù, il gruppo apostolico ritiene di dover dare continuità al ruolo e alla missione che il Signore aveva loro affidato.
In seguito gli Apostoli «*non solo ebbero vari collaboratori nel ministero, ma perché la missione loro affidata continuasse dopo la loro morte, lasciarono quasi in testamento ai loro immediati cooperatori l'ufficio di completare e consolidare l'opera da essi incominciata, raccomandando loro di attendere a tutto il gregge, nel quale lo Spirito Santo li aveva posti a pascere la Chiesa di Dio (cfr. At 20, 28). Perciò si scelsero di questi uomini e in seguito diedero disposizione che, quando essi fossero morti, altri uomini medesimi subentrassero al loro posto nel ministero*» (da *Lumen Gentium*, n. 20). Nella Chiesa cattolica e in quella ortodossa la successione apostolica, cioè la missione affidata da Cristo agli apostoli di predicare il Vangelo e guidare la comunità credente, garantisce che il percorso storico della Chiesa sia collegato al suo punto iniziale e fondante: l'esperienza storica di Gesù. Così i vescovi si qualificano come successori degli apostoli, guide e maestri nella Chiesa, e negli archivi delle sedi episcopali è conservata la lista dei loro nomi. L'ordinazione episcopale e la comunione con il vescovo di Roma, successore di Pietro, li costituisce nell'ufficio di manifestare la presenza e la guida del Signore Gesù in mezzo ai credenti. La stessa parola «episcopo», da cui deriva «vescovo», significa letteralmente «sorvegliante, sovraintendente» ed esprime la responsabilità di reggere la comunità cristiana a nome di Cristo.

Luca Giordano, *Crocifissione di san Pietro*, 1690 circa, Gallerie dell'Ufficio esportazione, Venezia.

Ad esempio gli *Atti di Pietro* parlano della prigionia nel carcere Mamertino, delle persecuzioni di Nerone e della morte di Pietro crocifisso capovolto. Raccontano anche il celebre episodio del *Quo vadis?* («Dove vai?»): Pietro in fuga da Roma incontra Cristo al quale chiede «*Signore dove vai?*»; Gesù risponde che va in città per essere crocifisso; Pietro capisce e ritorna in città dai suoi cristiani.

Gli *Atti di Giovanni* raccontano la prigionia e il suo apostolato nell'isola di Patmos, ma anche episodi strani come la prova inflitta a Roma, quando fu immerso in una caldaia di olio bollente e ne uscì incolume.

Negli *Atti di Andrea* si dice che l'apostolo svolse la sua missione in Grecia e che morì martire, sospeso per quattro giorni sulla croce che da lui prese il nome di «croce di sant'Andrea».

Tommaso è considerato l'evangelizzatore dell'India meridionale e negli *Atti di Tommaso* si racconta che gli apostoli riuniti avessero tirato a sorte la regione in cui andare a predicare: Tommaso protestò di non volerci andare e allora Cristo stesso apparve e lo vendette a un mediatore indiano a servizio del suo re.

Nel *Credo* si afferma che la Chiesa è «*una, santa, cattolica e apostolica*»: la Chiesa si fonda quindi sugli apostoli, perché da loro riceve la dottrina e l'esperienza della fede. Essi consacrarono poi i loro successori dando inizio alla **successione apostolica** fino ai vescovi attuali che sono i «successori degli apostoli». Nella Chiesa cattolica e in quelle ortodosse la successione apostolica è fondamentale, perché questa catena ininterrotta che di vescovo in vescovo risale fino agli apostoli garantisce il collegamento storico della Chiesa al suo fondamento, Gesù.

DOCUMENTI

I successori degli apostoli

La struttura gerarchica della Chiesa non è nata per caso, non è una invenzione sorta lungo i secoli: è stata originata dal preciso volere di Gesù. La gerarchia non si è autoinventata. All'origine questa volontà di Gesù si manifesta nella chiamata degli apostoli [...]. Ora, gli apostoli si sono scelti dei successori, proprio perché la missione affidata da Cristo agli apostoli deve durare sino alla fine dei secoli. [...] Certo, oggi sarebbe assurdo affermare che ogni Chiesa particolare è stata fondata da un apostolo. La stragrande maggioranza delle diocesi sparse nel mondo sono nate lungo la storia, nel corso dei secoli, per l'opera missionaria della Chiesa. Ma il senso profondo dell'affermazione permane: coloro che oggi sono pastori e guide delle diocesi, o chiese particolari, cioè i vescovi, sono come gli anelli di una lunga catena che risale fino agli apostoli.
I vescovi – dice il Concilio riportando una antichissima tradizione della Chiesa – sono i successori degli apostoli. Attenzione: il Concilio parla in generale, cioè non dice che il tal vescovo è il successore del tal apostolo (salvo il caso tutto speciale della Chiesa di Roma); dice che il «ceto» o «collegio» dei vescovi succede alla comunità apostolica. («I vescovi sono succeduti al posto degli apostoli, per divina istituzione, quali pastori della Chiesa»). Altra cosa da notare e sottolineare: i vescovi succedono agli apostoli nella carica di pastori, non in quella di testimoni oculari della risurrezione (esperienza di per sé intrasmissibile).

F. Scolari, Il servizio dei pastori per la comunità ecclesiale, in Verso il Sinodo, "Quaderni del Sinodo" 3, Diocesi di Cremona 1991

Giandomenico Tiepolo, *Busto di vescovo*, 1750-55, Pinacoteca ambrosiana, Milano.

Paolo e l'annuncio del Vangelo a tutti i popoli

Gi *Atti degli apostoli* documentano l'entusiasmo missionario dei primi cristiani che hanno forte coscienza del proprio dovere di predicare e di diffondere la fede, nonostante le ostilità.

La predicazione parte da Gerusalemme, ma anche a causa delle persecuzioni e della fuga di alcuni cristiani dalla Città Santa (At 8, 4), il Vangelo si diffonde nelle regioni vicine come la Samaria, la Galilea fino alla regione siriaca. La Samaria verrà poi evangelizzata più diffusamente dal diacono Filippo e gli apostoli visiteranno queste comunità successivamente (At 8, 5-40).

Pietro si reca a Giaffa e a Cesarea, dove converte il centurione romano Cornelio e tutta la sua famiglia (At 10, 1-48).

Anche la regione siriaca a nord viene evangelizzata e una delle comunità cristiane più fiorenti di quel periodo fu proprio nella città di Antiochia di Siria dove, per la prima volta, viene coniato il termine di «cristiani» (At 11, 19-26). Questa comunità sarà guidata da Pietro.

Rembrandt van Rijn, *L'apostolo Paolo*, 1633, Kunsthistorisches Museum, Vienna.

Nel libro degli *Atti*, Luca dedica molto spazio all'opera di evangelizzazione di **Paolo di Tarso**. Nato in Cilicia, tra il 5 e il 10 d.C., da una famiglia ebrea con cittadinanza romana, cambia il nome giudeo Saulo in Paolo. Riceve una severa educazione giudaica presso una scuola rabbinica. Dopo la sua conversione dal giudaismo al cristianesimo, avvenuta sulla via di Damasco in seguito a un'esperienza straordinaria (At 9, 1-18), Paolo intraprende quattro viaggi apostolici. Obiettivo di-

chiarato è la diffusione del Vangelo. Tali viaggi, tenuto conto del contesto storico e delle condizioni dell'epoca, hanno veramente dello straordinario.
Per Paolo l'insegnamento di Gesù è un messaggio universale di salvezza. Inizialmente egli si indirizza ai giudei: quando giunge in una città si reca alla sinagoga (At 13,5), oppure ricerca i luoghi dove si riuniscono i giudei a pregare (At 16,13). Invitato a parlare dai capi ebraici delle singole comunità, accetta, dimostrando grande conoscenza delle Sacre Scritture, e spiega che Gesù è il Messia atteso da tutta la storia ebraica (At 13,16-42). Tuttavia, il rifiuto dei giudei è forte e gli vengono mosse contro numerose e ripetute persecuzioni in molte città durante i suoi viaggi. Così Paolo apre ai pagani, pur riconoscendo la necessità di rivolgersi prima ai fedeli di religione ebraica a causa della loro attesa messianica e della comunanza delle Sacre Scritture con i cristiani (At 13, 44-48).

Raffaello, *Paolo predica all'areopago*, 1315, Victoria and Albert Museum, Londra.

Nel rivolgersi ai pagani, la predicazione di Paolo assume toni e contenuti diversi. Essi non conoscono la Bibbia e non attendono la venuta del Messia; però hanno altre manifestazioni religiose per esprimere la loro sincera ricerca di Dio, dalle quali l'apostolo prende spunto per annunciare il Vangelo e la risurrezione di Gesù (At 14, 8-18).

Al riguardo è interessante il discorso tenuto nell'areopago di Atene, il centro della vita politica e culturale della capitale greca (At 17, 22-34). Egli elogia la profonda religiosità greca per cui sono stati edificati numerosi altari agli dèi e anche in onore di un «dio ignoto» ancora sconosciuto agli uomini. Citando poi un poeta della classicità greca, Arato di Soli (320-240 ca. a.C.), Paolo definisce questo Dio come la forza che sostiene tutto in vita e dalla cui volontà deriva l'esistenza degli uomini. Essi lo cercano, ma a fatica, sebbene Egli non sia lontano. Anzi, ora questo Dio si è rivelato inviando un uomo che sarà anche il giudice di tutti e ha dato prova certa che Egli è il Salvatore facendolo risorgere da morte. A questo punto il centro della fede cristiana, cioè la risurrezione di Cristo, si scontra con la mentalità greca che riteneva inaccettabile una risurrezione personale dopo la morte. Solo pochi crederanno a Paolo.

Intanto, però, la fede cristiana si è confrontata non solo con il giudaismo, all'interno del quale è nata, ma anche con il mondo pagano, e ha dato prova di essere un messaggio universale, trasversale a ogni cultura e a ogni tempo perché è la risposta che va incontro all'universale ricerca di Dio da parte degli uomini.

Così la fede in Gesù si propone come salvezza sia per i giudei sia per i greci, non si chiude in una religione etnica, ma si apre a ogni popolazione, cultura, etnia. Poiché tutti sono fratelli e figli dell'unico Dio, non si fanno nemmeno preferenze di persone, ma l'uomo di cultura, il filosofo, il pescatore, il giudeo osservante, l'artigiano, fino allo schiavo divengono destinatari del Vangelo di Gesù. Il messaggio cristiano è quindi «universale»: supera i confini dei popoli e delle tradizioni culturali, ma anche le differenze di ceto sociale.

Le comunità cristiane che Paolo fonda saranno sempre al centro della sua preoccupazione apostolica: appena gli è possibile, ritorna a visitarle (At 15, 36), tiene i contatti tramite alcune persone (At 19, 22), scrive lettere (contenute nel *Nuovo Testamento*) o invia i propri rappresentanti, costituendo dei responsabili, presbiteri ed episcopi (At 20, 17-37). D'altra parte, Paolo mantiene strette relazioni con il gruppo degli apostoli e al termine di ogni viaggio torna a riferire loro quanto accaduto, manifestando così il legame che esiste tra le nuove comunità e il gruppo apostolico (cfr. At 14, 27; 19, 21; 21, 17-19).

Al ritorno dal suo terzo viaggio, i giudei, vedendolo nel Tempio di Gerusalemme, lo arrestano e vogliono farlo condannare dall'autorità romana. Ma Paolo, che godeva della cittadinanza romana, chiede di essere giudicato dal tribunale dell'imperatore a Roma. Così, da prigioniero, inizia il suo quarto viaggio verso la capitale dell'Impero. Luca interrompe il libro degli *Atti* con l'arrivo di Paolo a Roma. Prosciolto dalle accuse, Paolo ritorna in libertà; di lui non si hanno più notizie sino al suo martirio per decapitazione, avvenuto durante la persecuzione di Nerone (67 ca. d.C.).

La basilica di San Paolo "fuori le mura" sulla via Ostiense sorge dove è stato sepolto Paolo che, per il suo slancio missionario, è stato definito «l'apostolo delle genti».

Il Nuovo Testamento raccoglie le sue lettere alle varie comunità cristiane, testi nei quali insegna e approfondisce il mistero di Gesù e della salvezza.

DOCUMENTI

Pietro e Paolo

Tu hai voluto unire in gioiosa fraternità i due santi Apostoli:
Pietro, che per primo confessò la fede nel Cristo,
Paolo, che illuminò le profondità del mistero,
il pescatore di Galilea,
che costituì la prima comunità con i giusti di Israele,
il maestro e dottore,
che annunziò la salvezza a tutte le genti.
Così con diversi doni,
hai edificato l'unica Chiesa,
e associati nella venerazione del popolo cristiano
condividono la stessa corona di gloria.

Messale Romano, Prefazio della solennità dei Santi Pietro e Paolo

El Greco, *Gli apostoli Pietro e Paolo*, 1587-92, collezione Durnovo, San Pietroburgo.

I primi cristiani erano così

Negli *Atti degli apostoli*, in modo molto breve, Luca descrive la comunità primitiva e con estrema precisione elenca le caratteristiche delle comunità cristiane. Questi «sommari» (At 2, 42-48; At 4, 32-35; At 5, 12-16) presentano un ideale di comunità a cui si dovrebbero ispirare sempre i cristiani. Si tratta di un'esperienza storica irripetibile in cui però è delineato quello che deve essere ogni vera comunità cristiana. A questa descrizione dei primi cristiani si rifaranno molti riformatori lungo la storia per evidenziare le incoerenze della Chiesa.

> *Erano assidui nell'ascoltare l'insegnamento degli apostoli e nell'unione fraterna, nella frazione del pane e nelle preghiere. Un senso di timore era in tutti e prodigi e segni avvenivano per opera degli apostoli. Tutti coloro che erano diventati credenti stavano insieme e tenevano ogni cosa in comune; chi aveva proprietà e sostanze le vendeva e ne faceva parte a tutti, secondo il bisogno di ciascuno. Ogni giorno tutti insieme frequentavano il Tempio e spezzavano il pane a casa prendendo i pasti con letizia e semplicità di cuore, lodando Dio e godendo la simpatia di tutto il popolo. Intanto il Signore ogni giorno aggiungeva alla comunità quelli che erano salvati.*
>
> At 2, 42-48

• L'**insegnamento degli apostoli** veniva accolto con fede: non sono ancora stati scritti i Vangeli e sono gli apostoli, testimoni oculari della vita di Gesù, a istruire nella fede i credenti. Inoltre, essi avevano ricevuto da Cristo l'incarico di annunciare l'insegnamento di Gesù in modo ufficiale e a nome suo. Essi sono soprattutto i testimoni della risurrezione e aiutano a rileggere tutto l'Antico Testamento alla luce della fede in Cristo. Non c'è comunità cristiana senza la conoscenza, l'approfondimento e dunque senza la predicazione del messaggio di Cristo.

• **Spezzavano il pane** celebrando pasti fraterni tra di loro: con questa espressione ci si riferisce alla celebrazione dell'eucaristia durante un pasto fraterno (*agàpe*), così come Gesù aveva fatto nell'Ultima Cena prendendo il pane e spezzandolo; poi aveva comandato loro di continuare a fare quel gesto in «memoria di lui» (1Cor 11, 23-26). Alcune annotazioni ci parlano della domenica come giorno dell'incon-

Affresco raffigurante un banchetto eucaristico, catacombe di Priscilla, Roma.

tro tra i cristiani: «*Il primo giorno della settimana ci eravamo riuniti a spezzare il pane*» (At 20, 7). «*Ogni primo giorno della settimana ciascuno metta da parte ciò che gli è riuscito di risparmiare*» (1Cor 16, 2). Abbiamo qui assai probabilmente la più antica testimonianza sull'origine della **domenica** come giorno dell'incontro liturgico dei cristiani.

- La **preghiera** veniva svolta secondo l'usanza ebraica; infatti si ricorda che salivano al Tempio (At 3, 1). Anche il conferimento degli incarichi ecclesiali avviene durante la preghiera comunitaria (At 1, 24, la scelta di Mattia; At 6, 6, la scelta dei sette; At 13, 2, l'invio di Paolo e Barnaba in missione; At 14, 23, la costituzione di nuovi presbiteri). Dunque la preghiera segna tutti i momenti più importanti della vita della comunità come aveva caratterizzato i momenti più importanti della vita di Gesù.
- Chi dall'esterno osservava il comportamento dei cristiani, apprezzava lo **stile di fraternità** e di **amore**. Gesù aveva detto: «*Da questo tutti sapranno che siete miei discepoli, se avrete amore gli uni gli altri*» (Gv 13, 35).

Il Concilio di Gerusalemme

La diffusione del Vangelo oltre i confini della Giudea e l'adesione alla fede di persone venute dal paganesimo diventano occasione e stimolo perché tutta la prima Chiesa rifletta sulla propria identità. Sono i giudeo-cristiani che sollecitano questo confronto, suscitando il problema se a un cristiano si debba chiedere il rispetto di tutte le norme della tradizione mosaica. Gesù era ebreo, i primi apostoli erano ebrei e così anche la maggior parte dei convertiti della prima ora. L'Antico Testamento e il suo contenuto non venivano rifiutati dal cristianesimo e nemmeno Cristo intendeva abolirne il messaggio (cfr. Mt 5, 17-19). Ma ora, dopo la venuta del Messia, le norme tipiche ed espressive dell'antica Alleanza dovevano essere mantenute o no?

Il caso si presenta a proposito della circoncisione, segno nella fede ebraica del legame tra Dio e il suo popolo. La questione viene posta in questi termini: è indispensabile essere circoncisi per essere salvati? (cfr. At 15, 1). A questo si aggiungono le questioni relative alle carni sacrificate agli idoli e vendute sui mercati, quelle di animali soffocati che, secondo la regola ebraica, non potevano essere mangiate, e le regole riguardanti le unioni illegittime. Ma dietro queste problematiche si adombra il problema più profondo del rapporto tra ebraismo e cristianesimo.

Melchior Broederlam, *Circoncisione*, XIV secolo, particolare da una pala d'altare.

La comunità primitiva si convoca e i suoi rappresentanti e guide, con gli apostoli, si ritrovano nell'anno 48 in «concilio» a Gerusalemme (cfr. At 15, 1-35), dove affrontano queste tematiche. Dalle decisioni che vengono prese emergono alcuni princípi che guideranno da quel momento in poi la vita della Chiesa. Innanzitutto, si afferma che la salvezza viene da Gesù Cristo: è Lui la verità e la sua venuta segna il punto decisivo dell'incontro tra Dio e l'uomo. Ormai solo a Cristo si deve fare riferimento perché in Lui soltanto c'è salvezza.

Egli diventa il criterio interpretativo, l'orizzonte nel quale collocare tutta l'esperienza dell'Antico Testamento, che si definisce appieno con la venuta di Gesù. In tal senso la storia di Israele, pur restando la via storica scelta da Dio per comunicare con gli uomini, manifesta di essere propedeutica alla venuta di Cristo.

Paolo afferma:

Il battesimo di Gesù, XV secolo, Basilica di Santa Scolastica, Subiaco.

> *Noi eravamo rinchiusi sotto la custodia della Legge, in attesa della fede che doveva essere rivelata. Così la Legge è per noi come un pedagogo che ci ha condotto a Cristo* [...]
>
> Gal 3, 23-24

Inoltre la diffusione della verità deve crescere in un clima di rispetto caritatevole verso la sensibilità e verso le tradizioni religiose e culturali non in contraddizione con la fede in Gesù: non ci si può contrapporre e dividere in nome di tradizioni e norme secondarie, quando la salvezza di Gesù ci unisce strettamente tra noi e con Lui.

Infine si presenta l'idea che la comunità, rappresentata e riunita attraverso la convocazione dei suoi ministri e apostoli in un clima di riflessione, confronto e fede, esprima decisioni che restano a garanzia della fede.

Il Concilio di Gerusalemme si conclude con l'invio ai cristiani di una lettera dove si consiglia l'astensione dalle carni immolate agli idoli, da quelle di animali uccisi per soffocamento e dalle unioni illegittime. La circoncisione non è più richiesta, perché il segno distintivo del cristiano è il battesimo. Paolo riassume inequivocabilmente la posizione di cui egli stesso fu convinto sostenitore, dicendo:

> *Non è infatti la circoncisione che conta, né la non circoncisione, ma l'essere nuova creatura.*
>
> Gal 6, 15

La Chiesa diventa quindi un popolo fondato non sull'appartenenza etnica o sull'osservanza di determinati riti, ma sulla libera e sincera adesione alla fede in Cristo.

Il cristianesimo si è ormai definitivamente distinto dal giudaismo e le decisioni apostoliche segnano un passo importante nella riflessione dottrinale: non è più necessario passare attraverso l'ebraismo per giungere alla salvezza, poiché Cristo è raggiungibile direttamente da tutti.

Il vescovo di Roma: Pietro e i papi

Uno dei tratti caratteristici della Chiesa cattolica è la comunione dei suoi fedeli con il vescovo di Roma, il **papa**.

Quando Gesù fondò la Chiesa volle che avesse un capo visibile, un suo sostituto che fosse centro di unità per garantire e custodire la fede. Per questo il papa è anche definito **vicario di Cristo**. Questa espressione, più che una carica d'onore, richiama il servizio del vescovo di Roma, quello di essere *Servus servorum Dei* («Servo dei servi di Dio»).

Tale fu il ministero svolto da Pietro agli inizi della prima comunità cristiana. Il suo primato gli viene direttamente da Cristo che lo incarica di essere guida e pastore della sua Chiesa. Gesù cambia il nome di Simone in *Cefa* («pietra», in ebraico è maschile, per cui «Pietro») e gli affida il potere di «*legare e sciogliere*», e le chiavi del Regno dei cieli promessegli da Cristo compaiono ancor oggi nella simbologia papale (Mt 16, 13-20). Ma è durante l'Ultima Cena che Cristo chiarisce meglio il ruolo di Pietro:

> *Simone, Simone* [...] *io ho pregato per te, che non venga meno la tua fede; e tu, una volta ravveduto, conferma i tuoi fratelli.*
>
> Lc 22, 31-32

Guido Reni, *La consegna delle chiavi*, XVII secolo, Museo del Louvre, Parigi.

Apparendo dopo la risurrezione, Gesù lo conferma a guida della Chiesa (Gv 21, 15-19).

Il potere affidato a Pietro è quello di garantire e custodire l'insegnamento di Gesù, così che ogni credente sia confermato nella fede.

Gli *Atti degli apostoli* precisano meglio il ruolo di Pietro che, a nome dei Dodici, parla alla folla il giorno di Pentecoste, dando la prima testimonianza pubblica della risurrezione di Cristo (At 2, 14-41), e raccontano la sua attività evangelizzatrice in Palestina.

La storia ci attesta che Pietro, come anche Paolo, giunse a Roma dove fu martirizzato durante la persecuzione di Nerone (67 d.C.).

Il catalogo dei papi di san Girolamo (354) conferma la tradizione secondo la quale Pietro abitò a Roma per 25 anni, dal 42 al 67.

Dopo il martirio di Pietro alcuni fatti testimoniano la convinzione del primato del vescovo di Roma su tutte le Chiese cristiane. Quando sorgono eresie e deviazioni dottrinali oppure vi sono minacce di divisioni e scismi nella comunità cristiana, si ricorre alla sede di Roma con

Raffaello, *Liberazione di san Pietro dal carcere*, XVI secolo, Stanza di Eliodoro, Musei Vaticani, Città del Vaticano.

Guido Reni, *I santi Pietro e Paolo*, 1605 circa, Pinacoteca di Brera, Milano.

la sicurezza che essa possa esprimersi autorevolmente su tali questioni.

Anche dopo la caduta dell'Impero romano d'Occidente, quando Roma perse la sua influenza politica di antica capitale e a essa si sostituì la nuova capitale dell'Impero d'Oriente (Costantinopoli), il papa di Roma restò il punto di riferimento sicuro per ogni questione religiosa. Infatti, le invasioni barbariche avevano privato Roma di ogni centralità politica, mentre l'Impero romano d'Oriente aveva in Costantinopoli un forte centro di governo. Questa situazione portò a insinuare che il vescovo di Roma dovesse cedere in prestigio e potere di fronte al patriarca di Costantinopoli, diventata nuova capitale politica. Il canone XXVIII del Concilio di Calcedonia (451) riaffermò invece che la sede vescovile della «nuova Roma» restava comunque seconda rispetto a quella romana, poiché l'importanza di una sede episcopale non dipende dall'importanza politica della città in cui si trova, ma dalla successione apostolica. E il vescovo di Roma è successore in modo diretto del capo degli apostoli, Pietro, e per questo, come vescovo di Roma, è capo della Chiesa.

L'importanza e la preminenza del vescovo di Roma sono fondate solo su ragioni dottrinali. Il primato del papa evitava deviazioni dalla fede o nella disciplina, ma non toglieva alle province e alle diocesi la loro autonomia. In seguito, con il potere temporale del papato, il papa acquistò, insieme al primato spirituale, anche competenze politiche e amministrative che però non fanno parte della sua missione propriamente religiosa.

I cristiani non cattolici non riconoscono il primato del papa, e portano varie motivazioni:

- interpretano in modo diverso il testo di Matteo (Mt 16, 13-20) per cui l'espressione di Gesù riguardo alla «*pietra su cui edificherò la mia Chiesa*» non si riferirebbe alla persona di Simon Pietro, ma alla professione di fede da lui pronunciata quando riconobbe in Cristo il Messia inviato da Dio;
- Pietro ebbe da Gesù un primato, ma questo è legato alla sua persona e non è trasmissibile ai suoi successori, cioè ai vescovi di Roma;
- alcuni riconoscono al vescovo di Roma una posizione di preminenza e di onore tra i vescovi in quanto successore dell'apostolo Pietro, tuttavia non pensano che abbia potere di governo anche sulle altre Chiese.

Il Concilio Vaticano I (1870), nella *Pastor Aeternus*, afferma l'infallibilità pontificia: il papa quando interviene in modo ufficiale, insegnando a nome di tutta la Chiesa

Il potere spirituale e il potere temporale, in una miniatura del XIV secolo.

(*ex cathedra*), gode di una particolare assistenza dello Spirito Santo, per cui egli definisce in modo corretto la giusta interpretazione dottrinale della fede.

Il Concilio Vaticano II nella *Lumen Gentium* (1964) afferma che il papa, esercitando la sua funzione di pastore supremo, agisce non come persona privata, ma come maestro della Chiesa universale, esprimendo attraverso la sua autorità e infallibilità la fede autentica di tutta la Chiesa (*Lumen Gentium*, n. 25). Il primato del papa e la sua infallibilità non significano che egli sia depositario di una nuova rivelazione, ma che il successore di Pietro ha il compito di garantire la corretta interpretazione della rivelazione contenuta nella Sacra Scrittura. Il Concilio Vaticano II sottolinea, inoltre, la collegialità tra tutti i vescovi e la loro sollecitudine per tutta la Chiesa.

In questi ultimi decenni la figura del papa ha guadagnato, anche per uomini di differenti fedi, un prestigio e un'autorevolezza morale particolari, che di certo derivano anche dalla libertà e dalla fedeltà con cui egli annuncia la Parola di Dio e difende i valori umani.

Nella Chiesa cattolica il primato pontificio è un ministero, un servizio, un impegno a garantire la fede. Al di là delle modalità storiche e concrete, i compiti del papa sono essenzialmente questi:

- mantenere unita la Chiesa, conservare la comunione di tutti i vescovi e di tutti i cristiani. Pur all'interno di culture, tempi e situazioni differenti, obbedire al papa e riconoscersi in unità con il papa significa mantenere unita la Chiesa;
- come vescovo e successore di Pietro deve trasmettere la Parola di Dio, evangelizzare, insegnare, anche con una particolare assistenza dello Spirito Santo e con la prerogativa della infallibilità;
- sostenere l'evangelizzazione di tutti i popoli, promuovere la pace, il rispetto e l'autentico sviluppo umano, diffondere la fede e offrire a tutti la possibilità della salvezza;
- guidare la Chiesa prendendo le decisioni necessarie (emanare leggi per tutta la Chiesa, stabilire strutture pastorali, approvare decisioni di Concili particolari, riconoscere nuovi istituti religiosi, dare indicazioni ecc.). Uno dei compiti specifici del vescovo di Roma è quello di nominare i vescovi delle varie diocesi.

Masolino, *Fondazione di Santa Maria Maggiore*, 1430 circa, Museo Nazionale di Capodimonte, Napoli. L'episodio raffigurato rappresenta papa Liberio che traccia il perimetro di una nuova chiesa.

Nel corso della storia i papi hanno esercitato il pontificato fino alla loro morte; Celestino V (1215 ca.-1296) fu l'unico pontefice che nel 1294 abdicò, dopo cinque mesi dalla sua elezione.

L'elezione del papa avviene in **conclave** («sotto chiave»), una riunione segreta dei cardinali, in stretta clausura per evitare ogni condizionamento ed essere pienamente liberi, garantiti da ogni indebita ingerenza. È vietata ogni forma di intromissione e comunicazione da e con l'esterno e va conservato il più rigoroso segreto.

Attività

San Pietro a Roma

L'attuale basilica di san Pietro ha "compiuto" 500 anni dalla posa della prima pietra, avvenuta il 18 aprile 1506, su progetto di Bramante. Approfondisci la storia e l'importanza di questa basilica.

■ Affronta i seguenti aspetti:
- la precedente basilica costantiniana;
- gli scavi nelle grotte vaticane e la tomba di Pietro;
- l'attuale basilica;
- i segni e i simboli del ministero petrino (ad esempio raffigurazioni di san Pietro, simbologia delle chiavi, la cattedra del Bernini);
- lo Stato di Città del Vaticano.

Inizialmente il clero romano sceglieva il proprio vescovo. Alessandro III (1159-1181) affidò l'elezione soltanto ai cardinali (cioè vescovi, preti, diaconi «incardinati» alle Chiese romane e titolari di chiese dell'Urbe).

Paolo VI (1897-1978) ha fissato le disposizioni attuali, poi riviste da Giovanni Paolo II nella *Universi Dominici Gregis* del 22 febbraio 1996. È previsto un collegio di centoventi cardinali elettori al di sotto degli ottant'anni, rappresentativi di tutto il mondo, che nella Cappella Sistina, a scrutinio segreto, all'unanimità o con i due terzi più uno dei voti, eleggono in piena libertà e in coscienza chi ritengono idoneo al papato. Dopo l'accettazione da parte dell'eletto, egli diventa vescovo di Roma e capo della Chiesa, ricevendo l'ordinazione episcopale nel caso non sia ancora vescovo. Le schede delle votazioni sono bruciate subito dopo ogni scrutinio in una stufa il cui camino è visibile da piazza san Pietro, dove i fedeli sostano in attesa di avere notizie: la «fumata bianca» o «nera» sono il segno della avvenuta elezione o meno. Contrariamente al passato, gli ultimi conclavi sono stati molto rapidi con una durata di due o tre giorni.

La carità

La carità diventa lo stile che contrassegna l'esistenza nella Chiesa e si esprime nella sensibilità verso le esigenze altrui e nel servizio generoso, svolto con umiltà e discrezione, secondo l'esempio di Cristo (Gv 13, 1-17) che è venuto per servire. Così i cristiani e la Chiesa riflettono nel proprio modo di vivere la realtà stessa di Dio, che è «amore» venuto incontro all'uomo bisognoso di salvezza.

Il termine carità (dal greco *cháris*, «amore») indica la sensibilità e la concreta disponibilità a provvedere ai bisogni materiali e spirituali di tutti. Il comando dell'amore che Cristo stesso ha lasciato è il «comandamento nuovo» (Gv 13, 34), più volte ripetuto durante il discorso dell'Ultima Cena.

Negli *Atti degli apostoli* Luca riporta anche testimonianze precise. Ad esempio, parla di mense e di distribuzione di cibo per i più poveri e per le vedove, categoria a quel tempo tra le più sfortunate dal punto di vista economico (At 6, 1-2). Questo testimonia che il servizio ai poveri è un elemento fondamentale e non aggiuntivo della missione della Chiesa, è un dovere della Chiesa, un servizio, un *ministerium*. Anche Barnaba, compagno di Paolo durante il suo primo viaggio di

Clero: in greco la parola significa «parte prescelta» e fu utilizzata nel linguaggio ecclesiastico per indicare l'insieme di coloro che, in forza del sacramento dell'Ordine, sono stati scelti a guide e a governo della Chiesa, cioè i vescovi, i preti e i diaconi. Quindi la parola indica l'insieme di coloro cui è demandato il compito di presiedere il culto divino. Dalla parola «clero» è derivato il termine «chierico». I **chierici** sono una componente indispensabile della Chiesa, anche se questa non si identifica con essi. Un'accentuazione indebita del ruolo e della funzione del clero nella Chiesa porta al clericalismo. In una simile visione il ruolo dei fedeli laici risulta passivo e la Chiesa viene a identificarsi con la sua componente gerarchica.

apostolato, vende i suoi beni e offre il ricavato agli apostoli (At 4, 36-37). Luca non condanna la proprietà privata; infatti la cessione o vendita dei beni è libera e spontanea, ed è un modo per concretizzare il più ampio comandamento di «*amare il prossimo tuo come te stesso*».

Quando si viene a conoscenza della carestia in Giudea, si fa una colletta e si inviano soccorsi (At 11, 28-30): proprio Paolo e Barnaba recapitano gli aiuti a Gerusalemme.

Questo stile di carità contrassegna anche il periodo che segue a quello apostolico e diventa una costante nella Chiesa.

La storia dei primi secoli cristiani attesta come le comunità, attraverso donazioni volontarie dei fedeli, collette per calamità straordinarie, lasciti anche testamentari, redditi da capitali e beni immobili e persino attraverso elemosine di penitenti, cercassero di far fronte al vasto numero di poveri.

L'organizzazione caritativa era quindi ben strutturata: venivano stesi e aggiornati elenchi con i nominativi dei bisognosi; il vescovo e il clero gestivano questi servizi e a loro i fedeli consegnavano i contributi e le oblazioni; si garantiva una degna sepoltura anche ai poveri; si assistevano le famiglie dei condannati ai lavori forzati.

Dagli inizi fino a oggi sono innumerevoli le testimonianze di carità messe in atto dalla Chiesa e da singoli cristiani che con coraggio e fantasia hanno affrontato le nuove forme di povertà e bisogno spirituale e materiale, convinti che il Signore si identifica nel povero e nel bisognoso (cfr. Mt 25, 1-31, racconto del giudizio universale).

La Caritas

La *Caritas Italiana* è l'organismo della CEI (Conferenza Episcopale Italiana) che promuove la testimonianza e l'animazione alla carità, collaborando con i vescovi nelle Chiese particolari. Tra i compiti: cura il coordinamento delle opere caritative di ispirazione cristiana; organizza e coordina interventi di emergenza in Italia e all'estero; realizza studi e ricerche sui bisogni per aiutare a scoprirne le cause; promuove il volontariato e la formazione degli operatori sociali, contribuisce allo sviluppo umano e sociale del Sud del mondo anche coordinando le iniziative dei vari gruppi di ispirazione cristiana.

DOCUMENTI

La carità come compito della Chiesa

L'amore del prossimo radicato nell'amore di Dio è anzitutto un compito per ogni singolo fedele, ma è anche un compito per l'intera comunità ecclesiale, e questo a tutti i suoi livelli: dalla comunità locale alla Chiesa particolare fino alla Chiesa universale nella sua globalità. Anche la Chiesa in quanto comunità deve praticare l'amore. Conseguenza di ciò è che l'amore ha bisogno anche di organizzazione quale presupposto per un servizio comunitario ordinato. La coscienza di tale compito ha avuto rilevanza costitutiva nella Chiesa fin dai suoi inizi: «Tutti coloro che erano diventati credenti stavano insieme e tenevano ogni cosa in comune; chi aveva proprietà e sostanze le vendeva e ne faceva parte a tutti, secondo il bisogno di ciascuno» (At 2, 44-45).
[...] i credenti hanno tutto in comune e, in mezzo a loro, la differenza tra ricchi e poveri non sussiste più (cfr. anche At 4, 32-37). Con il crescere della Chiesa, questa forma radicale di comunione materiale non ha potuto, per la verità, essere mantenuta. Il nucleo essenziale è però rimasto: all'interno della comunità dei credenti non deve esservi una forma di povertà tale che a qualcuno siano negati i beni necessari per una vita dignitosa. [...]
La Chiesa non può trascurare il servizio della carità così come non può tralasciare i Sacramenti e la Parola. Bastino alcuni riferimenti per dimostrarlo. Il martire Giustino († ca. 155) descrive, nel contesto della celebrazione domenicale dei cristiani, anche la loro attività caritativa, collegata con l'Eucaristia come tale. Gli abbienti fanno la loro offerta nella misura delle loro possibilità, ognuno quanto vuole; il Vescovo se ne serve poi per sostenere gli orfani, le vedove e coloro che a causa di malattia o per altri motivi si trovano in necessità, come anche i carcerati e i forestieri. Il grande scrittore cristiano Tertulliano († dopo il 220) racconta come la premura dei cristiani verso ogni genere di bisognosi suscitasse la meraviglia dei pagani. E quando Ignazio di Antiochia († ca. 117) qualifica la Chiesa di Roma come colei che «presiede nella carità (agape)*», si può ritenere che egli, con questa definizione, intendesse esprimerne in qualche modo anche la concreta attività caritativa. In questo contesto può risultare utile un riferimento alle primitive strutture giuridiche riguardanti il servizio della carità nella Chiesa. Verso la metà del IV secolo prende forma in Egitto la cosiddetta «diaconia»; essa è nei singoli monasteri l'istituzione responsabile per il complesso delle attività assistenziali, per il servizio della carità appunto. Da questi inizi si sviluppa in Egitto fino al VI secolo una corporazione con piena capacità giuridica, a cui le autorità civili affidano addirittura una parte del grano per la distribuzione pubblica. In Egitto*

Beato Angelico, *San Lorenzo distribuisce l'elemosina ai poveri*, XV secolo, Cappella Niccolina, Palazzi Vaticani, Città del Vaticano.

non solo ogni monastero ma anche ogni diocesi finisce per avere la sua diaconia – una istituzione che si sviluppa poi sia in Oriente sia in Occidente. Papa Gregorio Magno († 604) riferisce della diaconia di Napoli. Per Roma le diaconie sono documentate a partire dal VII e VIII secolo; ma naturalmente già prima, e fin dagli inizi, l'attività assistenziale per i poveri e i sofferenti, secondo i principi della vita cristiana esposti negli Atti degli Apostoli, era parte essenziale della Chiesa di Roma. Questo compito trova una sua vivace espressione nella figura del diacono Lorenzo († 258). La descrizione drammatica del suo martirio era nota già a sant'Ambrogio († 397) e ci mostra, nel suo nucleo, sicuramente l'autentica figura del Santo. A lui, quale responsabile della cura dei poveri di Roma, era stato concesso qualche tempo, dopo la cattura dei suoi confratelli e del Papa, per raccogliere i tesori della Chiesa e consegnarli alle autorità civili. Lorenzo distribuì il denaro disponibile ai poveri e li presentò poi alle autorità come il vero tesoro della Chiesa. Comunque si valuti l'attendibilità storica di tali particolari, Lorenzo è rimasto presente nella memoria della Chiesa come grande esponente della carità ecclesiale. Un accenno alla figura dell'imperatore Giuliano l'Apostata († 363) può mostrare ancora una volta quanto essenziale fosse per la Chiesa dei primi secoli la carità organizzata e praticata. Bambino di sei anni, Giuliano aveva assistito all'assassinio di suo padre, di suo fratello e di altri familiari da parte delle guardie del palazzo imperiale; egli addebitò questa brutalità – a torto o a ragione – all'imperatore Costanzo, che si spacciava per un grande cristiano. Con ciò la fede cristiana risultò per lui screditata una volta per tutte. Divenuto imperatore, decise di restaurare il paganesimo [...] In una delle sue lettere aveva scritto che l'unico aspetto del cristianesimo che lo colpiva era l'attività caritativa della Chiesa.

BENEDETTO XVI, *Deus caritas est*, nn. 20-24

- Elenca le testimonianze di carità ricordate nel brano.
- Secondo te, per quali motivi i pagani si meravigliavano della carità dei cristiani?

Taddeo Gaddi, *San Ludovico di Tolosa sfama i poveri alla sua tavola*, XIV secolo, Museo di Santa Croce, Firenze.

Accanto agli ultimi

In quindici anni 6.275 interventi per un totale di 710 milioni di euro. È questo il bilancio dell'attività del Comitato Cei per gli interventi caritativi a favore del Terzo mondo in quindici anni, che dal 1990 al 2004 ha fatto giungere aiuti in Africa, America Latina, Asia, Europa, Medio Oriente e Oceania. Finanziamenti, derivanti dai fondi dell'Otto per mille, destinati ai settori dell'alfabetizzazione, della formazione professionale in campo sanitario, del mondo agricolo-ambientale, economico, cooperativo e delle comunicazioni sociali, compreso il sostegno alle associazioni locali per l'acquisizione di competenze nella gestione e nell'animazione del territorio. Un'opera che dal momento della nascita, voluta dal Consiglio permanente della Cei, ha abbracciato tutti i Continenti e decine di Nazioni [...].

Distribuzione dei pasti in una mensa della Caritas per i rifugiati.

«Credo che in questi quindici anni di attività del Comitato per gli interventi caritativi nei Paesi del Terzo mondo – dice monsignor Piergiuseppe Vacchelli, presidente del Comitato –, nessuno di quanti vi hanno lavorato, operando a favore dei poveri, dei deboli, degli umili e degli oppressi abbia dimenticato di ritrovarsi in questa avvertenza di Gesù: «i poveri li avete sempre con voi». Così da derivarne un obbligo a cui non potersi sottrarre». Scriveva Yves Congar nella pubblicazione intitolata «Chiesa e povertà»: «I poveri sono cosa della Chiesa. Non sono soltanto la sua clientela o i beneficiari delle sue sostanze: la Chiesa non vive appieno il suo ministero se ne sono assenti i poveri...».

V. GRIENTI, *Il mappamondo della solidarietà*, in "Avvenire", 2 luglio 2005

Testimonianze di carità

- Con gli insegnanti interessati (Lettere, Storia ecc.) conducete una ricerca sulle iniziative caritative, di solidarietà, di servizio a bambini, anziani, bisognosi ecc. che si sono sviluppate nel passato e quelle ancora presenti sul territorio.
- Ricercate nella letteratura e nell'arte documenti che parlino della carità (ad esempio ne *I promessi sposi* di Alessandro Manzoni).
- Organizzate una visita, un incontro con i responsabili diocesani della *Caritas* in modo da conoscere le attività che coordina e promuove a vantaggio dei minori, dei carcerati, degli immigrati, dei tossicodipendenti ecc.

Vi perseguiteranno... oggi come allora

Gesù stesso aveva già annunciato persecuzioni e sofferenze:

> *... vi consegneranno ai loro tribunali e vi flagelleranno nelle loro sinagoghe; e sarete condotti davanti ai governatori e ai re per causa mia, per dare testimonianza a loro e ai pagani.* [...] *Il fratello darà a morte il fratello e il padre il figlio, e i figli insorgeranno contro i genitori e li faranno morire. E sarete odiati da tutti a causa del mio nome; ma chi persevererà sino alla fine sarà salvato.*
>
> Mt 10, 17-22

> *... anzi, verrà l'ora in cui chiunque vi ucciderà crederà di rendere culto a Dio.*
>
> Gv 16, 2

Negli *Atti degli apostoli*, Luca racconta la diffusione del cristianesimo e descrive anche le forti ostilità e persecuzioni contro i cristiani e gli apostoli in ambienti giudaici.

Infatti contro gli apostoli abbiamo momenti di derisione (cfr. At 2, 13; At 17, 32), tentativi di dissuasione con minacce (cfr. At 4, 13-21), incarcerazioni (cfr. At 5, 18; At 12, 5), fino alla persecuzione violenta e alle uccisioni (cfr. At 12, 1-2; At 7, 55-60; At 9, 1-2).

Il primo martire è **santo Stefano**, un giovane la cui predicazione irrita i giudei che lo arrestano e lo interrogano in Sinedrio; Stefano si difende presentando tutta la storia di Israele come una preparazione alla venuta di Cristo. Con l'accusa di bestemmia viene condannato alla lapidazione (At 6-8, 1).

Antonie van Dyck, *Martirio di santo Stefano*, XVII secolo, Galleria Spinola, Genova.

Ma la coerenza della testimonianza e la forza dello Spirito che li animava, consentiva che il numero dei credenti aumentasse di giorno in giorno, e anche le persecuzioni con la fuga di cristiani favoriva l'estendersi della fede.

Dalla storia sappiamo che le persecuzioni contro i cristiani sono continuate a cominciare da quelle degli imperatori romani, che addirittura sembrano poco rispetto alle sofferenze, discriminazioni e uccisioni di cristiani avvenute lungo i venti secoli di cristianesimo in tutto il mondo. Possiamo dire che il martirio è una presenza costante lungo la storia della Chiesa fino e soprattutto ai nostri giorni.

Nel XX secolo è stato ucciso e perseguitato un numero enorme di cristiani.

> *Sono oltre 40.000.000 i cristiani uccisi per la loro fede nell'arco del secolo appena terminato, mentre si calcola che siano circa 160.000 le persone che ogni anno trovano la morte per lo stesso motivo.*
>
> E. Galli della Loggia, in A. Socci, *I nuovi perseguitati*, Piemme, Casale Monferrato 2002

Il 7 maggio 2000, tra le celebrazioni del Giubileo, papa Giovanni Paolo II ha voluto ricordare i martiri del XX secolo appartenenti a tutte le Chiese cristiane nel mondo e che sono morti per la fede in Cristo.

Guariento di Arpo, *Persecuzione dei primi cristiani*, XIV secolo, affresco, Accademia Patavina, Padova.

> *Questo secolo poi, che volge al tramonto, ha conosciuto numerosissimi martiri soprattutto a causa del nazismo, del comunismo e delle lotte razziali o tribali. Persone di ogni ceto sociale hanno sofferto per la loro fede pagando col sangue la loro adesione a Cristo e alla Chiesa o affrontando con coraggio interminabili anni di prigionia e di privazioni d'ogni genere per non cedere a una ideologia trasformatasi in un regime di spietata dittatura. Dal punto di vista psicologico, il martirio è la prova più eloquente della verità della fede, che sa dare un volto umano anche alla più violenta delle morti e manifesta la sua bellezza anche nelle più atroci persecuzioni.*

GIOVANNI PAOLO II, *Incarnationis Mysterium*, n. 13, 29 novembre 1998, EDB, Bologna 1998

Anche un recente libro ha raccolto informazioni sui cristiani uccisi in Italia nel Novecento a motivo della loro fede e del loro impegno cristiano (cfr. L. Accattoli, *Nuovi martiri. 393 storie cristiane nell'Italia di oggi*, San Paolo, Cinisello Balsamo 2000).

Oggi nel mondo vi sono Paesi dove la fede cristiana è perseguitata, le chiese vengono distrutte, le opere umanitarie dei cristiani sono sabotate o proibite e i cristiani soffrono discriminazione e anche torture e morte.

Diffusione del cristianesimo e persecuzioni romane

I viaggi di Paolo e degli altri apostoli avevano diffuso il cristianesimo nella maggior parte delle province romane (cfr. Rm 1, 8; 1Ts 1, 8; Col 1, 6. 23) e solo in seguito si propagò nelle altre regioni non appartenenti all'Impero romano.

Le prime comunità numerose si formarono nelle città e solo in seguito la fede si diffuse nelle zone rurali e di campagna.

> *Il primo addentellato lo offrivano la diaspora giudaica assai diffusa e i pagani «timorati di Dio». La nuova religione si affermò soprattutto nelle classi sociali medie e basse (artigiani, commercianti, schiavi) e nel mondo femminile; tuttavia troviamo fin dal principio nelle file dei credenti anche ricchi, persone distinte e colte, come risulta dagli* Atti degli apostoli *e dalle* Lettere paoline. *Dalla fine del II secolo il numero dei cristiani agiati e colti, persino dell'alta nobiltà romana, dei soldati e funzionari cristiani è in continuo aumento. Verso il 250 il cristianesimo aveva ormai messo radici così salde che neppure le più feroci persecuzioni che allora si scatenarono poterono impedirne la vittoria finale.*

Un mosaico del II secolo raffigura i gladiatori mentre combattono contro le belve feroci nell'arena. Molto spesso i primi cristiani venivano mandati a morire in questo modo dagli imperatori romani.

Al principio del IV secolo, sopra una popolazione complessiva dell'Impero romano di circa 50 milioni, il numero dei cristiani era di almeno 7 milioni, in maggioranza nell'Oriente. Particolarmente notevole era stata la penetrazione cristiana nell'Asia Minore, nella Macedonia, Siria, Armenia, in Egitto, in alcune regioni dell'Italia centrale e meridionale, nell'Africa nord-occidentale, nella Spagna e nella Gallia meridionale. Già Clemente Alessandrino e Origene, e più ancora i Padri della Chiesa del IV e V secolo, riconobbero, e ben a ragione, nella diffusione oltremodo rapida e vasta della religione cristiana, nonostante tutti gli ostacoli, una prova luminosa della sua origine soprannaturale.

Per quanto riguarda l'espansione della comunità cristiana a Roma troviamo anzitutto la testimonianza di Tacito (Annali XV, 4), *secondo la quale già Nerone mandò a morte una* «multitudo ingens» *di martiri cristiani. Papa Cornelio (m. 253) parla di un numero immenso di cristiani romani guidati da 46 presbiteri, 7 diaconi e circa 100 chierici minori, con 1500 vedove e orfani affidati alle loro cure.*

Nel resto d'Italia la propagazione del cristianesimo procedette per irradiazione da alcuni centri principali, specialmente da Roma.

Su questa prima diffusione, che procedette generalmente seguendo il corso delle vie militari e commerciali, siamo quasi completamente privi di notizie particolari storicamente accertate. Le molte leggende posteriori che tentano di collegare l'origine delle diverse chiese con i tempi apostolici si rifanno regolarmente a san Pietro o ai suoi discepoli, non ad altri apostoli. La diffusione ebbe un'intensità maggiore nell'Italia media e inferiore, dove si ebbe presto una densa fioritura di sedi vescovili anche in centri minori. [...]

Nell'Italia a settentrione dell'Appennino la diffusione fu molto più lenta. Fino alla pace costantiniana i cristiani furono fortemente in minoranza rispetto alla popolazione pagana; la diffusione più larga del cristianesimo è dovuta al IV secolo. Anche le sedi vescovili sono molto più rade. Milano, la Chiesa più importante, e poi unica metropolitana dell'alta Italia fino agli inizi del V secolo, ebbe la sua origine nella seconda metà del II secolo.

K. Bihlmeyer - H. Tuechle, *Storia della Chiesa*, vol. I, Morcelliana, Brescia 1989

L'atteggiamento dei primi imperatori romani

Nei primi secoli cristiani contro la fede si scatenarono diverse persecuzioni.

I primi imperatori romani non hanno perseguitato i cristiani. **Claudio** (10-54) nel 49 espulse gli ebrei da Roma e questo provvedimento colpì anche i cristiani di origine giudaica, ma non fu una vera e propria persecuzione. Tuttavia, vi era già una diffusa ostilità contro i cristiani, come testimonia la prima lettera di Pietro che invita i credenti a essere irreprensibili e leali cittadini per mettere così a tacere le calunnie (1Pt 2, 12-14).

Catacombe di san Gennaro, V secolo, Napoli.

Nel luglio del 64 a Roma scoppia un violento incendio e, in un clima di scontro tra **Nerone** (37-68) e il Senato, e di delitti ordinati dall'imperatore, si sparse la voce che la città fosse stata fatta bruciare per ordine di Nerone. Con una manovra diversiva, si scaricò la colpa sui cristiani, che furono condannati a forme raffinate di martirio: crocifissione, caccia di belve, torce viventi, rappresentazioni cruente di scene mitologiche. Pietro e Paolo morirono durante questo periodo persecutorio che si limitò alla capitale.

Le successive persecuzioni non portarono a massacri su vasta scala e si alternarono a periodi di tranquillità. In molti casi furono persecuzioni locali, episodi limitati a singoli governatori, condotte talvolta anche malvolentieri dai governatori delle province che capivano di condannare dei sudditi leali all'imperatore in ambito temporale. In alcuni casi erano frutto di agitazioni popolari, di denunce e accuse pretestuose che creavano un clima di ostilità.

Sotto **Vespasiano** (9-79) e **Tito** (39-81) i cristiani vissero in pace, ma negli ultimi anni di **Domiziano** (51-96) egli accentuò il culto dell'imperatore *Dominus et Deus* («Signore e divinità») e vi fu un periodo di terrore e sofferenze. Fu giustiziato il cugino dell'imperatore, il senatore ed ex console Tito Flavio Clemente, con la moglie Domitilla. **Nerva** (30-98) riportò la pace.

Il divieto di costituirsi in società

Con il divieto di costituire società non permesse, **Traiano** (53-117) diede inizio a una nuova persecuzione. In un rescritto (112 ca.) a Plinio il Giovane, proconsole della Bitinia, che era rimasto impressionato dal coraggio e dal numero dei cristiani martirizzati, Traiano segnala la procedura che sarà applicata per lungo tempo: non si devono fare ricerche d'ufficio, se però dei cristiani vengono denunciati e sono rei confessi, vanno puniti; chi rinnega la fede sia lasciato libero ed è vietato accettare denunce anonime. Resta il fatto che la posizione dei cristiani è difficile perché il cristianesimo non è permesso ed è da punirsi con la morte.

Adriano (117-138) e **Antonino Pio** (138-161) furono personalmente meglio disposti verso i cristiani. **Marco Aurelio** (161-180) e il figlio **Commodo** (180-192) tennero un comportamento umano, ma ci furono gravi calamità (carestia, peste, minacce di barbari) e il popolo fu istigato contro i cristiani accusati di essere la causa di queste sciagure.

Lucio Settimio Severo (193-211) inasprì l'atteggiamento e vietò la conversione al giudaismo mediante la circoncisione (201) e al cristianesimo con il battesimo (202). Questa persecuzione colpì soprattutto i catecumeni e i neobattezzati.

Marco Aurelio Antonino detto **Caracalla** (211-217) e **Alessandro Severo** (225-235) trattarono i cristiani con benevolenza; ciò non toglie che restassero in vigore le leggi contro di essi e così vi furono ancora dei martiri (ad esempio santa Cecilia). **Massimino Trace** (235-238) infierì soprattutto contro la gerarchia: papa Ponziano e Ippolito furono condannati ai lavori forzati (*ad metalla*) nelle miniere della Sardegna dove morirono.

La pace tornò durante il regno di **Gordiano III** (238-244) e di **Filippo Arabo** (244 -249); di quest'ultimo si dice che fosse lui stesso cristiano.

La persecuzione di Decio e i pregiudizi contro i cristiani

Dopo circa quarant'anni di pace, si scatenò, breve ma violentissima, la persecuzione di **Decio** (249 ca.-251); questo imperatore voleva sottomettere tutti alla religione nazionale unitaria, ordinò che tutti sacrificassero agli dèi e ricorse a una giustizia crudele: carcere, confisca dei beni, tortura e anche la pena di morte. Diceva di tollerare di più un rivale nell'Impero che un vescovo cristiano a Roma. Molti cristiani furono presi alla sprovvista da questa improvvisa persecuzione; alcuni vescovi rinunciarono alla loro fede per paura (*lapsi*) e ottennero il *libello*, cioè il certificato del sacrificio compiuto in onore degli dèi. Terminata la persecuzione, si aprì il caso di chi, pentito della propria debolezza, voleva ritornare nella comunità cristiana. Vi furono posizioni indulgenti e posizioni rigoriste. L'imperatore **Gallo** (251-253), dopo un primo momento di pace, si lasciò influenzare dalle dicerie e, per allontanare una grave pestilenza, rese obbligatori dei sacrifici ad Apollo. Anche **Valeriano** (253-260), che aveva a palazzo molti cristiani, si lasciò condizionare dalle calunnie e nel 257 ordinò che vescovi, preti e diaconi offrissero sacrifici. Vietò la visita ai cimiteri e le adunanze di culto, pena la morte. Papa Sisto II, il diacono Lorenzo, il vescovo Cipriano di Cartagine, furono i martiri più illustri. **Gallieno** (260-268) invece restituì ai cristiani i cimiteri e i luoghi di culto.

Epitaffio di Cyriacus con invocazione ai martiri, iscrizione musiva, IV secolo d.C., catacombe di Panfilo, Roma.

La persecuzione di Diocleziano, la più dura e la più lunga

Dopo la breve persecuzione di **Aureliano** (270-275), vi fu un periodo di pace agli inizi del regno di **Diocleziano** (284-305). Ma le correnti anticristiane lo convinsero a scatenare l'ultima delle persecuzioni, la più dura e la più lunga: epurò l'esercito e chi si rifiutava di sacrificare veniva espulso dalla carriera e anche ucciso; demolì i luoghi di culto, impose la consegna dei libri sacri, estese l'obbligo di sacrificare a tutti i cristiani, minacciò torture e inflisse pene di morte, stabilì l'inferiorità giuridica dei credenti.

La libertà giunse con **Galerio** (305-311) che emanò l'Editto di tolleranza (30 aprile 311 a Sardica) e infine dall'incontro tra **Costantino** (312-337) e il cognato **Licinio** (308-325) avvenuto a Milano nel febbraio 313, con l'Editto di Milano.

Le basi legislative della persecuzione

Resta da capire su che basi legislative poterono perseguitare i cristiani. Secondo alcuni studiosi si applicò il principio della *coercitio*, cioè il diritto di repressione che ogni magistrato poteva esercitare in caso di pericolo per l'ordine pubblico. Secondo altri studiosi, si applicarono le leggi contro i delitti comuni (incesto, perché i cristiani si consideravano tutti fratelli; infanticidio, travisando il sacramento dell'eucaristia, corpo del Signore; incendio), infatti la gente attribuiva in modo calunnioso queste colpe ai cristiani; oppure si applicarono le leggi contro le associazioni illecite e i crimini di lesa maestà. Infine, c'è chi sostiene che furono emanate leggi speciali contro i cristiani.

L'odio contro i cristiani veniva più dal basso che dall'alto, più dalla periferia che dalla capitale. I cristiani erano disprezzati come ignoranti, superstiziosi, seguaci di una religione «malefica»; li si accusava di ateismo perché erano assenti ai culti ufficiali e, nonostante la loro lealtà, vennero considerati nemici dello Stato. Il cristianesimo rifiutava il culto delle divinità pagane e nell'opinione pubblica soltanto la venerazione degli dèi dello Stato garantiva il benessere sociale. Gruppi di fanatici alimentavano l'odio verso la nuova fede cercando sempre nuovi capi di accusa e pretesti inverosimili (colpevolezza per calamità naturali, carestie, pestilenze). Tertulliano ironicamente rispondeva:

> *Se il Tevere straripa a Roma, o se il Nilo non straripa nei campi, se c'è una carestia o un'epidemia, ecco che subito si strilla: I cristiani ai leoni!*

Le novità introdotte dal culto cristiano

Certamente la fede cristiana introduceva elementi di novità nella cultura del tempo. La fede in un unico Dio contrastava con i culti pagani dell'Impero e si credeva che lo Stato fosse minacciato alle basi per il venir meno della fede negli dèi. La fede cristiana in un unico Dio, rispetto al numeroso *pantheon* pagano, era considerata una forma di ateismo. Il messaggio di pace di Gesù andava contro la politica espansionistica romana e l'insegnamento dell'uguaglianza e della fratellanza universale era un'aperta critica alla divisione sociale tra nobili e plebei, patrizi e schiavi, uomini e donne.
Da parte loro, i cristiani non si esponevano in modo esibizionistico al martirio, non si autodenunciavano, mantenevano un atteggiamento rispettoso verso lo Stato. Infatti, le Chiese condannarono fin dall'inizio la dottrina dei montanisti (dal nome di un prete frigio, Montano) che, per un rigorismo innaturale, si autodenunciavano e cercavano il martirio.

I cristiani dimostrarono grande venerazione per i martiri e per i confessori della fede che, senza morire ma a prezzo di sofferenze e prigionia, avevano testimoniato la fede cristiana. Erano considerati come speciali «imitatori di Cristo» il cui sangue sparso era «seme di nuovi cristiani» (*Semen est sanguis christianorum*), secondo una celebre espressione di Tertulliano.

SINTESI

GESÙ DI NAZARET ORGANIZZA UNA COMUNITÀ CHE CONTINUI LA SUA MISSIONE...

- ... incontra la gente;
- ... sceglie un gruppo di discepoli e li invia a predicare;
- ... sceglie i dodici apostoli:
  → i vescovi sono i loro successori;
- ... sceglie Pietro come guida:
  → il vescovo di Roma è successore di Pietro;
- ... affida a tutti il comandamento dell'amore:
  → il compito della carità.

L'ATTIVITÀ DELLA CHIESA

A Pentecoste, con la discesa dello Spirito Santo, inizia l'attività della Chiesa.
Fin dagli inizi la comunità cristiana:

- è assidua nell'ascoltare l'insegnamento degli apostoli;
- è unita nella preghiera;
- celebra l'eucaristia;
- vive la comunione fraterna e la condivisione dei beni.

LA DIFFUSIONE DEL CRISTIANESIMO

Con i viaggi missionari degli apostoli, e in particolare di Paolo, il cristianesimo si diffonde e nascono nuove comunità.

LE PERSECUZIONI

... ma fin dagli inizi la vita cristiana è segnata da persecuzioni che continueranno lungo tutta la storia della Chiesa fino a oggi.

1 **Utilizzando gli spunti già ordinati, presenta quale comportamento ha tenuto Gesù e da questo crescendo di informazioni trai una conclusione riguardo alla Chiesa.**

- folla: ______
- discepoli: ______
- apostoli: ______
- Simon Pietro: ______

Da questi comportamenti di Cristo si conclude che ______

______

2 **Dopo la Pasqua di risurrezione, la Pentecoste per importanza e significato è la seconda solennità della fede cristiana, più importante dello stesso Natale. Per quali motivi?**

Completa le seguente tabella.

	cade e si celebra	ricorda
Pentecoste ebraica		
Pentecoste cristiana		

3 **Quali erano le caratteristiche fondamentali della comunità cristiana delle origini? Sono presenti anche oggi e in che forma e misura?**

- I primi cristiani erano assidui... → ______
- mettevano ogni cosa... → ______
- spezzavano... → ______
- si ritrovavano per... → ______

4 **Commenta questo brano soffermandoti sul problema dei destinatari della carità cristiana.**

La Chiesa è la famiglia di Dio nel mondo. In questa famiglia non deve esserci nessuno che soffra per mancanza del necessario. Al contempo però la caritas-agape travalica le frontiere della Chiesa; la parabola del buon samaritano rimane come criterio di misura, impone l'universalità dell'amore che si volge verso il bisognoso incontrato «per caso» (cfr. Lc 10, 31), chiunque egli sia. Ferma restando questa universalità del comandamento dell'amore, vi è però anche un'esigenza specificamente ecclesiale – quella appunto che nella Chiesa stessa, in quanto famiglia, nessun membro soffra perché nel bisogno. In questo senso vale la parola della Lettera ai Galati*: «Poiché dunque ne abbiamo l'occasione, operiamo il bene verso tutti, soprattutto verso i fratelli nella fede» (6, 10).*

BENEDETTO XVI, *Deus caritas est*, n. 25

5 **Prova a smentire quest'affermazione.**

Gesù ha previsto per i propri seguaci una vita facile e piena di successi ... e questo grazie alla loro fede cristiana!

- Ricordi il nome di qualche santo martire? La parola martire... che cosa significa? Che senso ha morire e soffrire per la propria fede? Che cosa pensi di persone che patiscono una persecuzione con mitezza, amore e perdono?

6 Analizza il dipinto della conversione di san Paolo, confrontandolo con il testo degli *Atti* 9, 1-18.

Ludovico Carracci, *Conversione di san Paolo*, XVI-XVII secolo, Pinacoteca Nazionale di Bologna.

7 Individua le affermazioni VERE e quelle FALSE, correggi quelle errate motivando la tua posizione.

- La Chiesa è nata per volontà dei primi cristiani. ☐ V ☐ F
- La Pentecoste segna l'inizio della vita della Chiesa. ☐ V ☐ F
- Santo Stefano è il primo martire. ☐ V ☐ F
- Gli *Atti degli apostoli* raccontano le vicende degli apostoli. ☐ V ☐ F
- I vescovi sono i rappresentanti del papa. ☐ V ☐ F
- Il primato papale è il risultato dell'evoluzione storica del potere temporale. ☐ V ☐ F
- A Roma c'è il papa e il vescovo della città. ☐ V ☐ F
- L'espressione «frazione del pane» si riferisce alla celebrazione dell'eucaristia. ☐ V ☐ F

8 Da dove derivano queste espressioni e che significato hanno preso?

- ritirarsi in conclave ______________________
- fumata nera ______________________

9 Analizza uno dei viaggi apostolici di Paolo.

- 1° viaggio: At 13 e 14
- 2° viaggio: At 15, 36 - 18, 22
- 3° viaggio: At 18, 22 - 21, 19
- 4° viaggio: At 27 e 28

Tieni presente il percorso già indicato sulla cartina (p. 253).
Presta particolare attenzione al rapporto mantenuto da Paolo:

- con i fedeli di fede ebraica;
- con i pagani e le tradizioni locali;
- con le comunità o le persone già cristiane.

Sintetizza i contenuti della predicazione di Paolo (puoi soffermarti in particolare su un discorso).

UNITÀ 9

La Chiesa oggi

Contenuti

- Una Chiesa presente e attiva
- La Chiesa... predicare o aiutare?
- Il Concilio Ecumenico Vaticano II
- La Chiesa, un popolo con tanti doni e tante vocazioni
- I ministri ordinati: i vescovi, i diaconi e i presbiteri
- I *Christifideles*: i laici e la loro vocazione
- I religiosi e la vita consacrata
- Gli istituti secolari
- I sacramenti: i segni veri di salvezza
- L'iniziazione cristiana
- I sacramenti di guarigione e della vocazione

Obiettivi

- ☐ Sapere come la Chiesa si considera e qual è il suo specifico compito.
- ☐ Essere consapevoli che la Chiesa custodisce e traduce in contesti e culture diverse un messaggio che non può mutare nei suoi contenuti essenziali.
- ☐ Mettere a fuoco alcune ragioni di critica e polemica verso la Chiesa.
- ☐ Riconoscere il valore del Concilio Vaticano II.
- ☐ Sapere perché le donne non possono ricevere l'ordine sacro.
- ☐ Sapere che cosa si intende per tradizione e qual è il valore dei sacramenti.
- ☐ Riconoscere la molteplicità della presenza e dell'impegno dei cristiani come espressione di solidarietà e servizio.

Una Chiesa presente e attiva

La fede cristiana ha segnato e caratterizza profondamente la nostra società.

Il 97,67% degli italiani è battezzato e nel territorio nazionale sono presenti 227 diocesi, 25.827 parrocchie, 500 vescovi, 38.000 sacerdoti secolari e oltre 1800 diaconi diocesani. In più di 17.000 comunità vi sono più di 22.000 religiosi e più di 89.000 religiose. I missionari italiani all'estero sono 19.600.

Oltre 102.000 persone sono impegnate nella catechesi e molti altri collaboratori parrocchiali sono volontari della carità, membri di associazioni e di movimenti di apostolato, e realizzano innumerevoli opere culturali e per la formazione dei giovani.

Numericamente è considerevole la presenza del cattolicesimo nella nostra società. A livello storico e artistico tutti possono constatare che il cattolicesimo ha arricchito l'Italia con opere d'arte, basiliche, dipinti, sculture ecc. Le stesse strutture urbanistiche dei nostri paesi e delle nostre città conservano edifici sacri, edicole religiose, conventi, monasteri, istituti di assistenza cattolici, fino a elementi semplici come titolazioni di piazze e vie, nomi, simboli, feste e tradizioni ecc.

Cracovia, 27 maggio 2006. I giovani attendono l'arrivo di papa Benedetto XVI che celebrerà una messa.

La Chiesa svolge innanzitutto una **funzione religiosa** nell'ambito del culto, della preghiera, e di **evangelizzazione** per la diffusione della fede. Vi sono i momenti tipicamente religiosi come le celebrazioni dei sacramenti e il culto: ogni domenica molte persone partecipano all'eucaristia, la maggioranza degli italiani chiede i sacramenti per sé e per i figli, ci si sposa in chiesa e nei momenti di lutto si chiede un momento religioso di preghiera.

La Chiesa esercita anche un **compito morale**, cioè interviene proponendo quello che ritiene il giusto comportamento e insegnando alcuni valori umani e cristiani. Molte persone, con un serio impegno di coscienza credono e cercano di mettere in pratica questi valori nelle loro scelte personali di vita. Anche su problemi di attualità (ad esempio la globalizzazione, la bioetica, il rispetto ambientale, la pace), la Chiesa propone la propria dottrina, convinta di contribuire e di aiutare tutti nel dialogo e nella ricerca del bene comune. L'impegno di formazione umana e cristiana si concretizza nella vita consueta delle parrocchie con la catechesi per ogni età, momenti di incontro, animazione, gruppi giovanili, oratori, attività estive ecc.

La comunità cristiana, inoltre, ha creato, sostiene e gestisce anche innumerevoli **attività culturali**: pubblicazioni di libri, ricerche, centri culturali, studio della storia locale ecc. Pensiamo anche al grande patrimonio di arte sacra, la sua con-

servazione e valorizzazione, l'apertura al pubblico, i musei diocesani, le biblioteche, i documenti antichi ecc.

Volontari al lavoro, nei numerosi centri cattolici che offrono assistenza ai bisognosi.

L'impegno culturale si esprime anche nell'educazione e nella preparazione professionale dei giovani. In Italia vi sono scuole di ogni ordine e grado e corsi di formazione professionale che sono gestiti da parrocchie, diocesi e istituti religiosi. Vi è anche l'*Università Cattolica del Sacro Cuore* di Milano, con molte facoltà, dipartimenti e anche sedi distaccate (a Roma il Policlinico Gemelli, sede della Facoltà di Medicina; a Piacenza la sede di Agraria, e altre specializzazioni a Brescia e Cremona).

La Chiesa cattolica occupa un posto di straordinario rilievo anche nel **terzo settore**, cioè in quelle realtà che intervengono in situazioni di disagio sociale e di assistenza. Ci sono cooperative, associazioni, le stesse diocesi e congregazioni religiose che operano a servizio di bisognosi, anziani, malati, tossicodipendenti, alcolisti, disabili, adulti e minori con problemi, ex carcerati, immigrati ecc. Vi sono strutture residenziali, oppure servizi diurni, forme di assistenza domiciliare e di prima accoglienza. La *Caritas italiana* e le singole *Caritas diocesane* operano proprio in questo ambito coordinando gli interventi urgenti ed educando una sensibilità attenta alle persone in difficoltà.

Il centro di prima accoglienza della Caritas di Brindisi, che ospita soprattutto giovani profughi albanesi.

Oltre a queste forme consolidate e istituzionalizzate, la Chiesa propone e attua moltissimi interventi di aiuto sostenendo famiglie con figli in affido, donne e ragazze madri, persone in cerca di lavoro fino alla «carità» semplice, spontanea e immediata. L'impegno dei cristiani ha dimensioni eccezionali e di straordinario valore assistenziale e umanitario.

Come una «*città sul monte*» (Mt 5, 14), quindi riconoscibile da tutti, la Chiesa e i cristiani sono presenti nella società, sono attivi con tutta la creatività di cui sono capaci per testimoniare concretamente il Vangelo. La fede in Gesù Cristo si esprime in modo tangibile attraverso le opere e l'impegno visibile.

La Chiesa nel mondo	
Cattolici: **1.098.000.000**	Sacerdoti: **405.891**
Popolazione mondiale: **6.388.000.000**	Diaconi permanenti: **32.324**
Percentuale cattolici: **17,1%**	Candidati al sacerdozio: **113.044**

Dati annuario pontificio aggiornati al 31/12/2004, in "Avvenire", 19 febbraio 2004

Attività

Criticare la Chiesa

Ma chiediamoci innanzitutto: perché la Chiesa riesce sgradita a così tante persone, e addirittura anche a credenti, anche a persone che fino a ieri potevano essere annoverate tra le più fedeli o che, pur tra sofferenze, lo sono in qualche modo ancora oggi? I motivi sono tra loro molto diversi, anzi opposti, a seconda delle posizioni. Alcuni soffrono perché la Chiesa si è troppo adeguata ai parametri del mondo d'oggi; altri sono infastiditi perché ne resta ancora troppo estranea. Per la maggior parte della gente, la scontentezza nei confronti della Chiesa comincia col fatto che essa è un'istituzione come tante altre, e che come tale limita la mia libertà. La sete di libertà è la forma in cui oggi si esprimono il desiderio di liberazione e la percezione di non essere liberi.

J. Ratzinger, *La bellezza. La Chiesa*, Itaca, Roma - Castel Bolognese 2005

- Raccogli le critiche e i rilievi che si muovono contro la Chiesa di cui sei venuto/a a conoscenza. Fai degli esempi tenendo presente alcuni ambiti: l'insegnamento e la morale, la presenza della Chiesa nella società, i fatti negativi, la ricchezza e i beni artistici, le celebrazioni ecc.

- Leggi ora i seguenti brani del Vangelo:
  - Gesù critica i farisei: Mt 23, 1 - 32
  - Unzione di Betania: Mc 14, 3 - 9
  - Il rispetto dovuto ai poveri: Gc 2, 1 - 4

Papa Benedetto XVI in un momento di preghiera.

- Leggi le seguenti proposte e poi cerca di trarre alcune conclusioni.

L'amarezza contro la Chiesa ha però anche un motivo specifico. Infatti, in mezzo ad un mondo governato da dura disciplina e da inesorabili costrizioni, si leva verso la Chiesa ancora e sempre una silenziosa speranza: essa potrebbe rappresentare in tutto ciò come una piccola isola di vita migliore, una piccola oasi di libertà, in cui di tanto in tanto ci si può ritirare. L'ira contro la Chiesa o la delusione nei suoi confronti hanno perciò un carattere particolare, poiché silenziosamente ci si attende da essa di più che da altre istituzioni mondane. In essa si dovrebbe realizzare il sogno di un mondo migliore.

J. Ratzinger, Op. cit.

Si può criticare molto la Chiesa. Noi lo sappiamo, e il Signore stesso ce l'ha detto: essa è una rete con dei pesci buoni e dei pesci cattivi, un campo con il grano e la zizzania. Papa Giovanni Paolo II, che nei tanti beati e santi ci ha mostrato il volto vero della Chiesa, ha anche chiesto perdono per ciò che nel corso della storia, a motivo dell'agire e del parlare di uomini di Chiesa, è avvenuto di male. In tal modo fa vedere anche a noi la nostra vera immagine e ci esorta ad entrare con tutti i nostri difetti e debolezze nella processione dei santi, che con i Magi dell'Oriente ha preso il suo inizio. In fondo, è consolante il fatto che esista la zizzania nella Chiesa. Così, con tutti i nostri difetti possiamo tuttavia sperare di trovarci ancora nella sequela di Gesù, che ha chiamato proprio i peccatori.

Benedetto XVI, *Giornata mondiale dei giovani. Veglia di preghiera nella spianata di Marianfeld*, 20 agosto 2005

DOCUMENTI

Sulla via della condivisione

■ Il Concilio Vaticano II ha espresso a più riprese la convinzione che la vita della Chiesa non può e non deve restare isolata, sganciata dalle realtà del mondo. Ogni forma di chiusura, oltre che anacronistica, contravviene alla natura stessa della Chiesa che, come ha fatto Cristo, deve dimostrare una profonda condivisione con tutto ciò che fa parte dell'esperienza di vita degli uomini; e questo unitamente a una premurosa sollecitudine verso i più bisognosi, proprio come ha fatto Gesù che è il fondatore e il modello della Chiesa.

Nel mondo in nome di Dio

Le gioie e le speranze, le tristezze e le angosce degli uomini d'oggi, dei poveri soprattutto e di tutti coloro che soffrono, sono pure le gioie e le speranze, le tristezze e le angosce dei discepoli di Cristo, e nulla vi è di genuinamente umano che non trovi eco nel loro cuore. La loro comunità, infatti, è composta di uomini, i quali, riuniti insieme nel Cristo, sono guidati dallo Spirito Santo nel loro pellegrinaggio verso il Regno del Padre, ed hanno ricevuto un messaggio di salvezza da proporre a tutti. Perciò essa si sente realmente e intimamente solidale con il genere umano e con la sua storia.

Gaudium et Spes, n. 1

La presenza dei cristiani nei gruppi umani sia animata da quella carità, con cui ci ha amato Dio, il quale vuole che anche noi reciprocamente ci amiamo con la stessa carità. Effettivamente la carità cristiana si estende a tutti, senza discriminazione di razza, di condizione sociale o di religione; non si attende alcun guadagno o gratitudine. Come Dio ci ha amato con amore gratuito, così anche i fedeli con la loro carità debbono preoccuparsi dell'uomo, amandolo con lo stesso sentimento, con cui Dio ha cercato l'uomo. Come quindi Cristo percorreva tutte le città e i villaggi, sanando ogni malattia e infermità a dimostrazione dell'avvento del Regno di Dio, così anche la Chiesa attraverso i suoi figli si unisce agli uomini di qualsiasi condizione, ma soprattutto ai poveri e ai sofferenti, e si prodiga volentieri per loro. Essa infatti condivide le loro gioie e i loro dolori, conosce le aspirazioni e i misteri della vita, soffre con essi nelle angosce della morte. A quanti cercano la pace desidera rispondere con il dialogo fraterno, portando loro la pace e la luce del Vangelo.
I cristiani debbono impegnarsi e collaborare con tutti gli altri alla giusta composizione delle questioni economiche e sociali. Si applichino con particolare cura all'educazione dei fanciulli e degli adolescenti nei vari ordini di scuole, che vanno considerate non solo come un mezzo meraviglioso per la formazione e lo sviluppo della gioventù cristiana, ma insieme come un servizio di somma importanza per gli uomini, specialmente per le nazioni in via di sviluppo, in ordine all'elevazione della dignità umana e alla preparazione di condizioni più umane. Inoltre assumano la loro parte nei tentativi di quei popoli che, lottando contro la fame, l'ignoranza e le malattie si sforzano per creare migliori condizioni di vita e di stabilire la pace nel mondo.

Ad Gentes, n. 12

Una seduta del Concilio Vaticano II.

Un momento di gioia tra giovani ecclesiasti.

La Chiesa... predicare o aiutare?

Qual è il compito fondamentale della Chiesa? Deve annunciare il Vangelo, diffondere la fede oppure deve impegnarsi per portare aiuto, per lo sviluppo dei popoli, per fronteggiare le emergenze, difendere i diritti e combattere le ingiustizie?

La domanda rischia di essere ambigua e malposta se si vuole creare una contrapposizione tra l'evangelizzazione e la promozione umana, anche perché la salvezza portata da Gesù riguarda tutta la persona umana, nelle sue esigenze materiali e spirituali.

Prima di ascendere al cielo, Gesù comandò agli apostoli:

Andate in tutto il mondo e predicate il vangelo a ogni creatura. Chi crederà e sarà battezzato sarà salvo, ma chi non crederà sarà condannato.

Mc 16, 15-16

Da ciò consegue che il compito primordiale della Chiesa è e sarà sempre l'annuncio evangelico: conservare la memoria di Gesù e trasmetterla al mondo perché il mondo creda.

Ma all'inizio del suo ministero pubblico, Gesù aveva commentato un brano del profeta Isaia che descriveva la missione del Messia, cioè la sua personale missione: soccorrere le persone bisognose ed emarginate e annunciare il lieto messaggio, cioè il Vangelo, la Parola di Dio.

Lo Spirito del Signore è sopra di me;
per questo mi ha consacrato con l'unzione,
e mi ha mandato per annunziare ai poveri un lieto messaggio,
per proclamare ai prigionieri la liberazione e ai ciechi la vista;
per rimettere in libertà gli oppressi,
e predicare un anno di grazia del Signore.

Lc 4, 18-19

La conoscenza di Dio e del Vangelo, la fede in Cristo non vanno contrapposti all'esigenza di risolvere i gravi problemi umani. E la Chiesa, i volontari, i missionari, i cristiani sono impegnati su entrambi i versanti. Inviando in missione gli apostoli, Ge-

sù raccomandava loro attenzione all'annuncio del Regno di Dio e cura dei bisogni materiali.

> *... predicate che il regno dei cieli è vicino. Guarite gli infermi, risuscitate i morti, sanate i lebbrosi, cacciate i demòni. Gratuitamente avete ricevuto, gratuitamente date. Non procuratevi oro, né argento, né moneta di rame nelle vostre cinture, né bisaccia da viaggio, né due tuniche, né sandali, né bastone, perché l'operaio ha diritto al suo nutrimento.*
>
> Mt 10, 7-10

L'impegno della Chiesa è un impegno gratuito aperto a tutti. Non si aiutano i poveri per convertirli, anche se un cristiano fa del bene come espressione e conseguenza della propria fede, in obbedienza al comandamento dell'amore di Gesù. Tuttavia il bene che si fa deve essere gratuito. Quando la Chiesa difende i diritti umani e fa opera di promozione umana, lo fa per tutti indistintamente, con un'apertura totale.

Inoltre la fede motiva e sostiene l'impegno umanitario verso i bisognosi che diventa una chiara conseguenza e testimonianza di fede.

> *È vero che la fede si esprime nella testimonianza della carità, ma questo implica una decisione «a monte» che permetta di alimentare lo stesso impegno di carità. Senza l'insegnamento e l'esempio di Cristo, senza la concezione di un Dio padre di tutti, senza una fede che proclama tutti fratelli, il sentiero della carità sarebbe troppo spinoso. Senza una concezione di sé e della vita aperta al mistero e alla trascendenza, anche l'impegno nei confronti degli ultimi sembra destinato ad attenuarsi e a impoverirsi. Del resto, compito della Chiesa è, oltre a fare la crocerossina dei nostri tanti malanni, orientare le coscienze, delineare le linee del bene e del male, chiarire il senso della vita.*
>
> C. Fiore, *Chiesa e valori in Italia*, in "Dimensioni Nuove", n. 2, febbraio 1999

I cristiani diffondono la Parola di Dio innanzitutto attraverso il loro modo di essere, prima ancora che mettendo in atto una serie di iniziative di predicazione e catechesi.

Paolo VI scriveva:

> *L'uomo contemporaneo ascolta più volentieri i testimoni che i maestri o se ascolta i maestri lo fa perché sono dei testimoni.*
>
> Paolo VI, *Evangelii nuntiandi*, n. 41, 8 dicembre 1975

Gesù, parlando dei cristiani diceva:

> *Voi siete il sale della terra;* [...] *Voi siete la luce del mondo* [...] *risplenda la vostra luce davanti agli uomini, perché vedano le vostre opere buone e rendano gloria al vostro Padre che è nei cieli.*
>
> Mt 5, 13-16

La fede in Dio senza opere è morta (cfr. Gc 2, 26) e le opere di bene portano a scoprire l'amore di Dio.

DOCUMENTI

«Gesù, vedendo le folle, ne sentì compassione» (Mt 9, 36)

La Chiesa sa che, per promuovere un pieno sviluppo, è necessario che il nostro «sguardo» sull'uomo si misuri su quello di Cristo. Infatti, in nessun modo è possibile separare la risposta ai bisogni materiali e sociali degli uomini dal soddisfacimento delle profonde necessità del loro cuore. Questo si deve sottolineare tanto maggiormente in questa nostra epoca di grandi trasformazioni, nella quale percepiamo in maniera sempre più viva e urgente la nostra responsabilità verso i poveri del mondo. [...]
Lo «sguardo» di Cristo sulla folla, ci impone di affermare i veri contenuti di quell'«umanesimo plenario» che, secondo Paolo VI, consiste nello «sviluppo di tutto l'uomo e di tutti gli uomini » (Populorum Progressio, n. 42). *Per questo il primo contributo che la Chiesa offre allo sviluppo dell'uomo e dei popoli non si sostanzia in mezzi materiali o in soluzioni tecniche, ma nell'annuncio della verità di Cristo che educa le coscienze e insegna l'autentica dignità della persona e del lavoro, promuovendo la formazione di una cultura che risponda veramente a tutte le domande dell'uomo.*
[...] *Gli esempi dei santi e le molte esperienze missionarie che caratterizzano la storia della Chiesa costituiscono indicazioni preziose sul modo migliore di sostenere lo sviluppo. Anche oggi, nel tempo della interdipendenza globale, si può constatare che nessun progetto economico, sociale o politico sostituisce quel dono di sé all'altro nel quale si esprime la carità. Chi opera secondo questa logica evangelica vive la fede come amicizia con il Dio incarnato e, come Lui, si fa carico dei bisogni materiali e spirituali del prossimo. Lo guarda come incommensurabile mistero, degno di infinita cura ed attenzione. Sa che chi non dà Dio dà troppo poco, come diceva la beata Teresa di Calcutta: «La prima povertà dei popoli è di non conoscere Cristo». Perciò occorre far trovare Dio nel volto misericordioso di Cristo: senza questa prospettiva, una civiltà non si costruisce su basi solide. Grazie a uomini e donne obbedienti allo Spirito Santo, nella Chiesa sono sorte molte opere di carità, volte a promuovere lo sviluppo: ospedali, università, scuole di formazione professionale, micro-imprese. Sono iniziative che, molto prima di altre espressioni della società civile, hanno dato prova della sincera preoccupazione per l'uomo da parte di persone mosse dal messaggio evangelico.*

BENEDETTO XVI, *Messaggio del Santo Padre Benedetto XVI per la quaresima 2006*, Libreria Editrice Vaticana, Città del Vaticano 2006

Il Concilio Ecumenico Vaticano II

Il Concilio Ecumenico Vaticano II (11 ottobre 1962 - 8 dicembre 1965) è stato uno dei momenti più importanti di tutta la storia della Chiesa. La sua conoscenza è decisiva per capire il rinnovamento e le scelte attuali della Chiesa.

Il 25 gennaio 1959 Giovanni XXIII "a sorpresa" diede l'annuncio di voler convocare un Concilio Ecumenico. Seguirono i lavori delle Commissioni preparatorie incaricate di individuare le tematiche da affrontare, stendere i programmi dei lavori conciliari, gli schemi dei documenti da approvare e raccogliere ogni utile contributo di idee.

Fin dalla sua indizione si capì che il Concilio sarebbe stato un momento di straordinario incontro tra tutte le esperienze di vita cristiana presenti nelle varie culture del mondo, un'occasione di profonda e accurata riflessione sulla Chiesa e sulla sua presenza nel mondo contemporaneo. E così fu: il Concilio espresse l'universalità della Chiesa, la sua molteplice presenza nel mondo, il forte legame di comunione che unisce tutti i cristiani e il coraggioso sforzo di capire i problemi del mondo contemporaneo. Il Concilio sancì, inoltre, la necessità di un forte rinnovamento all'interno della Chiesa e di apertura ai problemi del mondo.

L'elenco ufficiale dei partecipanti comprendeva 2851 vescovi di tutto il mondo: 38% dall'Europa, 32% dalle Americhe, 20% da Asia e Oceania e un 10%

dall'Africa. Circa 400 vescovi non poterono partecipare: 200 erano vescovi dei Paesi dell'Est comunista, altri 200 erano impediti da ragioni di salute. La media generale dei Padri partecipanti fu di 2200. Al Concilio parteciparono anche i superiori degli ordini religiosi, alcuni teologi e studiosi e i rappresentanti delle Chiese cristiane non cattoliche.

La celebrazione del Concilio si articolò in quattro sessioni:

- 1° sessione (11 ottobre - 8 dicembre 1962);
- 2° sessione (29 settembre - 4 dicembre 1963);
- 3° sessione (14 settembre - 21 novembre 1964);
- 4° sessione (14 settembre - 8 dicembre 1965).

Nei periodi di intersessione si rielaborava tutto l'insieme dei numerosi interventi e riflessioni dei Padri conciliari.

A Giovanni XXIII, morto il 3 giugno 1963, succedette Paolo VI che portò a termine il Concilio.

Dopo la promulgazione di quattro Costituzioni, nove Decreti e tre Dichiarazioni, l'8 dicembre 1965 il Concilio venne chiuso con l'invio di sette messaggi ai governanti, agli intellettuali, agli artisti, alle donne, ai lavoratori, ai poveri, agli ammalati e infine ai giovani.

Complessivamente il Concilio ha tenuto 171 Congregazioni generali (riunioni di tutti i vescovi insieme nella Basilica vaticana) con 147 relazioni introduttive, 2212 interventi orali e 4361 interventi scritti.

Il Concilio presenta la Chiesa come il popolo di Dio, esperienza comunitaria di fede e impegno nel mondo, strumento di salvezza e unità tra i popoli non tanto (o soltanto) come una società gerarchicamente organizzata. È una visione dinamica dove, in forza del proprio battesimo, ogni cristiano è responsabile e parteci-

Una sessione del Concilio Vaticano II nella Basilica di San Pietro a Roma.

pe della vita ecclesiale e della testimonianza cristiana secondo i propri compiti (cfr. *Lumen Gentium*).

La Chiesa non è estranea alla vita e ai problemi del mondo, anzi, coraggiosamente deve fare proprie «*le gioie e le speranze, le tristezze e le angosce degli uomini d'oggi*» (cfr. *Gaudium et Spes*, n. 1) perché il messaggio del Vangelo e la testimonianza cristiana la spingono a essere presente e profondamente solidale con tutti.

Il Concilio ha affrontato i temi fondamentali della rivelazione di Dio, della Sacra Scrittura, della Tradizione e trasmissione della fede lungo i secoli (cfr. *Dei Verbum*), e ha promosso un forte rinnovamento liturgico rivolto a una maggiore comprensione e partecipazione di tutti i fedeli alle celebrazioni della Chiesa (cfr. *Sacrosanctum Concilium*).

Antica miniatura di Alardo, 1097, raffigurante la Chiesa come sposa di Cristo.

Tutti i documenti del Concilio

Furono votati e promulgati 16 documenti: 4 Costituzioni, 9 Decreti, 3 Dichiarazioni.

Le Costituzioni

Le Costituzioni sono i testi più impegnativi e hanno valore dottrinale.

- *Sacrosanctum Concilium* (4 dicembre 1963), sulla liturgia.
  Affronta il problema della riforma liturgica con l'adattamento alle culture dei singoli popoli e il passaggio dalla celebrazione in latino alle lingue nazionali. Ma sottolinea anche l'importanza dell'educazione, comprensione e partecipazione di tutti i fedeli alla liturgia. Il documento tratta della celebrazione dell'eucaristia, dei sacramenti, dell'anno liturgico, dell'ufficio divino, della musica e arte sacra.
- *Lumen Gentium* (21 novembre 1964), sulla Chiesa.
  Il documento, di grande spessore teologico, è il risultato di un lungo lavoro preparatorio e di un intenso dibattito al Concilio e affronta la natura della Chiesa, la sua origine e costituzione.
  Il mistero della Chiesa (cap. I) presenta come la comunità cristiana nasca dalla volontà esplicita di Cristo e la missione della Chiesa corrisponda al piano divino della rivelazione. Tra le molte immagini con le quali la Bibbia presenta la realtà della Chiesa, emerge quella di «corpo mistico» che evidenzia la stretta unione di ogni credente alla vita di Cristo.
  Il capitolo *Il Popolo di Dio* (cap. II) precisa che nell'Antica Alleanza Israele era il popolo di Dio; ora, con la venuta di Cristo, si è definitivamente allargata a tutta la comunità cristiana. Dio ha scelto di donare la sua salvezza attraverso la storia di una comunità, di un popolo credente, cioè la Chiesa che, per mezzo dei sacramenti e dell'evangelizzazione prolunga nel tempo la salvezza di Dio. In questo documento è chiara la definizione della Chiesa come «Popolo di Dio».
  La *Lumen Gentium* spiega il compito dei vescovi che, in comunione con il papa, esercitano la funzione di guide e maestri nella comunità. Si parla anche della particolare e specifica presenza dei laici, dei religiosi e dei consacrati nella Chiesa. Ma la santità è una vocazione universale, una chiamata rivolta a tutti (cap. V) che ognuno deve realizzare nel proprio particolare e specifico contesto di vita.
  L'ultimo capitolo è dedicato alla *Beata Maria Vergine Madre di Dio nel mistero di Cristo e della Chiesa* (cap. VIII) ed è una riflessione teologica sulla presenza di Maria nel piano di salvezza di Dio.
- *Dei Verbum* (18 novembre 1965), sulla Rivelazione.
  Presenta il mistero della Rivelazione di Dio, avvenuta attraverso «*eventi e parole intimamente connessi*» (n. 2) il cui messaggio è fedelmente conservato nella Sacra Scrittura. L'Antico Testamento prepara la venuta di Cristo, quando nella persona di Gesù si attuerà la definitiva e

Di grande importanza è stata la forte apertura ecumenica del Concilio che, superando ostilità e consolidate divisioni, ha riproposto l'obiettivo dell'unità tra tutti i cristiani divisi nelle varie confessioni come un impegno primario, proprio secondo la volontà di Cristo che voleva che i suoi discepoli fossero una cosa sola (cfr. *Unitatis Redintegratio*).
Ma i temi e i problemi furono molti e di grande importanza e il Concilio li affrontò in una serie di Decreti e Dichiarazioni.

Il Concilio Vaticano II resta ancor oggi una tappa fondamentale nella vita della Chiesa e il suo insegnamento rimane la guida per la missione della Chiesa nel mondo contemporaneo. A esso fanno continuamente riferimento il magistero del papa e dei vescovi, la catechesi, la pastorale delle Chiese locali e da esso hanno avuto spunto e fondamento autorevole molte iniziative attuali della Chiesa nel dialogo con i non cattolici, con i non cristiani e anche con i non credenti.

irrevocabile Alleanza di Dio con l'uomo. Lo Spirito di Dio ha ispirato le Sacre Scritture ed esse sono sicuri punti di orientamento nel cammino di ricerca. A Dio che si è rivelato, l'uomo risponde con la propria fede.
Il documento affronta inoltre i problemi della storicità e dell'origine apostolica dei quattro Vangeli e conclude nell'ultimo capitolo parlando dell'importanza della Sacra Scrittura per la vita della Chiesa che «*ha sempre venerato le Divine Scritture come ha fatto per il Corpo stesso di Cristo*» (n. 21).
La Bibbia è il fondamento della dottrina cristiana, ma il Concilio indica nella Tradizione della Chiesa, cioè nel cammino storico, comunitario e interpretativo operato dalla comunità credente lungo i secoli, un altro momento che garantisce la fedele trasmissione e la rinnovata attualizzazione del pensiero di Dio.

- *Gaudium et Spes* (7 dicembre 1965), sulla Chiesa e il mondo contemporaneo. È una costituzione pastorale che affronta molti temi: la condizione dell'uomo contemporaneo, i suoi interrogativi, i mutamenti sociali, la dignità della persona, la società e il bene comune, il lavoro, la politica, la dignità del matrimonio e della famiglia, il progresso, la cultura, la vita economico-sociale, la promozione della pace, la cooperazione internazionale. La missione della Chiesa nel mondo contemporaneo è quella di essere presente e contribuire con l'annuncio e la testimonianza del Vangelo.

I decreti
Propongono direttive e indirizzi pastorali.

- *Inter Mirifica* (4 dicembre 1963), sui mezzi di comunicazione sociale.
- *Orientalium Ecclesiarum* (21 novembre 1964), sulle Chiese orientali cattoliche.
- *Unitatis Redintegratio* (21 novembre 1964), sull'ecumenismo.
- *Christus Dominus* (28 ottobre 1965), sui doveri pastorali dei vescovi.
- *Perfectae Caritatis* (28 ottobre 1965), sul rinnovamento della vita religiosa e dei consacrati.
- *Optatam Totius* (28 ottobre 1965), sulla formazione dei futuri sacerdoti.
- *Apostolicam Actuositatem* (18 novembre 1965), sull'apostolato dei laici.
- *Ad Gentes* (7 dicembre 1965), sull'attività missionaria della Chiesa.
- *Presbyterorum Ordinis* (7 dicembre 1965), sul ministero e la vita sacerdotale.

Le Dichiarazioni
Espongono gli orientamenti riguardanti problemi specifici.

- *Nostra Aetate* (28 ottobre 1965), sui rapporti con le religioni non cristiane.
- *Gravissimum Educationis* (28 ottobre 1965), sull'educazione cristiana e la libertà d'insegnamento.
- *Dignitatis Humanae* (7 dicembre 1965), sulla libertà religiosa.

La Chiesa, un popolo con tanti doni e tante vocazioni

Un vescovo esorta i fedeli dalla cattedra.

Vi sono poi diversità di carismi, ma uno solo è lo Spirito; vi sono diversità di ministeri, ma uno solo è il Signore; vi sono diversità di operazioni, ma uno solo è Dio, che opera tutto in tutti. E a ciascuno è data una manifestazione particolare dello Spirito per l'utilità comune.

1Cor 12, 4-7

Paolo presenta la Chiesa come un organismo vivo, operante e unito (1Cor 12, 12-31), con ministeri, ruoli, compiti diversi. Questa varietà è positiva se vissuta in quello spirito di carità che contrassegnava la comunità apostolica. I cristiani sono responsabili gli uni degli altri; tra loro vige la legge della reciprocità: devono stimarsi a vicenda, accogliersi, edificarsi, servirsi, sostenersi, correggersi, confortarsi. Le diverse esperienze personali e la differenza di vocazioni diventano allora una ricchezza per tutti. Lungo la storia si sono consolidate nella Chiesa tre forme di vita, tre modalità generali:

- i **ministri ordinati** di chi ha la responsabilità di guidare la comunità cristiana;
- lo **stato laicale** caratterizzato dall'impegno nel mondo e nelle attività secolari;
- la **vita consacrata** dei religiosi che testimoniano il «mondo futuro».

All'interno di questi stati di vita vi sono poi scelte differenti, impegni e vocazioni anche molto diverse tra loro. Ogni cristiano, in forza del battesimo e della confermazione, ha una sua responsabilità, a seconda della sua personale vocazione.

I ministri ordinati: i vescovi, i diaconi e i presbiteri

Gesù scelse dodici apostoli (Mt 10, 1-25) e li inviò a continuare l'opera di evangelizzazione. Dopo la Pasqua di Gesù, gli apostoli formarono un collegio presieduto da Pietro.

Il Nuovo Testamento ci presenta poi la diffusione della fede e la nascita delle prime comunità che, fondate dagli apostoli, venivano affidate a un gruppo di presbiteri, coadiuvati da alcuni diaconi. Ma in queste comunità vi era sempre un responsabile scelto dall'apostolo, chiamato evangelizzatore o pastore o maestro, che esercitava il proprio ministero di guida con l'autorità degli apostoli. Il titolo con cui veniva indicata questa persona non era sempre lo stesso, però è chiaro che le comunità erano sotto l'autorità dell'apostolo fondatore.

Nei periodi successivi questi responsabili delle comunità furono indicati con il nome di **vescovi** (dal greco *episkópos*, «sorvegliante, guida»). All'inizio sono scelti dagli apostoli come loro successori in una serie ininterrotta che dai vescovi attuali risale fino agli apostoli (la **successione apostolica**). Al vescovo di Roma, successore dell'apostolo Pietro, spetta il primato.

Justus van Gent, *La comunione degli apostoli*, 1473-74, particolare, Galleria delle Marche, Urbino.

Come successori degli apostoli, i vescovi sono rappresentanti di Cristo e sono segno visibile della sua presenza. Essi agiscono a nome di Cristo quando guidano la loro Chiesa locale (**diocesi**), e non come delegati del papa o dei fedeli; il loro compito è annunciare il Vangelo, garantendone la fedeltà, guidare la Chiesa nella sua missione, assicurare ai fedeli la celebrazione dei sacramenti, fare le scelte pastorali opportune o necessarie per rafforzare e diffondere la fede.

Come gli apostoli che scelsero e valorizzarono la presenza di altri ministeri nelle loro comunità, così i vescovi accolgono la collaborazione di tutti i fedeli, in uno spirito di comunione profonda.

Un momento di preghiera comune tra giovani preti.

Infatti a Gerusalemme, per potersi dedicare soprattutto alla predicazione e alla preghiera, e tuttavia non far mancare il servizio ai più poveri, chiesero la disponibilità di persone di buona reputazione, sagge e piene di fede, che si affiancassero nella gestione organizzativa della Chiesa interessandosi soprattutto alle iniziative di carità (in quel caso erano le mense per i poveri). Per questo vennero scelti sette giovani ai quali gli apostoli imposero le mani costituendoli così ufficialmente nel loro ministero (At 3, 6, 1-7).

Nelle comunità apostoliche i **diaconi** («servitori») svolgevano il ministero della predicazione e del servizio ai bisognosi. Ancora oggi i diaconi, in particolare i diaconi permanenti, sono ordinati per servire nella liturgia, nella predicazione e nella pastorale della carità.

Il libro degli *Atti* ricorda anche la presenza dei **presbiteri** («anziani») che facevano parte del gruppo direttivo nella comunità di Gerusalemme o venivano costituiti, sempre tramite l'imposizione delle mani, a guida delle nuove comunità fondate da Paolo e Barnaba (cfr. At 14, 23; 20, 17 ss.). I presbiteri (in forma abbreviata «preti») collaborano e sono strettamente uniti al loro vescovo, dal quale ricevono l'incarico e le indicazioni per svolgere il loro compito e, in un certo senso, lo rendono presente nelle singole comunità; celebrano i sacramenti e in particolare l'eucaristia, che è il centro del loro ministero. È loro compito educare i fedeli, aiutarli a crescere nella fede e creare delle comunità fraterne, unite e vive.

Ricevere l'**ordine sacro** (vescovi, preti, diaconi) non è motivo di prestigio personale, ma solo un servizio alla Chiesa e alla fede dei credenti.

Attività

- Nella Chiesa esistono diversi ordini e congregazioni religiose.
  Riguardo ad alcuni di questi ordini o congregazioni, ricerca delle informazioni sull'origine e sul loro fondatore, sulla diffusione e sul particolare carisma (sia per il ramo maschile sia per quello femminile).
  Te ne vengono indicati alcuni tra i più importanti:
  - Benedettini
  - Cistercensi
  - Francescani
  - Clarisse
  - Domenicani
  - Gesuiti
  - Barnabiti
  - Carmelitani
  - Salesiani
  - Società San Paolo

DOCUMENTI

Celibato: amare con cuore indiviso

La Chiesa delle origini aveva sacerdoti sposati e celibi. In tempo successivo, con decreti dei Concili di Elvira (306) e di Roma (386), si ha l'obbligo del celibato, che viene ripetutamente confermato fino al nostro tempo. Così è nella Chiesa cattolica di rito latino, mentre nella Chiesa cattolica di rito orientale e nelle Chiese ortodossa, protestante e anglicana si afferma storicamente una prassi differente: pastori e sacerdoti vengono scelti anche tra uomini sposati. [...]
La Chiesa cattolica romana non prevede la libera opzione del celibato. Chi risponde alla vocazione sacerdotale è consapevole di impegnarsi anche a una vita celibe.
La Chiesa cattolica romana insegna che l'obbligo del celibato, sebbene non derivi da un comandamento esplicito di Cristo, è conforme alla natura e alla missione del sacerdozio in Cristo. Per questo la dispensa dal celibato viene concessa soltanto per motivi gravi e in casi eccezionali, come appunto si verifica attualmente per i sacerdoti anglicani sposati che si convertono alla Chiesa cattolica, e in qualche altra situazione. [...]
L'obbligo del celibato è fondato su motivazioni di fede che nulla hanno a che vedere con la svalorizzazione e lo spregio della vita coniugale. [...]
Il celibato pertanto non si definisce solo e primariamente in negativo come rinuncia al matrimonio, ma in positivo come scelta radicale di Cristo. Il celibe sceglie Cristo in modo totale, così che esclude di conseguenza la vita coniugale.
Il sacerdote comprende e vive il celibato come inedita apertura all'altro, a tutti gli altri, senza passare per la mediazione della vita coniugale, che pure rimane via santa e santificatrice.
L'obbligo del celibato viene a volte contestato: la crisi delle vocazioni, l'abbandono di molti preti e la loro età avanzata, l'esigenza di un maggior inserimento nel mondo sono alcuni dei motivi addotti a sostegno della soppressione di tale obbligo. Il Magistero ha sempre riaffermato la bontà della tradizione canonica che associa lo stato celibatario a quello sacerdotale. Le motivazioni si basano su una triplice prospettiva di fede: innanzitutto il riferimento a Cristo che fu celibe non perché il matrimonio fosse realtà negativa, ma perché il celibato meglio si conformava all'urgenza della missione e alla sua assiduità con il Padre. Per amore di Cristo e in riferimento a lui, il sacerdote resta celibe per poter amare come Cristo ha amato.
Inoltre, la Chiesa tiene al celibato dei sacerdoti perché è convinta che sia la condizione ideale di chi vuole mettersi al servizio della comunità, non per garantire l'efficientismo nell'azione, ma per rendere il servizio in modo nuovo e originale. Il celibato infatti riguarda l'essere della persona prima che il suo agire. Infine, la scelta celibataria richiama profeticamente le realtà ultime che così non solo vengono annunciate, ma anticipate.
Alla crisi delle vocazioni, e quindi al deficit pastorale che si crea, si fa fronte con l'impostare la pastorale su un nuovo equilibrio che sappia ricuperare in senso forte la centralità della comunità cristiana, cioè dando spazio ai vari ministeri e servizi, superando la dicotomia clero-laici che ha oscurato molto la concezione della Chiesa come comunione-comunità [...]. *La preoccupazione riguarda piuttosto il vivere in modo coerente tale scelta. Come sempre, anche in questo caso, la testimonianza di sacerdoti celibi è la via più luminosa per comprendere la bontà morale e teologica del legame tra sacerdozio e celibato.*

L. Lorenzetti, *Celibato dei preti: non è fobia del sesso*
in "Famiglia Cristiana", 29 marzo 1995

Un momento saliente dell'ordinazione sacerdotale: i nuovi ministri del Signore si prostrano in segno di umiltà e devozione.

- Precisa che cosa sono il celibato e la castità e in che rapporto stanno.
- La Chiesa cattolica latina motiva il celibato con ragioni pratiche o con motivi spirituali più profondi?
- La scelta del celibato è difficile da capire: perché?

Il Magistero della Chiesa tra dissenso e adesione

L'insegnamento della Chiesa non si fonda su un'arbitraria forma di imposizione ideologico-dottrinale: la Chiesa non intende imporre, ma proporre; essa non può però cambiare né mancare di fedeltà a quanto è nello spirito evangelico. Talvolta le sarebbe anche più facile assumere posizioni più possibiliste. Eppure la Chiesa non può mancare al suo compito di proporre alle coscienze (e di formarle su) quei valori che, pur difficili da accettare o incomprensibili per la mentalità odierna, restano pur sempre il pensiero di Cristo.

L'onore e l'onere di insegnare a nome di Cristo

Ogni credente ha il diritto-dovere di conoscere e di approfondire le verità di fede e di morale in ascolto del Magistero della Chiesa, che è l'interprete più autentico e competente della dottrina e della morale cristiane. Deplorevoli sono l'indifferenza e l'apatia, così che si decide, anche in questioni importanti, ignorando deliberatamente quanto il papa e i vescovi insegnano. Oggi questo sembra essere un atteggiamento assai diffuso: alla contestazione e alla disobbedienza pubblica dei decenni passati sono subentrate in molti cattolici freddezza e noncuranza. Avere dubbi indica dopotutto interesse e desiderio di una maggiore comprensione. Avere dubbi non è un reato per nessuno, e non è detto che siano a priori sempre infondati. Che dire se il laico credente sostiene un'opinione divergente dalla dottrina autentica della Chiesa? Innanzitutto una corretta ricerca della verità impedisce di assolutizzare il proprio convincimento, così da ritenerlo senz'altro giusto e vero. In particolare, bisogna ri-esaminare la posizione del Magistero sull'argomento in questione, il modo in cui viene proposto e le argomentazioni che lo accompagnano. Il Magistero della Chiesa non insegna imponendo, ma argomentando e persuadendo. L'uomo è divenuto oggi più critico, vuole capire prima di dare la sua adesione intellettuale. D'altra parte, la Chiesa, madre libera di figli liberi, non domanda un'adesione acritica e passiva. Si rivolge a persone adulte e, nel rispetto della loro dignità, mira a ottenere un'adesione convinta e non meramente convenzionale. Riconosce facilmente che «la dignità dell'uomo richiede che egli agisca secondo scelte consapevoli e libere» (Gaudium et Spes, n. 17) *e non unicamente per motivi di autorità.*

L. Lorenzetti, *Si può avere un dubbio in questioni di fede?*, in "Famiglia Cristiana", 16 aprile 1994

Il sacerdozio femminile

Le differenze tra Chiesa cattolica, Chiese ortodosse, Chiese riformate e Chiesa anglicana

La Chiesa cattolica e quelle ortodosse negano la possibilità di ordinare sacerdote delle donne. Invece la Chiesa riformata olandese fin dal 1958 e quella luterana di Svezia dal 1959 hanno ordinato delle donne e nella Chiesa episcopaliana degli Stati Uniti vi sono donne in tutti i gradi della gerarchia ecclesiastica, quindi anche donne vescovo.

Nel 1992 il sinodo generale della Chiesa d'Inghilterra approvava l'ordinazione sacerdotale delle donne, dopo che in una precedente convocazione del 1975 aveva votato a stretta maggioranza la risoluzione che non vi sono ostacoli di principio alla loro ordinazione. La stampa diede poi grande rilievo all'ordinazione di trentadue donne prete anglicane da parte del vescovo di Bristol il 12 marzo 1994.

Nelle Chiese nate dalla Riforma protestante già da tempo le donne venivano scelte per la funzione di "pastore" per la predicazione, l'animazione liturgica e l'amministrazione delle comunità. Tuttavia per i protestanti il pastore viene nominato o costituito mediante un rito che non ha valore di sacramento; non è un vero e proprio sacramento anche se esercita un servizio di predicazione e presiede il culto della Santa Cena. La situazione è invece diversa per la Chiesa anglicana (Chiesa Alta) nella quale si è conservata una certa continuità con la Chiesa cattolica nell'interpretazione del sacramento dell'ordine per cui il sacerdote agisce in nome di Cristo. Da qui la gravità della decisione anglicana che diventa anche un problema ecumenico tra le due Chiese.

Un momento dell'incontro di Graz, l'Assemblea Ecumenica Europea tenutasi l'11 giugno 1997.

La posizione ufficiale della Chiesa cattolica e di quelle ortodosse

La Chiesa cattolica ha espresso la propria posizione ufficiale in molte occasioni ma soprattutto nel documento della Congregazione per la dottrina della fede, *Inter insigniores* (sulla questione della ammissibilità delle donne al sacerdozio ministeriale, 15 ottobre 1976) e nella *Mulieris Dignitatem* di Giovanni Paolo II (15 agosto 1988, n. 26). In forma solenne e definitiva Giovanni Paolo II nella lettera apostolica *Ordinatio Sacerdotalis* (22 maggio 1995) ha precisato che «*la Chiesa non ha in alcun modo la facoltà di conferire alle donne l'ordinazione sacerdotale*» (n. 4). Infatti, per quanto riguarda i sacramenti e la fede, la Chiesa non può cambiare la volontà di Cristo e quando la tradizione concorda con il volere di Cristo, essa assume valore normativo. Anche le Chiese ortodosse, pur divise dal 1054 dalla Chiesa di Roma, sono concordi con quella cattolica nel ritenere che Gesù, scegliendo gli apostoli per il ministero ordinato, ha voluto significare che solo persone di sesso maschile possono essere validamente consacrate a rappresentarlo e ad agire *in persona Christi*. Come Cristo ha scelto il pane per l'eucaristia, sacramento che non esiste con un altro alimento, così ha scelto degli uomini per l'ordine sacro.

Gesù ha scelto solo uomini per il ministero sacerdotale

Se tale è stata la volontà espressa da Gesù, la Chiesa deve obbedirvi fedelmente. La volontà di Gesù di riservare agli uomini il ministero sacerdotale si nota in particolare nell'Ultima Cena, quando prende il pasto pasquale con i dodici apostoli.

> *Ora, nella tradizione ebraica, questa cena non era riservata agli uomini poiché si prendeva in famiglia, con la partecipazione delle donne e dei bambini. Gesù avrebbe dunque potuto invitare delle donne, tanto più che la comunione eucaristica era destinata a tutti, uomini e donne. Se riserva la cena ai dodici è perché vuole confermare la sua intenzione di donare loro il potere di rifare il suo gesto in memoria di lui. Risorto, affida ai soli "discepoli" il potere di rimettere i peccati. Poiché è apparso prima a delle donne, avrebbe potuto attribuire loro dei poteri particolari nella sua Chiesa. Invece sono i discepoli che invia in missione ed è ad essi che conferisce lo Spirito Santo con l'autorità necessaria alla remissione dei peccati (Gv 20, 22 - 23).*
>
> J. Galot, *Donna nella Chiesa*, in *Nuovo dizionario di Teologia*, Edizioni Paoline, Cinisello Balsamo 1991

Nicolas Poussin, *Cristo e l'adultera*, 1640, Museo del Louvre, Parigi.

Il rispetto e la prosecuzione della volontà di Cristo

Queste decisioni di Cristo sono prese in piena libertà e non sono la conseguenza di condizionamenti culturali o religiosi. Infatti, sfidando i pregiudizi del tempo, Gesù parla con le donne (cfr. Gv 4, 27), si lascia avvicinare e toccare da peccatrici (cfr. Lc 7, 37), perdona l'adultera (cfr. Gv 8, 11), consente che delle donne lo seguano come discepole (cfr. Lc 8, 2-3), equipara la posizione dell'uomo e della donna nel matrimonio (cfr. Mc 10, 2-11). La prima persona a cui appare risorto e che incarica di annunciare la risurrezione è Maria Maddalena (cfr. Mt 28, 7-10 e passi paralleli). Quindi Gesù è stato sempre libero nel suo insegnamento e comportamento, anche verso le donne.

Georges de La Tour, *La Maddalena con il lume da notte*, 1640-45, Museo del Louvre, Parigi.

Gli apostoli, nei primi anni della diffusione del cristianesimo, ebbero la collaborazione di donne generose. Paolo apprezza l'aiuto che alcune di esse offrirono (cfr. At 18, 2. 18; Rm 16, 1-15; Fil 4, 2-3), incoraggia e valorizza la presenza delle donne, ma non fu mai conferito loro il sacerdozio, anche negli ambienti culturali più aperti. Nel mondo pagano, con il quale venne a contatto il primo cristianesimo, vi erano delle sacerdotesse tenute in grande onore e alle quali erano affidati dei culti. Ad alcune sette eretiche i Padri della Chiesa rispondevano che il sacerdozio femminile era inaccettabile perché non corrispondeva alla volontà di Cristo, alla quale gli apostoli erano rimasti fedeli. Lungo la storia della Chiesa si è poi mantenuta in maniera ininterrotta questa tradizione che viene considerata fondata sulla volontà stessa di Gesù.

Nella celebrazione dell'eucaristia:

> *... il sacerdote, che solo ha il potere di compierlo, agisce in questo caso [...] nella persona di Cristo, cioè sostenendo la parte di Cristo, al punto di essere la stessa sua immagine [...] il sacerdote è un segno [...] «i segni sacramentali – dice san Tommaso – rappresentano ciò che significano per una naturale rassomiglianza». Ora questo criterio di rassomiglianza vale, come per le cose, così per le persone [...] non si avrebbe questa "naturale rassomiglianza", che deve esistere tra il Cristo e il suo ministro, se il ruolo del Cristo non fosse tenuto da un uomo.*

CONGREGAZIONE PER LA DOTTRINA DELLA FEDE, *Inter insigniores*, V, 15 ottobre 1976, in *Enchiridion Vaticanum*, vol. 5, nn. 2133-34, EDB 1979

L'importanza della donna all'interno della Chiesa

Tutto questo non toglie valore alla dignità della donna e all'importanza della sua femminilità all'interno della Chiesa.

> *Se Cristo – con libera e sovrana scelta, ben testimoniata nel Vangelo e nella costante tradizione ecclesiale – ha affidato soltanto agli uomini il compito di essere "icona" del suo volto di "pastore" e di "sposo" della Chiesa attraverso l'esercizio del sacerdozio ministeriale, ciò nulla toglie al ruolo delle donne, come del resto a quello di tutti gli altri membri della Chiesa non investiti del sacro ministero, essendo per altro tutti ugualmente dotati della dignità propria del "sacerdozio comune" radicato nel battesimo.*

GIOVANNI PAOLO II, *Lettera alle donne*, 29 giugno 1995, n. 11

Antonello da Messina, *L'Annunziata*, XV secolo, Galleria Regionale della Sicilia, Palazzo Abatellis, Palermo.

La non ammissione delle donne al sacerdozio non significa assolutamente una minore dignità né una discriminazione, anche perché nella vita della Chiesa vi sono esempi altissimi di donne di elevata generosità e santità. Innanzitutto la Vergine Maria, che è la prima tra tutti i credenti. Il valore delle persone nella Chiesa non sta nella parità di funzioni, ma nella santità personale e nella carità. Il sacerdozio non fa parte dei diritti della persona, nessuno (uomo o donna) può pretenderlo; è la Chiesa che, sulla volontà di Gesù, verifica la vocazione dei singoli e li chiama a un ministero di servizio. Il sacerdozio non è quindi un onore, un privilegio, un prestigio personale, una promozione sociale o un vantaggio, ma è una vocazione al servizio della Chiesa. Se così fosse, la più degna di riceverlo sarebbe stata Maria, che però Cristo non scelse come "apostolo"; scelse invece «*quelli che egli volle*» (Mc 3, 13), uomini come Pietro e i suoi compagni con i loro limiti (pensiamo al rinnegamento di Pietro). I più grandi nel Regno dei cieli non sono i ministri ma i santi.

La valorizzazione della differenza femminile

La presenza della donna nella vita della Chiesa non va quindi intesa come una "parità di funzioni": questo significherebbe appiattire la specificità dell'essere donna nell'imitazione di ruoli maschili. Certamente va valorizzato e apprezzato meglio il molteplice impegno delle donne nella vita della Chiesa: teologhe, catechiste, educatrici, madri e spose di famiglia, consacrate nella vita religiosa, volontarie, missionarie, ministri dell'eucaristia ecc.

Rivendicare però anche per lei il ministero sacerdotale (oltre a non essere possibile in quanto non corrisponde alla volontà di Cristo) rischia di portare a una maggiore clericalizzazione della Chiesa, più che a una valorizzazione delle differenze, a partire dalla differenza sessuale.

Le monache del convento di Port-Royal mentre prestano soccorso agli infermi, dipinto del XVIII secolo.

I *Christifideles*: i laici e la loro vocazione

I laici sono tutti coloro che non sono ministri ordinati né religiosi, ma che hanno compiuto il cammino dell'iniziazione cristiana e per questo appartengono al popolo di Dio, alla Chiesa.

> [Questi] *fedeli, e più precisamente i laici, si trovano nella linea più avanzata della vita della Chiesa* [...]. *Perciò essi, specialmente essi, debbono avere sempre più chiara consapevolezza, non soltanto di appartenere alla Chiesa, ma di essere la Chiesa.*
>
> Pio XII, *Acta Apostolicae Sedis*, n. 38

In forza del battesimo e della confermazione, la vocazione del laico è quella di vivere pienamente inserito nel mondo, animandolo dall'interno e portando in esso la testimonianza e i valori cristiani. Sia individualmente sia in forme associative, i laici si impegnano in ambiti che sono loro propri come la vita familiare, la cultura, l'economia, le arti e le professioni, la scienza, il mondo del lavoro, la politica, le relazioni internazionali, la società, i mezzi di comunicazione sociale, la scuola, la sanità ecc.

Riprendendo un'immagine del Vangelo, sono come il «*lievito*» nel mondo.

Due volontarie della Caritas in una comunità che accoglie bambini extracomunitari.

> *Per loro vocazione è proprio dei laici cercare il Regno di Dio trattando le cose temporali e ordinandole secondo Dio. Vivono nel secolo, cioè implicati in tutti i singoli doveri e affari del mondo e nelle ordinarie condizioni della vita familiare e sociale, di cui la loro esistenza è intessuta. Vi sono da Dio chiamati a contribuire, quasi all'interno a modo di fermento, alla santificazione del mondo mediante l'esercizio del proprio ufficio e sotto la guida dello spirito evangelico, e in questo modo, a manifestare Cristo agli altri, principalmente con la testimonianza della loro stessa vita e col fulgore della loro fede, della loro speranza e carità.*
>
> Concilio Ecumenico Vaticano II, *Lumen Gentium*, n. 31 b

Ogni uomo è chiamato alla santità e a testimoniare la propria fede: il laico vive questa universale vocazione alla santità stando «dentro» le situazioni del mondo. Il laico cerca il Regno di Dio trattando e avendo a che fare con le realtà temporali, le attività quotidiane, ma cerca di attuarle secondo il volere di Dio. Il fedele laico imita quindi Gesù che...

> *... a Nazaret ha condotto per lunghi anni un'esistenza di tipo secolare: famiglia, relazioni sociali, lavoro. Successivamente, durante la sua vita pubblica,*

possiamo vedere rappresentati i fedeli laici da quei discepoli che credono in Lui, ma rimangono a casa propria, immersi nelle consuete occupazioni, senza seguirlo fisicamente nel suo ministero itinerante.

CONFERENZA EPISCOPALE ITALIANA, *La verità vi farà liberi*, n. 536

Per vivere la propria fede stando nel mondo, il laico ha bisogno di una maturità e una formazione spirituali fatte di ascolto della Parola di Dio, celebrazione dei sacramenti, consapevolezza dell'importanza dei valori evangelici per la vita dell'uomo. I pastori della Chiesa aiutano i laici in questo cammino di crescita spirituale. Ma il fedele laico, proprio perché inserito nelle occupazioni del mondo, deve dimostrare anche specifiche qualità e virtù umane, come la competenza professionale, la fedeltà e l'affetto in famiglia, il senso di giustizia, la lealtà, l'onestà, il coraggio della testimonianza e il rispetto verso ognuno, la prudenza e l'intraprendenza, il senso di responsabilità, la disponibilità. La complessità e la rapidità dei cambiamenti nella società e nel mondo richiedono al cristiano capacità di discernimento e di giudizio e anche formazione, aggiornamento, irrobustimento e verifica della fede.

Molti laici appartengono a gruppi, associazioni, movimenti (ad esempio *Azione Cattolica, Comunione e Liberazione, Neocatecumenali, Focolarini* ecc.).

I religiosi e la vita consacrata

Il sacramento dell'ordine sacro (vescovi, preti, diaconi) è destinato al servizio della comunità cristiana. Ma vi è anche la scelta di chi, sentendosi chiamato da Dio, si consacra totalmente nella vita religiosa, impegnandosi nei tre consigli evangelici di castità, povertà e obbedienza.

Un frate francescano nel convento di san Damiano.

Ci si chiede perché alcuni cristiani debbano essere sottoposti ai voti o a vivere in clausura. Si tratta di istituzioni che sono nate spontaneamente nella Chiesa dall'entusiasmo di credenti alla ricerca di imitare Cristo nelle forme più radicali di offerta a Dio.

S. DIANICH, *La Chiesa*, Edizioni San Paolo, Milano 1998

Alla base della vita religiosa c'è una particolare vocazione a lasciare tutto per seguire e imitare più da vicino e in modo totale Cristo. Gesù scelse di rinunciare agli affetti familiari per amore del Regno di Dio; Egli visse poveramente per testimoniare che l'unica vera e duratura ricchezza è Dio stesso; più volte nei Vangeli, Cristo dice di voler fare la volontà del Padre per realizzare pienamente la propria esistenza. La verginità e il celibato, la povertà, l'obbedienza esprimono dunque questa scelta di imitare più da vicino Cristo e di dedicarsi esclusivamente a Dio, in ascolto della sua Parola, totalmente per lui e con un cuore indiviso. I religiosi sono una testimonianza a cercare ciò che vale più di tutto, cioè Dio. I beni materiali, il matrimonio, l'autonomia, le varie professioni lavorative, gli impegni tipici dei fedeli laici hanno un loro valore: ma al di sopra di ogni cosa il bene più grande da ricercare è Dio e da Dio prendono la loro giusta importanza tutte le attività dell'esistenza umana. Chi si consacra testimonia con la sua stessa vita il «primato di Dio», che è la fonte di ogni bene.

Monaci benedettini nell'Abbazia di Monte Oliveto Maggiore, in Toscana.

Pur professando tutti i tre consigli evangelici, nella Chiesa vi è una notevole varietà di ordini, istituti, congregazioni religiose. Lungo la storia vi furono santi fondatori e riformatori che iniziarono nuove esperienze di vita religiosa che la Chiesa ha riconosciuto come percorsi validi di vita cristiana.

Ogni **ordine religioso** ha una propria **Regola** approvata dalla Chiesa e ha un proprio **carisma**, cioè una propria specificità e spiritualità. Alcuni ordini sono dediti alla cura dei malati, altri sono impegnati soprattutto nella predicazione, altri sottolineano maggiormente la vita di povertà e l'assistenza ai poveri; molte congregazioni religiose si dedicano all'educazione umana e cristiana dei ragazzi e dei giovani; altri istituti privilegiano lo studio teologico. Ci sono poi ordini contemplativi, cioè dediti alla preghiera, alla meditazione e alla lode di Dio. Tutto questo è segno di una ricchezza di esperienze, di carismi, di intuizioni che viene continuamente suscitata dallo Spirito e testimonia la vivacità e la dinamicità della Chiesa. Questi carismi rispondono anche a esigenze manifestatesi lungo il corso della storia.

Si possono individuare alcune forme particolari di vita consacrata:

- gli **eremiti** vivono in solitudine e ascesi, ricercando nella preghiera la piena comunione con Dio;
- i **monaci** conducono una vita fraterna nel loro monastero, separati dal mondo; la loro vita è caratterizzata dalla preghiera, dall'ascolto della Parola di Dio, dalla contemplazione, dalla lode, dal lavoro necessario al proprio sostentamento;
- i **religiosi di vita apostolica** appartengono a quegli ordini, istituzioni e congregazioni di religiosi impegnati nell'apostolato, che può svolgersi in ambiti molto differenti (assistenza ai malati o ai poveri, predicazione, educazione ecc.);
- le **società di vita apostolica** o di **vita comune** si impegnano per l'apostolato e l'attività missionaria; in molte di esse si mettono in pratica i consigli evangelici, in altre l'assunzione dei voti è libera.

La Tebaide, opera di un allievo di Paolo Uccello, che ritrae i monaci in eremitaggio, Galleria dell'Accademia, Firenze.

DOCUMENTI

San Benedetto, padre dell'Europa

Quando compare Benedetto da Norcia, il monachesimo è già molto diffuso in Occidente, nelle due forme classiche: eremitica (quella di coloro che vivono in solitudine) e cenobitica, cioè comunitaria. Già nel IV secolo lo ha diffuso in Francia san Martino di Tours, seguito poi da Cassiano in Provenza, da Patrizio in Irlanda e da altri, al tempo in cui il monachesimo era anche attività missionaria tra popolazioni rimaste pagane.
Prima di Benedetto, ogni monastero è autonomo e segue una regola dettata dal proprio fondatore, che di solito si è ispirato ai grandi modelli orientali: Basilio e Pacomio, principalmente. [...]
Benedetto arriva in questo clima, e cambia tutto. Dopo di lui, dire «monaco» equivarrà a dire «benedettino». [...]
Nato da una famiglia agiata di Norcia (Perugia) verso il 480, egli studia a Roma fino ai vent'anni e si ritira poi ad Affile (sui colli della Sabina) dove già vivono alcuni asceti, e poco dopo (in cerca della solitudine assoluta) trova rifugio in una grotta (speco) sul fianco della montagna di Subiaco. Qui egli ha contatti solo con un monaco di nome Romano, che gli fa da guida spirituale. La solitudine dura tre anni e Benedetto finisce per scoprirne i pericoli: sì, certo, l'eremitismo è un'esperienza spirituale preziosa, ma adatta a pochi; e infatti, più tardi, egli la permetterà solo a monaci che già abbiano fatto vita comunitaria. Da Vicovaro, alcuni monaci lo chiamano a sostituire il loro abate morto, e Benedetto lascia la solitudine per diventare capo di una comunità. Ma è un altro fallimento: questi sono monaci indisciplinati e protervi, che subito si ribellano alla sua disciplina, tentando addirittura di avvelenarlo. E probabilmente Benedetto non è ancora maturato come capo. Così, ritorna a Subiaco, alla vita solitaria. Ma resta in solitudine per pochissimo tempo: vengono da lui gruppi di altri monaci, pronti spontaneamente a mettersi sotto la sua guida. Benedetto li ripartisce in dodici piccole comunità, ciascuna col suo abate, e con lui come guida di tutti, insegnando loro la scrittura, la preghiera e la vita fraterna. Questi monaci non saranno più gente senza fissa dimora e senza legge: diventeranno gli iniziatori della razza fortissima dei cenobiti, viventi in fraterna comunità, diretti da superiori con chiara autorità, sulla traccia di una regola spirituale precisa. C'è ancora un momento di crisi, quando un prete dei dintorni diffonde calunnie contro Benedetto e cerca di disgregargli la comunità mandando prostitute intorno alle case dei monaci. Benedetto, allora, si trasferisce con essi sui monti della Campania, fissandosi verso il 529 a Montecassino. Si mettono subito al lavoro i monaci di Benedetto e gradualmente nascono l'oratorio, la biblioteca, il dormitorio, il refettorio, la foresteria, il forno, il mulino, la mensa, le officine, l'orto, il cimitero. Questo è il tempo in cui si combatte in Italia la guerra «gotica», tra i successori di re Teodorico e l'Impero d'Oriente, che è deciso a riconquistare l'Italia. Ma a Montecassino c'è pace e fraternità: barbari e latini, ariani e cattolici, poveri e ricchi, tutti sono accolti, rifocillati, ospitati e molti di loro diventano monaci [...].
Benedetto delinea e impone un «nuovo modo di essere monaci», basato su tre principi fondamentali e uguali per tutti.
Il primo è la stabilitas*: niente più monaci girovaghi; chi sceglie liberamente di entrare in una comunità monastica dovrà vivere stabilmente lì, nel lavoro e nella vita fraterna; il cenobio sarà la sua famiglia per sempre.*
Il secondo principio è quello dell'orario. Benedetto rivaluta il tempo, che è parte della vita, dono di Dio, e perciò non va disprezzato né dissipato, ma tutto utilizzato al servizio del Signore. E dunque ci sono disposizioni precise, scadenze puntuali in ogni momento della giornata, per la preghiera, la lettura sacra, il lavoro, il riposo.
Infine, in una situazione di guerre e di odio, Benedetto chiede pace e riconciliazione tra latini e barbari, stabilendo assoluta uguaglianza per tutti nei diritti e nei doveri; e, più largamente, a una Chiesa lacerata

Luca Signorelli, *San Benedetto consegna la Regola agli Olivetani*, 1497, Abbazia di Monte Oliveto, Siena.

Lorenzo Monaco, *San Benedetto resuscita un fraticello*, particolare della predella dell'*Incoronazione di Maria*, XIV-XV secolo, Galleria degli Uffizi, Firenze.

da scismi e minacciata dall'individualismo spirituale (e pure dall'anarchia pseudo-spirituale) egli domanda di seguire Cristo, rinunciando alla propria volontà per costituire una famiglia spirituale concorde, che non antepone nulla all'adorazione del suo Signore. Guerre, invasioni, fame e peste hanno non solo disgregato le strutture sociali, ma anche le volontà; c'è un colossale fenomeno collettivo di «disaffezione», di «assenteismo» in quello che fu l'Impero d'Occidente. Benedetto richiama non solo i suoi monaci, ma tutti gli europei al lavoro, all'impegno; nel clima di disfacimento generale, egli invita a rifare, a ricostruire. E lo fa con disposizioni che rivelano in lui, per dirla col linguaggio dei nostri giorni, un grandissimo manager.
C'è, nella Regola, il principio di autorità, rappresentato dall'abate; ma è accompagnato dalla fraternità e dalla dolcezza, che rendono l'obbedienza più leggera, e anche lieta. E poi c'è una profonda e affettuosa conoscenza dell'uomo, delle sue necessità e delle sue debolezze. Benedetto non vuol fare dei monaci tanti eroi del sacrificio, e degli abati tanti dittatori. Predica la discrezione, madre di tutte le virtù. L'abate non deve pretendere troppo dai monaci [...].
Tra i monaci, continua la Regola, deve regnare l'uguaglianza più assoluta. Ma a chi è infermo si deve dare qualcosa di più, e «chi ha bisogno di meno ne potrà rendere grazie a Dio».
Il monaco che non lavora, dice severamente Benedetto, non è un vero monaco: e con questo egli rivaluta la fatica manuale, che dal mondo romano, per secoli, era stata spregiativamente considerata opera da schiavi. No, dice Benedetto: essa è opera da uomini; e da uomini, come i monaci, che tendono alla perfezione. Così, dedicarsi a Dio non è più abbandonare a sé stesso il mondo, ma è anzi una forma di aiuto, è la proposta di un modello, l'indicazione di un esempio. Il monastero non è un luogo di autorelegazione per pochi: diventa centro di accoglienza e di ospitalità, in cui trovano aiuto e asilo i pellegrini, gli affamati, i ricercati politici, i contadini fuggiaschi davanti agli eserciti e ai predoni. La preghiera celebrata coralmente negli uffici cantati più volte al giorno attira i cristiani che vi partecipano con fervore, mentre i monaci sostengono la vita della Chiesa con il loro radicalismo evangelico, non permettendo che in mezzo a tante difficoltà, e a tante conversioni a volte troppo facili, si spenga l'assoluto del Vangelo.
Benedetto muore nel 547, probabilmente il 21 marzo. Due secoli dopo, i suoi monasteri in Europa saranno più di mille.

Storia della Chiesa, vol. I, Editore Periodici San Paolo, Milano 2000

Gli istituti secolari

Con l'espressione **consacrati laici** si intendono quelle persone che si consacrano a Dio con i voti di castità, povertà e obbedienza, ma, a differenza dei religiosi, non conducono vita comunitaria nell'istituto religioso e continuano la loro vita ordinaria, esercitando la loro professione, impegnandosi nel sociale e nelle attività laicali, sviluppando la loro competenza professionale, promuovendo la giustizia, lo spirito di servizio e la solidarietà.

Non sono facilmente individuabili perché non formano una comunità e intrattengono con il loro istituto dei rapporti non continui, di solito per momenti di formazione e preghiera; non hanno un abito che li distingua e possono svolgere le più diverse attività. Ciò che li unisce è la loro consacrazione a Dio nella castità, obbedienza e povertà, scelte che vivono stando nel mondo.

Nella Chiesa gli **istituti secolari** hanno una storia abbastanza recente e si ispirano a Cristo che per molti anni ha vissuto a Nazaret la vita quotidiana e ordinaria di tutti, pur animandola e arricchendola dei valori evangelici e umani.

I sacramenti: i segni veri di salvezza

Gesù opera ancora attraverso la Chiesa. I **sacramenti** sono la possibilità offerta a ogni uomo di accostarsi in modo reale alla presenza di Cristo Salvatore. Coloro che incontravano Gesù attraverso la sua presenza fisica ricevevano il suo perdono, la forza di superare la sofferenza e la malattia, il coraggio di testimoniare la fede. Ma con la risurrezione e il ritorno di Gesù al Padre è venuta meno la possibilità di questo incontro materiale con il Signore, attraverso il modo con cui noi, di solito, ci poniamo in relazione con gli altri. Tuttavia, non è venuta meno la possibilità di un incontro reale: Cristo ha scelto e voluto dei **segni** che comunicassero la sua grazia. I sacramenti «attualizzano» l'azione di Cristo e, in questo senso, «stanno al posto di Gesù». Quando la comunità cristiana con i suoi ministri celebra i **segni sacramentali** prolunga fino a noi la salvezza del Signore.

Nei sacramenti si rende presente, in modo simbolico ma reale, Gesù: sono una ripetizione dei gesti di redenzione compiuti da Cristo, riaccade quello che Egli ha fatto per la salvezza di tutti, al di là dei limiti del tempo.

In definitiva, i sacramenti non solo ricordano e simboleggiano qualcosa, ma operano e rendono presente ciò che nel segno manifestano; sono i sacri misteri della presenza di Cristo che, attraverso questi segni celebrati dalla Chiesa, riconferma il suo patto di fedeltà verso gli uomini volendoli unire alla sua salvezza.

Nella celebrazione dei sacramenti, la Chiesa resta fedele all'intenzione del suo fondatore.

I sacramenti sono dei segni concreti, materiali, che hanno un valore simbolico-rappresentativo. In essi si esprime una naturale somiglianza, un'analogia tra segno e significato. Il loro valore è adombrato nel segno e nell'azione celebrativa che presenta una forte carica simbolica. I segni e i riti dei sacramenti hanno anche

Rogier Van der Weyden, *Trittico dei sette sacramenti*, XV secolo, pannello di destra, *Unzione degli infermi, matrimonio, comunione;* pannello di sinistra, *Battesimo, cresima, confessione*, Koninklijk Museo delle Belle Arti, Anversa.

una funzione educativa e pedagogica, perché guidano i fedeli a capire meglio il mistero celebrato.

Il Concilio Vaticano II insegna che:

> ... *i sacramenti sono ordinati alla santificazione degli uomini, alla santificazione del Corpo di Cristo, e, infine, a rendere culto a Dio; in quanto segni, hanno poi anche la funzione di istruire. Non solo suppongono la fede, ma con le parole e gli elementi rituali la nutrono, la irrobustiscono e la esprimono; perciò vengono chiamati «sacramenti della fede». Conferiscono la grazia* [...].
>
> CONCILIO VATICANO II, *Sacrosanctum Concilium*, n. 59

«Santificare» i fedeli vuole dire che, grazie a questi segni voluti da Cristo stesso, Dio comunica la sua grazia e la sua salvezza a chi li riceve con fede. Tutti i sacramenti uniscono strettamente il fedele a Gesù, comunicano la salvezza, accrescono la fede e proprio con fede devono essere celebrati. Tuttavia, la forza dello Spirito di Dio non è limitata nella sua azione dal grado di fede della persona, ma opera con gratuità, per cui la validità dei sacramenti non è vincolata alla risposta maggiore o minore della fede personale.
Nella Chiesa cattolica i sacramenti sono sette:

battesimo **confermazione** (o cresima) **eucaristia**	sono chiamati **sacramenti dell'iniziazione cristiana,** poiché sono il completo avvio alla vita di fede e introducono pienamente chi li riceve nel mistero della salvezza
penitenza (o riconciliazione o confessione) **unzione dei malati**	sono detti **sacramenti di guarigione**
ordine sacro **matrimonio**	sono definiti **sacramenti del servizio della comunione o sacramenti dell'edificazione della comunità cristiana**

Il battesimo di Cristo in un'opera musiva nella Cappella degli Ariani, VI secolo, Battistero degli Ariani, Ravenna.

L'iniziazione cristiana

Il **battesimo** è il primo dei sacramenti dell'iniziazione e non è da confondere con altre pratiche battesimali antiche (ad esempio quella di Giovanni Battista o della comunità degli Esseni presso il Mar Morto) o attuali (ad esempio quella dei Testimoni di Geova). Infatti, la pratica battesimale della comunità essena e quella del Battista erano segni penitenziali che avevano lo scopo di disporre la persona alla conversione; era un rito provvisorio di penitenza in attesa del Messia. Il battesimo per immersione dei Testimoni di Geova, invece, celebra l'ingresso del fedele nella comunità e non è assolutamente assimilabile a quello cristiano, perché non si celebra «*nel nome del Padre, del Figlio e dello Spirito Santo*» (Mt 28, 19), secondo il comando di Cristo.

Il battesimo cristiano toglie il peccato originale (e anche i peccati personali, se viene celebrato in età adulta); è come un'assimilazione alla morte e risurrezione di Cristo, per cui si muore al peccato per risorgere alla vita nuova. Pietro, nel suo primo discorso a Pentecoste, invitava il popolo a convertirsi e a farsi battezzare, per ottenere il perdono dei peccati e ricevere lo Spirito Santo (At 2, 38). Con il battesimo viene comunicato al fedele lo Spirito ed egli diventa figlio di Dio ed entra a far parte del popolo dei salvati, cioè la Chiesa.

Il segno dell'acqua, utilizzato nel rito battesimale, manifesta come, immersi nella Pasqua di Gesù, i cristiani siano lavati da ogni colpa e, come gli ebrei al Mar Rosso, siano il popolo redento da Dio. Per questo motivo durante i primi secoli cristiani era usuale il battesimo per immersione (ancora in uso nelle Chiese orientali).

Durante il rito, i genitori del bambino o il candidato stesso esprimono la propria fede e la propria volontà di vivere secondo l'insegnamento di Cristo: è il momento delle «*promesse battesimali*» che poi vengono solennemente rinnovate ogni anno durante la celebrazione della veglia pasquale. Con queste promesse si sceglie in modo definitivo di essere di Cristo e di farsi suoi seguaci, impegnandosi nel cammino spirituale della conversione. Il richiamo alla risurrezione di Cristo è evidenziato dal cero pasquale alla fiamma del quale viene poi accesa una candela, segno della fede.

Il sacramento del battesimo, bassorilievo su un sarcofago romano del III secolo.

La veste bianca posta sul bambino indica invece la grazia donata nel battesimo e la purificazione dai peccati operata dal lavacro battesimale.

Poiché si è diventati figli di Dio, il rito prevede la recita del *Padre Nostro*, la preghiera tipicamente cristiana, che esprime la figliolanza divina.

La **confermazione** (o **cresima**, parola che equivale a «unzione» e che deriva da «crisma», l'olio utilizzato nell'amministrazione del rito) è il sacramento che conferma e rafforza la scelta di fede operata nel battesimo. Il dono dello Spirito Santo è dato ai fedeli perché divengano testimoni autentici e coerenti di quella fede che hanno scelto di professare.

La cresima rende più conformi a Cristo poiché si riceve la grazia del coraggio e della forza per la testimonianza. Questo sacramento è strettamente connesso con il battesimo e infatti il rito della confermazione prevede che i candidati rinnovino le promesse battesimali.

I segni della cresima sono l'imposizione delle mani sui cresimandi con l'invocazione allo Spirito Santo (come è descritto anche in At 8, 15-17) e un segno di croce tracciato sulla fronte con il crisma. L'uso dell'olio è motivato dal fatto che nella cultura antica era segno di prosperità e abbondanza, di prestanza e bellezza fisica; l'imposizione delle mani esprime l'idea di una speciale protezione divina in occasione del conferimento di un incarico.

Il sacramento centrale di tutta la vita della Chiesa è l'**eucaristia**. Durante la sua Ultima Cena pasquale Gesù, prendendo il pane e il vino e dandoli ai suoi apostoli, disse che erano il suo corpo e il suo sangue e ordinò loro di celebrare tale gesto in sua «memoria», cioè per «rendere presente, far accadere di nuovo, attualizzare» il suo sacrificio. Così il pane spezzato e il vino versato sono il Cristo morto e risorto per salvare gli uomini: mediante il sacrificio eucaristico si celebra il memoriale della morte e risurrezione del Figlio di Dio. Come la cena pasquale ebraica attualizza per gli ebrei la liberazione donata da Dio ai loro padri, così l'eucaristia estende ai presenti la salvezza dalla morte e dal peccato, conquistata una volta per sempre da Cristo attraverso la sua immolazione in croce. Per questo la Messa è la presenza reale e il sacrificio di Cristo che ancora si compie.

Il segno dell'eucaristia è l'espressione più alta della reale presenza di Cristo tra i suoi e crea la stessa Chiesa: infatti, la comunità dei cristiani si raccoglie attorno alla presenza reale del Risorto. Il ritrovarsi insieme per la celebrazione eucaristica e il mangiare lo stesso pane crea all'interno della comunità cristiana dei vincoli più profondi delle naturali ragioni di socievolezza umana: crea dei legami di fede. Mangiare il pane consacrato esprime come la vita del cristiano sia tutta un percorso di assimilazione e di unione profonda con Cristo.

Miniatura del XIV secolo raffigurante il sacramento della cresima.

DOCUMENTI

Battezzare i bambini

Il problema non è da vedere innanzitutto nel bambino, ma nei genitori o, comunque, in chi per lui chiede il battesimo e si impegna per una conseguente educazione cristiana. Se non esistono le condizioni che assicurino lo sviluppo della fede e della grazia che vengono comunicate, allora, dolorosamente, bisognerà aspettare che sia il battezzando a scegliere. [...] è strano che il discorso sulle violenze che si attuerebbero sul bambino si riferisca soltanto a elementi religiosi; nessuno obietterebbe nulla se si trattasse di assegnare una proprietà qualsivoglia, di cui il bambino avrebbe coscienza di essere in possesso soltanto più avanti negli anni. Forse ci si immagina il bambino quasi fosse un adulto in formato ridotto. Ebbene, il bambino non è un adulto in formato ridotto: è strutturalmente dipendenza, accettazione, disponibilità. Se si pretendesse che fosse lui a scegliere le cose che lo concernono, non si giungerebbe mai all'età delle decisioni consapevoli e autonome. [...] Arrivo al paradosso. Perché metterlo al mondo senza il suo permesso? Ma allora egli dovrebbe al tempo stesso esistere per incominciare a esistere. Assurdo. Chi chiede a nome del bambino e chi al bambino dà il battesimo, è convinto di concedere non una camicia di forza o una cappa di piombo, ma il dono della Vita divina: qualcosa di positivo, dunque. [...] C'è qualcosa di grande e di bello in questa pratica del conferimento del battesimo ai bambini. I genitori o chi per loro, se sono credenti, agiscono in base alla convinzione di dare al piccolo un regalo che è ancora più grande della vita. E poi toccherà al bambino medesimo accettare o rifiutare in futuro il dono che gli è stato fatto. Il battesimo è un segno della grazia di Dio che viene incontro all'uomo, lo previene, lo ama prima ancora che egli possa capire ed essere grato per questo amore. È commovente pensare che un bimbo battezzato, quando si sveglia alla consapevolezza e alla decisione che riguarda la propria esistenza, si scopre già prevenuto dall'amore di Dio che, per mezzo di Cristo, gli ha comunicato lo Spirito in seno alla Chiesa. [...] Un amore già lo avvolge.

A. Maggiolini, Il battesimo dei bambini, in "Messaggero di Sant'Antonio", ottobre 1999

I sacramenti di guarigione e della vocazione

Dopo aver ricevuto il battesimo, la vita di ciascuno resta ancora segnata dalla fragilità e dalla possibilità del peccato; per questo la Chiesa, a nome del Signore Gesù, amministra il sacramento del perdono, la **penitenza**.

Questo termine richiama il fatto che il pentimento si concretizza in segni e atteggiamenti di penitenza e conversione personale. Viene anche indicato con i nomi di **confessione**, perché si confessano, si riconoscono le proprie colpe, e **riconciliazione** perché, sanando le fratture prodotte dal peccato in noi, riporta pace nei rapporti con Dio, con gli altri e in noi stessi.

> *Più importante della confessione infatti è la conversione. In altre parole, se non c'è il dolore sincero dei peccati commessi (il che non significa che non si ricada più in essi!), se non c'è il desiderio e lo sforzo sincero di adeguare maggiormente la propria vita al Vangelo, la semplice elencazione dei peccati fatta a un ministro ordinato non costituisce alcun sacramento di salvezza.*
>
> S. Sirboni, *La penitenza non dipende dal ministro uomo o donna*, in "Famiglia cristiana", 4 ottobre 1998

Il compito di perdonare i peccati fu affidato da Cristo ai suoi apostoli la stessa sera di Pasqua (Gv 20, 22-23).

L'**unzione dei malati**, attraverso l'imposizione delle mani e l'unzione sulle mani e sulla fronte con l'olio degli infermi, comunica la forza dello Spirito e rimette i peccati commessi perché il fedele possa affrontare la malattia, la sofferenza, l'impotenza fisica con fede e coraggio. Questo sacramento esprime tutta la premura di Cristo per gli infermi: i Vangeli parlano di Gesù che imponeva le mani ai malati e li guariva dal male fisico guidandoli nello stesso tempo ad avere fede in lui (cfr. Gv 9, 1-41; Lc 5, 17-26). Con questo sacramento, che esprime anche la vicinanza di tutta la comunità cristiana agli ammalati, si è uniti alla stessa passione di Gesù: soffrendo e morendo in croce Gesù ha valorizzato ogni sofferenza come occasione di salvezza e di redenzione. Già nella prima comunità, i cristiani invitavano

La penitenza e il sacramento dell'unzione dei malati.

DOCUMENTI

Confessarsi a un prete

Giuseppe Maria Crespi, *San Giovanni Nepomuceno confessa la regina di Boemia*, 1743, Galleria Sabauda, Torino.

L'accusa dentro il sacramento della penitenza, dunque. È l'aspetto più ostico di questa pratica religiosa già difficile per sé. Perché devo dire a un uomo, fragile come me, e magari assai di più – aggiungo io – o di meno, perché devo dire le mie colpe anche più segrete?
Qui bisognerebbe far capire che parlando con un Dio astratto e lontano, si rischia di parlare a se stessi frequentemente imbrogliandosi. Ciò per affermare che la figura del prete non è il termine ultimo a cui riveliamo la nostra vita segreta. A parte il fatto che se così fosse – e se il sacerdote fosse un uomo di ponderatezza, di calma, di capacità di ascolto e di consiglio – ne trarremmo un vantaggio non da poco: vi sono, infatti, delle vicende che si avverte il bisogno di confidare a qualcuno che conosciamo come prudente e riservato. A parte questo, occorre aggiungere subito che il prete – o anche il vescovo – che ascolta, può essere un tanghero, ma non è lì per darci le sue opinioni: ancor meno per darci un suo fantomatico perdono. È lì in quanto è strumento di Cristo e rappresentante dell'intera comunità cristiana. È dal Signore Gesù e dalla Chiesa che noi siamo perdonati e riammessi nella fraternità di grazia.
Basti notare che non servono – anzi, danneggiano – le accuse dei peccati in cui ci si sofferma a descrivere i minimi particolari, soprattutto in certi settori della vita. [...]
Si tratta di dire, con acuto pentimento, distintamente, con parole castissime, le nostre colpe, avendo la certezza di esprimere i motivi per cui Cristo non ci dovrebbe accogliere, ma con la sicurezza assoluta che Cristo ci darà il suo perdono, se siamo pentiti.

A. MAGGIOLINI, *L'accusa*, in "Messaggero di Sant'Antonio", marzo 1996

i presbiteri a pregare per i malati, a imporre le mani e a ungerli con olio, per significare la salvezza di Gesù (Gc 5, 14-15).

Gli altri sacramenti, cioè l'**ordine sacro** e il **matrimonio**, consacrano la scelta di vita intrapresa in risposta alla propria particolare vocazione.

La fondamentale vocazione dell'uomo all'amore gratuito e totale trova nell'unione tra l'uomo e la donna la più alta espressione. Questa comunione di vita è immagine di Dio che ha impresso nella coppia umana i segni del suo amore (Gen 1, 26-28). Lo speciale e personalissimo amore che lega i coniugi esprime poi il totale e fedele amore di Cristo per la Chiesa (Ef 5, 21-33). Il segno del matrimonio è lo scambio delle reciproche promesse di amore e fedeltà.

L'**ordine sacro** fu voluto da Cristo quando comandò ai suoi apostoli di compiere in sua memoria l'eucaristia (Lc 22, 19-20). Attraverso i ministri ordinati, Cristo continua a guidare la Chiesa e a far in modo che sia ancora annunciato il Vangelo. Attraverso l'imposizione delle mani da parte del vescovo, l'unico che possa amministrare questo sacramento, viene comunicato lo Spirito Santo, per cui l'ordinando viene unito a Cristo e costituito nel ministero di guida del popolo di Dio, come vescovo, prete o diacono.

Un'ordinazione nel Duomo di Milano.

La religiosità popolare

Le forme della religiosità popolare sono moltissime: la «*via crucis*», il rosario, le novene, i tridui, i pellegrinaggi, il culto dei santi, la venerazione delle reliquie, le visite ai santuari, le processioni, le sacre rappresentazioni, le danze religiose, le medaglie e le immagini sacre, i riti legati ai momenti della vita (nascita, malattia, morte) ecc. In queste manifestazioni si esprime il senso religioso dei fedeli. Queste forme di pietà sono un prolungamento della vita liturgica della Chiesa, non sostituiscono i sacramenti e la Parola di Dio.

Sono manifestazioni molto legate alle **tradizioni locali**, una prima forma di «inculturazione» della fede che si radica nella storia e nella cultura dei diversi popoli, nel loro modo quotidiano di affrontare la vita. La Chiesa favorisce queste forme di religiosità popolare perché portano in sé dei valori di saggezza cristiana e umana, esprimono degli aspetti evangelici, rispondono agli interrogativi di senso dell'esistenza e arricchiscono la stessa vita cristiana. È una via concreta di **contatto diretto** con il mistero. Pensiamo alle rappresentazioni della Settimana Santa che, con tutta la loro suggestività, ripercorrono la passione, morte e risurrezione di Gesù e in questo modo esprimono il mistero pasquale, lo «fanno vedere», senza ricorrere ad astrazioni o a concetti teorici.

La processione del *Corpus Domini* a Bolsena.

Feste patronali e sagre

La Chiesa è attenta che nelle forme di religiosità popolare non vi siano forme di superstizione, deviazioni o elementi in contrasto con la fede, con la liturgia e con i sacramenti e che questi riti aiutino i fedeli a capire e vivere meglio il Vangelo.

Nella società moderna la religiosità popolare non è scomparsa perché essa esprime dei valori e l'esigenza umana del sacro. In queste manifestazioni religiose popolari è possibile notare alcune caratteristiche.

Innanzitutto hanno una forte base tradizionale, si rifanno spesso alla storia locale ed esprimono il senso di appartenenza a una comunità. Ne è prova il fatto che là dove si sono avute massicce migrazioni, per esempio di italiani in Brasile o negli Stati Uniti, le forme di devozione tradizionali proprie delle zone di provenienza sono rimaste vive, anche come occasione per sentirsi uniti, appartenenti a una comunità.

Questi riti esprimono il senso della festa, del ritrovarsi insieme in modo gioioso in un clima di fraternità. Feste patronali e sagre sono momenti per ricongiungimenti familiari: la comunità manifesta la propria **identità culturale** e l'attaccamento alla propria **storia** e alle proprie **tradizioni**.

I riti di origine pagana

Molti riti della religiosità popolare hanno origini antiche, precristiane e pagane. Per esempio la *festa dei serpari* in Abruzzo in onore di san Domenico, un monaco del X secolo, ha collegamenti con la devozione pagana alla dea Angizia che poteva guarire dal morso dei serpenti. Così il santo è venerato a protezione dal loro morso, la statua è portata in processione coperta di serpi, con la gente che sfila tenendo in mano rettili innocui come bisce, cervoni o capitoni.

I gesti e le forme di devozione popolare presentano molti aspetti folcloristici e pittoreschi. La religiosità popolare fa appello ai sentimenti ed esprime in modo poetico ed emotivo la preghiera di supplica, di ringraziamento, di invocazione.

Sono anche espressioni di una fede semplice e genuina, fatta di segni e simboli concreti per manifestare la propria fede. L'uomo ha bisogno di segni anche concreti e la religiosità popolare è ricchissima di simboli come immagini sacre, luoghi, oggetti di culto, gesti, riti, stendardi, croci, rosari, tradizioni.

Non è facile immaginare una religione senza i suoi simboli caratteristici, i suoi elementi peculiari [...]. *Il fatto è che la forza dei simboli è più cogente di molti altri discorsi e interventi. Per la loro sinteticità espressiva i simboli colpiscono più direttamente, affascinano, attraggono.* [...] *A livello popolare, cioè fra le classi (o gli strati) sociali che rappresentano la maggioranza numerica, l'uso del bagaglio simbolico è frequente e fondante, se non esclusivo.*

R. CIPRIANI, *Il simbolismo nella cultura popolare*, in "Rocca", 1° ottobre 1991

La religione popolare non è fanatismo

Non bisogna giudicare la religiosità popolare come una forma di fanatismo, superstizione o un residuo di paganesimo, anche se vi sono elementi che fanno pensare a questo. In modo simbolico, popolare, tradizionale, questi riti esprimono fiducia, affetto sincero e appassionato, ringraziamento, abbandono fiducioso a Dio. In altri casi abbiamo delle manifestazioni di tipo penitenziale: inginocchiarsi, prostrarsi a terra, stare a capo scoperto o coperto, giungere le mani, alzarle al cielo come segno di offerta o di supplica. Sono tutti gesti che esprimono in modo esteriore l'interiorità, i sentimenti di rispetto, di venerazione, di supplica, di espiazione, di adorazione.

Anche l'allestimento esteriore e la partecipazione numerosa dei fedeli testimonia che queste pratiche di religiosità popolare sono molto sentite e le persone riescono a esprimere tutta l'intensità della loro devozione. Pensiamo alla tradizionale «infiorata» in occasione della processione eucaristica del *Corpus Domini* a Genzano: la via dove passa il Santissimo è ricoperta di raffigurazioni sacre fatte con petali di fiori, un lavoro paziente e meticoloso per esprimere la fede nella presenza di Cristo nell'eucaristia.

Anche toccare oggetti sacri, baciare, accarezzare, venerare un'immagine: sono gesti di fede e non di superstizione,

Un mosaico di fiori rappresentante Cristo, realizzato per la festa dell'Infiorata legata alla celebrazione del *Corpus Domini*, in una via di Roma.

Attività

- Conduci una ricerca sulle feste religiose tradizionali locali; quale ricorrenza religiosa celebrano?
- Quali manifestazioni popolari accompagnano queste feste?
- Vi sono notizie storiche che ne documentano l'origine e le tradizioni?

se vogliono esprimere concretamente l'amore sincero verso Dio, la Madonna, i santi.

I riti di benedizione

La benedizione di oggetti è molto diffusa presso i santuari. La Chiesa non può intervenire sulla loro commercializzazione, non può proibirne la fabbricazione e la vendita. Cerca di intervenire perché non vi sia lo sfruttamento della devozione dei fedeli. La benedizione di oggetti non conferisce loro un carattere sacrale, non acquistano nessun potere «magico»; la benedizione è un'invocazione della benevolenza e della protezione divina su chi li conserva.

I riti di benedizione non sono gesti «con poteri straordinari», ma forme per riconoscere la grandezza, la provvidenza di Dio. Ad esempio, la **benedizione della gola** in occasione di san Biagio il 3 febbraio non è un gesto magico di guarigione o protezione, ma un segno per esprimere che anche la salute (in questo caso la salute della gola) è un dono da custodire e di cui ringraziare Dio .

Attualmente vi è una rivalutazione di queste espressioni religiose perché esse privilegiano valori di spontaneità, fantasia, ricchezza gestuale e narrativa, festosità, anticonformismo, comunione sociale, fusione stretta tra culto e vita quotidiana.

Non va quindi sottovalutata...

... l'importanza delle espressioni di religiosità popolare. Un patrimonio prezioso quanto sentito come parte integrante dell'unione con la Chiesa. L'uomo contemporaneo immensamente più ricco sul piano materiale, è al contrario impoverito nella vita spirituale, nella dotazione e percezione simbolica rispetto all'uomo del passato. [...] *L'*homo religiosus *ha bisogno di questi segni dentro al proprio ambiente. Perché in essi si rende manifesta la rete di solidarietà che abbraccia la terra e il cielo, santi e parenti, famiglie vive e defunte, avi e successori, nel riferimento al primo segno salvifico che è stata l'incarnazione. L'inudibile, l'indicibile, l'invisibile, non sono più tali per chi partecipa con fede profonda e vera a questi riti antichi.*

U. Bernardi, *Un «bacio» alla croce*, in "Luoghi dell'Infinito", maggio 2002

La Chiesa è presente e attiva in Italia e nel mondo...

- ... svolge una funzione religiosa e di culto;
- ... evangelizza e diffonde il Vangelo;
- ... propone indicazioni morali;
- ... promuove attività culturali;
- ... sostiene interventi caritativi e di aiuto.

Il comandamento dell'amore

La Chiesa è inviata a evangelizzare e a promuovere la dignità di ogni persona e di tutta la persona, rispondendo ai bisogni umani, spirituali e materiali.

La Chiesa è il popolo di Dio, con tanti doni e tante vocazioni

- ministri ordinati → ... a guida della comunità;
- laici → vivono la fede nel mondo, negli impegni quotidiani;
- religiosi → con i voti si consacrano a Dio;
- consacrati laici → vivono nel mondo ma da consacrati.

I sacramenti, segni di Cristo

La Chiesa celebra i sacramenti, segni attraverso i quali offre a tutti la possibilità di accostarsi in modo reale alla presenza e alla salvezza di Gesù.

I sette sacramenti

• Battesimo • Confermazione (cresima) • Eucaristia	Sacramenti dell'iniziazione cristiana
• Penitenza (o confessione o riconciliazione) • Unzione dei malati	Sacramenti di guarigione
• Ordine sacro • Matrimonio	Sacramenti dell'edificazione della comunità cristiana

La Chiesa è nella vita di ognuno

La Chiesa è presente nella vita quotidiana e nelle tradizioni dei nostri territori e della gente.

1 **In quali ambiti si realizza, quali compiti svolge e quali caratteristiche ha l'impegno specifico dei...**

vescovi	diaconi	presbiteri	laici	religiosi	consacrati laici

● **Precisa l'etimologia e il significato di questi termini:**

– vescovo ______
– diacono ______
– presbitero ______

● **I seguenti termini hanno acquistato dei significati particolari. Precisa l'uso corrente e quello specifico nel linguaggio della Chiesa:**

– laico ______
– religioso ______

2 **Quale importanza e che valore dà Benedetto da Norcia a:**

– il lavoro;
– il tempo;
– le relazioni all'interno del gruppo dei monaci.

● **Il monastero benedettino è composto da:**

– una foresteria perché ______
– una chiesa perché ______
– una biblioteca dove ______
– luoghi del lavoro manuale e agricolo perché ______

3 **Commenta questa frase.**

Che giova, fratelli miei, se uno dice di avere la fede ma non ha le opere? Forse che quella fede può salvarlo? Se un fratello o una sorella sono senza vestiti e sprovvisti del cibo quotidiano e uno di voi dice loro: «Andatevene in pace, riscaldatevi e saziatevi», ma non date loro il necessario per il corpo, che giova? Così anche la fede: se non ha le opere, è morta in se stessa. [...] *infatti come il corpo senza lo spirito è morto, così anche la fede senza le opere è morta.*

Gc 2, 14-26

4 **Analizza questo breve testo.**

La donna affonda il lievito nella pasta, così è scritto.
Quale è questa donna, se non la Santa Chiesa, che, ogni giorno, cerca di affondare l'insegnamento di Cristo nelle profondità dei nostri cuori?

MASSIMO DI TORINO, *Omelia* 111, in *Patrologia Latina* 57, 514

– Rileggi la parabola cui fa riferimento in Mt 13, 33.
– Qual è la ragione e la missione per cui esiste la Chiesa?

5 **Nell'elenco proposto esemplifica situazioni, iniziative, prese di posizione della Chiesa, collocandole nei vari ambiti che ti vengono suggeriti. Precisa innanzitutto lo scopo e le finalità proprie della Chiesa in tali ambiti.**

– Cultuale: ______________________________
– Culturale: ______________________________
– Morale: ______________________________
– Educativo: ______________________________
– Umanitario: ______________________________

- **Individui altri ambiti di impegno e di presenza della Chiesa?**
- **Quali ambiti sono più legati alla specificità della fede? Sono essenziali e connaturati alla natura stessa della Chiesa?**

Il Concilio Vaticano II scrive:

> *La Chiesa è in Cristo come un sacramento o segno e strumento dell'intima unione con Dio e dell'unità di tutto il genere umano.*
>
> Lumen Gentium, n. 1

- **In quali ambiti la Chiesa può rivelarsi strumento di unità per tutto il genere umano, creando momenti di incontro tra tutti gli uomini, indipendentemente dalla specifica scelta di fede?**

6 **Ecco le prime due strofe dell'*Inno Sacro La Pentecoste* di Alessandro Manzoni (1822).**

Madre de' Santi; immagine
Della città superna;
Del Sangue incorruttibile
Conservatrice eterna;
Tu che, da tanti secoli,
Soffri, combatti e preghi;
Che le tue tende spieghi
Dall'uno all'altro mar;

Campo di quei che sperano;
Chiesa del Dio vivente;
Dov'eri mai? Qual angolo
Ti raccogliea nascente,
Quando il tuo Re, dai perfidi
Tratto a morir sul colle,
Imporporò le zolle
Del suo sublime altar?

– Fai un'iniziale parafrasi del testo.
– *Madre de' Santi*: questa espressione definisce la Chiesa come... (discuti l'esattezza o meno di queste proposte):
  - la comunità dei perfetti;
  - la comunità dei peccatori chiamati alla santità;
  - la comunità dei battezzati rigenerati alla vita di grazia.
– Dove si accenna alla missione evangelizzatrice della Chiesa?
– La Chiesa conserva la presenza di Cristo attraverso quale sacramento?
– A quali fatti del Nuovo Testamento si fa riferimento?
– Grandezza e debolezza della Chiesa... uno slogan di questo tipo potrebbe sintetizzare questi versi iniziali?

- **Potete continuare la lettura e l'analisi di tutto l'*Inno Sacro* della *Pentecoste* di Manzoni, anche con l'aiuto dell'insegnante di Lettere.**

7 **Completa le richieste.**

– In molti popoli esistono dei riti di "iniziazione": che cosa significa?
– Che cos'è l'iniziazione cristiana?
– Confessione, penitenza, riconciliazione: precisa che cosa ognuna di queste parole vuole esprimere riguardo a questo sacramento.
– Unzione degli infermi ed estrema unzione: qual è secondo te l'espressione migliore? Perché?

8 **Leggi il brano del testamento spirituale di Ignazio Silone (1900-1978) e poi analizzalo rispondendo alle domande.**

Et in hora mortis nostrae
[Credo] *Spero di essere spoglio d'ogni rispetto umano e d'ogni altro riguardo di opportunità, mentre dichiaro che non desidero alcuna cerimonia religiosa, né al momento della mia morte, né dopo. È una decisione triste e serena, seriamente meditata. Spero di non ferire e di non deludere alcuna persona che mi ami. Mi pare di avere espresso a varie riprese, con sincerità, tutto quello che sento di dovere a Cristo e al suo insegnamento. Riconosco che, inizialmente, m'allontanò da Lui l'egoismo in tutte le sue forme, dalla vanità alla sensualità. Forse la privazione precoce della famiglia, le infermità fisiche, la fame, alcune predisposizioni naturali all'angoscia e alla disperazione, facilitarono i miei errori. Devo però a Cristo, e al suo insegnamento, di essermi ripreso, anche standone esteriormente lontano. Mi è capitato alcune volte, in circostanze penose, di mettermi in ginocchio, nella mia stanza, semplicemente, senza dire nulla, solo con un (forte) sentimento d'abbandono; un paio di volte ho recitato il Pater noster; un paio di volte ricordo di essermi fatto il segno della Croce. Ma il «ritorno» non è stato possibile, neanche dopo gli «aggiornamenti» del recente Concilio. La spiegazione del mancato ritorno che ne ho dato, è sincera. Mi sembra che sulle verità cristiane essenziali si è sovrapposto* [sic] *nel corso dei secoli un'elaborazione teologica e liturgica d'origine storica che le ha rese irriconoscibili. Il cristianesimo ufficiale è diventato un'ideologia. Solo facendo violenza su me stesso, potrei dichiarare di accettarlo; ma sarei in malafede.*

I. Silone, *Severina*, Mondadori, Milano 1981

- Che rapporto ha lo scrittore con la fede cristiana?
- Che cosa accetta e che cosa rifiuta del cristianesimo?
- Perché Silone ha questa posizione?
- Quali contrapposizioni sono presenti nel suo discorso?

9 **Il seguente testo è la preghiera per la benedizione dell'acqua battesimale. Che significato ha il segno dell'acqua e quali fatti biblici sono ricordati?**

O Dio, per mezzo dei segni sacramentali, tu operi con invisibile potenza le meraviglie della salvezza; e in molti modi, attraverso i tempi, hai preparato l'acqua, tua creatura, ad essere segno del battesimo.
Fin dalle origini il tuo Spirito si librava sulle acque perché contenessero in germe la forza di santificare; e anche nel diluvio hai prefigurato il battesimo, perché, oggi come allora, l'acqua segnasse la fine del peccato e l'inizio della vita nuova.
Tu hai liberato dalla schiavitù i figli di Abramo, facendoli passare illesi attraverso il Mar Rosso, perché fossero immagine del futuro popolo dei battezzati.
Infine, nella pienezza dei tempi, il tuo Figlio, battezzato da Giovanni nell'acqua del Giordano, fu consacrato dallo Spirito Santo; innalzato sulla croce, egli versò dal suo fianco sangue e acqua, e dopo la sua risurrezione comandò ai discepoli:
«Andate, annunziate il Vangelo a tutti i popoli, e battezzate nel nome del Padre e del Figlio e dello Spirito Santo».
Ora, Padre, guarda con amore la tua Chiesa e fa' scaturire per lei la sorgente del battesimo.
Infondi in quest'acqua, per opera dello Spirito Santo, la grazia del tuo unico Figlio, perché con il sacramento del battesimo l'uomo, fatto a tua immagine, sia lavato dalla macchia del peccato, e dall'acqua e dallo Spirito Santo rinasca come nuova creatura.
Discenda, Padre, in quest'acqua, per opera del tuo Figlio, la potenza dello Spirito Santo, perché tutti coloro che in essa riceveranno il battesimo, sepolti insieme con Cristo nella morte, con lui risorgano alla vita immortale. Per Cristo nostro Signore.

Le Chiese cristiane

Contenuti

- I cristiani tra divisioni e ricerca di unità
- Le Chiese ortodosse: Occidente e Oriente si allontanano
- La Riforma protestante
- Martin Lutero e la dottrina della giustificazione
- *Sola gratia et sola fide*
- *Sola Scriptura* e libero esame
- I sacramenti e la Chiesa protestante
- L'anglicanesimo
- Le questioni attuali
- L'ecumenismo oggi
- La posizione cattolica su alcune questioni qualificanti

Obiettivi

- ☐ Conoscere l'origine storica e teologica delle principali confessioni cristiane.
- ☐ Sapere quali sono le principali differenze, dal punto di vista dottrinale, tra le varie Chiese cristiane (le Chiese ortodosse, il protestantesimo, la Chiesa anglicana).
- ☐ Sapere che cosa si intende correttamente per ecumenismo.
- ☐ Individuare la posizione della Chiesa cattolica in materia di ecumenismo.
- ☐ Saper riconoscere i valori evangelici che uniscono tutte le confessioni.
- ☐ Essere consapevoli dell'importanza del dialogo e del comune impegno tra le confessioni come occasione per la promozione di riconciliazione e rispetto anche a livello sociale e mondiale.

I cristiani tra divisioni e ricerca di unità

Il cristianesimo è diviso al suo interno e vi sono Chiese e confessioni diverse. Fin nelle prime comunità vi erano contrapposizioni e dissensi.

Vi esorto pertanto, fratelli, per il nome del Signore nostro Gesù Cristo a essere unanimi nel parlare, perché non vi siano divisioni tra voi, ma siate in perfetta unione di pensiero e d'intenti. Mi è stato segnalato [...] *che vi sono discordie tra voi. Mi riferisco al fatto che ciascuno di voi dice: «Io sono di Paolo», «Io invece sono di Apollo», «E io di Cefa», «E io di Cristo!». Cristo è stato forse diviso?* [...]

1Cor 1, 10-13

Lungo la storia si sono create o aggravate alcune divisioni fino a diventare occasione di violenze, torti, odi, persecuzioni. Per questi contrasti vi sono molte ragioni: motivi di interpretazione della fede, ragioni culturali, contrapposizioni politiche, interessi nazionalistici, rivendicazioni di autonomia, scopi economici, puntigli personali.

Niccolò di Pietro Gerini, *Trinità*, fine XIV - inizio XV secolo, Musei Capitolini, Roma.

Attualmente le principali Chiese cristiane sono la cattolica, le Chiese ortodosse, il protestantesimo e l'anglicanesimo. Vi sono poi molte altre comunità separate che per origine, tradizioni teologiche e riti, sono vicine a queste Chiese.

Tutti i cristiani riconoscono che le divisioni nella Chiesa sono una controtestimonianza, un ostacolo e un'incoerenza nella testimonianza dell'amore fraterno: pregiudicano la credibilità del Vangelo, ostacolano l'impegno missionario, seminano confusione, indeboliscono la testimonianza di fede.

Tale divisione non solo contraddice apertamente alla volontà di Cristo, ma anche è scandalo al mondo e danneggia la santissima causa della predicazione del Vangelo a ogni creatura.

Concilio Ecumenico Vaticano II, *Unitatis redintegratio*, n.1

Tutte le Chiese cristiane ritengono un dovere l'impegno ecumenico. Infatti Cristo ha detto:

Vi dò un comandamento nuovo: che vi amiate gli uni gli altri. Da questo tutti sapranno che siete miei discepoli, se avrete amore gli uni per gli altri.

Gv 13, 34-35

e rivolto al Padre prega:

... siano come noi una cosa sola. Io in loro e tu in me, perché siano perfetti nell'unità e il mondo sappia che tu mi hai mandato e li hai amati come hai amato me.

Gv 17, 22-23

Papa Giovanni XXIII invitava a guardare ciò che già unisce tutti i cristiani. Infatti pur nella diversità di posizioni dottrinali, tutti i cristiani condividono alcuni punti:

- credono nella Trinità: Dio è unico, è mistero di amore e comunione totale del Padre, del Figlio e dello Spirito; Dio si è rivelato e chiama l'uomo a partecipare intimamente alla sua vita, lo rende partecipe della comunione d'amore che è in Lui;
- Gesù Cristo, Figlio di Dio fatto uomo, è il Salvatore, il compimento della Rivelazione di Dio e della salvezza; con la sua morte e risurrezione ha redento tutti coloro che credono in Lui e che sinceramente ricercano Dio;
- la Sacra Scrittura è la testimonianza conservata scritta della Rivelazione di Dio, è Parola di Dio, e centrale è il messaggio dei Vangeli;
- il battesimo è il segno della salvezza donata da Dio e della fede; introduce la persona nella comunità dei credenti in Gesù, nella Chiesa.

Il *Simbolo* niceno-costantinopolitano del 381 d.C., cioè il *Credo*, è per tutte le Chiese cristiane la professione di fede e la formula che sintetizza la dottrina cristiana. Da questo punto di vista...

> *... ciò che ci unisce è più grande di quanto ci divide* [...] *Tutti, infatti, crediamo nello stesso Cristo; e tale fede è essenzialmente il retaggio dell'insegnamento dei primi sette concili ecumenici precedenti l'anno mille.*
>
> Giovanni Paolo II, *Varcare la soglia della speranza*, Mondadori, Milano 1994

Le Chiese ortodosse: Occidente e Oriente si allontanano

La divisione tra la Chiesa d'Occidente e quelle d'Oriente (dette anche «*ortodosse*», che significa "retta dottrina") risale allo scisma del 1054 al quale si giunse dopo un progressivo distacco tra Roma e Costantinopoli, tra due culture differenti: quella latina e quella bizantina.

L'ultimo papa di origine orientale fu Sergio I (687-701) e nel 692 il sinodo di Costantinopoli recepì solo tradizioni e canoni della Chiesa greca e non ottenne il riconoscimento da Roma. La stessa incoronazione di Carlo Magno fu vissuta in

Protezione della Vergine, metà XVI secolo, particolare, Museo Russo di Stato, San Pietroburgo.

Incisione raffigurante san Gregorio e san Basilio, padri della Chiesa ortodossa, Biblioteca delle Arti Decorative, Parigi.

Oriente in modo negativo, come attentato del mondo latino all'unità dell'Impero romano cristiano d'Oriente.

Il primo forte dissidio avvenne con lo scisma del patriarca Fozio (820 ca. - 891), la cui nomina da parte dell'imperatore d'Oriente non fu inizialmente approvata da Roma.

Nel secolo X vi furono dissensi per la giurisdizione sulla Dalmazia e sull'Italia meridionale.

La prima questione dottrinale si creò quando in Occidente si introdusse in modo unilaterale nella professione di fede l'espressione «*filioque*» (lo Spirito Santo «*procede dal Padre e dal Figlio*»). Intanto avveniva un processo di accentramento dell'autorità magisteriale e di governo nella figura del papa, e questo era estraneo alla tradizione orientale.

Nel secolo XI vi fu un'altra controversia per la giurisdizione della Bulgaria.

Fu in questo clima di allontanamento reciproco, di diffidenza e di competizione che si consumò lo scisma del 1054. Gli orientali criticavano i latini come «eretici» perché usavano pane azzimo per la comunione, mangiavano carne di animali soffocati, omettevano l'alleluia e facevano il digiuno di sabato in quaresima, avevano il celibato per i sacerdoti.

La scomunica del 1054 (vedi Documenti, *1054: due scomuniche per uno scisma*, p. 315) fu vista subito come un momento di forte attrito, ma non una divisione irreparabile. La frattura divenne tale quando nel 1204 i crociati saccheggiarono Costantinopoli, vi fu l'elezione del patriarcato latino e il patriarca greco fuggì a Nicea.

Nel 1439, il Concilio di Firenze affrontò i problemi dottrinali che separavano i latini dagli ortodossi per ricostituire l'unità, ma non ottenne successo.

Il 7 dicembre 1965, contemporaneamente a Roma e a Costantinopoli, il papa Paolo VI e il patriarca Athenagora, convinti promotori dell'avvicinamento tra le due Chiese, toglievano le scomuniche reciproche esistenti fin dal 1054.

La spiritualità ortodossa ha molto sviluppato il senso della presenza e dell'azione dello Spirito Santo e l'idea della vocazione dell'uomo alla divinizzazione. È molto forte il senso mistico che si esprime attraverso la «Divina Liturgia», considerata il centro della vita di fede del credente. Essa viene celebrata con grande venerazione e solennità. Nel culto orientale vi sono magnifici inni in onore di Maria venerata come Sempre Vergine e Madre di Dio. Molta importanza ha il monachesimo (famosi sono i monasteri del monte Athos in Grecia).

Tra la Chiesa cattolica e quelle d'Oriente vi sono diversità che non costituiscono gravi ragioni di divisione: la celebrazione dell'eucaristia con pane

Madre di Dio del Segno, metà XVI secolo, icona processionale proveniente dalla Russia centrale, Museo Storico di Stato, Mosca.

DOCUMENTI

1054: due scomuniche per uno scisma

Quando in Oriente governava il patriarca Michele Cerulario (1043-58), uomo energico e geloso della propria indipendenza, il movimento riformista già da tempo all'opera in Occidente per migliorare le condizioni della Chiesa ritenne di dover intervenire anche nelle comunità bizantine dell'Italia meridionale. Michele Cerulario reagì violentemente, ordinò, senza neppure prendere in considerazione la possibilità di un'intesa, la chiusura delle chiese latine di Costantinopoli e condannò le consuetudini occidentali. Questi interventi e sconfinamenti da una parte e dall'altra sono un indice della profonda estraniazione delle Chiese e di una grave diffidenza reciproca. L'una e l'altra parte arrivarono addirittura ad accusarsi vicendevolmente di eresia. Tuttavia il pericolo normanno le costrinse a riconciliarsi. Il patriarca scrisse perciò al papa, e questi inviò una delegazione a Costantinopoli. La scelta del cardinale Umberto da Silva Candida a capo delegazione non giovò però alla riconciliazione, perché questo fiero sostenitore della riforma non aveva alcuna comprensione per la Chiesa orientale.

Santo Stefano di Perm', seconda metà XVI secolo, particolare, Collezione privata, Belgio.

Egli arrivò nell'aprile del 1054 e fu accolto solennemente dall'imperatore, ma meno solennemente dal patriarca che sollevò più di una riserva [...] Il cardinale [...] perse la pazienza e scomunicò il patriarca unitamente ai suoi sostenitori (non però tutta la Chiesa ortodossa), deponendo un documento da lui compilato sull'altare della Haghia Sophia durante la celebrazione eucaristica del 16 luglio del 1054. Non sappiamo se egli allora fosse a conoscenza che il papa era morto tre mesi prima, né possediamo alcuna testimonianza di un incarico conferitogli dal papa di scomunicare il patriarca. [...] Dopo un tentativo imperiale di riconciliazione andato a vuoto, un sinodo radunato a Costantinopoli scomunicò il 24 luglio la bolla di scomunica, il suo autore e collaboratori. Neppure questo sinodo del patriarca scomunicò, ad esempio, il papa o tutta la Chiesa occidentale. Perciò le scomuniche del 1054 non segnarono l'avvento dello scisma definitivo, che sopravvenne solo con la conquista di Costantinopoli del 1204 e con le sue conseguenze. Nel 1054 fallì piuttosto un tentativo di riconciliazione, che era stato intrapreso su una base sbagliata e in condizioni sfavorevoli. La letteratura polemica, che da allora cominciò a proliferare, consolidò ancora di più i fronti.

J. Lenzenweger - P. Stockmeier - K. Amon - R. Zinnhobler, *Storia della Chiesa cattolica*, San Paolo, Cinisello Balsamo 1995

non azzimo, la non obbligatorietà del celibato ecclesiastico, l'uso del calendario giuliano (che ha un ritardo di 13 giorni rispetto a quello gregoriano in vigore nella Chiesa latina) e quindi la celebrazione del Natale e della Pasqua in date diverse dall'Occidente. Anche sul modo di intendere il purgatorio vi sono delle diversità.

La differenza di fede tra le due Chiese è però minima e «*un legame particolarmente stretto già ci unisce. Abbiamo in comune quasi tutto*» (Giovanni Paolo II, *La luce dell'oriente*, n. 3).

La Chiesa cattolica riconosce la successione apostolica e la validità dei sacramenti amministrati dagli ortodossi, anche se non è ancora possibile la loro celebrazione in comune.

Vi sono però dei punti discussi e controversi.

Il *filioque*

Questo punto pareva il più problematico e funzionò da "detonatore" teologico. Con questa parola latina si intende l'espressione del *Credo* dove si afferma che lo Spirito Santo viene, esce, «*procede dal Padre e dal Figlio...*». In effetti il *Filioque* fu introdotto in Occidente nel *Credo* in modo unilaterale da parte della Chiesa latina, senza consultare gli orientali.

Nei secoli VI e VII la Chiesa spagnola stava combattendo gli ultimi residui dell'arianesimo e, dicendo che lo Spirito viene dal Padre e dal Figlio, rafforzava meglio la fede nella piena divinità di Gesù. Invece la spiritualità orientale privilegia il Padre come fonte di tutta la vita divina. La formula si diffuse poi in tutto l'Occidente.

Per la Chiesa cattolica resta il fatto che normativo per la fede è il testo del Simbolo del 381, quello senza *Filioque*. Ma la questione, più che una vera differenza dottrinale, è una diversa impostazione teologica, cioè due modi diversi, due tradizioni differenti, non contraddittorie ma complementari. Sant'Agostino, partendo dai testi biblici, affermava che lo Spirito Santo è «*Spirito del Padre*» ma anche «*Spirito del Figlio*»: quindi è lo Spirito di entrambi.

Il primato del papa

Questo è invece il punto che realmente divide ancora la Chiesa cattolica da quelle d'Oriente.

Con la caduta dell'Impero romano d'Occidente e le invasioni barbariche, Roma perse il prestigio e l'importanza politica che godeva nel mondo antico; pur restando una città storicamente importante non era più la capitale. Costantinopoli era la «nuova Roma», il centro del potere imperiale. Il Concilio di Calcedonia (451) aveva però affermato che alla sede di Costantinopoli doveva essere attribuito il secondo posto (canone XXVIII), pur sottolineando che l'importanza di una sede risale alla fondazione apostolica.

Così in Oriente maturò una visione autocefala e sinodale della Chiesa: ogni comunità guidata dal proprio patriarca è autonoma e indipendente dal punto di vista organizzativo in quanto ha un proprio fondamento apostolico. Il vescovo di Roma è il successore di Pietro come vescovo, non come primate di tutta la Chiesa, e ha quindi un primato che però è soltanto un primato d'onore, non di governo: il papa è quindi un *primus inter pares* tra i vescovi del mondo e la sua supremazia non può essere estesa sulle altre sedi episcopali. Tutti i capi delle Chiese ortodosse, cioè i vescovi, sono uguali tra loro e questo vale anche per il patriarca di Costantinopoli, il cui primato è solo ed esclusivamente storico.

Un pope, il prete ortodosso.

Chiese autocefale e struttura sinodale

La Chiesa ortodossa attualmente è suddivisa in nove patriarcati, di cui quattro molto antichi (Costantinopoli, Alessandria, Gerusalemme e Antiochia) e quelli più recenti di Serbia, Bulgaria, Romania, Mosca, Georgia. Poi vi sono le Chiese autocefale di Cipro, Grecia, Polonia, Albania e le Chiese autonome di Cecoslovacchia, Finlandia, America ecc.

L'unità tra le Chiese è espressa e garantita dalla comunione e celebrazione eucaristica nella quale tutti i cristiani sono uniti attorno al proprio vescovo, espressione della presenza di Cristo. Il Santo Sinodo di ogni patriarcato prende le decisioni opportune, ma queste non sono vincolanti nei confronti degli altri patriarcati. Nessun patriarca può guidare gli altri facendo leva su una propria superiorità primaziale di governo. Espressione dell'unità del mondo ortodosso è il Sinodo o Concilio panortodosso che esprime la possibilità di decisione ecumenica e di governo sulle Chiese. La Chiesa cattolica riconosce che i singoli vescovi, in

Processione di sacerdoti ortodossi sulla Piazza Rossa, a Mosca.

quanto successori degli apostoli, rappresentano Cristo, ma il loro ministero deve essere in comunione con il vescovo di Roma, successore di Pietro, che ha anche un primato di governo su tutta la Chiesa.

Problemi attuali

In questi ultimi anni, con la caduta del comunismo, sono emersi alcuni problemi di relazione tra la Chiesa cattolica e quelle orientali. La persecuzione comunista in Urss colpì sia i cattolici sia gli ortodossi in modo pesante e crudele; si verificarono anche dei casi nei quali il regime confiscò tutti i beni delle Chiese fedeli al papa e, in parte, li consegnò alla Chiesa ortodossa. È la situazione degli uniati in Ucraina. Il termine, coniato con accenti dispregiativi, indica le comunità cristiane che pur mantenendo riti, tradizioni liturgiche, spirituali e teologiche dell'Oriente, si sono mantenute fedeli a Roma. Per ordine di Stalin, nel 1946 si tenne il sinodo di Leopoli: una convocazione forzata e orchestrata dalle autorità comuniste con lo scopo di decidere l'annessione di queste comunità al patriarcato di Mosca e staccarle dalla fedeltà al papa. Soltanto un decimo dei sacerdoti vi partecipò e i cinque vescovi della Chiesa dell'Ucraina furono imprigionati, compreso il nuovo metropolita J. Slipji.

Ora, uno dei problemi aperti è il contenzioso riguardante la restituzione ai cristiani cattolici di rito orientale (gli uniati) dei beni confiscati dal regime comunista e passati agli ortodossi.

Inoltre, la nomina di vescovi cattolici in territori russi è vista da parte del mondo ortodosso (nello specifico dal patriarcato di Mosca) come una concorrenza sleale, una forma di proselitismo a scapito della comunità ortodossa.

Il dialogo tra la Chiesa cattolica e le Chiese ortodosse continua in modo incoraggiante, come testimonia l'incontro al Fanar di Istanbul tra il patriarca di Costantinopoli Bartolomeo I e il papa Benedetto XVI (30 novembre 2006).

Le critiche alla Curia romana

Durante il 1500 nella Chiesa emergono numerose situazioni incoerenti con il Vangelo: simonia (compravendita di cariche religiose), arrivismo e desiderio di potere, concubinato del clero, vocazioni forzate di figli costretti a intraprendere la vita religiosa, nepotismo e vantaggi accordati dagli ecclesiastici alla propria parentela; la religiosità inoltre si riduceva spesso a facciata di opere esteriori o a fervore edilizio. C'è anche una forte insofferenza verso la Chiesa, la sua legittimità, la sua morale e una forte critica alla Curia romana e ai papi rinascimentali accusati di fasto e mondanità, oltre che di voler detenere un potere centralizzato e mantenere le proprie rendite economiche attraverso un sistema di riscossione fiscale.

Silvio Allason, *Un episodio dell'ultima persecuzione dei valdesi nel 1686*, 1875, Galleria civica d'Arte Moderna e Contemporanea, Torino.

La condizione spirituale e morale dell'alto e del basso clero lasciava parecchio a desiderare. Sarebbe però sbagliato ignorare che il clero tutto sommato faceva fronte alle necessità e ai doveri pastorali. Circa un terzo aveva ricevuto una formazione di livello universitario. Il gran numero di libri di predicazione induce a concludere che si predicasse con frequenza; le numerose predicature ben dotate esistenti nelle principali città e che richiedevano dal predicatore il possesso di un grado accademico fanno pensare a una corrispondente qualità teologica delle prediche. Il desiderio di rinnovamento aveva preso piede nei monasteri e nei conventi [...]. *Riassumendo possiamo dire che, al momento dell'inizio della Riforma protestante, malgrado tutti i mali ancora esistenti, la riforma della Chiesa, della sua dottrina e della sua vita era in pieno corso.*

J. Lenzenweger - P. Stockmeier - K. Amon - R. Zinnhobler, *Storia della Chiesa cattolica*, San Paolo, Cinisello Balsamo 1995

Sul piano politico la situazione vede il tramonto del Papato e dell'Impero intesi come autorità supreme, a vantaggio della formazione di Stati nazionali che abbiano competenze e diritti anche sulle Chiese. Principi e signori feudali aspettavano solo il momento buono per affermare la loro autonomia in modo pieno e incamerare anche i beni della Chiesa, sottraendoli al centralismo romano. Ripetutamente gli imperatori tedeschi e le assemblee dei principi germanici avevano indirizzato a Roma le loro rimostranze e anche le loro critiche.

Davanti a questa situazione, da più parti si era levata la richiesta di una riforma che riportasse la Chiesa all'autenticità dei valori evangelici. Questa esigenza si era espressa sia all'interno sia all'esterno della stessa Chiesa già nei secoli precedenti.

Il ritorno al messaggio evangelico

Alcuni movimenti destarono il desiderio di ripristinare la vita povera di Gesù e della Chiesa primitiva. È il caso della **pataria** (da *patta* = straccio; *pattari* = straccioni) diffusasi in Lombardia durante il secolo XI; era un movimento popolare contro la ricca nobiltà e l'alto clero, che contestava la simonia e il concubinato del clero.

Un altro caso significativo è quello dei **valdesi** fondati a Lione da un ricco mercante, Valdesio o Valdo, che durante la carestia del 1176 donò tutto ai poveri e iniziò a predicare con un gruppo di laici. Essi caldeggiavano la traduzione e la lettura della Sacra Scrittura. Nel 1532 con il Sinodo di Chanforan si unirono al calvinismo.

Oltre ai movimenti pauperistici, emersero anche personaggi che proposero una revisione dottrinale, considerata poi contraria alla dottrina cattolica.

Giovanni Hus e John Wyclif

Giovanni Hus (1379 ca.-1415), professore e predicatore all'Università di Praga, aveva trovato interessanti le idee di John Wyclif (1320 ca.-1384) largamente diffuse in quel periodo nella città. Contrapposta a una Chiesa caduta nella corruzione delle ricchezze, essi proponevano una Chiesa spirituale invisibile, la comunità dei salvati, predestinati e scelti da Dio, libera dalle lotte tra papi e antipapi, una Chiesa senza ministeri ordinati. Soltanto la Sacra Scrittura doveva essere fondamento alla fede e ogni decisione della Chiesa doveva essere rifiutata in quanto il papato era manifestazione dell'Anticristo. Nel 1382 la dottrina di Wyclif fu condannata, ma egli poté continuare a vivere nella sua parrocchia di Luttedworth. Diversa fu la sorte di Hus, che fu invitato a presentarsi davanti al Concilio di Costanza (1414-1418) e che non ritrattò le proprie idee. Nonostante il salvacondotto e le assicurazioni dell'imperatore Sigismondo, Hus venne condannato come eretico e arso vivo a Costanza (6 luglio 1415).

La fondazione di nuovi ordini religiosi

All'interno della Chiesa l'invito per una *reformatio in capite et in membris* (riforma a livello centrale e periferico) è testimoniata dalla fondazione di nuovi ordini religiosi, e in particolare quelli di san Domenico (1170-1221) e di san Francesco d'Assisi (1181/2 -1226). Questi ordini mendicanti, con la testimonianza personale di povertà e la predicazione, suscitarono nella Chiesa uno spirito più evangelico.

Anche la gerarchia ecclesiastica si rendeva conto della necessità di una riforma della Chiesa e in alcuni concili si tentò di fare dei passi in tale direzione. Il Concilio di Costanza (1414-1418) pacificò lo scisma interno alla Chiesa, che aveva portato alla paradossale situazione di tre pontefici. Il Concilio del Laterano (1512-1517), conclusosi proprio pochi mesi prima delle 95 tesi di Martin Lutero, emanò dei decreti di riforma, ma vi furono pochi effetti positivi.

In questo contesto sociale ed ecclesiale si colloca il travaglio interiore e la riflessione teologica di Martin Lutero (1483-1546) che portarono alla separazione da Roma del mondo protestante.

Baldanza, *Una sessione del Concilio di Costanza*, 1420 circa, Biblioteca Palatina, Parma.

La Riforma protestante

Con il termine «protestanti» ci si riferisce al gran numero di denominazioni e comunità cristiane sorte o comunque collegate ai principi della Riforma, cioè il movimento di riflessione teologica e gli avvenimenti seguiti all'attività e predicazione di Lutero (1483-1546), Calvino (1509-1564) e Zwingli (1484-1531). Essi furono i principali riformatori, intenzionati a dare un volto nuovo alla Chiesa del loro tempo, giudicata lontana dal Vangelo. Questo movimento si diffuse su scala europea e assunse i caratteri di un fenomeno collettivo e multiforme.

L'aggettivo «protestante» fu applicato ai sostenitori della Riforma, i quali alla II Dieta di Spira, nel 1529, «protestarono», cioè rivendicarono pubblicamente le loro ragioni contro le decisioni imperiali.

Tra la Chiesa cattolica e le Chiese protestanti, a differenza di quelle d'Oriente:

... vi sono importanti divergenze, non solo di indole storica, sociologica, psicologica e culturale ma soprattutto d'interpretazione della verità rivelata.

CONCILIO VATICANO II, *Unitatis redintegratio*, n. 19

A sinistra: Lucas Cranach, *Martin Lutero*, XVI secolo, Galleria degli Uffizi, Firenze; a destra: Monumento alla Riforma, statue di Guillaume Farel, Giovanni Calvino, Théodore de Bèze, John Knox, 1917, Ginevra.

Martin Lutero e la dottrina della giustificazione

La dottrina della giustificazione, cui giungerà Martin Lutero, è «l'articolo primo e fondamentale» della Riforma luterana.

Martin Lutero nasce nel 1483 a Eisleben (Sassonia), da una famiglia di piccoli borghesi di origine contadina. Dopo un incidente avvenuto nel 1505 fa voto di entrare tra i padri agostiniani ed è ordinato sacerdote nel 1507. Insegna Sacra Scrittura nelle Università di Wittenberg e di Erfurt. Lutero vive una profonda sofferenza interiore e inquietudine al pensiero del giudizio di Dio e della necessità di salvarsi. Il padre Johann von Staupitz, suo direttore spirituale, non riesce a indirizzare l'inquietudine di Lutero in un itinerario di fiducia in Dio. Nel 1510 Lutero è a Roma, mandato dal suo ordine, e nonostante trovi la città mondanizzata, non muove particolari contestazioni contro il papato.

Tornato a Wittenberg, intensifica lo studio della teologia, si dedica alla predicazione e scrive dei commenti ai *Salmi* (1513-1515) e alla lettera di san Paolo ai Romani (1515-1516).

Lutero continua a sentire in modo molto forte il problema della **salvezza**. Intanto si avvicina all'idea che la salvezza è frutto dell'esclusiva azione di Dio che «ti giustifica», «ti imputa a giustificazione», «ti considera giusto» nonostante il peccato dell'uomo. Per preparare le lezioni si era basato quasi esclusivamente sugli scritti antipelagiani di sant'Agostino (*De spiritu et littera*). L'eresia pelagiana sosteneva che l'uomo può con le proprie forze rispettare i comandamenti di Dio e attraverso le proprie opere buone meritarsi la salvezza. Sant'Agostino partiva invece dal fatto che ogni uomo si trova in una condizione di **peccato** verso il quale è inclinato in ragione della colpa originale; quindi, affermava, serve sempre la **grazia** di Dio che sostenga e rafforzi l'impegno umano.

Estremizzando la posizione agostiniana, Martin Lutero afferma che l'uomo, a causa del peccato originale, è completamente immerso in una situazione di colpa e peccato permanenti. Il peccato originale viene a identificarsi con la concupiscenza, cioè l'attrazione e la nostalgia verso il peccato, e questa non viene tolta con il battesimo. Anzi la stessa concupiscenza è peccato e male.

> *Negli scritti confessionali luterani la concupiscenza è compresa nei termini del desiderio egoistico dell'essere umano che, alla luce della Legge spiritualmente intesa, è considerato peccato. Secondo il modo di comprendere cattolico, la concupiscenza è una inclinazione che permane negli esseri umani perfino dopo il Battesimo, la quale proviene dal peccato e spinge verso il peccato.*
>
> Allegato alla dichiarazione congiunta sulla dottrina della giustificazione tra Chiesa cattolica e Federazione Luterana Mondiale, 31 ottobre 1999, n. 2b, Edizioni Paoline, Milano 1999

La colpa originale ha radicalmente corrotto l'uomo che si trova in una condizione ambivalente: esteriormente è libero da costrizione, ma interiormente ha una invincibile tendenza al male.

L'uomo è quindi peccatore e la giustizia di Dio si manifesta nel punire il male. Tutto quello che l'uomo fa per salvarsi, cioè le sue opere buone, è comunque inquinato dal male originale e non può garantire la salvezza; anche l'impegno più sincero e moralmente puro resta insufficiente. In definitiva l'uomo è irrimediabilmente perso a causa del peccato e non ha alcuna possibilità di salvarsi.

Tra il 1514 e il 1516 il monaco Lutero avverte una specie di «illuminazione»: si trova nella sua stanza, nel settore del convento a forma di torre (da qui il nome dato all'episodio, *Turmerlebnis*, «esperienza della torre»), e medita il brano della *Lettera ai Romani* 1,16-17.

> *Io infatti non mi vergogno del Vangelo poiché è Potenza di Dio per la salvezza di chiunque crede, del Giudeo prima e poi del Greco. È in esso che si rivela la giustizia di Dio di fede in fede come sta scritto: Il giusto vivrà mediante la fede.*
>
> Rm 1, 16-17

Adamo ed Eva in una miniatura del XII secolo, Museu Diocesa i Comarcal de Solsona.

L'affissione delle 95 Tesi sulla porta della Cattedrale di Wittenberg.

In quel momento comprende il significato da dare al termine «giustizia di Dio»: non è l'azione vendicativa di Dio che giudica e punisce i peccatori e premia i giusti (giustizia attiva), ma è l'intervento di Dio che copre i peccati di chi ha fede in Lui (giustizia passiva).

In senso attivo, giustizia di Dio vorrebbe dire che Dio ci condanna giustamente per i peccati che commettiamo e che ci portano a dannazione. La giustizia divina non è però l'intervento di Dio che giudica severamente e punisce; Dio invece ci giustifica, ci dona gratuitamente la sua giustificazione. In senso passivo «giustizia di Dio» significa che Dio ci rende giusti e gli uomini sono da Lui salvati perché ricevono da Lui la non-imputazione dei propri peccati: è la scoperta della misericordia di Dio e della sua salvezza.

Quando l'uomo partecipa a Cristo nella fede, Dio non gli imputa il suo peccato e fa agire in lui un amore attivo mediante lo Spirito Santo. [...] *con la dichiarazione di perdono, è donata al peccatore la giustizia davanti a Dio in Cristo* [...] *la giustificazione è svincolata dalla cooperazione umana* [...].

Dichiarazione congiunta sulla dottrina della giustificazione tra Chiesa cattolica e Federazione Luterana Mondiale, 31 ottobre 1999, nn. 22. 23

Da qui la svalutazione delle opere di pietà, rese superflue dalla fede (la sola che salvi), e dei sacramenti (ridotti a semplici segni) che non hanno vero potere sull'anima.

Dio ci giustifica soltanto per la fede in Gesù, cioè ci considera giusti anche se in realtà non lo siamo né mai potremo esserlo. In considerazione del sacrificio di Cristo, Dio non ci imputa i nostri peccati: la giustificazione che dà la salvezza è la decisione divina di non guardare, di non considerare, di non tener conto del

Anonimo, *Lutero e la Riforma*, 1561, frontale di altare proveniente dalla Chiesa di Torslunde, Nationalmuseet, Copenaghen.

DOCUMENTI

La *Turmerlebnis* di Lutero

Un meraviglioso desiderio si era impossessato di me di conoscere il pensiero di san Paolo nella lettera ai Romani, cosa che non avevo fatto fino ad allora, non per freddezza del mio sangue intorno al cuore, ma a causa di quella frase del primo capitolo: «La giustizia di Dio si rivela in lui» (Rm 1,17). *Giacché io odiavo quell'espressione la giustizia di Dio, che l'uso e costume di tutti i dottori mi aveva insegnato a tradurre filosoficamente come "giustizia formale o attiva", come la chiamano, per la quale Dio è giusto e castiga i peccatori e gli ingiusti.*
Ma io, sebbene vivessi come monaco irreprensibile, mi sentivo sempre davanti a Dio un peccatore dalla coscienza inquieta, sapendo di non poterlo placare con le mie buone azioni, non lo amavo, anzi odiavo il Dio giusto e castigatore dei peccatori, e non dirò con tacita bestemmia, ma bensì con tremenda mormorazione, mi indignavo con Dio dicendo: «Come se non fosse abbastanza tener oppressi noi miserabili peccatori con ogni genere di calamità per la legge del Decalogo, già condannati alla pena eterna per il peccato originale, perché ora Dio, per mezzo del Vangelo, aggiunge a un dolore un altro dolore, minacciandoci ancora attraverso il Vangelo con la sua giustizia e la sua ira!». Così terribilmente tormentato, mi infuriavo e inopportunamente consultavo quel passaggio di san Paolo, con ardentissima sete di sapere quello che l'apostolo voleva dire.
Finalmente, dopo aver atteso giorni e notti meditando sul nesso di queste parole, Iustitia Dei revelatur in illo, sicut scriptum est: Iustus ex fide vivit (Rm 1,17), *cominciai a intendere per giustizia di Dio, ossia quella della fede, la giustizia di Dio passiva, per la quale Dio misericordioso ci giustifica per la fede, come sta scritto: «Il giusto vive della fede» (Ab 2, 4).*
Allora mi sentii completamente rinato, come se mi fossero spalancate le porte ed entrassi nello stesso paradiso. Da quel momento cominciai a lodare la dolcissima espressione di giustizia di Dio con un amore tanto grande come prima era l'odio con cui la riprovavo, così che quel passo di san Paolo fu veramente per me la porta del paradiso.

Racconto del 5 marzo 1545, in L. Martinez Ferrer - P.L. Guiducci, Fontes, San Paolo, Cinisello Balsamo 2005

male commesso in ragione di Gesù Cristo che è morto per la redenzione degli uomini. Il peccatore non è quindi considerato per quello che è ma per quello che in Cristo appare.

> [Per Lutero il credente] *è giusto nella fede in Cristo, ma anche sempre peccatore quando considera se stesso, e quindi sempre penitente, perché è il ravvedimento che dall'esame del proprio peccato lo porta a Cristo.*
>
> V. Vinay, *La Riforma Protestante*, Paideia, Brescia 1970

Per misericordia Dio non tiene conto del peccato umano; questa misericordia si è manifestata nella morte di Gesù.

La situazione esplode con lo «scandalo delle indulgenze» e con le 95 tesi. La disputa è aperta, Lutero è accusato presso la Curia romana e le posizioni si irrigidiscono: nel 1519 afferma che il papa è l'Anticristo e nel giugno 1520 il pontefice Leone X condanna 41 proposizioni del monaco (bolla *Exsurge Domine*). Nel gennaio del 1521 viene scomunicato e a maggio, nella Dieta di Worms, Carlo V lo mette al bando e ordina di bruciare tutti i suoi scritti. Lutero però sfugge alla cattura e si rifugia presso il principe elettore di Sassonia Federico il Saggio.

La situazione si aggrava con tragici disordini; Lutero rompe con l'umanista Erasmo da Rotterdam (1460/1469-1536) che non accetta la sua concezione pessimistica dell'uomo e della libertà; sposa una ex suora e pubblica nel 1529 un *Piccolo* e un *Grande catechismo*. Il riformatore rifiuta decisamente ogni autorità ecclesiastica e rinforza l'autorità dei principi sulla Chiesa. Le Chiese luterane diventano delle Chiese nazionali, la cui organizzazione varia da uno Stato all'altro. Lutero muore il 18 febbraio 1546 a Eisleben, all'età di 63 anni.

Sola gratia et sola fide

Per Lutero non sono le opere umane ad assicurarci la salvezza ma soltanto la fede in Gesù (*sola fide*). L'uomo non può meritarsi la salvezza che viene da Dio e dipende esclusivamente dalla libera e gratuita decisione divina (*sola gratia*). Questo fa capire la reazione di Lutero alla predicazione delle indulgenze e le 95 tesi del 31 ottobre 1517 a Wittenberg. Bisogna dire che:

... quando redasse le Tesi nel 1517, Lutero non escludeva ancora del tutto il sistema delle indulgenze e la possibilità di un loro uso legittimo, purché non applicate alle anime del purgatorio e circoscritte alle pene ecclesiastiche imposte ai vivi. L'esperienza però, non solo di quegli anni ma anche dei due secoli precedenti, aveva ampiamente dimostrato che anziché favorire la vera penitenza e conversione del peccatore le indulgenze diventavano, per la maggioranza di coloro che ne usufruivano, un surrogato della penitenza.

P. Ricca - G. Tourn, *Le 95 tesi di Lutero*, Claudiana, Torino 1998

La fede, particolare del pavimento del Duomo di Siena.

L'uso "commerciale" delle indulgenze suscitò la reazione di Lutero che le contestò come una impossibile pretesa umana di acquistarsi la salvezza.

Dopo anni di discussione e studio si è giunti a una comune comprensione delle posizioni cattoliche e luterane per cui queste dottrine non sono più soggette a reciproca condanna (cfr. *Dichiarazione congiunta sulla dottrina della giustificazione tra la Chiesa cattolica e la Federazione Luterana Mondiale*, 31 ottobre 1999, Augusta, Germania).

La contrapposizione avvenuta tra Lutero e la Chiesa cattolica nel secolo XVI era dovuta anche al tipo di cultura del tempo e al rilievo dato ad alcuni aspetti rispetto ad altri.

I cattolici erano portati a sottolineare la collaborazione dell'uomo o l'impegno necessario perché la grazia di Dio operi in lui la giustificazione, mentre i luterani accentuavano la gratuità dell'azione misericordiosa di Dio. I catto-

DOCUMENTI

Salvezza per grazia

Insieme confessiamo che l'uomo dipende interamente per la sua salvezza dalla grazia salvifica di Dio. [...] in quanto peccatore, egli è soggetto al giudizio di Dio, e dunque incapace da solo di rivolgersi a Dio per la sua salvezza, o di meritarsi davanti a Dio la sua giustificazione, o di raggiungere la salvezza con le sue proprie forze. La giustificazione avviene soltanto per opera della grazia. Dal fatto che cattolici e luterani confessano insieme tutto questo, deriva quanto segue. Quando i cattolici affermano che l'uomo, predisponendosi alla giustificazione e alla sua accettazione, "coopera" con il suo assenso all'azione giustificante di Dio, essi considerano tale personale assenso non come un'azione derivante dalle forze proprie dell'uomo, ma come un effetto della grazia. Secondo la concezione luterana, l'uomo è incapace di cooperare alla propria salvezza, poiché, in quanto peccatore, egli si oppone attivamente a Dio e alla sua azione salvifica. [...]

Allegato alla dichiarazione congiunta sulla dottrina della giustificazione tra Chiesa cattolica e Federazione Luterana Mondiale, 31 ottobre 1999, nn. 2c. 2d

Pecca fortiter et crede fortius

Famosissima è la frase di Lutero in una lettera indirizzata a Melantone quando afferma «*Pecca fortemente e credi ancor più fortemente*». Una simile espressione tolta al suo contesto può essere, e viene, fraintesa, rischiando di stravolgere il pensiero stesso del riformatore tedesco.
Il clima era indubbiamente acceso e poco sereno era il confronto tra le parti. In questo contesto si comprendono alcuni irrigidimenti e anche alcune prese di posizione ed espressioni che possono risultare paradossali.
Lutero non intendeva spingere Melantone a peccare o ad assumere un comportamento immorale. Questa sua espressione è un paradosso con il quale il riformatore tedesco affermava la necessità che la fede animasse tutte le azioni umane; doveva essere una fede totale da cui nasce la giustificazione. Lutero sosteneva la necessità di osservare i comandamenti, ma detestava il moralismo ritenendo che alla base dell'impegno etico dovessero stare la gratitudine a Dio per la salvezza che ci viene donata e la volontà di imitare Cristo.
Infatti se la salvezza è totalmente dono della grazia di Dio e le opere buone dell'uomo non sono sufficienti alla salvezza, che cosa spinge l'uomo all'impegno morale? Questo non favorirebbe un atteggiamento lassista e passivo?

La salvezza gratuita non spinge alla pigrizia e al libertinaggio, bensì trasforma i motivi delle azioni e dei comportamenti. Non si agisce per essere salvati, perché si teme un castigo e si vuol guadagnare una ricompensa, ma perché si è salvati, per riconoscenza e per desiderio di servire quel Dio che ci ha tanto amati. Il dinamismo dell'amore e della generosità si sostituisce a una pedagogia della retribuzione.

A. Gounelle, *I grandi princìpi del protestantesimo*, Claudiana, Torino 2000

Dire che le opere dell'uomo non gli procurano la salvezza non vuol dire che nella vita cristiana non si debbano fare opere buone! Significa liberare l'uomo dall'angoscia del giudizio e ridargli la "buona notizia" (= evangelo) della salvezza per grazia di Dio.
In questo senso le opere buone non servono come scala al cielo, ma sono espressione di gioiosa riconoscenza dei figli verso il Padre e la vita morale diventa imitazione del Cristo.

lici d'altra parte parlavano di un reale cambiamento dell'uomo in virtù dell'azione divina, mentre i luterani si limitavano ad affermare che Dio imputa o mette in conto come giustizia la fede.

C. Molari, *Cattolici e luterani d'accordo sulla "giustificazione"*, in "Rocca", 15 ottobre 1999

Per la teologia luterana l'uomo è peccatore e giusto allo stesso tempo (*simul iustus et peccator*): peccatore perché corrotto dal male, giusto perché giustificato da Dio.

Per la teologia cattolica l'uomo da solo non può salvarsi anche se può compiere il bene poiché il peccato originale ha ferito ma non ha irrimediabilmente rovinato l'uomo. Sostenuto dalla grazia, che è l'intervento gratuito di Dio, l'uomo può compiere azioni buone. Certo, l'uomo che compie del bene non può vantarsi davanti a Dio né pensare che la redenzione sia una sua conquista e merito; la salvezza è sempre dono della grazia di Dio che vuole tutti salvi.

E la stessa idea di predestinazione non va quindi interpretata come un giudizio di salvezza o condanna già stabilito da Dio fin dall'eternità; la predestinazione di cui parla san Paolo (cfr. Ef 1, 3-12) è l'irremovibile decisione di Dio a voler donare a tutti la redenzione e un destino eterno di salvezza che solo l'ostinato rifiuto umano può vanificare. La fede è quindi necessaria e indispensabile per la salvezza ma essa si configura come apertura e risposta al dono di Dio.

Sulla dottrina della giustificazione si era già arrivati a un accordo nei dialoghi a Ratisbona (1541) tra esponenti cattolici e luterani, in particolare con Melantone, seguace di Lutero, ed Eck, che contrastava decisamente la Riforma luterana. Tuttavia Lutero e la Curia romana respinsero tali conclusioni. La comune comprensione attuale manifesta meglio il clima di contrasto e le difficoltà di interpretazione esistenti a quel tempo.

Sola Scriptura e libero esame

Martin Lutero è ricordato anche per essere stato un grande traduttore e divulgatore del testo biblico. L'invenzione della stampa (nel 1450 circa), favorì la diffusione delle Sacre Scritture in lingua tedesca, cominciando dalla traduzione luterana del 1520. Per la forza espressiva e la fluidità di linguaggio questa traduzione superava tutte le altre e contribuì in maniera rilevante alla formazione di una lingua scritta unitaria, quella del neo alto-tedesco.

La centralità della Bibbia è un caposaldo della teologia luterana. Lutero preciserà meglio che la sua teologia si fonda esclusivamente sulla Sacra Scrittura: essa è l'unico fondamento della fede e l'unica regola per la morale e la vita della Chiesa (*Sola Scriptura*). Non c'è alcuna autorità umana che può garantire la Bibbia: essa si autofonda da sé, essendo Parola di Dio.

Per tutti i cristiani la Sacra Scrittura è il fondamento della fede, ma diverso è il modo in cui si riferiscono alla Bibbia e la utilizzano.

Nel cattolicesimo classico la Bibbia è sempre associata alla tradizione e all'insegnamento della Chiesa e giunge al fedele spiegata, commentata, interpretata. [...] *La Bibbia, la tradizione e la Chiesa sono strettamente connesse e formano un blocco indivisibile. I Riformatori non hanno operato una rivoluzione proclamando l'autorità della Scrittura (i loro avversari la riconoscevano senza alcuna riserva), ma distinguendo tra Scrittura e Chiesa, confrontando l'una con l'altra e opponendole.*

A. Gounelle, *I grandi princìpi del protestantesimo*, Claudiana, Torino 2000

Predicazione di Martin Lutero, 1561, Museo Nazionale, Copenaghen.

Nel cattolicesimo la Scrittura esercita la propria autorità per mezzo della Chiesa; nel protestantesimo vi è un accostamento diretto, senza la mediazione e l'interpretazione della Tradizione e del Magistero.

Cosa si intende per libero esame? L'espressione designa un criterio di interpretazione della Scrittura sganciato da qualunque autorità. I cattolici nel fervore della polemica confessionale accusarono i protestanti di averlo applicato alla Bibbia in conseguenza del loro rifiuto del Magistero ecclesiastico. I protestanti non sostennero il libero esame ma l'assistenza personale dello Spirito Santo come garanzia della retta interpretazione della Scrittura, quella garanzia che il Magistero cattolico rivendicava per sé.

M. Gnocchi - M. Marcocchi, *Il Concilio Vaticano II raccontato ai giovani*, AVE, Roma 2000

In forza dello Spirito Santo presente in ogni battezzato, la Bibbia può essere letta e compresa nel suo insegnamento da ognuno. Da una parte il principio luterano del *Sola Scriptura* segna il rifiuto di ogni regola di fede e di una interpretazione esteriore della Scrittura; dall'altra implica che la Scrittura riveli da se stessa il suo significato.

Quando nel 1522 Lutero espone questa sua dottrina sul libero esame, troverà entusiastica adesione e anche tendenze estremiste. Per fronteggiare il pericolo di un estremo soggettivismo egli precisa che è nella comunità credente che il messaggio biblico viene autenticamente capito, ma questo non basta e svuota di senso il Magistero ecclesiastico. Non serve più nessuna autorità (papa, concilio, vescovi, preti, Tradizione) che garantisca la corretta interpretazione biblica.

Circa il canone dei libri biblici per l'Antico Testamento Lutero riteneva ispirati i libri appartenenti al canone ebraico, tuttavia nell'edizione della Bibbia del 1534 riportava in appendice i libri deuterocanonici definendoli «apocrifi», ma comunque utili e buoni a leggersi. Per il Nuovo Testamento Lutero attribuiva un ruolo secondario, avanzando dubbi sulla loro canonicità, alla lettera agli Ebrei, a quella di Giacomo, di Giuda e all'Apocalisse. Attualmente nelle Bibbie protestanti queste riserve sono cadute ed esse riportano tutti i libri del Nuovo Testamento nel loro ordine tradizionale.

I sacramenti e la Chiesa protestante

Lutero nega il valore sacrificale dell'eucaristia e pensa che nella messa non si riattualizzi il sacrificio di Cristo. Però Lutero crede fermamente nella reale presenza di Cristo nell'eucaristia, anche se rifiuta la spiegazione teologica della transustanziazione. E sulla reale presenza di Cristo non raggiungerà alcun accordo con Zwingli. Mantiene quindi il sacramento dell'eucaristia, però profondamente cambiato rispetto all'interpretazione cattolica.

Anche il battesimo viene mantenuto, mentre invece la cresima, l'ordine sacro, il matrimonio, l'unzione degli infermi non sono più ritenuti segni sacramentali. Circa la penitenza è ancor oggi controversa la posizione se Lutero la ritenesse un vero e proprio sacramento.

Una volta che Lutero ha negato il valore dei sacramenti per salvarsi e ha rifiutato il Magistero e la Tradizione, anche la Chiesa diventa solo una comunione di credenti. Non spetta alla Chiesa dire quello che si deve credere e fare: decide la persona singolarmente davanti a Dio.

Una donna riceve dal sacerdote l'ostia consacrata durante la celebrazione dell'eucaristia.

La Chiesa, nella teologia protestante, è costituita nella sua essenza profonda come "Chiesa invisibile", cioè dalla comunione dei credenti. Proprio per questo riconosce come suo unico capo Cristo che la governa con la Parola della Bibbia e lo Spirito Santo. Non c'è posto per vincoli giuridici o per una gerarchia, come nella Chiesa cattolica. Bastano la predicazione e i sacramenti. L'autorità religiosa non ha un ruolo di "custode della verità" né di "mediazione" tra Dio e gli uomini. Gli stessi "pastori" sono laici deputati alla predicazione, non "sacerdoti", in quanto ogni battezzato partecipa del "sacerdozio" di Cristo. Il governo delle singole comunità è affidato a consigli di "anziani" e, per il resto, ad assemblee (o sinodi) formate da laici e pastori.

C. Fiore, *L'Ecumenismo. Il dramma del Cristo lacerato*, in "Dimensioni nuove", gennaio 1994

Questa Chiesa invisibile è la vera realtà della Chiesa: a questa Chiesa *abscondita* o spirituale appartengono i giusti conosciuti come tali solo da Dio; invece la Chiesa

Pieter Saenredam, *Interno della Chiesa di sant'Odolfo a Assendelft*, vista dal coro, 1649 circa, particolare, Rijksmuseum, Amsterdam.

visibile riunisce tutti i battezzati, anche i peccatori. La Chiesa invisibile risponde al volere e ai giudizi di Dio.

La Chiesa serve per annunciare e insegnare la parola di Dio, per formare una comunità di amore, per agire e trasformare il mondo. La Chiesa è il momento essenziale e fondamentale dell'ascolto dell'evangelo, ma non il tramite per entrare in comunione con Cristo.

Lutero affida ai governanti e ai signori, ai principi tedeschi, il dovere di mantenere l'ordine, vigilare sulla purezza della dottrina e sorvegliare la vita ecclesiastica. Questo favorirà la nascita di Chiese nazionali.

In questa visione della Chiesa Lutero rifiuta quindi il ministero ordinato di vescovi, preti, diaconi: non c'è più distinzione tra sacerdozio ordinato e sacerdozio comune dei fedeli, poiché tutti possono accostarsi a Dio, senza bisogno della mediazione di altri uomini. Con il battesimo lo Spirito di Dio ci abilita a questa comunicazione/incontro con Dio.

Così in nome del comune sacerdozio di tutti i fedeli battezzati, si nega il valore dell'ordine sacro.

DOCUMENTI

Il culto evangelico

Nelle Chiese evangeliche il culto si è sempre svolto nella lingua del popolo, secondo uno schema più flessibile di quello cattolico: non vi sono testi o forme liturgiche che non possano essere modificate anche localmente, lasciando spazio per le innovazioni e per le diversità di tradizioni e culture. Al centro del culto sta la predicazione della Parola di Dio (il sermone) da parte di un pastore, ma anche di un predicatore laico.
La Cena del Signore (eucaristia), che non si celebra ogni domenica, è intesa come conferma e commento simbolico della predicazione della Parola di Dio. Questa è una differenza di un certo peso, dal momento che la messa cattolica è invece tutta centrata sulla celebrazione eucaristica.
I cinque riti della riconciliazione, cresima, matrimonio, unzione e ordine sacro non sono considerati "sacramenti", nel senso di azioni che trasmettano o conferiscano una grazia particolare nell'atto stesso della celebrazione. Alcuni di quei riti corrispondono tuttavia ad atti cultuali significativi, o a momenti particolari dell'esistenza del credente nei quali i cristiani evangelici invocano, nella preghiera, l'assistenza di Dio. Così è per l'annuncio del perdono, la confermazione, la benedizione del matrimonio, l'intercessione per i sofferenti e i malati, il riconoscimento o insediamento di un ministero nella Chiesa. [...]
Le Chiese evangeliche riconoscono la parità fra uomo e donna, e le donne possono accedere a tutte le responsabilità e incarichi ecclesiastici. Alle donne viene perciò affidato anche il ministero pastorale, che in Italia svolgono da circa trent'anni senza clamori né polemiche e con piena capacità pastorale.
Il matrimonio. Per la Chiesa cattolica esso è valido soltanto quando sia celebrato dalla Chiesa stessa, o con sua autorizzazione, e quando non sia esclusa la volontà di avere dei figli. Il matrimonio è negato ai divorziati. Le Chiese evangeliche lasciano queste cose alla scelta di coscienza dei coniugi.

G. Giradet, Protestanti e cattolici: le differenze, Claudiana, Torino 2000

Abbiamo preso l'abitudine di celebrare culti in occasioni speciali al momento di un matrimonio, per esempio, o nel caso di un lutto. Tali culti non hanno nulla di obbligatorio né devono assumere un valore sacramentale. Una coppia non è sposata meno bene, e la sua unione non è meno legittima e benedetta da Dio, se non vi è stata una cerimonia religiosa. Un defunto non è meno nelle mani amorevoli di Dio e sotto la promessa della risurrezione se non vi è stato un servizio funebre. Questi culti non sono niente di più o di meno che momenti in cui si prega per coloro che sono nella gioia o nel dolore e, soprattutto, nei quali si annuncia l'evangelo alle persone riunite per tale occasione. Poco importa, in queste condizioni, ciò che pensano e credono coloro che richiedono tali culti. Avviene che li desiderino perché, essendo profondamente credenti, vogliono porsi dinanzi a Dio nei momenti felici o dolorosi della loro esistenza.

A. Gounelle, I grandi princìpi del protestantesimo, Claudiana, Torino 2000

Zwingli, Calvino e Knox

Huldrych Zwingli

Ritratto di Zwingli, XVI secolo, Biblioteca Pubblica Universitaria, Ginevra.

Huldrych Zwingli (1484-1531) fu un riformatore svizzero che voleva ricondurre la Chiesa a uno spirito evangelico senza le pratiche della santificazione per mezzo delle buone azioni, i pellegrinaggi, il culto dei santi, il digiuno. Egli cominciò a conoscere gli scritti di Lutero nel 1519 e li fece propri, in particolare quelli sulla grazia, sulla fede, sulla giustificazione, sulla Sacra Scrittura. In una disputa pubblica del 1523 a Zurigo, egli negò valore alla Chiesa visibile, alla tradizione, al papato e al sacerdozio, ai voti monastici. Si distrussero quadri d'altare, crocifissi e candelabri con un pesante attacco contro questi "idoli". Negò l'esistenza del purgatorio, le indulgenze, la validità del digiuno e delle feste e affidò all'autorità civile il compito di governare la Chiesa. Così nel territorio di Zurigo furono applicate le innovazioni da lui proposte e furono soppressi i monasteri, abolite le fondazioni religiose. Nel marzo 1525 pubblicò un'esposizione completa della sua teologia: *Commentarius de vera et falsa religione*. Con il mercoledì santo del 1525 fu proibita la messa e l'eucaristia fu celebrata da allora soltanto come ringraziamento e commemorazione della passione di Cristo. Riguardo all'eucaristia egli sosteneva che la cena aveva soltanto un valore simbolico, un puro ricordo della morte del Signore. La frase del Vangelo «*Questo è* (= *est*) *il mio corpo*» andava intesa come «Questo significa (= *significat*) il mio corpo». Sulla reale presenza di Cristo nell'eucaristia si creò un'insanabile frattura tra Lutero e Zwingli che si erano incontrati per mettersi d'accordo a Marburgo, nell'ottobre 1529. Il battesimo non aveva più alcun significato sacramentale ma era solo un segno distintivo dei cristiani. Il culto era impostato sulla preghiera, sulla lettura della Scrittura e sulla predicazione. Fu abolito anche il celibato ecclesiastico.

Giovanni Calvino, dipinto di scuola fiamminga, XVI secolo, Biblioteca Pubblica Universitaria, Ginevra.

Giovanni Calvino

Sempre in Svizzera, a Ginevra, operò un altro riformatore protestante, Giovanni Calvino (1509-1564). Emigrato dalla Francia, giunse nella città svizzera che aveva già accettato la Riforma protestante e dove fu invitato a fermarsi. Egli organizzò una vera e propria teocrazia dove regnava la più ferrea disciplina, ottenuta tramite severe punizioni e controlli sui cittadini.

L'organizzazione ecclesiale era impostata su quattro uffici ecclesiastici: i pastori (predicatori), i dottori (per l'insegnamento e la salvaguardia dottrinale), gli anziani o seniori (per il governo e il

Riunione di Calvinisti a Lione, 1564, Biblioteca Pubblica Universitaria, Ginevra.

mantenimento della disciplina) e i diaconi (per la cura dei poveri). Esisteva un concistoro con funzioni di sorveglianza sulla vita religioso-morale dei fedeli. Tutte le feste religiose furono abolite eccetto le domeniche e alla messa fu sostituito il culto, ridotto alla predica, preghiera e canto dei Salmi. Soltanto quattro volte all'anno veniva distribuita la Sacra Cena e al riguardo del valore del pane e del vino egli tiene una posizione di mezzo tra quella di Lutero e quella di Zwingli. Infatti la sua dottrina eucaristica afferma che il pane e il vino sono puri segni del corpo e del sangue del Signore, anche se il comunicarsi è un atto di nutrimento spirituale.

Calvino concorda con Lutero e con gli altri riformatori protestanti sulle questioni fondamentali. Tuttavia l'originalità teologica di Calvino sta soprattutto nella sua concezione di Dio che è infinita maestà; soltanto da sé Dio può ricevere gloria. Gli uomini sono da Lui prescelti e predestinati alla salvezza o alla dannazione (predestinazione assoluta) e alla Chiesa appartengono solo i predestinati. Infatti la decisione sovrana della maestà divina con la quale Dio considera giusto qualcuno e invece imputerà ad altri le loro colpe, sfocia nell'idea di predestinazione.

Nell'etica calvinista occupa un posto importante la concezione del lavoro professionale come servizio a Dio. In questa rivalutazione della capacità lavorativa e imprenditoriale molti studiosi hanno visto l'origine ideologica del capitalismo occidentale.

John Knox

John Knox (1505-1572), che era stato discepolo di Calvino a Ginevra, diffonde il calvinismo in Scozia. In Inghilterra i calvinisti, rispetto alla Riforma anglicana, sostenevano la necessità di una Chiesa ancor più purificata dagli elementi «cattolici» e furono chiamati, in modo dispregiativo, «puritani». Perseguitati in patria, i puritani emigrarono in massa nelle colonie americane a cominciare dai «Padri pellegrini», che nel 1620 salparono a bordo della *Mayflower* per il nuovo continente.

Statua di John Knox, Cattedrale di St. Giles, Edimburgo.

L'anglicanesimo

L'anglicanesimo è nato dallo scisma voluto da Enrico VIII nel 1534 quando promulgò l'*Atto di supremazia* con il quale volle che, insieme al suo nuovo matrimonio, i sudditi riconoscessero anche il suo ruolo di capo e guida della Chiesa d'Inghilterra: in questo modo creò una Chiesa nazionale staccata da Roma. Il re aveva chiesto l'annullamento del suo matrimonio con Caterina d'Aragona per sposare Anna Bolena. Davanti al rifiuto del papa, che difendeva in questo modo il valore sacramentale del matrimonio, il sovrano inglese costituì una Chiesa nazionale sotto il suo controllo. Anche in questo caso la frattura risale a un progressivo distanziamento tra l'Inghilterra e il papato.

> *Occorre ricordare che gli anglosassoni erano stati convertiti al cattolicesimo dai missionari di papa Gregorio I (590-604) e per vari secoli erano rimasti devoti e fedeli alla Santa Sede. Le cose cominciarono a cambiare all'epoca della conquista normanna, ossia dal 1066. Il martirio di san Tommaso Becket, l'arcivescovo di Canterbury fatto uccidere da Enrico II nel 1170, era già un effetto dell'assolutismo regio. Vent'anni dopo il re Riccardo Cuor di Leone, di passaggio a Ostia per la crociata in Terra Santa, si rifiutò addirittura di recarsi a Roma per ossequiare papa Clemente III. Niente di strano, perciò, se John Wyclif (1320-1384) poté diffondere indisturbato le sue dottrine, condannate da papa Gregorio XI nel 1377. Quando Enrico VIII decise la separazione da Roma, questa era già effettiva da molto tempo, perché in Inghilterra Chiesa e Stato erano già arrivati a fondersi in un nazionalismo religioso.*
>
> F. Pierini, *La storia della Chiesa*, San Paolo, Cinisello Balsamo 2000

Hans Holbein il Giovane, *Ritratto di re Enrico d'Inghilterra*, 1536 circa, Museo Thyssen-Bornemisza, Madrid.

L'anglicanesimo si è configurato come una vera e propria Chiesa nazionale, con strettissimi rapporti di dipendenza dallo Stato: il re o la regina ne sono il capo e non può salire al trono inglese chi non è di fede anglicana. Fino al 1974, con l'introduzione del *Worship and Doctrine Measure*, ogni deliberazione come la nomina dei vescovi e l'approvazione definitiva delle norme che regolano la vita della Chiesa necessitavano dell'approvazione del parlamento inglese e del primo ministro. I vescovi e i preti sono dipendenti dello Stato, svolgono funzioni anche di ufficiali civili per la registrazione di matrimoni (anche non religiosi) e sono retribuiti dallo Stato; allo Stato appartengono i beni della Chiesa.

La comunione anglicana (75 milioni di fedeli) è costituita da 27 Chiese nazionali o regionali autonome, presenti soprattutto nei paesi di area linguistica inglese e del Commonwealth. I vescovi sono circa seicento e i membri del clero oltre quarantamila. Al di fuori della Gran Bretagna, la più influente Chiesa anglicana è quella degli Stati Uniti, che nel 1783 prese il nome di Chiesa protestante episcopale, e dal 1967 semplicemente Chiesa episcopale.

All'origine l'anglicanesimo si configurava come uno scisma, senza rilevanti componenti dottrinali e, nonostante l'elezione ad arcivescovo di Canterbury del filo-

Thomas More

Thomas More (1478-1535) nacque a Londra e studiò legge a Oxford. Entrato a far parte del Parlamento inglese, dal 1529 fu Cancelliere d'Inghilterra, cioè primo ministro di Enrico VIII.
Grande umanista dedito agli studi giuridici e religiosi, per le sue qualità letterarie fu anche un esponente di primo piano dell'umanesimo inglese. Tra i suoi scritti si ricorda il saggio *Utopia*, scritto in latino nel 1516 e tradotto in inglese nel 1551.
Per la propria ferma e convinta opposizione all'*Atto di Supremazia* promulgato da Enrico VIII, nel 1532 si dimise da Cancelliere d'Inghilterra. More non condivideva le seconde nozze di Enrico VIII, ma soprattutto si opponeva al progetto del re di sottomettere il clero proclamandosi capo supremo della Chiesa nazionale inglese. Si ritirò a vita privata e ai propri interessi letterari, ma il suo silenzio era sentito come fortemente provocatorio alla corte inglese. Il re chiese che anche More, come tutti i nobili, sottoscrivesse l'*Atto di Supremazia*. Fermo nella propria fede cattolica, More fu arrestato e rinchiuso nella Torre di Londra per quindici mesi prima di essere decapitato il 7 luglio 1535 con l'accusa di tradimento. La Chiesa cattolica lo ha dichiarato santo e martire nel 1935 e patrono dei politici nel 2000.

Scuola di Hans Holbein, *Ritratto di Tommaso Moro*, XVI secolo, Galleria degli Uffizi, Firenze.

luterano Thomas Cranmer (1489-1556), la Chiesa anglicana conservò numerose caratteristiche di tipo cattolico. Dopo la morte di Enrico VIII, vi fu una svolta anticattolica e quindi un avvicinamento alla Riforma culminato nel 1571 con i Trentanove articoli di orientamento decisamente protestante. Anche Edoardo VI (1547-1553) aveva favorito l'introduzione del protestantesimo in Inghilterra: si eliminarono le immagini sacre, fu proibita la messa privata, cioè celebrata dal sacerdote senza i fedeli, e venne soppresso il celibato dei preti; nel 1549 fu introdotto il *Book of Common Prayer* con la liturgia in inglese. Non si crede più che la messa sia il sacrificio di Cristo, compromettendo anche il valore stesso del sacramento dell'ordine. In una professione di fede del 1553 circa, la dottrina eucaristica aderiva alle idee di Calvino. Nonostante questo si mantenne l'ordine dei vescovi e si continuò ad affermare che l'ordine sacro è un sacramento.

J. V. Scley, *La comunione degli anglicani nella Chiesa di St. Paul*, incisione, 1735, Museo delle Arti Decorative, Parigi.

Fin dall'epoca di Elisabetta I (1533-1603, regina dal 1558) la religione anglicana – che alcuni considerano un tertium genus *fra cattolicesimo e protestantesimo – si presenta come un compromesso fra elementi di provenienza cattolica (temperati da un'avversione per Roma e per il Papato) e di provenienza protestante.*

M. Introvigne, *I protestanti*, Elle Di Ci, Leumann (To) 1998

Le questioni attuali

Nella confessione anglicana anche le donne possono essere ordinate preti.

- Riguardo all'eucaristia furono introdotte le idee della Riforma e con Cranmer si sostituì il rito di consacrazione dei vescovi e dei preti: nelle ordinazioni si introdusse una formula generica, senza fare riferimento esplicito al ministero specifico del sacerdote riguardo alla celebrazione del sacrificio eucaristico; per questo la Chiesa cattolica non ritiene valide le ordinazioni anglicane. Di conseguenza è necessaria una nuova consacrazione dei ministri anglicani che passano al cattolicesimo. Così fu disposto da papa Giulio III nel 1554, da Paolo IV l'anno dopo, fino alla dichiarazione di Leone XIII (13 settembre 1896), ancora in vigore.
- Inoltre, la recente decisione di ordinare le donne prete (11 novembre 1992) ha creato un'ulteriore frattura tra l'anglicanesimo e il cattolicesimo poiché contraddice la comune tradizione delle Chiese cattolica e ortodossa e tocca questioni dottrinali riguardanti il valore e la natura del sacerdozio. La questione delle donne prete ha creato ripensamenti persino in ambito anglicano e ha spinto preti e comunità anglicane ad avvicinarsi e passare al cattolicesimo.
- L'ordinazione delle donne e molte altre recenti decisioni di morale (ad esempio la possibilità di benedire seconde nozze, pur mantenendo ferma la proibizione del divorzio; un atteggiamento più permissivo verso il divorzio e l'aborto; la possibilità di accedere al sacerdozio per gli omosessuali) hanno creato un forte disorientamento all'interno della Chiesa anglicana stessa. I preti anglicani riconoscono la difficoltà di accordarsi su comuni principi etici e religiosi da insegnare e si fa strada la percezione della mancanza di una guida dottrinale e morale. Alcuni contestano al Sinodo anglicano di non poter decidere e cambiare l'insegnamento biblico e dottrinale attraverso semplici consultazioni a maggioranza.

La guida della Comunione anglicana è infatti affidata al Sinodo generale composto da 563 membri suddivisi in tre *houses* (camere): quella dei vescovi (53 fra diocesani e suffraganei), quella del clero minore e infine quella dei laici. All'arcivescovo di Canterbury è riservato un particolare primato che è solo d'onore.

- All'interno dell'anglicanesimo vi è una sorta di duplice tendenza, giustificata dalla sua origine storica e dagli sviluppi successivi, che a partire dagli anni attorno al 1830 prese dei contorni più marcati:

– da una parte vi è un gruppo che per tradizioni liturgiche, dottrina, insegnamento morale si sente molto vicino alle posizioni della Chiesa cattolica di Roma. Questa corrente è chiamata anche anglo-cattolica, papalista o Chiesa Alta (*High Church*) e rappresenta circa il 30% dell'intera Chiesa anglicana;

– nell'anglicanesimo è però sempre sopravvissuta un'ala protestante, la Chiesa Bassa (*Low Church*, gli *Evangelicals*). Proprio per la sua vicinanza alle posizioni protestanti riguardo all'interpretazione delle Scritture e alla dottrina dei sacramenti, oltre che per certe posizioni morali, questa corrente viene anche definita come liberale. La posizione mediana tra questi due indirizzi è tenuta dalla *Broad Church*.

Il movimento di Oxford

Nell'Ottocento, all'interno della Chiesa d'Inghilterra sorse il movimento «trattariano», così chiamato da una serie di opuscoli detti *Tracts for the time*, pubblicati a partire dal 1833. Questo movimento prese poi il nome di «movimento di Oxford» e divenne decisamente filo-cattolico, espressione avanzata della corrente anglo-cattolica della *High Church*. Lo scopo di questo movimento era quello di restaurare la pienezza della fede cattolica nella Chiesa d'Inghilterra. Tra gli iniziatori e le personalità più in vista vi fu John Henry Newman (1801-1890) che nel 1845 passò al cattolicesimo, divenendo anche cardinale. Questo movimento ispirò anche le conversioni al cattolicesimo di famosi scrittori come il poeta G. M. Hopkins (1844-1889) e lo scrittore G. K. Chesterton (1874-1936).

All'interno della Riforma protestante lungo la storia sono nate molte Chiese con diverse denominazioni. Questo è dovuto agli stessi principi fondamentali della Riforma che negano valore al Magistero, distinguono tra Chiesa visibile e Chiesa invisibile e affermano il libero esame delle Scritture.

Nella storia del protestantesimo si individuano orientativamente quattro momenti:

- il primo protestantesimo con le Chiese nate dalla Riforma storica;
- il secondo protestantesimo con una sottolineatura devozionale e la nascita del pietismo, del metodismo, del battismo;
- il terzo protestantesimo segnato dai «movimenti di santità» e anche dal fondamentalismo;
- il quarto protestantesimo dai tratti carismatico-pentecostali e che nasce nel XX secolo.

Attualmente le Chiese protestanti sono molte e differenziate anche in modo marcato dal punto di vista sia dottrinale sia organizzativo. Ne presentiamo soltanto alcune.

Le Chiese luterane

Diffuse inizialmente in Germania e nei paesi scandinavi, sono ora diffuse in tutto il mondo. Sono guidate da un proprio vescovo (che può essere anche una donna) e sono fedeli ai principi religiosi di Lutero. La loro professione di fede è la *Confessione di Augusta* del 1530. Le comunità sono organizzate da un Consiglio eletto democraticamente e di cui fanno parte anche i laici. I due sacramenti riconosciuti sono il battesimo e la Santa Cena. Attualmente contano circa 50/60 milioni di fedeli e sono riunite nella Federazione Luterana Mondiale che ha sede a Ginevra. In Italia la Chiesa evangelica luterana conta circa diecimila membri.

I luterani mantengono una dottrina dell'eucaristia con elementi essenziali del cattolicesimo (reale presenza di Cristo) e danno importanza anche alla liturgia.

Martin Luther King tiene un sermone in una chiesa battista.

Le Chiese riformate o calviniste

Nel mondo anglosassone sono chiamate anche presbiteriane. Sono sorte sotto la spinta riformatrice di Lutero, ma soprattutto di Zwingli e Calvino. Promuovono un culto più spoglio e austero e negano la presenza reale di Cristo nell'eucaristia. Pongono particolare enfasi sulla dottrina della predestinazione. Contano circa 60 milioni di fedeli sparsi in Stati Uniti, Canada, Olanda, Svizzera, Scozia, Australia.

Le Chiese evangeliche

Raggruppano numerose espressioni del protestantesimo tra loro molto differenti. Danno grande importanza al battesimo e sottolineano l'azione dello Spirito Santo. Vi appartengono i pentecostali e le Chiese nate da correnti carismatiche, come i neo-pentecostali. Il modello è la vitalità della Chiesa delle origini, del giorno di Pentecoste, animata dallo Spirito. Sottolineano alcune situazioni particolari come le estasi, l'autoesaltazione, la glossolalia.

Anche i battisti, mitigando l'idea della predestinazione calvinista, possono ritenersi appartenenti a quest'area delle Chiese evangeliche. Martin Luther King (premio Nobel per la pace nel 1964, assassinato nel 1968) era un pastore battista.

La Chiesa metodista

Nasce all'interno dell'area anglicana a opera di John Wesley (1703-1791) che propose un risveglio religioso e un assiduo e metodico studio della Sacra Scrittura. Si è diffusa soprattutto negli Stati Uniti e conta circa 45 milioni di fedeli. Rifiuta la predestinazione e sostiene la giustificazione per fede anche se a questa deve seguire un impegno personale di santificazione. In questo modo il credente, attraverso una vita devota, ritrova i segni della propria salvezza in un'attestazione interiore, frutto dello Spirito. Wesley, pur non essendo vescovo, ordinò dei pastori e in questo modo si staccò dall'anglicanesimo. Si riuniscono settimanalmente per la preghiera, il canto, la predicazione, lo studio biblico, l'impegno caritativo, la comunione. Sono organizzati in piccoli circoli e confederati nel *World Methodist Council*.

Gli avventisti

Professano la prossima venuta/ritorno di Cristo, Messia e Salvatore. Il fondatore, William Miller (1782-1849), annunciò la venuta di Cristo; davanti alla smentita di questa profezia parlò di un giudizio di Dio sul mondo già iniziato. Gli avventisti del settimo giorno rispettano il sabato, celebrano il battesimo degli adulti per immersione, si attengono a una lettura molto rigorosa e letterale della Bibbia e considerano la Santa Cena in modo simbolico. In Italia ci sono circa 5000 battezzati.

La Chiesa valdese

Presente in Italia soprattutto nelle cosiddette Valli valdesi della zona di Pinerolo, in Piemonte, fa risalire la propria origine alla predicazione di Valdo, un mercante di Lione (1140-1217), quindi la loro origine è più antica della Riforma. Nel 1532 hanno aderito alla Riforma calvinista. In Italia la comunità valdese, che conta circa 30.000 fedeli, è la Chiesa protestante di più antica e notevole presenza. Celebra annualmente il proprio Sinodo a Torre Pellice.

I valdesi e i metodisti sono collegati dal 1979 e hanno formato l'Unione delle Chiese metodiste e valdesi.

L'ecumenismo oggi

L'ecumenismo è il dialogo tra le varie Chiese cristiane e l'impegno per la loro unità, ma in senso ampio la parola è usata per indicare il dialogo tra le religioni e un atteggiamento di apertura.

Il Concilio Vaticano II, con il decreto *Unitatis Redintegratio*, ha ricordato che l'impegno per l'unità dei cristiani è essenziale ed è un obiettivo irrinunciabile per la Chiesa cattolica.

L'*Unitatis Redintegratio* (21 novembre 1964) scrive che le divisioni tra i cristiani sono contrarie alla volontà di Gesù e degli apostoli che volevano l'unità di tutti i credenti in Cristo (cap. I). Sono tante le «vie dell'ecumenismo»: gli incontri, gli studi teologici, le commissioni miste, le occasioni di cooperazione e comune impegno nella promozione umana, ma soprattutto una continua riforma delle comunità credenti, la conversione interiore, la preghiera comune (cap. II). Nel terzo capitolo, con un grande rispetto e una grande attenzione ai valori presenti nelle altre confessioni cristiane, si presentano i punti di incontro tra la Chiesa cattolica e le Chiese ortodosse e protestanti. Paradossalmente le divisioni, pur dolorose, hanno evidenziato meglio le molteplici ricchezze e aspetti del Vangelo di Cristo (ad esempio la spiritualità, la tradizione liturgica, la grande venerazione per Maria dei cristiani d'Oriente; l'amore e la venerazione della Sacra Scrittura da parte dei protestanti; la testimonianza di fede e di vita cristiana di molti cristiani non cattolici ecc.). Si tratta di conoscere in modo non superficiale la storia, la dottrina, la psicologia religiosa, la vita spirituale e liturgica degli altri.

L'incontro tra Paolo VI e il metropolita Melitone, durante una cerimonia tenuta nel 1975 nella Cappella Sistina, per celebrare il decimo anniversario dell'abrogazione delle scomuniche.

Durante il Concilio furono invitati anche i rappresentanti di altre Chiese cristiane. Dal 4 al 6 gennaio 1964 Paolo VI si recò in Terrasanta dove incontrò il Patriarca di Costantinopoli Atenagora e altri rappresentanti della Chiesa ortodossa.

Da allora non si parla più di scomuniche, eresie, scismi. I non-cattolici sono definiti «fratelli separati», «fratelli ritrovati», «credenti in Cristo» e in particolare si utilizza l'espressione «Chiese cristiane» per indicare che anche nelle altre comunità si può incontrare la Parola di Dio e Cristo e ricevere la fede.

C'è la convinzione che l'unità dei cristiani è un dono di Dio da invocare con la preghiera e sarà il frutto di sincera conversione, ascolto della Parola di Dio, apprezzamento delle positività dell'altro, apertura e dialogo. Ogni anno si celebra la settimana di preghiera per l'unità dei cristiani (dal 18 al 25 gennaio). Anche i papi hanno più volte pregato con esponenti delle altre Chiese cristiane in spirito di fraterna comunione.
Ma è necessario anche approfondire la storia passata per riconoscere gli errori, e chiedere e offrire perdono.

> *Bisogna purificare la memoria personale e comunitaria dal ricordo di tutti gli urti, le ingiustizie, gli odi del passato.*
>
> GIOVANNI PAOLO II, *Incontro ecumenico a Parigi*, 31 maggio 1980

Di solito le responsabilità non appartengono solo a una parte e le cause sono complesse e non soltanto di tipo religioso.

L'impegno ecumenico è fatto anche di collaborazione concreta a iniziative per l'evangelizzazione, l'incontro fraterno, la preghiera, la promozione umana, l'impegno per la pace, lo sviluppo dei popoli, la giustizia, la difesa dei diritti, la salvaguardia dell'ambiente, l'unità europea, le relazioni con le altre religioni ecc. Un esempio di impegno in questa direzione è la *Charta Oecumenica*, firmata a Strasburgo il 22 aprile 2001.

Un momento particolare di unione e collaborazione tra le varie Chiese cristiane è stata la traduzione interconfessionale della Bibbia a cura dell'Alleanza Biblica Universale che ha coinvolto esegeti e traduttori di varie confessioni cristiane. Giovanni Paolo II ha richiamato l'attenzione sulle enormi persecuzioni che i cristiani hanno subito nel XX secolo (gulag staliniani, lager nazisti ecc.) e scrive che...

> *... la testimonianza resa a Cristo sino allo spargimento del sangue è divenuta patrimonio comune di cattolici, ortodossi, anglicani e protestanti* [...] *l'ecumenismo dei santi, dei martiri, è forse il più convincente* [...] *parla con la voce più alta dei fattori di divisione.*
>
> GIOVANNI PAOLO II, *Tertio millennio adveniente*, n. 37

La posizione cattolica su alcune questioni qualificanti

- Anche se necessita sempre di una coraggiosa riforma e conversione, la Chiesa cattolica ritiene di aver conservato lungo il corso dei secoli il fedele deposito della fede. I cristiani separati dalla piena comunione con la Chiesa di Roma sono tuttavia in un qualche modo legati a essa per la fede in Cristo Gesù e nella Trinità.
- La Chiesa cattolica insegna che l'unità si costruisce nella ricerca della verità, non con adattamenti, accomodamenti, compromessi, aggiustamenti della dottrina. Il problema è quello di condividere e arrivare a una comune interpretazione del significato delle verità di fede: i linguaggi, la spiritualità, le tradizioni possono anche essere differenti, ma deve esserci unità su ciò che la fede insegna. Per questo sono importanti gli incontri teologici ad alto livello, la costituzione di commissioni miste per il dialogo bilaterale o multilaterale tra le varie confessioni, le commissioni di studio.
- Tra i problemi dottrinali più discussi vi è quello della successione apostolica dei vescovi e, in particolare, quello del primato del papa. Alcuni sostengono che, rimosso il primato del papa, l'unificazione delle Chiese procederebbe spedita.

> *Il ministero del vescovo di Roma* [...] *costituisce una difficoltà per la maggior parte degli altri cristiani* [...]. *Quindi si tratta di trovare una forma di esercizio del primato che, pur non rinunciando all'essenziale della sua missione, si apra a una situazione nuova.*
>
> GIOVANNI PAOLO II, *Ut unum sint*, n. 89. 95

Ma questo è un punto essenziale e irrinunciabile per la Chiesa cattolica: il primato del papa è un primato di servizio, di amore, di unità.

- Mancando una piena unione tra i vari cristiani, non è possibile la condivisione dell'eucaristia e ai sacerdoti non è possibile concelebrare con altri ministri; per i sacramenti i fedeli devono rivolgersi ognuno alle proprie comunità.

Giovanni Paolo II durante la Giornata mondiale di preghiera per la pace, tenutasi ad Assisi nel 1986. In quell'occasione il papa si rivolse ai rappresentanti delle diverse Chiese e delle diverse religioni.

SINTESI

L'UNITÀ DEI CRISTIANI

Tutti i cristiani sono uniti dalla comune fede:
- nella Trinità (Dio è Padre, Figlio e Spirito Santo);
- in Gesù che è Figlio di Dio fatto uomo, morto e risorto per la salvezza di tutti;
- nella Sacra Scrittura che è Parola di Dio.

Gesù, durante l'Ultima Cena, invitò i cristiani a restare uniti e pregò perché i credenti in Lui fossero "una cosa sola"...

... ma lungo la storia i cristiani si sono divisi in:

CHIESE ORTODOSSE

- 1054: scisma d'Oriente.
- Vi è completa condivisione della fede con i cattolici ma...
- ... restano dei punti aperti come il primato del papa, la struttura sinodale e le Chiese autocefale, le relazioni attuali tra cattolici e ortodossi nei Paesi dell'Est.

CHIESE PROTESTANTI

- 1517: la Riforma di Martin Lutero.
- La salvezza è per *sola gratia* e *sola fide*.
- La fede si fonda sulla *Sola Scriptura*.
- Si nega il ruolo del Magistero e del papa.
- Altri riformatori (Zwingli, Calvino, Knox).

COMUNIONE ANGLICANA

- 1534: Enrico VIII assume la guida della Chiesa.
- Da semplice scisma si avvicina poi alle posizioni protestanti.
- Particolare primato all'arcivescovo di Canterbury.
- L'attuale situazione presenta una tendenza vicina al cattolicesimo e una vicina al protestantesimo.

ALTRE CHIESE RIFORMATE

Vi sono anche altre Chiese cristiane, alcune di antichissima data, divise e autonome rispetto alle Chiese cattolica, protestante e anglicana.

L'ECUMENISMO OGGI...

L'ecumenismo è sentito da tutti i cristiani come un impegno per ricostruire l'unità dei credenti in Cristo, secondo la parola di Gesù e per una testimonianza più credibile del Vangelo.

1 **Leggi attentamente il brano tratto dalla preghiera di Gesù durante l'Ultima Cena con i suoi apostoli (Gv 17, 9-26). Cristo prega il Padre per l'unità di tutti coloro che crederanno in Lui.**

– Quali sono le ragioni profonde dell'unità dei credenti che Cristo considera necessaria?

2 **Qual è il significato dell'esortazione di Paolo contenuta in 1Cor 1, 10-16?**

3 **Completa questa tavola comparativa indicando in modo sintetico quanto richiesto.**

	Date e personaggi da ricordare	Posizione riguardo ai sacramenti	Posizione riguardo all'autorità nella Chiesa
Chiesa cattolica			
Chiese ortodosse			
Chiese protestanti			

4 **Scegli una delle tracce di lavoro indicate ed esegui seguendo i punti.**

- **Presenta il problema della salvezza come è interpretato da Martin Lutero e come è proposto dalla fede cattolica. Tieni presenti questi passaggi:**
  – importanza del tema della giustificazione;
  – precisazione dei termini della questione;
  – posizione luterana e quello che vuole evidenziare;
  – posizione cattolica e i punti fondamentali;
  – rielaborazione e sintesi/riflessione finale.

- **Svolgi un'analisi del problema riguardante la corretta interpretazione della Sacra Scrittura. Tieni presenti questi passaggi:**
  – importanza fondamentale della Sacra Scrittura;
  – posizione luterana e posizione cattolica;
  – il Magistero e l'interpretazione biblica;
  – quali sono i possibili problemi derivanti dal «libero esame».

- **Fai una presentazione comparata della posizione ortodossa, protestante e cattolica riguardo alla Chiesa e al Magistero. Tieni presenti questi passaggi:**
  – le differenti posizioni al riguardo;
  – le singole posizioni evidenziano particolari aspetti della Chiesa;
  – il problema della guida nella Chiesa;
  – che cos'è dunque la Chiesa?

5 **Riflettendo sulla posizione di Martin Lutero, che ritiene la salvezza esclusivo frutto della fede in Cristo e della grazia divina, ricava le ragioni per le quali nel mondo protestante non si venerano i santi e la Madonna.**

6 **Precisa, anche con degli esempi, la differenza tra:**

– scisma ____________________

– riforma ____________________

7 **Scegli il completamento corretto tra quelli proposti, così da completare il testo della *Dichiarazione*.**

Il testo è tratto dalla *Dichiarazione congiunta sulla dottrina della giustificazione tra la Chiesa Cattolica e la Federazione Luterana Mondiale*, 31 ottobre 1999, nn. 37-39.

37. [Come cristiani cattolici e luterani] *Insieme confessiamo che le buone opere – una vita cristiana nella fede, nella speranza nell'amore – sono la conseguenza della giustificazione e ne rappresentano i frutti. Quando il giustificato vive in Cristo e agisce nella grazia che ha ricevuto, egli dà, secondo un modo di esprimersi biblico, dei buoni frutti. Tale conseguenza della giustificazione è per il cristiano anche un dovere da assolvere, in quanto egli lotta contro il peccato durante tutta la sua vita; per questo motivo Gesù e gli scritti apostolici esortano i cristiani a compiere opere d'amore.*

38. *Secondo la concezione cattolica, le buone opere, compiute per mezzo della grazia e dell'azione dello Spirito Santo:*

- ☐ *contribuiscono a una crescita nella grazia*
- ☐ *non hanno valore per Dio*
- ☐ *sono solo uno sforzo umano*

[...] *Quando i cattolici affermano il carattere:*

- ☐ *insufficiente*
- ☐ *meritorio*
- ☐ *arrogante*

delle buone opere, essi intendono con ciò che, secondo la testimonianza biblica, a queste opere è promesso un salario in cielo. La loro intenzione è di sottolineare:

- ☐ *la responsabilità*
- ☐ *la condizione di peccato*
- ☐ *la fragilità*

dell'uomo nei confronti delle sue azioni, senza contestare con ciò il carattere di dono delle buone opere, e tanto meno negare che la giustificazione stessa resta un dono immeritato della grazia.

39. *Anche nei luterani si riscontra il concetto di una preservazione della grazia e di una crescita nella grazia e nella fede.* [...]
Considerando le buone opere del cristiano come:

- ☐ *doverose*
- ☐ *sufficienti*
- ☐ *"frutti" e " segni"*

e non «meriti» che gli sono propri, essi comprendono, allo stesso modo, conformemente al Nuovo Testamento, la vita eterna come «salario»

- ☐ *meritato*
- ☐ *immeritato*
- ☐ *destinato comunque a tutti.*

8 **Definisci i seguenti concetti:**

- *filioque* → riguarda le relazioni tra ____________ → e il problema dottrinale consiste ____________
- ecumenismo → riguarda le relazioni tra ____________ → e si tratta del ____________
- primato papale → riguarda le relazioni tra ____________ → e si tratta della dottrina ____________

9 **Commenta le parole di Giovanni Paolo II basandoti sulle tue conoscenze ed esperienze personali.**

Le divisioni certamente sono contrarie a quanto aveva stabilito Gesù. [...] *È legittimo affermare che tra la Chiesa cattolica e quella ortodossa il divario non è molto profondo. Quanto invece alle Chiese e alle comunità provenienti dalla Riforma, è doveroso riconoscere che è molto più accentuato, perché c'è stata la violazione di alcuni elementi fondamentali stabiliti da Cristo. Contemporaneamente, si deve anche rilevare che le difficoltà di natura psicologica e storica sono a volte maggiori nelle Chiese ortodosse che non in alcune comunità nate dalla Riforma. Perciò sono così importanti i contatti personali. Me ne convinco ogni volta che incontro i rappresentanti di queste Chiese, sia a Roma, sia durante le visite in varie parti del mondo. Già il fatto stesso di poterci riunire per la comune preghiera è molto eloquente. Ed era assolutamente impensabile alcune decine di anni fa.* [...] *In genere si può osservare che le difficoltà soggettive sono maggiori là dove ebbe il suo inizio la divisione: così dunque si fanno sentire, se si tratta del Protestantesimo, maggiormente in Germania e in Svizzera che, per esempio, nel Nordamerica o in Africa. Mai dimenticherò la frase detta durante l'incontro ecumenico dai rappresentanti delle comunità protestanti nel Camerun: «Sappiamo di essere divisi, ma non sappiamo il perché». In Europa la questione si presenta in modo certamente diverso. Nonostante ciò, si potrebbero citare molte testimonianze che attestano quanto siano in aumento il desiderio e la ricerca dell'unità dei cristiani.*

GIOVANNI PAOLO II, *Varcare la soglia della speranza*, Mondadori, Milano 1994

La morale cristiana

Contenuti

- Le ragioni dell'impegno morale
- Libertà e volontà... ma esistono davvero?
- Dio: custode della nostra libertà
- «Al cuore»... della persona
- La coscienza
- Educare la coscienza ai valori e alle virtù
- Che cosa è bene e che cosa è male?
- Il comandamento dell'amore

Obiettivi

- ☐ Essere in grado di distinguere tra arbitrio e libertà, spontaneismo e coscienza, formalismo e moralità.
- ☐ Essere consapevoli che la morale cristiana implica un impegno di sequela e imitazione e non un formale rispetto di precetti o legalismo.
- ☐ Conoscere la posizione cattolica riguardo alla libertà e alle norme morali.
- ☐ Individuare nella coscienza l'elemento centrale del comportamento morale.
- ☐ Conoscere la definizione cristiana di «peccato».
- ☐ Riconoscere il valore della Legge di Dio.
- ☐ Considerare l'impegno morale come realizzazione piena di se stessi.
- ☐ Saper riconoscere la corrispondenza tra l'insegnamento morale e il comportamento di Cristo.
- ☐ Essere consapevoli dell'esistenza di modelli culturali ed etici differenti.

Le ragioni dell'impegno morale

Ogni persona sente dentro di sé il naturale richiamo a fare il bene ed evitare il male.

Ma perché dovremmo cercare il bene ed evitare il male? Quali sono le motivazioni profonde dell'impegno morale?

Il relativismo, l'edonismo e l'indifferenza demotivano e indeboliscono l'impegno morale perché rinchiudono le persone nel loro individualismo.

Vi è anche un diffuso senso di sfiducia e di pessimismo nella possibilità di cambiare in meglio e anche i nostri sforzi personali sembrano non avere nessun effetto sulla situazione generale. Nonostante tutto si ripetono drammi e tragedie che si sarebbe già dovuto imparare a evitare; si parla tanto di diritti dell'uomo, di giustizia, di valori, ma tutto sembra vuota retorica.

E i giovani sembrano crescere senza valori forti, schiacciati sulle esigenze del momento presente e senza ideali a lungo termine.

L'impegno morale richiede la fatica e il sacrificio di discernere il bene, di volerlo fare, di combattere anche contro se stessi e contro il male: ma questo trova ascolto in una mentalità che privilegia la via facile dell'egoismo, del consumismo, della ricerca del piacere?

Quando si parla di morale, vi è la spontanea reazione che tutto questo coincida con la perdita della nostra libertà.

Ogni morale è, in opposizione al laisser aller*, una specie di tirannia contro la «natura», e anche contro la «ragione»* [...] *quanto vi è di essenziale e di inestimabile in ogni morale è che essa è una lunga coercizione.*

F. Nietzsche, *Al di là del bene e del male*, Newton Compton, Roma 1977

Pietro da Cortona, *Angelo custode*, 1656, Galleria Nazionale d'Arte Antica, Roma.

Le persone non vogliono imposizioni dall'esterno, vogliono sentirsi libere. Invece ogni morale, e in particolare l'insegnamento della Chiesa, indica il bene e il male e «comanda» di fare il bene. Allora non sono più libero di decidere e fare quel che voglio e tutto questo genera sensi di colpa e sensi di privazione.

Con ciò il filosofo tedesco [Friedrich Nietzsche] *esprimeva una percezione molto diffusa: la Chiesa con i suoi comandamenti e divieti non ci rende forse amara la cosa più bella della vita? Non innalza forse cartelli di divieto?*

Benedetto XVI, *Deus caritas est*, n. 3

Gesù ricorda che la ricerca sincera del bene è un impegno che costa fatica.

Entrate per la porta stretta, perché larga è la porta e spaziosa la via che conduce alla perdizione, e molti sono quelli che entrano per essa; quanto stretta invece è la porta e angusta la via che conduce alla vita, e quanto pochi sono quelli che la trovano!

Mt 7, 13-14

Ma c'è anche un problema più grave: dove fondare solidamente le ragioni del bene?

«*Se Dio non esiste, tutto è permesso*»: ne *I fratelli Karamazov* il romanziere russo Fëdor Dostoievskj (1821-1881) fa dire a Ivan (che è ateo) che l'uomo senza Dio è privo della ragione fondamentale per cui impegnarsi nel bene. L'espressione è fortemente provocatoria e suscita l'immediato rifiuto anche da parte di chi si professa ateo: indipendentemente da Dio, vi sono dei valori che valgono per tutti, che restano fondamentali e inalienabili. Eppure l'interrogativo è veramente serio: senza Dio, se la vita è tutta qui, tra la nascita e la morte, chi protegge il bene dalla prepotenza dei forti, dall'ingiustizia degli approfittatori, dall'indifferenza e dalla negligenza di tanti?

Per il cristiano l'impegno morale è una risposta alla chiamata che Dio rivolge a ciascuno. Nelle proprie personali condizioni di vita, ognuno può comprendere di avere un ruolo nell'edificazione di un mondo migliore. Facendo il bene, la persona realizza pienamente se stessa, al di là della visibilità o meno dei risultati del proprio impegno morale: «*Quello che tu puoi fare è una goccia nell'oceano, ma è quello che dà senso alla tua vita*» (Albert Schweitzer). Il senso della propria esistenza dipende dalla propria personale scelta morale.

L'impegno morale cristiano è sequela e **imitazione di Cristo**. Paolo scriveva ai primi cristiani di imitare e coltivare in loro gli stessi sentimenti che furono di Gesù (cfr. Fil 2, 5) e Cristo stesso ha invitato a imitare la sua scelta di amore: «*Vi ho dato infatti l'esempio, perché come ho fatto io, facciate anche voi*» (Gv 13, 15). Il cristiano imita il suo Signore e in questo modo diventa una «memoria» vivente di Lui. Alla base dell'impegno morale del cristiano sta quindi il comando di Cristo. Il cristiano sceglie di fare il bene «come» lo ha fatto Lui e, soprattutto, «perché» lo ha fatto Lui per primo. Alla base della morale cristiana sta la gratitudine, la risposta d'amore al fatto che Dio per primo vuole il bene dell'umanità intera e la raggiunge con la sua salvezza.

William Blake, *Dio giudica Adamo*, XIX secolo, particolare della *Cacciata dal Paradiso*, Tate Gallery, Londra.

Esiste anche il giudizio di Dio che eliminerà per sempre il male e approverà definitivamente il bene. Dio giudicherà le nostre azioni, le nostre intenzioni; Lui che conosce il segreto dei cuori chiederà conto a ciascuno.

> *Tutti infatti ci presenteremo al tribunale di Dio, poiché sta scritto: Come è vero che io vivo, dice il Signore, ogni ginocchio si piegherà davanti a me e ogni lingua renderà gloria a Dio. Quindi ciascuno di noi renderà conto a Dio di se stesso.*
>
> Rm 14, 10-12

Il suo è un giudizio giusto e di misericordia, e sarà il momento in cui si svela dove sta veramente il bene. Sarà un momento di estrema chiarezza in cui la sincera ricerca del bene sarà ricompensata. Il cristiano non vive con angoscia e timore nell'attesa di Dio, ma nella prospettiva di questo incontro cerca quotidianamente di crescere nel bene.

> *L'unico timore che si addice a un cristiano maturo è quello di ferire l'amore con cui Dio continuamente vuole beneficarci, non il timore di un castigo. Soltanto così l'annuncio del giudizio può essere «Vangelo», buona notizia, appello alla conversione, parola che dischiude un orizzonte di vita e di speranza, non chiude le porte, ma le apre.*
>
> CEI, *Comunicare il Vangelo in un mondo che cambia*, 29 giugno 2001, n. 31

Libertà e volontà... ma esistono davvero?

La libertà personale è un bene prezioso e più ancora la libertà interiore.

La storia ci presenta situazioni drammatiche nelle quali regimi dittatoriali o imposizioni forzate hanno violato e negato la libertà delle persone.

Ma, se anche non abbiamo forti coercizioni esterne, tutti subiamo dei condizionamenti. La psicologia, la sociologia e in generale le scienze umane evidenziano che vi sono fattori interni ed esterni alla psiche dell'uomo, ed esperienze personali, che influiscono sulle scelte, quasi a renderle apparentemente inevitabili.

Giovanni da Modena, *Mistero della caduta e della redenzione dell'uomo*, XV secolo, Chiesa di San Petronio, Bologna.

La società con il suo modo di vivere, i mass media, le leggi, le abitudini diffuse sembrano portarci a compiere determinate scelte, quasi in modo obbligante. Noi saremmo quindi influenzati pesantemente da condizionamenti genetici, psicologici, sociali e culturali per cui la libertà risulterebbe un'«illusione», di fatto inesistente, e noi sceglieremmo guidati e determinati dai fattori condizionanti. Il determinismo, in qualsiasi forma si esprima, nega la libertà della persona umana.

Vi sono anche forti rivendicazioni della libertà personale che vogliono «liberare» la libertà da ogni forma di condizionamento anche morale. La libertà deve essere assoluta, cioè *ab soluta*, sciolta da ogni riferimento e da ogni condizionamento. L'individuo è pienamente libero quando decide autonomamente, come vuole, quando vuole, in assoluta indipendenza. Anche questo modo di pensare, di fatto, distrugge e nega la libertà perché la riduce a puro arbitrio, con la possibilità di cadere in forme di spontaneità immotivata, di incoerenza, di comodità, di autogiustificazione, di demotivazione alla ricerca del vero bene, per far posto soltanto al proprio individualismo e capriccio personale. In questo caso perdiamo la nostra libertà e diventiamo schiavi delle nostre passioni e dei desideri immediati.

Il primo gradino della libertà consiste nella possibilità di scegliere tra diverse alternative: è il cosiddetto «libero arbitrio». Tradizionalmente si dice che questa è libertà da, cioè assenza di coercizioni esterne o interne. Subito, però, occorre aggiungere il secondo gradino, la libertà di, cioè la direzione e il senso delle proprie scelte deliberate.

E. Trevisi, *Coscienza e libertà*, Edizioni Paoline, Milano 1995

Claudio Parmiggiani, *Uomo che lotta con la propria ombra*, 1980.

La nostra libertà è sostenuta dall'intelligenza e dalla volontà:

• l'**intelligenza** illumina le scelte, cerca i motivi, chiarisce gli obiettivi che uno vuole raggiungere, ricerca costantemente il bene e la felicità; è una ricerca continua;

• la **volontà** è la decisione interiore di fare questo lavoro di ricerca e di agire di conseguenza. La volontà va costantemente esercitata perché può indebolirsi.

Se intelligenza e volontà non maturano insieme, è possibile capire il bene ma non avere la volontà e la forza di farlo, come scrivono antichi autori classici.

Video meliora proboque, deteriora sequor.
(Vedo quello che è meglio e capisco che è giusto, ma seguo le cose peggiori.)

Ovidio, *Metamorfosi*, VII, 20-21

Quod vult non facit, et facit quod non vult.
(Quel che vuole non lo fa, e fa quel che non vuole.)

Epitteto, *Enchiridion*, II, 26

San Paolo scrive ai cristiani di Roma:

... c'è in me il desiderio del bene, ma non la capacità di attuarlo; infatti io non compio il bene che voglio, ma il male che non voglio.

Rm 7, 18-19

Con la volontà mettiamo in pratica la nostra libertà, cioè facciamo le nostre scelte e prendiamo le decisioni. In alcuni casi la scelta è facile e spontanea, in altri la volontà fatica a decidersi e a restare fedele alla scelta fatta. Una persona è veramente libera se ha la forza e la capacità di decidersi, e anche la perseveranza di essere costante e coerente.

Se tutti subiamo dei condizionamenti e abbiamo dei vincoli che limitano la nostra libertà e restringono le nostre scelte, non perdiamo però mai totalmente la nostra libertà. Anche nella peggiore delle ipotesi, quando manca la libertà esteriore perché dall'esterno si è costretti a fare qualcosa, l'uomo mantiene la propria libertà interiore e dentro di sé può continuare a volere il bene.

Attività

- Conduci un'indagine tra le persone che conosci chiedendo che ti rispondano brevemente a questi due stimoli:
  - La libertà è...
  - La libertà da sola non basta: va insieme con...
- In classe raccogliete le risposte e avviate una riflessione comune.

Dio: custode della nostra libertà

Dio ha creato l'uomo libero perché soltanto in modo libero e consapevole si può esprimere la riconoscenza e l'amore verso il Creatore.

Nelle pagine iniziali della *Genesi* si raccontano la creazione del mondo e le prime trasgressioni dell'uomo (peccato originale, uccisione di Abele, torre di Babele). Dunque l'uomo è libero, e Dio lo lascia libero al punto di poter fare il male.

Egli da principio creò l'uomo
e lo lasciò in balia del suo proprio volere.
Se vuoi, osserverai i comandamenti;
l'essere fedele dipenderà dal tuo buon volere.
Egli ti ha posto davanti il fuoco e l'acqua;
là dove vuoi stenderai la tua mano.
Davanti agli uomini stanno la vita e la morte.

Sir 15, 14-17

Pieter Bruegel il Vecchio, *La Torre di Babele*, 1563, Kunsthistorisches Museum, Vienna.

L'immagine del paradiso terrestre richiama questo spazio aperto di scelta. Ma la libertà dell'uomo non è assoluta: l'albero della conoscenza del bene e del male simboleggia che esiste un limite, proprio per garantire la piena realizzazione dell'uomo (cfr. Gen 3). È Dio la fonte del bene; l'uomo è libero di accoglierlo o di rifiutarlo, ma non è libero di decidere quello che è bene e quello che è male. L'uomo è libero ma non è abbandonato a se stesso perché Dio gli indica il bene e il male.

Vedi, io pongo oggi davanti a te la vita e il bene, la morte e il male; poiché io oggi ti comando di amare il Signore tuo Dio, di camminare per le sue vie, di osservare i suoi comandi, le sue leggi e le sue norme, perché tu viva [...].

Dt 30, 15-16

Anche nei Vangeli, Gesù parla apertamente, chiama le persone a seguirlo, insegna i comandamenti e la volontà di Dio, ma sempre fa appello alla loro libertà, senza alcuna forma di costrizione: «*Se vuoi... seguimi*» (Mt 19, 21). Anche quando la consuetudine e la familiarità potrebbero diminuire la consapevolezza di dover scegliere sempre in modo personale e convinto, Gesù provoca la libera adesione dei suoi amici più fedeli: «*Forse anche voi volete andarvene?*» (Gv 6, 67). Dio vuole persone libere e consapevoli perché senza libertà e consapevolezza non vi è vero amore.

Per la fede cristiana la vera libertà è quella dal peccato, radice di ogni schiavitù. Allontanandosi da Dio con il peccato l'uomo perde la sua libertà. La vicenda della liberazione degli ebrei dalla schiavitù d'Egitto è un esempio di come la vera libertà sia:

Maurice Denis, *Il paradiso*, 1912, Musée d'Orsay, Parigi.

- libertà **da...** tutto ciò che rende schiavi (ad esempio la schiavitù, l'ingiustizia, il male, il vizio ecc. e soprattutto il peccato);
- libertà **per...** raggiungere una meta che nell'esodo era la Terra Promessa, ma nella vita personale di ciascuno è la propria piena realizzazione, la felicità, il bene, Dio stesso;
- libertà **con...** gli altri; come popolo vengono liberati e insieme fanno il cammino nel deserto; la vera libertà non è individualismo, capriccio e chiusura egoistica, ma confronto, apertura, solidarietà, condivisione con gli altri.

Siamo liberi per cercare e fare il bene. Ogni volta che ci si rivolge e si compie il male, la nostra libertà diminuisce. La libertà cresce con il bene ed è vera libertà quando ricerca il bene. In altre parole, la vera libertà sta nel cercare e fare il bene, e il sommo bene è Dio. Cercare e fare scelte sbagliate indebolisce e limita la volontà e la libertà (ad esempio, quando si acquisisce un vizio, poi è difficile liberarsene, anche se si dice di «poter smettere quando si vuole»).

Quanto più si fa il bene, tanto più si diventa liberi.

Catechismo della Chiesa Cattolica, n. 1733

DOCUMENTI

Ragione e libertà, ma comanda la volontà

«L'uomo non è uomo perché ragiona. L'uomo è uomo perché vuole. È la volontà che ci caratterizza, non la ragione». Come intendere quest'affermazione, apparentemente paradossale, di Giovanni Duns Scoto, pensatore francescano, morto a Colonia nel 1308, e passato alla storia come «dottor sottile» per la finezza delle sue argomentazioni e il senso critico? [...] È la volontà la fonte dell'identità specifica della persona, dell'angoscia, come della gioia; è la volontà responsabile del passaggio dalla schiavitù alla libertà, dalla violenza alla tenerezza.
La dimensione razionale è qualificante. L'uomo conosce, anzi consuma parte rilevante della sua avventura terrestre nell'esplorazione di ciò che è e di quanto lo circonda. [...] La ragione è una «facoltà naturale», chiamata a riportare e a riferire i risultati conseguiti, con fedeltà. La ragione non è libera di dir sì o di dir no, se ci sono le condizioni per l'uno o per l'altro atteggiamento. Ebbene, se è vero che indaga, l'uomo indaga se vuole, si serve dei risultati se e come vuole, accettandoli o disattendendoli, perché le nostre facoltà hanno per centro la ragione, ma hanno la volontà per regina. È questa che presiede, guida, orienta. Comanda, non ubbidisce. E anche quando recepisce i suggerimenti della ragione non esegue, perché li accoglie in piena libertà e in piena libertà ne fa l'alimento della sua prassi. La volontà è libera non perché razionale, ma perché è volontà.

O. Todisco, *Liberi di volere*, in "Dimensioni Nuove", dicembre 1997

Secondo la Bibbia e Gesù, il condizionamento peggiore per la libertà umana è il peccato.

La libertà è «relativa» nel senso che è «relazionata», orientata, indirizzata, programmata per cercare la verità. Gesù afferma in modo chiaro che «*Se rimanete fedeli alla mia parola, sarete davvero miei discepoli; conoscerete la verità e la verità vi farà liberi*» (Gv 8, 31-32), cioè non si è autentici perché si è liberi, ma si è liberi perché si è autentici. La libertà è una condizione per costruire in noi il bene, non è il fine.

Pier Paolo Pasolini, fotogramma tratto da *Il Vangelo secondo Matteo*, 1964.

Paolo ricorda che la libertà non è fine a se stessa, ma è il presupposto per fare il bene.

> *Voi infatti, fratelli, siete stati chiamati a libertà. Purché questa libertà non divenga un pretesto per vivere secondo la carne, ma mediante la carità siate a servizio gli uni degli altri. Tutta la legge infatti trova la sua pienezza in un solo precetto: amerai il prossimo tuo come te stesso.*
>
> Gal 5, 13-14

Quando l'uomo sceglie il bene, realizza pienamente se stesso.

DOCUMENTI

Il rischio della libertà

Ne *I fratelli Karamazov* di Fëdor Dostoevskij (1821-1880) uno degli episodi più significativi è la leggenda del Grande Inquisitore che Ivan, intellettuale e ateo, racconta a Aljòsa: un giorno Cristo ritorna in terra, ma nella Spagna medioevale, dove è ambientato il racconto, imperversa l'Inquisizione e per questo viene subito arrestato e gettato in prigione. Il Grande Inquisitore si reca poi a fargli visita e gli spiega come Dio, dando la libertà agli uomini e non comprandone il consenso con i miracoli e i beni materiali, abbia inflitto loro una delle più grandi sofferenze. La Chiesa ha voluto liberare l'uomo dal tormento della libertà attraverso la propria azione di guida e dirigendo le masse; non solo, essa ha offerto agli uomini quei beni terreni che tanto desideravano. Per questo il Grande Inquisitore non può permettere a Cristo che il suo ritorno porti

Mosaico medioevale raffigurante la crocifissione e, in basso, un cervo che si abbevera a un corso d'acqua (*Salmo* 42,2), Chiesa romana di San Clemente.

La libertà è nell'uomo una forza di crescita e di maturazione nella verità e nella bontà. La libertà raggiunge la sua perfezione quando è ordinata a Dio, nostra beatitudine.

Catechismo della Chiesa cattolica, n. 1731

Beato Angelico, *La separazione dei dannati e dei salvati*, particolare del *Giudizio universale*, 1432-35, Museo di San Marco, Firenze.

«Libertà» non significa «fare quel che si vuole» e nemmeno scegliere come «se tutto fosse uguale»: l'intelligenza, il confronto con gli altri e l'ascolto di Dio, fanno capire che ci sono scelte giuste e scelte sbagliate. Nel linguaggio attuale, la parola «libertà» evoca l'idea di indipendenza, invece nella Bibbia la libertà è essenzialmente dipendenza, o meglio, obbedienza a Dio, capacità di ascoltare e volere quello che Dio vuole, cioè il bene.

Se si è liberi, si è anche responsabili, cioè si deve rispondere delle proprie scelte. Si «risponde» del proprio comportamento innanzitutto a se stessi, poi anche agli altri e, infine e soprattutto, si deve rispondere della propria vita a Dio che è il giudice ultimo e definitivo.

disordine in questo assetto voluto dalla Chiesa. Alla fine lo lascerà libero, ma grande sarà lo smarrimento dell'Inquisitore davanti allo sguardo del Cristo.

Il segreto dell'esistenza umana non è vivere per vivere, ma avere qualcosa per cui vivere. Se l'uomo non ha ben fermo dinanzi a sé il fine per cui vive, egli non accetterà di continuare a vivere e distruggerà se stesso piuttosto che rimanere sulla terra, anche se avesse pani in abbondanza intorno a sé. Questo è vero. Ma che cosa è accaduto? Invece di assumere il dominio della libertà degli uomini, tu hai reso quella libertà ancora più grande! Oppure hai dimenticato che all'uomo la pace e persino la morte, sono più care della libertà di scelta nella conoscenza del bene e del male? Nulla è più seducente per l'uomo della libertà di coscienza; ma, nel contempo, non c'è nulla che per lui sia più tormentoso. Ed ecco che, invece di solidi principi per acquietare la coscienza degli uomini una volta per tutte, tu hai scelto tutto ciò che di più insolito, vago ed enigmatico possa esistere, hai preso tutto ciò che è superiore alle forze dell'uomo e hai finito con l'agire come se non amassi affatto gli uomini, proprio tu che eri venuto a donare la tua vita per loro! Invece di assumere il dominio della libertà umana, tu l'hai accresciuta e hai sovraccaricato con i suoi tormenti il regno spirituale dell'uomo, per sempre. Tu hai desiderato il libero amore da parte dell'uomo, hai desiderato che egli venisse spontaneamente a te, attirato e catturato da te. Invece di attenersi alla rigida antica legge, l'uomo, da allora in poi ha dovuto decidere da solo, con il cuore libero, quale fosse il bene e il male, avendo unicamente la tua immagine come guida davanti a sé; ma ignoravi forse che alla fine egli avrebbe rigettato e messo in discussione persino la tua immagine e la tua verità, se fosse stato schiacciato da un fardello così spaventoso come il libero arbitrio? Ignoravi che gli uomini alla fine avrebbero gridato che non in te è la verità, giacché non avrebbero potuto essere abbandonati in uno stato di confusione e tormento peggiore di quello che tu hai causato, lasciando sulle loro spalle tanti affanni e tanti problemi senza risposta? Così facendo tu stesso hai posto le basi per la distruzione del regno tuo e non puoi biasimare nessuno più di te stesso.

F. Dostoevskij, I fratelli Karamazov, Garzanti, Milano 1992

«Al cuore»... della persona

Nella Bibbia non ricorre mai la parola «coscienza» ma viene utilizzata la parola «cuore» per indicare quello che noi intendiamo per coscienza morale.

Gesù parla del «cuore» come del centro della persona ed è lì che si decide la sincerità e bontà dei comportamenti.

Ascoltatemi tutti e intendete bene: non c'è nulla fuori dell'uomo che, entrando in lui, possa contaminarlo; sono invece le cose che escono dall'uomo a contaminarlo.

Mc 7, 14-15

Infatti...

... nella persona umana decisivo è il «cuore», l'interiorità. È il luogo delle decisioni libere, degli affetti profondi che cambiano la vita e dei grandi orientamenti che danno senso alla storia. Tutta la vicenda umana si gioca nell'intimo dell'uomo.

C.M. Martini, *Ripartiamo da Dio*, Centro Ambrosiano, Milano 1995

Edvard Munch, *La ragazza e il cuore*, XIX-XX secolo, Museo Munch, Oslo.

Il *Siracide* parla anche del dono dell'«intelligenza».

Beato l'uomo che medita sulla sapienza e ragiona con l'intelligenza, che considera nel cuore le sue vie.

Sir 14, 20-21

Discernimento, lingua, occhi, orecchi e cuore
diede loro perché ragionassero.
Li riempì di dottrina e d'intelligenza,
e indicò loro anche il bene e il male.

Sir 17, 5-6

Noi parliamo di «coscienza», cioè della capacità di capire il bene e il male per valutare i comportamenti e le scelte. È nella coscienza, infatti, che noi cerchiamo con sincerità la verità e, una volta capito che cosa è bene e male, giusto e sbagliato, opportuno o sconveniente, noi obbediamo. Tutte le volte che in modo libero, sincero e consapevole, comprendiamo il vero bene, noi ascoltiamo Dio stesso che parla attraverso la nostra coscienza. Invece il senso di colpa, il rimorso intervengono quando, pur avendo capito il bene da fare, non l'abbiamo fatto e non abbiamo ascoltato la nostra coscienza; così essa ci «rimprovera», segnala che la nostra scelta non è coerente.

Il Concilio Vaticano II descrive la coscienza morale in questo modo.

... nell'intimo della coscienza l'uomo scopre una legge che non è lui a darsi, ma alla quale invece deve obbedire e la cui voce che lo chiama sempre, ad amare e a fare il bene e a fuggire il male, quando occorre, chiaramente dice alle orecchie del cuore: fa' questo, fuggi quest'altro. L'uomo ha in realtà una legge scritta da Dio dentro il suo cuore: obbedire a essa è la dignità stessa dell'uomo, e secondo questa egli sarà giudicato (cfr. Rm 2, 14-16). La coscien-

za è il nucleo più segreto e il sacrario dell'uomo, dove egli si trova solo con Dio, la cui voce risuona nell'intimità propria. Tramite la coscienza si fa conoscere in modo mirabile quella legge, che trova il suo compimento nell'amore di Dio e del prossimo.

CONCILIO VATICANO II, *Gaudium et spes*, n. 16

William Holman Hunt, *Luce del mondo*, 1853-56, Keble College, Oxford. Gesù bussa a una porta ostruita da erbacce, a simboleggiare la chiusura dell'anima al messaggio di Dio.

La coscienza

Con questa parola noi indichiamo due aspetti:

- la **coscienza psicologica**, l'autocoscienza, la consapevolezza di sé e del proprio comportamento (in inglese *consciousness*);
- la **coscienza morale**, cioè il momento in cui si valuta il bene e il male (in inglese *conscience*).

Chiaramente non vi può essere coscienza morale senza la coscienza psicologica, cioè non è possibile dare una valutazione morale senza la consapevolezza delle proprie azioni.

Alcune correnti di pensiero attuali danno un'interpretazione «creativa» della coscienza morale: la libertà dell'uomo sarebbe tale che ognuno in coscienza decide ciò che è bene e ciò che è male, crea i valori sui quali impostare la propria vita. L'espressione ricorrente «*ognuno decide in coscienza il bene e il male*» trova molti consensi, ma in sé è un'espressione ambigua. Si può intendere che ognuno «nella propria coscienza» capisce, accoglie e motiva le ragioni del bene e del male; in questo caso si vuole valorizzare la coscienza. Diversamente, pensare che la coscienza «decide» quel che è bene e quel che è male è una posizione insostenibile: e se qualcuno decidesse «in coscienza» che è bene sterminare un popolo o commettere dei crimini? Se la coscienza fosse davvero la fonte ultima che «decide» del bene e del male, cadremmo non solo nell'individualismo più sfrenato, ma non potremmo neanche condannare i peggiori crimini della storia perché chi li commise «in coscienza» aveva deciso che fosse giusto.

Dunque la coscienza non è l'ultima istanza del bene e del male; piuttosto essa «riconosce» e cerca di capire dove stanno il bene e il male. La coscienza sente dunque in sé un richiamo al bene che non è lei a darsi, ma che accoglie come impegno di responsabilità. La coscienza è in ascolto, non crea lei i valori. In questo senso per la fede cristiana la coscienza è il «sacrario», il momento più intimo nel quale risuona la chiamata di Dio a fare il bene e a fuggire il male. La coscienza comanda «a nome di Dio» come un «testimone», un «vicario» che fa sentire la volontà divina.

Ma dai principi generali si tratta poi, di fronte alle singole situazioni, di passare a concretizzare il bene con scelte precise e circostanziate. Ad esempio, il valore del rispetto per le persone: come concretamente si esprime il rispetto per il proprio collega di lavoro, piuttosto che per il proprio vicino di casa o verso la persona che ci importuna? La coscienza ha quindi il compito di esprimere un **giudizio pratico** concretissimo, procedendo con prudenza e con sapiente creatività. È la coscienza che davanti alle situazioni concrete elabora un giudizio pratico e «ri-crea» le norme e i valori; non è lei a darsi questi valori, ma è lei a scegliere come realizzarli praticamente.

Ciò che non passa attraverso il filtro della coscienza non viene interiorizzato e finisce per alimentare non la responsabilità, la maturazione, ma il conformismo, la dipendenza. Viceversa ciò che non passa attraverso il filtro della legge manca di una verifica seria, adeguata, e finisce per alimentare la presunzione, l'immaturità, l'arbitrio.

G. Trentin, *Struttura e funzioni della coscienza nella teologia morale*, in "Credere oggi. La coscienza", Edizioni Messaggero Padova, marzo-aprile 2002

Masaccio, *La cacciata di Adamo ed Eva dal paradiso*, 1424-28, Cappella Brancacci, Chiesa del Carmine, Firenze.

In questo senso la coscienza è «*norma prossima della moralità personale*» (Giovanni Paolo II, *Veritatis splendor*, n. 60, 6 agosto 1993): è quella che regola nel modo più vicino e diretto i comportamenti. È obbligo agire secondo quanto indica la coscienza. L'apostolo Giovanni scrive:

Dio è più grande del nostro cuore e conosce ogni cosa. Carissimi, se il nostro cuore non ci rimprovera nulla, abbiamo fiducia in Dio; e qualunque cosa chiediamo la riceviamo da Lui perché osserviamo i suoi comandamenti e facciamo quel che è gradito a Lui.

1Gv 3, 20-22

Il Concilio Lateranense IV (1215) insegna che «*quidquid fit contra conscientiam aedificat ad Gehennam*» (quello che si fa contro coscienza edifica per la Geenna, cioè porta alla condanna).

La coscienza ha anche il compito di valutare e di esprimere un giudizio di approvazione o di condanna. Quando ci si sente in armonia con se stessi, in pace e sinceri nell'aver cercato il bene, per quanto potevamo capire e realizzarlo, allora è la coscienza che approva. Il rimorso è invece il segnale di condanna con il quale la coscienza ci rimprovera il male. Talvolta il rimorso per il male fatto dura a lungo ed è forte il senso di colpa. Il cristiano sa che Dio è più grande del nostro cuore e il suo perdono raggiunge tutti coloro che vogliono sinceramente convertirsi a lui. Bisogna quindi tenere distinto il perdono del male fatto dal perdurare del rimorso.

Possiamo dunque sintetizzare così il ruolo della coscienza morale:

• consente di discernere il bene dal male, ricercando nelle concrete situazioni come si può fare il bene ed evitare il male;
• comanda di fare quanto ha compreso e giudica il comportamento tenuto;
• ammonisce e incoraggia a fare il bene, a continuare nel cammino interiore di ricerca e di perfezione.

Beato Angelico, *Il paradiso*, particolare del *Giudizio universale*, 1432-35, Museo di San Marco, Firenze.

In effetti quando abbiamo scelto ciò che è moralmente buono e giusto non è detto che lo realizziamo o che siamo determinati e risoluti nel realizzarlo. Questo ci dice che per essere buoni non basta conoscere o volere il bene, bisogna anche realizzarlo. Ed è qui che il più delle volte troviamo le maggiori difficoltà. Tra il dire e il fare – si dice – c'è di mezzo il mare [...] è in questo frangente che la coscienza interviene ammonendo e incoraggiando, svolgendo quella funzione di richiamo e stimolo che è necessaria per fare il bene.

G. Trentin, *Struttura e funzioni della coscienza nella teologia morale*, in "Credere oggi. La coscienza", Edizioni Messaggero Padova, marzo-aprile 2002

La coscienza quando giudica può essere:	
antecedente	... esprime le proprie valutazioni prima di compiere un'azione.
concomitante	... la coscienza valuta mentre si compie ed è in atto un comportamento.
conseguente	... la coscienza giudica dopo avere tenuto un comportamento.

Nella ricerca del bene la coscienza può essere:		
... dal punto di vista soggettivo	**certa**	La coscienza si sente sicura, rassicurata e rincuorata (questo non significa che abbia però espresso una valutazione giusta).
	dubbia	La coscienza ha dei dubbi che non ha chiarito pienamente ed è incerta su alcuni, tanti o pochi, aspetti della situazione; resta il dovere di continuare a ricercare e poi, se necessario, prendere la decisione che è più motivata.
... dal punto di vista oggettivo	**erronea**	La coscienza ha valutato la situazione e ritiene giusto quello che in realtà è invece male; in alcuni casi l'errore si può vincere e correggere con una continua ricerca interiore e disponibilità alla verità; in altri casi l'errore è invincibile e la persona non ha possibilità di capire e correggere la propria valutazione sbagliata.
	retta	La coscienza ha valutato in modo corretto e giusto.

DOCUMENTI

Il «branco»... e la coscienza dorme

Presi singolarmente, nessuno dei tre ragazzi (e forse nemmeno il «mastino» adulto) avrebbe potuto commettere quanto è avvenuto[1]. Ciascuno è stato definito un «bravo ragazzo», insieme hanno prodotto un nuovo record per la cronaca dell'orrore. [...] Il gruppo permette ciò che il singolo non è in grado di esprimere. [...] Nel branco, la percezione del male si banalizza ancora di più e può anzi farsi avventura o eroismo: gli eroi del nulla. Viviamo in una società che non vuole sentire parlare di bene e di male, termini desueti e passati di moda. Una società del flessibile, del «tutto è possibile». Io non mi arrogo il compito di dire quale sia il male e quale sia il bene, mi limito a indicare che deve essere applicato il principio per cui certe cose non si devono fare mai e altre sempre. Insomma richiamo un contenitore sociale senza il quale non è possibile educazione, poiché educare significa permettere qualcosa e impedire qualcos'altro. È scomparsa la categoria e si sono banalizzati il bene e il male: tutto si è appiattito sull'etica della circostanza per cui si può fare quel che si vuole, dipende solo da quando e da come. [...] Una società dove persino chi crede in un Dio è stato al gioco di nascondere bene e male, permettendo che si imponesse quel principio nefasto della psicologia che ha proclamato un bene e un male riportati sempre e soltanto al singolo: il male e il bene per me, senza considerare alcun'altra componente.

V. Andreoli, *La società che non distingue il bene dal male*, in "Famiglia cristiana", 20 ottobre 2002

[1] Si tratta di un caso in cui tre adolescenti e un adulto sono accusati di aver violentato e ucciso in gruppo una ragazza.

Educare la coscienza ai valori e alle virtù

La coscienza può sbagliarsi. Il Concilio Vaticano II insegna che la coscienza che si sbaglia per ignoranza invincibile, cioè commette un errore di valutazione ma non le era possibile evitarlo perché non aveva possibilità di capire il vero bene, mantiene la propria dignità (cfr. *Gaudium et Spes*, n. 16).

L'anima beata, 1640-42, Pinacoteca Capitolina, Roma.

Con questo non si deve autogiustificare in modo affrettato i propri comportamenti solo perché «in coscienza» ci si sente a posto: la coscienza va costantemente formata, educata, mantenuta aperta all'ascolto, alla ricerca, al dialogo e mai rinchiusa in una presuntuosa autosufficienza.

La coscienza non è uguale in tutti: ci sono coscienze bene educate e coscienze male educate, coscienze mature e coscienze grossolane, coscienze formate alla ricerca della verità e coscienze che si lasciano guidare dal «così fanno gli altri». Ci sono anche persone senza coscienza, in cui la coscienza si è spenta.

T. Bosco, *La Legge cristiana in 20 lezioni*, Elle Di Ci, Leumann (To) 1997

È un dovere di ognuno maturare una coscienza sempre più attenta e sensibile ai valori. Anche se pienamente convinti delle proprie ragioni, la continua ricerca interiore consente di correggere eventuali errori oppure di consolidare la loro esattezza.

Per abitudine si è portati a giustificare certi comportamenti anche sbagliati: «*Se uno non vive quello che crede, finisce per credere quello che vive. La coscienza diventa quasi cieca in seguito all'abitudine al peccato*». Vi sono abitudini negative che una volta acquisite si fa fatica a cambiare: i vizi. E vi sono abitudini positive, rivolte al bene (cioè virtù) che si fa fatica ad acquisire e a consolidare. Per questo in ogni momento della vita si è impegnati a educare la propria coscienza e la propria volontà.

Vita e miracoli di Saint Amand: il santo in paradiso circondato dalle virtù, miniatura, IX secolo, Francia.

L'itinerario di formazione della coscienza retta si compone di molti elementi:
- *ravvivare spesso la totale disponibilità alla verità e al bene;*
- *essere pronti a lasciarsi mettere in discussione;*
- *liberarsi da orgoglio, egoismo e affetti disordinati, pregiudizi e cattive abitudini;*
- *alimentare con la preghiera un atteggiamento di disponibilità allo Spirito Santo, che sostiene il nostro cammino spirituale con i suoi doni;*
- *coltivare la familiarità con la Parola di Dio;*
- *aderire al Magistero del papa e dei vescovi;*
- *partecipare a una concreta esperienza ecclesiale;*
- *acquisire una sufficiente conoscenza dell'etica cristiana;*
- *informarsi accuratamente sui casi concreti e valutarli secondo criteri di fede, di carità, di conformità alla propria vocazione;*
- *consultarsi nelle scelte più importanti o più difficili con persone sagge e prudenti.*

Cei, *La verità vi farà liberi*, n. 913, Libreria Editrice Vaticana, Città del Vaticano 1995

Gli adulti hanno una particolare responsabilità educativa nel trasmettere ai giovani quei «valori» autentici nei quali credono e che sentono che «valgono» e sono preziosi. La Bibbia consiglia agli adulti: «*Abitua il giovane secondo la via da seguire; neppure da vecchio se ne allontanerà*» (Pr 22, 6).

I valori non sono idee: i valori coinvolgono tutta la persona, diventano una scelta di vita e parte della propria volontà.

Il compito educativo è impegnativo e molto discusso: perché imporre i propri valori ai figli? Sceglieranno loro da grandi. E poi, ognuno decide in coscienza... Bisogna essere autoritari o lassisti? Inoltre si confonde la spontaneità con l'autenticità e la verità. In questo contesto anche l'adulto sembra disorientato quando si tratta di educare ai valori morali.

Sandro Botticelli e bottega, *Madonna con il bambino*, particolare, XV secolo, Gemaldegalerie der Akademie der Bildende Kunst, Vienna.

Da un'educazione autoritaria a una permissiva. La legge del pendolo ha guidato le scelte pedagogiche degli ultimi anni con sottesa la stessa logica: l'incapacità dell'adulto ad affrontare un rapporto autentico con l'educando o perché tutto è già stato deciso e regolato (autoritarismo), oppure perché niente va imposto e tutto è concesso (permissivismo). [...] *Con tutto ciò oggi la vera questione è che l'adulto manca radicalmente di un'identità capace di trasmettere contenuti e modelli di va-*

lore che sono comunicabili solo narrando di sé mediante lo «stare con», il «camminare accanto», il condividere sapendo offrire una testimonianza significativa, cioè sensata.

O. Svanera, *La formazione della coscienza nella Chiesa*, in "Credere oggi. La coscienza", Edizioni Messaggero Padova, marzo-aprile 2002

Con il passare dell'età, l'educazione diventa «auto-educazione» della propria coscienza e della propria volontà.

Per la Bibbia la ricerca del bene è un lavoro interiore quotidiano e costante, che dura tutta la vita.

Che cosa è bene e che cosa è male?

Ed ecco un tale gli si avvicinò e gli disse: «Maestro, che cosa devo fare di buono per ottenere la vita eterna?». Egli rispose: «Perché mi interroghi su ciò che è buono? Uno solo è buono. Se vuoi entrare nella vita, osserva i comandamenti».

Mt 19, 16-17

La domanda del giovane ricco è ancora attuale: che cos'è il bene? Come è possibile capire con una prudente sicurezza che cosa è bene e che cosa è male?

Alcuni comportamenti e atteggiamenti sono «spontaneamente» percepiti come negativi (ad esempio uccidere) e altri come positivi (ad esempio soccorrere un ferito). Ma questa percezione istintiva non basta in altre situazioni. Ad esempio, la pena di morte per un serial killer recidivo è giusta? Nella società attuale, inoltre, abbiamo problemi nuovi e complessi (ad esempio la bioetica).

L'albero della conoscenza del bene e del male, pittura francese del XVI secolo.

Dunque, come possiamo capire che cosa è bene e che cosa è male?

- È bene quello che corrisponde alla volontà di Dio espressa nei suoi comandamenti e nelle Sacre Scritture. Però bisogna precisare che...

... un comportamento non è buono perché Dio lo comanda, ma Dio lo comanda perché è buono [...] vanno ricordate le parole dello stesso Tommaso d'Aquino a proposito di che cosa sia il peccato: l'uomo pecca quando assume comportamenti che vanno contro il proprio bene. Infatti è in questo modo che Dio viene offeso.

C. Casalone, *Religiosità giovanile ed etica*, in "Aggiornamenti sociali", luglio-agosto 1998

Inoltre c'è il problema di interpretare e attualizzare gli insegnamenti morali che derivano dai comandamenti. Certa-

Alexandre Seon,
Il ritorno al focolare, 1913,
Musée d'Art et de l'Industrie,
Saint-Etienne.

mente se Dio c'è, allora è Lui e non io a stabilire che cosa sia giusto e che cosa sia sbagliato. Se Dio c'è, ogni mia azione è misurata e valutata da Lui.

- Su molti valori c'è un consenso generale: nessuno mette in dubbio alcune evidenze etiche (ad esempio l'onestà). Se non c'è un fondamento trascendente però, anche i valori più condivisi potrebbero cambiare con il cambiare della società. Oppure ci potrebbe essere chi si rifiuta di accettarli e metterli in pratica, restando impunito se ha dalla sua il potere o la furbizia.
- L'espressione «soggettivismo morale» evidenzia che alcune questioni morali vengono spesso affrontate e risolte con il criterio della libertà del soggetto: non è importante – si dice – che un atto sia buono o cattivo in sé, piuttosto, che sia frutto della libertà di chi lo compie. I valori sarebbero tali perché derivanti da una scelta libera e consapevole del soggetto. «Per me è bene così! Per me è giusto così», nel senso che non esiste più il bene in quanto tale, ma appunto... per me. Un altro avrà il suo bene e il suo male. In nome della libertà individuale si rinuncia a ricercare la verità morale. Questa è un'etica individualista che nega l'esistenza di una legge morale comune a tutti.
- Soprattutto nel campo tecnico-scientifico molti ritengono che in nome della libertà di ricerca scientifica sia legittimo tutto ciò che è tecnicamente possibile.
- Altri si affidano a una sorta di intuizionismo e spontaneismo morale senza particolari approfondimenti sui contenuti e le ragioni del bene e del male. «Mi sento... mi piace... mi sono sentito di fare così...»: ci si affida molto a decisioni spontanee e all'immediatezza del desiderio. Tutto ciò che limita questa spontaneità è sentito come una prevaricazione. Secondo questa visione delle cose, quando uno è spontaneo sarebbe anche autentico.
- Per altri il criterio del bene e del male è la volontà, o meglio quel che piace e che uno vuole. Vi può essere un'espressione generale di questa volontà, una sorta di consenso democratico per cui la maggioranza decide quel che è giusto o sbagliato. In alcuni casi la maggioranza impone alla minoranza la propria volontà perché ha la forza dei numeri.
- «Che male c'è: fanno tutti così!». Espressioni di questo tipo dimostrano che molti adeguano i propri comportamenti e pensano che sia bene quello che fa la mag-

gioranza. Il conformismo etico impoverisce la propria personalità e appiattisce sulle mode e sugli standard generali.

• Altri identificano ciò che è bene con ciò che è utile, evita il dolore e porta piacere. Ma, ad esempio, restare fedeli alla parola data a volte può risultare svantaggioso o costare sacrificio.

> *Tutte le azioni umane sono rivolte a ottenere il proprio personale piacere e a evitare il dolore. Si tratta di una concezione che riconduce l'etica all'interno del quadro dell'edonismo egoistico che – con una certa approssimazione – viene attribuito a pensatori come Epicuro e Hobbes.*
>
> E. LECALDANO, *Etica*, TEA UTET, Torino 1995

• Molti identificano il bene con ciò che è previsto dalle leggi di uno Stato: legale o legittimo significherebbe anche morale. Ma le leggi sono fatte dagli uomini e possono permettere o imporre comportamenti ingiusti. Le leggi possono aiutare a capire o indirizzare i comportamenti, ma non sono la spiegazione definitiva del bene e del male.

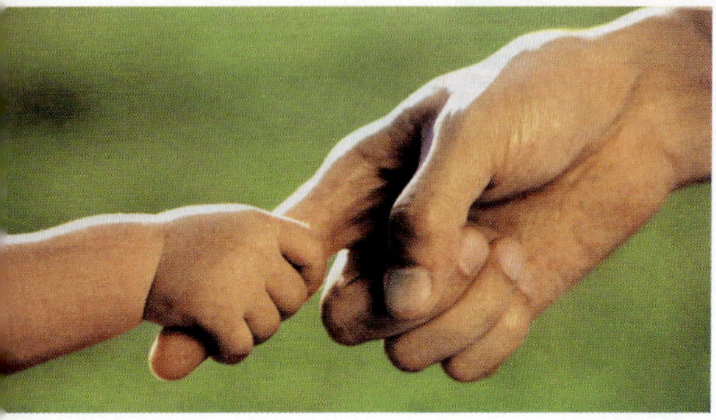

Bisogna quindi stare attenti a non assumere una prospettiva unilaterale che evidenzi soltanto un aspetto del problema: non basta pensare allo scopo buono, all'intenzione personale, alle conseguenze non negative. L'attenzione deve partire dal comportamento in sé: è la ragione che aiuta a capire la bontà di un comportamento. Gli antichi chiamavano tale criterio *dictamen rationis*, «ciò che ti detta la ragione», libera da precomprensioni, interessi e convenienze.

Nella riflessione cristiana:

> *... la moralità degli atti umani dipende:*
> *– dall'oggetto scelto;*
> *– dal fine che ci si prefigge o dall'intenzione;*
> *– dalle circostanze dell'azione.*
> *L'oggetto, l'intenzione e le circostanze rappresentano le «fonti», o elementi costitutivi, della moralità degli atti umani. L'oggetto scelto è un bene verso il quale la volontà si dirige deliberatamente* [...] *la ragione lo riconosce e lo giudica conforme o no al vero bene.*
>
> *Catechismo della Chiesa Cattolica*, nn. 1750-1751

L'intenzione con cui agiamo è importante. Un fine cattivo corrompe l'azione, anche se il suo oggetto, in sé, è buono (come il pregare e il digiunare «*per essere visti dagli uomini*», Mt 6,5).

Nessuna azione cattiva diventa buona perché il fine è buono: infatti il fine non solo non giustifica i mezzi, ma – tanto meno – «rende giusta» un'azione cattiva. Come si dice: «Di buone intenzioni è lastricato l'inferno». Bisogna anche ricordare che non è lecito fare il male per ricavarne un bene.

Bisogna però considerare anche le circostanze che possono attenuare o aggravare la responsabilità di chi agisce. In alcuni casi le circostanze (ad esempio la pressione sociale, la necessità, l'ambiente, la costrizione, la capacità di intendere e volere ecc.) possono avere un peso rilevante fino a rendere non imputabile e impunibile una persona, ma non possono rendere né buona né giusta un'azione in sé cattiva.

Il Decalogo della vita

Nella Bibbia Dio fa «alleanza» con l'uomo: non si tratta di un «contratto» alla pari tra gli uomini e Dio, ma di una libera decisione di Dio che si impegna a essere Padre e salvatore del popolo.

Dio ricorda agli israeliti che lui ha preso l'iniziativa e ha donato loro la libertà.

> *Io sono il Signore, tuo Dio, che ti ho fatto uscire dal paese d'Egitto, dalla condizione di schiavitù: non avrai altri dèi di fronte a me.*
>
> Es 20, 2-3

I Dieci Comandamenti, il Decalogo, divengono quindi traccia per una vita libera dal peccato e in amicizia con Dio. L'Alleanza del Sinai diventa quindi centrale nella fede di Israele (Es 19, 1-6). Quando il popolo non rispetterà la volontà di Dio, Dio non romperà il patto, dimostrando una fedeltà superiore all'infedeltà umana. Questo dimostra ancor di più che Dio è superiore all'uomo e l'uomo non ha meriti da far valere: tutto dipende dal libero amore di Dio.

Papiro egiziano raffigurante un defunto che beve le acque del fiume Amenti (capitolo 59 del *Libro dei Morti*). Il papiro riproduce un affresco della tomba tebana di Pachedu, Istituto del papiro, Il Cairo.

Si capisce dunque che l'obbedienza a Dio e il rispetto dei Comandamenti devono fondarsi sulla riconoscenza e sulla gratitudine verso Dio.

Il nucleo originario del Decalogo risale all'epoca mosaica (1250 a.C.) ed esprime i valori morali necessari alla vita stessa del gruppo.

I primi tre Comandamenti riguardano i doveri verso Dio; gli altri sette insegnano i doveri verso il prossimo. I Dieci Comandamenti formano un insieme organico dove ogni Comandamento rimanda agli altri

Si insegna innanzitutto la fede in un Dio unico, diverso dagli idoli, trascendente, al quale si devono il rispetto e il culto; ma il Decalogo stabilisce anche le regole del vivere associato proibendo l'omicidio, il disordine sessuale, il furto, la menzogna, l'invidia e la gelosia nei confronti degli altri.

Analizzando i contenuti del Decalogo, si nota che per molti aspetti essi sono simili alle prescrizioni e ai codici che regolavano i comportamenti nei popoli antichi (il *Codice di Hammurabi*, il *Libro dei morti* degli egizi). Il più antico codice di leggi finora conosciuto è quello del re sumerico Ur-Nammu (2050 ca. a.C.). Seguono poi le leggi amorree di Bilalama (1950 ca. a.C.), quelle di Lipit-Ishtar (1860 ca. a.C.) e il famoso *Codice di Hammurabi* (1728 ca. a.C.). Il codice di leggi ittite risale al periodo compreso tra il 1400 e il 1220; Tiglat-Pileser I (1114-1076 a.C.) stese un codice di leggi per gli Assiri.

Tutte le culture hanno bisogno di darsi delle regole di comportamento, e i Comandamenti contengono norme e precetti di legge naturale con valore universale. Ma l'originalità del Decalogo sta nel fatto che traccia la strada obbligata per entrare sempre più profondamente nella comunione di vita con JHWH.

Mosè e le Tavole della Legge, miniatura, XI secolo.

I profeti ricordano con forza che, nonostante le infedeltà del popolo, l'Alleanza e i Comandamenti di Dio sono sempre attuali e vanno rispettati «per amore». Per questo alcuni profeti utilizzano paragoni anche audaci per ricordarne il valore (ad esempio il tema dell'infedeltà coniugale: l'amore di Dio è come l'amore di uno sposo per la sua sposa, cfr. Os 2, 21-22).

Ma se da una parte rimproverano i peccati del popolo, dall'altra i profeti annunciano una «nuova» e definitiva Alleanza scritta non più su tavole di pietra, ma nei cuori di ognuno.

Porrò la mia Legge nel loro animo, la scriverò sul loro cuore. Allora io sarò il loro Dio ed essi il mio popolo. Non dovranno più istruirsi gli uni gli altri, dicendo: Riconoscete il Signore, perché tutti mi conosceranno, dal più piccolo al più grande, dice il Signore; poiché io perdonerò la loro iniquità e non mi ricorderò più del loro peccato.

Ger 31, 33-34

Chiedendo il rispetto dei Comandamenti, Dio chiede un'obbedienza fondata sull'amicizia, sull'amore, non sull'esecuzione soltanto esteriore, rituale e legalista dei precetti. E anche Gesù nel Nuovo Testamento dichiara che i Comandamenti restano sempre attuali e validi (cfr. Mt 5, 17; Mt 19, 16 ss.) ma vanno messi in pratica realizzando il loro pieno significato, senza minimalismi e artificiose formalità.

Sull'esempio e insegnamento di Gesù la Chiesa riconosce al Decalogo un'importanza basilare e i cristiani sono obbligati a osservarlo.

Attività

I Dieci Comandamenti

Dai Dieci Comandamenti contenuti nella Bibbia (Es 20, 2-17 e Dt 5, 6-21), è stata ricavata una formula catechistica, facile da essere imparata a memoria e insegnata.

1. Non avrai altro Dio al di fuori di me
2. Non nominare il nome di Dio invano
3. Ricordati di santificare le feste
4. Onora il padre e la madre
5. Non uccidere
6. Non commettere atti impuri
7. Non rubare
8. Non dire falsa testimonianza
9. Non desiderare la donna d'altri
10. Non desiderare la roba d'altri

- Quale dei Dieci Comandamenti ti sembra il più attuale? Perché?
- C'è un nuovo comandamento che aggiungeresti al Decalogo?
- Qual è il Comandamento che cancelleresti?
- Prova a commentare uno dei Comandamenti facendo emergere quel che intende insegnare. Poi, con la guida dell'insegnante, confronta come il *Catechismo della Chiesa Cattolica* e il *Compendio del Catechismo della Chiesa Cattolica* hanno spiegato quel Comandamento e quali tematiche hanno affrontato.

Il comandamento dell'amore

Leonardo da Vinci, *Il Cristo*, particolare del *Cenacolo*, 1494-97, Chiesa di Santa Maria delle Grazie, Milano.

Gesù insegna che i Comandamenti restano la base e il fondamento della vita morale e vuole che siano rispettati: deve essere un'obbedienza fondata sull'amicizia, sull'amore, non sull'esecuzione soltanto esteriore, rituale e legalista dei precetti: chiede «*sincerità del cuore e nell'intimo*» (Sal 51, 8). Gesù si rifiuta di fare una graduatoria dei Comandamenti, rifiuta di dare la preferenza a uno rispetto agli altri, eppure gli si chiedeva proprio questo.

Allora i farisei, udito che egli aveva chiuso la bocca ai sadducei, si riunirono insieme e uno di loro, un dottore della legge, lo interrogò per metterlo alla prova: «Maestro, qual è il più grande comandamento della legge?».

Mt 22, 34-36

Gesù risponde citando l'Antico Testamento e, in continuità con l'insegnamento precedente, trasforma i passi di *Deuteronomio* 6, 5 e di *Levitico* 19, 18 in un «comandamento-sintesi».

Gli rispose: «Amerai il Signore Dio tuo con tutto il cuore, con tutta la tua anima e con tutta la tua mente. Questo è il più grande e il primo dei comandamenti. E il secondo è simile al primo: Amerai il prossimo tuo come te stesso. Da questi due comandamenti dipendono tutta la Legge e i Profeti».

Mt 22, 37-40

Beato Angelico, *La lex amoris*, XVI secolo, particolare, pannello dell'*Armadio degli argenti*, Museo San Marco, Firenze.

Infatti, il libro del *Deuteronomio*, al capitolo successivo al *Decalogo*, riporta quella che resta ancora oggi la professione di fede dell'ebreo, lo *Shemà Israel* (Dt 6, 4-7).

Gesù considera l'amore per Dio, unitamente all'amore per il prossimo, il senso profondo e autentico di tutto l'insegnamento biblico, il primo, il più grande dei Comandamenti (cfr. Mt 22, 36 ss.; Mc 12, 30 ss.) e la via per ottenere la vita eterna (Lc 10, 25-28). L'importanza del comandamento dell'amo-

Pietro Vanucci
detto il Perugino,
Lo sposalizio della Vergine,
1500-04, Musée
des Beaux-Arts, Caen.

re è ribadita da Gesù durante l'Ultima Cena.

Vi do un comandamento nuovo: che vi amiate gli uni gli altri; come io vi ho amato, così amatevi anche voi gli uni gli altri. Da questo tutti sapranno che siete miei discepoli, se avrete amore gli uni per gli altri.

Gv 13, 34-35

Con la stessa forza, viene ricordato da Giovanni nella sua prima lettera.

Questo è il suo comandamento: che crediamo nel nome del Figlio suo Gesù Cristo e ci amiamo gli uni gli altri, secondo il precetto che ci ha dato. Chi osserva i suoi comandamenti dimora in Dio ed Egli in lui. E da questo conosciamo che dimora in noi: dallo Spirito che ci ha dato.

1Gv 3, 23-24

Agostino riassumeva l'esperienza della santità cristiana nella semplice frase: «*Ama e poi fa' quello che vuoi!*». Giovanni della Croce ammoniva che «*Alla sera della vita, saremo giudicati sull'amore*». La perfezione sta nell'amore (cfr. Rm 13,

DOCUMENTI

Si può comandare di amare?

È veramente possibile amare Dio pur non vedendolo? E: l'amore si può comandare? Contro il duplice comandamento dell'amore esiste la duplice obiezione, che risuona in queste domande. Nessuno ha mai visto Dio – come potremmo amarlo? E inoltre: l'amore non si può comandare; è in definitiva un sentimento che può esserci o non esserci, ma che non può essere creato dalla volontà.
[...] In effetti, nessuno ha mai visto Dio così come Egli è in se stesso. E tuttavia Dio non è per noi totalmente invisibile, non è rimasto per noi semplicemente inaccessibile. Dio ci ha amati per primo, dice la Lettera di Giovanni citata (cfr. 4, 10) e questo amore di Dio è apparso in mezzo a noi, si è fatto visibile in quanto Egli «ha mandato il suo Figlio unigenito nel mondo, perché noi avessimo la vita per Lui» (1Gv 4, 9). Dio si è fatto visibile: in Gesù noi possiamo vedere il Padre (cfr. Gv 14, 9). Di fatto esiste una molteplice visibilità di Dio. [...] Egli per primo ci ha amati e continua ad amarci per primo; per questo anche noi possiamo rispondere con l'amore. Dio non ci ordina un sentimento che non possiamo suscitare in noi stessi. Egli ci ama, ci fa vedere e sperimentare il suo amore e, da questo «prima» di Dio, può come risposta spuntare l'amore anche in noi.
Nello sviluppo di questo incontro si rivela con chiarezza che l'amore non è soltanto un sentimento. I sentimenti vanno e vengono. Il sentimento può essere una meravigliosa scintilla iniziale, ma non è la totalità dell'amore. Abbiamo all'inizio parlato del processo delle purificazioni e delle maturazioni, attraverso le quali l'eros diventa pienamente se stesso, diventa amore nel pieno significato della parola. È proprio della maturità dell'amore coinvolgere tutte le potenzialità dell'uomo ed includere, per così dire, l'uomo nella sua interezza.
L'incontro con le manifestazioni visibili dell'amore di Dio può suscitare in noi il sentimento della gioia, che nasce dall'esperienza dell'essere amati. Ma tale incontro chiama in causa anche la nostra volontà e il nostro intelletto. Il riconoscimento del Dio vivente è una via verso l'amore, e il sì della nostra volontà alla sua unisce

10; Col 3, 14) che poi deve essere applicato e concretizzato nei singoli comportamenti e nelle specifiche scelte di vita.

Il comandamento dell'amore non prescrive tanto «che cosa» si debba fare, piuttosto richiama «come» devono essere messi in pratica gli insegnamenti del Decalogo.

Inoltre, l'amore verso Dio e l'amore verso gli altri non sono da confondere con uno spontaneo sentimento di benevolenza o un trasporto emotivo dell'animo. L'amore richiede chiarezza di idee, volontà, coraggio e fortezza, in definitiva per concretizzarsi richiede una serie di virtù umane che costruiscono la persona. Ma si può comandare di amare?

Gesù «comanda» di amarsi, «*come io vi ho amato*» (Gv 15, 12) cercando di eguagliare la misura dell'amore che c'è stata nella sua vita. Sono la riconoscenza, la gratitudine e il dono della grazia di Dio che spingono a vivere il comandamento dell'amore: Dio ha amato per primo, quindi in risposta si ama (1Gv 4, 10).

Il comando dell'amore non va vissuto nel timore del giudizio di Dio, non è solo un ordine lasciato da Gesù, ma è la rivelazione del mistero di Dio che «*è amore*» (1Gv 4, 8) ed è la manifestazione di ciò che realizza in pieno la vita di ognuno. L'amore, più che un'imposizione è la realtà profonda, è il senso stesso dell'esistenza di Dio e dell'esistenza degli uomini, è il destino definitivo di tutta la creazione.

> *... ogni forma di amore – il perdono, il dono di sé, la condivisione, e mille altre ancora – è il luogo in cui trapela per ognuno di noi qualche raggio dell'eternità. Perché la vita eterna è l'amore.*
>
> CEI, *Comunicare il Vangelo in un mondo che cambia*, 29 giugno 2001, nn. 28 e 31, EDB, Bologna 2001

intelletto, volontà e sentimento nell'atto totalizzante dell'amore. Questo però è un processo che rimane continuamente in cammino: l'amore non è mai «concluso» e completato; si trasforma nel corso della vita, matura e proprio per questo rimane fedele a se stesso. [...]
Si rivela così possibile l'amore del prossimo nel senso enunciato dalla Bibbia, da Gesù. Esso consiste appunto nel fatto che io amo, in Dio e con Dio, anche la persona che non gradisco o neanche conosco. Questo può realizzarsi solo a partire dall'intimo incontro con Dio, un incontro che è diventato comunione di volontà arrivando fino a toccare il sentimento. Allora imparo a guardare quest'altra persona non più soltanto con i miei occhi e con i miei sentimenti, ma secondo la prospettiva di Gesù Cristo. Il suo amico è mio amico. [...] Così non si tratta più di un «comandamento» dall'esterno che ci impone l'impossibile, bensì di un'esperienza dell'amore donata dall'interno, un amore che, per sua natura, deve essere ulteriormente partecipato ad altri. L'amore cresce attraverso l'amore. L'amore è «divino» perché viene da Dio e ci unisce a Dio e, mediante questo processo unificante, ci trasforma in un Noi che supera le nostre divisioni e ci fa diventare una cosa sola, fino a che, alla fine, Dio sia «tutto in tutti» (1Cor 15, 28).

BENEDETTO XVI, *Deus caritas est*, nn. 16-18

In terris pax hominibus bonae voluntatis (Pace in terra agli uomini di buona volontà), cartolina, 1904.

Il peccato

Non si può comprendere il senso del peccato al di fuori della relazione d'amore tra Dio e l'uomo. Il non credente parla di «colpa», di «senso di colpa» come di qualcosa che pesa sulla coscienza dell'individuo; si parla di sbaglio, di errore, di debolezze, di infrazioni a regole comuni o che qualcuno si è dato; si parla anche di un valore non realizzato e non vissuto, di un ideale mancato. Si arriva anche a ritenere che vi siano comportamenti che non aiutano la persona a realizzarsi in pienezza. Dunque se Dio non esistesse non si potrebbe neppure parlare di peccato; esisterebbero soltanto delle colpe contro se stessi o contro gli altri.

Il peccato nel pensiero marxista

Per Karl Marx (1818-1883) e le varie correnti del marxismo, la morale, il peccato e il senso di colpa sono il prodotto dell'infrastruttura economica. La società capitalistica e la classe dominante impongono i loro valori e creano le condizioni perché le persone si sentano in colpa e in peccato quando non si adattano ai valori espressi e prodotti dagli interessi capitalisti. Secondo questa prospettiva il timore di una punizione e il desiderio di un premio nell'aldilà, ascrivibili alla tradizione cristiana, rafforzano quest'idea di peccato e offrono una «consolazione» e una «compensazione» alla situazione di ingiustizia e alienazione attuali.

Hieronymus Bosch, *I sette peccati capitali*, 1475-80, Museo del Prado, Madrid.

Il peccato nella visione della psicoanalisi

Sigmund Freud (1856-1939) considera l'idea di peccato e il senso di colpa come l'espressione dell'inconscio e di profondi disagi psicologici. Questi sensi di colpa, secondo la psicoanalista dell'infanzia Melanie Klein (1882-1960), nascono verso l'età dei due anni nel clima dei rapporti con la madre. Quelli che definiamo come «peccati» sono comportamenti determinati dall'inconscio dell'uomo e dalle pulsioni, soprattutto di carattere sessuale.

Il peccato per i cristiani

Per la fede il peccato è il rifiuto e l'allontanamento da Dio; è «contro di Lui» che l'uomo pecca.

La fede ci fa riconoscere molte forme di peccato che sfigurano l'uomo, immagine di Dio. Nella Bibbia troviamo vari elenchi di peccati, piuttosto dettagliati. A voler raccogliere in un quadro le principali indicazioni, si ottiene una lista impressionante, peraltro ancora esemplificativa e non esaustiva: incredulità, idolatria, stregoneria, bestemmia, spergiuro, apostasia, oltraggio ai genitori, infanticidio, omicidio, odio, dissolutezza, omosessualità, orgia, fornicazione, adulterio, furto, avarizia, traffico di persone, tradimento, inganno, calunnia, turpiloquio, cuore spietato, orgoglio insensato. Questi peccati sono considerati gravi, incompatibili con la vita di comunione con Dio.

Purtroppo il triste elenco si allunga con altre esperienze negative della nostra epoca: genocidio, terrorismo, traffico delle armi, aborto, eutanasia, tortura, carcerazione arbitraria, deportazione, razzismo, sfruttamento dei paesi poveri, condizioni indegne di vita e di lavoro, violenza sui minori, mercato delle donne, commercio pornografico, traffico di droga, corruzione politica e amministrativa, speculazione finanziaria, evasione fiscale, speculazione edilizia, inquinamento ambientale.

CEI, *La verità vi farà liberi*, n. 927, Libreria Editrice Vaticana, Città del Vaticano 1995

Il peccato è sostanzialmente rifiuto di Dio, opposizione e non ascolto della sua volontà, per rivendicare la propria autosufficienza. Il peccato provoca quindi un oscuramento della coscienza, la persona si allontana da Dio, ma nello stesso tempo scopre in sé una contraddizione fortissima: ricerca il bene e invece fa il male. Le conseguenze del peccato ricadono non solo su di sé ma anche sugli altri perché il modo di relazionarsi con gli altri cambia e, invece dell'apertura generosa e servizievole, si introducono elementi di chiusura ed egoismo, dal rispetto si scivola verso la violazione dei diritti altrui, dalla solidarietà si declina verso l'indifferenza: si deforma il modo di rapportarsi agli altri e alle cose, si producono conflittualità sociale e strutture di peccato, che a loro volta opprimono le persone e ostacolano il loro sviluppo. La gravità della questione ambientale evidenzia che perfino l'ambiente ne soffre.

Il peccato è offesa di Dio che soffre per il peccato umano innanzitutto perché Egli non è indifferente alla vita dell'uomo ma vuole la salvezza di ognuno.

La concezione di Dio, come essere necessariamente perfettissimo, esclude certamente da Dio ogni dolore derivante da carenze o ferite; ma nelle «profondità di Dio» c'è un amore di Padre che dinanzi al peccato dell'uomo, secondo il linguaggio biblico, reagisce fino al punto di dire: «Sono pentito di aver fatto l'uomo» (Gen 6, 7) [...]. *Ma più spesso il libro sacro ci parla di un Padre, che prova compassione per l'uomo, quasi condividendo il suo dolore.*

GIOVANNI PAOLO II, *Dominum et vivificantem*, n. 39, 18 maggio 1986

In definitiva

Dio viene offeso da noi in quanto operiamo contro il nostro proprio bene. Intangibile nella sua infinita perfezione, si è reso vulnerabile legandosi a noi con l'alleanza, con amore appassionato. Il peccato è contro di lui, perché è contro l'uomo.

CEI, *La verità vi farà liberi*, n. 928, Libreria Editrice Vaticana, Città del Vaticano 1995

Già Tommaso d'Aquino scriveva:

Dio non è offeso da noi se non da ciò che noi compiamo contro il nostro bene.

TOMMASO D'AQUINO, *Summa contra Gentiles*, libro 3, cap. 122

La Chiesa parla di peccato «mortale» per indicare un'azione, un'omissione, un pensiero, un atteggiamento peccaminoso grave, commesso con piena libertà, consapevoli della sua negatività. In questa situazione da parte dell'uomo vi è stata una chiusura tale nei confronti di Dio e della sua volontà da spezzare la comunione con Lui. Tale situazione, se non è risanata da una volontà sincera interiore di conversione, conduce alla perdizione eterna.

Il peccato «veniale» è invece una colpa dovuta alla debolezza umana, un'incoerenza, una disobbedienza a Dio...

... in qualche contenuto di minore importanza, o in qualche contenuto importante ma senza piena avvertenza e deliberato consenso. Sebbene non paragonabile al precedente, possiede una sua triste serietà: sciupa energie preziose, ostacola la crescita personale e il progresso sociale, mette in pericolo di cadere nel peccato mortale.

CEI, *La verità vi farà liberi*, n. 928, Libreria Editrice Vaticana, Città del Vaticano 1995

La Chiesa insegna che qualsiasi peccato può essere perdonato. Eppure nel Vangelo vi è una frase di Gesù che sicuramente invita a riflettere.

William Blake, *Satana, il peccato mortale*, XVIII-XIX secolo, The Huntington Library, San Marino.

Qualunque peccato e bestemmia sarà perdonata agli uomini, ma la bestemmia contro lo Spirito non sarà perdonata. A chiunque parlerà male del Figlio dell'uomo sarà perdonato; ma la bestemmia contro lo Spirito, non gli sarà perdonata né in questo secolo, né in quello futuro.

Mt 12, 31-32

C'è dunque un peccato che nemmeno Dio perdonerà? E in che cosa consiste questo peccato che il Vangelo chiama *«bestemmia contro lo Spirito»*? I tentativi di trovare una risposta sono stati tanti, ma forse sono riconducibili a questa interpretazione.

Il peccato «contro lo Spirito» significa il chiudersi dell'uomo all'amore tenerissimo e onnipotente di Dio. Vale a dire: il non chiedere perdono; [...] l'illudersi di potersi salvare da soli; l'impedire al Signore di entrare in noi e di portare la pace della vita rinnovata. Insomma, il sapere lucidamente che Dio può e vuole salvarci, ma metterlo alla porta dell'animo. [...] Non è che Dio non sia capace o non si protenda al perdono. È che noi abbiamo la terribile capacità di rendere vano l'amore di Dio. [...] non è Dio che è limitato nella sua potenza di misericordia: è la nostra libertà che può rendere vano un amore che si consuma, per noi, sino alla fine.

S. MAGGIOLINI, *L'imperdonabile*, in "Messaggero di sant'Antonio", ottobre 1997

Il bene e il male

Ogni persona sente il dovere di fare il bene ed evitare il male...

... Però

- ... l'impegno morale costa anche fatica.
- ... non è un'imposizione esterna?
- ... come riconoscere il bene e il male?
- ... fare il bene realizza la mia vita?
- ... come si può fare come ha fatto Gesù?
- ... Dio giudicherà la nostra vita.

L'uomo è libero?

- Abbiamo una libertà e una volontà.
- ... siamo condizionati, ma non siamo determinati.
- Siamo liberi da... per... con...
- ... non siamo assolutamente liberi, la libertà si orienta e ricerca il bene.
- La peggior schiavitù è quella del peccato che indebolisce la nostra volontà e la nostra libertà.
- Dio è il vero custode della nostra libertà.

Il comandamento dell'amore

- Dio è venuto incontro alla ricerca dell'uomo donandoci il Decalogo.
- Gesù riassume il Decalogo nel comandamento dell'amore.
- In una relazione d'amore verso Dio, quando l'uomo fa il male o non fa il bene, commette dei peccati.

La centralità della coscienza

Nella coscienza scopriamo la volontà di Dio, conosciamo il bene e il male, decidiamo i nostri comportamenti.

1 **Tenendo conto delle richieste, elabora un componimento scritto.**

- In che modo è possibile esercitare la propria volontà? Il sacrificio, la penitenza, l'ascesi personale, le rinunce sono qualcosa di necessario, hanno ancora un senso?
- Oggi si parla di una certa «fragilità psicologica» nei giovani, di un'indecisione perenne che li porta a non decidere e a spostare sempre in avanti le decisioni definitive per la vita, oppure addirittura a non prenderle. Come valuti questa situazione?

2 **Che cos'è un'alleanza? Perché «l'Alleanza del Sinai» è particolare e diversa dalle altre intese?**

3 **Riproduci per ciascun comandamento una tabella simile e completa le richieste.**

comandamento	richieste in positivo	proibizioni

4 **Un'inserzione pubblicitaria dell'AVIS (Associazione Volontari Italiani Sangue) scrive:**

Quinto: non ammazzare,
dicono le Tavole della Legge.
Quinto: donare il sangue, ripete l'AVIS.

- Come giudichi questa inserzione?
- È precisa nel riferimento biblico?
- È interessante e corretta nel modo di reinterpretare oggi il comandamento?
- Sarebbe d'accordo Gesù?

5 **Dai una definizione di:**

- morale ______________________________
- libertà ______________________________
- coscienza ______________________________
- comandamenti ______________________________

6 **Rifletti sulle seguenti affermazioni che possono risultare equivoche. Se interpretate in un certo modo possono essere condivise dalla fede cristiana; diversamente non sarebbero accettabili dalla morale cristiana.**

- La coscienza decide il bene e il male.
- La libertà è la possibilità di scegliere.
- Una coscienza erronea va comunque rispettata.
- Un'intenzione positiva giustifica qualsiasi azione.

Qual è l'interpretazione offerta dal cristianesimo?

7 Sintetizza a punti i contenuti di questo brano del Concilio Vaticano II.

Ma l'uomo può volgersi al bene soltanto nella libertà, quella libertà cui i nostri contemporanei tanto tengono e che ardentemente cercano, e a ragione. Spesso però la coltivano in malo modo, quasi sia lecito tutto quel che piace, compreso il male. La vera libertà, invece, è nell'uomo segno altissimo dell'immagine divina. Dio volle, infatti, lasciare l'uomo in mano al suo consiglio, così che esso cerchi spontaneamente il suo Creatore, e giunga liberamente, con l'adesione a Lui, alla piena e beata perfezione. Perciò la dignità dell'uomo richiede che egli agisca secondo scelte consapevoli e libere, mosso cioè e indotto da convinzioni personali, e non per un cieco impulso interno o per mera coazione esterna. Ma tale dignità l'uomo la ottiene quando, liberandosi da ogni schiavitù di passioni, tende al suo fine con scelta libera del bene, e si procura da sé e con la sua diligente iniziativa i mezzi convenienti. Questa ordinazione verso Dio, la libertà dell'uomo, poiché è stata ferita dal peccato, non può renderla effettiva in pieno se non mediante l'aiuto della grazia di Dio. Ogni singolo uomo, poi, dovrà rendere conto della propria vita davanti al Tribunale di Dio, per tutto quel che avrà fatto di bene e di male.

Concilio Vaticano II, *Gaudium et Spes*, n. 17

- **Segui le indicazioni e rielabora quanto richiesto.**

Fratelli, siete stati chiamati a libertà. Purché questa libertà non divenga un pretesto per vivere secondo la carne.

Gal 5, 13

- Tra la frase di Paolo e l'insegnamento del Concilio vi è profonda sintonia e accordo? Rispondi motivando la tua posizione.
- Esemplifica alcune situazioni attuali nelle quali la libertà usata male porta a nuove forme di schiavitù.
- Che differenza c'è tra «libertà» e «arbitrio»?
- Si è veramente liberi quando si cerca sinceramente Dio e la sua volontà. È vera libertà questo «obbligo» inscritto nell'uomo di cercare Dio?

8 Parafrasa con un linguaggio più semplice le seguenti riflessioni e sintetizza con uno slogan di immediata comprensione il messaggio di ciascuna di esse.

Non c'è uomo senza valori
e non vi sono valori che, in modo assoluto,
pongano le fondamenta al valore dell'uomo
senza un Assoluto su cui poggiano essi stessi.

H. De Lubac, *Sulle vie di Dio*, Edizioni Paoline, Cinisello Balsamo 1974

Ormai tutto piace per la novità;
la voluttà è gradita quando nuova
e la Venere naturale è desueta
la natura piace meno dell'artificio;
si dissipa in abitudini vergognose
la ragione ormai povera di ragione.

G. Cambrense, *Symbolum electorum*, in *Agli estremi confini d'Occidente. Descrizione dell'Irlanda di Girardo Cambrense*, a cura di M. Cataldi, UTET, Torino 2002

... gli è tutto permesso [...] dal momento che Dio e l'immortalità non esistono, all'uomo nuovo è permesso di diventare un uomo-dio, anche se dovesse essere l'unico in tutto il mondo, e, promosso alla sua nuova posizione, a cuor leggero scavalcherà tutte le barriere della vecchia morale di uomo-schiavo, se sarà necessario. Per un dio non c'è legge che tenga! Là dove c'è un dio, ivi è già posto divino. Dove ci sarò io, sarà il posto migliore... tutto è ammesso, punto e basta!

F. Dostoevskij, *I fratelli Karamazov*, Garzanti, Milano 1992

9 Gesù «comanda» di volersi bene; ma si può comandare di amare?

Il «comandamento» dell'amore diventa possibile solo perché non è soltanto esigenza: l'amore può essere «comandato» perché prima è donato.

Benedetto XVI, *Deus caritas est*, n. 14

Esemplifica la verità di quest'affermazione considerando gli ambiti della famiglia e dell'amicizia.

10 Ricerca una definizione (ed eventuali altre informazioni) su:

- edonismo
- utilitarismo
- relativismo
- pragmatismo
- determinismo
- teleologismo

In che modo questi indirizzi di pensiero stabiliscono la differenza tra il bene e il male?

11 Che cosa vuole comunicare, secondo te, l'autore di questa stampa? Vuole avviare una riflessione sulla morale, sul bene e sul male?

Maurits Cornelis Escher, *Relatività*, 1953, National Gallery of Art, Washington D.C.

12 Analizza questo brano di William Shakespeare, tratto dal *Riccardo III*.

Dopo molti delitti, il re Riccardo III sente rimordergli la coscienza e di notte ha un incubo con la visione di spettri. Al risveglio chiede un cavallo per fuggire.

> *Datemi un altro cavallo! Fasciate le mie ferite! Pietà di me, Gesù! [...] Calma! Non è stato un sogno! O vile coscienza, come mi tormenti! I fuochi ardono azzurri. È appena trascorsa mezzanotte. Un freddo sudore di paura copre il mio corpo tremante! Di che ho paura? Di me stesso? Nessun altro è qui. Riccardo ama Riccardo; è così, io sono io. C'è qui un assassino? No. Sì, io! Allora fuggi! Per quale ragione fuggire me stesso? Grave ragione, però: per paura che io mi vendichi. Come? Io stesso contro me stesso? Ah, ma io amo me stesso! Perché? Per il bene che ho fatto a me stesso? Ah, no! Ahimè, io piuttosto odio me stesso per le azioni odiose da me compiute! Io sono malvagio; no, mento non lo sono. Pazzo, parla bene di te: pazzo, non adularti. La mia coscienza ha mille diverse lingue, e ogni lingua racconta una storia diversa, e ogni storia mi condanna come malvagio. Lo spergiuro, il più grande fra gli spergiuri, l'omicidio, il feroce omicidio, consumato nel modo più tremendo, tutti i delitti e tutti compiuti in ogni misura, s'affollano alla sbarra gridando: «Infame, infame!» Non avrò che disperazione! Non c'è creatura che mi ami, e se morrò, non un'anima avrà pietà di me. E perché dovrebbe averne, quando anch'io non trovo in me pietà per me stesso? Mi è sembrato che le anime di coloro che ho assassinato, fossero venute nella mia tenda e ognuna minacciasse vendetta per domani sulla testa di Riccardo.*
>
> W. Shakespeare, *Riccardo III*, atto V, scena III, in *Tutto il teatro*, vol. III, Newton Compton, Roma 1990

- Presenta la funzione esercitata dalla coscienza.
- Come spiegherebbe Freud il rimorso per il peccato? Come lo spiega la morale cristiana?

I grandi interrogativi dell'uomo

Contenuti

- Le grandi religioni e la comune ricerca
- La ricerca di Dio e la sua rivelazione
- La società secolarizzata e il relativismo
- Chi è l'uomo? Creatura di Dio
- Chi è l'uomo? Figlio di Dio
- Lo Spirito rende figli
- L'aldilà e il problema della morte
- Tre moduli interpretativi dell'aldilà

Obiettivi

- ☐ Individuare il legame tra l'esperienza delle religioni e la ricerca umana di capire.
- ☐ Riconoscere l'identità dell'uomo, la sua grandezza e la sua fragilità, la sua dignità davanti a Dio secondo il pensiero biblico e islamico.
- ☐ Saper delineare i tratti distintivi di Dio secondo le varie tradizioni religiose e culturali.
- ☐ Conoscere il secolarismo, le sue caratteristiche e le sue ripercussioni sull'esperienza religiosa ed etica dei singoli nella società contemporanea.
- ☐ Essere a conoscenza delle varie posizioni e delle proposte religiose sull'aldilà.
- ☐ Sapere che cosa sono il sincretismo, il relativismo e il fondamentalismo.
- ☐ Riconoscere i caratteri fideistici e umanitari dell'ateismo.

Le grandi religioni e la comune ricerca

L'esperienza religiosa è un dato umano fondamentale e nello stesso tempo universale. La naturale apertura dell'uomo verso il divino ha segnato tutte le epoche storiche: in forma più o meno consistente è possibile rinvenire espressioni di tipo religioso in aree culturali diverse. In alcune civiltà la religione è stata uno dei fenomeni tra i più influenti, tanto che esse si sono sviluppate sulla scorta di un determinato pensiero religioso; la stessa organizzazione sociale mutuava legittimità proprio dalla religione, così che il sovrano concentrava in sé le funzioni politiche e sacerdotali. La dignità di governo del re discendeva dalla divinità (ad esempio, presso gli egizi, il faraone era considerato figlio del Sole; l'imperatore cinese era ritenuto figlio del Cielo). Anche la distinzione in classi sociali ha trovato giustificazioni di tipo religioso (ad esempio, la divisione in caste nell'induismo).

In tali contesti la religione assume anche una funzione di supporto e di conservazione della struttura politica e sociale.

Addirittura alcuni eventi di tipo sportivo e teatrale hanno la loro radice storica in espressioni religiose (ad esempio, le Olimpiadi in Grecia o la rappresentazione di tragedie e commedie ad Atene, collegate al culto di Dioniso).

In questa prospettiva la storia delle religioni si può iscrivere a pieno titolo nella storia della cultura, di cui è un'espressione assai significativa.

Statua del faraone Ramesse II e del dio Hurun, 1279-1213 a.C., Museo egizio, Il Cairo.

Tutto questo è testimonianza di una **ricerca interiore** che è innata nell'animo di ogni uomo: è la **ricerca di senso**. L'essere umano, infatti, è dotato di creatività, di interiorità, di un'autonoma vita spirituale che lo costituisce per natura come *homo religiosus*, caratterizzato da un incessante tentativo di dare un significato alla sua condizione umana. La religione è appunto una risposta alla questione fondamentale del senso della vita.

Indubbiamente il senso religioso è qualcosa di fortemente soggettivo, radicato nella sensibilità e nell'animo di ogni singolo uomo; una tensione, un'attrazione verso il mistero della vita e di Dio. La religione, attraverso la proposta di dottrine (frutto di indagine umana o di rivelazione divina), la celebrazione di riti e feste, le tradizioni, la cultura che produce, la morale cui educa, l'evoluzione storica che ha avuto, dà alcune risposte a questa ricerca dell'animo umano.

Menade danzante, intarsio marmoreo proveniente da Pompei rappresentante una scena dionisiaca, I secolo a.C., Museo Archeologico Nazionale, Napoli.

Anche di fronte a proposte religiose formulate ormai da secoli, si può tuttavia spesso verificare che la mente umana non smetta di interrogarsi e di chiedersi ragione di quanto esiste, e soprattutto di chiedersi il perché della propria esistenza. Le risposte fornite dalla scienza, che cercano di spiegare l'origine dei vari esseri (viventi e non), costituiscono una fase di quest'indagine, ma non riescono a esaurire la ricerca dell'uomo. In questa luce possiamo definire la religione come la tensione del soggetto umano verso il suo orizzonte ultimo. Anche nella società con-

Il sincretismo e il relativismo religiosi

Per **sincretismo** si intende il tentativo di riunire insieme elementi di varie religioni o culture religiose, anche di origine differente, in un unico sistema di dottrine.
Il rischio del sincretismo è grande: mescolando dottrine di varia provenienza si dissolve ogni specificità delle singole religioni e le varie fedi perdono la loro identità. Vengono infatti rielaborate (fino a snaturarle) le dottrine fondamentali delle singole confessioni, così che possano stare insieme senza escludersi a vicenda. Anche la simbologia di questi movimenti nasce da un assemblaggio di immagini e segni propri delle varie religioni.
La posizione sincretista contraddice in maniera fondamentale quella che dovrebbe essere la pretesa di ogni religione, cioè quella di essere «la» verità su Dio e sull'uomo; parte da un relativismo di base che vede nelle varie fedi soltanto delle opinioni, delle proposte e non delle dottrine dotate di un'identità precisa e della convinzione di essere vere. È l'uomo che si costruisce la verità con un'operazione di fusione dottrinale.
Tra i movimenti sincretisti più citati vi è la Chiesa dell'Unificazione (*Unification Church*) del coreano San Myung Moon.
Il **relativismo religioso** è la convinzione che non esiste una sola religione vera, ma che tutte siano vere e, quindi, di fronte a una molteplicità di scelte qualitativamente simili, una valga l'altra. Solo ragioni di tipo storico e culturale possono far propendere verso una scelta di fede piuttosto che un'altra, ma non vi sarebbero ragioni per cui ritenere una religione più vera delle altre. Il relativismo giudica negativa ogni iniziativa di proselitismo e di missione da parte delle religioni. Ritenendo che nessuna religione possa prevalere sull'altra ed essere quindi totalmente nella verità, il relativismo pone tutte le religioni sullo stesso piano.

Matrimonio di massa a Seoul: 777 coppie, appartenenti alla Chiesa dell'Unificazione, celebrano le nozze nel palazzo sportivo di Changchung.

temporanea secolarizzata, la dimensione religiosa non è stata annientata, pur essendo innegabile il rischio di una sua riduzione, atrofizzazione o stravolgimento. Di fronte a questa comune dimensione religiosa, presente in tutti gli uomini di ogni tempo e cultura, constatiamo una pluralità di forme religiose e di dottrine.

Perché esistono dunque tante religioni diverse?
Alcuni studiosi del XIX secolo parlano di un progresso e di un'ascesa spirituale dell'umanità: da un feticismo primordiale con il culto di elementi minerali, vegetali, animali, umani ritenuti dotati di forza e poteri magici, si sarebbe passati al politeismo e poi al monoteismo. Altri studiosi spiegano la pluralità delle religioni in base a un moto degenerativo che, partendo dalla «vera» religione primordiale (*Ur-religion*), sarebbe sfociato nell'attuale situazione religiosa.

Il cristianesimo vede nella molteplicità delle forme religiose un'espressione dei diversi percorsi umani, storici, culturali che gli uomini hanno intrapreso per arrivare al mistero di Dio. Tale molteplicità ha, quindi, un suo valore ed esprime la sincerità con la quale l'uomo cerca di aprirsi e capire il mistero dell'Assoluto. Le varie forme religiose sono espressione di come lo Spirito di Dio agisca in maniera libera ed efficace nel cuore di tutti gli uomini, conducendoli verso il comune fine dell'incontro con Dio. Il cristianesimo non può quindi rifiutare quanto esiste di

Idolo cicladico, 2880-2200 a.C., Museo dell'Acropoli, Atene.

Diego Rivera, *La creazione*, XX secolo.

buono e vero in tutte queste forme religiose, pur affermando che a questa multiforme ricerca dell'uomo ha corrisposto la volontà stessa di Dio di manifestarsi attraverso la storia del popolo di Israele e definitivamente in Gesù, suo Figlio. Questo motiva l'impegno della Chiesa per trovare e rafforzare le ragioni di unità tra tutte le religioni del mondo e tra tutti i popoli che, al di là delle distinzioni, condividono quest'apertura a Dio, che è lo scopo definitivo e comune a tutti gli uomini.

Una sola comunità infatti costituiscono i vari popoli. Essi hanno una sola origine poiché Dio ha fatto abitare l'intero genere umano su tutta la faccia della terra; essi hanno anche un solo fine ultimo, Dio, la cui provvidenza, testimonianza di bontà e disegno di salvezza si estendono a tutti. [...] *Gli uomini dalle varie religioni attendono la risposta ai reconditi enigmi della condizione umana che ieri come oggi turbano profondamente il cuore dell'uomo: la natura dell'uomo, il senso e il fine della nostra vita, il bene e il peccato, l'origine e il fine del dolore, la via per raggiungere la vera felicità, la morte, il giudizio e la sanzione dopo la morte, infine l'ultimo e ineffabile mistero che circonda la nostra esistenza, donde noi traiamo la nostra origine e verso cui tendiamo.*

CONCILIO VATICANO II, *Nostra Aetate*, n. 1

La ricerca di Dio e la sua rivelazione

L'uomo, interrogandosi sulla propria identità e cercando di oltrepassare i limiti della sua natura umana, dimostra la propria naturale dimensione religiosa. Egli è dunque aperto al mistero di Dio e sente l'esigenza di conoscere, approfondire, capire la realtà divina; inoltre è naturale in lui la necessità di sapere se la realtà divina sia interessata alla vita degli uomini, voglia e possa entrare in comunicazione con essi, ponga nella loro vita dei segni per farsi riconoscere e chieda all'uomo una risposta obbediente nei suoi confronti. La Rivelazione cristiana afferma che a questa ricerca umana Dio si è fatto incontro, anzi Egli stesso la suscita ponendo nell'uomo un inesauribile desiderio della divinità ed Egli stesso si propone come la ragionevole conclusione di questa ricerca.

Procediamo per gradi e ipotesi, analizzando le possibili proposte interpretative di fronte alla domanda su Dio:

- Dio non esiste, non esiste nulla di Assoluto ed Eterno;
- Dio esiste, o meglio tutto ciò che esiste è Dio (panteismo);
- Dio esiste, ma è una realtà a sé stante, senza possibilità né intenzione di entrare in contatto con l'uomo;
- Dio esiste e l'uomo può raggiungerlo;
- Dio esiste e viene incontro alla ricerca umana.

La prima è l'**ipotesi atea** che nega l'esistenza di ogni Essere Superiore poiché il vertice di quanto esiste è l'uomo: esiste soltanto la materia con le sue leggi sperimentabili e l'uomo rientra in questo contesto di materialità. La posizione atea nega ogni valore al cammino di ricerca di Dio e risolve il problema spostando la ragione dell'esistenza dell'uomo, del cosmo, degli altri esseri viventi sulla materia e sull'uomo stesso. A partire dal XIX secolo l'ateismo si è imposto come espressione filosofica, ricercando quindi un fondamento teorico, e non solo come atteggiamento interiore o pratico (vedi Scheda, *L'ateismo,* p. 381).

Il punto di partenza dell'ateismo assoluto è, a mio avviso, un atto fondamentale di scelta morale, una libera e cruciale determinazione. [...] *Tutto ciò significa che l'ateismo assoluto ha il suo punto di partenza in un atto di fede a rovescio, è un impegno religioso di grande stile. Noi abbiamo qui la prima grande contraddizione interna dell'ateismo contemporaneo; esso proclama la scomparsa necessaria di ogni religione ed è esso stesso un fenomeno religioso.*

J. MARITAIN, *Il significato dell'ateismo contemporaneo*, Morcelliana, Brescia 1983

Lorenzo Bartolini, *La fiducia in Dio*, 1834-35, Collezione Poldi Pezzoli, Milano.

L'ateismo apre quindi più interrogativi di quanti non creda di risolverne: se Dio non esiste, da dove deriva all'uomo la sua naturale dimensione religiosa? Che cosa può rendere ragione di quei valori umani che sempre hanno contrassegnato l'impegno dell'uomo (la giustizia, il rispetto degli altri, la fedeltà, la solidarietà, il senso del dovere, l'esplicazione di un'attività produttiva, artistica, culturale...)?

Un'altra risposta alla ricerca di Dio può essere formulata e sintetizzata nella **posizione panteista**: Dio esiste ed è l'unico essere che esiste, è Tutto. Per via negativa può anche essere espressa come «non esiste nulla che non sia Dio». In questa visione si nega l'alterità di Dio considerando la divinità e tutte le cose dell'universo come un'unica realtà.

Il panteismo (dal greco *pan* = «tutto», *theos* = «Dio») ha radici filosofiche molto antiche e venne elaborato dai filosofi stoici (III secolo a.C.) per i quali tutto ciò che esiste è frutto di un principio attivo (Ragione, Dio, Zeus) e di un principio passivo (la materia). Così Dio è il principio informatore del mondo ed è immanente al mondo. Questa concezione, che identifica Dio con il Tutto esistente, ha avuto poi dalla sua parte anche esponenti importanti del pensiero filosofico occidentale, come Giordano Bruno (1548-1600) e Baruch Spinoza (1632-1677).

Monaci del monastero del monte Sichimen, in contemplazione del monte Fuji.

Anche l'induismo e il buddhismo propongono una visione panteistica dell'universo, sebbene le loro posizioni differiscano molto da quelle della filosofia occidentale. Entrambe le religioni orientali affermano una sostanziale unità dell'Essere: la distinzione tra gli esseri viventi non sarebbe altro che un apparire differenziato di ciò che invece è unico (vedi Unità 2, *Le grandi religioni del mondo*).

In queste tradizioni religiose le vie privilegiate di conoscenza del divino sono quelle della meditazione e della mistica, che permettono di sentire l'unità dell'essere nel quale anche l'uomo è inserito e di entrare in intima unione con l'Assoluto. La via mistica sviluppa una comunione profonda e totale, piuttosto che una conoscenza razionale del divino.

È ipotizzabile anche un'altra prospettiva: l'uomo cerca **Dio** e Dio esiste realmente, ma Egli è una **realtà a sé stante**, senza possibilità né intenzione di entrare in contatto con l'uomo. Peraltro, potrebbe anche non farlo e negarsi volutamente, nascondendosi all'uomo. Già il profeta Isaia rilevava come talvolta l'uomo faccia fatica a cogliere la presenza di Dio fino al punto da apparirgli quasi come un Dio nascosto (cfr. Is 45, 15), anche se non distaccato o disinteressato alla vita umana.

Da un punto di vista filosofico l'idea di una divinità disinteressata all'uomo venne formulata dagli epicurei nel IV secolo a.C.: Epicuro non nutriva dubbi sull'esistenza degli dèi, ma li riteneva isolati dal mondo, indifferenti alle vicende umane e chiusi nel loro regno di beatitudine. Questa convinzione era un tentativo per fugare la paura degli uomini nei confronti dei castighi divini.

Molte convinzioni religiose partono invece dalla prospettiva secondo la quale l'esistenza di **Dio è conoscibile**, sia pure in modo parziale, difficoltoso e incerto: l'uomo è *capax Dei*, cioè atto a contenere Dio. La conoscenza di Dio è sotto la benevola luce della Divinità stessa che pone nel cosmo e nell'animo umano non solo un desiderio di infinito, ma anche tracce della sua esistenza.

In particolare, i tre grandi monoteismi (ebraismo, cristianesimo e islam) si definiscono come **religioni rivelate**: l'uomo, pur intuendo l'esistenza di Dio, ha avuto il dono di essere destinatario della libera e benevola intenzione di Dio di manifestare quanto di Sé serviva alla salvezza umana.

L'Antico Testamento è la Rivelazione di Dio al popolo d'Israele; questa Rivelazione si è completata in maniera definitiva con l'incarnazione stessa del Figlio di Dio.

La *Lettera agli Ebrei* esprime bene la volontà di Dio che è diventata una scelta irrevocabile di dialogo con l'umanità in Gesù.

Dio, che aveva già parlato nei tempi antichi molte volte e in diversi modi ai padri per mezzo dei Profeti, ultimamente, in questi giorni, ha parlato a noi per mezzo del Figlio, che ha costituito erede di tutte le cose e per mezzo del quale ha fatto anche il mondo.

Eb 1, 1-2

Michelino da Besozzo, *Crocifissione*, XIV secolo, Convento di San Salvatore, Crevenna (Erba).

Anche Paolo, nel suo discorso all'Areopago di Atene davanti all'élite culturale del mondo greco, parla della volontà di Dio di manifestarsi e di farsi cercare; con insistenza afferma che Gesù è stato inviato da Dio come rivelatore e giudice della Sua volontà (cfr. At 17, 22-34).

Il cristianesimo afferma quindi che la ricerca dell'uomo incontra la Rivelazione di Dio; anzi la stessa ricerca umana è sostenuta dallo Spirito di Dio che agisce in ogni uomo e lo prepara ad accogliere quanto Dio liberamente ha voluto manifestare di Sé. La Rivelazione di Dio non contraddice le caratteristiche umane: l'uomo è un essere intelligente e la sua ragione deve accogliere la Rivelazione divina, anche se non può comprenderne tutto il mistero. La Rivelazione di Dio avviene entro la storia umana, manifestandosi dapprima lungo la storia del popolo ebraico e poi nella fedele tradizione della Chiesa. La Rivelazione divina è comunitaria, cioè appartiene e viene donata alla comunità degli uomini perché insieme la accolgano. La manifestazione di Dio sorpassa le possibilità umane di conoscenza, ma non le nega, va oltre quello che la ragione da sé può comprendere, ma nello stesso tempo esige un'indagine razionale. La Rivelazione ebraico-cristiana discende da Dio ma non schiaccia l'uomo.

Così la Rivelazione cristiana discende da Dio come dono e deve incontrare fondamentalmente due atteggiamenti da parte dell'uomo: la fede e l'approfondimento della riflessione umana.

Giovanni Segantini, *Il conforto della fede*, XIX secolo, Hamburger Kunsthalle, Amburgo.

> *A Dio che rivela è dovuta l'obbedienza della fede (Rm 16, 26; cfr. Rm 1, 5; 2Cor 10, 5-6), con la quale l'uomo si abbandona a Dio tutt'intero liberamente, prestandogli «il pieno ossequio dell'intelletto e della volontà» e acconsentendo volontariamente alla Rivelazione data da Lui. Perché si possa prestare questa fede, sono necessari la grazia di Dio che previene e soccorre e gli aiuti interiori dello Spirito Santo, il quale muova il cuore e lo rivolga a Dio, apra gli occhi della mente, e dia a tutti dolcezza nel consentire e nel credere alla verità. Affinché, poi, l'intelligenza della Rivelazione diventi sempre più profonda, lo stesso Spirito Santo perfeziona continuamente la fede per mezzo dei suoi doni.*
>
> CONCILIO VATICANO II, *Dei Verbum*, n. 5

Il testo conciliare evidenzia, quindi, il primato di Dio, della sua volontà di rivelarsi e della grazia che agisce nei cuori degli uomini, ma nello stesso tempo rimarca che la mente e la riflessione umana sono pienamente coinvolte nell'assenso di fede, che deve essere un assenso «umano» cioè dato con tutte le facoltà proprie dell'uomo.

I filosofi e la ricerca di Dio

Già **Agostino** (354-430) rimarcava che la fede e l'intelligenza dell'uomo devono andare di pari passo e sentirsi sempre collegate tra loro, perché queste due prospettive unite possono dare la giusta visione d'insieme della verità. Per questo egli affermava *Credo ut intelligam* («Credo per poter capire»), ma anche *Intelligo ut credam* («Cerco di capire per poter credere»).

Partendo dal presupposto che la ragione umana può e deve indagare su Dio, lungo la storia molti pensatori e filosofi hanno proposto delle «prove» dell'esistenza di Dio, cioè dei percorsi di riflessione che avvicinano la mente e giustificano razionalmente quello che la fede accoglie attraverso la Parola rivelata della Bibbia.

Giorgione,
I tre filosofi,
1507-1510,
particolare,
Kunsthistorisches
Museum, Vienna.

Anselmo d'Aosta (1033-1109) ripropose il problema del rapporto tra ragione e fede. Egli sosteneva che *fides quaerens intellectum* («la fede interpella l'intelligenza») e nel *Proslogion* («discorso rivolto ad altri») partiva dall'idea di Dio che tutti gli uomini, in qualche modo, possiedono. Anche chi afferma che Dio non esiste, secondo Anselmo, ha comunque una qualche rappresentazione mentale di che cosa possa essere Dio. E Dio è «*ciò in paragone al quale non si può pensare nulla di più grande*». Ora, non ci può essere nulla di più grande dell'esistenza di Dio. Il fatto che Egli esista, la sua esistenza è più grande ancora della stessa idea di Dio. Questa prova è stata chiamata «a priori» o ontologica perché analizza l'idea di Dio in se stessa.

Già nel *Monologion* («soliloquio») Anselmo aveva riflettuto da un altro punto di vista: se qualcosa è considerato buono e perfetto lo è in riferimento e in relazione a qualcos'altro (cioè Dio) che è il Sommo Bene e la Somma Perfezione. Questa dimostrazione dell'esistenza di Dio si definisce «argomento dei gradi».

Tommaso d'Aquino (1225-1274) criticò le argomentazioni di Anselmo e propose a sua volta cinque prove dell'esistenza di Dio, dette «a posteriori», perché partono dall'esperienza e dalla realtà per risalire a Dio. Le riassumiamo brevemente.

- La prima prova parte dal fatto che tutto ciò che esiste cambia, muta, evolve e questo è possibile solo se vi è qualcosa o qualcuno che produce questi cambiamenti. Ora, risalire all'infinito è impossibile, quindi è necessario arrivare a una prima ragione del mutamento che però non muti: questa è Dio.
- La seconda via parte dall'analisi della causa efficiente: tutto ha una ragione anteriore, una causa. La causa prima, incausata perché «non causata» da nient'altro, è Dio.
- La terza via analizza il fatto che nel mondo esistono realtà possibili, che cioè possono esserci o non esserci, e queste sono generabili e corruttibili: sono contingenti. Non tutto, però, può essere precario e legato alla contingenza, deve esserci qualcosa di assolutamente necessario da cui poi vengono tutti gli altri esseri: Dio.
- La quarta via parte dai gradi di perfezione che si riscontrano nelle cose. C'è infatti nelle cose il più e il meno buono, il più e il meno vero... La somma perfezione cui tutte le cose tendono è Dio.

Gaetano Previati,
La creazione della luce,
XX secolo,
Galleria Nazionale
d'Arte Moderna
e Contemporanea,
Roma.

• La quinta via parte dalla riflessione che tutto ciò che esiste ha uno scopo ed è ordinato a una finalità, sia gli esseri viventi sia quelli non viventi, sia gli esseri che possono determinarsi sia quelli che non hanno libertà di scelta e decisione. Ne deriva la necessità che vi sia un'intelligenza che ha posto in tutte le realtà una finalità, una ragione, uno scopo per la loro esistenza: questa intelligenza è Dio.

Moltissimi altri filosofi hanno riflettuto sull'esistenza di Dio e hanno cercato di chiarire la ragione per cui è ragionevole credere. Quelli che abbiamo ricordato sono tra i più importanti rappresentanti del pensiero occidentale e testimoniano che il cristianesimo coinvolge allo stesso tempo l'adesione della fede e l'intelligenza dell'uomo. Così il pieno ossequio dell'intelletto, di cui parla il Concilio Vaticano II, indica il sincero sforzo umano di indagare razionalmente senza pretendere di comprendere il mistero di Dio. E il mistero di Dio non è qualcosa di cui non si possa dire nulla; è qualcosa di cui non si può dire tutto.

Il concetto di Dio nell'islam

Anche nell'islam non manca l'invito a riflettere sui segni dell'universo, così da arrivare all'esistenza di Dio.

> *E in verità, nella creazione dei cieli e della terra e nell'alternarsi del giorno e della notte vi sono segni per quei che han sano intelletto, i quali rammentano il nome Santo di Dio, in piedi, seduti o coricati sui fianchi e meditano sulla creazione dei cieli e della terra così: «Oh Signore! Non hai creato tutto questo invano! Sia gloria a Te».*
>
> CORANO 3, 190-191

Il pensiero musulmano afferma che la ragione umana può (e deve) decifrare i segni dell'universo, che sono segni di Dio. Tuttavia, se per una corrente islamica (i *mu'taziliti*) questo è possibile all'uomo senza l'aiuto della Rivelazione, per la maggior parte dell'islam è solo dalla Rivelazione che deriva la capacità e il dovere di esercitare la ragione. In quest'indagine l'uomo deve però prestare attenzione a non legarsi troppo all'ordine contingente degli esseri per mantenere fisso il riferimento alla Rivelazione coranica. L'attitudine fondamentale del fedele islamico deve comunque restare l'adorazione di Dio e la lode. L'uomo è servo di Dio e Dio trascende sempre l'ordine creato. L'attitudine religiosa perfetta è la sottomissione e l'abbandono a Dio da cui si attende ogni aiuto. Proprio in ragione di questo, le istituzioni musulmane ufficiali guardano con sospetto ogni tentativo di applicare allo studio della Rivelazione coranica gli apporti che possono venire dalle varie filosofie, dalla critica testuale, dalle scienze umane, preferendo sottolineare che la Rivelazione discende da Dio e va, prima di tutto, accettata in sottomissione di fede.

Donna in preghiera a Dakar.

Fondamentalismo e integralismo

Una visione totalizzante della società

Sul versante opposto alle posizioni sincretiste e relativiste si pongono i **fondamentalismi** e gli **integralismi**. Questi termini fanno riferimento a un nucleo di dottrine che vanno rispettate in modo «fondamentale» e «integrale». In questi casi la religione si fa forte della sua pretesa di verità e assolutizza la sua posizione non solo da un punto di vista dogmatico, affermando di essere «la» verità, ma anche assumendo atteggiamenti intransigenti e persecutori verso ciò che si oppone a tale proposta dottrinale.

Il leader anti-talebano Ahmed Shah Massoud, a capo dell'alleanza del Nord, vicino a Charikar, in Afghanistan, nel 1996. È stato ucciso da terroristi suicidi il 9 settembre 2001.

Viene sottolineata in maniera marcata l'importanza del fattore religioso in contrapposizione al secolarismo che allontana Dio e il sacro dalla società contemporanea.

La stessa società deve promanare da questa visione religiosa. Dal punto di vista sociale e politico i fondamentalismi si propongono (sarebbe meglio dire si impongono) come una visione totalizzante della società che dovrebbe uniformarsi integralmente al dettato religioso.

Il fondamentalismo è ritenuto un fenomeno religioso inquietante e minaccioso proprio per la negazione del principio di tolleranza e di libertà di coscienza. Spesso sfocia nel fanatismo religioso, nell'intolleranza, nella violazione dei diritti umani fino alla persecuzione e alla violenza contro le altre fedi e le altre culture.

La centralità del testo sacro

Il primato del religioso si esprime in un attaccamento rigoroso al testo sacro: esso diventa testo base, carta costituzionale, punto di riferimento imprescindibile. La sua stessa interpretazione non va oltre una fedele lettura e comprensione letterale che rifiuta ogni adattamento culturale e revisione critica o testuale.

Fenomeni di integralismo religioso si sono manifestati e sono presenti non solo in quelle religioni che si definiscono rivelate (ebraismo, cristianesimo e islam), ma anche in religioni che hanno sempre rifiutato il proselitismo e il dogmatismo (ad esempio l'induismo e lo shintoismo).

L'integralismo islamico presenta numerosi gruppi (ad esempio, il movimento dei Taliban in Afghanistan; i Fratelli musulmani in Egitto, Siria e Giordania; Hamas nei territori palestinesi ecc.). Molti gruppi sono armati, compiono azioni violente e attentati fino al «martirio» dei kamikaze.

Un esempio clamoroso dell'intransigenza del fondamentalismo islamico, in campo culturale, è la condanna pronunciata nel 1989 contro Salman Rushdie, uno scrittore di origine indiana, autore di un libro, *I versetti satanici*, che le autorità islamiche ritennero blasfemo.

L'ateismo

Le origini dell'ateismo

L'ateismo è l'atteggiamento e la scelta di chi nega l'esistenza di Dio. In qualsiasi epoca storica sono esistite persone che hanno apertamente negato, con il loro atteggiamento, che esistesse un dio. Nell'antica Grecia, posizioni di questo genere sono state assunte da alcuni tra i rappresentanti del movimento dei sofisti, nel V secolo a.C., mentre il filosofo Epicuro (341-270 a.C.), pur non negando l'esistenza degli dèi, affermava che si dovesse agire come se gli dèi non ci fossero. Le epoche passate non hanno tuttavia conosciuto la formulazione ideologica dell'ateismo. L'ateismo sistematico, frutto di una scelta e ricerca del pensiero umano, affonda le sue radici nel razionalismo illuministico del XVIII secolo. Solo nell'ambito della cultura ottocentesca, però, quest'ideologia si organizza teoricamente.

I primi pensatori che negano in maniera aperta l'esistenza di Dio lo fanno perché vedono in Esso un antagonista, un concorrente dell'uomo, che ne impedirebbe la felicità.

L'ateismo nel XIX secolo

Il filosofo tedesco **Ludwig Feuerbach** (1804-1872) riteneva che ogni fede in Dio fosse falsa, poiché ogni religione nasce dall'istinto umano che proietta al di là dei propri limiti quei desideri che ogni uomo sente e coltiva nel suo animo. La consapevolezza dell'esistenza di Dio non è altro che la coscienza dell'esistenza della specie umana. Esistono l'uomo, la sua specie e le sue speranze che vengono idealizzate ed eternizzate nell'ipotetica idea di un Dio. Dio, la fede, ogni religione sono il risultato della proiezione al di fuori di sé di desideri e aspettative interiori. La religione è la **proiezione** dell'essenza dell'uomo e Dio è unicamente l'essere dell'uomo liberato dai limiti dell'individuo.

Un ritratto di Karl Marx, XIX secolo, Karl Marx Haus Museum, Treviri.

Un altro filosofo tedesco, **Karl Marx** (1818-1883), pensava che la religione fosse un'invenzione umana, frutto di desideri, aspettative, speranze che l'uomo vede irrealizzate, e che si illude di veder rimandate nell'aldilà. Per questo considera la religione una «sovrastruttura».

Secondo Marx la società si fonda sui rapporti economici e di lavoro tra le persone ed è divisa tra borghesi e proletari, ricchi e poveri, sfruttatori e sfruttati. I potenti hanno convenienza a conservare questa situazione a loro vantaggio e su questa «struttura» sociale ingiusta costruiscono delle **sovrastrutture** che giustifichino l'ordine vigente e mantengano inalterata la società.

> *Le leggi, la morale, la religione, sono per lui* [cioè per il proletariato] *altrettanti pregiudizi borghesi, dietro i quali si nascondono altrettanti interessi borghesi.*

K. Marx - F. Engels, *Manifesto del partito comunista*, Editori Riuniti, Roma 1996

La famosa espressione secondo la quale «*la religione è l'oppio dei popoli*» esprime bene come la fede in Dio, secondo l'ideologia marxista, sia qualcosa di illusorio e rappresenti un rifugio per le delusioni e le sconfitte subite dall'uomo. La religione è opera di un'umanità sofferente e oppressa costretta a cercare consolazione nell'immaginario universo della fede. Credere in Dio significa dunque rinunciare a costruire già da ora e su questa terra la vera felicità dell'uomo, la giustizia, il mondo perfetto; l'uomo credente sarebbe un rinunciatario che aspetta da un Dio che non esiste ciò che non riesce o non vuole costruire fin da ora.

Edvard Munch, *Friedrich Nietzsche*, 1905-06, Museo Munch, Oslo.

L'ateismo di Friedrich Nietzsche

Il filosofo **Friedrich Nietzsche** (1844-1900) affermava: «*Dio è morto. Noi l'abbiamo ucciso*». L'ateismo di questo filosofo partiva da una reazione quasi istintiva, passionale, emotiva contro il cristianesimo nel quale vedeva un sistema di pensiero fortemente dominante su tutta la cultura occidentale.

A suo giudizio, difficilmente si sarebbe potuto contrastare il cristianesimo ponendosi sul piano della riflessione filosofica: occorreva negarlo con un atto di volontà. L'abolizione di Dio è necessaria perché con la negazione della divinità vengono a cadere tutti i falsi valori su cui si fondano la società e il cristianesimo.

I valori del cristianesimo sono i valori dei deboli, degli uomini remissivi, oppressi e rassegnati.

Il cristianesimo si è schierato dalla parte di tutto ciò che è debole, miserabile, malriuscito; ha fatto un ideale della contraddizione, contro gli istinti conservativi della vita forte.

F. NIETZSCHE, *L'Anticristo*, n. 5, Newton Compton, Roma 1989

Il concetto cristiano di Dio – Dio come divinità dei malati, Dio come Regno, Dio come Spirito – è uno dei concetti più corrotti di Dio mai raggiunti al mondo [...]. *In Dio la dichiarazione di ostilità alla vita, alla natura, alla volontà di vivere! Dio, la formula per ogni diffamazione dell'«al di qua», per ogni menzogna dall'«al di là»! Il nulla divinizzato, la volontà del nulla santificata in Dio.*

F. NIETZSCHE , *L'Anticristo*, n. 18, Newton Compton, Roma 1989

... la croce quale segno di riconoscimento per la più sotterranea congiura mai esistita – contro salute, bellezza, costituzione bennata, coraggio, spirito, bontà dell'anima, contro la vita medesima...

F. NIETZSCHE, *L'Anticristo*, n. 62, Newton Compton, Roma 1989

Nietzsche oppone allora a quest'atteggiamento remissivo uno spirito dionisiaco (da Dioniso, che era il dio dell'ebbrezza, del godimento pieno della vita). Dopo aver negato, ucciso Dio, l'uomo deve sprigionare quest'impulso vitale e dionisiaco. L'uomo, forte delle sue qualità, deve autocostituirsi come **superuomo**: l'uomo deve guardare alla terra, non al cielo; è l'uomo che dà senso alla vita terrena e crea i valori per cui vivere. Questa volontà di potenza, che si contrappone all'abbandono della fede in Dio, è lo slancio dell'uomo per andare oltre se stesso.

Nel Novecento il fenomeno dell'ateismo si generalizza, non è più esclusivo di pochi intellettuali. Ricordiamo, in questa sede, alcune posizioni culturalmente importanti.

Ateismo e psicoanalisi

Sigmund Freud (1856-1939) considerava la religione come un comportamento immaturo e regressivo.

Dio non esiste nella realtà ed è solamente la **sublimazione**, cioè la trasposizione in un'immagine più elevata, di impulsi presenti nell'inconscio umano. In particolare, la nostalgia del padre, della sicurezza paterna, delle regole insegnate inconsciamente hanno creato l'idea di un Dio padre che protegge, dà sicurezza e fonda le regole del comportamento. Dio è questo padre elevato a divinità.

> *La psicoanalisi ci ha fatto conoscere l'intimo collegamento tra il complesso del padre e la fede in Dio; ci ha mostrato che un Dio personale, psicologicamente, non è altro che un padre esaltato, e ci porta ogni giorno testimonianze di come i giovani perdono la loro fede religiosa nel momento stesso in cui crolla l'autorità del padre. Ci rendiamo conto quindi che le radici dell'esigenza di una religione si trovano nel complesso dei genitori; Dio potente e giusto e la Natura gentile ci appaiono quali grandiose sublimazioni del padre e della madre, o piuttosto quali reincarnazioni e ricostruzioni del concetto che di entrambi hanno i bambini.*
>
> S. Freud, *Un ricordo d'infanzia di Leonardo da Vinci*, 1910, in *Opere 1905-1921*, Newton Compton, Roma 1992

Inoltre la religione con le sue pratiche e i suoi riti è una **nevrosi ossessiva**, cioè un comportamento che si ripete nel timore inconsapevole che la sua trasgressione o il suo cambiamento provochino sensi di colpa insanabili. Anche in tal senso la religione è regressiva e limitante, insomma una patologia.

> *... ci si potrebbe azzardare a considerare la nevrosi ossessiva come la controparte patologica della formazione di una religione, e a descrivere la nevrosi come una religiosità individuale e la religione come una nevrosi ossessiva universale. La somiglianza fondamentale risiederebbe nella basilare rinuncia all'estrinsecazione di pulsioni costituzionalmente presenti, mentre la differenza essenziale si troverebbe nella natura di queste pulsioni, che nella nevrosi hanno una origine esclusivamente sessuale mentre nella religione traggono origine dall'egoismo.*
>
> S. Freud, *Comportamenti ossessivi e pratiche religiose*, 1907, in *Opere 1905-1921*, Newton Compton, Roma 1992

L'ateismo degli esistenzialisti

Il filosofo francese **Jean-Paul Sartre** (1905-1980) considerava l'uomo completamente libero e responsabile di se stesso: non esiste nulla e nessun valore superiore o preesistente all'uomo; gli uomini stessi creano e decidono ciò che è bene e ciò che è male. Dio non esiste perché sarebbe una limitazione a quest'estrema e assoluta libertà umana. Quest'assoluta autonomia e responsabilità era da lui concepita come l'identità profonda della stessa coscienza umana.

Lo scrittore **Albert Camus** (1913-1960) affermava l'impossibilità di conciliare l'esistenza di Dio con l'esistenza del male, della sofferenza e del dolore, soprattutto di quello innocente. Da qui il suo ateismo.

> *Se l'ordine del mondo è regolato dalla morte, forse val meglio per Dio che non si creda in lui e che si lotti con tutte le nostre forze contro la morte, senza levare gli occhi verso il cielo dove lui tace.*
>
> A. Camus, *La peste*, Bompiani, Milano 1987

Le ragioni dell'ateismo

Molti oggi si professano atei, ma dietro questa parola si possono nascondere differenti atteggiamenti:

- ci può essere la scelta ideologica e pensata di chi nega l'esistenza di Dio in maniera convinta: è il cosiddetto ateismo sistematico;
- vi è chi rifiuta la religione dell'ambiente culturale nel quale è stato educato e questa opposizione lo porta a negare l'importanza del problema di Dio;
- ci può essere un atteggiamento pratico, più che teorico, di indifferenza: non ci si pensa e basta; non vi sono particolari ragioni, forse soltanto un poco di pigrizia mentale o mancanza di occasioni che rendano significativa la domanda sull'esistenza di Dio. Talvolta a questo atteggiamento pratico fa anche seguito un tentativo di autogiustificazione che coinvolge la sfera della riflessione teorica e che porta alla considerazione che, se anche Dio esistesse, tuttavia non interferirebbe con la vita degli uomini;
- ci può essere l'agnostico per il quale è inutile porsi il problema se Dio esista o no, perché non è risolvibile da parte nostra; non possiamo né negarne né affermarne l'esistenza. Tanto meno possiamo conoscere qualcosa di Dio. La domanda su Dio non ha quindi alcun interesse.

Johann Heinrich Füssli, *Il silenzio*, XVIII-XIX secolo, Kunsthaus, Zurigo.

DOCUMENTI

L'uomo folle

L'aforisma dell'uomo folle, tratto da *La gaia scienza* (1881-1882) di Friedrich Nietzsche, è ormai celebre. L'uomo folle che in pieno giorno cerca Dio con una lanterna accesa simboleggia tutta la filosofia e la teologia occidentali e, più in generale, tutta la ricerca dell'uomo. Dio è però stato ucciso, radiato dall'umanità, nonostante la sua apparente inaccessibilità alle forze umane.

Avete mai sentito dire di quell'uomo folle, che nella chiara mattina accese una lanterna, corse al mercato e prese a gridare incessantemente: «Cerco Dio! Cerco Dio!». E poiché proprio là si trovavano insieme molti di coloro che non credevano a Dio, costui suscitò una grande risata. «È forse perduto?» disse uno. «Si è smarrito come un bambino?» disse un altro. «Oppure si tiene nascosto? Ha paura di noi? Si è imbarcato? È emigrato?» così vociavano e ridevano in una gran confusione. L'uomo folle balzò in mezzo a loro e li trapassò con i suoi sguardi. «Dove se n'è andato Dio» gridò «ve lo voglio dire! Noi lo abbiamo ucciso, – voi ed io! Noi tutti siamo i suoi assassini! Ma come abbiamo fatto questo? Come abbiamo potuto vuotare il mare, bevendolo fino all'ultima goccia? Chi ci ha dato la spugna per cancellar via l'intero orizzonte? Cosa abbiamo mai fatto a sciogliere questa terra dalle catene del suo sole? In che direzione ci muoviamo ora? Via da tutti i soli? Non precipitiamo forse senza interruzione? E all'indietro, di fianco, in avanti, da tutti i lati? Esiste ancora un alto e un basso? Non stiamo forse errando come attraverso un infinito niente? Non alita su di noi lo spazio vuoto? Non è divenuto più freddo? Non continua a venir notte, sempre più notte? Non dobbiamo accendere lanterne la mattina? Non udiamo ancora niente del rumore che fanno i becchini mentre seppelliscono Dio? Non fiutiamo ancora nulla della putrescenza divina? Anche gli dèi si decompongono! Dio è morto! Dio resta morto! E noi lo abbiamo ucciso! Come ci potremo consolare noi, gli assassini di tutti gli assassini? Quel che di più sacro e di più potente il mondo possedeva fino a oggi, si è dissanguato sotto i nostri coltelli, – chi laverà via da noi questo sangue? Con quale acqua potremo mondarci? Quali riti espiatori, quali sacri giochi dovremo inventare? La grandezza di quest'azione non è forse troppo grande per noi? Non dobbiamo forse diventare, noi stessi, dèi, per soltanto apparire degni di essa? Non vi fu mai un'azione più grande, – e tutti coloro che nasceranno dopo di noi, faranno parte, in virtù di questa azione, di una storia più alta di quanto mai siano state tutte le storie fino a ora!» A questo punto l'uomo folle tacque e volse di nuovo lo sguardo sui suoi ascoltatori: anch'essi tacquero e guardarono sorpresi verso di lui. Finalmente egli gettò a terra la sua lanterna che andò in frantumi e si spense. «Vengo troppo presto» disse allora «ancora non è venuto il mio tempo. Questo immane evento è ancora per la strada e fa il suo cammino, – ancora non è penetrato fin nelle orecchie degli uomini. Fulmine e tuono hanno bisogno di tempo, la luce delle stelle ha bisogno di tempo, le azioni hanno bisogno di tempo, anche dopo che sono state compiute, per essere viste e udite. Questa azione è pur sempre più lontana da loro delle più lontane costellazioni, – eppure essi stessi l'hanno compiuta!» Si racconta ancora che, quello stesso giorno, l'uomo folle abbia fatto irruzione in diverse chiese e abbia qui intonato il suo Requiem aeternam Deo. *Cacciatone fuori e interrogato, si dice che abbia sempre e soltanto risposto questo: «Che cosa sono dunque ancora queste chiese, se non le tombe e i monumenti sepolcrali di Dio?».*

F. Nietzsche, *La gaia scienza*, Editori Riuniti, Roma 1985

Francis Hayman, *Al chiaro di luna*, XVIII secolo, Collezione privata.

La società secolarizzata e il relativismo

Dal punto di vista spirituale, questo mondo moderno sembra dibattersi in quello che un autore contemporaneo ha chiamato «il dramma dell'umanesimo ateo».
Da una parte, si è obbligati a constatare nel cuore stesso di questo mondo contemporaneo il fenomeno che diviene quasi la sua nota più sorprendente: il secolarismo. Noi non parliamo della secolarizzazione, che è lo sforzo in sé giusto e legittimo, per nulla incompatibile con la fede o con la religione, di scoprire nella creazione, in ogni cosa o in ogni evento dell'universo, le leggi che li reggono con una certa autonomia, nell'intima convinzione che il Creatore vi ha posto queste leggi. Il recente Concilio ha affermato, in questo senso, la legittima autonomia della cultura e particolarmente delle scienze. Noi vediamo qui un vero secolarismo: una concezione del mondo, nella quale questo si spiega da sé senza che ci sia bisogno di ricorrere a Dio, divenuto in tal modo superfluo e ingombrante. Un simile secolarismo, per riconoscere il potere dell'uomo, finisce dunque col fare a meno di Dio e anche col negarlo.

PAOLO VI, *Evangelii Nuntiandi*, n. 55

Andy Warhol, *Campbell's Soup*, XX secolo.

Il processo di secolarizzazione – che è diventato poi distanziamento e infine contrapposizione alla fede e alla religione (secolarismo) – viene fatto risalire al periodo dell'**urbanizzazione** e dell'**industrializzazione** (XIX secolo). L'infatuazione e l'ottimismo prodotto dalle nuove scoperte scientifiche, dai ritrovati della tecnologia e dall'industrializzazione stessa contribuirono a considerare l'uomo solo in una dimensione terrena e operativa (utilitaristica), facendo dimenticare aspetti profondi quali la spiritualità, i valori morali, l'esistenza di Dio. Anche la migrazione di molte famiglie dall'ambiente rurale verso la città (inurbamento) favorì un progressivo distaccamento da costumi, tradizioni, comportamenti religiosi assestati e condivisi socialmente.

La religione assolveva ad alcune funzioni d'altra parte evidenti: si proponeva come la spiegazione del senso profondo dell'esistenza dell'uomo e del mondo; affermava l'esistenza di Dio come la possibilità di ritrovare il giusto orizzonte per valutare la realtà; proponeva e confermava, con l'autorità morale di cui godeva la Chiesa, criteri di valutazione etica dei comportamenti; si definiva come la via di salvezza per l'uomo. Ma essa assolveva anche ad alcune funzioni più riposte e latenti: offriva rassicurazione psicologica all'angoscia esistenziale umana; manteneva la coesione della comunità sociale attraverso la standardizzazione di modelli culturali e comportamentali; era ragione di ordine pubblico ed esercitava un controllo sociale; serviva per definire il senso dell'autentico benessere e della stessa identità dell'uomo; collocava l'uomo e il creato in uno spazio cosmico e in un progetto divino che proponeva le coordinate indispensabili per permettere una definizione metafisica dell'identità dell'uomo.

In un contesto secolarizzato, invece, la religione non può più assolvere alle finalità che erano tipiche di epoche passate.

Il processo di secolarizzazione ha avuto forti ripercussioni non solo nella concezione divina del mondo, ma anche sulla religione in sé. Innanzitutto ne è derivato un rifiuto di Dio, non tanto per una riflessione conoscitiva approfondita, quanto per la constatazione pratica che Dio non è più necessario, o almeno è estraneo alle vicende umane: l'uomo deve vivere «come se Dio non esistesse» (*etsi Deus non daretur*).

Anche gli eventi della Seconda guerra mondiale hanno accresciuto il rifiuto di Dio. Davanti all'immane tragedia di quel conflitto, l'uomo contemporaneo ha avvertito non solo il peso di un numero enorme di morti, ma soprattutto un forte senso di disorientamento: l'ideologia nazista, quella stalinista, i campi di concentramento, l'odio razziale, la ricerca di un potere totale sul mondo, i genocidi sono state esperienze drammatiche per la storia dell'umanità, hanno aggravato in molti l'interrogativo su Dio e hanno indotto la convinzione che ormai i valori assoluti non fossero più tali. L'esperienza del silenzio di Dio di fronte a crimini di tale portata ha gettato l'uomo contemporaneo nell'incertezza. Ma:

Libano, agosto 2006: un bambino guarda attraverso il cratere aperto da un missile, durante il conflitto tra le forze israeliane e gli Hezbollah.

> *Smarrendo il senso di Dio, si tende a smarrire anche il senso dell'uomo, della sua dignità, della sua vita...*
>
> GIOVANNI PAOLO II, *Evangelium Vitae*, n. 21; cfr. anche n. 22

Ne risulta che la società contemporanea è carente di riferimenti morali generalmente condivisi. Si realizza così un'**anomia**, un vuoto di norme nei comportamenti che denota una mancanza di consenso sui valori: questi non sono più gli stessi per tutti. La crisi contemporanea è dunque anche una crisi di natura etica: non ci sono più un bene e un male, ma c'è quello che io ritengo bene e quello che io ritengo male.

Questi connotati sono incompatibili con una morale di tipo religioso, cioè con una visione del proprio impegno alla luce e sotto la guida di Dio. Molti non negano l'esistenza di Dio e le ragioni della fede, ma le distanziano dal proprio vissuto personale (e sociale) negando loro una valenza morale: Dio esiste (anche, forse) ma non decide di me e delle mie azioni perché sono io che oriento autonomamente la mia vita.

Il rifiuto del cristianesimo è dunque inevitabile, fatto salvo che poi non si ricorra a nuove forme di religiosità.

> *La piccola barca del pensiero di molti cristiani è stata non di rado agitata da queste onde – gettata da un estremo all'altro: dal marxismo al liberalismo, fino al libertinismo; dal collettivismo all'individualismo radicale; dall'ateismo ad un vago misticismo religioso; dall'agnosticismo al sincretismo e così via. Ogni giorno nascono nuove sette e si realizza quanto dice san Paolo sull'inganno degli uomini, sull'astuzia che tende a trarre nell'errore (cfr. Ef 4,14). Avere una fede chiara, secondo il* Credo *della Chiesa, viene spesso etichettato come fondamentalismo. Mentre il relativismo, cioè il lasciarsi portare «qua e là da qualsiasi vento di dottrina», appare come l'unico atteggiamento all'altezza dei tempi odierni. Si va costituendo una dittatura del relativismo che non riconosce nulla come definitivo e che lascia come ultima misura solo il proprio io e le sue voglie.*
>
> J. RATZINGER, Omelia Missa Pro eligendo pontifice, Basilica di San Pietro a Roma, 18 aprile 2005

Lo *Jüdisches Museum* di Berlino, progettato dall'architetto Daniel Libeskind e aperto nel 2001 per commemorare la *Shoah*.

Chi è l'uomo? Creatura di Dio

I tre grandi monoteismi (ebraismo, cristianesimo e islam) condividono l'idea che l'uomo è «creatura» di Dio: Dio ha voluto dargli vita e l'intero universo esiste per la vita dell'uomo.

Nella **tradizione ebraico-cristiana** la visione dell'uomo come una creatura, voluta da Dio e vertice dell'intero creato, emerge con evidenza attraverso i due racconti della creazione. Gen 1, 1-2, 4a risale al VI secolo a.C. e appartiene alla tradizione sacerdotale, mentre Gen 2, 4b-25 è un testo tratto dalla fonte jahvista del secolo X a.C. Queste differenti fonti, combinate in *Genesi*, propongono una riflessione sull'origine e sul senso stesso dell'esistenza umana. Nel primo racconto (Gen 1, 1-2, 4a) il succedersi dei giorni nei quali Dio crea il mondo segna un crescendo continuo, in cui si completa l'ambiente terrestre nel quale dovrà vivere l'uomo. È lui l'atteso, è per lui che viene creato il mondo; tutto ciò che nell'universo esiste viene affidato alla sua intelligente operosità. Proprio perché creato per ultimo, l'uomo sta al centro dell'universo. Infatti dopo la sua creazione il testo dice:

La creazione del mondo raffigurata su un'antica Bibbia miniata, XII secolo.

Dio vide quanto aveva fatto,
ed ecco, era cosa molto buona.

Gen 1, 31

A questo punto Dio si riposa dalla fatica creatrice.

La Bibbia evidenzia a più riprese la grandezza dell'uomo, utilizzando espressioni sulle quali spesso si è concentrata l'attenzione di esegeti e teologi.

E Dio disse: «Facciamo l'uomo [gli esseri umani] *a nostra immagine, a nostra somiglianza, e dòmini sui pesci del mare e sugli uccelli del cielo, sul bestiame, su tutte le bestie selvatiche e su tutti i rettili che strisciano sulla terra».*
Dio creò l'uomo [gli esseri umani] *a sua immagine;*
a immagine di Dio lo creò; maschio e femmina li creò.
Dio li benedisse e disse loro:
«Siate fecondi e moltiplicatevi, riempite la terra; soggiogatela e dominate sui pesci del mare e sugli uccelli del cielo e su ogni essere vivente che striscia sulla terra».

Gen 1, 26-28

Soltanto l'uomo, tra tutte le creature, porta in sé l'immagine di Dio, cioè l'uomo riflette le caratteristiche divine e ha in sé la vita divina. La somiglianza con Dio si esprime certamente in quelle facoltà superiori proprie dell'essere umano: l'intelligenza, l'autocoscienza (la consapevolezza di esistere), la coscienza morale (la consapevolezza del bene e del male), la fantasia, la creatività, la razionalità, la memoria, la volontà, la stessa distinzione sessuale. Gen 1, 27 annota: «*a immagine di Dio lo creò; maschio e femmina li creò*», sottolineando che la sessualità esprime una dimensione divina: la possibilità di donarsi totalmente e gratuita-

mente nel reciproco amore e di donare la vita a un'altra creatura.
Alle cure dell'uomo viene affidato un potere di gestione del creato: la possibilità di chiamare alla vita altre persone e continuare la specie umana viene infatti consegnata alla scelta responsabile degli uomini.

Anche il secondo racconto della creazione (Gen 2, 4b-25) esprime, con un linguaggio simbolico differente, la stessa visione dell'uomo e della sua superiorità nel creato: in una terra arida e improduttiva, Dio fa piovere e germogliare la vegetazione perché l'uomo possa coltivarla e vivere dei frutti del proprio lavoro. Questa terra da desertica e inutile diventa fertile per l'uomo che la deve abitare. All'uomo viene affidato tutto, fatta eccezione del diritto e della superiorità di Dio; all'uomo vengono condotte tutte le bestie che divengono suo possesso e a cui egli dà un nome (l'imposizione del nome, nella mentalità semitica, costituiva il riconoscimento della realtà e l'affermazione della signoria su di esse).

La creazione degli astri, mosaico, 1172-76, Cattedrale di Monreale.

L'idea dell'uomo che porta in sé la vita di Dio e ne riflette le caratteristiche divine si manifesta in modo forte nella maniera di creare: dalla terra e dal fango Dio dà vita all'uomo soffiando il proprio alito vitale in ciò che era inizialmente solo polvere del suolo. L'uomo comincia a esistere, l'uomo è «uomo» perché respira la vita di Dio. Nella mentalità semitica sia il sangue, sia il respiro indicano infatti la sede della vita. D'altra parte, l'immagine del fango plasmato richiama la fragilità e la limitatezza cui è sottoposta la vita degli uomini. Il *Salmo 8* esprime questa grandezza dell'uomo unitamente a un senso di stupore e alla percezione della propria piccolezza nell'infinità della creazione.

Se guardo il tuo cielo, opera delle tue dita,
la luna e le stelle che tu hai fissate,
che cosa è l'uomo perché te ne ricordi
e il figlio dell'uomo perché te ne curi?
Eppure l'hai fatto poco meno degli angeli,
di gloria e di onore lo hai coronato:
gli hai dato potere sulle opere delle tue mani,
tutto hai posto sotto i suoi piedi.

Sal 8, 4-7

Il Concilio Vaticano II ha espresso questa visione antropocentrica del creato.

Credenti e non credenti sono pressoché concordi nel ritenere che tutto quanto esiste sulla terra deve essere riferito all'uomo, come a suo centro e a suo vertice.
[...] *l'uomo in terra è la sola creatura che Iddio abbia voluto per se stessa* [...].

CONCILIO VATICANO II, *Gaudium et Spes*, n. 11. 12 e n. 24

La creazione dell'uomo in un manoscritto dell'XI secolo, Biblioteca Statale del Monumento Nazionale di Montecassino.

In definitiva l'uomo, per libera decisione di Dio, è diventato il centro delle attenzioni divine e ciò che esiste nel creato esiste per l'uomo e per tutti gli uomini di ogni tempo e cultura.
Ma il testo biblico ricorda anche che l'uomo, pur essendo di origine divina, è tuttavia mortale; egli è nello stesso tempo vita e morte, sapienza ed errore, forza e fragilità. L'immagine della polvere da cui è tratto, e anche numerosi passi profetici, sottolineano la debolezza dell'uomo e la necessità che tenga quel legame vitale con Dio.

Ogni uomo è come l'erba
e tutta la sua gloria è come un fiore del campo. [...]
Secca l'erba, appassisce il fiore,
ma la parola del nostro Dio dura sempre.

Is 40, 6-8

DOCUMENTI

La persona non è mai una «cosa»

L'affermazione della dignità della persona costituisce, senza alcun dubbio, una delle realtà più ricche e importanti della civiltà contemporanea. Kant indica la differenza tra cosa e persona; quella è un mezzo, questa è sempre un fine. La cosa ha un prezzo e si può scambiare, la persona è di un valore infinito e non ammette scambio con nient'altro. Il pensiero cristiano non solo assume questa considerazione, ma ne mostra anche il fondamento: la persona umana ha un valore infinito, perché è immagine di Dio; e ancora di più, perché è amata da Dio. [...] *Tre sono le caratteristiche della realtà personale: essere un tutto unico e irripetibile, avere una natura spirituale, sussistere in modo autonomo, e di conseguenza essere dotato di libertà. La persona possiede quindi la dignità più alta. Criterio centrale, assoluto, perché indipendente da qualsiasi autorità umana, è la dignità dell'uomo. «Essendo ad immagine di Dio, l'individuo umano ha la dignità di persona; non è soltanto qualche cosa, ma qualcuno». La persona non può mai essere considerata oggetto, ma è un fine, poiché in terra l'uomo «è la sola creatura che Iddio abbia voluto per se stesso».*

Pontificio Consiglio per la famiglia, in "Famiglia e procreazione umana", 13 maggio 2006, n. 15, Libreria Editrice Vaticana, Città del Vaticano 2006

La personalità dà all'uomo la sua dignità. Una cosa ha consistenza, ma non autonomia; provoca effetti, ma non ha responsabilità; ha un valore, ma non una dignità. Si tratta come cosa, in quanto la si possiede, la si usa, e alla fine la si distrugge o – detto per l'essere umano – lo si uccide. Il divieto di uccidere l'uomo esprime nella forma più acuta il divieto di trattarlo come se fosse una cosa. [...] *Si impone dunque la conclusione: «Il rispetto per l'uomo, in quanto persona, è una delle esigenze che non ammettono discussione: da esso dipendono la dignità, ma anche il benessere e, alla fine, la durata dell'umanità».*

R. Guardini, *Il diritto alla vita prima della nascita*, in *Opera Omnia*, VI, Scritti politici, Morcelliana, Brescia 2005

Gustav Klimt,
La morte e la vita, 1908-15,
Leopold Museum, Vienna.

Attività

■ Sintetizza le idee di questi due brani utilizzando la tabella proposta.

	Le cose sono...		Le persone sono...
Caratteristiche delle cose		Caratteristiche della persona	
La cosa è sempre...		La ragione fondamentale della dignità umana per il cristianesimo ...	
La conclusione è che...		La conclusione è che...	

La Bibbia rileva anche che l'uomo è fatto per incontrare Dio e stringere con Lui legami di familiarità e figliolanza. Nel racconto del peccato originale (cfr. Gen 3, 1 ss.) si annota che Dio passeggiava nel giardino: l'immagine, certamente poetica, esprime quella confidenza che avrebbe dovuto esserci tra l'uomo e Dio e che il peccato ha interrotto. Tutta la storia dell'Antico Testamento e, successivamente, la venuta di Gesù sono il tentativo di ricostruire questa comunione, questa intimità tra l'uomo e Dio.

> *La ragione più alta dell'uomo consiste nella sua vocazione alla comunione con Dio. Fin dal suo nascere l'uomo è invitato al dialogo con Dio: non esiste, infatti, se non perché, creato per amore da Dio, è da Lui sempre per amore conservato, né vive pienamente secondo verità se non lo riconosce liberamente e se non si affida al suo Creatore.*
>
> CONCILIO VATICANO II, *Gaudium et Spes*, n. 19

La concezione islamica dell'uomo

L'**islam** professa (come la tradizione biblica) l'idea che l'uomo è una creatura di Dio, frutto della sua libera volontà creatrice. I versetti del Corano sono molto simili per alcune immagini ai passi biblici e vogliono evidenziare sia l'umile origine dell'uomo sia la sua eminente dignità, infatti propongono le immagini della creta, della terra rappresa, dell'argilla e del fango impastati, di Dio che soffia il suo Spirito nell'uomo. L'uomo, nella visione coranica, è centrale all'interno delle cose create. In ben cinque passi paralleli, il Corano annota che gli stessi angeli sono invitati da Dio a riconoscere la superiorità dell'uomo. Il diavolo, l'angelo ribelle chiamato Iblis, si opporrà a Dio e sarà relegato nel gruppo di coloro che, insieme con lui, si sono negati all'obbedienza (i Negatori, i demòni).

Una miniatura araba del XVI secolo raffigurante l'inferno.

> *E quando dicemmo agli angeli: «Prostratevi avanti ad Adamo», tutti si prosternarono salvo Iblis, che rifiutò superbo e fu dei Negatori.*
>
> CORANO 2, 34

La grande dignità di cui è rivestito l'uomo gli deriva dalla funzione e missione che Dio gli ha assegnato: l'uomo è «califfo» (vicario) di Dio sulla terra. Ciò significa che l'uomo è posto da Dio al di sopra di tutte le sue creature, con la funzione di amministrarle. Questo compito fu da Dio affidato ad Adamo e a tutta la sua discendenza e in forza di questa volontà divina la creatura umana ha la cura delle cose terrestri e continua la volontà del Creatore. All'uomo è affidato anche l'impegno di essere fedele servitore e adoratore di Dio; gli viene dato il pegno della fede, ha il dovere di promuovere l'adorazione al Creatore. La rivelazione di Dio, per mezzo del suo profeta Muhammad, è il vertice di questa nobilitazione della creatura umana, resa degna di ricevere il messaggio divino.

Anche il Corano, come la Bibbia, afferma che Dio creò l'uomo a sua somiglianza. Tuttavia, fatta eccezione per alcune correnti islamiche che si rifanno alla teologia di Abu Hamid al-Ghazali (fine secolo XI), non si ritiene che

DOCUMENTI

La creazione dell'uomo nel Corano

■ Questi due brani del Corano riportano l'origine dell'uomo secondo la rivelazione islamica.

E certo Noi [Allah] creammo l'uomo d'argilla finissima, poi ne facemmo una goccia di sperma in ricettacolo sicuro. Poi la goccia di sperma trasformammo in grumo di sangue, e il grumo di sangue trasformammo in massa molle, e la massa molle trasformammo in ossa, e vestimmo l'ossa di carne e produciamo ancora una creazione nuova! Sia benedetto Dio, il Migliore dei Creatori! Poi, in verità, voi morrete e ancora, il dì del Giudizio, sarete suscitati a vita. In verità abbiam creato sopra di voi sette grandi Vie: e certo non abbiam trascurato il creato; abbiamo fatto scendere acqua dal cielo in misura dovuta, le abbiamo dato dimora sulla terra e certo ben potremmo anche farla sparire. E con quell'acqua v'abbiam preparato giardini di palme e di vigne, pieni di frutti molti per voi, di cui vi cibate. E un albero che spunta dal monte Sinai e che produce olio e condimento pel cibo. E certo anche nei greggi avete insegnamento chiaro: Noi vi abbeveriamo del liquido ch'hanno nel ventre e vantaggi ne avete molti, e d'essi vi cibate e su di essi come su navi viaggiate.

CORANO, *sura* XXIII, 12-22

Miniatura araba del XVI secolo raffigurante il paradiso terrestre.

E la terra spianammo, e vi piantammo immote montagne e vi crescemmo piante armoniose e là deponemmo cibo per voi e gli esseri tutti cui voi non provvedete; e non v'è cosa che non n'abbiamo tesori presso di Noi, ma in misura contata ve la mandiamo. E venti inviammo fecondi di nubi, ed acqua versammo dal cielo perché ne beveste, acqua che non voi serbaste in cisterne. E certo siam Noi che diamo la vita e uccidiamo, di tutto siamo gli eredi. E Noi conosciamo fra voi chi va avanti, conosciamo fra voi chi va addietro. E certo il tuo Signore li radunerà tutti un giorno, poiché è saggio sapiente. E Noi creammo l'uomo d'argilla secca, presa da fango nero impastato e i ginn[1] *creammo pure, da prima, di fuoco ardentissimo. Ricorda quando il tuo Signore disse agli angeli: «Ecco lo creerò un uomo d'argilla secca, presa da fango nero impastato e quando l'avrò modellato e gli avrò soffiato dentro del Mio Spirito, prostratevi avanti a lui, adoranti». E si prostrarono gli angeli, tutti quanti, insieme eccetto Iblis*[2] *che agli adoranti si rifiutò d'unirsi. E gli chiese Iddio: «O Iblis, che hai tu, che non ti prostri con gli altri in adorazione?» Rispose: «Non sarà mai ch'io adori un uomo, che Tu hai creato d'argilla secca, presa da fango nero impastato!» Disse allora Iddio: «Esci di qui, ché tu sei reietto e si posi su te la maledizione sino al dì del Giudizio!» «Concedimi, Gli chiese, d'attendere fino al giorno in cui saranno suscitati i morti!» Rispose: «E sia, ti sia concesso d'attendere fino al dì del Termine Chiaro».*

CORANO, *sura* XV, 19-38

[1] Ginn: spiriti, esseri intermedi tra l'uomo e gli angeli.
[2] Iblis: corrispettivo islamico di Satana.

tra la creatura umana e Dio vi sia una reale somiglianza, ma che Dio abbia creato Adamo conformemente al modello precostituito che Egli si era fatto nella sua sapienza.

Inoltre, l'atteggiamento dell'uomo verso Dio è sempre di obbedienza; soprattutto il fondamentalismo islamico rimprovera ogni pretesa di dialogare con Dio come un oltrepassare i limiti permessi all'uomo nel rivolgersi al suo Padrone e Signore. Il Corano afferma:

> *A nessun uomo Dio può parlare altro che per rivelazione, o dietro un velame, o invia un Messaggero il quale riveli a lui col Suo permesso, quel che Egli vuole.*
>
> CORANO 42, 51

Pittura tibetana raffigurante il Buddha circondato dai *bodhisattva* e da altre divinità, Collezione Maraini, Firenze.

Se dunque l'islam e la tradizione ebraico-cristiana concordano sulla creaturalità dell'uomo, tuttavia dissentono fortemente sulla possibilità umana di entrare in un'intima comunione di vita con il Creatore.

Le tradizioni e le grandi **religioni orientali** (induismo, buddhismo, shintoismo) hanno una visione meno personalizzata dell'uomo, che toglie valore alla sua individualità. L'uomo è infatti ritenuto qualcosa di profondamente solidale con tutti gli altri elementi dell'universo, così da confondere la propria particolare dignità con l'annullamento del proprio essere.

Chi è l'uomo? Figlio di Dio

In molte tradizioni religiose, alla divinità viene attribuita la caratteristica della paternità. Correlata all'idea di paternità divina sta quella della figliolanza umana: gli uomini sono «figli di Dio», accomunati da una fratellanza dovuta alla comune origine, la volontà creatrice di Dio. Ma il cristianesimo non ha solo presente l'idea di Dio come Padre in senso generativo e come espressione di bontà e provvidenza.

Nella fede cristiana l'uomo è «Figlio di Dio» non solo perché la sua vita viene da Dio che lo ha creato; l'uomo è «Figlio di Dio» perché egli è «immagine di Dio» e realizza in maniera piena la figliolanza con Dio quando ne diviene immagine vivente. Questo è possibile nella fede in Cristo morto e risorto: egli è il Figlio di Dio, ma nello stesso tempo è anche pienamente uomo, è il modello dell'uomo perfetto. Scrive l'apostolo Paolo:

> *In lui ci ha scelti prima della creazione del mondo,*
> *per essere santi e immacolati al suo cospetto nella carità,*
> *predestinandoci a essere suoi figli adottivi*
> *per opera di Gesù Cristo, secondo il beneplacito della sua volontà.*
>
> Ef 1, 4-6

Innanzitutto, il Nuovo Testamento parla di Gesù come del Figlio di Dio, non tanto di un figlio di Dio. Questa figliolanza è differente e distinta da quella che accomuna tutti gli uomini.

È diverso il rapporto che Egli ha con Dio suo Padre. Gesù è Figlio di Dio in quanto esiste ed è generato da Dio fin dall'eternità: viene da Dio ed è Dio, perché da sempre esiste con Lui. Il suo è un rapporto di completa unione e di sostanziale identità: nulla Egli compie che non sia voluto e approvato dal Padre e il Padre ama il Figlio manifestandogli tutto.

Egli è l'apertura di Dio agli uomini, è il divino fattosi possibilità di comunicare e di condividere la vita degli uomini. Proprio perché in Lui sono presenti in modo completo e auten-

Paul Jenkins, *Gesù in croce*, 1990-95.

tico sia la divinità sia l'umanità, Egli è il ponte che rende possibile a tutti di diventare pienamente figli di Dio e di realizzare il progetto di Dio sull'uomo. In questo senso Paolo parla di «*primogenito tra molti fratelli*» (Rm 8, 29), cioè di Colui che per primo ha innalzato l'uomo alla dignità di figlio di Dio. Questo è stato possibile perché il Figlio di Dio si è totalmente identificato con l'umanità, si è fatto uomo condividendo in tutto la nostra condizione, eccetto il peccato. D'altra parte, gli uomini furono pensati da Dio sul modello del Figlio e devono essere come il Figlio di Dio, simili a Lui.

Il mondo fu fatto per mezzo di Lui, eppure il mondo non lo riconobbe.
Venne fra la sua gente, ma i suoi non l'hanno accolto.
A quanti però l'hanno accolto, ha dato potere di diventare figli di Dio:
a quelli che credono nel suo nome, i quali non da sangue,
né da volere di carne, né da volere di uomo,
ma da Dio sono stati generati.

Gv 1, 10-13

DOCUMENTI

Lo Spirito rende figli

L'uomo diviene realmente figlio di Dio accogliendo il dono dello Spirito Santo che, operando nell'animo di ogni persona disponibile alla sua azione, pone l'uomo nella situazione di poter sentire la presenza di Dio come una presenza paterna, di innalzarsi fino a Dio, divinizzando la sua esistenza, completando l'intenzione redentrice del Padre che vuole gli uomini simili al suo Cristo.

«Voi [...] avete ricevuto uno spirito da figli adottivi per mezzo del quale gridiamo: «Abbà Padre!» Lo Spirito stesso attesta al nostro spirito che siamo figli di Dio» (Rm 8, 15-16).
Lo Spirito Santo ci ammaestra e ci dà testimonianza del Padre. Per capire il come di questa funzione dello Spirito, bisogna scrutare il mistero della terza persona della Trinità. Ella ci svela il pensiero del Padre perché è interiore a Dio stesso e ne conosce i segreti. Volendo esprimere questa interiorità, san Paolo propone come punto di riferimento l'interiorità della coscienza a se stessa: «Chi conosce i segreti dell'uomo se non lo spirito dell'uomo che è in lui? Così anche i segreti di Dio nessuno li ha mai potuti conoscere se non lo Spirito di Dio» (1Cor 2, 11).
Interiore al nostro cuore, interiore a Dio, lo Spirito Santo è sempre all'opera per condurci alla piena realizzazione della volontà del Padre su di noi e aiutarci a rispondere al suo disegno di santità e di amore. Essendo interiore alla nostra coscienza, lo Spirito Santo ha quale funzione propria di portare a compimento il disegno di salvezza e di santificazione: cioè, dal punto di vista del cristiano, di condurre costui alla realizzazione della sua vocazione personale. [...]

Jusepe de Ribera, *La Trinità*, XVII secolo, Museo del Prado, Madrid.

La vocazione personale delinea per ciascuno di noi una figura particolare dell'imitazione di Cristo. Essendo anche lo Spirito di Cristo, lo Spirito Santo è l'artefice principale del nostro sforzo di conformazione a Cristo.

C.A. Bernard, *Teologia spirituale*, Edizioni Paoline, Roma 1983

La qualità di figli di Dio ci viene accordata per mezzo della fede in Cristo e del battesimo cristiano. In questo modo diventiamo «identici» a Cristo e siamo figli di Dio. Paolo dice che diveniamo «*coeredi di Cristo*» (Rm 8, 17), cioè destinatari degli stessi beni di Dio, come lo è Gesù. Ed è la presenza di Dio nell'animo del credente, la presenza dello Spirito che rende «figli».

> *Lo Spirito stesso attesta al nostro spirito*
> *che siamo figli di Dio.*
>
> Rm 8, 16

La presenza dello Spirito opera la trasformazione interiore per cui l'uomo rinasce come «figlio di Dio». Questa figliolanza è un'attribuzione gratuita di diritti e possibilità a chi non ne aveva accesso. Così l'uomo non solo è redento dal peccato, ma ha anche la possibilità di innalzarsi fino a Dio e può «divinizzarsi».

> [La potenza divina] *ci ha donato i beni grandissimi e preziosi che erano stati promessi, perché diventaste per loro mezzo partecipi della natura divina, essendo sfuggiti alla corruzione che è nel mondo a causa della concupiscenza.*
>
> 2Pt 1, 4

Questo «essere fatto per Dio», questo «essere come Dio» è quanto di più alto vi sia nella dignità umana. Nello stesso tempo, affermare che l'uomo è di Dio ed è fatto per Lui significa salvaguardarlo da ogni pericolosa ideologia che possa asservirlo ad altri fini o strumentalizzarlo a obiettivi che non siano la sua personale comunione con Dio.

L'aldilà e il problema della morte

La morte ha sempre destato grandi interrogativi nell'animo umano. È un'esperienza unica e irripetibile della quale ciascuno deve dare una personale valutazione «prima» che accada.

Inoltre essa è un'esperienza assolutamente personale, davanti alla quale si è soli. Anche la morte di persone a noi care, a cui siamo legati da strettissimi rapporti, non costituisce la nostra morte. In definitiva, noi possiamo assistere solo come spettatori esterni alla morte di altre persone, ma mai potremo conoscere la nostra. Quest'impossibilità di sperimentare la nostra morte accentua enormemente il mistero della fine umana, soprattutto in una cultura scientifico-sperimentale, dove la possibilità di riprodurre l'esperienza e il controllo su di essa sono garanzia di adeguato possesso di conoscenza.

Inoltre, la definitiva uscita da questa vita e dalla comunità degli uomini pone domande sul «dove» vada a finire l'essere umano, cosa vi sia nell'aldilà e, prima ancora, se vi sia un aldilà. L'esistenza di una vita oltre la vita, di un mondo oltre questo mondo, di una dimensione sottratta al tempo, allo spazio, alla materialità, sono ipotesi che sorgono quasi spontaneamente nell'animo umano.

Che fine faranno il pensiero umano, le speranze personali, gli affetti, le persone amate? E i valori per i quali vale la pena di soffrire e anche morire, sono solo idee astratte? La morte annienterà tutto questo?

Le stesse smisurate potenzialità della mente umana contrastano in modo stridente con la situazione di irrimediabile decadenza biologica dell'organismo umano.

La storia delle religioni, lo studio delle differenti culture, l'etnologia presentano diverse e molteplici proposte interpretative, tutte sbilanciate verso posizioni di tipo religioso.

Un'ulteriore ragione per cui l'aldilà si configura come una tematica perturbante è che ogni tipo di risposta sull'aldilà richiede un salto di fede. Anche la posizione atea è una scelta e non è un'evidenza incontrovertibile. La morte, o meglio la propria morte, resta un argomento affascinante e nello stesso tempo angosciante. Dice Olivier Clément, uno scrittore che si richiama alla tradizione dell'ortodossia slava:

> *Il cristianesimo ha insegnato all'uomo che è un essere unico e che deve risorgere. Del messaggio cristiano le culture secolari di oggi hanno conservato soltanto la convinzione che l'uomo è un essere unico, dimenticando o rifiutando la risurrezione. Perciò la morte non è mai stata spoglia e terribile come ora. Se l'uomo è unico, allora avverte con forza inaudita l'angoscia del morire.*
>
> V. Messori, *Scommessa sulla morte*, SEI, Torino 1982

Lo spiritismo

Origini e forme dello spiritismo

Lo spiritismo nasce negli Stati Uniti a opera delle sorelle Fox nel 1847 e si diffonde con una sorprendente rapidità in tutto il mondo.

Il pedagogista francese Allan Kardec (pseudonimo di Hippolyte Léon Denizard Leon Rivail, 1804-69) ne ha elaborato spiegazioni pseudo-scientifiche: ha parlato di fluido vitale, bioluminescenza, elettroni psichici ionizzati, energie vitali in sospensione nel cosmo.

Nello spiritismo si cerca di provocare (= evocare) con tecniche umane una comunicazione sensibile con gli spiriti o con le anime dei defunti per ottenere notizie e diversi aiuti. Le pratiche spiritiche si svolgono sotto la guida e con l'intervento di un *medium* che fa da intermediario tra gli uomini e gli spiriti disincarnati (spiriti veri oppure dei defunti). Il *medium* induce se stesso, per autosuggestione, tirocinio, tradizione culturale, a una «dissociazione» della propria personalità, entra in uno stato di trance e interpreta «inconsciamente», come un attore, il ruolo del defunto. Normalmente tale mediazione avviene durante una seduta spiritica, anche se i fenomeni di comunicazione possono accadere in modo imprevisto.

Pietro Muttoni, *Il chiromante*, XVII secolo, Museo Civico Palazzo Chiericati, Vicenza.

Le comunicazioni si concretizzano in molti modi: il tabellone alfabetico, il tavolino battente, le voci registrate, le voci di radio e televisione ecc. Con la scrittura automatica lo spirito disincarnato (defunto) guiderebbe la mano del *medium* che, restando passivo sotto l'azione di questa entità estranea, traccia lettere e disegni senza averne coscienza. Ci sono stati soggetti che hanno scritto messaggi diversi con la mano destra e sinistra contemporaneamente mentre leggevano o parlavano con un'altra persona. La psicologia spiega questo fenomeno come uno sdoppiamento inconscio della personalità o come un automatismo psichico, quindi nulla di paranormale o di spirituale, piuttosto un fenomeno di disturbo dissociativo della personalità.

In molti casi di sedute spiritiche vi erano frode e trucchi (le sorelle Fox, ritenute dotate di straordinari poteri, alla fine confessarono i loro trucchi).

Secondo alcuni parapsicologi un 10% di sedute spiritiche non sarebbero spiegabili razionalmente. Alcuni riconoscono che certe persone hanno una particolare percezione extrasensoriale, potenziata da situazioni di grave dolore e di forte unità affettiva. La combinazione di forze o energie dell'inconscio e del subconscio con le leggi fisiche, nonché l'intervento di presenze diaboliche o di esseri superiori creano tuttavia una reale pericolosità per l'equilibrio psicologico e per l'integrità spirituale delle persone che vi partecipano.

Luca Signorelli, *Giudizio universale*, 1499-1504, particolare, Duomo di Orvieto.

La posizione della Chiesa

La Bibbia condanna la magia, la superstizione e l'evocazione degli spiriti (Dt 18, 10-12) e in 1Sam 28, 1-25 troviamo la condanna del re Saul che consulta una negromante.

La Chiesa condanna in maniera decisa lo spiritismo che spesso implica pratiche divinatorie o magiche e vi è la possibilità che la presunta risposta all'evocazione sia di origine diabolica.

Gli spiritisti a volte precisano che non si tratta di «evocazioni» dei defunti ma di «invocazioni»; la realtà non cambia: si provoca una comunicazione con i trapassati. Per un cristiano questa comunicazione deve avvenire nella fede e nella preghiera a Dio.

> *Sollecitare messaggi dai morti per nostra sicurezza è non fidarsi della parola di Dio* [...]
> *L'uso di questi metodi dà solo l'illusione di comunicare. In realtà si comunica con se stessi, o meglio, con l'immagine del figlio o del defunto che è nel proprio inconscio.*
>
> CONFERENZA EPISCOPALE DELL'EMILIA ROMAGNA, in "La Chiesa e l'Aldilà", 23 aprile 2000, nn. 14-15; EDB, Bologna 2000

In alcuni casi il contatto con i defunti è finalizzato a conoscere il futuro o a semplice curiosità; in altri casi si vuole ristabilire un legame troncato e sopportare vuoti emotivi provocati dai lutti improvvisi. Queste esperienze possono anche diventare pericolose perché fondamentalmente illusorie e perché provocheranno nuovo dolore quando finiranno.

Tre moduli interpretativi dell'aldilà

Le interpretazioni dell'aldilà sono molte e molto diverse tra loro, ma tutte sono riconducibili a una di queste posizioni:

- l'idea di **vita eterna** e di **risurrezione**;
- la concezione della **reincarnazione**;
- la convinzione della **mortalità dell'anima**.

A proposito di **vita eterna** occorre rilevare che il problema era centrale presso la maggior parte delle culture antiche. Ad esempio i greci credevano in un oltremondo e nell'immortalità dell'anima, anche se era estranea al loro modo di pensare l'idea di una remunerazione nell'aldilà per le opere compiute in vita.

Anche la cultura vetero-ebraica aveva una simile concezione dell'aldilà: lo Sheol (il regno dei morti) costituiva la comune eredità degli uomini.

I tre monoteismi (ebraismo, cristianesimo, islam) sono accomunati dall'idea che la vita dell'uomo non finisca con la morte, ma continui: vi è una vita eterna alla quale si accede attraverso la risurrezione. Nella vita oltre la morte l'uomo riceve il premio o la punizione per le azioni compiute durante la vita terrena e la remunerazione o la condanna saranno definitivi, in quanto l'uomo entra in una dimensione dove non esiste tempo.

George Masi, *La mano di Dio che punta verso il basso attraverso il cielo*, XX secolo.

Nell'Antico Testamento la dottrina della remunerazione non è stata chiara fin dagli inizi. I grandi dubbi di Giobbe, uomo giusto e fedele a Dio, ma caduto in povertà e disgrazia presso gli uomini, abbandonato da tutti e malato, nascevano proprio da questo interrogativo: esiste un premio per i giusti nell'aldilà oppure la fedeltà a Dio è premiata soltanto con la protezione divina accordata in questa vita? (cfr. Gb 19). Tuttavia Giobbe afferma la propria fede in Dio, in quel Dio che egli contemplerà con i propri occhi (cfr. Gb 19, 26-27).

Ancora al tempo di Gesù alcune frange di ebrei (i sadducei) rifiutavano l'idea della risurrezione e della vita eterna.

Il **cristianesimo** pone al centro della propria professione di fede l'evento della morte e risurrezione di Cristo che significano il passaggio attraverso la morte verso la vita in Dio, una sorta di cammino vittorioso che ha aperto la via alla vera vita per tutti coloro che seguono questo percorso tracciato da Cristo. E ogni uomo parteciperà di questa risurrezione proprio in forza della risurrezione di Cristo.

Il cristianesimo afferma dunque l'esistenza di una vita nell'aldilà, di una vita da risorti.

Ognuno sarà se stesso, manterrà la propria identità e individualità. Nella prospettiva cristiana la morte è vista non come «la» fine della vita umana, ma piuttosto come il momento in cui si svela «il» fine cui tende ogni uomo. Se la persona ha cercato di orientarsi e di conformarsi a questo fine, allora il passaggio attraverso la morte significherà vita eterna in Dio. Diversamente, mancando quest'orientamento, la morte significherà irrimediabile perdita della salvezza, cioè della vera realizzazione della vita umana.

In questo senso la dottrina cattolica sul paradiso, sul purgatorio, l'inferno, e sul giudizio universale conclude il discorso sull'identità dell'uomo e sullo scopo della sua esistenza. Il paradiso e l'inferno non sono dei luoghi (nell'aldilà non c'è il tempo e non c'è nemmeno una realtà spaziale), ma delle condizioni e situazioni in cui la persona umana si ritrova. Tuttavia sono condizioni reali alle quali la persona accede dopo la sua morte e il giudizio di Dio.

La cacciata di Adamo ed Eva dal Paradiso terrestre, miniatura francese del XV secolo, Musée Condè, Castello di Chantilly.

> *Quando uno muore, la sua anima si separa dal corpo e l'io compare davanti al Signore in una luminosità senza veli e senza angoli nascosti o nascondibili. Allora, la persona messa a tu per tu con la verità di Dio non ha bisogno di discussioni o di sentenze. Si vede come è veduta dagli occhi davanti ai quali nulla è oscuro. Si giudica da sé, in qualche modo. Felicemente o tragicamente, non può non giudicarsi da sé. O meglio: con lo sguardo di Dio. Quasi di riverbero. Si scorge in comunione o in opposizione a Dio, o bisognosa di purificazione.* [...] *Il giudizio sulla persona avviene quando e dove la persona muore.*
>
> S. Maggiolini, *I novissimi*, Piemme, Casale 1989

Le espressioni comuni «Dio manda in paradiso», «Dio manda all'inferno» si rivelano quindi fuorvianti per la giusta comprensione del problema: Dio non manda nessuno all'inferno, ma ognuno, posto davanti a Dio, capirà quale direzione ha voluto imprimere alla propria esistenza. Nell'eventualità che abbia preferito opporsi a Dio, Dio non potrà che rispettare tale scelta umana, che diventerà definitiva con la morte.

Il paradosso dell'uomo è quindi quello di non poter restare soltanto uomo, perché tende a superarsi continuamente, ad avvicinarsi sempre di più a Dio e rifletterne la santità. Egli deve, in un certo senso, scegliere tra essere «divinizzato» o essere «incompiuto». Questa opzione si concretizza durante la vita terrena e diventa definitiva con la morte, quando apparirà tutta la bellezza e la felicità di aver scelto Dio (paradiso) oppure tutta la sofferenza di aver irrimediabilmente perso, per propria colpa, il vero bene della vita (inferno).

La possibilità della dannazione eterna resta però un grande interrogativo all'interno della dottrina cristiana: come può Dio, che è infinita misericordia, lasciare che un uomo, da Lui voluto e creato, si perda? L'uomo, scegliendo il male pur sapendo che è male e opponendosi alla volontà di Dio e al proprio bene, è davvero cosciente di perdere l'Unico Bene?

Il diavolo e l'inferno in un breviario francese del XIV secolo, Biblioteca dell'Escorial, Monastero Reale, San Lorenzo del Escorial.

Alcuni pensatori cristiani (Origene, Gregorio Nazianzeno, Gregorio Nisseno, Giovanni Scoto Eriugena) avevano ipotizzato l' apocatàstasi : Dio alla fine avrebbe redento tutti, non permettendo una dannazione eterna, ma solo parziale e momentanea. Anche il diavolo e gli angeli ribelli sarebbero stati accolti in questa generale azione di perdono e redenzione. La Chiesa, tuttavia, ha considerato questa ipotesi come erronea in quanto contrasta con il fatto che Dio, oltre che misericordioso, è anche giusto e soprattutto rispettoso della libertà umana: Egli non costringe nessuno a salvarsi anche se vuole la salvezza di tutti e ha predestinato tutti, cioè ha fatto in modo che tutti possano raggiungere la beatitudine.

> *In lui* [in Cristo] *ci ha scelti prima della creazione del mondo, per essere santi e immacolati al suo cospetto nella carità, predestinandoci a essere suoi figli adottivi per opera di Gesù Cristo.*
>
> Ef 1, 4-5

Se dunque si può parlare di predestinazione, nel cristianesimo si tratta di predestinazione alla salvezza. Questa vita di beatitudine costituirà una piena e intima comunione con Dio.

Ed è su questo punto che differisce la **visione islamica** di vita eterna e risurrezione. Oltre a negare, chiaramente, la risurrezione di Cristo e il suo valore per la salvezza umana, il musulmano crede all'aldilà come alla punizione o al premio che Allah darà ai suoi servi fedeli nel giorno del giudizio. Per i musulmani la beatitudine non è, però, vita intima di comunione con Dio e non significa essere introdotti nella vita di Dio: Egli resta sempre trascendente, assoluto, irraggiungibile per l'uomo. Il paradiso è semplicemente una condizione di felicità e beatitudine proveniente dal godimento di un'abbondanza di beni.

Totalmente diverso è il modello culturale che viene definito come fede nella **reincarnazione**. Dietro questa generica definizione ci sono concezioni tra loro differenti e di diversa matrice culturale. Alcuni movimenti contemporanei e di recente fondazione hanno ridato corso a questa dottrina che appartiene soprattutto alle religioni dell'Estremo Oriente, come il buddhismo e l'induismo.

Secondo le credenze dell'induismo l'anima di una persona, con la morte, si libera dal corpo e trasmigra in un altro corpo (dottrina della **metempsicosi**). Nessuno può sottrarsi a questa legge cosmica. Tale passaggio è reso necessario per far progredire l'anima verso la perfezione che permetterà di ritornare all'Assoluto da cui è emanata. Tuttavia,

Apocatàstasi : il termine *apocatàstasi* deriva dal greco e significa «restaurazione», «riabilitazione» di tutte le cose. L'espressione si trova negli *Atti degli apostoli*: «[Gesù] *dev'esser accolto in cielo fino ai tempi della restaurazione di tutte le cose...*» (At 3, 21).
Essa va intesa come la definitiva e completa riconciliazione universale di tutte le cose in Dio. Sarebbe opera di Dio stesso che, nella sua infinita misericordia e nella sua bontà senza limiti, non lascerebbe nessuna creatura in una situazione di eterna dannazione, ma dimostrerebbe la sua potenza sul male, redimendolo completamente. Si configura quindi come la ricostituzione della realtà nella sua originaria santità, dove tutto e tutti (Satana e diavoli compresi) sarebbero riportati all'innocenza originale attraverso un laborioso cammino di purificazione. Quest'idea era già presente nella gnosi che, interpretando tutto ciò che esiste come un'emanazione per gradi da Dio, affermava che tutto, quindi anche il male e i peccatori, dovevano alla fine essere reintegrati nella realtà divina.
Origene (184-254) fu il primo a insegnare questa teoria in modo particolare: la storia e tutto ciò che esiste sono frutto della creazione di Dio che è un'operazione eterna e ininterrotta; in questo modo il mondo sensibile diventerebbe occasione di purificazione continua. Questo continuo succedersi del mondo materiale in un ciclo senza fine crea la condizione per la redenzione graduale di ogni creatura: anche il Demonio e tutti gli spiriti caduti ritorneranno a Dio attraverso questo percorso. Dunque secondo Origene né il bene né il male sono delle situazioni definitive, anche se liberamente voluti, poiché l'unica realtà definitiva è la misericordia redentrice di Dio che tutto abbraccerà senza escludere nulla o nessuno e si dimostrerà più potente del male stesso in quanto lo riassorbirà nel perdono divino.
Il Concilio di Costantinopoli (543) ha condannato la dottrina origenista e il concetto di apocatàstasi, in quanto questo negherebbe l'eternità dell'inferno: «*Se alcuno dice o pensa, che il supplizio dei dèmoni e degli uomini empi è temporaneo, e che un giorno finirà, e che vi sarà la riabilitazione e la reintegrazione dei demoni e degli uomini empi, sia scomunicato*» (canone 9).

nella dottrina della trasmigrazione delle anime non viene contemplata soltanto una possibilità di progresso, ma anche di regresso, per cui ci si può reincarnare anche in un essere inferiore all'uomo, se nella vita precedente il comportamento tenuto non è stato orientato alla comunione con la divinità e al rispetto di alcune norme morali.

Anche il buddhismo afferma la trasmigrazione delle anime, ma bisogna precisare la profonda diversità con la dottrina induista.

Il diagramma del *Samsara*, che rappresenta il ciclo delle reincarnazioni.

> *Per Buddha, quella che ordinariamente noi occidentali chiamiamo anima non è un'entità spirituale, un essere a sé, ma è solo un composto variabile e precario di aggregati indecomponibili. Egli respinge l'idea brahmanica di un «sé» concepito come entità spirituale che trasmigra di corpo in corpo, in quanto ciascun vivente non è altro che un insieme di fenomeni psico-fisici in perpetuo divenire. Questi aggregati, questi elementi semplici (naturali, spirituali e morali) che costituiscono l'individuo, non si annullano con la morte: continuano ad agire di là della decomposizione del corpo fisico e pongono le basi della vita di nuovi individui.* [...] *Nel* samsara *buddhistico* [il ciclo delle rinascite] *non c'è nulla che trasmigra, che si trasferisce di corpo in corpo. Esistono delle onde di vita, tanti desideri non estinti, che costituiscono altrettante forze aggreganti degli elementi psico-fisici e che si manifestano qui come uomo, là come animale, altrove come dèmone. Queste onde* [...] *obbediscono alla legge della causalità morale, al* Karman [la legge universale che presiede alle rinascite].
>
> G. Ragozzino, *Religioni orientali*, Edizioni Dehoniane, Roma 1990

Una donna pratica un esercizio yoga di meditazione.

Questa dottrina, riproposta nel secolo scorso da tutte le correnti che si rifacevano allo spiritismo e sostenuta da movimenti contemporanei come la **New Age** (vedi Dossier 3, p. 415 ss.), affascina moltissimo anche una vasta area della popolazione occidentale. Nella rilettura occidentale l'idea di reincarnazione si fonda sulla profonda unità di tutto l'essere, per cui ogni vivente non sarebbe altro che un flusso dell'unico Vivente Spirito del cosmo.

Resta infine una terza prospettiva che è quella del **nulla**: con la morte la vita dell'uomo si annienta. Se dovessimo offrire un'immagine geometrica dell'esistenza umana, nelle dottrine che parlano di vita eterna la vita potrebbe essere raffigurata con una semiretta; nella dottrina della reincarnazione come una circonferenza o una spirale senza inizio né fine; mentre in quest'ultima posizione potrebbe essere rappresentata con un segmento.

Le grandi ideologie e i pensatori atei di questi ultimi due secoli (Feuerbach, Marx, Nietzsche, Freud, cfr. p. 147 ss.), negando Dio, hanno negato ogni possibilità di vita eterna e quindi hanno sostenuto la totale fine dell'uomo con la sua morte. Accettare, senza vane speranze illusorie, che la realtà sia quella di un annientamento della persona con la morte, sarebbe espressione di matura dignità. L'idea di una sopravvivenza oltre la morte sarebbe soltanto l'espressione del proprio desiderio di conservazione.

L'uomo, almeno nello stato di benessere, desidera di non morire. Questo desiderio si identifica originariamente con l'istinto di conservazione. Ciò che vive vuole sussistere, vuole vivere, di conseguenza non vuole morire. Questo primo desiderio [...] diviene nel ragionamento e nel sentimento un desiderio positivo, il desiderio di una vita, cioè di una vita migliore, dopo la morte.

L. Feuerbach, *L'essenza del Cristianesimo*, Feltrinelli, Milano 1982

DOCUMENTI

Dall'Ade dei greci all'immortalità dell'anima

«E a nostro parere, non rischiano certo di passare per degli ingenui quelli che istituirono i riti misterici, anzi, a dire il vero, essi, da tempo, dicono in forma di enigma che chiunque vada nell'Ade senza aver intrapreso e compiuto la sua iniziazione giacerà nella melma, mentre chi vi giunge dopo la purificazione e l'iniziazione, avrà dimora fra gli dèi. Del resto, secondo la mia opinione, questi non sono nient'altro che quanti hanno fatto filosofia come si deve. E anch'io, per essere, per quanto mi fu possibile, uno di loro, non ho lasciato perdere, in vita, alcuna occasione e anzi mi sono impegnato in ogni modo. Se ci ho messo il giusto impegno e ho combinato qualcosa, lo sapremo chiaramente, se Dio vuole, una volta giunti laggiù... A quanto vedo, tra poco». «Laggiù» è il regno oltre la vita. Chi parla è Socrate, che sta morendo dopo aver bevuto la cicuta, condannato dagli ateniesi. Questo è uno dei momenti più drammatici e alti della storia dell'uomo. Ai suoi discepoli, Socrate sta dicendo che dopo la morte l'anima sopravvive, sta annunciando la vita eterna. In questo senso le sue parole coincidono col pensiero dell'autore del Fedone, il dialogo in questione, Platone. Platone è anche un supremo scrittore: mette in bocca a Socrate queste affermazioni non in un momento qualsiasi, ma di fronte alla morte. Una cosa è credere nella sopravvivenza dell'anima quando stiamo bene, una cosa è affermarla, con calma, nel momento che precede il trapasso. Ma questo è anche un momento magico della storia dell'Occidente: nel mondo greco a cui Aristotele e Socrate appartengono, non esiste sopravvivenza reale oltre la morte. Il regno di Ade, l'oltretomba, è buio, le anime dei morti sono parvenze prive di colore e sostanza che vagano senza luce e speranza. Inconsistenza a cui si contrappone solo la memoria, del mondo, delle loro azioni. Per sopravvivere il greco deve vivere eroicamente ed essere ricordato: solo lì, nella luce della memoria, tra i viventi possiamo sopravvivere. Qui, nella bocca di Socrate, questa visione viene modificata da una visione orientale, mitica e misterica, che crede nell'immortalità dell'anima: modificata, non scalzata. Perché Socrate interpreta i riti di iniziazione per la sopravvivenza della nostra anima, tipici delle religioni orientali a cui si riferisce, come la purificazione quotidiana che ognuno può perseguire compiendo il proprio dovere, interrogandosi sulla vita, facendo filosofia, cioè vivendo coscientemente l'esistenza. L'anima è immortale, ma nello stesso tempo

Arnold Böcklin,
L'isola dei morti, 1883,
Alte Nationalgalerie, Berlino.

L'idea del totale annientamento nella morte è stata recepita anche da alcune sette religiose che hanno tentato poi di coniugarla con l'idea di risurrezione. La morte come annientamento, infatti, verrebbe interpretata come punizione e condanna eterna (la morte eterna), mentre la risurrezione sarebbe la garanzia del premio per i giusti e per gli eletti. I Testimoni di Geova (vedi Dossier 3, p. 188 ss.) affermano, ad esempio, che ogni uomo con la morte va incontro alla completa dissoluzione del suo essere: non esiste l'immortalità dell'anima. Dio, tuttavia, salverà gli uomini giusti risuscitandoli nel giorno del Giudizio e distinguendo tra i 144 mila eletti che andranno nel suo Regno e gli altri giusti che vivranno per sempre in una terra rinnovata. Dopo di ciò la morte scomparirà.

la sua immortalità è una conquista che viviamo ogni giorno. L'esistenza di una vita oltre la morte non annulla il senso della vita terrena, che deve essere vissuta fino in fondo.

R. Musappi, *Quello sguardo oltre l'Ade*, in "Luoghi dell'Infinito", settembre 2000

La morte e l'assurdità dell'esistenza

L'idea della morte come totale annientamento ripugna fortemente, e anche in una visione materialista vi è sempre bisogno di riferimenti e di valori che vadano oltre e sussistano oltre la fine degli individui.

Dire che la morte è l'estinzione radicale e definitiva della vita personale equivale a dire che nella morte la persona umana è radicalmente e totalmente, in tutte le sue dimensioni, sottomessa e dominata dalle leggi fisiche e biologiche che la determinano dall'esterno come una cosa tra le cose. Se l'uomo nel momento della morte è radicalmente il risultato di forze materiali ed impersonali, perché non lo è in tutta la sua esistenza e in ogni sua manifestazione?
Ora nemmeno i pensatori dichiaratamente materialisti vogliono considerare l'uomo come semplice risultato di processi neutri e deterministici. [...]
L'ipotesi della morte radicale dell'esistenza personale dovrebbe d'altronde condurre all'affermazione dell'assurdità dell'esistenza. Questa logica inevitabile è stata messa in luce con singolare vigore da Sartre[1] e da Camus[2]. Se la libertà è sottomessa alla morte radicale, essa non è che una tragica illusione, una passione inutile. Certo con la mia morte non tramontano necessariamente gli ideali per i quali ho speso la mia esistenza; il corso del mondo non è fondamentalmente cambiato dal mio tramonto. Tutti i valori e tutti gli ideali sono però ormai come cose in mano ad altri e dipendono dal loro arbitrio. Nulla garantisce quindi una costruzione duratura di valori che potrebbero dare all'uomo almeno l'illusione di salvare la parte più preziosa di sé, trasmettendola nel futuro ascensionale e vittorioso dell'umanità. Camus si domanda[3] con molta serietà: «Quale libertà può esistere nel senso pieno, senza garanzia d'eternità?». D'altra parte, anche là dove la ragione filosofica giunge alla conclusione che tutto è assurdo, la stessa esistenza si ribella. La certezza che di fatto qualcosa ha senso è invincibile e inestirpabile. Amare il povero, il bambino affamato, il sofferente: questo ha senso contro ogni assurdità. [...]
La medesima incompatibilità tra la morte radicale ed il valore assoluto della vita personale è stata messa in luce da Teilhard de Chardin.[4] L'uomo non potrà rassegnarsi stoicamente davanti allo sfacelo totale della vita. Si rivolterà, «a meno che la morte non si riveli come la forma o la condizione di un nuovo progresso. Agire significa creare, e creare è per sempre».

J. Gevaert, *Il problema dell'uomo*, Elle Di Ci, Leumann (To) 1984

[1] Jean-Paul Sartre (1905-1980), filosofo francese appartenente alla corrente dell'esistenzialismo. Sosteneva l'ateismo rivendicando per l'uomo la completa libertà; l'assoluta autonomia e responsabilità era da lui concepita come l'identità profonda della stessa coscienza umana che si costruisce come assoluta libertà. Tra le sue opere più importanti si ricordano *La nausea* (1938), *L'essere e il nulla* (1943), *L'esistenzialismo è un umanismo* (1946).

[2] Albert Camus (1913-1960), uno dei più importanti scrittori francesi del Novecento, ricevette il premio Nobel per la letteratura nel 1957. Romanziere, drammaturgo, giornalista, insieme a J.-P. Sartre fu un caposcuola dell'esistenzialismo ateo, ponendo al centro dei valori umani la libertà. Tra le sue opere più importanti: *Lo straniero* (1947), *Il mito di Sisifo* (1947), *L'uomo in rivolta* (1957), *La peste* (1958), *La caduta* (1958).

[3] Nell'opera il *Mito di Sisifo*.

[4] Padre Pierre Teilhard de Chardin (1881-1955), noto paleontologo, ha cercato di conciliare una visione evoluzionistica dell'universo con una concezione spiritualistica e ancorata alla fede cristiana, arrivando alla formulazione di una riflessione in cui Cristo Risorto si configura come il punto Omega verso cui tutto l'universo converge nel suo evolversi: l'evoluzione che va nella direzione di qualcosa di Personale e che è animata dallo Spirito.

Il limbo

Nei primi secoli cristiani, soprattutto a partire da Agostino, si incominciò a sostenere con argomentazioni teologiche l'esistenza del limbo (= lembo, estremità, zona marginale e di confine). Infatti la dottrina cristiana afferma che per la salvezza è necessaria la fede in Cristo e la remissione dei propri peccati. Ora, il dono della fede e la remissione delle colpe sono operate all'inizio della vita cristiana dal sacramento del battesimo. Restava il problema della sorte di coloro che erano morti senza essere battezzati. Per designare la loro destinazione si usavano due espressioni differenti: *limbus patrum* e *limbus puerorum*.

Con *limbus patrum* si intendeva il luogo, la situazione nella quale si trovavano le persone giuste morte prima della venuta di Cristo. Dopo la morte, durante il periodo della sepoltura, prima della risurrezione, Cristo discese agli inferi per liberare le anime di tutti coloro che vissero secondo coscienza e nell'attesa della rivelazione di Dio.

Il *limbus puerorum* era invece il luogo dove sarebbero vissute eternamente le anime di tutti quei bambini che non avevano ricevuto il battesimo e non avevano altra colpa che quella d'origine. Alla mancata celebrazione del battesimo poteva supplire il cosiddetto **battesimo di desiderio** e quello **di sangue**: chi fosse morto senza aver ricevuto il battesimo, ma avendolo desiderato ed essendosi ben disposto a riceverlo, sarebbe stato comunque salvo; così pure per coloro che, non ancora battezzati, suggellavano la loro fede in Cristo con il martirio.

Affresco attribuito a Francesco e Sperindio Cagnoli, *Il limbo dei bambini*, particolare del *Giudizio universale*, XV secolo, Chiesa della Trinità, Momo, Novara.

Nel limbo vi sarebbe una beatitudine naturale: non sarebbe dunque un luogo di sofferenza o punizione ma, non essendoci la visione di Dio, resterebbe sempre un luogo di tristezza.

Anche i catechismi ufficiali della Chiesa avevano presentato una dottrina sul limbo. La Sacra Scrittura non parla però del limbo e non vi sono pronunciamenti con carattere infallibile da parte dei pontefici.

Il recente *Catechismo della Chiesa Cattolica* ha abbandonato la teoria del limbo. Essa non era una verità di fede, ed è stata introdotta perché pareva la più plausibile per spiegare da una parte la volontà di Dio di salvare tutti e, dall'altra, la necessità del battesimo. Infatti, non potendo emettere un insegnamento definitivo e infallibile, la Chiesa sceglie la posizione che al momento pare la più accettabile.

Scrive il *Catechismo della Chiesa*: *«Quanto ai bambini morti senza battesimo, la Chiesa non può che affidarli alla misericordia di Dio, come appunto fa nel rito dei funerali per loro. Infatti, la grande misericordia di Dio che vuole salvi tutti gli uomini e la tenerezza di Gesù verso i bambini, che Gli ha fatto dire: «Lasciate che i bambini vengano a me e non glielo impedite» (Mc 10, 14), ci consentono di sperare che vi sia una via di salvezza per i bambini morti senza il battesimo. Tanto più pressante è perciò l'invito della Chiesa a non impedire che i bambini vengano a Cristo mediante il dono del santo battesimo»* (n. 1261).

La salvezza è quindi un dono gratuito di Dio, e il battesimo è il segno di questa gratuità; questo non impedisce a Dio di trovare una via di salvezza per tutti.

L'aldilà dantesco

Il viaggio umano verso la salvezza

La *Divina Commedia* è un'opera complessa e ricca di molti personaggi nella quale Dante (1265-1321) racconta con accuratezza di particolari un fantastico viaggio nell'aldilà, nei tre regni dell'oltretomba, che il poeta descrive secondo la tradizione medievale. È suddivisa in tre cantiche (*Inferno, Purgatorio* e *Paradiso*) di trentatré canti ciascuna, più un canto iniziale a tutto il poema, per un totale di cento canti.

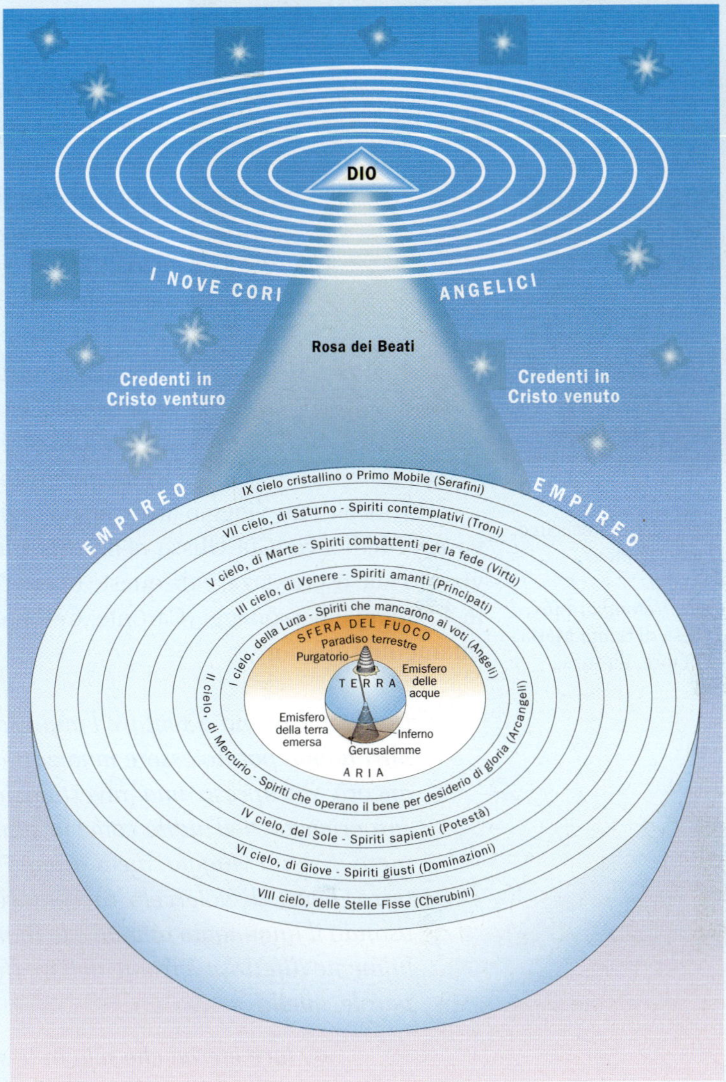

La *Divina Commedia* è un poema allegorico e didattico. Ad esempio: la lonza, il leone e la lupa, che Dante incontra nella selva, sono la rappresentazione della lussuria, della superbia e dell'avarizia; l'ascesa al colle illuminato dal Sole è l'avanzamento nella virtù; le quattro e tre stelle dell'isola del purgatorio sono rispettivamente le virtù cardinali e teologali; il carro guidato dal grifone è la Chiesa guidata da Cristo.

Questo viaggio, immagine del cammino interiore verso la propria salvezza, si svolge nella Settimana Santa del 1300, primo anno giubilare, anno di conversione e di perdono.

L'uomo, allontanatosi da Dio e perduto nel vizio (selva oscura) è vicino alla dannazione e non riesce a trovare in sé la capacità di salvarsi; ma Dio ha pietà di lui e nella sua infinita misericordia gli dà «la ragione» che lo avvia verso la salvezza per ottenere la quale deve, prima di tutto, rendersi conto della gravità delle sue colpe (viaggio attraverso l'Inferno), pentirsene ed espiarle (viaggio nel Purgatorio), e finalmente con l'aiuto della rivelazione (Beatrice) e totalmente purificato, elevarsi a Dio (salita in Paradiso).

L'uomo e la grazia divina

Dante è convinto che questo viaggio non sia possibile per l'uomo se non per grazia divina: è quindi impossibile autoredimersi. All'inizio, infatti, egli si vede impedita la solitaria scalata «*al dilettoso monte ch'è principio e cagion di tutta gioia*». Solo dopo aver invocato «*Miserere di me*», per intercessione di Beatrice, Dio offre Virgilio come guida al poeta.

Come Dio muove il Sole e le stelle, così il poeta sente di essere mosso dalla grazia divina. Se all'inizio del suo poema voleva salire il monte in modo solitario, capisce poi che questo viaggio di salvezza è da intraprendere sotto la guida di Dio, per cui si mette al seguito di Virgilio, poi di Beatrice e infine di san Bernardo. Il viaggio è diventato «sequela», e solo in questo modo, seguendo le guide inviate da Dio, può giungere alla salvezza, alla contemplazione di Dio.

Il tema del viaggio come ricerca di salvezza rimanda al romanzo cavalleresco del ciclo bretone, ma anche alla letteratura mistica che presenta l'ascesa verso Dio come un «viaggio» (ad esempio, l'*Itinerarium mentis in Deum* di san Bonaventura).

Domenico di Michelino, *Dante Alighieri e i regni dell'oltretomba*, 1465, Chiesa di Santa Maria del Fiore, Firenze.

L'idea di un viaggio attraverso i regni dell'oltretomba, inoltre, non era nuova nel Medioevo. Già Ulisse nell'*Odissea* ed Enea nell'*Eneide* (libro VI) avevano vissuto tale esperienza, e da queste opere Dante riprende nomi, luoghi (l'Acheronte, lo Stige) e personaggi (Caronte, Cerbero, Flegiàs). L'opera di Dante è però infinitamente superiore.

Dante è il primo a tentare l'impresa del volo attraverso il paradiso, [...] *se altri hanno potuto essere innalzati mediante raptus fino a Dio, nessuno ha ancora intrapreso una investigazione così metodica del paradiso, una «esperienza» dell'aldilà come la sua. L'ardire di Dante non è quello di compiere il santo viaggio, meta di ogni buon cristiano peregrinante su questa terra, bensì di volercelo raccontare; egli osa descrivere le realtà ultime usando il linguaggio umano e le immagini dell'esperienza che sono inevitabilmente difettose a fronte dell'ineffabile, di ciò che non può essere detto in parole, quella*

«O luce eterna che sola in te sidi,
sola t'intendi, e da te intelletta,
e intendente te, ami ed arridi!»

Par. XXXIII, 124 -126

D. Montalto, *Capolavori dell'altro mondo*, in "Luoghi dell'Infinito", novembre 2000

Dante riconosce di non poter comunicare in modo adeguato l'esperienza finale del suo viaggio quando contempla Dio: il mistero di Dio resta «ineffabile». Lo smarrimento del poeta è dovuto al fatto che esiste una distanza impossibile da colmare tra la contemplazione di Dio e l'umiltà della parola, per cui teme di non riuscire a «*lasciare a la futura gente*» neppure una «*favilla*» di quella gloria.

Il fine della *Divina Commedia*

Nell'*Epistola a Cangrande* Dante spiega di aver scritto la *Commedia* «*al fine di rimuovere i viventi in questa vita dallo stato di miseria e condurli allo stato di felicità*». E infatti, presentando molti personaggi con i loro difetti e pregi, vizi e virtù, riflette sul bene e sul male e invita gli uomini a considerare il valore e la responsabilità eterna dei loro comportamenti: la vita è responsabilità e il bene e il male hanno conseguenze per l'eternità. Il bene e il male non sono frutto del caso né di influssi astrali: l'uomo è libero e quindi responsabile.

Il viaggio parte dall'Inferno, che si trova collocato sottoterra. Smarritosi a trentacinque anni in una selva oscura, Dante si sforza di uscirne, ma quando già crede di esserci riuscito, si trova di fronte a tre fiere spaventose che gli impediscono il cammino. Compare in suo aiuto Virgilio, inviato da Beatrice. Inizia così il suo viaggio in compagnia del «maestro» scendendo nell'Inferno e percorrendolo tutto dall'alto verso il basso, fino al centro della Terra dove nel lago ghiacciato si trova conficcato Satana.

Poi sale il monte del Purgatorio che si trova nell'opposto emisfero rispetto alle terre abitate e agli antipodi dell'Inferno; infine è innalzato al Paradiso, dove, nei cieli sopra la terra, si trovano i beati che lodano Dio; la loro beatitudine consiste nella visione di Dio.

Il centro della sua visione cosmologica, come era credenza diffusa a quel tempo, è la città di Gerusalemme, città santa dei tre monoteismi e soprattutto la città dove Cristo, morendo e risorgendo, ha salvato l'umanità portando a compimento l'opera della redenzione.

Gli accompagnatori di questo viaggio sono:

- **Virgilio** nell'Inferno e in Purgatorio, simbolo della ragione, dell'onestà intellettuale, della coscienza onesta e pensosa. Dante apprezzava quest'autore latino definito «*gentil e savio*»;
- **Beatrice**, la donna di cui Dante si era innamorato, simbolo dell'amore e della teologia, della riflessione amorosa, e della conoscenza appassionata di Dio; la incontra nel Paradiso terrestre e lo accompagna in Paradiso;
- **San Bernardo**, introdotto nel canto XXXI del Paradiso, che guida l'ultimo tratto del viaggio dantesco avvicinandolo a Dio; questo santo simboleggia la mistica e la fede, rappresenta l'amore del Mistero come culmine del desiderio e della ragione umana; egli è colui che «*'n questo mondo, contemplando, gustò di quella pace*».

La parola «*stelle*», che conclude tutte le cantiche, simboleggia la meta dell'*homo viator*, il termine ultimo di ogni cammino umano.

Illustrazione del III canto del *Purgatorio* di Franz von Bayron, *Per lor maladizion si' non si perde che non possa tornar l'eterno amor mentre che la speranza*, 1921, particolare, Vienna.

L'Inferno

È un imbuto, un abisso conico, con la punta al centro della Terra, formatosi perché la Terra, non volendo venire a contatto con Lucifero precipitato dal cielo, è fuggita risalendo e andando a formare il monte del Purgatorio; questa voragine è suddivisa in nove cerchi.

La disposizione dei peccatori va dalle colpe meno gravi fino ai peccati più deplorevoli: il criterio per valutare la gravità della colpa è l'uso della ragione. Nel

Luca Signorelli, *Inferno*, particolare, 1499-1504, Cappella di San Brizio, Duomo di Orvieto.

primo cerchio, quello dei peccati di lussuria, ad esempio, proprio perché si è presi dalle passioni e dalle emozioni, vi è meno coinvolgimento della ragione e per questo i lussuriosi sono nel primo cerchio, il più distante da Lucifero; nel nono cerchio, invece, e nelle bocche di Lucifero, vi sono i traditori: un tradimento coinvolge la ragione che complotta, calcola e usa frode per ingannare.

La distribuzione dei peccati rispecchia la teoria di Aristotele, secondo il quale l'uomo pecca per:

- **incontinenza** (eccede in atti dettati da impulsi umani che non sarebbero peccaminosi se contenuti in giusti limiti: lussuria, gola, avarizia e prodigalità, iracondia);
- **violenza** (compie atti colpevoli contro il prossimo, contro se stesso e contro Dio);
- **malizia** (compie il male usando frode).

L'ordine non corrisponde quindi a quello tradizionale dei sette vizi capitali (cioè superbia, avarizia, invidia, ira, lussuria, gola, accidia).

Ecco come si struttura l'Inferno dantesco.

Ignavi: nella vita non si sono impegnati, non hanno fatto né del male né del bene, per cui né l'Inferno né il Paradiso li vuole; sono collocati in un antiinferno. Questa scelta dantesca ricorda quello che scrive l'*Apocalisse*: «*Conosco le tue opere: tu non sei né freddo né caldo. Magari tu fossi freddo o caldo! Ma poiché sei tiepido, non sei cioè né freddo né caldo, sto per vomitarti dalla mia bocca.*» (Ap 3, 15-16).

Infedeli: sono coloro che hanno vissuto senza credere in Cristo perché non hanno avuto la possibilità di conoscere la fede e vi sono anche i bambini morti senza battesimo. Sono collocati in un Limbo (un lembo estremo); non subiscono una vera e propria punizione, ma soffrono perché non possono raggiungere la visione di Dio.

Incontinenti: sono coloro che hanno usato male delle capacità umane che in sé sono buone, ma che per mancanza di autocontrollo sono state impiegate male. Ad esempio, i lussuriosi usano in modo sbagliato la sessualità; i golosi mancano di controllo sul naturale istinto di alimentarsi; avari e prodighi non hanno usato correttamente dei beni e delle ricchezze; gli iracondi mancano del controllo necessario sullo slancio vitale, sull'impulso naturale, sulle loro energie; gli accidiosi mancano di decisione, buona volontà e impegno.

Eretici: coloro che negano e non vogliono credere le verità di fede proposte dalla Bibbia e insegnate dalla Chiesa.

Violenti: coloro che violano e rompono l'equilibrio voluto da Dio perché vanno contro Dio (bestemmiatori), contro la natura sessuale (sodomiti), contro gli altri (omicidi, predoni, briganti), contro se stessi (suicidi), contro il valore dei beni (scialacquatori e usurai).

Fraudolenti: gli imbroglioni e i traditori sono coloro che hanno commesso le colpe più gravi perché hanno impiegato in modo consapevole e premeditato la loro intelligenza, fatta per il bene, per fare il male. Vi sono vari tipi di dannati: seduttori, adulatori, simoniaci, indovini, barattieri (cioè politici corrotti e corruttori), ipocriti, ladri, consiglieri fraudolenti, seminatori di discordie, falsari, fino ai traditori dei parenti, della patria, degli ospiti, dei benefattori.

Tutti i peccatori presentati da Dante (alcuni dei quali sono importanti personalità religiose e politiche) sono condannati alla pena del contrappasso. È una punizione esemplare che, in modo simbolico, «*manifesta*» la colpa. I lussuriosi, ad esempio, sono flagellati dalla tempesta e dalle intemperie, loro che furono agitati e si abbandonarono al vortice della passionalità; i suicidi, che distrussero il loro corpo, sono privati del corpo; i seminatori di discordie e divisioni hanno il corpo diviso.

Dante talvolta resta turbato davanti al racconto di alcuni condannati (ad esempio Paolo e Francesca), altre volte si adira, oppure prende l'occasione per criticare le vicende politiche della sua città.

Il Purgatorio

Dante e Virgilio abbandonano il luogo del dolore senza speranza ed entrano nel regno dove:

... l'umano spirito si purga
e di salire al cielo diventa degno...

Pur. I, 5 - 6

Il monte del Purgatorio, il più alto della Terra, ha la forma di un cono tronco. C'è un antipurgatorio e poi la porta del Purgatorio; il monte si suddivide in sette cornici, corrispondenti ai sette vizi capitali. Qui i penitenti espiano i peccati e meditano su esempi positivi e sulle virtù corrispondenti. La distribuzione delle penitenze è fatta secondo l'idea di Platone per il quale i peccati derivano tutti dall'amore disordinato, che può essere per *malo obietto*, per *poco vigore*, per *troppo vigore*.

Monte del Purgatorio			
		I sette vizi capitali	**Virtù corrispondenti**
Mancanza per «*troppo vigore*», quindi un eccessivo attaccamento ai beni terreni.	**7° cornice**	**Lussuriosi**: soddisfare gli istinti sessuali in modo sbagliato ed eccedente.	**Castità**
	6° cornice	**Golosi**: ricerca eccessiva della soddisfazione nel cibo e nel bere.	**Temperanza**
	5° cornice	**Avari e prodighi**: eccessivo attaccamento o spreco dei beni.	**Povertà**
Mancanza per «*poco di vigore*».	**4° cornice**	**Accidiosi**: disimpegno, pigrizia, scarsa volontà, indecisione.	**Sollecitudine**
Mancanza per «*malo obietto*»: si sono rivolti verso il male.	**3° cornice**	**Iracondi**: reagire con impeto e violenza anche a ragione per torti altrui.	**Pace**
	2° cornice	**Invidiosi**: gelosia per i beni altrui e desiderio del loro male.	**Mansuetudine**
	1° cornice	**Superbi**: sentimento di superiorità e atteggiamento di disprezzo verso gli altri.	**Umiltà**
Antipurgatorio			

Attività

- Con l'insegnante di Lettere affrontate e completate i contenuti proposti in questa scheda.
Se durante la lettura e l'analisi dei canti della *Divina Commedia* dovessero emergere altri temi (ad esempio la prescienza divina; personaggi storici), approfonditeli e discutetene in collaborazione con gli insegnanti di Lettere, Storia e Religione.

In Purgatorio le anime soffrono ma sono sorrette dalla speranza della felicità eterna. Sono dei salvati e non dei dannati quelli che Dante incontra in Purgatorio, e i tormenti che provano è occasione di purificazione da ogni imperfezione, da ogni forma di male e inclinazione al peccato.

Giunti sulla cima del monte del Purgatorio, Dante e Virgilio arrivano nel Paradiso Terrestre. Qui appare Beatrice che rimprovera Dante per gli errori commessi e per i vari amori. Dopo il pianto, purificato e rinnovato, leggero perché ormai libero dal peccato, viene condotto da Beatrice nel primo cielo, che è quello della Luna.

Paradiso

Secondo Tolomeo la Terra, che si trova immobile nel centro dell'universo, è circondata dal firmamento, suddiviso in nove cieli che ruotano attorno a essa. Fuori dell'universo fisico si trova l'Empireo immobile e Dio circondato dalle gerarchie celesti.

Nel Paradiso Dante mette in evidenzia le capacità di compiere il bene presenti nell'uomo. Le anime che vi si trovano sono passate attraverso il Purgatorio, e la maggior parte di esse, pur avendo peccato in Terra, si sono pentite prima della morte e hanno ottenuto il perdono di Dio.

Le anime dei beati sono tutte nell'Empireo e si fanno incontro a Dante nei vari cieli secondo la caratteristica della loro santità:

- **amanti**: hanno cercato e messo in pratica il vero amore;
- **sapienti**: hanno cercato e conseguito la vera sapienza;
- **combattenti per la fede**: sono i difensori della fede e i martiri;
- **giusti**: hanno praticato la giustizia;
- **contemplativi**: già in vita hanno contemplato Dio e le sue meraviglie.

Dante sale velocemente di cielo in cielo in compagnia di Beatrice, colpito dalla luce intensa e dalla felicità dei beati. Poi la donna si allontana e va a prendere il suo posto nella Candida Rosa, lasciandolo sotto la guida di san Bernardo che lo raccomanda alla Vergine.

Il suo viaggio prodigioso si conclude con la contemplazione del mistero dell'unità e Trinità di Dio e dell'umanità di Cristo.

Beato Angelico, *Il paradiso*, particolare del *Giudizio universale*, Museo di San Marco, Firenze.

ESISTE DIO?

- La ragione può dare una risposta a questa domanda?
- Tutte le religioni sono uguali?
- Dio, se esiste, ha a che fare con noi?

Le risposte:
- ateismo: Dio non c'è;
- panteismo: tutto è Dio;
- Dio è altrove... è una realtà a sé stante, lontana dall'uomo;
- le prove razionali dell'esistenza di Dio: l'uomo può capire che Dio c'è;
- la Rivelazione: Dio esiste e viene incontro alla ricerca umana.

CHI È L'UOMO?

- Siamo stati creati... e da chi?
- Grandezza e miseria dell'uomo: perché?
- Siamo unici e irripetibili?

Le risposte:
- i due racconti della *Genesi*: l'uomo è stato "voluto" da Dio; l'uomo porta in sé l'immagine e la somiglianza con Dio; l'uomo è una creatura;
- islam: l'uomo è una creatura a servizio di Dio;
- religioni orientali: l'uomo è parte del Tutto;
- cristianesimo: l'uomo da semplice creatura... a figlio di Dio.

CHE COSA C'È NELL'ALDILÀ?

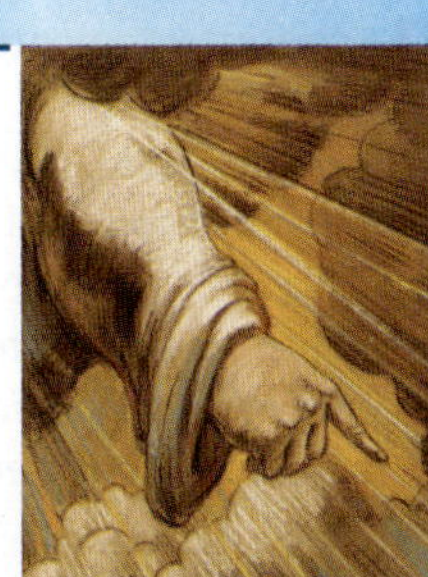

- Perché tanto timore e mistero per la morte?
- Questa vita prepara un'altra vita?
- Siamo immortali?

Le risposte:
- non c'è nulla: con la morte finisce tutto!
- ci si reincarna, c'è la metempsicosi;
- la vita sfocia nell'eternità, nell'aldilà: un aldilà per tutti; un aldilà con paradiso, inferno, purgatorio.

1 **Leggi attentamente questa breve poesia di Giuseppe Ungaretti (1888-1970) e, partendo dagli spunti che ti sono suggeriti, approfondiscine il senso.**

Chiuso fra cose mortali
(anche il cielo stellato finirà)
perché bramo Dio?

- Con quali parole il poeta esprime la condizione dell'uomo? Quale dicotomia rileva?
- Che cosa rende l'uomo qualitativamente superiore allo stesso cielo stellato?
- Quali tratti acquista il Dio di cui parla il poeta?
- Quale correlazione può esistere tra la prima parola (*Chiuso*) e l'ultima (*Dio*) del breve brano poetico?

- **Trovi delle corrispondenze tra la poesia di Ungaretti e il brano seguente?**

Niente è più umano del fatto che l'uomo desideri naturalmente delle cose impossibili alla sua natura. Ciò è proprio di una natura che non è chiusa nella materia come la natura delle cose fisiche, ma che è intellettuale o infinitizzata dallo spirito, è proprio di una natura metafisica. [...] D'altra parte, tuttavia, in quanto emana dalla natura, è un desiderio naturale e necessario. Non è una semplice velleità, un desiderio di sovrappiù e di sovraerogazione. Nasce nel più intimo della sete della nostra intelligenza per l'essere, è una nostalgia così profondamente umana che tutta la saggezza e la follia del comportamento dell'uomo hanno in essa la loro più segreta ragione.

J. MARITAIN, *Ateismo e ricerca di Dio*, Massimo, Milano 1982

2 **Attribuisci alle parole-chiave il pensatore che le ha elaborate (vedi Scheda, *L'ateismo*), motivando in che modo questi concetti potrebbero dimostrare che Dio non esiste.**

- sublimazione ______
- proiezione ______
- sovrastruttura ______
- superuomo ______
- nevrosi ossessiva ______

- **Discuti le seguenti due opzioni.**

- L'ateismo di questi pensatori dimostra efficacemente che Dio non esiste.
- L'ateismo di questi pensatori scardina una certa visione di Dio e della religione.

3 **Leggi attentamente i passi biblici di Sir 17, 1 ss. e di Qo 3, 18-21 e fai un commento personale.**

Il primo è tratto dal *Libro del Siracide* e tratta dell'infinita grandezza di Dio e del valore dell'uomo che è stato rivestito di forza dal suo Creatore ed è stato fatto a sua immagine. Eppure, lo sguardo alla quotidianità della vita pare evidenziare i limiti dell'esistenza umana.
Il secondo passo è tratto sempre da un libro sapienziale, il *Qoélet*, che presenta una riflessione sul senso del tempo che passa, soprattutto sul tempo della vita umana, e sulla reale consistenza delle esperienze nel corso dell'esistenza di ognuno.

4 **Leggi il brano del dialogo notturno tra Gesù e Nicodemo al cap. 3 del Vangelo di Giovanni. L'interlocutore di Gesù è un personaggio emblematico dal punto di vista della ricerca interiore e della sincera apertura al mistero di Dio. Agostino scriveva: «*Tu non mi cercheresti se non mi avessi già trovato*».**

Che rapporto esiste tra la ricerca umana, l'azione misteriosa dello Spirito di Dio in ogni uomo e la Rivelazione di Gesù Cristo?

5 **Ti viene proposta una parte del *Canto di un pastore errante dell'Asia*. È uno dei più interessanti componimenti poetici di Giacomo Leopardi, scritto tra il 22 ottobre 1829 e il 9 aprile 1830.**

Canto notturno di un pastore errante dell'Asia

Che fai tu, luna, in ciel? dimmi, che fai,
Silenziosa luna?
Sorgi la sera, e vai,
Contemplando i deserti; indi ti posi.[1]
Ancor non sei tu paga
Di riandare i sempiterni calli?[2]
Ancor non prendi a schivo,[3] *ancor sei vaga*[4]
Di mirar queste valli?
Somiglia alla tua vita
La vita del pastore.
Sorge in sul primo albore
Move la greggia oltre pel campo,[5] *e vede*
Greggi, fontane ed erbe;
Poi stanco si riposa in su la sera;
Altro mai non ispera.
Dimmi, o luna: a che vale
Al pastor la sua vita,
La vostra vita a voi? dimmi: ove tende
Questo vagar mio breve, il tuo corso immortale? [...]

Nasce l'uomo a fatica,[6]
Ed è rischio di morte il nascimento.
Prova pena e tormento
Per prima cosa; e in sul principio stesso
La madre e il genitore
Il prende a consolar dell'esser nato.
Poi che crescendo viene,
L'uno e l'altro il sostiene, e via pur sempre
Con atti e con parole
Studiasi fargli core,[7]
E consolarlo dell'umano stato:
Altro ufficio più grato
Non si fa da parenti alla lor prole.
Ma perché dare al sole,
Perché reggere in vita
Chi poi di quella consolar convenga?
Se la vita è sventura,
Perché da noi si dura?[8]
Intatta luna, tale
È lo stato mortale.
Ma tu mortal non sei,
E forse del mio dir poco ti cale.[9]

Pur tu, solinga, eterna peregrina,
Che sì pensosa sei, tu forse intendi,
Questo viver terreno,
Il patir nostro, il sospirar, che sia;
Che sia questo morir, questo supremo
Scolorar del sembiante,[10]
E perir dalla terra, e venir meno
Ad ogni usata, amante compagnia.[11]
E tu certo comprendi
Il perché delle cose, e vedi il frutto
Del mattin, della sera,
Del tacito, infinito andar del tempo.
Tu sai, tu certo, a qual suo dolce amore
Rida la primavera,
A chi giovi l'ardore, e che procacci[12]
Il verno co' suoi ghiacci.
Mille cose sai tu, mille discopri,
Che son celate al semplice pastore.
Spesso quand'io ti miro
Star così muta in sul deserto piano,
Che, in suo giro lontano, al ciel confina;[13]
Ovver con la mia greggia
Seguirmi viaggiando a mano a mano;
E quando miro in cielo arder le stelle;
Dico fra me pensando:
A che tante facelle?[14]
Che fa l'aria infinita, e quel profondo
Infinito seren? che vuol dir questa
Solitudine immensa? ed io che sono?
Così meco ragiono [...]

G. Leopardi, in *Canti*, vv.1-20, 39 - 90, Ed. Newton Compton, Roma 1974

– Che impressioni e riflessioni suscita il parallelismo tra l'andare della luna in cielo e il vagare del pastore?
– Quali aspetti della vita vengono maggiormente sottolineati?
– Quali domande si pone il pastore e come vengono risolte?
– La luna, l'uomo, il gregge: quali posizioni occupano in questa visione del cosmo?
– Che cosa accomuna la luna e il gregge? Che cosa caratterizza l'uomo?
– Quale speranza nutre il poeta?
– Questa visione della vita dell'uomo è ancor oggi riscontrabile? In che forma e in quali fenomeni?

1. Ti fermi, tramontando.
2. Non sei ancora sazia di ripercorrere eternamente le vie del cielo?
3. A noia.
4. Desiderosa.
5. Spinge innanzi il gregge per i campi.
6. Con dolore, causando dolore e provandolo.
7. Cercano di fargli coraggio.
8. Si sopporta?
9. Ti importa.
10. Impallidire del volto dopo la morte.
11. La compagnia delle persone che ci amano.
12. Quale utilità procuri.
13. Confina con il cielo nel suo orizzonte lontano.
14. Luci; propriamente «piccole fiaccole».

6 **Leggi il brano proposto e rispondi alle domande.**

Qualche anno fa avevo partecipato a un «dialogo» tra intellettuali credenti e agnostici con Padre Turoldo (1916-1992, religioso dei Servi di Maria, attento interprete del pensiero e della cultura contemporanea). La sua relazione, affidata, come era costume, all'intuizione e alla provocazione, si era svolta sostanzialmente attorno a due nodi: il discorso sull'esistenza di Dio è ormai risolto e archiviato: il vero problema oggi ruota per tutti attorno alla domanda su «quale Dio» credere.

G. Ravasi, *Perché credenti e increduli discutono da tremila anni*, in "Avvenire", 23 ottobre 1993

- È davvero risolto il problema dell'esistenza di Dio?
- È l'ateo oppure il credente ad aver risolto il problema della ricerca di Dio?
- È condivisibile la posizione riportata nella citazione? Perché?

7 **Quando san Pietro confessa che Gesù è «*il Cristo, il Figlio del Dio vivente*», Gesù gli dice: «*Né la carne né il sangue te l'hanno rivelato, ma il Padre mio che sta nei cieli*» (Mt 16, 17). La fede è un dono di Dio... quali interrogativi ti fa sorgere questo convincimento del cristianesimo?**

8 **Individua e analizza ogni singolo elemento di questa definizione della fede.**

Credere est actus intellectus assentientis veritati divinae ex imperio voluntatis a Deo motae per gratiam. (Credere è un atto dell'intelletto che, su comando della volontà mossa dalla grazia di Dio, acconsente alla verità divina.)

San Tommaso d'Aquino, *Summa theologiae* II, II, 2, 9

9 **Rispondi brevemente a queste richieste.**

- Che cosa può aver inteso san Tommaso quando affermava che la filosofia (l'intelligenza umana, la riflessione dell'uomo ecc.) è *preambulum fidei* (preambolo alla fede)?
- *Credo ut intelligam* - *Intelligo ut credam*: che cosa significano queste due espressioni così strettamente correlate?
- Prova a raffigurare in uno schema che cosa s'intende per fede in una religione rivelata e qual è invece il percorso religioso in una religione che non si definisce tale.
- Quali sono i tre grandi monoteismi e che cosa vogliono evidenziare quando tutti e tre dicono di essere «religioni rivelate»?

10 **Ricerca l'etimologia delle seguenti parole.**

- Inferno
- Paradiso
- Purgatorio

11 **Nei Vangeli sono utilizzate alcune immagini per parlare dell'inferno. Che cosa significano e quale idea vogliono comunicare?**

Immagini	Significato
... gettati fuori e nelle tenebre dove è pianto e stridore di denti (Mt 8, 12; Mt 13, 42. 50; Mt 22, 13; Mt 24, 51; Mt 25, 30)	
... fuoco eterno dove si è gettati (Mt 3, 12; Mt 18, 8; Mt 25, 41)	
... chiusi fuori dalla porta della festa nuziale e non riconosciuti (Mt 25, 10)	
... un verme che rode senza fine (Mc 9, 48)	

UNITÀ 13

Fede e scienza

Contenuti

- Il valore di scienza e fede
- Il conflitto tra scienza e fede
- L'autonomia di scienza e fede
- Collaborazione tra scienza e fede e necessità di una morale

Obiettivi

- Conoscere le ragioni di un passato contrasto tra scienza e fede.
- Sapere qual è la posizione cristiana in merito al problema della creazione e dell'evoluzione.
- Ricostruire il contesto storico e il clima culturale all'interno dei quali si svilupparono la questione galileiana e il dibattito su creazione ed evoluzione.
- Essere consapevoli dell'autonomia e della complementarietà esistenti tra scienza e fede.
- Riconoscere e valutare positivamente il valore della scienza e della tecnica.
- Saper distinguere gli ambiti, le caratteristiche e le finalità dei sistemi conoscitivi della scienza e della fede.
- Mettere in evidenza i punti di contrapposizione ma anche i momenti di reciproca collaborazione tra scienza e fede.
- Riconoscere la necessità di un ordine morale anche all'interno della ricerca scientifica e tecnologica.

Il valore di scienza e fede

La ricerca scientifica e il desiderio di conoscere in profondità il cosmo, le sue dinamiche e le leggi che lo governano, hanno la stessa origine della domanda religiosa. In entrambi i casi l'uomo si interroga sui fenomeni del mondo naturale e sul senso globale di questi in relazione alla sua esistenza: l'indagine scientifica e la ricerca religiosa sono animate dall'insopprimibile necessità di **conoscere la realtà** e coglierne il senso più profondo. L'intelligenza umana è sempre la stessa e da essa partono vari percorsi d'indagine che poi si differenziano per metodo e per strumenti.

Il problema preliminare è di sapere se la realtà abbia in sé una logica, un ordine interno, una intelligibilità che possano essere colti e compresi dall'uomo. È celebre la frase di Albert Einstein (1879-1955): «*La cosa più incomprensibile è che il mondo sia comprensibile*».

Libro delle proprietà delle cose, del mondo e dei corpi celesti, XIV secolo, Biblioteca Municipale, Reims.

Quindi la scienza, ma anche la religione, rispondono affermativamente a questo interrogativo.

L'universo è conoscibile da parte dell'uomo, sia pure in maniera sempre imperfetta e rivedibile; la nascita e lo sviluppo della scienza non solo presuppongono questa conoscibilità, ma presuppongono l'intelligibilità dell'universo.

C. RUINI, in "La Repubblica", 25 gennaio 1993

Dunque l'universo non è *chaos* ma *kòsmos*, cioè esiste un ordine nelle leggi naturali che si lascia apprendere e pensare. Chi si occupa di scienze ammette tale ordine o in modo esplicito oppure in modo implicito: uno degli assunti basilari dell'impresa scientifica è proprio che l'universo sia, almeno in parte, conoscibile. Dunque la scienza ha come fondamento la convinzione che l'uomo, se procede nel modo adeguato, possa accedere a questa verità.

In questa sete di conoscenza e di verità la fede e la scienza si incontrano e devono riconoscere che da qui ha inizio il loro percorso. Successivamente si differenziano nel metodo, negli strumenti, nelle argomentazioni, ma questa unità primordiale resta.

La scienza pura è un bene degno di essere molto amato, perché è conoscenza e quindi perfezione dell'uomo e della sua intelligenza.

GIOVANNI PAOLO II, *Discorso per la commemorazione del centenario della nascita di A. Einstein*, 10 novembre 1979

Questa espressione del papa sintetizza bene la posizione della Chiesa che ha sempre considerato con molto rispetto e interesse le diverse espressioni dell'ingegno e della creatività umane. Alla base di questo atteggiamento il comando biblico: «*riempite la terra; soggiogatela e dominate...*» (Gen 1, 28). La scienza è un bene perché porta con sé il valore della razionalità, della riflessione, della fatica stessa dell'indagine. Il costante richiamo al rigore e all'obiettività, insito nell'attività dei ricercatori, diventa allora un prezioso contributo alla crescita integrale e completa dell'uomo perché lo libera da forme estreme di irrazionalismo e spontaneismo. Questo può arricchire la stessa esperienza religiosa che è fiduciosa risposta a Dio, ma anche ricerca intelligente dell'uomo. E proprio riguardo alla fede, il Concilio afferma che:

Jan Vermeer, *Il mappamondo*, particolare de *L'astronomo*, 1668, Museo del Louvre, Parigi.

> *Un più acuto senso critico* [come appunto è quello che la scienza può offrire alla vita religiosa] *la purifica da ogni concezione magica del mondo e dalle sopravvivenze superstiziose ed esige sempre più una adesione più personale e attiva alla fede; numerosi sono perciò coloro che giungono a un più acuto senso di Dio.*
>
> CONCILIO VATICANO II, *Gaudium et Spes*, n. 7

Inoltre, non si può dimenticare che le scienze sviluppano e manifestano il pensiero creativo.

Il "caos determinista"

Si utilizza l'espressione paradossale di caos determinista per esprimere l'idea che il sistema, retto da leggi deterministe, è tuttavia imprevedibile e può avere un comportamento caotico. Determinismo e prevedibilità non vanno qui di pari passo, fatto sorprendente in rapporto alla fisica classica.

T. MAGNIN, *Parabole scientifiche*, San Paolo, Cinisello Balsamo 2001

Guardando l'universo si constata la complessità e variabilità degli elementi che lo compongono e delle leggi che lo regolano. Se poi si riflette sull'origine di tutto, gran parte del mondo scientifico discute sull'idea di "causa" e di "caso" come origine dell'universo. Alcuni sostengono che ciò che esiste è frutto del "caso" (cfr. *Il caso e la necessità*, un libro di J. Monod, biochimico francese, premio Nobel nel 1965 per gli studi sulla genetica molecolare) che "a caso" ha dato origine a questo universo.

Ora la scienza ricerca e scopre le leggi di natura rigorose e determinate (determinismo) al punto che possiamo "prevederne" gli effetti (prevedibilità), e applicarle per mezzo della tecnica. Chi parla di "caos determinista" intende sostenere l'idea che non esiste una Causa di tutto, non esiste Dio: le leggi di natura "a caso" possono fare dei salti, variare a caso, avere cambiamenti improvvisi e non prevedibili che hanno portato all'esistenza questo universo.

"Caos determinista" ... questa espressione è una presa in giro. La scienza che scopre le leggi della materia, va descrivendo un disegno logico. Non siamo figli del caos: se lo fossimo, non potrebbe esistere nemmeno la scienza.

A. ZICHICHI, *Zichichi: per la scienza non siamo figli del caos*, in "Avvenire", 1 agosto 2002

Anton Pevsner, *La nascita dell'Universo*, XIX-XX secolo, Museo nazionale d'Arte Moderna - Centro Georges Pompidou, Parigi.

Ogni nuova scoperta, ogni legge, ogni teoria è in qualche misura un atto creativo dove, accanto alla razionalità, anche immaginazione e intuizione giocano un ruolo. La stessa parte sperimentale [...] è tutt'altro che quel freddo e pragmatico esercizio di semplici abilità operative prive di contenuti di natura spirituale.

M. GARGANTINI, *Uomo di scienza, uomo di fede*, Elle Di Ci, Leumann (To) 1991

Marie Curie (1867-1934), premio Nobel nel 1903 e poi nel 1911, riconosceva di gustare la bellezza della ricerca scientifica e di sentirsi di fronte alle leggi della natura come un bambino davanti al mondo delle fiabe, piena di spirito di avventura e di curiosità.

Enrico Fermi (1901-1954), fisico premio Nobel nel 1938, descrivendo i propri esperimenti, riconosceva che dopo tanti calcoli e studi di precisione, «*fu proprio una ispirazione improvvisa, senza una ragione premeditata*» che lo portò a concludere un esperimento sull'assorbimento dei neutroni.

Michael Polanyi (1891-1976) diceva che è contrario all'esperienza pensare

DOCUMENTI

Dalla paura alla fiducia nella natura, grazie alla scienza

■ Il famoso scienziato Albert Einstein (1879-1955) rileva come il passaggio dal periodo prescientifico a quello scientifico abbia segnato per l'uomo un'acquisizione maggiore di sicurezza; le conoscenze scientifiche hanno alimentato la fiducia nella natura come sistema stabile e immutabile, un fondamento solido grazie alle sue leggi universali, cioè conoscibili e valide per tutti.

Passiamo ora agli effetti spirituali prodotti dalla scienza. Nei tempi prescientifici, non era possibile raggiungere con il solo pensiero risultati che tutta l'umanità potesse accettare come certi e necessari. Ancora meno vi era la convinzione che tutto ciò che accade in natura è soggetto a leggi inesorabili.
Il carattere frammentario delle leggi naturali, quali apparivano agli osservatori primitivi, era tale da alimentare la credenza negli spiriti e nei fantasmi.
Per la medesima ragione ancora oggi l'uomo primitivo vive nella costante paura che forze soprannaturali e arbitrarie intervengano nel suo destino.
A perenne vanto della scienza sta il fatto che essa, agendo sulla mente umana, ha vinto l'insicurezza dell'uomo di fronte a se stesso e alla natura. Creando la matematica elementare i greci elaborarono per la prima volta un sistema di pensiero le cui conclusioni non possono venir negate da nessuno. Successivamente gli scienziati del Rinascimento scoprirono la combinazione dell'esperimento sistematico con il metodo matematico. Questa unione rese possibile una tale precisione nella formulazione delle leggi naturali e una tale certezza nella loro verifica sperimentale che come risultato non vi fu più posto per differenze sostanziali di opinioni nelle scienze naturali. L'uomo medio può riuscire a seguire i dettagli della ricerca scientifica solo in misura modesta; ma può almeno rendersi conto di un vantaggio grande ed importante: la fiducia che il pensiero umano è degno di fede e che le leggi naturali sono universali.

A. EINSTEIN, *Pensieri degli anni difficili*, Boringhieri, Torino 1965

Beato Angelico, *Tre uomini di scienza*, particolare de *L'adorazione dei Magi*, 1437-45, Convento di San Marco, Firenze.

che la scienza sia priva di passionalità e descriveva le intuizioni di uno scienziato come cariche di immaginazione.

Jonh Polanyi (1929), premio Nobel per la chimica nel 1986, afferma che lo scienziato deve contemplare con appassionata meraviglia il mondo «*come se fosse la prima volta*».

Infine, la scienza è un bene di tutta l'umanità, un bene da condividere con gli altri. Rispetto ai secoli passati, quando le conoscenze scientifiche erano prerogativa di una cerchia ristretta, oggi vi sono molti mezzi di divulgazione e di istruzione che ne favoriscono l'accesso a molte più persone. Vi sono forme di specializzazione, tuttavia lo stupore delle scoperte e le nuove conoscenze scientifiche possono e devono essere condivise da tutti. Soprattutto le applicazioni devono essere condivise a beneficio di tutti.

> *Lo scienziato può osservare e apprezzare qualcosa di sublime. E non lo registra solo per sé. Ha il dovere di trasmetterlo a tutta la gente del mondo.*
>
> C. RUBBIA, premio Nobel, in E. FERRI, *La tentazione di credere. Inchiesta sulla fede*, Rizzoli, Milano 1997

Un cosmo intelligente, quindi di Dio

Diceva Albert Einstein: «La scienza senza la religione è zoppa; la religione senza la scienza è cieca». Ora temi come Dio e il significato della vita non sono più estranei alle considerazioni degli scienziati. Del resto basta risalire a Galileo, Keplero e Newton, per trovare il concetto che la scienza serve a svelare l'opera di Dio. La scienza permette all'uomo di intravedere la mente di Dio. Oggi, per non pochi "cervelli", la scienza è anche una ricerca spirituale. [...] Molti scienziati sono riluttanti ad ammetterlo, ma tacitamente danno per assunto che la natura risponda a un qualche schema o disegno. [...] Immaginiamo una gravità leggermente più forte, forze nucleari appena più deboli, protoni un tantino più pesanti, spazio quadridimensionale invece che a tre dimensioni. Conseguenze: stelle come il Sole non esisterebbero, la vita basata sul carbonio non si sarebbe formata. In altre parole, la nostra esistenza è incardinata su delicate relazioni matematiche. Solo per questa ragione possiamo assistere alla grande rappresentazione del cosmo. Coincidenze? Dobbiamo pensare come certi scienziati, seguaci della teoria dell'assurdità dell'universo, secondo i quali le leggi del cosmo esistono senza ragione? C'è anche la teoria della lotteria della vita. E c'è chi sostiene che certi sistemi fisici hanno la capacità di auto-organizzarsi e saltano improvvisamente dal caos a uno stato coerente ed elaborato. [...]
Secondo me, conta moltissimo la risposta che si potrà dare alla domanda: siamo soli nell'universo? Se verrà fuori che dividiamo il cosmo con miriadi di forme di vita intelligente, che hanno gli stessi strumenti di conoscenza scientifica e – in particolare – matematica, avremo finalmente la più impressionante conferma di quanto ci sta a cuore, e cioè che l'intelligenza è una proprietà fondamentale della natura e non un fatto casuale.

P. DAVIES, fisico, in L. DELL'AGLIO, *Il cosmo? È firmato da Dio*, in "Avvenire", 19 gennaio 2003

William Blake, *La ceazione del mondo*, 1794, British Museum, Londra.

Il conflitto tra scienza e fede

Il giudizio positivo che la Chiesa ha nei riguardi della scienza non deve farci dimenticare situazioni di frizione, difficoltà, incomprensione e anche di conflitto tra il sapere scientifico-sperimentale e la fede che si sono verificate lungo la storia. La memoria di queste contrapposizioni ha ingenerato la convinzione diffusa secondo cui scienza e fede si oppongono.

> *Alla scienza i credenti riconoscono dignità e consistenza proprie.* [...] *Le conquiste dell'intelligenza umana sono segno della grandezza di Dio e frutto del suo ineffabile disegno. Le osservazioni e le scoperte obiettive non sono mai in contrasto con la dottrina della fede. I conflitti nascono quando i credenti confondono una certa cultura del passato con la fede o quando gli scienziati assolutizzano il metodo scientifico come unico approccio valido alla realtà ed elaborano visioni generali del mondo riduttive e distorte: non la scienza è incompatibile con la fede, ma l'idolatria della scienza.*
>
> CONFERENZA EPISCOPALE ITALIANA, *La verità vi farà liberi. Catechismo degli adulti*, Libreria Editrice Vaticana, Città del Vaticano 1995

Il riferimento ai conflitti sorti dalla confusione tra «*una certa cultura del passato*» e le dottrine di fede ha trovato la sua massima esemplificazione nel «*caso Galileo*» (vedi Scheda, *Il caso Galilei*, p. 439). L'incertezza e la confusione che portarono a interpretare letteralmente i passi biblici che potevano giustificare la teoria geocentrica causarono un'indebita estensione della dottrina di fede secondo la quale la Bibbia è sempre veritiera. Ma non si deve cadere in facili equivoci: le Scritture affermano sempre la verità quando parlano di Dio e di come l'uomo può salvarsi. È invece ormai dato per acquisito che le notizie scientifiche, storiche, cronologiche, astronomiche riportate nella Sacra Scrittura sono espressione della cultura, delle conoscenze e del linguaggio dell'autore e specchio della conoscenza della sua epoca.

Felix Parra, *Galileo all'Università di Padova spiega le sue nuove teorie*, 1873, Museo Nacional de Arte, Città del Messico.

Per lungo tempo si è verificata però una grande difficoltà a distinguere il dato di fede dal rivestimento culturale e letterario. La Chiesa ha ormai superato questa difficoltà interpretativa e ha dunque eliminato questa conflittualità.

Il testo del *Catechismo degli adulti* parla anche di una conflittualità differente, che non sorge da un fondamentalismo dottrinale, ma da una presunzione della scienza che si considera come l'unica forma valida di conoscenza e delegittima, privando di validità e di senso, le altre esperienze conoscitive che l'uomo può avere. Il rischio, in questo caso, è quello di una assolutizzazione del metodo scientifico e di una indebita riduzione della razionalità umana all'unico modello della razionalità scientifica.

L'ipotesi eliocentrica

La notorietà di Galileo Galilei (1564-1642) è legata alle sue indiscusse intuizioni nel campo della metodologia scientifica, ma anche all'uso anticattolico della sua vicenda. Fu soprattutto l'Illuminismo a impostare la vicenda galileiana nell'ottica di una contrapposizione fra religione e ragione, fra scienza e fede. Indubbiamente, la teoria eliocentrica che egli sosteneva creò discussione e contrapposizione sia all'interno del mondo scientifico sia in quello ecclesiastico.

Galileo, con le sue osservazioni astronomiche, diede prova della validità dell'ipotesi già sostenuta da Copernico (1473-1543) quasi un secolo prima, che era stata osteggiata in ambienti ecclesiastici, sostenitori della teoria geocentrica.

Joost Sustermans, *Galileo Galilei*, XVII secolo, Galleria degli Uffizi, Firenze.

I timori della Chiesa di fronte all'avanzare della scienza

Molti ecclesiastici nutrivano forti dubbi e timori, non tanto sull'eliocentrismo in sé, quanto sul pericolo scientista che esso comportava: la scienza, anziché limitarsi alla conoscenza e alla sperimentazione dei fenomeni, avrebbe potuto trasformarsi in una pretesa di conoscenza assoluta spingendosi sino a smantellare il sistema scientifico piramidale allora in auge, al cui vertice stava la teologia, considerata come coordinatrice e subordinatrice di tutto il sapere.

Sarebbero stati necessari dialogo e confronto aperto e attento tra scienziati e teologi: e questo mancò.

Per contestare l'eliocentrismo ci si appellava al brano del libro di Giosuè (10, 6-16) dove si comanda: «*Fermati o Sole*», una frase che, fondata sulla verità della Bibbia, giustificherebbe il geocentrismo.

Eppure alla riflessione della Chiesa non mancavano ottimi contributi di pensiero per poter capire che la teoria eliocentrica non poteva scalfire l'autorità della Sacra Scrittura rettamente intesa.

Agostino, nel suo commento al libro della *Genesi* (*De Genesi ad litteram*), propugnava la necessità di tenere distinte nella Bibbia le verità di ordine religioso dalle nozioni di carattere naturale e sosteneva che, quando ci si addentrava in questioni astronomiche, non si doveva mai impegnare l'autorità della Scrittura. Più esplicito fu nello scritto *De actis contra Felicem manichaeum* (398): la Scrittura ci insegna la via della salvezza, vuole creare dei cristiani e non dei matematici. Del medesimo avviso era anche **Tommaso d'Aquino** (XIII secolo).

Vi erano quindi le premesse per ritenere l'infallibilità del testo sacro limitata alle verità di ordine religioso e per comprendere che le nozioni di ordine naturale (scientifiche, storiche, cronologiche, geografiche, demografiche...) sono espresse nei limiti delle conoscenze dei singoli scrittori sacri, quindi sono correggibili e modificabili lungo il tempo e con il loro progredire.

Libro dei *Salmi* francese raffigurante la creazione della terra, la divisione delle acque, la creazione del cielo e delle piante, XIII secolo, The Pierpont Morgan Library, New York.

Attività

- Analizza questo breve testo ricercando ulteriori informazioni sugli elementi evidenziati.
  Per completare queste informazioni puoi richiedere la collaborazione degli insegnanti di Storia, Filosofia, Fisica.

È in questa congiuntura storico-culturale, ben lontana dal nostro tempo, che i **giudici** *di Galileo, incapaci di dissociare la fede da una* **cosmologia millenaria**, *credettero a torto che l'adozione della* **rivoluzione copernicana**, *peraltro non ancora definitivamente* **provata**, *fosse tale da far vacillare la tradizione cattolica, e che era loro dovere proibirne l'insegnamento. Questo errore soggettivo di giudizio, così chiaro per noi oggi, li condusse ad adottare un provvedimento disciplinare di cui Galileo ebbe molto a soffrire. Dobbiamo riconoscere questi torti con lealtà.*

CARD. PAUL POUPARD,
Città del Vaticano, 31 ottobre 1992

... i giudici ... provvedimento disciplinare
Chi erano? Quando? Che cosa accadde?
....

... cosmologia millenaria
Che impostazione aveva?
....

... rivoluzione copernicana
Si riferisce a...
....

... non ancora definitivamente provata.
Galileo portava delle prove sul moto della Terra, ma erano contestate e non riuscivano a dimostrarlo in modo incontrovertibile.
Quali prove portava?
Chi le contestava?
....

Le lettere di Galilei a padre Benedetto Castelli e alla granduchessa Maria Cristina

I documenti fondamentali nei qual viene presentata una dottrina ineccepibile sui rapporti tra scienze naturali e Bibbia, sono le lettere di Galilei al padre Benedetto Castelli (21 dicembre 1613) e alla granduchessa Maria Cristina, madre di Cosimo II (1615). In esse il pisano sosteneva che:

- fede e ragione occupano campi autonomi e si esclude un loro contrasto reciproco, in quanto unico autore della verità religiosa (Bibbia) e scientifica (natura) è Dio stesso;
- le dimostrazioni scientifiche non possono essere fondate sulla Bibbia;
- la Sacra Scrittura ha lo scopo di insegnarci verità religiose e non scientifiche;
- in materia scientifica la Bibbia dice pochissime cose e per lo più si adatta alle conoscenze e al modo di parlare del tempo dunque, i noti passi biblici riguardanti il moto del Sole vanno intesi come espressioni di linguaggio corrente; tutto questo non reca alcun danno alla fede.

Queste riflessioni di Galileo non furono recepite né comprese e i giudici del Sant'Uffizio stilarono la loro sentenza (22 giugno 1633) con un'indebita pretesa di coinvolgere la Bibbia in questioni puramente scientifiche, quindi esorbitando dalle proprie competenze. Da essi si dissociarono però tre cardinali del tribunale (tra cui il nipote del papa) che non si presentarono e nemmeno sottoscrissero la condanna. Anche il papa non appose la sua firma e il testo non fa riferimento alcuno all'autorità personale del pontefice. Si impose a Galilei un'abiura, presupponendo una violazione della fede: ma nessun articolo di fede ha mai definito il geocentrismo come dottrina della Chiesa.

La posizione galileiana partiva dalla profonda convinzione che esiste un'armonia perfetta tra fede e scienza; lo testimoniavano anche i numerosi convinti cristiani impegnati allora nello studio delle scienze.

Il Concilio Vaticano I e, in modo chiaro ed esplicito, il Concilio Vaticano II (nella *Gaudium et Spes* n. 36) hanno riconosciuto la convinzione galileiana.

La condanna del 1633, pur compresa nel contesto storico e non manipolata ideologicamente, è comunque un errore storico e una decisione affrettata, «*tragica reciproca incomprensione* [...] *doloroso malinteso che* [...] *appartiene ormai al passato*» (Giovanni Paolo II, 31 ottobre 1992); non è, tuttavia, l'emblema di una perenne conflittualità e incompatibilità tra fede e scienza.

Il positivismo e l'assolutizzazione della scienza

Il primo movimento di pensiero che sistematicamente ha creato un contrasto tra scienza e fede è stato il positivismo, una corrente filosofica sorta nella prima metà del XIX secolo e sviluppatasi nella seconda metà dello stesso. In sintesi, si può definire il positivismo come la prosecuzione della mentalità illuminista consistente nel tentativo di raggiungere una razionalizzazione globale di tutto il campo della conoscenza. Ma a differenza dell'Illuminismo, che utilizzava la ragione e la filosofia come strumenti per raggiungere questo obiettivo, il positivismo adottava, invece, la metodologia scientifica.

Al riguardo, il positivismo sosteneva alcune convinzioni fondamentali:

- la scienza viene interpretata come l'unica conoscenza possibile e il suo metodo come l'unico dotato di validità e, pertanto, da estendersi a tutti i campi di conoscenza, anche quelli più propriamente umani e sociali (positivismo sociale);
- la filosofia si identifica con la scienza;
- il progresso scientifico coincide con il progresso umano.

Joseph Wrigth of Derby, *Esperimento su un volatile con la pompa d'aria*, 1768, Tate Gallery, Londra.

Il neopositivismo

Sulla medesima lunghezza d'onda si pone il neopositivismo (o empirismo logico), una corrente di pensiero che si sviluppò verso la fine degli anni Venti del XX secolo, soprattutto attraverso l'attività del Circolo di Vienna, che fondava le sue asserzioni su un rigido empirismo, sull'applicazione della logica matematica all'analisi del linguaggio scientifico e sul principio di verificabilità, secondo il quale un enunciato ha senso solo se è verificabile empiricamente.

Gli aderenti al Circolo sostenevano, infatti, che la conoscenza scientifica è un'organizzazione matematica delle sensazioni che formano le esperienze sensibili e queste ultime rappresentano la più alta forma di conoscenza, poiché possono essere soggette a verifica. Le proposizioni della metafisica, invece, in quanto superano l'orizzonte di quanto è sperimentalmente verificabile, sono prive di senso.

Riducendo lo spazio della razionalità al solo ambito scientifico, il positivismo e il neopositivismo si orientavano, dunque, all'eliminazione del dato religioso e hanno contribuito ad alimentare una mentalità antireligiosa. Lo scientismo, sostenendo che l'unica conoscenza valida è la verità scientifica, ha costituito il principale veicolo per consolidare queste idee. La verità scientifica è oggettiva, incontrovertibile, razionale, verificabile empiricamente. La religione, per contro, non ha senso e si pone nell'ambito del soggettivo e dell'irrazionale.

In una corretta impostazione dei problemi, la scienza non può rispondere pienamente alle domande fondamentali, quelle che hanno a che fare con il "senso" profondo della vita, perché il suo ambito di indagine è ristretto ai fenomeni che si possono sperimentare, verificare, misurare, ripetere.

Auguste Comte e i positivisti

Il fondatore del positivismo è il filosofo francese Auguste Comte (1798-1857). A lui si deve la dottrina dei «tre stadi» che costituisce il manifesto fondamentale del movimento. Secondo Comte la storia dell'umanità e quella di ogni singolo individuo si svilupperebbero in tre momenti di conoscenza: lo stadio teologico, quello metafisico e lo stadio positivo.

- Nello **stadio teologico** «*tutte le nostre speculazioni manifestano una caratteristica predilezione per le questioni più insolubili, sugli oggetti più radicalmente inaccessibili a ogni investigazione decisiva* [...] *in un tempo in cui lo spirito umano è ancora al di sotto dei più semplici problemi scientifici, esso ricerca avidamente* [...] *l'origine di tutte le cose, le cause essenziali, sia prime che finali, dei diversi fenomeni che lo colpiscono* [...] *in una parola le conoscenze assolute*».
- Lo **stadio metafisico** è una modificazione del primo: «*Come la teologia, infatti, anche la metafisica tenta soprattutto di spiegare la natura intima degli esseri, l'origine e la destinazione di tutte le cose, il modo essenziale di produzione di tutti i fenomeni; ma, invece di servirsi degli agenti soprannaturali propriamente detti, li sostituisce via via con entità o astrazioni personificate*».
- Nello **stadio positivo** lo spirito umano «*rinunzia ormai alle ricerche assolute che convenivano solo alla sua infanzia e circoscrive i suoi sforzi nell'ambito della vera osservazione, sola base possibile delle conoscenze veramente accessibili* [...] *riconosce ormai, come regola fondamentale, che ogni regola che non è strettamente riconducibile alla semplice enunciazione di un fatto, particolare o generale, non può presentare nessun senso reale e intelligibile* [...]. *La rivoluzione fondamentale che caratterizza la virilità della nostra intelligenza consiste essenzialmente nel sostituire, dappertutto, all'inaccessibile determinazione delle cause propriamente dette, la semplice ricerca delle leggi, cioè delle relazioni costanti che esistono tra i fenomeni osservati* [...]. *Le nostre ricerche positive devono essenzialmente ridursi, sempre, alla valutazione sistematica di ciò che è, rinunziando a scoprirne la prima origine e la destinazione finale*»

A. Comte, *Discorso sullo spirito positivo*, Laterza, Roma-Bari 1985

Oltre a Comte, i rappresentanti più illustri del positivismo sono gli inglesi **John Stuart Mill** (1806-1873), che propugnava la tesi dell'esperienza come fondamento di qualsiasi conoscenza, e **Herbert Spencer** (1820-1903) che sosteneva che l'evoluzione era da considerarsi come la legge generale in grado di spiegare qualsiasi fenomeno. Insieme a **Charles Darwin** (1809-1882), è da ritenersi come il fondatore del positivismo scientifico. In Germania e in Italia illustri rappresentanti del positivismo furono **Ernst Haeckel** (1834-1919), sostenitore del darwinismo, e **Roberto Ardigò** (1828-1920), secondo il quale il processo conoscitivo procede dall'intuizione della coscienza che è in grado di cogliere l'unità della realtà.

Rembrandt, *Lezione di anatomia*, XVII secolo, Mauritshuis, L'Aia.

Attività

- Approfondite con l'insegnante di Filosofia l'idea di scienza e di ragione nell'Illuminismo e nel Positivismo e le loro critiche alla religione, in particolare alle religioni rivelate come il cristianesimo.
- In Storia dell'arte ricercate opere d'arte che rappresentino scienziati e ricercatori impegnati in ricerche, esperimenti, osservazioni ecc. Analizzate gli aspetti più significativi che l'artista ha voluto esprimere.

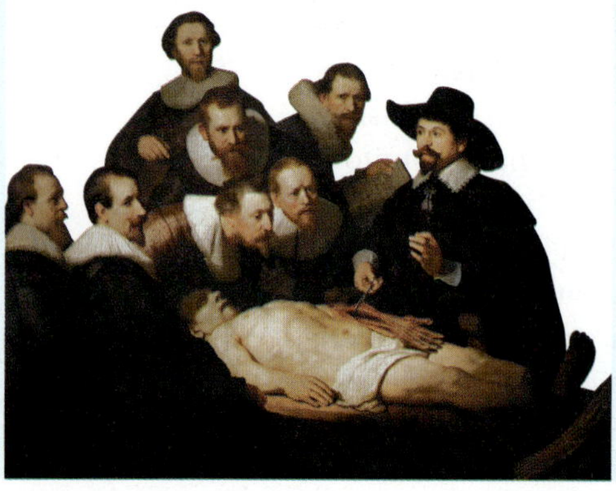

L'autonomia di scienza e fede

Tra scienza e fede non esiste in linea di principio un conflitto né una contrapposizione. Esiste però un'autonomia di metodo e un'autonomia relativamente ai contenuti. Ciò significa che il modo di procedere e gli ambiti della scienza e della fede sono differenti.

Il metodo scientifico sperimentale (che in epoche recenti è stato sottoposto a critica anche da parte dei filosofi della scienza) parte dalla formulazione di ipotesi e consiste nella loro verifica tramite l'esperienza e l'esperimento. La fede, invece, procede in modo diverso perché la ricerca di un senso profondo della vita spinge la persona ad accogliere fiduciosamente il messaggio che viene da Dio. La forma di conoscenza consentita dalla fede non è garantita da un controllo empirico.

In definitiva, le scienze sperimentali si interessano di «come» i fenomeni accadono e secondo quali leggi naturali essi si verificano. La religione, come anche la filosofia, si interessa, invece, del «perché» profondo, non limitato alla descrizione normativa. La fede, mossa da un desiderio di pienezza, felicità e salvezza, ricerca il senso, il significato, il fine ultimo dell'esistenza. Sono due ambiti ben distinti e, proprio perché orientati diversamente, non possono diventare tra loro conflittuali, a meno che uno dei due presuma di invadere il campo dell'altro e di porsi come l'unica risposta possibile.

D'altra parte non esistono soltanto i fenomeni studiati dalla scienza: l'universo e la vita umana sono molto più complessi e ricchi.

Maurits Cornelis Escher, *Galleria di stampe*, litografia, XX secolo.

> *Il «dominio del vero» non si identifica totalmente con ciò che può essere conosciuto e controllato sperimentalmente. Il processo conoscitivo, in quanto tale, non si esaurisce nell'ambito dello sperimentale, ma si esplica in una pluralità di saperi aperti e complementari che rispondono a diverse esigenze e aspirazioni connaturali della conoscenza umana.* [...] *I contenuti sono l'espressione e la realizzazione dell'autonomia teorica e metodologica della scienza e della ricerca.* [...] *I significati, invece, rispondono a quella legittima aspirazione umana che non vuole ridurre la ricerca a mera "funzione tecnica", per quanto importanti siano le conoscenze di natura fattuale e strutturale, ma desidera accedere a una comprensione globale della realtà e allo svelamento dei valori fondanti.*
>
> E. Brovedani, *L'evoluzione del vivente*, in "Aggiornamenti Sociali", 2, febbraio 1985

Dunque l'autonomia tra fede e scienza è postulata dalla natura stessa di queste due modalità di conoscenza. Tuttavia, in una visione cristiana la delimitazione e complementarità di questi saperi è fondata anche dottrinalmente: Dio ha voluto percorsi conoscitivi differenti a fronte della complessità del reale. Quanto esiste, pur riconducibile in ultima istanza a Dio, tuttavia ha un suo valore e una sua dignità intrinseci voluti da Dio stesso. Autonomia significa allora che il valore delle singole realtà deve essere rispettato dall'uomo, che non deve dismettere la propria ragione, nella consapevolezza che anch'essa ha come ultimo fondamento il pensiero di Dio.

La Chiesa e la creazione

Alla fine del Settecento, appena comparvero le prime teorie evoluzioniste sull'origine delle specie viventi, si trattò di capire se fossero alternative e contrapposte all'insegnamento della Bibbia sulla creazione dell'universo e dell'uomo. La fede cattolica insegna che tutto ciò che esiste è stato creato da Dio, è stato da Lui voluto ed Egli liberamente ha fatto in modo che esistesse; ciò che Dio ha creato all'inizio dei tempi, Egli lo mantiene in vita con la sua provvidenza dando continuità alla sua opera creatrice. Il Concilio Lateranense IV nel 1215 formulò quindi il **dogma sulla creazione**.

Ritratto di Charles Robert Darwin, XIX secolo.

Certi movimenti (ad esempio l'attuale movimento creazionista americano) e gruppi religiosi (come i Testimoni di Geova), fondandosi su un'interpretazione letterale della Bibbia, sostengono il creazionismo fissista: il **fissismo** afferma che tutte le specie viventi sono state create in origine così come sono attualmente, fatti salvi i fenomeni di estinzione di alcune di esse. Quando una simile interpretazione cerca di fondarsi non su ipotesi scientifiche, ma sulla Bibbia, commette il grave errore di attribuire al testo sacro un fondamento scientifico che la Parola di Dio non ha.

Da evitare fermamente sono pure le **ipotesi concordiste**, che cercano di vedere nei "sei giorni" la raffigurazione di altrettante epoche geologiche o paleontologiche.

Il creazionismo fissista o fissismo rifiuta qualsiasi teoria evoluzionista: le due posizioni sono inconciliabili e sono alternative. Ma non è detto che debba sempre esservi contrapposizione tra il creazionismo e le teorie evoluzioniste, a meno che non si tratti di un evoluzionismo ideologico ateo e materialista. Per questo bisogna distinguere tra **evoluzionismo biologico** ed **evoluzionismo ideologico**.

L'evoluzionismo biologico

L'evoluzionismo biologico è una teoria scientifica che sostiene l'evoluzione di tutti gli esseri viventi, dai più semplici ai più complessi attraverso una graduale evoluzione. I primordiali microrganismi esistenti tre miliardi di anni fa, da semplici e unicellulari, si sarebbero progressivamente evoluti verso forme di vita più complesse. Le mutazioni sono state causate da una serie di condizioni interne ed esterne che si sono iscritte nel patrimonio genetico: dall'individuo le trasformazioni sono passate nella specie e si sono mantenute diventando un passaggio del lungo processo evolutivo.

Il fondatore dell'evoluzionismo moderno può essere considerato il naturalista francese **Jean-Baptiste Lamarck** (1744-1829). Egli sosteneva che l'evoluzione progressiva delle specie si fondava su due princìpi: l'uso o mancanza d'uso degli organi e l'ereditarietà dei caratteri acquisiti. Non bastava che un singolo individuo in una specie acquisisse una qualità o subisse una mutazione; tutto questo per diventare un percorso evolutivo doveva presupporre la trasmissione ereditaria dei caratteri. Le teorie lamarckiane non ebbero molto successo al suo tempo,

ma furono riprese quando sorse il darwinismo. Il biologo inglese **Charles Darwin** (1809-82) fu inizialmente su posizioni fissiste; in seguito sostenne l'ipotesi dell'evoluzionismo biologico, basandosi sulle molteplici informazioni raccolte durante lunghi viaggi intorno al mondo. Egli riteneva che le mutazioni fossero determinate dalla selezione naturale e dalle variazioni ambientali. La selezione naturale avveniva in base alla capacità di sopravvivenza degli individui in un ambiente, oppure per la lotta e la competizione tra individui e specie. Le variazioni climatiche erano un altro fattore delle mutazioni evolutive.

Charles Darwin con Charles Lyell, fondatore della geologia, e l'amico William Jackson Hooker.

Le teorie di Darwin furono poi approfondite, anche grazie alle nuove conoscenze genetiche: per questo si parla di **neodarwinismo** novecentesco o teoria sintetica dell'evoluzione: il meccanismo evolutivo risulterebbe dall'interazione casuale dei fattori genetici e ambientali.

L'evoluzionismo trasformista

Le teorie evoluzioniste ebbero un'ulteriore interpretazione con l'**evoluzionismo trasformista**: non solo le mutazioni evolutive avvengono a caso, ma l'evoluzione non è un processo continuo, lento e graduale; l'evoluzione è discontinua, a salti, a scatti, presenta cambiamenti bruschi, preceduti o seguiti da periodi di stabilità. Anche la paleontologia giustificherebbe questa ipotesi, perché non si trovano nei fossili tracce di forme intermedie e mancano gli anelli di congiunzione. Se ci sono tanti "anelli mancanti" è semplicemente perché non sono esistiti e l'evoluzione ha avuto dei salti (questa è la posizione di alcuni ricercatori come gli americani **Stephen J. Gould** e **Niles Eldredge**, verso gli anni Settanta del xx secolo). È il mito di un'evoluzione che procede senza mete, avanza per salti e in cui il caso è l'unico fattore decisivo. Anche la selezione naturale di Darwin viene reinterpretata: le estinzioni non premiano i più forti, ma soltanto i sopravvissuti.

In seguito gli studi si sono concentrati sui processi di microevoluzione per vedere se potessero aiutare a capire i fenomeni della macroevoluzione, e così negli anni Novanta del Novecento la revisione del darwinismo è continuata. Attualmente, pur continuando gli studi e con integrazioni, l'idea evolutiva darwiniana conserva ancora un suo valore di ipotesi e di teoria scientifica.

L'evoluzionismo ideologico

Sulle teorie evoluzioniste scientifiche si è poi inserita un'interpretazione ideologica. L'ideologia positivista e materialista parte dalle teorie scientifiche ma, uscendo dal campo sperimentale, propone un'interpretazione atea: nell'evoluzione della materia non vi è nessuna causa esterna e al di sopra della materia, esiste soltanto la materia in evoluzione. La materia è eterna e increata, la natura è in se stessa creativa, in movimento, l'universo è autosufficiente e anche tutto ciò che è spirituale deriva dalla materia. Questa interpretazione materialista ha trovato grande appoggio nei sostenitori del materialismo dialettico marxista. Per spiegare come dalla materia, per mezzo dell'evoluzione, si sia giunti all'esistenza di un'anima spirituale, si parla di epifenomeno: lo spirito è una manifestazione prodotta a un livello superiore dalla materia stessa.

Il filosofo della scienza **Karl Popper** (1902-1994), pur criticando il materialismo, tuttavia da convinto evoluzionista parla di **emergentismo**: lo spirito emerge dalla materia.

Giovan Battista Moroni, particolare de *La Trinità*, 1555 circa, Chiesa di San Giuliano, Albino (Bergamo).

La fede cristiana contro l'evoluzionismo ideologico

La fede cristiana non si contrappone all'evoluzionismo scientifico; si contrappone all'evoluzionismo ideologico.

La domanda di fondo è duplice: può il caso essere una spiegazione sufficiente per giustificare il processo evolutivo che ha portato all'uomo? Può la materia autoprogrammarsi ed evolvere producendo lo spirito?

Einstein non credeva in un Dio personale, ma in un Dio Ordinatore dell'universo, un'Intelligenza, un Essere Supremo: diceva che «*Dio non gioca a dadi*». Anche secondo molti scienziati il neodarwinismo ha troppi punti deboli. Osservando gli esseri viventi si nota che una loro proprietà essenziale è la finalità: ogni vivente opera secondo una sincronia di processi e con scopi precisi, secondo una logica che caratterizza la sua stessa esistenza. Dunque o c'è un programma in vista di una finalità oppure la natura si è autoprogrammata; comunque il caso non basta a spiegare gli esseri viventi.

Ad alcuni scienziati il cosmo appare dunque come una **unitotalità** (un universo diretto a una meta unica) che sta eseguendo uno specifico programma. È stato proposto quindi il cosiddetto **principio antropico**, cioè l'universo avrebbe seguito una direzione che ha portato la materia a evolversi fino (per adesso!) ad arrivare all'uomo: l'evoluzione sarebbe un processo lineare. La domanda diventa ora più mirata: può la semplice evoluzione "a caso" della materia portare alla nascita dell'uomo? Facendo un calcolo delle probabilità, le possibilità sono quasi nulle, e comunque se fosse così non si spiegherebbe da dove viene l'anima spirituale della persona umana.

La fede cristiana trova nella dottrina sulla creazione e in Dio delle risposte adeguate a questi interrogativi, e per questo rifiuta decisamente l'evoluzionismo ideologico, che respinge appunto la dottrina della creazione e l'esistenza stessa di Dio in nome di una presunta autonomia del mondo e dell'uomo. La condanna del Magistero riguarda infatti l'evoluzionismo ideologico, che nega Dio, rifiuta l'idea di un'anima creata da Dio nell'uomo e afferma l'eternità della materia. Inoltre...

... a prescindere dalla verità o meno dell'evoluzione, non esiste nessuna incompatibilità tra evoluzionismo bioantropologico e fede nella creazione, infatti, né l'evoluzione né la tecnica rendono superfluo l'atto creatore di Dio,

anzi lo presuppongono, pur non considerandolo perché situato fuori dell'ambito del loro metodo. Inoltre, nulla impedisce di considerare Dio creatore di un universo in evoluzione.

G. GOZZELLINO, *Vocazione e destino dell'uomo in Cristo*, Elle Di Ci, Leumann (To) 1985

Dio può aver voluto l'esistenza dell'uomo e può aver innescato il processo evolutivo per arrivare alla persona umana, indirizzandolo e seguendolo anche nei suoi passaggi "a caso", affinché giungesse alla nascita dell'uomo. Secondo la Chiesa, se evoluzione c'è stata (e dimostrarlo è compito della scienza!), questa deve essere caratterizzata da un finalismo, cioè deve esserci una Intelligenza (quella di Dio) che tutto ha orientato verso l'esistenza del creato e della persona umana. L'uomo sarebbe biologicamente frutto del percorso evolutivo, ma spiritualmente sarebbe l'esito di una volontà diretta e personalizzata di Dio.

Gli schemi preparatori del Concilio Vaticano I (1870) sostenevano che l'evoluzionismo non è accettabile se nega Dio e il suo intervento nella creazione dell'anima spirituale dell'uomo. Pio XII (1950) e Paolo VI precisarono inoltre che l'evoluzionismo non è...

... accettabile qualora non si accordi decisamente con la creazione immediata di tutte e singole le anime umane da Dio.

PAOLO VI, *Acta Apostolicae Sedis*, vol. 58, anno 1966

Giovanni Paolo II ha rifiutato le letture materialiste dell'evoluzionismo e ne ha proposto una lettura che salvaguardi la volontà creatrice di Dio, il finalismo dell'evoluzione, i valori spirituali dell'uomo.

D'altra parte i due racconti della creazione della *Genesi* intendono insegnare che l'universo viene da Dio, che la nascita dell'uomo è frutto di una particolare volontà e di un libero progetto divino che rende la persona umana un essere a immagine di Dio; il creato e la materia non sono Dio, l'uomo è il vertice della creazione e tutto esiste per una scelta di amore di Dio. Come concretamente Dio abbia realizzato queste sue intenzioni d'amore (cioè facendo evolvere la materia, creando direttamente, o in altro modo) sta alla scienza cercare di spiegarlo.

L'evoluzionismo, da problema puramente scientifico, risulta essere anche strettamente collegato alla questione del «senso dell'esistenza umana».

I conti sull'uomo, senza Dio, non tornano, e i conti sul mondo, su tutto l'universo, senza di Lui non tornano. In fin dei conti, resta l'alternativa: che cosa esiste all'origine? La Ragione creatrice, lo Spirito Creatore che opera tutto e suscita lo sviluppo, o l'Irrazionalità che, priva di ogni ragione, stranamente produce un cosmo ordinato in modo matematico e anche l'uomo, la sua ragione. Questa, però, sarebbe allora soltanto un risultato casuale dell'evoluzione e quindi, in fondo, anche una cosa irragionevole. Noi cristiani diciamo: «Credo in Dio Padre, Creatore del cielo e della terra», credo nello Spirito Creatore. Noi crediamo che all'origine ci sia il Verbo eterno, la ragione e non l'irrazionalità.

BENEDETTO XVI, *Omelia Santa Messa a Regensburg*, 12 settembre 2006

Collaborazione tra scienza e fede e necessità di una morale

Se dunque tra scienza e fede non vi è antagonismo o conflittualità di attribuzioni, e in ragione del fatto che destinatario e soggetto di entrambe è l'uomo, si deve pensare a una loro proficua collaborazione. Essa torna a vantaggio dell'una e dell'altra e non viola in nessun modo le rispettive autonomie.

> *Nutriamo oggi un'alta considerazione per le scienze che ricercano e procurano un crescente dominio sui fenomeni naturali e sociali. Ma possono tali scienze indicare i fini a cui deve essere indirizzato il potere che ci mettono nelle mani? È ragionevole prestare attenzione solo a ciò che si può vedere e toccare, calcolare e controllare sperimentalmente? Non si lascia fuori così il nucleo centrale della propria e dell'altrui persona: la fiducia, l'amore, la bellezza, la bontà, la gioia, tutto ciò che rende la vita degna di essere vissuta?*
>
> CONFERENZA EPISCOPALE ITALIANA, *La verità vi farà liberi. Catechismo degli adulti*, Libreria Editrice Vaticana, Città del Vaticano 1995

DOCUMENTI

La Chiesa e gli evoluzionismi

Nella sua Enciclica Humani generis *(1950) il mio predecessore Pio XII aveva già affermato che non vi era opposizione fra l'evoluzione e la dottrina della fede sull'uomo e sulla sua vocazione, purché non si perdessero di vista alcuni punti fermi (cfr. AAS 42, 1950, pp. 575-576).*
Da parte mia nel ricevere il 31 ottobre 1992 i partecipanti all'Assemblea Plenaria della vostra Accademia, ho avuto occasione, a proposito di Galileo, di richiamare l'attenzione sulla necessità, per l'interpretazione corretta della parola ispirata, di una ermeneutica rigorosa. Occorre definire bene il senso proprio della Scrittura, scartando le interpretazioni indotte che le fanno dire ciò che non è nelle sue intenzioni dire. Per delimitare bene il campo del loro oggetto di studio, l'esegeta e il teologo devono tenersi informati circa i risultati ai quali conducono le scienze della natura.
A dire il vero, più che della teoria dell'evoluzione, conviene parlare delle teorie dell'evoluzione. Questa pluralità deriva da un lato dalla diversità delle spiegazioni che sono state proposte sul meccanismo dell'evoluzione e dall'altro dalle diverse filosofie alle quali si fa riferimento. Esistono pertanto letture materialistiche e riduttive e letture spiritualistiche. Il giudizio qui è di competenza propria della filosofia e, ancora oltre, della teologia.
Il Magistero della Chiesa è direttamente interessato alla questione dell'evoluzione, poiché questa concerne la concezione dell'uomo, del quale la Rivelazione ci dice che è stato creato a immagine e somiglianza di Dio (cfr. Gen 1, 28-29). La Costituzione conciliare Gaudium et spes *ha magnificamente esposto questa dottrina, che è uno degli assi del pensiero cristiano. Essa ha ricordato che l'uomo è* «la sola creatura che Dio abbia voluto per se stessa» *(n. 24). In altri termini, l'individuo umano non deve essere subordinato come un puro mezzo o come un mero strumento né alla specie né alla società; egli ha valore per se stesso. È una persona. Grazie alla sua intelligenza e alla sua volontà, è capace di entrare in rapporto di comunione, di solidarietà e di dono di sé con i suoi simili. [...] È in virtù della sua anima spirituale che la persona possiede, anche nel corpo, una tale dignità. Pio XII aveva sottolineato questo punto essenziale: se il corpo umano ha la sua origine nella materia viva che esisteva prima di esso, l'anima spirituale è immediatamente creata da Dio (*«animas enim a Deo immediate creari catholica fides nos retinere iubet», *Enciclica* Humani generis, *AAS 42, 1950, p. 575).*
Di conseguenza, le teorie dell'evoluzione che, in funzione delle filosofie che le ispirano, considerano lo spirito come emergente dalle forze della materia viva o come un semplice epifenomeno della materia, sono incompatibili con la verità dell'uomo. Esse sono inoltre incapaci di fondare la dignità della persona. Con l'uomo ci troviamo dunque dinanzi a una differenza di ordine ontologico, dinanzi a un salto ontologico, potremmo dire.

GIOVANNI PAOLO II, *Messaggio alla Pontificia Accademia delle Scienze*, 22 ottobre 1996

Insieme, la scienza e la fede possono rispondere al desiderio di chiarimenti e alla ricerca di significato da parte dell'uomo. La fede può motivare ed essere sostenuta dalle scoperte scientifiche, dallo stupore, dal mistero dell'universo, dalla soddisfazione e dalla bellezza della ricerca, dalla sfida e dalla fatica dello studio.

La scienza stessa si porrà sempre nuove domande ed è un errore immaginarsi che un giorno non ci saranno più limiti o barriere alla conoscenza sperimentale e scientifica: resterà eternamente la domanda circa il senso, alla quale la scienza non può rispondere. Il filosofo viennese Ludwig Wittgenstein (1889-1951), che pure fu tra gli ispiratori del neopositivismo, scriveva:

> *Noi sentiamo che, anche una volta che tutte le proposizioni e domande scientifiche hanno avuto una risposta, i nostri problemi vitali non sono ancora neppure sfiorati.*

L. WITTGENSTEIN, *Tractatus logico-philosophicus*, Einaudi, Torino 1983

Raffaello, *L'Astronomia*, 1508, Stanza della Segnatura, Palazzi Vaticani, Città del Vaticano.

D'altro canto, una stretta e armonica collaborazione tra fede e scienza, tra morale e tecnica è quanto mai necessaria in ragione proprio dell'enorme sviluppo che l'applicazione scientifica ha avuto. Se da una parte l'analisi scientifica e la sua applicazione tecnica suscitano meraviglia e stupore, dall'altra fanno sorgere gravissimi interrogativi. Il modo di pensare secondo il quale la scienza avrebbe un'assoluta indipendenza rispetto a interferenze esterne e a giudizi di valore pareva fra i più tipici e avanzati della cultura moderna, per lo meno di quella occidentale. In questo senso si parlava di «neutralità» come indipendenza della scienza da condizionamenti esterni, morali, politici, religiosi. Ma, in quest'ambito, bisogna distinguere tra scienza come sistema di sapere e scienza come applicazione tecnica e sperimentazione.

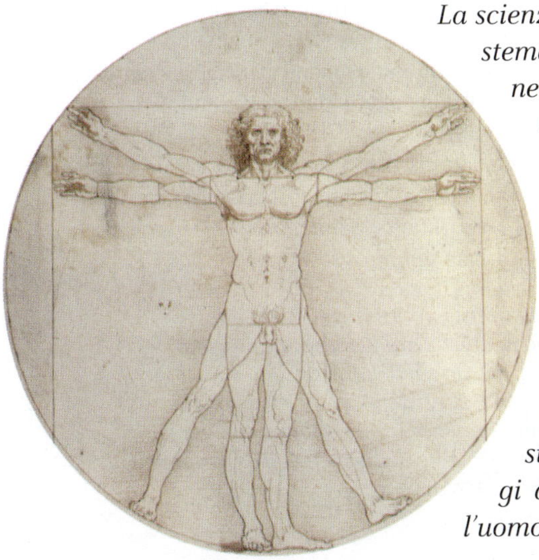

> *La scienza è e deve essere neutrale in quanto sistema di sapere, ma non è e non deve essere neutrale in quanto attività umana.*

E. AGAZZI, Scienza, in *Nuovo Dizionario di Teologia Morale*, San Paolo, Cinisello Balsamo 1994

> *Noi dobbiamo convivere con l'albero della conoscenza e la conoscenza può produrre il bene e può produrre il male. Qui nasce la libertà che ha l'uomo di usare la conoscenza per fare il bene o per fare il male. In buona sostanza questo è il libero arbitrio. Le leggi dell'universo sono quelle che sono, all'uomo spetta la libera scelta di usarle per il*

Leonardo da Vinci, *Uomo vitruviano*, 1490 circa, Galleria dell'Accademia, Venezia.

bene o per il male. [...] La scienza e la tecnica producono conoscenza e strumenti. L'etica dovrebbe regolarne l'uso, salvaguardando nello stesso tempo la libertà.

F. PARMIGIANI, in P. PIZZAMIGLIO - F. PARMIGIANI, *Le obiezioni della scienza fisica alla fede*, Nuova Editrice Cremonese, Cremona 2002

Il pensiero della Chiesa al riguardo aiuta a chiarire le posizioni.

È illusorio rivendicare la neutralità morale della ricerca scientifica e delle sue applicazioni. D'altra parte, i criteri orientativi non possono essere dedot-

DOCUMENTI

La libertà di ricerca

La libertà della ricerca scientifica è un bene prezioso che deve essere tutelato; ad essa è legato il progresso civile di una nazione, la possibilità cioè di acquisire dati di grande interesse per lo sviluppo della vita personale e collettiva. Non si può tuttavia negare che il crinale sul quale oggi ci si muove è estremamente delicato. Le possibilità inedite che si aprono grazie alle conquiste della scienza si intrecciano con l'avanzare di nuovi pericoli, che suscitano (e non possono non suscitare) preoccupazioni reali per il futuro dell'umanità e del mondo. La ricerca scientifica che si sviluppa soprattutto in alcuni ambiti – primo fra tutti quello delle biotecnologie – non può essere considerata come neutrale. Gli enormi risultati conseguiti dalla tecnica con la produzione di strumenti sempre più sofisticati hanno determinato la caduta del modo tradizionale di concepire i rapporti tra scienza e tecnica. Non si dà più (o si dà in termini estremamente limitati e residuali) una ricerca "allo stato puro" destinata alla semplice conoscenza, alla quale fa seguito il momento applicativo su cui va esercitato il giudizio morale.
Esiste piuttosto una stretta correlazione e interdipendenza tra scienza e tecnica, dettata non soltanto dal fatto che la ricerca è spesso, fin dall'inizio, orientata verso obiettivi applicativi, ma legata soprattutto alla considerazione che la tecnica garantisce forme di sperimentazione di alto livello che sono, a loro volta, sorgente di nuove conoscenze scientifiche. Il legame tra scienza e tecnica non può dunque più essere pensato in termini discendenti e lineari ma in termini circolari, nel senso che non si va più soltanto dalla scienza alla tecnica ma anche (e in modo sempre più consistente) dalla tecnica alla scienza.
Il che impone la necessità di una valutazione etica della ricerca, in quanto strettamente dipendente da interventi manipolativi, che aprono interrogativi di grande portata e assolutamente ineludibili.
D'altra parte, è risaputo che gli stessi orientamenti che la ricerca viene assumendo, lungi dall'essere frutto di scelte personali dovute alla semplice sete di sapere, sono in larga misura indotti dall'esterno, motivati cioè dalla presenza d'interessi di natura economica, ideologica e politica. La necessità di fruire i finanziamenti sempre più ampi per sostenere i costi della sperimentazione crea inevitabilmente condizioni di dipendenza e di eterodirezione e accentua la tendenza ad asservire la conoscenza alla fase più direttamente applicativa. Anche da questo punto di vista diventa evidente l'esigenza di un preciso giudizio morale, che coinvolge la stessa ricerca scientifica.
Non è infatti superfluo domandarsi perché essa è ampiamente progredita in alcuni settori, mentre versa in uno stato di grave arretratezza in altri, che hanno un peso ben più determinante per la vera promozione umana. La libertà della ricerca scientifica non può dunque essere assoluta; deve fare concretamente i conti con questioni di grande portata, che reclamano, per essere adeguatamente risolte, il riferimento a un quadro oggettivo di valori ed esigono una seria regolamentazione anche sul piano giuridico.

G. PIANA, *La ricerca scientifica è davvero mortificata?*, in "Jesus", aprile 1999

L'informatica e l'uomo

Il rapido sviluppo dell'informatica ha ormai invaso tutti i campi dell'attività dell'uomo. Ma quali sono le conseguenze sul piano umano di un tale incremento? La validità dell'aiuto offerto dai mezzi computerizzati è evidente a tutti; tuttavia c'è il pericoloso rischio che questa «intelligenza artificiale» sostituisca o sia pensata superiore all'intelligenza umana. Ma l'uomo, per la sua creatività, il suo intuito, la sua capacità di rapportarsi con gli altri, sarà sempre insostituibile.

Dal connubio tra l'informatica e il mondo delle telecomunicazioni è derivata la società telematica. [...] Ormai le informazioni viaggiano in tempo reale, su scale planetarie e in modo elaborabile; siamo di fronte a una riduzione (eliminazione?) delle distanze e degli spostamenti, delle differenze e delle attese.

ti né dalla semplice efficacia tecnica, né dall'utilità che può derivare per gli uni a scapito degli altri, né, peggio ancora, dalle ideologie dominanti. La scienza e la tecnica richiedono, per il loro stesso significato intrinseco, l'incondizionato rispetto dei criteri fondamentali della moralità: devono essere al servizio della persona umana, dei suoi inalienabili diritti, del suo bene vero e integrale, in conformità al progetto e alla volontà di Dio.

Catechismo della Chiesa Cattolica, n. 2294, Libreria Editrice Vaticana, Città del Vaticano 1992

Se la scienza e la tecnica hanno conseguito nuove possibilità di azione e di intervento, esse, rientrando nel campo dell'agire umano, devono trovare altrove le ra-

Qui gli aspetti negativi sono abbastanza intuibili, e in parte già sperimentati:
- *riduzione dei contatti personali, sia nel lavoro che nella vita sociale, con aumento della solitudine e dell'individualismo;*
- *standardizzazione del pensiero, delle forme espressive (veicolate prevalentemente da macchine che, per natura, richiedono la standardizzazione);*
- *saturazione delle informazioni e conseguente attenuazione dell'attitudine a riflettere sui messaggi ricevuti.*

Viceversa, si apriranno nuove opportunità di superamento di barriere: di lingua, di competenze, di età (basta pensare all'impatto della Tv via satellite o alla rete mondiale di computer e banche dati di cui giornalmente si servono tecnici, giornalisti, ricercatori, economisti). Le occasioni di rapporto e di interazione tra individui (pur se mediata dai mezzi elettronici) sono destinate a moltiplicarsi, portando un potenziale arricchimento dell'esperienza del singolo.
C'è anche chi ha osservato che gli incontri diretti saranno rari, ma, proprio per questo, più attesi, ricercati, meno scontati, forse più intensi (quanta gente oggi incontriamo senza fare degli «incontri»!). [...]
L'informatica è un insieme di linguaggi e di metodologie per risolvere problemi complessi: linguaggi e metodologie in perenne evoluzione verso quella meta cui è stato dato ben presto il nome suggestivo, anche se ambiguo, di intelligenza artificiale. Siamo ancora ai primi passi, quanto ad applicazioni, ma quel che è avvenuto finora è stato sufficiente per porre il problema della conoscenza e delle capacità culturali dell'uomo in una società pancomputerizzata. È sicuramente un vantaggio l'essere «costretti» dall'implacabile rigorosità dei processi automatici a esibire comportamenti più razionali, più logici e consequenziali (lo si vede in alcuni interessanti approcci dei più giovani all'uso didattico del computer). Dover dominare una macchina anche solo della portata di un personal, incrementa le nostre capacità di affrontare i sistemi, cioè le situazioni complesse con una pluralità di fattori interagenti. Tutti vantaggi ai fini di uno sviluppo integrale della persona.
Non si possono tuttavia nascondere i rischi di schematismo, di smorzamento della creatività. Più ancora, i rischi di riduzione della razionalità a «ciò che può essere fatto da una macchina», dimenticando la presenza nell'uomo di una razionalità non di tipo puramente «cartesiano», matematico, bensì di tipo intuitivo che ci fa percepire l'essere, che ci fa riconoscere il vero, il bene, il bello... Questa non sarà mai delegabile a nessuna macchina e, per giunta, senza lo sviluppo di questo tipo di intelligenza, le stesse macchine non ci sarebbero, né tanto meno sarebbero controllabili.
Un'ultima caratteristica dell'informatica è la sua capacità di manipolare non più materia ma informazioni. È questa una novità nella storia delle tecnologie e naturalmente pone problemi nuovi: di tipo economico, legale e di organizzazione sociale. I rischi sono quelli di una nuova serie di divisioni sociali, basate sul possesso o meno di determinate informazioni o dell'accesso alle stesse; di un esasperato individualismo; fino a una disgregazione del tessuto sociale, incapace di reggere il peso di problematiche totalmente nuove.

M. Gargantini, *Uomo di scienza, uomo di fede*, Elle Di Ci, Leumann (To) 1991

DOCUMENTI

Il senso del mistero nella ricerca scientifica

■ In questo brano Albert Einstein (1879-1955) testimonia il suo profondo e particolarissimo senso religioso, spingendosi sino ad affermare che la ricerca scientifica deve essere in certo modo confortata da una qualche forma di religiosità.

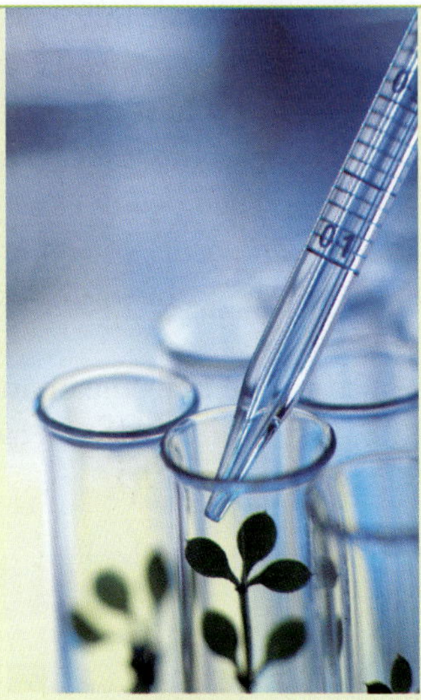

Qual è il senso della nostra esistenza, qual è il significato dell'esistenza di tutti gli esseri viventi in generale? Il saper rispondere a una siffatta domanda significa avere sentimenti religiosi. Voi direte: ma ha dunque un senso porre questa domanda? Io vi rispondo: chiunque crede che la sua propria vita e quella dei suoi simili sia priva di significato è non soltanto infelice, ma appena capace di vivere.
La più bella sensazione è il lato misterioso della vita. È il sentimento profondo che si trova sempre nella culla dell'arte e della scienza pura. Chi non è più in grado di provare né stupore né sorpresa è per così dire morto; i suoi occhi sono spenti.
L'impressione del misterioso, sia pure misto a timore, ha suscitato, tra l'altro, la religione. Sapere che esiste qualcosa di impenetrabile, conoscere le manifestazioni dell'intelletto più profondo e della bellezza più luminosa, che sono accessibili alla nostra ragione solo nelle forme più primitive, questa conoscenza e questo sentimento, ecco la vera devozione: in questo senso, e soltanto in questo senso, io sono fra gli uomini più profondamente religiosi. Non posso immaginarmi un Dio che ricompensa e che punisce l'oggetto della sua creazione, un Dio che soprattutto esercita la sua volontà nello stesso modo con cui l'esercitiamo su noi stessi. Non voglio e non posso figurarmi un individuo che sopravvive alla sua morte corporale: quante anime deboli, per paura e per egoismo ridicolo, si nutrono di simili idee! Mi basta sentire il mistero dell'eternità della vita, avere la coscienza e l'intuizione di ciò che è, lottare attivamente per afferrare una particella, anche piccolissima, dell'intelligenza che si manifesta nella natura.
Difficilmente troverete uno spirito profondo nell'indagine scientifica senza una sua caratteristica religiosità.

A. Einstein, *Come io vedo il mondo*, Giachini, Milano 1955

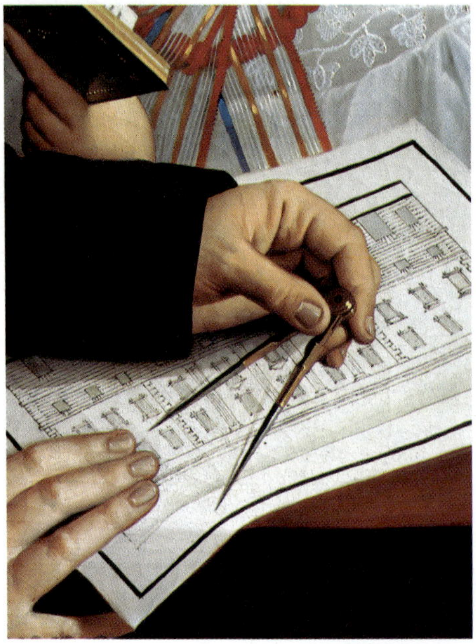

Giuseppe Tominz, particolare del *Ritratto dell'architetto Valentino Valle con la figlia*, 1829, Museo Revoltella, Galleria d'Arte Moderna, Trieste.

gioni e il fine della loro applicazione. La finalità deve essere il bene dell'umanità intera e di ogni singolo uomo.

Infine bisogna aggiungere che la ricerca scientifica e più ancora le sue applicazioni tecnologiche devono essere finalizzate a obiettivi degni dell'uomo e non trasformati in strumenti di manipolazione e di oppressione. Il potere conferito dalla scienza esige grande senso di responsabilità: non tutto ciò che è tecnicamente fattibile lo è anche eticamente.

Conferenza Episcopale Italiana, *La verità vi farà liberi. Catechismo degli adulti*, Libreria Editrice Vaticana, Città del Vaticano 1995

L'UNIVERSO È FATTO PER ESSER CONOSCIUTO E APPREZZATO DALL'UOMO

- Il cosmo porta in sé i segni di un'Intelligenza superiore.
- La nascita e lo sviluppo della scienza presuppongono l'intelligibilità dell'universo.

LA SCIENZA È UN BENE PREZIOSO

- Per conoscere l'universo.
- Per accrescere lo spirito critico contro forme irrazionali e superstiziose.
- Perché manifesta la razionalità, l'intuito, la creatività dell'uomo.
- Perché le sue conoscenze sono a beneficio di tutti.

LA SCIENZA È AUTONOMA

- Ha un metodo sperimentale.
- Ha un ambito di indagine ristretto esclusivamente ai fenomeni materiali, sensibili, misurabili e ripetibili quindi...

LA SCIENZA NON È L'UNICA FORMA VALIDA DI CONOSCENZA

Ci sono domande ed esperienze sulle quali la scienza non è competente:
- il senso della vita;
- il destino dell'uomo dopo la morte

IL RUOLO DELLA FEDE

- La fede risponde alle domande di senso dell'uomo.
- La fede è autonoma ma...

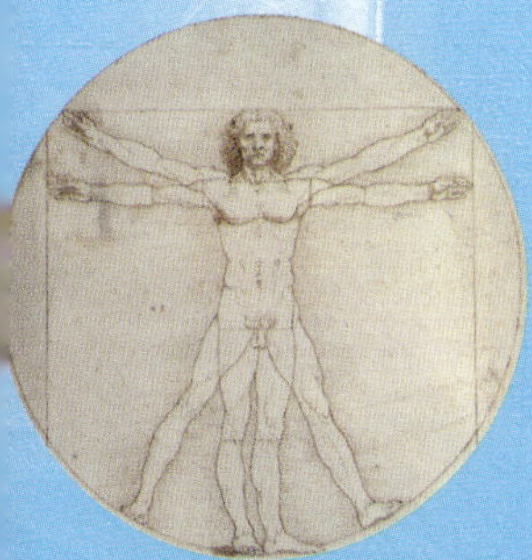

SCIENZA E FEDE SONO CHIAMATE A COLLABORARE

- Nella fase della ricerca;
- nella fase dell'applicazione tecnica:
  - per il bene della persona umana;
  - nel rispetto dei valori morali e dei giusti fini.

1 Al filosofo Umberto Galimberti sono state poste alcune domande sull'influsso che la tecnica ha sulla vita delle persone.

D.: Se non possiamo proprio dominare la tecnica, come possiamo evitare di esserne dominati?

R.: *Evitare di essere dominati è un problema perché può darsi che la tecnica ci domini senza che noi ce ne accorgiamo, nel senso che abitare nell'età della tecnica non è come abitare nelle altre età che l'uomo ha conosciuto. La tecnica ci modifica prima di tutto a livello mentale: trasforma la nostra intelligenza da problematica a duale, per cui finiremo per ragionare come i computer, con le tre opzioni: sì, no, non so; oppure come i sondaggisti o come i test che si fanno ormai anche a scuola. La tecnica modifica i nostri sentimenti perché è globale: ci scaraventa addosso tutto il dolore del mondo, mentre il nostro sentimento è capace di reagire solo nell'ambiente circostante, per cui diventiamo emotivamente apatici. Ecco, questi sono gli scenari di modificazione dell'uomo ad opera della tecnica, e, siccome il processo è lento, rischiamo di non accorgercene.* [...]

D.: Sempre più la nostra vita passa attraverso le connessioni Internet: dalle prenotazioni degli esami clinici al pagamento delle pensioni, a scapito delle vecchie code agli sportelli tanto biasimate ma che producevano socializzazione. Finiremo sempre più reclusi in casa?

R.: *Sì, e questa sarà proprio quella solitudine di massa cui la tecnica ci abituerà, nel senso che disferà anche le fabbriche, i luoghi comunitari di lavoro, creando quei solitari che comunicano solo di fronte a un computer e attraverso la rete. Questo determinerà anche la perdita dello sguardo umano che incontra un altro sguardo. Basta far riferimento al mondo dei medici: si può benissimo andare dal medico senza che i suoi occhi incrocino mai quelli del paziente, perché tra il malato e lui c'è un esame clinico computerizzato che dà la situazione.*

U. Galimberti, *L'uomo ostaggio delle sue macchine?*, in "Messaggero di Sant'Antonio", giugno 2006

Discutete gli spunti di riflessione che emergono dalle risposte del filosofo.

- Un cambio nel modo di riflettere... una modifica nel modo di vivere i sentimenti... la solitudine... sono soltanto questi i possibili rischi della tecnica?
- «*Trasforma la nostra intelligenza da problematica a duale*»: che cosa significa? La tecnica ha davvero questo potere sulle persone?

2 Analizza il seguente brano.

Io penso che lo scienziato, in quanto tale, deve rimanere indipendente e libero di ricercare e di comprendere il mondo che lo circonda. Tuttavia lo scienziato, nel momento stesso in cui le rende note, perde il controllo sull'utilizzazione pratica delle sue scoperte. Sta quindi alla comunità tutta intera creare delle strutture e dei meccanismi protettivi nuovi e più efficaci in modo da assicurare che gli sviluppi così necessari della Scienza non siano deviati verso il male, trasformati in strumenti di disastro da una schiera di tecnocrati e di «apprendisti stregoni». Con l'aumento delle conoscenze e con lo straordinario potere che ne deriva, le applicazioni della Scienza, al livello della Tecnologia, devono essere sottoposte a un controllo molto più severo di quanto sia avvenuto finora.

C. Rubbia - N. Criscenti, *Il dilemma nucleare*, Sperling & Kupfer, Milano 1987

- È condivisibile questa valutazione?
  - ☐ totalmente
  - ☐ parzialmente
  - ☐ non è condivisibile
- Chi sarebbe «*la comunità tutta intera*»?
- Vengono distinte in modo chiaro due fasi: quella della ricerca e quella dell'applicazione.
  Nella fase della ricerca si dice che deve esserci ____________________
  Nella fase dell'applicazione deve esserci ____________________

  È veramente possibile distinguere nettamente queste due fasi?
  Quindi è pienamente coerente questa valutazione?

3 **Nell'epistola dedicatoria della sua *Nova scientia* (Venezia 1537), il matematico e fisico Niccolò Tartaglia (1500 ca.-1557) ci informa su un problema di coscienza riguardo alla divulgazione delle sue ricerche nel campo della balistica, per il fatto che esse trovavano applicazione diretta nell'ambito dell'artiglieria militare.**

Ma poi fra me pensando un giorno, mi parve cosa biasimevole, vituperosa e crudele e degna di non puoca punitione appresso Iddio et alii uomini a voler studiare di assottigliare tal essercitio dannoso al prossimo, anzi destruttore della specie umana e massime de Cristiani in lor continue guerre. Per il che non solamente pospossi totalmente il studio di tal materia et attesi a studiar in altro, ma ancor strazzai et abrusciai ogni calculatione e scrittura da me notata, che di tal materia trattasse. E molto mi dolsi e avergognai dil tempo circa a tal cosa speso e quelle particularità che nella memoria mi restorno (contro mia volontà) iscritte, mai ho voluto palesarle ad alcuno, nè per amicitia né per premio (quantunque sia stato da molti richiesto), perché insignandole mi parea di far naufragio e grande errore.

- Fai la parafrasi del testo per una comprensione migliore.
- Che cosa intende Tartaglia per «*fare naufragio*»?
- Che scelta compie il matematico?
- Oggi, il problema è ancora attuale? Puoi fare degli esempi.

4 **Ricerca l'etimologia della parola "cosmo" e quindi l'idea che i greci esprimevano chiamando l'universo in questo modo.**

5 **Leggi attentamente questi brani. Il primo è tratto dal Concilio Vaticano I (Costituzione dogmatica *Dei Filius*, 24 aprile 1870) e il secondo dal Concilio Vaticano II (*Gaudium et Spes*, 7 dicembre 1965).**

Anche se la fede è sopra la ragione, non vi potrà mai essere vera divergenza tra fede e ragione: poiché lo stesso Dio che rivela i misteri e comunica la fede, ha anche deposto nello spirito umano il lume della ragione, questo Dio non potrebbe negare se stesso, né il vero contraddire il vero.

CONCILIO VATICANO I, Dei Filius

Perciò la ricerca metodica di ogni disciplina, se procede in maniera veramente scientifica e secondo le norme sociali, non sarà mai in reale contrasto con la fede, perché le realtà profane e le realtà della fede hanno origine dal medesimo Iddio. Anzi, chi si sforza con umiltà e perseveranza di scandagliare i segreti della realtà, anche senza avvertirlo viene condotto dalla mano di Dio, il quale, mantenendo in esistenza tutte le cose, fa che siano quelle che sono.

CONCILIO VATICANO II, Gaudium et Spes, n. 36.2

- Esplicita gli spunti interessanti che contengono.
- Opera un confronto tra le ragioni addotte da entrambi.
- Commenta, infine, la posizione della Chiesa in merito al problema della verità di scienza e di fede.

6 **Questa è una preghiera biblica attribuita al re Salomone, il re di Israele famoso per la sua sapienza.**

Dio dei Padri e Signore di misericordia,
che tutto hai creato con la tua parola,
che con la tua sapienza hai formato l'uomo,
perché domini sulle creature fatte da te,
e governi il mondo con santità e giustizia
e pronunzi giudizi con animo retto,
dammi la sapienza, che siede in trono accanto a te
e non mi escludere dal numero dei tuoi figli.
[...]
Se anche uno fosse il più perfetto tra gli uomini,
mancandogli la tua sapienza, sarebbe stimato
un nulla.
[...]
Con te è la sapienza che conosce le tue opere,
che era presente quando creavi il mondo;
essa conosce che cosa è gradito ai tuoi occhi.
[...]
mi assista e mi affianchi nella mia fatica
e io sappia ciò che ti è gradito.
Essa infatti tutto conosce e tutto comprende,
e mi guiderà prudentemente nelle mie azioni
e mi proteggerà con la sua gloria.

Sap 9, 1-11

- Quali sono, in questa preghiera, le finalità e le caratteristiche che qualificano al meglio l'intelligenza umana e la sua attività di indagine, ricerca, applicazione?
- Che cosa umanizza realmente la scienza, l'erudizione, la capacità intellettuale dell'uomo?

7 **Attraverso un'elencazione sintetica e chiara, prova a rilevare le caratteristiche che, secondo te, contrappongono scienza e fede e creano maggiore divario.**

8 **Il metodo scientifico desta in tutti un iniziale senso di rispetto e di tacita ammirazione. Perché?**

– È realmente una forma di conoscenza migliore e superiore alle altre?
– Esistono dei limiti alla conoscenza scientifica?

9 **Albert Einstein disse una volta:**

«La scienza senza la religione è zoppa. La religione senza la scienza è cieca».

– Condividi quest'affermazione?
– Come si può motivare?

10 **Quali posizioni sono tra loro assolutamente inconciliabili? Se necessario precisa e puntualizza alcuni aspetti per giustificare e chiarire i confronti.**

creazionismo ______________________________

principio antropico ______________________________

evoluzionismo biologico ______________________________

fissismo ______________________________

evoluzionismo trasformista ______________________________

evoluzionismo ideologico ______________________________

emergentismo ______________________________

11 **Suddividetevi a gruppi di due o tre studentesse/ti e commentate una o più delle seguenti frasi.**

Fatti non foste a viver come bruti
ma per seguir virtute e conoscenza.

DANTE, *Inferno*, XXVI, 119 - 120

L'uomo finalmente sa di essere solo in un universo immenso e indifferente.
... Non ha né destini né doveri.

JACQUES MONOD (1910 -1976), biochimico francese, premio Nobel nel 1965 per gli studi sulla genetica molecolare

La mia idea è che nell'origine e nella storia dell'universo si manifesti un grande disegno, noi non siamo semplici creature del caso e della necessità ma partecipiamo in modo centrale al grande dramma cosmico.

JOHN ECCLES (1903-1997) neurofisiologo australiano, premio Nobel nel 1963 per gli studi sull'impulso nervoso

Io non so come il mondo mi vedrà un giorno. Per quanto mi riguarda, mi sembra di essere un ragazzo che giuoca sulla spiaggia e trova di tanto in tanto una pietra o una conchiglia, più belli del solito, mentre il grande oceano della verità resta sconosciuto davanti a me.
... Da dove proviene l'ordine e la bellezza che vediamo nel mondo?

ISAAC NEWTON (1642-1727), scienziato inglese

La scienza non può risolvere il mistero ultimo della natura. E ciò perché, in ultima analisi, noi stessi facciamo parte del mistero che stiamo cercando di risolvere.
... Chi ha raggiunto lo stadio di non meravigliarsi più di nulla dimostra semplicemente di aver perduto l'arte del ragionare e del riflettere.

MAX PLANCK (1858-1947), premio Nobel nel 1918, formulò per primo l'ipotesi base della teoria dei quanti

UNITÀ 14

La vita umana e il suo rispetto

Contenuti

- Non basta «Non uccidere»
- Problemi di bioetica: la fecondazione artificiale
- La sofferenza e la malattia
- Curare la malattia, salvaguardare la salute
- La morte umana: l'eutanasia e l'accanimento terapeutico

Obiettivi

- Capire che cosa si intende dicendo che la vita è inviolabile e sacra.
- Comprendere le ragioni del rispetto, della difesa e della conservazione della vita umana secondo la Chiesa (rifiuto dell'aborto, dell'eutanasia, dell'accanimento terapeutico, della pena di morte).
- Sapere che cos'è la bioetica e quali problemi affronta.
- Conoscere la posizione della Chiesa riguardo alla fecondazione assistita.
- Far proprio l'insegnamento cristiano sulla sofferenza, sulla morte, sulla malattia.
- Comprendere che il dono della vita è un bene inestimabile e unico da valorizzare a livello individuale e comunitario.
- Acquisire un atteggiamento di attenzione e solidarietà verso gli altri, soprattutto verso i più bisognosi.

Non basta «Non uccidere»

Il comandamento «Non uccidere» è breve e lapidario. Il diritto alla vita è il primo e fondamentale diritto di ogni uomo.

Ogni individuo ha diritto alla vita, alla libertà e alla sicurezza della propria persona.

Dichiarazione universale dei diritti dell'uomo, 10 dicembre 1948, art. 3

Per chi crede, la vita non solo è un «diritto» inviolabile, ma è un dono di Dio, un valore intoccabile, da proteggere, da promuovere e sviluppare: la vita di ogni persona è sacra, va amata, protetta, aiutata.

Per questo, ogni forma di volontaria e diretta interruzione della vita umana è contraria alla volontà di Dio e alla ragione umana.

Jacopo Negretti detto Jacopo Palma il Giovane, *Caino e Abele*, XVI secolo, Kunsthistorisches Museum, Vienna.

La Vita precede il creato e l'uomo: l'uomo – e con lui ogni realtà vivente – è reso partecipe della vita per un gesto di amore libero e gratuito di Dio. Ogni uomo è riflesso del Verbo di Dio. La vita è perciò un bene «indisponibile»; l'uomo lo riceve, non lo inventa; lo accoglie come dono da custodire e da far crescere, attuando il disegno di Colui che lo ha chiamato alla vita; non può manipolarlo come fosse sua proprietà esclusiva.

CONSIGLIO EPISCOPALE PERMANENTE, *Messaggio per la XXVIII Giornata per la vita*, 5 febbraio 2006

«Non uccidere» è un comandamento che ha avuto una propria «storia» e un'evoluzione: esso pone innanzitutto un limite invalicabile alla violenza e all'istinto di sopraffazione sugli altri. Da questo punto iniziale si è andato comprendendo meglio e attualizzando il suo significato.

Nell'Antico Testamento alcune uccisioni erano ammesse (ad esempio la pena di morte). La legge del taglione aveva messo un freno al «farsi giustizia da sé», limitando la prepotenza del più forte. Tuttavia la Bibbia già insegnava:

Non coverai nel tuo cuore odio contro il tuo fratello [...] *Non ti vendicherai e non serberai rancore contro i figli del tuo popolo, ma amerai il tuo prossimo come te stesso.*

Lv 19, 17-18

Anche Tobi insegnava a suo figlio Tobia:

Non fare a nessuno ciò che non piace a te. [...]

Tb 4, 15

Nel *Discorso della montagna* Gesù porta a compimento questo percorso e approfondisce il senso di questo comandamento.

Cosimo Rosselli, *Discorso della montagna e guarigione del lebbroso*, XV secolo, Cappella Sistina, Roma.

Avete inteso che fu detto agli antichi: Non uccidere; chi avrà ucciso sarà sottoposto a giudizio. Ma io vi dico: chiunque si adira con il proprio fratello, sarà sottoposto a giudizio. Chi poi dice al fratello: stupido, sarà sottoposto al sinedrio; e chi gli dice: pazzo, sarà sottoposto al fuoco della Geenna. [...] *Avete inteso che fu detto: Occhio per occhio e dente per dente; ma io vi dico di non opporvi al malvagio; anzi se uno ti percuote la guancia destra, tu porgigli anche l'altra.* [...] *Avete inteso che fu detto: Amerai il tuo prossimo e odierai il tuo nemico; ma io vi dico: amate i vostri nemici e pregate per i vostri persecutori.*

Mt 5, 21-44

Tutto quanto volete che gli uomini facciano a voi, anche voi fatelo a loro [...].

Mt 7, 12

«Non uccidere» si allarga e diventa «non vendicarti, non adirarti, non insultare, non offendere, non reagire con violenza, non odiare ecc.». Il vertice di quest'interpretazione estensiva è il comando di amare il prossimo come se stessi, anche i propri nemici.

Gesù va alla radice del comportamento «omicida». L'uccisione fisica di una persona è l'esito finale e drammatico di pensieri, sentimenti, desideri, odio, rancore, vendetta, contrasti. Lasciarsi andare all'ira, all'offesa, alla violenza verbale significa accettare e coltivare quella mancanza di rispetto che può arrivare fino a gesti estremi e che in ogni caso è già contraria alla solidarietà e fraternità. Ma se c'è una volontà diretta di far del male, ci sono anche l'indifferenza, il disinteresse, la superficialità, la disattenzione, l'imprudenza, l'egoismo, e tutto questo porta a trascurare la vita degli altri fino a far morire.

Un gruppo di pacifisti compone con il proprio corpo la parola pace in italiano, inglese, arabo ed ebraico.

Il comandamento è la richiesta minima e irrinunciabile, ma Dio chiede di più.

I singoli debbono considerare il prossimo, nessuno eccettuato, come un altro «se stesso» [...] *soprattutto oggi urge l'obbligo che diventiamo generosamente prossi-*

Pablo Picasso,
La colomba della pace,
XX secolo.

mi di ogni uomo, e rendiamo servizio coi fatti a colui che ci passa accanto, vecchio da tutti abbandonato, o lavoratore straniero ingiustamente disprezzato, o emigrante, o fanciullo nato da una unione illegittima.

CONCILIO VATICANO II, *Gaudium et Spes*, n. 27

«Non uccidere» non significa soltanto astenersi da un atto di morte, ma spendersi per promuovere il vero valore della vita, la tolleranza, il dialogo, l'ascolto, la solidarietà.

Oggi possiamo facilmente constatare l'alto tasso di aggressività, disagio e violenza di certi comportamenti (ad esempio la violenza verbale, il vandalismo, il fanatismo, il bullismo, le baby gang). I mass media, per cronaca e per svago, propongono molte scene di violenza e prepotenza. Anche programmi di intrattenimento per i bambini, come film e cartoni animati, propongono la «morte dell'avversario» come la soluzione normale e giusta. Il rischio è di abituarsi e non provare più quell'istintiva repulsione per la violenza, per la crudeltà, per gli abusi.

Ci sono attentati diretti o indiretti alla vita umana, violazioni della dignità e dell'integrità della persona: inquinamento, traffico imprudente, incidenti sul lavoro, lavori pericolosi, sport rischiosi, sequestri di persona, terrorismo, alcolismo, guerra, armi atomiche, chimiche, batteriologiche, povertà, fame, malattie, sofisticazioni alimentari, manipolazioni genetiche e psicologiche, sperimentazione selvaggia, delinquenza, droga, tortura, sfruttamento, pena di morte ecc. Il Concilio Vaticano II condanna quindi...

... ogni specie di omicidio, il genocidio, l'aborto, l'eutanasia e lo stesso suicidio volontario; tutto ciò che viola l'integrità della persona umana, come le mutilazioni, le torture inflitte al corpo e alla mente, gli sforzi per violentare l'intimo dello spirito; tutto ciò che offende la dignità umana, come le condizioni di vita infraumana, le incarcerazioni arbitrarie, le deportazioni, la schiavitù, la prostituzione, il mercato delle donne e dei giovani, o ancora ignominiose condizioni di lavoro con le quali i lavoratori sono trattati come semplici strumenti di guadagno e non come persone libere e responsabili; tutte queste cose, e altre simili, sono certamente vergognose e mentre guastano la civiltà

In basso, a sinistra: una sedia elettrica, usata per le condanne capitali, Virginia, 1999; a destra: un gruppo di migranti in un Centro di permanenza temporanea.

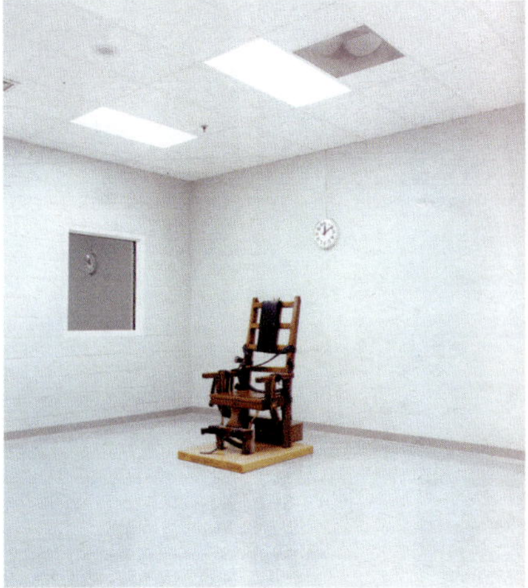

umana, ancor più inquinano sia coloro che così si comportano, sia quelli che le subiscono; e ledono grandemente l'onore del Creatore.

CONCILIO VATICANO II, *Gaudium et Spes*, n. 27

Si «uccide» anche lasciando morire: l'individualismo, il consumismo e il **disinteresse collettivo** portano a un egoismo tale da far dimenticare che milioni di persone muoiono per denutrizione, carenza di cure mediche, mancanza del necessario per vivere. Esiste una responsabilità personale per le omissioni e l'indifferenza di fronte all'uso scorretto delle risorse della Terra, alle morti per fame, per malattie, per miseria, per disastri naturali che si potevano prevedere e prevenire, di fronte a operazioni economiche che «strozzano» i più poveri.

Esiste anche la violenza morale: la calunnia, la diffamazione, l'offesa, il mito della forza e della prepotenza, i nazionalismi, il desiderio di umiliare l'avversario ecc. e per questo nelle *Beatitudini* Gesù proclama «*Beati i miti*» (Mt 5, 5).

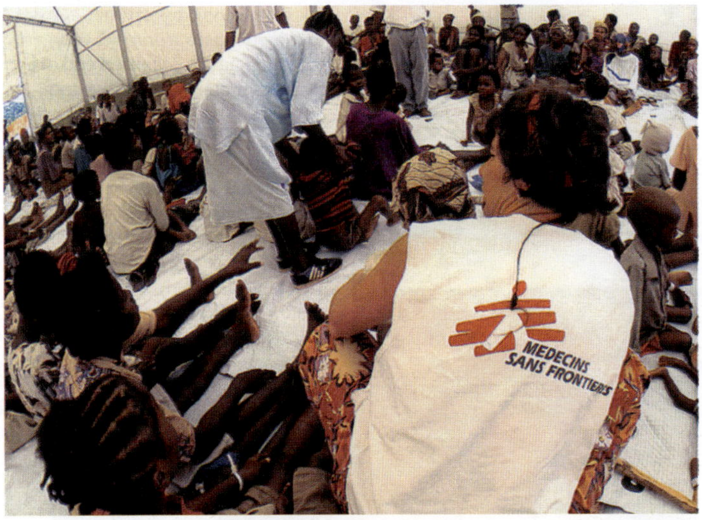

I *Medecins sans frontieres* offrono soccorso in tutto il mondo alle vittime dei conflitti armati.

Il comandamento chiede quindi che la vita di ogni persona sia circondata di rispetto dal primo istante del concepimento fino al momento della morte.

Non è condannata la legittima difesa, purché sia proporzionata all'offesa, sia fatta per gravi motivi di «difesa» e incolumità propria o altrui e non per odio, vendetta e implacabilità. Non ci deve essere abuso né esagerazione. Tuttavia, l'ideale cristiano resta sempre la non-violenza e l'amore per il prossimo fino a dare la vita.

Nonostante gli innumerevoli casi di violenza, nella nostra società vi sono **segnali positivi**: abbiamo accresciuto le possibilità per proteggere la vita umana, fronteggiare le situazioni a rischio e migliorare le condizioni di vita. È maggiore l'informazione e la sensibilità dell'opinione pubblica; vi sono le leggi e i diritti dell'uomo; sono migliorati e si diffondono i risultati della ricerca scientifica in campo medico, nella protezione civile, nella prevenzione di disastri naturali, nella profilassi contro le malattie; c'è un aumento della produttività, anche se i benefici non sono equamente distribuiti nel mondo; si promuovono iniziative per il disarmo e per la pace; forte è la sensibilità ecologica e numerosi sono gli interventi per la protezione ambientale; è aumentata la durata media della vita ed è calato il tasso di mortalità infantile; ci sono aiuti per l'assistenza ad anziani, a portatori di handicap; si fa prevenzione per la droga e il recupero di tossicodipendenti; vi sono possibilità di adozione e affido di bambini.

Tuttavia l'essere umano si trova davanti nuovi problemi di una gravità che non ha precedenti: si rende conto che oggi non solo potrebbe uccidere delle vite umane, ma la vita umana.

Abbiamo un destino comune per cui la solidarietà e la fraternità sono ormai una condizione vitale, un'esigenza fondamentale di sopravvivenza. Per il cristiano sono uno stile di vita.

Problemi di bioetica: la fecondazione artificiale

Mi fu rivolta la parola del Signore: «Prima di formarti nel grembo materno ti conoscevo, prima che tu uscissi alla luce, ti avevo consacrato, ti ho stabilito profeta delle nazioni».

Ger 1,4-5

Le parole rivolte al profeta Geremia esprimono bene il mistero della nascita di ogni uomo: il suo venire al mondo corrisponde a un atto della volontà di Dio che conosce ciascuno prima ancora della sua nascita e lo chiama a realizzare la sua vita come risposta al proprio progetto.

Ma l'ingresso nel mondo di ogni uomo passa attraverso la generazione che vede l'uomo e la donna come cooperatori responsabili e attivi del disegno divino.

La loro unione fisica, che esprime e realizza la loro unione totale e profonda, permette il concepimento di un nuovo essere umano. Dio ha legato il sorgere di ogni nuova vita umana all'atto coniugale: «*maschio e femmina li creò. Dio li benedisse e disse loro: Siate fecondi e moltiplicatevi...*» (Gen 1, 27-28). Che Dio abbia legato il concepimento di una nuova persona all'atto sessuale non è una scelta qualsiasi o indifferente e coinvolge il valore stesso della persona umana.

Gustav Klimt, *La speranza II*, 1907-08, Museum of Art, New York.

L'atto coniugale, con il quale gli sposi si manifestano reciprocamente il dono di sé, esprime simultaneamente l'apertura al dono della vita: è un atto inscindibilmente corporale e spirituale. È nel loro corpo e per mezzo del loro corpo che gli sposi consumano il matrimonio e possono diventare padre e madre. Per rispettare il linguaggio dei corpi e la loro naturale generosità, l'unione deve avvenire nel rispetto dell'apertura alla procreazione. [...] L'origine dell'essere umano risulta così da una procreazione legata all'unione non solamente biologica ma anche spirituale dei genitori uniti dal vincolo del matrimonio. Una fecondazione ottenuta fuori dal corpo degli sposi rimane per ciò stesso privata dei significati e dei valori che si esprimono nel linguaggio del corpo e nell'unione delle persone umane.

Congregazione per la Dottrina della Fede, Istruzione su il rispetto della vita umana nascente e la dignità della procreazione, 22 febbraio 1987

Per la visione cristiana il corpo e il linguaggio del corpo hanno un valore grandissimo e non sono qualcosa di aggiunto alla persona; anzi, la persona esiste come uno **spirito incarnato**: è un corpo animato dallo spirito. Questa unione profonda non può essere spezzata, tanto meno quando l'uomo e la donna procreano un altro essere.

La pratica della fecondazione artificiale, oggi diffusa, spezza l'unità di anima e corpo e affida la nascita di un figlio all'intervento del medico.

All'essere umano in quanto persona dotata di dignità, spetta essere generato e non prodotto, venire alla vita non in virtù di un processo artificiale, ma di un atto umano nel senso pieno del termine: l'unione tra un uomo e una donna, ordinata per sua stessa natura ad essere ispirata dall'amore.

PONTIFICIO CONSIGLIO PER LA FAMIGLIA, in "Famiglia e procreazione umana", 13 maggio 2006, n. 15, Libreria Editrice Vaticana, Città del Vaticano 2006

Egon Schiele, *La madre morta*, 1910, Collezione privata.

Ma si impone anche un altro genere di riflessione: il figlio è una persona che va accolta come un dono e amata per se stessa. La procreazione non deve essere il vincolo e l'obiettivo unico dell'amore matrimoniale. Tanto meno il figlio deve diventare un semplice oggetto del desiderio.

La disponibilità del figlio la si vorrebbe totale. Disponibilità in tutti i sensi: sia che il figlio non lo si voglia (la contraccezione e soprattutto l'aborto) sia che lo si voglia comunque (la vasta gamma delle fecondazioni artificiali umane). [...] *Il figlio, insomma, «reificato» o «cosificato» a uso e consumo dei genitori.*

P. G. LIVERANI, *Ma il figlio è un optional?*, in "Avvenire", 8 ottobre 1993

Proprio per salvaguardare la totalità della persona umana (corpo e anima) e per non strumentalizzare il figlio, la Chiesa non accetta come morali le tecniche di fecondazione artificiale omologa e anche eterologa.

D'altra parte, le varie metodiche di fecondazione artificiale aprono per tutti, non solo per la Chiesa, una serie innumerevole di problemi etici.

Con la **fecondazione eterologa** si rompe l'unità della coppia perché vi è un esterno che dona i propri gameti per consentire la fecondazione. Inoltre, essendoci l'anonimato del donatore, il figlio non potrà conoscere uno dei suoi genitori biologici.

Oltre al significato e al valore della corporeità nel momento della generazione, all'attenzione morale si pone innanzitutto il problema degli embrioni e della loro identità: lo zigote, il frutto dell'incontro tra il gamete maschile e quello femminile, è già un essere umano? Gli esperti evidenziano che la coordinazione, l'unità, la continuità sono le tre qualità che fanno dell'embrione un essere umano; i differenti stadi di sviluppo, cioè il fattore cronologico, non cambiano l'identità, per cui si tratta sempre del «medesimo uomo».

Ogni vita di questo genere non è la vita di un potenziale essere umano, ma un essere umano con un suo potenziale.

CARD. BASIL HUME, in "Osservatore Romano", 27 luglio 1984

L'embrione deve essere soggetto di diritti, il primo dei quali è il rispetto della sua vita e il diritto a nascere. Ne deriva l'illegittimità morale di condurre esperimenti sugli embrioni, di distruggerli, di manipolarli geneticamente, di utilizzarli o farli sviluppare come riserve di «materiale umano». La stessa produzione e la successiva conservazione in stato di congelamento suscitano notevoli perplessità etiche e pongono una serie di problemi pratici. I principali riguardano la destinazione degli embrioni soprannumerari (non viene mai prodotto un solo embrione, ma molti, visto che la percentuale di successo nell'impianto è relativamente modesta), l'inseminazione post mortem, successiva alla morte del donatore maschile, gli embrioni già orfani, le madri per procura o sostitutive, l'età della donna entro cui procedere all'inseminazione artificiale, la possibilità offerta a coppie omosessuali o a uomini e donne soli di avere un figlio. La visione morale cattolica ritiene che tutte queste siano pratiche irrispettose della dignità umana, per quanto piccola sia la nuova vita. La diagnosi prenatale e gli interventi terapeutici sono però leciti se

DOCUMENTI

L'embrione umano, «uno di noi»

Biologicamente l'embrione è il risultato della fusione delle due cellule fondamentali della vita umana, l'ovulo (detto anche «oocita») femminile e lo spermatozoo maschile. Dal loro incontro, quando cioè la testa dello spermatozoo penetra nell'ovulo e lo fertilizza, si forma un embrione unicellulare, lo «zigote», dotato di un suo proprio «programma di sviluppo» con le «informazioni» essenziali che guideranno alla realizzazione progressiva e organica dell'essere umano. Il nodo del problema è questo: l'embrione è solo un grumo di cellule appartenenti ancora all'organismo materno e di cui si può disporre a piacimento, oppure è già un essere umano, le cui potenzialità si andranno gradualmente realizzando, che ha tutta la dignità e la intangibilità della persona umana, inviolabile nei suoi diritti alla vita fin dal primissimo istante della sua esistenza, cioè dalla fusione dei due gameti, ovulo e spermatozoo? La risposta viene appunto dalla natura dell'embrione. Appena l'ovulo e lo spermatozoo interagiscono tra di loro dando origine all'embrione, ha immediatamente inizio un nuovo «genoma» (genoma = l'insieme del nostro patrimonio genetico inscritto nel Dna). Questo contiene e conserva, come «in memoria», un progetto ben definito, con una sua «informazione» essenziale, un vero e proprio «programma» che guiderà il nuovo essere alla sua piena realizzazione in modo attivo, autonomo e progressivo. Non ci sono, in questo sviluppo mirabile, «salti di qualità», come qualcuno sostiene, ma si tratta di un processo unico, in cui ogni passaggio comprende e determina quello successivo in perfetta continuità. La vita umana è un continuum senza interruzioni.
Ci sono, è vero, varie fasi di sviluppo: fecondazione, impianto in utero, sviluppo della stria embrionale, formazione delle prime fibre del sistema nervoso, formazione della struttura corporea con i vari organi. Tutte queste fasi di sviluppo sono però già «programmate» nel «genoma», centro coordinatore e propulsore degli sviluppi successivi. [...] l'embrione è in grado di organizzare la sua stessa crescita e la strutturazione dei suoi organi e apparati [...].
Si è infatti fatta strada l'ipotesi che nei primi 14-15 giorni di vita non si possa ancora parlare di embrione in senso proprio, ma solo di «pre-embrione». Infatti, ed è questo il nocciolo del problema, solo dopo 14-15 giorni compare nell'embrione la «stria primitiva», cioè un abbozzo rudimentale dei tessuti. [...]. Il quindicesimo giorno è solo un pretesto politico e il pre-embrione serve solo a tranquillizzare le coscienze [...]. Scientificamente è una posizione inaccettabile; qualsiasi biologo preparato sa che nello zigote ci sono già tutte le informazioni necessarie a un essere che autonomamente costruisce se stesso dal momento della fecondazione. Tutte le cellule formano un solo essere che lavora in una totalità in crescita. È un errore grave ritenere senza alcun fondamento scientifico che queste cellule siano isolate e a sé stanti e non lavorino come unità. Una posizione che la comunità scientifica non condivide affatto: l'individuo sin dal primo momento si sviluppa secondo una linea precisa, inscritta nel suo genoma.

C. Fiore, *Etica per i giovani*, Elle Di Ci, Leumann (To) 1998

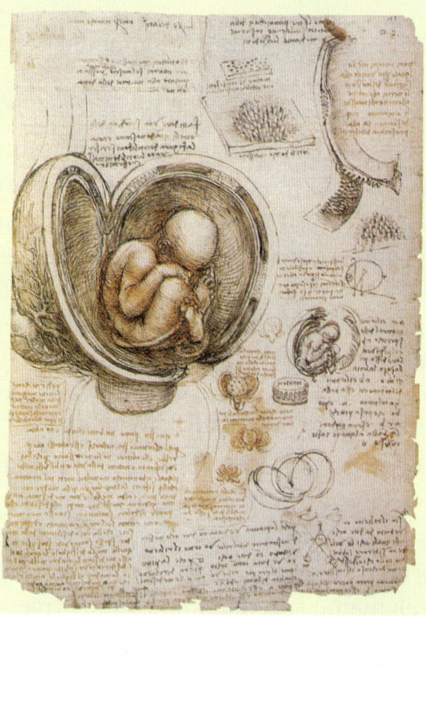

Leonardo da Vinci, *Il feto e la parete interna dell'utero*, Royal Library, Windsor.

finalizzati alla cura e alla salvaguardia del feto. La sperimentazione non terapeutica è invece illecita.

Se l'embrione è già una nuova vita umana, a maggior ragione non deve essere soppresso e, anche nelle fasi successive di sviluppo fetale, deve essere rispettato in quanto ha diritto alla vita. Ne consegue che l'aborto e anche le tecniche contraccettive di tipo abortivo (ad esempio la RU 486, la cosiddetta «pillola del giorno dopo») contraddicono gravemente il rispetto dovuto alla vita umana e sono moralmente inaccettabili.

L'artista contemporanea Sara Campo in quest'opera ha utilizzato le impronte dei polpastrelli per comporre tanti piccoli visi. Le impronte digitali sono una prova dell'unicità individuale.

La clonazione umana

La clonazione umana rientra nel progetto dell'eugenismo e quindi è esposta a tutte le osservazioni etiche e giuridiche che lo hanno ampiamente condannato. [...] *Costituisce una radicale manipolazione della costitutiva relazionalità e complementarità che è all'origine della procreazione umana, sia nel suo aspetto biologico sia in quello propriamente personalistico. Tende infatti a rendere la bisessualità un puro residuo funzionale, legato al fatto che occorre utilizzare un ovulo, privato del suo nucleo, per dar luogo all'embrione-clone e richiede, per ora, un utero femminile perché venga portato a termine il suo sviluppo. In questo modo si attuano tutte le tecniche che si sono sperimentate in zootecnia, riducendo il significato specifico della riproduzione umana.* [...]
Avviene una strumentalizzazione radicale della donna, ridotta ad alcune delle sue funzioni puramente biologiche (prestatrice di ovuli e di utero) e si apre la prospettiva di ricerca verso la possibilità di costituire uteri artificiali, ultimo passo per la costruzione «in laboratorio» dell'essere umano.
Nel processo di clonazione vengono pervertite le relazioni fondamentali della persona umana: la filiazione, la consanguineità, la parentela, la genitorialità. Una donna può essere sorella gemella di sua madre, mancare del padre biologico ed essere figlia di suo nonno. Già con la FIVET [fecondazione in vitro con trasferimento embrionale] *è stata introdotta la confusione della parentalità, ma nella clonazione si verifica la rottura radicale di tali vincoli.* [...]
Si coltiva l'idea che alcuni uomini possano avere un dominio totale sull'esistenza altrui, al punto da programmarne l'identità biologica – selezionata in nome di criteri arbitrari o puramente strumentali – [...] *svilupperà il convincimento che il valore dell'uomo e della donna non dipende dalla sua identità personale ma soltanto da quelle qualità biologiche che possono essere apprezzate e perciò selezionate.*
La clonazione umana va giudicata negativamente anche in relazione alla dignità della persona clonata, che verrà al mondo in virtù del suo essere «copia» (anche se solo copia biologica) di un altro essere: questa pratica pone le condizioni per una radicale sofferenza del clonato, la cui identità psichica rischia di essere compromessa dalla presenza reale o anche solo virtuale del suo «altro». [...] *il «clonato» è stato generato in quanto assomiglia a qualcuno che «valeva la pena» di clonare, su di lui si appunteranno non meno nefaste aspettative e attenzioni, che costituiranno un vero e proprio attentato alla sua soggettività personale.*
Se il progetto della clonazione umana intende arrestarsi «prima» dell'impianto in utero, cercando di sottrarsi almeno ad alcune delle conseguenze che abbiamo finora segnalato, esso si presenta ugualmente ingiusto da un punto di vista morale. Infatti la proibizione della clonazione limitata al fatto di impedire la nascita di un bambino clonato permetterebbe comunque la clonazione dell'embrione-feto, implicherebbe la sperimentazione su embrioni e feti ed esigerebbe la loro soppressione prima della nascita, rivelando un processo strumentale e crudele nei confronti dell'essere umano. Tale sperimentazione è in ogni caso immorale per l'arbitraria finalizzazione del corpo umano [...] *a puro strumento di ricerca. Il corpo umano è elemento integrante della dignità e dell'identità personale di ognuno ed è illecito usare la donna come fornitrice di ovuli su cui attuare esperimenti di clonazione. Immorale perché anche nel caso dell'essere clonato siamo in presenza di un «uomo», sebbene allo stadio embrionale.*

Pontificia Accademia Pro Vita, Riflessioni sulla clonazione, Libreria Editrice Vaticana, Città del Vaticano 1997

L'aborto

Dal 22 maggio 1978 anche in Italia l'aborto è stato legalizzato. La Legge 194, che si intitola *Norme per la tutela sociale della maternità e sull'interruzione volontaria della gravidanza* (Ivg), prevede che una donna possa abortire presso una struttura pubblica entro 90 giorni dal concepimento. L'aborto è consentito anche dopo i 90 giorni, ma solo quando la donna corra il rischio di morire (*aborto terapeutico*) o quando venga accertata una grave malformazione del feto (*aborto eugenetico*). Invece durante i primi 3 mesi è possibile abortire anche quando le condizioni economiche, sociali o familiari, o le circostanze in cui è avvenuto il concepimento possano compromettere la salute fisica e psichica della donna.

L'introduzione di questa legge è divenuta per molte persone motivo di disorientamento in quanto non per tutti è chiara la distinzione tra ciò che è morale e ciò che è legale. Nella visione cristiana ciò che è consentito dalla legge (legale) non è sempre consentito dalla coscienza morale: è il caso appunto dell'aborto. In maniera ferma e solenne Giovanni Paolo II ha confermato la posizione cattolica:

Fra tutti i delitti che l'uomo può compiere contro la vita, l'aborto procurato presenta caratteristiche che lo rendono particolarmente grave e deprecabile.

Giovanni Paolo II, *Evangelium Vitae*, n. 58

La valutazione morale di questo atto implica anche una convinzione biologica: abortisti e anti-abortisti dibattono infatti circa il momento in cui ha inizio la vita umana. Quando si può parlare di essere umano e quindi di un soggetto di diritti e, primo fra tutti, del diritto alla vita? Coloro che sono contrari all'aborto sostengono che fin dal concepimento esiste una vita umana e portano a loro sostegno le considerazioni di studiosi di embriologia, fetologia, genetica...

Il frutto del concepimento è un essere umano, ed è dinamicamente orientato a diventare una persona umana, caratterizzata da una coordinazione interna delle attività cellulari e molecolari. Questa coordinazione indica che l'embrione umano, anche nelle sue precocissime fasi, non è un semplice aggregato di cellule ontologicamente distinte, ma un «individuo», e come tale è caratterizzato anche da una continuità che, dalla fusione dei due gameti, origina una nuova vita, un nuovo ciclo vitale.

Le conoscenze scientifiche sul neo-concepito, infatti, ci permettono di essere assolutamente certi che si tratta di un «nuovo» essere umano, non solo diverso e distinto dai suoi genitori, ma anche caratterizzato da una specifica propria individualità nella specie umana, così da essere soggetto irripetibile. Ricerche a livello genetico, citogenetico e molecolare, hanno dimostrato che ogni zigote possiede un insieme delle informazioni contenute nei cromosomi esclusivamente «proprio», che ha e imprime in esso particolari caratteristiche. [...] *Egli si autocostruisce in un processo altamente coordinato, dettando a se stesso le direzioni dell'accrescimento secondo un programma di esecuzione inscritto nel suo stesso genoma. [...] Come tale incomincia a operare come una unità individuale. Il neo-concepito umano mantiene in ogni fase evolutiva l'unità ontologica con la fase precedente, senza soluzione di continuità, senza salti di qualità o di natura.*

C. di Ciccia, *Gli manca solo la parola*, in "Sì alla vita", 2, febbraio 1993

Anche la stessa vita psichica inizia al momento del concepimento.

Nell'uomo, il corpo e la psiche, il conscio e l'inconscio compongono un tutto unico e nel momento del concepimento si attiva una vita psichica già completa.

S. Gindro, *Il «concepimento» dell'inconscio*, in "Sì alla vita", 5, maggio 1995

La vita prenatale incide nei suoi diversi aspetti in maniera considerevole sul successivo sviluppo dell'essere umano. Molti popoli orientali sono talmente consapevoli di queste influenze da far partire l'età di un bambino non dal momento della nascita ma da quello del concepimento. Il bambino prima di nascere è ormai considerato un essere umano dotato di capacità sensoriali gustative, olfattive, tattili, uditive e visive oltre che di squisite capacità motorie in grado di metterlo in relazione con la madre, i suoi familiari ed il mondo esterno. Il feto può, quindi, gioire ma anche soffrire oltre che apprendere e ricordare. Le esaltanti scoperte sulle raffinate capacità del feto da una parte ci entusiasmano ma dall'altra ci pongono seri compiti di protezione e tutela della sua salute [...] è innegabile che i primordi dell'attività psichica siano rintracciabili già a partire dalla vita fetale.

S. Ottaviano, in G. Astrei, *Che tipo sensibile quel feto!*, in "Sì alla vita", febbraio 2001

Il punto essenziale del rifiuto dell'aborto è quindi il dovere etico di rispettare la vita umana in qualsiasi stadio si trovi e indipendentemente dalle abilità che può esprimere.

Questo primario diritto si collega al dovere degli altri di tutelarne lo sviluppo e la nascita e richiede l'assunzione da parte dei genitori e di tutti i componenti della società di uno stile di accoglienza generosa e amorevole. L'esperienza dei Centri di Aiuto alla Vita, sorti in ambito ecclesiale, e anche di alcuni Consultori familiari (come prevede la Legge, all'art. 2) o di organizzazioni di aiuto di ambiente laico, testimonia proprio come la concreta vicinanza a situazioni di oggettiva difficoltà abbia rimosso in certi casi le ragioni che spingevano alcune donne e alcune famiglie a ricorrere all'aborto. Effettivamente vi sono situazioni molto gravi che possono indurre a una scelta drastica: difficoltà economiche pesanti, fondati timori per la propria salute e per quella del bambino, situazioni di violenza e abbandono... Dunque la condanna dell'aborto deve trasformarsi in una decisa volontà a rimuovere le cause, passando da una posizione di denuncia dell'illegittimità morale alla positiva proclamazione del valore di ogni vita umana. All'aborto si devono proporre vere e reali alternative e colmare vuoti nel campo dell'istruzione, dell'educazione, della comprensione e dell'accoglienza. La medicina può fare moltissimo per correggere malformazioni e intervenire su malattie del nascituro. La società deve garantire tutela alla madre in difficoltà economiche e deve garantire interventi, risorse, assistenza anche per bambini nati con gravi handicap. Purtroppo la carenza o l'assenza di sostegni sociali giustificano una scelta che si rivela un dramma anche per la stessa donna che vi ricorre (sono attestati fenomeni quali la psicosi post-aborto, lo stress post-aborto, la sindrome post-abortiva).

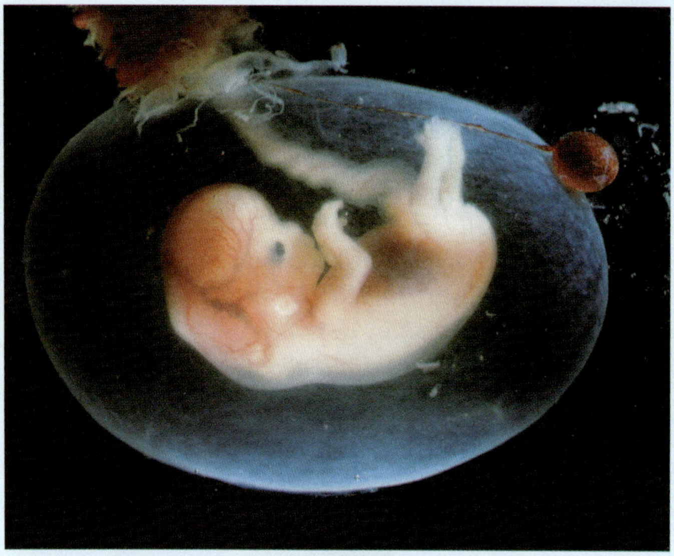

G. Moscoso, *Feto*, XX secolo.

Ciò non significa che si possa restare indifferenti a questi dolori e miserie. Ogni uomo di cuore e certamente ogni cristiano deve esser pronto a fare il possibile, per portarvi rimedio: è questa la legge della carità.

SACRA CONGREGAZIONE PER LA DOTTRINA DELLA FEDE, *L'aborto procurato*, nn. 6-7, in *Enchiridion Vaticanum*, v, 26, Edizioni Dehoniane, Bologna 1979

Proprio perché l'aborto colpisce la vita umana e coinvolge i valori della coscienza morale, la Legge (art. 9) permette che il personale medico e paramedico possa esprimere una libera scelta di obiezione di coscienza, che lo stesso Codice Deontologico dei medici prevede (cfr. art. 28). Tale obiezione non è una forma per boicottare una legge dello Stato e nemmeno una dimostrazione di insensibilità sociale: è la risposta a valori morali che la coscienza riconosce; in tal senso l'obiezione di coscienza per un cristiano è «doverosa», a maggior ragione contro l'aborto.

La Chiesa condanna l'aborto come una grave mancanza morale. Già la *Didaché* (opera catechetica composta tra il 50 e il 70 d.C.) prescriveva ai cristiani: «*non uccidere il bambino con l'aborto...*» (II, 2). La convinzione che l'aborto fosse la soppressione della vita umana, di una persona, anche se ancora ospitata nel grembo materno, si è mantenuta costante lungo tutta la storia della Chiesa.

Il Concilio Vaticano II ha ribadito ancora in termini molto decisi e convinti che «*l'aborto come l'infanticidio sono abominevoli delitti*» (*Gaudium et Spes*, n. 51).

In questi ultimi anni, con la legalizzazione dell'interruzione volontaria della gravidanza, il dibattito si è riacceso e la posizione cattolica e del Magistero si è dimostrata concorde nel difendere la vita fin dal suo concepimento. A questo si aggiunga che la dignità personale del concepito viene confermata anche dalla Rivelazione, nella quale si afferma che ogni essere umano è amato da Dio e, in quanto amato da Dio, ha anche il diritto di essere amato dagli altri uomini. Dunque, il frutto del concepimento è soggetto di diritti, e il primo di tutti i diritti è quello alla vita.

È lecito accettare (non provocare) come conseguenza inevitabile la morte del bambino che sta nascendo soltanto per salvare la vita della madre minacciata da serio pericolo di vita.

Proprio per la gravità dei valori coinvolti (diritto alla vita, difesa di un innocente, accoglienza e amore per il nascituro) la Chiesa commina la scomunica a coloro che deliberatamente e consapevolmente praticano l'aborto. La perdita della piena comunione con la comunità cristiana e la privazione dei Sacramenti non è una novità: già il Concilio di Elvira (305) prevedeva tale pena ecclesiastica ribadita sia dal *Codice di Diritto Canonico* (canone 1398) che dagli stessi episcopati nazionali. È un modo con il quale la Chiesa intende far riflettere il cristiano colpevole sul gesto che ha compiuto e invitarlo a rivedere la sua posizione. Tale scomunica non ha bisogno di essere pronunciata per ogni singolo caso di aborto, ma è una regola generale cosicché vi incorre chiunque procura volontariamente un aborto (*latae sententiae*). Questa fermezza dottrinale si accompagna però anche alla consapevolezza che la Chiesa è strumento della misericordia di Dio. Per questo Giovanni Paolo II scrive:

> *Un pensiero speciale vorrei riservare a voi, donne che avete fatto ricorso all'aborto. La Chiesa sa quanti condizionamenti possono aver influito sulla vostra decisione e non dubita che in molti casi si è trattato d'una decisione sofferta, forse drammatica. Probabilmente la ferita nel vostro animo non s'è ancora rimarginata. In realtà, quanto è avvenuto è stato e rimane profondamente ingiusto.* [...] *Se ancora non l'avete fatto, apritevi con fiducia al pentimento.* [...] *Vi accorgerete che nulla è perduto e potrete chiedere perdono anche al vostro bambino, che ora vive nel Signore.*
>
> GIOVANNI PAOLO II, *Evangelium Vitae*, n. 99

Attività

La Legge 194

- Analizza il testo della Legge 22 maggio 1978, n. 194: *Norme per la tutela sociale della maternità e sull'interruzione volontaria della gravidanza.*
  - Approfondisci i presupposti ideali e l'intenzione di questo dispositivo legislativo (cfr. in particolare art. 1).
  - Analizza la funzione dei Consultori familiari (artt. 2, 5).
  - Studia la presenza del padre del bambino (art. 5).
  - Rileva e discuti le condizioni e il senso della scelta di obiezione di coscienza (art. 9).
  - Approfondisci le ragioni per le quali è consentito abortire prima dei 90 giorni dal concepimento e quelle necessarie per l'interruzione della gravidanza dopo il 90° giorno (artt. 4, 6, 8). Confrontandole con l'iter procedurale previsto per poter abortire, a quali conclusioni si può giungere?

- Alcune stime parlano di 46 milioni di aborti all'anno nel mondo e di circa 1 miliardo di aborti negli ultimi 20 anni, sempre nel mondo. Ricerca i dati sul numero di aborti eseguiti in Italia a partire dall'applicazione della Legge 194, sul tasso di abortività (Ivg per 1000 donne in età feconda stimata tra i 15-49 anni) e sul rapporto di abortività (Ivg ogni 1000 nati vivi). Per svolgere la tua ricerca consulta la relazione annuale del Ministro della salute oppure la rivista "Sì alla vita", gennaio 2006, p 33.

DOCUMENTI

L'accoglienza è la soluzione all'aborto

Nel corso della guerra nei territori della ex-Jugoslavia, il mondo ha dovuto constatare livelli di violenza che si pensavano definitivamente ripudiati dalla coscienza umana. Oltre alle morti che segnano ogni conflitto, sono stati istituiti campi di concentramento, ma il fatto che ha scosso maggiormente l'opinione pubblica è stata un'azione programmata di violenza contro le donne musulmane da parte delle milizie serbe. Si è trattato di una manifestazione di odio razziale attuata con feroce disprezzo. Anche davanti a queste situazioni di violenza, non è tuttavia possibile giustificare il ricorso all'aborto poiché il nascituro è un innocente e non un aggressore. In questo contesto il papa ha indirizzato una lettera all'arcivescovo di Sarajevo, Monsignore Vinko Puljic, dove invitava tutta la comunità cristiana a testimoniare il rispetto della vita attraverso un'azione coraggiosa di solidarietà, aiuto, vicinanza, assistenza alle donne, invitate a non abortire.

Due ragazze serbe durante la guerra del Kosovo. Su tutti i fronti del conflitto nella ex-Jugoslavia grande è il dolore delle vittime civili.

Venerato Fratello nell'episcopato! Con questa mia lettera desidero testimoniarLe che mi sento particolarmente vicino alle sofferenze dei Pastori e delle popolazioni della Bosnia Erzegovina, su cui gravano le conseguenze disastrose della prolungata devastazione materiale e spirituale. Penso con trepidazione alle condizioni di estremo disagio a cui sono sottoposte molte famiglie e in special modo i bambini, per i quali soprattutto sento il dovere di fare appello alla solidarietà e alla generosità di tutta la Chiesa.
Sarà proprio all'interno delle famiglie, specialmente di quelle colpite dalla perdita di qualcuno dei membri e dall'esperienza di violenze particolarmente efferate, che dovrà ricominciare il faticoso cammino della pacificazione. Non potrà, infatti, non avviarsi dalla famiglia, santuario della vita e dell'amore, lo sforzo di pacificazione sociale, a cui occorrerà dedicarsi non appena le armi avranno cessato di far udire il loro frastuono di morte. Compito dei Pastori è perciò di prevedere fin d'ora opportune iniziative, capaci di incoraggiare le famiglie a porre gesti di riconciliazione, di generosità e di amore cristiano.
In particolare, occorre che i Pastori e tutti i fedeli responsabili della pastorale familiare si facciano carico con urgenza della situazione delle madri, delle spose e delle giovani che, per sfogo di odio razziale o di brutale libidine, hanno subito violenza. Queste creature, che sono state fatte oggetto di così grave offesa, devono poter trovare nella Comunità il sostegno della comprensione e della solidarietà. Anche in una situazione così dolorosa bisogna aiutarle e distinguere tra l'atto di deprecabile violenza, subito da parte di uomini smarriti nella ragione e nella coscienza, e la realtà dei nuovi esseri umani, venuti comunque alla vita. Quali immagini di Dio, queste nuove creature dovranno essere rispettate e amate non diversamente da qualsiasi altro membro della famiglia umana.
Con massima chiarezza andrà, in ogni caso, ribadito che il nascituro, non avendo alcuna responsabilità in quanto di deprecabile è accaduto, è innocente e non può, perciò, in nessun modo essere considerato come aggressore.
Tutta la Comunità, pertanto, dovrà stringersi intorno a queste donne così dolorosamente offese e ai loro familiari, per aiutarli a trasformare l'atto di violenza in un atto di amore e di accoglienza. Il Vangelo ci ricorda che alla violenza non si deve reagire con la violenza (cfr. Mt 5, 38-41). Alla barbarie dell'odio e del razzismo si deve rispondere con la forza dell'amore e della solidarietà. Ai cristiani di Roma, perseguitati da un potere ostile, non raccomandava forse l'apostolo Paolo: «Non rendete a nessuno male per male. Procurate di fare il bene dinanzi a tutti gli uomini. [...] Non lasciarti vincere dal male, ma vinci il male con il bene» (Rm 12, 17.21)?
Sono certo che anche le altre Chiese, non solo d'Europa ma di ogni parte del mondo, sapranno trovare modi adatti per venire in aiuto delle persone e delle famiglie poste in condizioni di così grave difficoltà materiale, psicologica e spirituale. A tali iniziative benefiche va il mio incoraggiamento più cordiale nel ricordo della parola di Cristo: «Chi accoglie uno di questi bambini nel mio nome, accoglie me» (Mc 9, 37).
Nel caso, poi, di bimbi orfani o abbandonati, desidero rivolgere una parola di apprezzamento a quanti si prodigano per favorire i procedimenti di adozione: quando ai piccoli viene a mancare il sostegno di chi li ha generati, è gesto di grande valore umano e cristiano offrire loro il calore di un nuovo focolare.

GIOVANNI PAOLO II, *Lettera all'arcivescovo di Sarajevo, monsignor Vinko Puljic*, in "Avvenire", 9 marzo 1993

Le grandi religioni monoteiste e l'aborto

L'ebraismo

Nell'ebraismo e secondo il dettame biblico, la fecondità e l'avere figli sono un segno della benedizione di Dio e un compito dell'uomo. Di conseguenza, riguardo all'aborto, l'opinione prevalente ne limita l'autorizzazione ai soli casi che comportano un serio pericolo fisico o psichico per la vita della madre.

> *Mentre alcuni rabbini condannano la distruzione del feto, in ogni circostanza, come una sottospecie dell'omicidio, recentemente altri hanno esteso tale permesso a:* 1) *madri la cui salute sia gravemente in pericolo,* 2) *fondati timori che il bambino possa nascere con gravi malformazioni, e* 3) *casi di violenza carnale e incesto. Tali gravidanze dovrebbero essere interrotte entro i primi 40 giorni o, quanto meno, entro i primi 3 mesi.*
>
> I. Jakobowitz, *Ebraismo*, in *Bioetica e grandi religioni*, Edizioni Paoline, Cinisello Balsamo 1987

Per l'ebraismo, in genere, l'aborto è comunque ritenuto un crimine dopo il 40° giorno di fecondazione.

L'islam

La dottrina dell'islam non è contraria in modo assoluto all'aborto. Tuttavia, la posizione dei giuristi islamici trova difficoltà interpretative in quanto nel Corano non si parla mai esplicitamente dell'aborto. La *sura* 23 (vv. 12-14) elenca solo le sette fasi dello sviluppo del feto; l'ultima fase coincide, secondo la tradizione, con l'infusione dell'anima da parte di Dio, al 120° giorno. Dunque la tendenza è quella di interpretare l'interruzione della gravidanza come l'uccisione di un bambino, e quindi punibile, se praticata dopo il quarto mese. Infatti dopo il 120° giorno il feto è considerato un essere umano.

> *Le opinioni dei giuristi musulmani delle diverse correnti giuridiche (e al loro interno) circa la legittimità di un procurato aborto prima dell'infusione dell'anima risultano storicamente discordanti variando dall'approvazione alla dis-*

Una donna musulmana che indossa il burka.

suasione fino alla proibizione dell'aborto. Secondo alcuni, infatti, il feto non animato è una forma di vita biologica ma non ancora un essere umano; secondo altri, invece, il feto senza anima deve essere tutelato e protetto in attesa dell'animazione realizzata da Dio, dopo di che si ha a che fare con un essere umano. In sintesi, la posizione della maggioranza dei dottori della Legge islamica nei secoli scorsi è stata abbastanza tollerante nei confronti dell'aborto prima dell'infusione dell'anima se giustificato da qualche valida ragione. Mentre l'aborto spontaneo viene interpretato come il risultato della volontà divina, più complesso era il problema dell'aborto terapeutico. Infatti, per il diritto islamico il valore del feto risulta inferiore a quello di una persona adulta in quanto quest'ultima è una forma di vita già sviluppata in grado, spesso, di dar vita a nuove creature.

D. ATIGHETCHI, *Islam e cattolici alleati sul fronte del diritto alla vita*, in "Sì alla vita", giugno 1995

Anur, *Dio è con noi*, dalla campagna *Human Condition*, 1999.

Il cristianesimo ortodosso orientale

Il cristianesimo ortodosso orientale ha una ferma e decisa posizione di condanna dell'aborto, che interpreta come un vero e proprio omicidio. La vita umana è vista come un'unità psicosomatica che è in un incessante sviluppo e persegue un'evoluzione continua verso la piena realizzazione della propria divinizzazione; quindi non ha alcuna rilevanza etica nella questione dell'aborto quale sia il particolare stadio di sviluppo del feto. Gli studiosi di etica ortodossi rifiutano come possibili giustificazioni dell'aborto ragioni di tipo economico o sociale. Soltanto nel caso in cui la vita della madre sia realmente messa in pericolo, allora è moralmente consentito considerare la possibilità di interrompere la gravidanza.

Il protestantesimo

La riflessione etica protestante è molto differenziata in ragione degli stessi principi che la ispirano: si afferma soprattutto la responsabilità personale intesa come libera scelta della coscienza illuminata dalla Parola di Dio. Alla generale affermazione della vita come bene fondamentale seguono riflessioni diverse ispirate e fondate su varie prospettive interpretative.

Vi sono teologi che sottolineano il principio dell'autodeterminazione della donna; altri ricordano come il problema non sia quello del rispetto della vita umana, ma sia di capire a quali condizioni una vita si possa dire «umana», questo in contrapposizione a una vita che è solo «biologica». Allora l'autocoscienza diventa criterio discriminante.

Altri pongono l'accento sull'amore, che può anche arrivare a contraddire il comandamento che proibisce di uccidere e...

... l'aborto, in taluni casi, può essere il miglior atto d'amore possibile.

W. BEACH, *L'etica cristiana nella tradizione protestante*, Claudiana, Torino 1995

La stessa impostazione del protestantesimo, che non accetta la validità della Tradizione e del Magistero, giustifica la generale posizione fortemente possibilistica in merito all'interruzione volontaria della gravidanza.

Ebraismo e bioetica

«Chi salva una vita salva il mondo intero» recita un detto talmudico, ed anche «chi uccide una vita uccide il mondo intero», ma qual è la posizione che il mondo ebraico ha assunto sui temi importanti di bioetica, come eutanasia, aborto e donazione?
Lo abbiamo chiesto a Riccardo Di Segni, il nuovo Rabbino capo di Roma. [...]
«Per il giudaismo – ha continuato il Rabbino capo – il valore della vita è un valore massimo e va protetto ad ogni costo. Esso rappresenta un punto fondamentale di riferimento.
Purtroppo i problemi che si pongono dal punto di vista bioetico non sono così semplici e lineari nell'applicazione di questo principio perché tutto dipende dalla definizione del momento della nascita e del momento della morte.
Per quanto riguarda la fase terminale della vita, noi abbiamo come riferimento fondamentale il fatto che al medico è stata data la facoltà e il dovere di curare. Per questo non è concepibile che possa essere abbreviata la vita di un essere umano. Noi non ammettiamo in alcun modo i mezzi che accelerano il decesso di un sofferente. È illegittimo intervenire medicalmente per abbreviare la vita. Quello che fa la legge ebraica, introduce una sottilissima distinzione, tra ciò che impedisce il decesso e ciò che lo facilita. Non si può interrompere con le mani nessun apparecchio di rianimazione.
L'altro punto importante è il momento della nascita. La bioetica ebraica è differente da quella cattolica, nel senso che secondo gli insegnamenti ebraici l'embrione non ha vita fino al quarantesimo giorno. Passato questo tempo è inconcepibile la soppressione del bambino. Anche gli aborti terapeutici devono essere autorizzati caso per caso. In caso di pericolo l'ebraismo privilegia la salvezza della madre e comunque la donna deve interpellare un'autorità rabbinica. Da qui nasce il problema che se il nascituro mette in pericolo la vita della madre, anche fino al momento del parto, è consentito sopprimerlo. E in questo le linee cristiane ed ebraiche sono differenti.
Negli ultimi anni si è poi aperto un ampio ventaglio di opinioni sullo status del feto. Si passa da quelli che riconoscono l'impossibilità di intervenire sul feto per nessun altro motivo che non sia la messa in pericolo della madre, ad altri che invece considerano lecita l'interruzione di gravidanza per motivi differenti. Ad esempio, la tragedia di alcune malattie genetiche o per motivo di onore, ad esempio una donna violentata. In questo caso la vita è sempre rispettata ma con una minore rigidità.
Per quanto riguarda i trapianti c'è una discussione in atto tra autorità rabbiniche se il momento della morte sia da determinare con il criterio della morte cerebrale e quindi respiratoria oppure della morte cardiaca. Alcuni sostengono la necessità della morte cardiaca, altri si accontentano di quella cerebrale e quindi respiratoria».
In merito alle tecniche di clonazione sperimentate su animali il rabbino Di Segni ha detto: «Per quanto riguarda tecniche di clonazione come nel caso della pecora Dolly, il mondo ebraico è molto preoccupato sulle possibili conseguenze e implicazioni e interventi del genere, e quindi valuta con molta attenzione e serenità gli sviluppi che possono avvenire in questo campo».
In merito alla possibilità di generare embrioni per prelevare cellule staminali, il rabbino capo ha precisato che: «La domanda è se questa pratica sia lecita e la risposta delle autorità rabbiniche che si sono occupate dell'argomento è che probabilmente lo è. So bene che questa posizione non concorda con quella della Chiesa cattolica che riconosce la dignità della vita al momento del concepimento».
La posizione rabbinica è che tutto ciò venga utilizzato in una prospettiva di salvezza di vite umane, solo a certe condizioni e con molta attenzione può essere lecito.
In sintesi il rabbino di Segni ha sostenuto che «Se consideriamo i casi particolari ci sono differenze tra le nostre posizioni e quelle dei cattolici, ma sulle linee principali proseguiamo insieme e questa è la cosa importante da sottolineare.
[...] le nostre due religioni sono caratterizzate dalla linea biblica. La società laica si basa sul principio del non uccidere e non rubare, perché nessuno può sopravvivere in una società in cui è lecito uccidere. È una convenzione tra esseri umani che dicono dobbiamo sopravvivere e rispettare questo principio. Il messaggio biblico non si fonda sull'ipotesi di convenienza umana, ma su un'altra cosa: il comandamento di non uccidere come legge di Dio. Non bisogna farlo perché l'uomo è fatto ad immagine e somiglianza di Dio. La difesa della dignità e della vita umana nasce quindi da questa immagine divina. Si tratta di un principio religioso e non di un mero contratto di convenienza».

Per noi Ebrei la vita è il valore supremo, in "Sì alla vita", febbraio 2002

Una Torah dipinta. Viene offerta alla sinagoga durante la prima visita di un giovane ed esprime il desiderio di vita felice e fedeltà coniugale, XVIII secolo, Museo di Israele, Gerusalemme.

DOCUMENTI

La bioetica nell'islam

Nella religione islamica la vita è letta e interpretata come dono e benedizione di Dio. L'esaltazione di Dio che dà la vita mediante la creazione emerge ripetutamente nel Corano.
Nella sura *(capitolo) 22 si legge infatti: «È uno dei suoi segni che Egli vi ha creato di polvere ed ecco diventaste uomini sparsi sopra la terra». Si tratta di un richiamo alla vita nel contesto dell'ingratitudine dell'uomo, che si ostina a essere miscredente. Il tema della vita come segno della potenza di Dio creatore è quindi utilizzato come argomento per l'invito a credere: il fatto che Dio ti ha creato è uno dei segni perché tu creda.*
La vita come dono, inoltre, costituisce il punto di riferimento per la tesi anti-infanticida e indirettamente anti-abortista dell'islam.
Sul favorire o vietare la vita del feto, in effetti, il Corano non ha indicazioni specifiche. La sua attenzione è rivolta piuttosto alla realtà dell'infanticidio nel contesto di una cultura preislamica che consentiva l'uccisione delle neonate. A questo proposito la sura *17 recita: «Non uccidete i vostri figli per timore di cadere in miseria, provvederemo noi per loro e per voi, ucciderli è grave peccato». Nessuna considerazione specifica sull'interruzione della gravidanza. Di qui la difficoltà dei giuristi islamici di decidere in materia di aborto e delle questioni relative alla formazione e allo sviluppo del feto. [...] La tendenza è quella di configurare l'interruzione della gravidanza come un infanticidio minore e quindi di ritenerlo punibile se praticato dopo il quarto mese. La sterilizzazione è assolutamente rifiutata, perché va contro il principio della fecondità naturale, mentre la contraccezione è permessa come condizione di controllo delle nascite.*
La fecondazione artificiale è ammessa perché vista come prolungamento della vita sessuale della coppia, ma è vietata quella eterologa, cioè in altri soggetti, in quanto i semi maschili e femminile non appartengono ai coniugi stessi.
La pratica dei trapianti d'organi è stata a lungo osteggiata dalla tradizione religiosa islamica, per via della fede nella risurrezione dei corpi. Oggi la posizione prevalente dei giuristi islamici è tesa ad applicare la prescrizione coranica: «Chiunque salva la vita umana, è come se avesse salvato l'umanità intera». Un vivente, dunque, ha diritto di donare determinati organi a condizione che il fatto non gli provochi danni irreparabili.
Assolutamente non ammessi, infine, dalla religione islamica il suicidio e l'eutanasia: la vita dell'uomo appartiene esclusivamente a Dio, è solo lui che può stabilire quando concedere il «soffio» iniziale e quando interromperlo per porre termine all'esistenza terrena.

I. Mastroleo, *Questioni di vita, così parlò Maometto*, in "Avvenire", 11 maggio 1993

La sofferenza e la malattia

Nella Bibbia la malattia non è un problema a sé stante, ma rientra nel grande interrogativo che pongono la sofferenza umana in generale e la morte.

All'interno di ogni singola sofferenza provata dall'uomo e, parimenti, alla base dell'intero mondo delle sofferenze appare inevitabilmente l'interrogativo: perché? È un interrogativo circa la causa, la ragione, e insieme un interrogativo circa lo scopo (perché?) e, in definitiva, circa il senso. [...] Ovviamente il dolore, specie quello fisico, è ampiamente diffuso nel mondo degli animali. Però solo l'uomo, soffrendo, sa di soffrire e se ne chiede il perché; e soffre in modo umanamente ancor più profondo, se non trova soddisfacente risposta.

Giovanni Paolo II, *Salvifici Doloris*, n. 9

La guarigione del cieco di Gerico, opera musiva, VI secolo, Sant'Apollinare Nuovo, Ravenna.

L'uomo rivolge a Dio gli interrogativi che la sofferenza fisica, morale e psichica fanno sorgere in lui ed essi divengono domande sulla stessa esistenza di Dio. Ma...

L'obiezione gridata dall'interno della sofferenza non riguarda soltanto Dio, riguarda in qualche modo an-

che l'uomo, creato a immagine e somiglianza di Dio. L'esistenza così massiccia e insuperabile del soffrire nel mondo non costituisce forse un'obiezione anche alla bontà e alla potenza dell'uomo? Quante energie di mente e di cuore oltre che di mezzi materiali l'uomo non dispiega nella sua lotta contro la sofferenza e la morte! Ma perché questa lotta, anche quando registra vittorie, non ha la forza di eliminare la presenza del male nel mondo?

D. TETTAMANZI, *Bioetica*, Piemme, Casale 1990

Soprattutto l'odierno ottimismo riguardo le possibilità della scienza umana viene ridimensionato fortemente dalla considerazione che il dolore in ogni sua forma persiste.

Nell'Antico Testamento sembra nettamente prevalere la concezione della sofferenza come conseguenza e punizione del peccato. Per questo motivo i discepoli di Gesù, prima che Egli ridonasse la vista al cieco nato, lo interrogano: «*Rabbì, chi ha peccato, lui o i suoi genitori perché egli nascesse cieco?*» (Gv 9, 2). Gesù rifiuta ogni teoria generale sull'esistenza di una stretta connessione causale tra peccato e sofferenza e risponde alla domanda dei discepoli: «*Né lui ha peccato né i suoi genitori, ma è così perché si manifestassero in lui le opere di Dio*» (Gv 9, 3).

Anonimo,
Il buon samaritano,
XVII secolo,
Museo dell'Abbazia di Casamari, Veroli.

La considerazione della sofferenza e della malattia come di punizioni conseguenti al peccato presenta molte difficoltà e suscita parecchie perplessità già nell'Antico Testamento, in quanto l'esperienza e la riflessione comprovano che non sempre i peccatori sono puniti con la sofferenza. Anzi, uomini giusti e irreprensibili si vedono gettati nell'oscura situazione della malattia, dell'abbandono, della miseria senza che essi si possano rimproverare nulla. È il caso di Giobbe.

È in vista della salvezza che si può interpretare il legame tra peccato e sofferenza: non è un rapporto di causa ed effetto, una connessione tra malattia e peccato nella persona singola, ma una visione più generale, dove il disordine introdotto dal peccato personale necessita di essere sanato dalla consapevolezza del proprio limite umano di fronte a Dio.

Nel Nuovo Testamento il dato chiave è la stessa morte di Gesù: attraverso la sofferenza e la morte accolte in spirito di fede e abbandono in Dio, Egli compie la salvezza di tutti gli uomini. Questa salvezza si diffonde e si completa per mezzo della personale adesione di ogni uomo al mistero della sofferenza di Cristo (cfr. Col 1, 24).

Tutto questo non deve però ingenerare l'idea che il cristianesimo sia la religione dell'accettazione rassegnata e passiva del dolore, della malattia e della sofferenza: proprio perché il soffrire è un limite, una schiavitù, un fallimento per l'uomo, allora si rende tanto più necessario l'impegno del singolo a liberarsi dalla sofferenza e ad aiutare gli altri a liberarsene.

La parabola del Buon Samaritano [...] *testimonia che la Rivelazione da parte di Cristo del senso salvifico della sofferenza non si identifica in alcun modo con un atteggiamento di passività. È tutto il contrario. Il Vangelo è la negazione della passività di fronte alla sofferenza.*

GIOVANNI PAOLO II, *Salvifici Doloris*, n. 30

Curare la malattia, salvaguardare la salute

Da un punto di vista etico la dottrina cristiana afferma che la salute è dono di Dio e anche impegno; l'esigenza morale di apprezzarla, difenderla e valorizzarla si impone di conseguenza. Poiché essa è condizione indispensabile per far fronte a compiti e responsabilità personali e sociali, l'impegno di tutelarla e di curarla è un obbligo serio. Occorre però aggiungere che la salute è un bene non solo da conservare, ma anche da investire in modo attento e oculato (ad esempio nel lavoro per mantenere la propria famiglia, nello studio, nella possibilità di dare un aiuto richiesto...). Ci si deve preoccupare della propria salute non per se stessa, ma perché condizione necessaria per esercitare le proprie attività e i propri impegni.

È quindi un obbligo morale la **tutela della propria salute** e di quella altrui, come è moralmente doverosa la prevenzione dei danni. L'esigenza morale della prevenzione si concretizza nel dovere di un'adeguata e sana alimentazione, nel dedicare giusto tempo allo svago e al riposo, nell'evitare le abitudini che la scienza o l'esperienza personale indicano come dannose.

Sempre più spesso l'equipé medica, con i piccoli pazienti, utilizza forme di cura improntate al gioco e al divertimento.

Il dovere di tutelare la propria salute e di fare quanto moralmente è possibile per salvaguardarla e recuperarla in caso di malattia si estende anche agli altri e si trasforma nell'obbligo morale di prendersi cura della salute e della malattia degli altri. Questo corrisponde a un dovere di giustizia, solidarietà e carità cristiane. Non solo il personale medico e infermieristico è coinvolto in modo pieno in questo impegno, ma tutti siamo ugualmente responsabili al riguardo, poiché l'attenzione alla salute altrui si può esprimere con modalità che vanno oltre l'intervento sanitario in senso stretto (la visita e la vicinanza alle persone malate, è ad esempio, indicata dalla Chiesa come una delle sette opere di «*misericordia corporale*»). Purtroppo, nella nostra società il malato, il diversamente abile, l'invalido, l'anziano non autosufficiente sono spesso oggetto di ingiuste discriminazioni, senza il godimento di alcuna solidarietà sociale.

> *Il continuo progresso scientifico-tecnologico in campo medico ha finito per configurare sempre più l'ospedale come un luogo «attrezzato» esclusivamente per guarire. Conseguentemente esso si è fatto sempre più incapace di accogliere il malato inguaribile e di dare risposta adeguata alle sue legittime esigenze.*
>
> L. CICCONE, *Salute e malattia, Questioni di morale della vita fisica*, Edizioni Ares, Milano 1986

Addirittura, il progresso scientifico e tecnologico, i successi, i risultati positivi della medicina possono portare a una **selezione sociale** che produce nuovi emarginati: i morenti, i malati terminali, i malati inguaribili. Questo può accadere se viene spinto all'eccesso il conflitto tra l'interesse della società (successo nelle applicazioni mediche, risparmio economico, efficienza, produttività, razionalizzazione e programmazione) e quello dell'individuo, fino a dover decidere quali pazienti devono essere lasciati morire.

La morte umana: l'eutanasia e l'accanimento terapeutico

La morte è un tema spesso censurato dalla cultura contemporanea e poche volte viene affrontato con il tentativo di approfondirne il senso autentico. Viene spesso proposto con modalità cruente o banali dalla stampa, dal cinema, dalla televisione con l'intenzione di catturare la curiosità o di suscitare sensazioni forti. Ma un'autentica e seria riflessione al riguardo è rara.

Il **mito della razionalità** e **dell'efficienza** hanno portato a idealizzare una società nella quale l'intelligenza umana programma tutto: la produzione e il benessere economico diventano gli obiettivi cui piegare la ricerca della mente. Chiaramente la morte costituisce una sfida continua a questi modelli razionali ed efficientistici sui quali si basano l'intera società occidentale e la medicina stessa.

Inoltre, il forte secolarismo e l'abbandono dei valori religiosi aggravano ancor di più il disagio dell'uomo di fronte alla morte. La **sofferenza** e la **morte**, invece, avevano e hanno un loro senso all'interno di una **visione religiosa del mondo** e della vita: divengono momenti della vita e non ne sono solo la negazione. Il rifiuto di Dio coincide con il disorientamento davanti al pensiero della propria fine personale e con la difficoltà di reperire proposte alternative che appaghino in profondità gli interrogativi umani: da qui la necessità di rimuovere, di non parlare della morte.

Anche un'interpretazione vitalistica ed edonistica della vita contribuisce a emarginare la problematica della morte. Solo ciò che è sano ed espressione di esuberanza vitale e di forza è buono; solo il piacere e la possibilità di godere di ogni occasione riempiono di senso e realizzano la vita di un uomo: di fronte a queste prospettive la morte non può che essere rifiutata e la sofferenza che l'accompagna, talvolta, angoscia ancor più che non la prospettiva della fine di tutto.

Davanti a queste tematiche, che riguardano la morte dell'uomo e nello stesso tempo il senso della sua vita, si impone di scegliere inevitabilmente tra due modelli, tra due prospettive e due orizzonti di valori: una visione dell'uomo chiusa al trascendente e una visione aperta al mistero di Dio. Nella prima posizione l'uomo si interpreta come un assoluto, la sua vita è tutto, la sua esistenza gli appartiene come una proprietà e la sua libertà si esaurisce solo nel rispondere a se stesso. In un'antropologia della trascendenza, invece, l'uomo si sente «posto in relazione» con Dio. La vita è sua, ma non gli appartiene come una proprietà esclusiva perché è dono di Dio. L'esistenza fisica è un grande bene, ma non è il bene più grande. In questa seconda prospettiva avviene la scoperta di un significato, di una verità anche a riguardo del soffrire e del morire.

> *Nessuno di noi, infatti, vive per se stesso e nessuno muore per se stesso, perché se noi viviamo, viviamo per il Signore, se noi moriamo, moriamo per il Signore. Sia che viviamo, sia che moriamo siamo dunque del Signore.*
>
> Rm 14, 7-8

Partendo da questa concezione globale del vivere e del morire, il cristianesimo riflette sulla morte umana che tale

Secondo le ultime ricerche, un buon rapporto medico-paziente svolge un ruolo fondamentale nella riuscita della cura.

Lord Frederick Leighton, *Eliseo risuscita il figlio di una sunammita*, XIX secolo, Leighton House Museum and Art Gallery, Londra.

può essere se viene vissuta come esperienza di fiducioso abbandono a Colui che detiene il senso di tutta la nostra esistenza. Possiamo rilevare alcune caratteristiche della cultura odierna:

- l'abitudine di disporre a proprio arbitrio della vita umana fin dal suo sorgere;
- la tendenza ad apprezzare la vita personale solo nella misura in cui è portatrice di ricchezze e di piaceri;
- la valutazione del benessere materiale e del piacere come beni supremi e, di conseguenza, il concetto della sofferenza come male assoluto da evitare a tutti i costi e con ogni mezzo;
- la concezione della morte come fine assurda di una vita che poteva ancora dare godimenti, o come liberazione da una vita ritenuta ormai priva di senso, perché destinata a continuare nel dolore.

La morte è diventata sempre più un'**esperienza solitaria**. È vero, nessuno può sostituirsi al malato, tuttavia nel passato i comportamenti e le abitudini sociali esprimevano nei confronti del morente maggiore vicinanza, solidarietà, compassione (nel senso di «patire con»); i familiari erano tutti accanto all'agonizzante, il moribondo era il protagonista, dettava le sue ultime volontà, dava le sue ultime raccomandazioni ai presenti, chiedeva perdono, prendeva congedo; insomma non era abbandonato a sé o esclusivamente alla scienza medica, ma presiedeva alla propria morte.

Il cambiamento di prospettiva risale all'Ottocento, quando da un fatto sociale e collettivo, il morire si chiuse all'interno del nucleo familiare stretto, iniziando quel processo di **rifiuto della morte** che appartiene tipicamente alla civiltà industriale e che si è esteso con il ritmo di questa.

Il cambiamento è dovuto indubbiamente anche alla forte ospedalizzazione (si muore sempre più in strutture cliniche, non più a casa) e al tipo di morte (dopo un lungo stato comatoso o all'improvviso e in modo accidentale). Resta la constatazione che...

> *La morte diventa un fatto privato, individuale: quasi non tocca più neppure le famiglie; sono gli ospedali che si occupano del malato; dopo la morte il compito è affidato alle agenzie funebri. L'interessato stesso tende a essere espropriato della propria morte: il malato non deve sapere; finisce per sentirsi persino colpevole perché ormai fuori di ruolo, di peso agli altri, perché non si rassegna a morire.*

D. Tettamanzi, *Eutanasia*, Piemme, Casale 1985

In questo retroterra culturale e sociale, in cui soffrire e morire non hanno più senso, si inserisce il dibattito sull'**eutanasia** e si prospetta l'idea di anticipare la fine affermando che è l'individuo a dover decidere di se stesso: si chiede che qualcuno per pietà, per amore, faccia cessare la vita e con essa il dolore.

Dunque l'eutanasia parte dalla richiesta di liberare la persona dal peso insopportabile del dolore e dal senso dell'inutilità del proprio continuare a vivere.

Tuttavia, il peso e il senso di inutilità sono alleviati quando accanto al malato si creano rapporti positivi di solidarietà e condivisione. La Chiesa nella celebrazione dell'Unzione dei malati, oltre al conforto religioso, dimostra la vicinanza di tutta la comunità al malato. Quindi un obiettivo profondamente cristiano per rendere umana la morte è quello di assicurare solidarietà contro la solitudine e la disperazione.

La riflessione teologica riguardo all'eutanasia parte dall'idea che la vita è sacra e non è disponibile alla libertà dell'uomo. Il valore dell'esistenza, inoltre, non è determinato dalla sua qualità in termini di efficienza, produttività, capacità di godere dei beni terreni, lucidità mentale... Nell'individuazione di questi valori vi è confusione tra «dignità» e «qualità» della vita: la vita umana non è degna perché ha certe qualità fisiche o psichiche; al contrario, proprio perché la vita ha una sua intrinseca dignità, ha un suo significato immanente, bisogna fare di tutto per qualificarla. La vita umana è dunque intangibile, indipendentemente dalle forme in cui può esprimersi e dagli standard di accettabilità sociale. Quindi nessuno può dare la morte a un altro uomo, anche se la chiede, perché solo Dio è Signore della vita. L'eutanasia si configura quindi come una forma di omicidio e suicidio.

Ora, è necessario ribadire con tutta fermezza che niente e nessuno può autorizzare l'uccisione di un essere umano innocente, feto o embrione che sia, bambino o adulto, vecchio, ammalato incurabile o agonizzante. Nessuno, inoltre, può richiedere questo gesto omicida per se stesso o per un altro af-

La cura del dolore

Il paziente può lecitamente ricorrere a tutti i farmaci antidolore e antiangoscia, se vengono ritenuti necessari per compiere doveri e compiti diversamente disturbati da malesseri o dolori. Nel caso del malato inguaribile o morente, è permesso intervenire, fatta salva la libertà del paziente, anche con massicce e continue dosi di analgesici e narcotici, pur di alleviare le sofferenze, anche se questo trattamento porta a stati di torpore e incoscienza. Il problema dell'assunzione di farmaci contro il dolore si pone invece quando tale trattamento comporta un accorciamento della vita. Anche in questo caso vi è una liceità morale, come attestava Pio XII rispondendo proprio a questo quesito postogli dalla Società Italiana di Anestesiologia.

Se l'azione stessa del narcotico abbreviasse la durata della vita, sarebbe necessario rinunciarvi? [...] *Nell'ipotesi che voi ponete, si tratta unicamente di evitare al paziente dolori insopportabili, ad esempio nel caso di cancri inoperabili o di malattie inguaribili.* [...] *Se la somministrazione di narcotici provoca per se stessa due effetti distinti, da una parte il sollievo dei dolori e dall'altra parte l'abbreviamento della vita, essa è lecita; è necessario però vedere se vi sia tra questi due effetti una proporzione ragionevole, e se i vantaggi dell'uno compensino gli svantaggi dell'altro.*

Pio XII, *Tre quesiti religiosi e morali concernenti l'anestesia*, in *Acta Apostolicae Sedis*, 27 marzo 1957

Quindi è lecito il ricorso alla morfina, o anche ad altri farmaci più potenti, se richiesto dalla situazione. Ma, se per togliere un dolore altrimenti insopprimibile, si dovesse ricorrere alla sedazione del paziente, togliendogli la facoltà della coscienza, bisognerebbe dargli la possibilità di scegliere e di decidere prima, se vuole, circa le cose importanti della sua vita, sia materiali che spirituali. Bisogna, comunque, fare il possibile per salvare al massimo la coscienza vigile della persona. Non bisogna, senza ragioni gravi, privare il moribondo della coscienza vigile di sé, magari con il motivo che in tal modo non si rende conto che sta per morire.

fidato alla sua responsabilità, né può acconsentirvi esplicitamente o implicitamente. Nessuna autorità può legittimamente imporlo né permetterlo. Si tratta infatti di una violazione della legge divina, di un'offesa alla dignità della persona umana, di un crimine contro la vita, di un attentato contro l'umanità.

SACRA CONGREGAZIONE PER LA DOTTRINA DELLA FEDE, *Eutanasia*, 5 maggio 1980

DOCUMENTI

Eutanasia, perché?

Mi sembra opportuno tentare di indicare i motivi più frequenti cui si fa appello da parte dei sostenitori dell'eutanasia. I principali, ai quali possono ridursi altri che presentano qualche sfumatura diversa, mi sembrano i seguenti:

- *porre fine a dolori particolarmente atroci o propri o di una persona cara, specialmente quando la morte è già inevitabile. Si tratta di una motivazione che ha tutta l'apparenza di essere umanitaria e sensata;*
- *vi sono condizioni in cui la vita di una persona non ha più alcun senso e valore, e lo Stato ha il diritto e il dovere di non farla inutilmente gravare sugli altri. La matrice appare qui prevalentemente economicistica e politica, sulla base di una concezione materialistica dell'uomo;*
- *porre fine a un'esistenza che, per malattia oppure per invalidità o per vecchiaia, è diventata troppo gravosa per gli altri, specialmente per i familiari. È una motivazione più apertamente egoista;*
- *quelli che per l'aborto hanno coniato lo slogan «il corpo è mio e lo gestisco io», non fanno che trasferire l'affermazione dal corpo alla vita: «La vita è mia e ne faccio quello che voglio io». Siamo nell'area radicale-libertaria, e l'ambito di rivendicazione è il diritto a chiedere e ottenere per se stessi l'eutanasia.*

Sono motivazioni suscettibili di un'interpretazione e di applicazioni quasi indefiniti, dai neonati ai vecchi. [...] C'è, in definitiva, l'oscuramento di quanto fa di ogni vita umana un valore in se stesso, non condizionato né alla salute, né all'efficienza, né a nessun'altra qualità, e per cui espressioni come vita inutile, vita senza valore, vita senza senso, sono inconcepibili perché contraddittorie e assurde.

L. CICCONE, *Non uccidere*, Edizioni Ares, Milano 1984

Cure palliative, accanimento terapeutico ed eutanasia

Cure palliative, accanimento terapeutico ed eutanasia sono tre diversi approcci alla persona gravemente malata, radicalmente diversi tra loro, tre modi diversi di intendere la medicina e la professione medica, tre modi diversi di intendere il vivere e il morire umano, tre concezioni diverse della persona umana. La tavola che presentiamo a lato [vedi p. 481] *condensa in modo sintetico queste diversità e mette in luce la pertinenza etica delle cure palliative.*
La persona, soprattutto nelle fasi terminali della sua vita, si trova di fronte a scelte difficili e impegnative sotto tutti gli aspetti, scelte per le quali deve essere posta nelle condizioni – fisiche, relazionali, morali e spirituali – di agire autonomamente e di vivere fino all'ultimo istante la propria vita.
Poiché la persona chiede di vivere e per quanto possibile di vivere bene, con una buona qualità della vita, la prima scelta della persona non è mai la morte. [...] *L'eutanasia è, almeno in gran parte, il risultato della incapacità di offrire una sufficiente qualità della vita negli ultimi periodi dell'esistenza. Per eutanasia si intende l'azione o l'omissione che di natura sua o nelle intenzioni procura la morte, allo scopo di eliminare ogni dolore o sofferenza (cfr. Congregazione per la dottrina della fede,* Dichiarazione sull'eutanasia, *1980; Giovanni Paolo II,* Evangelium vitae, *1995).*
Il Parlamento Europeo e il Comitato Nazionale per la Bioetica hanno espresso chiaramente i loro pareri contrari di fronte al sorgere di prospettive eutanasiche che si aggirano pericolose per l'Europa e nel mondo occidentale. «L'eutanasia legalizzata è un modo per sfuggire all'approccio delle cure palliative, che richiede personale, tempo, educazione ed è un modo per non riconoscere che la vita del malato nella fase terminale ha un valore fino all'ultimo istante, se sorretta da un aiuto che offre una presenza umana motivata, preparata, fino al trapasso» (V. Ventafridda).
Anche l'accanimento terapeutico è una forma di scavalcamento e di dimenticanza della persona morente. Per accanimento terapeutico si intendono gli interventi medici non più adeguati alla reale situazione del malato, perché ormai sproporzionati ai risultati che si potrebbero sperare o anche perché troppo gravosi per lui. [...]
Non bisogna confondere il rifiuto dell'accanimento terapeutico, se correttamente inteso, con una forma di eutanasia mascherata, a volte indicato impropriamente come 'eutanasia passiva'. «Il rifiuto dell'accanimento terapeutico non ci sembra in alcun modo identificabile con l'eutanasia, in nessuna

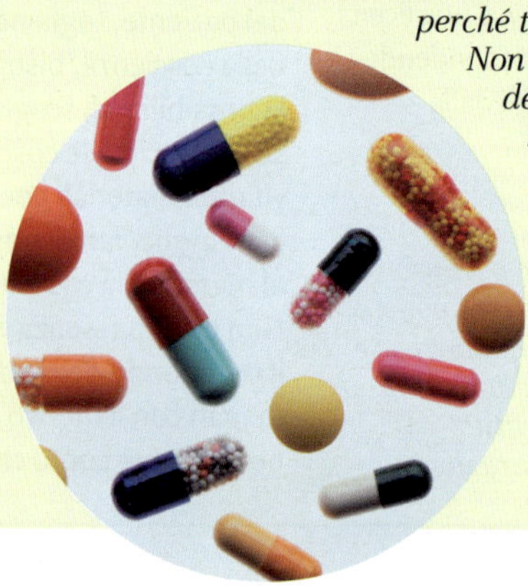

Inoltre...

Il medico non è mai autorizzato a decidere sul valore o disvalore di una vita umana. La società gli ha dato semplicemente l'incarico di aiutare il malato, di lenirgli le sofferenze quanto più è possibile, di assisterlo se non lo può guarire.

V. Frankl, *Logoterapia e analisi esistenziale*, Morcelliana, Brescia 1977

Approcci a confronto

Accanimento terapeutico	**Cure palliative**	**Eutanasia**
etica dell'onnipotenza dei mezzi	etica della solidarietà e della condivisione	etica dell'abbandono e della rinuncia alla cura
tecnicismo medico	persona	fallimento del tecnicismo medico
nega la soggettività	valorizza la soggettività	annienta la soggettività
vede solo il corpo malato	guarda alla persona nella sua totalità	rifiuta il corpo malato
difende solo la vita fisica	difende la vita personale	toglie la vita
non dà peso a dolore e sofferenza	cura dolore e sofferenza	morte come cura del dolore/sofferenza
cura parziale: solo il corpo	cura totale	negazione della cura
toglie dignità al morire	*ars moriendi*	falsa dignità del morire
rifiuto della morte	accompagnamento alla morte	anticipazione della morte
vitalismo	vita personale	morte
rifiuto del limite	accettazione del limite	esasperazione del limite
disumanizzazione della morte	umanizzazione della morte	disumanizzazione della medicina

delle sue forme: infatti, il senso originario di questa richiesta non è la ricerca positiva della morte, ma piuttosto il desiderio di un'assistenza qualitativamente migliore, più attenta al vissuto della sofferenza e capace di accompagnare il morente ad una morte degna attraverso l'uso delle cure palliative» (M. Reichlin).
Se si escludono eutanasia e accanimento terapeutico, resta lo spazio per un accompagnamento umano verso la morte. «L'accompagnamento spirituale del morente si può descrivere come un processo interpersonale in cui vi è un impegno nell'aiutare una persona a concludere il suo ciclo vitale in modo costruttivo, cercando di mantenere nel più alto grado possibile il livello di comunicazione, di ascolto, di accoglienza, nella consapevolezza lucida dei dati socioculturali e dei valori in cui questo processo si colloca» (Comitato Nazionale per la Bioetica).
Le cure palliative affrontano il compito di una vera ars moriendi *che coinvolge non solo il morente, ma tutti coloro che lo assistono e lo accompagnano, non esclusi i famigliari. Esse cercano di garantire una dignità al morire umano, rendendolo il più possibile privo di dolori e sofferenze, garantendo una lucidità di mente, di coscienza e possibilità di relazione con il mondo circostante. Esse affrontano la necessità di farsi carico della cura del dolore globale (fisico, psichico e spirituale) della persona morente. Se difendere la vita fisica come fondamento di tutti i beni umani è un dovere del medico e del paziente, bisogna certamente anche affermare il diritto a morire con dignità umana (e per chi crede cristiana) e ciò porta a rifiutare l'accanimento terapeutico là dove non c'è più terapia efficace contro la malattia e il suo progredire.*

C. Bresciani, *Cure palliative, accanimento terapeutico ed eutanasia*, in "Fatebenefratelli", maggio/giugno 2005

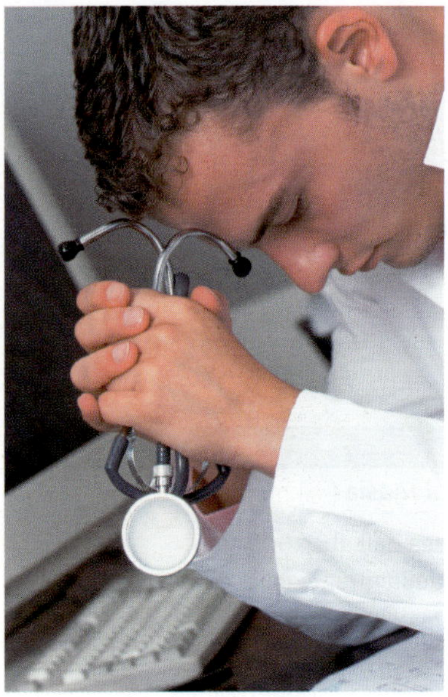

L'introduzione legale dell'eutanasia provocherebbe anche a livello sociale conseguenze inevitabili. Si indebolirebbe l'impegno delle famiglie verso i loro membri gravemente ammalati o ritenuti insopportabili; la ricerca per la lotta al dolore e alla sofferenza propria degli stadi terminali risulterebbe in gran parte demotivata; con maggiore facilità si propenderebbe a sopprimere i neonati affetti da gravi malformazioni.

Ma se è netto il rifiuto dell'eutanasia da parte della Chiesa, altrettanto netto è il ripudio dell'accanimento terapeutico. Pur non essendo facile distinguere riguardo a malati gravi e terminali quando un atto medico si possa trasformare in un'ingiustificata insistenza sul paziente, è però possibile rilevare alcuni criteri oggettivi:

- l'inutilità o l'inefficacia sotto il profilo della terapia;
- la gravosità o la penosità del trattamento per il malato al quale si aggiungono altre sofferenze e umiliazioni;
- l'eccezionalità della terapia.

L'accanimento terapeutico non è rispettoso della persona perché non «serve» il malato, non lo cura, ma lo grava del peso dell'intervento terapeutico, quando non lo riduce a materiale umano per sperimentazioni nuove. In questo caso, il malato ha il diritto di chiedere la sospensione di ogni trattamento. È chiaro che la sospensione dei trattamenti eccezionali non deve significare l'abbandono del paziente.

Il testamento biologico

Il testamento biologico (detto *Living Will* o anche «Testamento di vita», «Testamento vitale», «Carta di autodeterminazione», «Direttive anticipate») è una dichiarazione con la quale una persona esprime la sua volontà sui trattamenti medici nel caso si trovi in stato di incapacità a farlo. In alcuni casi vi è anche allegata la nomina di una persona (un «tutor», un «fiduciario», un «delegato») che prenda le decisioni in situazioni di inabilità temporanea o permanente. È una prassi abbastanza recente e nasce dalla consapevolezza che il progresso della scienza e la prassi medica rischiano, in alcuni casi, di passare dalla terapia all'accanimento terapeutico. La persona rivendica quindi il diritto di decidere sulle terapie e gli interventi medici, manifestando l'intenzione di rifiutare l'accanimento terapeutico e di chiedere che il medico si attenga alle cure ordinarie evitando le terapie straordinarie e sproporzionate alle quali è possibile e anche doveroso rinunciare. Per l'etica medica l'idratazione e l'alimentazione sono ritenute cure normali e sempre dovute all'ammalato anche in condizione di incoscienza e in stato vegetativo, qualora non risultino penose per lui.

Il testamento biologico potrebbe anche essere un modo surrettizio per introdurre l'eutanasia: si domanda che in certe insuperabili condizioni invalidanti si sospenda ogni cura o terapia proporzionata e sproporzionata; in altre parole, si chiede il suicidio assistito e l'eutanasia. Dietro l'esigenza giusta di evitare l'accanimento terapeutico può esserci il messaggio che se non c'è qualità della vita allora è meglio morire.

In conclusione, il testamento biologico è uno strumento utile perché il medico, in piena responsabilità, possa decidere per il meglio nel caso in cui il paziente è impossibilitato a manifestare la sua volontà, ma non può contenere nulla di illegale e immorale. In particolare non può certamente autorizzare il medico a procurargli la morte con un'azione od omissione di prestazione dovuta. Il testamento biologico non può annullare la responsabilità del medico, ma aiutarlo a prendere la migliore decisione.

A. Sciortino, *Ecco il testamento biologico*, in "Famiglia cristiana", 9 luglio 2006

In Italia tale documento non ha valore legale e al momento esiste solo un progetto di legge e un parere del Comitato nazionale di bioetica (2004)

La pena di morte

Il problema della liceità della pena di morte non si è mai posto fino al secolo XVIII e quindi costituisce oggetto di discussione soltanto da un lasso di tempo relativamente breve.

Fino a quel momento, infatti, la pena di morte era considerata come un mezzo per infliggere al criminale il massimo delle sofferenze e in alcuni casi si trasformava in supplizio, con ripetute torture, sevizie e prolungata agonia del condannato. I sostenitori affermavano che tale condanna doveva diventare esemplare e assolvere a una funzione preventiva: un esempio, un deterrente perché, prima di compiere azioni illegali, chiunque fosse consapevole della punizione che lo aspettava e abbandonasse eventuali progetti criminali. Inoltre, tale pena doveva appagare il desiderio di giustizia e di vendetta del sovrano e della legge, più in generale della società, nei confronti di chi l'aveva lesa (**funzione retributiva**).

Un prigioniero nel braccio della morte, 1976, Penitenziario di Reidsville, Georgia.

L'Illuminismo e la nascita del dibattito sulla pena di morte

Influenzato dalle idee umanitarie dell'Illuminismo francese, nel 1764 Cesare Beccaria pubblicò l'opuscolo *Dei delitti e delle pene*: fu l'occasione che avviò la discussione e l'approfondimento del problema in Italia e in Europa. Le idee sostenute dal Beccaria partivano da una concezione della pena come di un correttivo, e in tale prospettiva non poteva trovar posto la legittimazione della pena capitale: la società, attraverso la condanna e le pene sancite, deve cercare di recuperare il colpevole e fare in modo che egli si ravveda, ripari il danno sociale arrecato, per quanto possibile, e torni a reinserirsi nella società come elemento non più negativo, ma utile.

Giuseppe Domenico Grandi, *Statua di Cesare Beccaria*, XIX secolo, Civico Museo del Risorgimento, Milano.

Dopo il periodo napoleonico il movimento abolizionista crebbe notevolmente in tutta Europa e molti Stati abolirono la pena di morte.

In Italia il primo fu il Granducato di Toscana nel 1786; lo Stato Italiano la abolì il 16 marzo 1865. Verso la fine dell'Ottocento venne sottoposto al Parlamento un nuovo *Codice penale*, il codice Zanardelli, che entrò in vigore il 1° gennaio 1890 e nel quale non figurava più la pena di morte. Questa però rimase in vigore tra le sanzioni del *Codice militare*.

Con l'avvento del regime fascista le cose cambiarono: una legge reintrodusse la pena di morte per i reati contro la sicurezza dello Stato (Legge del 25 novembre 1929, n. 2008). Il nuovo *Codice penale* approvato con Regio Decreto il 19 ottobre 1930-VIII, n. 1398 ed entrato in vigore il 1° luglio 1931, annoverava la condanna a morte tra le pene principali, stabiliva inoltre che essa doveva avvenire per fucilazione e che l'esecuzione non fosse pubblica, salvo diversa disposizione del Ministro della Giustizia. Questa situazione continuò fino al termine della Seconda guerra mondiale.

La *Costituzione* della Repubblica italiana esclude la pena di morte (art. 27), con eccezione dei casi previsti dalle leggi militari di guerra. Il 5 ottobre 1994 è stata definitivamente abolita anche dal *Codice penale militare di guerra*, che fino ad allora la manteneva in vigore per reati quali l'alto tradimento.

La pena di morte nel mondo

Nel mondo alcuni Paesi hanno abolito la pena di morte in modo totale, altri la mantengono per particolari crimini in tempo di guerra o sotto legge marziale, altri ancora la mantengono anche per crimini ordinari. I dati riferiscono di «*57 paesi mantenitori attivi della pena di morte, 44 paesi mantenitori passivi o abolizionisti di fatto (la prevedono ma da almeno 10 anni non fanno esecuzioni), 115 i Paesi abolizionisti, 5.523 le esecuzioni effettuate in 25 Paesi nel 2004, 5.000 circa in Cina (il doppio secondo fonti non ufficiali), 197 le condanne eseguite in Iran, 82 in Vietnam, 70 in Corea del Nord e 59 negli Stati Uniti*» (fonte: Comunità Sant'Egidio e Nessuno Tocchi Caino, in "Avvenire", 24 novembre 2005). Le esecuzioni sono uno strumento di repressione per molti regimi dittatoriali e in molti casi sono accompagnate da maltrattamenti, torture, esposizione al pubblico disprezzo. Vi sono anche condanne a morte per motivi religiosi, esecuzioni di minori e di ritardati mentali e situazioni discriminatorie.

> *... perché il 42 per cento dei condannati a morte negli Usa sono neri quando i neri sono solo il 12 per cento della popolazione? Perché per l'82 per cento dei giustiziati il delitto è quello d'aver ucciso un bianco, quando gli uccisi sono bianchi e neri in egual misura? Come funziona la difesa di un povero in un giusto processo, rispetto alla difesa di un ricco? Come si difende un ritardato mentale?*
>
> G. ANZANI, *L'esecuzione di Daryl Atkins è due volte abominevole*, in "Famiglia cristiana", 21 agosto 2005

La riflessione attuale sulla pena di morte

La riflessione, intanto, ha maturato l'idea che la pena di morte non sia un adeguato mezzo per conseguire gli obiettivi che tradizionalmente le si assegnava, come metodo di difesa della società (**legittima difesa**) contro la delinquenza. La legittima difesa previene e impedisce il reato e deve porre i criminali nella situazione di non poter nuocere o di non continuare la loro azione criminosa. La pena di morte è successiva al fatto criminale e per evitare che il colpevole continui a nuocere basta un ordinamento carcerario sicuro, unitamente all'azione preventiva delle forze dell'Ordine Pubblico.

La funzione deterrente, intimidatrice ed esemplare si è rivelata semplicistica, perché pretende di frenare il fenomeno delinquenziale solo mediante il timore di sanzioni gravi.

Inoltre, negli Stati dove la pena è in vigore, i reati non sono diminuiti e in quelli in cui è stata abolita non sono aumentati.

> *Non è necessario che le pene siano crudeli per essere deterrenti. È sufficiente che siano certe. Ciò che costituisce una ragione, anzi la ragione principale*

per non commettere il delitto, non è tanto la severità della pena quanto la certezza di essere in qualche modo puniti.

N. Bobbio, *L'età dei diritti*, Einaudi, Torino 1990

Tiziano, *Caino e Abele*, 1550-53, Galleria dell'Accademia, Venezia.

Intesa come retribuzione (o vendetta) per l'attività delinquenziale commessa, la pena di morte contrasta con il principio della **funzione correttiva** e **riabilitativa** della pena. Nessun valore rieducativo si realizza con la pena di morte, che toglie al condannato la possibilità di emendarsi.

A questo si deve aggiungere il rischio di irreparabili errori giudiziari: anche nel caso dei rei confessi la giustizia potrebbe sbagliarsi.

La posizione cristiana

Qual è il pensiero squisitamente religioso al riguardo? Nella Bibbia troviamo dei casi in cui la condanna a morte viene comminata come pena, ma tutte le culture del tempo ammettevano la pena capitale e ciò era comunemente accettato.

Tuttavia nella Sacra Scrittura dobbiamo rilevare alcuni spunti interessanti. Dopo il primo omicidio, in cui Caino uccide il fratello Abele (cfr. Gen 4, 1-16), Dio chiama l'omicida e lo pone di fronte alle sue responsabilità. Ma: «*Il Signore impose a Caino un segno, perché non lo colpisse chiunque l'avesse incontrato*». E prima ancora Dio afferma: «*Chiunque ucciderà Caino subirà la vendetta sette volte*» (Gen 4, 15). Giovanni Paolo II così commenta questo passo: «*Neppure l'omicida perde la sua dignità personale e Dio stesso se ne fa garante. Ed è proprio qui che si manifesta il paradossale mistero della misericordiosa giustizia di Dio*» (da *Evangelium Vitae*, n. 9).

Quindi il comandamento «Non uccidere» vale anche nei confronti dell'assassino, la cui vita, in quanto vita umana, resta sacra e inviolabile nonostante il crimine di cui si è macchiata.

Nel Vangelo si presenta un caso analogo a Gesù: una donna adultera doveva, secondo la legge, venir lapidata. Gesù la perdona e la salva dalla condanna a morte.

Egli non si pronunzia formalmente se sia giusto o meno condannare alla lapidazione la donna. [...] Ma con il suo silenzio mostra chiaramente che non è d'accordo con coloro che vogliono lapidare la donna. E il motivo è profondo: solo chi è senza peccato può scagliare pietre contro la donna adultera (Gv 8, 7). In tal modo Gesù supera radicalmente il problema della liceità della pena di morte, affermando che ha diritto di infliggerla solo quell'uomo o quella società che è senza peccato, che non ha responsabilità per il fatto che l'uomo a cui la vuole infliggere sia divenuto delinquente.

"Civiltà Cattolica", 132, 1981

Nicolò dei Barbari, *Cristo e l'adultera*, 1516, Museo di Palazzo Venezia, Roma.

Non bisogna poi dimenticare che l'amore evangelico predicato da Gesù supera i confini delle relazioni amichevoli e del merito personale: Cristo dice di amare anche i nemici (cfr. Mt 5, 44; Lc 6, 31-35) e di perdonare loro (cfr. Lc 23, 34).

I primi cristiani praticarono una sorta di rifiuto indiretto, astenendosi dal praticare l'attività di magistrato o di soldato. Sant'Agostino e sant'Ambrogio, pur non mettendo in dubbio la legittimità della pena di morte accettata dalla Chiesa, giudicavano necessaria una drastica riduzione dei casi in cui potesse essere applicata. L'impostazione classica utilizzata dalla teologia per giustificare il diritto di uno Stato a comminare la pena di morte si rifaceva alla dottrina di san Tommaso e si basava sul diritto di legittima difesa: la società ha il diritto di difendersi e di difendere il bene comune dall'illegalità e dagli attacchi criminali, quindi in tale prospettiva legittimamente trova occasione per tutelarsi attraverso la soppressione del colpevole di crimini. Così si diede quasi sempre per scontato che il comminarla rientrasse nei legittimi diritti di uno Stato.

Negli ultimi anni la Chiesa è giunta a ritenere non più lecita la pena di morte.

> *È chiaro che, proprio per conseguire tutte queste finalità* [= fare giustizia di violazioni operate, espiare le colpe, difendere l'ordine pubblico e la sicurezza, offrire possibilità di correzione], *la misura e la qualità della pena devono essere attentamente valutate e decise, e non devono giungere alla misura estrema della soppressione del reo se non in casi di assoluta necessità, quando cioè la difesa della società non fosse possibile altrimenti. Oggi, però, a seguito dell'organizzazione sempre più adeguata dell'istituto penale, questi casi sono ormai molto rari, se non addirittura praticamente inesistenti.*
>
> GIOVANNI PAOLO II, *Evangelium Vitae*, n. 56

Da qui una serie di ricorrenti appelli per «*bandire la pena di morte*» (Giovanni Paolo II, *Messaggio Urbi et Orbi*, 25 dicembre 1998): «*Bisogna porre fine all'inutile ricorso alla pena di morte*» (Giovanni Paolo II, Città del Messico 23 gennaio 1999); «*La società moderna possiede gli strumenti per proteggersi, senza negare ai criminali la possibilità di ravvedersi. Rinnovo l'appello che ho fatto a Natale, affinché si crei un consenso per abolire la pena di morte, che è crudele e inutile*» (Giovanni Paolo II, Saint Louis, Missouri, 27 gennaio 1999).

La vita è un bene indisponibile

- L'uomo riceve la vita, non la inventa;
- la accoglie come dono da custodire e da far crescere, attuando il disegno di Colui che lo ha chiamato alla vita;
- non può manipolarla come fosse sua proprietà esclusiva.

La protezione della vita umana

- La vita va protetta e migliorata, rispettata e amata: ci sono comportamenti a rischio da evitare e prevenire.
- L'uomo può distruggere non solo delle vite umane, ma la vita stessa.

La fecondazione artificiale

- Generare un figlio è un atto allo stesso tempo corporale e spirituale.
- L'embrione è vita umana e merita rispetto.
- Rifiuto di ogni forma di eugenismo.

L'aborto procurato

È l'uccisione di un essere umano innocente e indifeso; è spesso una scelta dolorosa e drammatica; si tratta di rimuovere le cause che portano all'aborto.

La malattia, la sofferenza e la morte

Fanno parte della vita umana e suscitano interrogativi profondi; bisogna lottare contro la sofferenza; bisogna custodire il dono della salute con comportamenti virtuosi e corretti.

L'accanimento terapeutico e l'eutanasia

L'accanimento terapeutico e l'eutanasia vanno rifiutati; tutti devono assicurare solidarietà e aiuto ai malati.

La pena di morte

È cresciuta la sensibilità contro la pena capitale che non risolve i problemi della giustizia, della difesa contro la criminalità e del recupero; anche la vita del criminale merita rispetto.

1 **Completa gli insiemi seguenti con opportuni esempi.**

Modi diretti e drammatici di uccidere:

Modi indiretti, meno evidenti di mancare di rispetto alla vita:

2 **Rifletti a partire dalla Bibbia.**

Che è l'uomo? [...] Quanto al numero dei giorni dell'uomo, cento sono già molti. Come una goccia d'acqua nel mare e un grano di sabbia così questi pochi anni in un giorno dell'eternità.

Sir 18, 8-9

Gli anni della nostra vita sono settanta, ottanta per i più robusti,
ma quasi tutti sono fatica, dolore; passano presto e noi ci dileguiamo.

Sal 90, 10

- Leggi il *Salmo* 90 e il capitolo 18 del *Siracide*. Quali immagini sono utilizzate per descrivere la vita dell'uomo?
- Al lamento per la brevità dell'esistenza umana quali considerazioni seguono e in che modo è rivalutata la vita dell'uomo?
- Con quali espressioni correnti e modi di dire comuni la gente esprime opinioni simili?
- Che cosa pensare della vita dopo aver considerato queste idee?

3 **Leggi il brano seguente e segui la traccia per approfondire il tema.**

L'uomo vive sempre più nella paura. Egli teme che i suoi prodotti, naturalmente non tutti e non nella maggior parte, ma alcuni e proprio quelli che contengono una speciale porzione della sua genialità e della sua iniziativa, possano essere rivolti in modo radicale contro lui stesso; teme che possano diventare mezzi e strumenti di una inimmaginabile autodistruzione, di fronte alla quale tutti i cataclismi e le catastrofi della storia, che noi conosciamo, sembrano impallidire. [...] Lo sviluppo della tecnica e lo sviluppo della civiltà del nostro tempo, che è contrassegnato dal dominio della tecnica stessa, esigono un proporzionale sviluppo della vita morale e dell'etica.

Giovanni Paolo II, *Redemptor hominis*, 4 marzo 1979, n. 15

- Esemplifica quali possono essere le situazioni di una novità drammatica e senza precedenti.
- «Biocidio»: potremmo coniare questa nuova parola per esprimere l'idea che ...
- Anche i mass media presentano talvolta scenari «apocalittici» attraverso delle fiction, frutto di fantasia cinematografica, oppure attraverso immagini reali, che il teleschermo focalizza in maniera perfetta. Quali sentimenti sono più diffusi nel pubblico? Inquietudine, senso di responsabilità, senso di impotenza, sensi di colpa, abitudine, indifferenza, distacco ecc.?
- Che cosa significa «*un proporzionale sviluppo della vita morale*»?

4 **Il seguente brano dell'enciclica *Evangelium vitae* di papa Giovanni Paolo II affronta il tema dell'aborto. Completa le espressioni mancanti così da avere la presentazione della posizione cattolica. Con l'insegnante recupera il testo e confronta le soluzioni.**

L'aborto procurato è l' _______________ *deliberata e diretta, comunque venga attuata, di un essere umano nella fase iniziale della sua esistenza, compresa tra il* _______________ *e la* _______________*. La gravità morale* *dell'aborto ________________ appare in tutta la sua verità se si riconosce che si tratta di un ________________ e, in particolare, se si considerano le circostanze specifiche che lo qualificano. Chi viene soppresso è un ________________ che si affaccia alla vita, ossia quanto di più innocente in assoluto si possa immaginare: mai potrebbe essere considerato un aggressore, meno che mai un ingiusto aggressore! È debole, inerme, al punto di essere privo anche di quella minima forma di difesa che è costituita dalla forza implorante dei gemiti e del pianto del neonato. È totalmente affidato alla ________________ e alle cure di colei che lo porta in grembo. Eppure, talvolta, è proprio lei, la mamma, a deciderne e a chiederne la soppressione e persino a procurarla. È vero che molte volte la scelta abortiva riveste per la madre carattere ________________ e ________________, in quanto la decisione di disfarsi del frutto del concepimento non viene presa per ragioni puramente egoistiche e di comodo, ma perché si vorrebbero salvaguardare alcuni importanti beni, quali la propria ________________ o un livello dignitoso di vita per gli altri membri della famiglia. Talvolta si temono per il nascituro condizioni di esistenza tali da far pensare che per lui sarebbe meglio non nascere. Tuttavia, queste e altre simili ragioni, per quanto gravi e drammatiche, non possono mai giustificare la soppressione ________________ di un essere umano ________________.*

GIOVANNI PAOLO II, *Evangelium vitae*, n. 58

---

5 Precisa a quali situazioni ci si riferisce parlando di:

- FIVET
- madri surrogate
- inseminazione port-mortem
- embrioni soprannumerari

Per ognuno di questi casi esponi le considerazioni necessarie per avviare una valutazione morale.

---

6 Su una rivista era comparsa la lettera di un lettore che chiedeva al card. Ersilio Tonini una sua opinione ed esponeva il seguente caso:

Ha fatto tanto rumore la notizia della donna che a 63 anni ha dato alla luce un bambino. Poiché lo si è fatto nascere utilizzando ovuli di altre, questa madre avrà un figlio di un'altra e perciò non suo.

"Epoca", 31 luglio 1994

La Legge 40 del 19 febbraio 2004 prescrive:

[...] *possono accedere alle tecniche di procreazione medicalmente assistita coppie di maggiorenni di sesso diverso, coniugate o conviventi, in età potenzialmente fertile, entrambi viventi.*

art. 5

Scrivi una possibile risposta al lettore utilizzando in modo opportuno i seguenti spunti:

- una precisazione di quali possibili tecniche e metodiche siano state applicate;
- il concetto di genitori biologici e genitori educanti;
- l'indicazione attuale della legge italiana;
- considerazioni per una valutazione morale (laica o condivisa anche dalla morale cattolica).

---

7 Leggi attentamente la conclusione cui è giunto il Comitato nazionale di bioetica.

Il Comitato è pervenuto unanimemente a riconoscere il dovere morale di trattare l'embrione umano, sin dalla fecondazione, secondo i criteri di rispetto e tutela che si devono adottare nei confronti degli individui umani a cui si attribuisce comunemente la caratteristica di persone.

COMITATO NAZIONALE DI BIOETICA, «*Identità e statuto dell'embrione umano*», testo adottato il 28/06/1996 e reso pubblico il 12/07/1996

- Su quali basi scientifiche si fonda un tale parere?

8 Uomo del mio tempo

Sei ancora quello della pietra e della fionda,
uomo del mio tempo. Eri nella carlinga,
con le ali maligne, le meridiane di morte,[1]
– t'ho visto – dentro i carri di fuoco,[2] *alle forche,*
alle ruote di tortura. T'ho visto: eri tu,
con la tua scienza esatta persuasa allo sterminio,
senza amore, senza Cristo. Hai ucciso ancora,
come sempre, come uccisero i padri, come uccisero
gli animali che ti videro per la prima volta.
E questo sangue odora come nel giorno
quando il fratello disse all'altro fratello:
«Andiamo ai campi»[3]*. E quell'eco fredda, tenace,*
è giunta fino a te, dentro la tua giornata.
Dimenticate, o figli, le nuvole di sangue
salite dalla terra, dimenticate i padri:
le loro tombe affondano nella cenere,
gli uccelli neri,[4] *il vento, coprono il loro cuore.*

S. Quasimodo, *Uomo del mio tempo*, in *Giorno dopo giorno*, Mondadori, Milano 1947

- Ritieni che quella del poeta sia una visione rassegnata e sconsolata?
- Quali sono i due riferimenti marcatamente religiosi e che significato hanno?
- Qual è l'invito finale?

9 Nelle due poesie di Giuseppe Ungaretti l'esperienza della Prima Guerra mondiale fa da sfondo alla percezione della vita umana.

Veglia

Un'intera nottata
buttato vicino
a un compagno
massacrato
con la sua bocca
digrignata
volta al plenilunio
con la congestione
delle sue mani
penetrata
nel mio silenzio
ho scritto
lettere piene d'amore.
Non sono mai stato
tanto
attaccato alla vita.

G. Ungaretti, *L'allegria*, in *Vita di un uomo. Tutte le poesie*, Mondadori, Milano 1970

Sono una creatura

Come questa pietra
del S. Michele[5]
così fredda
così dura
così prosciugata
così refrattaria
così totalmente
disanimata.
Come questa pietra
è il mio pianto
che non si vede.

La morte
si sconta
vivendo.

G. Ungaretti, *L'allegria*, op. cit.

- Come definiresti questa visione dell'esistenza?
- Solo la «difficoltà di vivere», l'impatto con la morte o la non-vita della roccia carsica fanno emergere la preziosità della vita?
- Quale significato può avere la conclusione di entrambe le poesie?

1 Mitragliatrici.
2 I carri armati.
3 Cfr. Gen 4, 1-17: Caino uccide Abele.
4 Simboli di morte e di lutto.
5 Monte nei pressi di Gorizia che durante la Prima Guerra mondiale fu teatro di dure e cruente battaglie; il poeta aveva combattuto in questa zona del Carso.

UNITÀ 15

L'amore umano e la famiglia

Contenuti

- La sessualità: dimensione fondamentale della persona umana
- La sessualità: a che cosa serve?
- Sesso sicuro o vera sessualità?
- Imparare ad amare
- La visione biblica della coppia umana
- Il sacramento del matrimonio e la sua indissolubilità
- L'apertura alla vita e l'educazione dei figli
- Onora il padre e la madre
- Dialogo tra le generazioni nella famiglia

Obiettivi

- Conoscere la posizione cristiana riguardo all'essenzialità della dimensione sessuale nella persona.
- Individuare le ragioni del matrimonio cristiano, il suo valore umano e teologico.
- Essere consapevoli dell'importanza della famiglia a servizio della realizzazione della persona.
- Conoscere i diritti e i doveri della famiglia riguardo alla procreazione e all'educazione dei figli.
- Prendere in esame le ragioni morali riguardo al controllo delle nascite.
- Individuare le caratteristiche e le ragioni che differenziano nuove forme di nuclei familiari.

La sessualità: dimensione fondamentale della persona umana

L'antico mito dell'androgino (da *anér* = «uomo» e *gyné* = «donna»), ripreso anche da Platone nel *Simposio* (189, e), affermava che in origine in un'unica persona erano presenti entrambe le caratterizzazioni sessuali. Poi l'unità primigenia si spezzò; di conseguenza la completezza dell'uomo andò perduta. Il mito, dunque, esprime il valore della complementarità dei due sessi, che continuano a cercarsi per ricostituire l'unità dell'essere primigenio. Ma sarebbe un errore attribuire a tale reciprocità una valenza puramente fisiologica. Infatti la sessualità della persona umana non si riduce assolutamente alla sua dimensione corporea, ma è una dimensione totale che investe profondamente la sua identità.

Tutta la persona ne è coinvolta ed essa influisce su tutta l'identità personale: non esiste una persona asessuata, è una pura astrazione, impossibile in realtà perché ognuno è uomo o donna, e pensa, vive, reagisce, prova sentimenti, progetta il suo futuro ecc. come uomo o come donna. Essere maschio o essere femmina è una questione di natura. E tale differenziazione implica il reciproco completamento tra uomo e donna.

> *La sessualità esercita un'influenza su tutti gli aspetti della persona umana, nell'unità del suo corpo e della sua anima. Essa concerne particolarmente l'affettività, la capacità di amare e di procreare, e, in modo più generale, l'attitudine a intrecciare rapporti di comunione con altri.*
>
> *Catechismo della Chiesa cattolica*, n. 2332, Libreria Editrice Vaticana, Città del Vaticano 1992

Anche sul piano psicologico la virilità e la femminilità presentano differenti caratteristiche. Gli psicologi hanno evidenziato dei processi di differenziazione soprattutto nell'adolescenza. Uomini e donne, siamo dunque diversi, e non è una differenza solo biologica, anche se è difficile tracciare in modo netto i confini e le caratteristiche dei due sessi.

Andrea del Minga, *Creazione di Eva*, XVI secolo, Galleria Palatina, Firenze.

> *La sessualità caratterizza l'uomo e la donna non solo sul piano fisico, ma anche su quello psicologico e spirituale, improntando ogni loro espressione. Essa non può essere ridotta a puro e insignificante dato biologico, ma è una componente fondamentale della personalità, un suo modo di essere, di manifestarsi, di comunicare con gli altri, di sentire, di esprimere e di vivere l'amore umano.*
>
> Congregazione per la Dottrina della Fede, *Maschio e femmina. La gioia della differenza*, n. 8, 31 maggio 2004

È un equivoco identificare e ridurre la sessualità alla genitalità, cioè soltanto all'aspetto corporeo, fisiologico, all'istinto. È importante la dimensione anche fisica dell'amore (carezze, abbracci, contatto, baci, tenerezza, intimità coniugale ecc.), ma la sessualità è molto più della genitalità: è un'energia di relazione che permea tutta la persona. Troppo facilmente si confonde la sessualità con l'attività sessuale e la fisicità del rapporto. L'idea che la sessualità si riduca o sia soprattutto genitalità ingenera degli stereotipi culturali quali l'idea per cui chi non «utilizza» la genitalità sia quasi asessuato. Sono visioni in cui la virilità e la femminilità sono intese in modo riduzionistico e senza tener conto delle varie fasi della vita umana in cui l'identità e la realizzazione sessuale non sono certo determinate dall'attività a livello genitale.

William Blake, *Satana osserva la tenerezza tra Adamo ed Eva*, XVIII-XIX secolo, Museum of Fine Arts, Boston.

La sessualità è fonte di piacere e soddisfazione. Se la si considera solo come genitalità, si ricercherà soltanto il piacere fisico; se si ha un considerazione più ampia, la sessualità potrà essere fonte di maturazione personale, di benessere, di profonda gioia e di equilibrio interiore. Per alcuni è solo un gioco dal quale eliminare complicazioni (ad esempio gravidanze indesiderate o malattie sessualmente trasmissibili) ed evitare ogni impegno di tipo unitivo (nessun profondo coinvolgimento personale perché tutto si deve ridurre all'effimero incontro passeggero). In questo modo di vedere, il sesso può diventare anche merce di consumo (prostituzione, pornografia, pubblicità) e scadere fino a diventare sopraffazione e violenza (stupri, abusi sessuali).

Secondo alcuni:

> *... l'amore dovrebbe essere una reazione emotiva, spontanea, un sentirsi improvvisamente uniti da un sentimento irresistibile.* [...] *Si trascura un fattore fondamentale nell'amore erotico: quello di volere. Amare qualcuno non è solo un forte sentimento, è una scelta, una promessa, un impegno. Se l'amore fosse solo una sensazione, non vi sarebbero i presupposti per un amore duraturo. Una sensazione viene e va.*
>
> E. FROMM, *L'arte di amare*, Il Saggiatore, Milano 1981

La sessualità è la nostra capacità di «voler» bene e non si riduce solo a sentimento ed emozioni. Per questo vanno maturate e approfondite le ragioni dell'amore. E dovremmo chiederci fino a che punto «vogliamo» e non semplicemente «sentiamo» amore. La spontaneità non è automaticamente l'autenticità dell'amore.

Dio, creando le persone, ha voluto la sessualità come uno degli aspetti più nobili della persona tanto che l'ha resa strumento di trasmissione della vita.

Dio ha messo nel cuore dell'uomo una vocazione profonda che è quella di amare. La sessualità caratterizza l'essere

Gustav Klimt, *Amore*, 1895, Historisches Museum der Stadt, Vienna.

La "Gender Theory"

La *Gender Theory*, o Teoria dei generi, è un movimento di pensiero nato in ambiente femminista anglosassone. Il concetto di *gender*, di genere, richiama non tanto l'aspetto biologico della differenza tra uomo e donna, ma piuttosto la costruzione sociale dell'identità e delle caratteristiche maschili e femminili. Secondo la Teoria dei generi ogni persona dovrebbe scegliere a proprio piacimento il suo orientamento sessuale (i generi sarebbero cinque, sette o forse più).

umano come un essere aperto al **dono** e all'**accoglienza**; la sessualità umana è «apertura» agli altri. In quest'unione con una persona distinta e diversa da sé accade il mistero della comunione: l'«io» e il «tu» divengono un «noi».

L'amore è un potere attivo dell'uomo; un potere che annulla le pareti che lo separano dai suoi simili, che gli fa superare il senso d'isolamento e di separazione, e tuttavia gli permette di essere se stesso e di conservare la propria integrità. Sembra un paradosso, ma nell'amore due esseri diventano uno, e tuttavia restano due.

E. FROMM, *L'arte di amare*, Il Saggiatore, Milano 1981

Questa visione della sessualità è una conquista che l'individuo deve raggiungere. Tale obiettivo si persegue attraverso un'educazione e un'autoeducazione sessuali che aiutino la persona a definire la propria identità e a costruirne i valori. Se infatti si nasce o maschio o femmina, tuttavia uomini e donne si diventa attraverso percorsi che non sono soltanto biologici. Né bisogna confondere l'educazione con la semplice conoscenza o con l'informazione e nemmeno la maturità con la possibilità adulta di esercitare la propria sessualità. «Educare» significa passare, insieme alle informazioni, anche i loro significati e le interpretazioni che ne possiamo dare alla luce dei valori. Essi diventeranno poi ragioni di vera conoscenza di sé, di accettazione della propria identità e quindi scelte di comportamento.

La sessualità appare come una dimensione fondamentale, un dato di partenza (essere uomo, essere donna), ma non è statica: è dinamica. Essa si costruisce insieme con la persona e, nel contempo, costruisce la persona attraverso dinamismi di tipo biologico (le proprie caratteristiche fisiche, i ritmi del proprio corpo), psicologico (le pulsioni, le relazioni), sociale (la cultura, la società, il ruolo sessuale in una determinata cultura), etico (i valori personali e le scelte proprie e di altri) e anche spirituale (il riconoscimento del senso divino a essa intrinseco). In questo senso la sessualità umana è strettamente correlata al progetto personale di ognuno.

La sessualità: a che cosa serve?

La prima finalità che la sessualità realizza è quella unitiva. Il messaggio biblico esprime questo concetto dicendo: «*i due saranno una sola carne*» (Gen 2, 24). Fin dal piano fisico, essa è dialogo e comunicazione, attrazione, pulsione, gioia, fusione, piacere, intensità profonda, complicità, apertura. L'unione cui tende nel matrimonio coinvolge tutta la sfera dell'esistenza: è unione di corpi, ma soprattutto è unione di sentimenti, intenzioni, affetti, mondi interiori, speranze, progetti per il futuro ed esperienze passate. Anzi, la gioiosa condivisione dei propri corpi è il momento più alto di un totale scambio e di un'intensa donazione che ha già coinvolto tutta la vita dei due coniugi. Al riguardo, l'insegnamento della Chiesa parla di «*significato unitivo*».

Quest'unione totale, profonda, gioiosa, costruisce l'amore umano e lo caratterizza all'insegna della **fedeltà**. La nota fondamentale di tutto questo non è tanto l'atto in sé, quanto la modalità e l'atteggiamento interiore. Il piacere funziona da forte spinta a uscire da se stessi e a unirsi a un'altra persona. A parte le manifestazioni dell'autoerotismo, la sessualità matura è fatta per un rapporto interpersonale. Infatti, certi comportamenti sessuali solitari creano un isolamento affettivo, non aiutano la maturazione e l'equilibrio interiore. Sono negativi soprattutto se diventano abitudinari e prolungati nel tempo perché allora diventano sintomo di immaturità psicologica, di un'incapacità ad affrontare esperienze sessuali più mature e più complete. La persona umana non vive il sesso in modo solamente fisiologico e istintivo, ma lo può trasfigurare in eros, segno del sentimento di bellezza e di tenerezza e, soprattutto, lo può condurre a un amore che è donazione e **comunione totale**. Un rapporto d'amore è fatto di rispetto, di ascolto, di attenzione reciproca, di tenerezza e capacità di comunicazione fino alla dimensione del dono.

Giovanni Segantini, *L'amore alla fonte della vita*, particolare, 1896, Museo dell'Ottocento, Villa Belgiojoso Bonaparte, Milano.

Nell'unità dei due, l'uomo e la donna sono chiamati sin dall'inizio non solo a esistere «uno accanto all'altra» oppure «insieme», ma sono anche chiamati a esistere reciprocamente «l'uno per l'altro».

CONGREGRAZIONE PER LA DOTTRINA DELLA FEDE, *Maschio e femmina. La gioia della differenza*, n. 6, 31 maggio 2004

Con la sessualità, mentre si dà la propria vita a qualcuno che amiamo, si può dare vita a qualcun altro da amare. La sessualità ha una **funzione riproduttiva**. La fecondità è il suo fine biologico e, dal punto di vista fisico, il sesso è uno strumento finalizzato alla riproduzione. Oggi, con la contraccezione, si cerca di cancellare questa valenza fondamentale della sessualità, senza accogliere totalmente l'altra persona e aprirsi al dono di una nuova vita. La funzione riproduttiva va oltre la fisicità e non è solo istinto di conservazione della specie: è dono e accoglienza di una vita nuova, e la differenza sessuale non solo è la condizione biologica indispensabile per il concepimento, ma è anche il contesto familiare adatto per una crescita ed educazione armoniosa.

La sessualità ha anche una **valenza sacra**: c'è il senso del mistero che accompagna ogni forte esperienza emotiva. La Bibbia insegna che la sessualità è forza di vita (procreazione) e di comunione profonda (unione dei coniugi) perché è riflesso del mistero di Dio. Per mezzo della differenza sessuale, l'uomo e la donna partecipano alla creazione perché possono donare la vita e nella loro totale e profonda unione rivelano in un certo modo l'intimità stessa di Dio che è amore, comunione, bellezza e ricchezza di vita. Anche chi non crede può cogliere il valore spirituale della sessualità.

Antonio Canova, *Amore e Psiche*, studio in terracotta, 1787 circa, Gipsoteca Canoviana, Possagno.

La dimensione spirituale condisce di poesia la sessualità e la trasporta a un più alto livello. Nell'esperienza dell'amore c'è qualcosa che va al di là delle nostre sensazio-

ni e dei nostri pensieri: qualcosa di misterioso, di meraviglioso, di mistico. Termini come «estasi..., ti adoro», usati nella relazione sessuale, introducono al mondo del sacro, a un'esperienza quasi religiosa. Il sentimento dell'amore ha ispirato in ogni tempo e in ogni luogo le forme più alte della poesia, sia per la felicità dell'amore ricambiato sia per la disperazione dell'amore non corrisposto.

O. LOSANA, *Sesso senza amore*, in "Dimensioni Nuove", agosto-settembre 2003

La castità

La castità è la virtù che consente alla persona l'acquisizione del dominio di sé affinché all'esercizio della sessualità nel matrimonio non venga tolta la trasparenza del gesto d'incontro tra l'uomo e la donna; quindi è una padronanza dei propri pensieri, dei propri impulsi, delle proprie azioni ordinata al dono di sé nell'amore vero e oblativo. La castità è la virtù che garantisce da atteggiamenti finalizzati solo al proprio ed esclusivo piacere, da comportamenti egoistici che segnalano una chiusura su di sé. Contraddicono alla castità la pornografia, l'unione tra uomo e donna al di fuori del matrimonio, la masturbazione, la prostituzione, lo stupro, l'incesto, i comportamenti omosessuali.

La Bibbia, pur non entrando nel merito di specifici comportamenti, esalta la castità contro ogni azione illecita ed egoistica della sessualità. Questa virtù, che parte dal cuore e richiede l'autodominio del pensiero (cfr. Mt 5, 27; Mc 7, 20 ss.), si esplicita attraverso diverse forme. Innanzitutto tutti i cristiani sono chiamati a una vita casta come sollecita Paolo: «*Quanto alla fornicazione e a ogni specie di impurità o cupidigia, neppure se ne parli tra voi, come si addice a santi*» (Ef 5, 3; cfr. anche 1Ts 4, 3-6; Gal 5, 19-21). Paolo ricorda che anche il corpo ha una sua dignità e merita rispetto in quanto dimora dello Spirito Santo (cfr. 1Cor 6, 12-20).

La purezza di cuore di cui parla la sesta beatitudine (cfr. Mt 5, 8) è condizione preliminare per percepire il nostro corpo e quello degli altri come una manifestazione della bellezza divina.

Vi è poi la scelta della castità di coloro che si consacrano nel celibato e nella verginità; tale scelta risponde a una vocazione particolare e manifesta come l'amore umano raggiunga il vertice massimo nell'amore totale verso Dio (cfr. Mt 19, 11-12).

Vi è la castità cui sono chiamati i giovani nel fidanzamento, che è una continenza che li aiuta a crescere nel reciproco rispetto e nella fedeltà.

Si parla anche di «castità coniugale»: «*è necessario che il rapporto sessuale, all'interno del matrimonio, abbia questa "castità", per cui in esso è presente soltanto l'altro o l'altra,*

La Castità tra la Lussuria e la Vanità,
Castello di Masnago, Varese.

e non è invece la "cosa" di cui ho bisogno, la "cosa" che cerco.» (G. Angelini, *Sessualità, rapporti interumani e cultura*, in *Atti del seminario di studio dell'Ufficio famiglia di A. C.*, Editrice A.V.E., Roma 1981).

La castità è quindi vista come la realizzazione di un rapporto di coppia che, senza rinunciare alle legittime espressioni della sessualità, non faccia tuttavia del gesto sessuale qualcosa di assoluto, ma qualcosa di integrato all'interno di tutte le espressioni della vita matrimoniale. In questa prospettiva, la castità coniugale non si identifica più con la continenza (senza tuttavia escluderla in circostanze e situazioni particolari), ma diventa condizione perché il gesto sessuale sia momento di realizzazione e arricchimento per i coniugi.

Essa consente che l'amore venga maggiormente apprezzato come dono reciproco e condivisione di vita, così che la stessa unione dei corpi non sia ricercata per se stessa, ma divenga espressione di una comunione più profonda di animi: essa è indice di rinnovata attenzione alla qualità e all'autenticità del rapporto di coppia.

DOCUMENTI

Quando è il momento di farlo?

Le espressioni più frequenti dicono: «Quando sono matura», «Quando mi sento pronto», «Quando c'è l'amore», o altre simili, tutte giustificate da una scelta soggettiva che fa i conti solo con la decisione personale dell'interessato. Ma può essere sufficiente una scelta personale? Davvero l'età non conta nulla? Se un bambino di 11 anni si sente pronto, è autorizzato a svolgere un'attività sessuale? Perché allora la natura ha fatto in modo che gli organi sessuali e la capacità di adoperarli maturino solo a una certa età e non prima? Perché esiste una legge che considera punibili gli atti sessuali svolti sui minori di 14 anni? A me pare abbastanza chiaro che la scelta personale non è un criterio sufficiente per rendere valida una relazione sessuale [...].

Se il criterio fondamentale che rende valida un'esperienza sessuale è un sufficiente livello di maturità, si può provare a misurare la maturazione della persona. La maturità fisica si può misurare, come tutti i parametri biologici [...]. Ma lo sviluppo fisico non è un criterio sufficiente; l'attività sessuale non è un atto soltanto materiale, ma coinvolge anche il livello affettivo e quello psicologico. È possibile misurare la maturità globale della persona? Il dato temporale, i famosi 18 anni, ha qualche significato? So bene quanto sia difficile trovare dei criteri utili a obiettivare il livello di maturità, anche perché una completa maturità forse non si raggiunge mai. Tuttavia penso che sia possibile individuare qualche parametro su cui misurare la validità di un rapporto, e in particolare di un rapporto sessuale.

Un primo criterio potrebbe essere la sincerità. Se un rapporto non è sincero, se uno o l'altro o tutti e due cercano di ingannare, il rapporto non è valido. Molte volte invece nei rapporti giovanili si cerca di truffare un po': di farsi più belli, più esperti, più grandi e così via.

Un secondo criterio potrebbe essere il disinteresse. Se nella relazione c'è chi cerca in primo luogo la propria soddisfazione e quindi c'è che ci guadagna, e chi ci rimette, il rapporto non è valido. Per esserlo deve essere paritario.

Un terzo e fondamentale criterio è la responsabilità che vuol dire la capacità di farsi carico delle conseguenze delle proprie azioni. Le conseguenze di una relazione sessuale possono essere, per esempio, il coinvolgimento dell'altro: può succedere che quello che sembrava quasi un gioco diventi invece una cosa molto seria. Le conseguenze possono riguardare il coinvolgimento dei parenti e degli amici: che ne dicono i genitori? Siamo disposti a rispondere delle nostre azioni o cerchiamo di fare tutto di nascosto? La conseguenza di una relazione sessuale può essere la nascita di un figlio e se vogliamo essere responsabili fino in fondo dobbiamo mettere in bilancio anche questa eventualità.

È possibile realizzare una relazione sincera, disinteressata e responsabile, se non fra due persone che hanno deciso di giocarsi la vita insieme, nella buona e nella cattiva sorte, nella salute e nella malattia, cioè in una situazione di coppia stabile?

O. Losana, *Il momento di amare*, in "Dimensioni nuove", maggio 2002

Attività

È tempo di parlarne, ma con chi?

- Questa domanda è stata fatta a un campione di giovani delle medie inferiori e superiori. Analizza i dati e fai le tue considerazioni.

Medie inferiori		Medie superiori
50,2%	Amici	47,2%
46,1%	Genitori	35,3%
17,9%	Libri e riviste medico-scientifiche	23,9%
30,7%	Insegnanti	19,4%
13,00%	Materiale erotico-pornografico	15,6%
7,7%	Fratelli/sorelle	8,6%
2,9%	Medico generico	4,2%
4,1%	Medico specialista	2,5%
1,0%	Consultorio	2,2%
6,5%	Altro	6,4%

Fonte Eurispes, in "Famiglia cristiana", 3 febbraio 2002; anche in A. Losana, *Il momento di amare*, in "Dimensioni Nuove", maggio 2002.

- Ti pare che questi dati corrispondano alla situazione reale?
- Quando si parla di sesso, che cosa si ricerca? (ad esempio informazioni sulla contraccezione, fare "sesso sicuro" ecc.).
- È sufficiente avere delle informazioni mediche sul sesso?
- Con chi preferiresti parlarne?
- Che rapporto c'è, secondo te, tra informazione ed educazione?

Francois Gérard, *Amore e Psiche*, 1798, Museo del Louvre, Parigi.

Sesso sicuro o vera sessualità?

Nella sessualità non c'è soltanto il piacere venereo: ci sono anche l'autocompiacimento di sentirsi adulto, l'attrattiva estetica, il gusto della trasgressione, la soddisfazione della conquista, l'esibizione di fronte ai coetanei ecc. Tutto questo può diventare egoismo e volontà di asservire l'altro a un proprio tornaconto. Anche i rapporti sessuali prematuri possono essere frutto di queste scelte, oppure di coinvolgimento emotivo, una forma di reazione, un modo per affermare la propria autonomia e identità, un'esperienza per conoscere. Ma, al di fuori del matrimonio, non è un sincero segno di completa donazione all'altra persona.

Senza piacere non si può vivere, ma quando il piacere diventa l'unico scopo della vita allora si cade nell'immaturità e si blocca un autentico sviluppo umano; anzi si regredisce. Il piacere sessuale, che Dio ha unito all'incontro tra uomo e donna, non è male; è moralmente sbagliato quando è ricercato per se stesso, al di fuori delle finalità di unione tra i coniugi e della procreazione.

Una certa mentalità corrente presenta un mondo fittizio con amori improvvisi e irresistibili e con un romanticismo falsato. Questo può portare ad assuefazione, noia, superficialità, aridità interiore, solitudine, fino alla volgarità.
Vi è poi la degenerazione della pornografia e la ricerca di compensazioni sessuali at-

DOCUMENTI

Eros, corpo e amore umano

Tra l'amore e il Divino esiste una qualche relazione: l'amore promette infinità, eternità – una realtà più grande e totalmente altra rispetto alla quotidianità del nostro esistere. Ma al contempo è apparso che la via per tale traguardo non sta semplicemente nel lasciarsi sopraffare dall'istinto. Sono necessarie purificazioni e maturazioni, che passano anche attraverso la strada della rinuncia. Questo non è rifiuto dell'eros, non è il suo «avvelenamento», ma la sua guarigione in vista della sua vera grandezza.
Ciò dipende innanzitutto dalla costituzione dell'essere umano, che è composto di corpo e di anima. L'uomo diventa veramente se stesso, quando corpo e anima si ritrovano in intima unità; la sfida dell'eros può dirsi veramente superata, quando questa unificazione è riuscita. Se l'uomo ambisce di essere solamente spirito e vuol rifiutare la carne come una eredità soltanto animalesca, allora spirito e corpo perdono la loro dignità. E se, d'altra parte, egli rinnega lo spirito e quindi considera la materia, il corpo, come realtà esclusiva, perde ugualmente la sua grandezza. L'epicureo Gassendi, scherzando, si rivolgeva a Cartesio col saluto: «O Anima!». E Cartesio replicava dicendo: «O Carne!». Ma non sono né lo spirito né il corpo da soli ad amare: è l'uomo, la persona, che ama come creatura unitaria, di cui fanno parte corpo e anima. Solo quando ambedue si fondono veramente in unità, l'uomo diventa pienamente se stesso. Solo in questo modo l'amore – l'eros – può maturare fino alla sua vera grandezza.
[...] *il modo di esaltare il corpo, a cui noi oggi assistiamo, è ingannevole. L'eros degradato a puro «sesso» diventa merce, una semplice «cosa» che si può comprare e vendere, anzi, l'uomo stesso diventa merce.*
[...] *egli ora considera il corpo e la sessualità come la parte soltanto materiale di sé da adoperare e sfruttare con calcolo. Una parte, peraltro, che egli non vede come un ambito della sua libertà, bensì come un qualcosa che, a modo suo, tenta di rendere insieme piacevole ed innocuo.* [...]
l'eros vuole sollevarci «in estasi» verso il Divino, condurci al di là di noi stessi, ma proprio per questo richiede un cammino di ascesa, di rinunce, di purificazioni e di guarigioni.

Benedetto XVI, *Deus caritas est*, n. 5, 25 dicembre 2005

Anna Lea Merritt, *Eva nel giardino dell'Eden*, 1885.

traverso le hot line, i sex-shop, la pratica di incontri occasionali ecc. Tutto questo è pericoloso innanzitutto perché inganna, falsa la realtà e si concentra solo sull'aspetto fisico; illude che la gioia profonda dell'amore dipenda dalla bellezza attrattiva dei corpi e dalla prestazione fisica; infine, spinge a riprodurre tali comportamenti con il risultato di esperienze insoddisfacenti e un giudizio falso di sé se non si eguagliano tali performance; crea situazioni deludenti che rovinano un armonico sviluppo della persona, e decade fino a situazioni di oscenità, mancanza di rispetto, costrizione e sottomissione dell'altro, se non addirittura violenza psicologica e fisica.

Per alcuni il problema della sessualità è fare «sesso sicuro», cioè conoscere le precauzioni utili per evitare una gravidanza indesiderata o per non contagiarsi con qualche malattia sessualmente trasmissibile. Ma la sessualità non può essere separata dalla sua componente affettiva finalizzata a costruire una relazione di qualità con l'altra persona. Quindi è necessario conoscere e valutare tutte le dimensioni e i significati della sessualità.

Imparare ad amare

Gesù reinterpreta il sesto comandamento.

> *Avete inteso che fu detto: Non commettere adulterio; ma io vi dico: chiunque guarda una donna per desiderarla, ha già commesso adulterio con lei nel suo cuore.*
>
> Mt 5, 27-28

In effetti, il sesto comandamento recita: «Non commettere adulterio» (Es 20, 14), cioè non rovinare, non tradire il tuo matrimonio. Certi atteggiamenti e comportamenti sessuali sono negativi, non aiutano a maturare un'autentica capacità di amare in modo disinteressato, autentico e duraturo, come è richiesto nel matrimonio e anche in altre scelte adulte di vita.

Lorenzo Lotto, *Susanna e i vecchioni*, 1517, Galleria degli Uffizi, Firenze.

Poiché il sesto comandamento riguarda tutta la sfera della sessualità, è stato formulato come «Non commettere atti impuri».

Il nono comandamento, «Non desiderare la donna d'altri», completa il sesto, va alla radice del male: proibisce il desiderio cattivo, che scatena l'istinto e quindi spinge all'azione malvagia.

Già il libro del *Siracide* invitava a controllare le passioni:

> *Non seguire le passioni;*
> *poni un freno ai tuoi desideri.*
>
> Sir 18, 30

Questo è ancor più vero per quel che riguarda la sessualità.

> *Dal di dentro infatti, cioè dal cuore degli uomini, escono le intenzioni cattive: fornicazio-*

Lucas Cranach il Vecchio, *Il vecchio e la cortigiana*, XV-XVI secolo, Galleria Borghese, Roma.

ni, [...] adultèri, [...] impudicizia, [...]. Tutte queste cose cattive vengono fuori dal di dentro e contaminano l'uomo.

Mc 7, 21-23

Certamente non è facile dominare le passioni e le emozioni; più difficile lo è da adolescenti, nella fase della crescita, quindi si chiede alla persona di educarsi al rapporto con le persone e le cose. Un neurofisiologo diceva che «*l'organo sessuale principale dell'uomo è il cervello*» e si riferiva alla corteccia cerebrale, quella struttura caratteristicamente sviluppata nella specie umana che è il presupposto della ragione e quindi della volontà e della libertà.

I comandamenti chiedono di utilizzare bene la libertà e la volontà, sapendo che in gioco c'è la propria maturità personale e la propria capacità di voler bene.

Il sesto comandamento, «Non commettere atti impuri», alla luce del progetto di Dio e nella prospettiva della sua chiamata all'amore e alla comunione, afferma l'autentico valore della sessualità, tutela la fedeltà coniugale ed educa alla ca-

DOCUMENTI

Non adulterare il vero amore

Torniamo dunque al comandamento biblico, «Non commettere adulterio», nell'interpretazione che Gesù ne dà. Esso significa che la norma del comportamento tra uomo e donna è il matrimonio; e cioè la dedizione personale e reciproca, che, espressa ed attuata in forma eminente nel rapporto sessuale, pure è inverata dalla fedeltà all'aiuto reciproco in tutta la vita comune. «Adulterio», sotto tale profilo, è ogni realizzazione del desiderio sessuale che strappi il rapporto «erotico» al rapporto «etico», alla legge della reciprocità e dell'amore; ogni realizzazione che faccia dell'altra persona – ma ormai non sarebbe più «persona», quanto simulacro della propria fantasia – lo strumento del piacere proprio. «Adulterio» in tal senso potrebbe divenire anche il rapporto sessuale con la persona che pure è legittimo coniuge.
Lo diverrebbe appunto quando il comportamento perdesse trasparenza simbolica, non riuscisse più a esprimere e alimentare la fedeltà reciproca che si vive, e comunque si vuole vivere, in ogni altro momento della vita; ma si configurasse come semplice soddisfazione di un bisogno, di un bisogno cieco che nulla sa dell'altra persona, che quindi diviene necessariamente violento e prepotente nei confronti di essa.
Che il gesto sessuale abbia la trasparenza di un atto di amore e di donazione, e non l'opacità di un comportamento istintuale, non dipende ovviamente soltanto o anche solo soprattutto dalle intenzioni attuali che presiedono immediatamente al comportamento; ma dipendono per molta parte da disposizioni abituali. Sia disposizioni attinenti alla qualità del rapporto reciproco, che – più a monte – disposizioni attinenti alla strutturazione psicologica precoce dell'inclinazione sessuale.
Si comprende allora, in quest'ottica, come l'etica matrimoniale possa comandare un'etica del comportamento sessuale anche al di fuori del matrimonio, e antecedentemente al matrimonio. È su questa prospettiva in particolare che si deve instaurare tutto il discorso sulla morale sessuale che riguarda i cosiddetti comportamenti solitari, che solo apparentemente non hanno a che fare con l'esperienza della coppia.

G. Angelini, Il matrimonio: significato umano della sessualità, in Atti del seminario di studio dell'Ufficio famiglia di A.C., Editrice A.V.E., Roma 1982

Lorenzo Lotto, *Messer Marsilio e la sua sposa*, 1523, Museo del Prado, Madrid.

stità in ogni stato di vita. Proibisce di conseguenza quanto la offende e non la rispetta nel comportamento personale e di coppia: masturbazione, atti di omosessualità, fornicazione, prostituzione, stupro, incesto, contraccezione, adulterio, divorzio, poligamia, libere unioni, ogni attuazione della sessualità genitale fuori del matrimonio. [...] *Il nono comandamento, «Non desiderare la donna d'altri», promuove la purificazione del cuore. Proibisce tutti i desideri che si riferiscono alla sessualità genitale fuori del matrimonio. Esige la salvaguardia del pudore, contro la permissività dei costumi e la pornografia.*

CEI, *La verità vi farà liberi*, Libreria Editrice Vaticana, Città del Vaticano 1995

Gesù aveva detto: «*Beati i puri di cuore*» (Mt 5, 8). Il «*puro di cuore*» è colui che vede e vive tutta la realtà come la vede Dio. La castità è una delle espressioni della purezza di cuore e richiede di imparare il dominio di sé, il controllo delle pulsioni. La castità libera da quelle visioni deformanti e da quei comportamenti che svuotano la sessualità delle sue potenzialità e la riducono a luogo di piacere fisico. La castità costruisce una persona capace di donarsi, di amare in modo disinteressato e totale, perché...

... solo l'amore disinteressato è un sentimento maturo, completo.

E. FROMM, *L'arte di amare*, Il Saggiatore, Milano 1981

L'amore è un'arte

È l'amore un'arte? Allora richiede sforzo e saggezza. Oppure l'amore è una piacevole sensazione, qualcosa in cui imbattersi, è questione di fortuna? [...] *La gente non pensa che l'amore non conti. Anzi, ne ha bisogno; corre a vedere serie interminabili di film d'amore, felice o infelice, ascolta canzoni d'amore; eppure nessuno crede che ci sia qualcosa da imparare in materia d'amore.*
Questo atteggiamento si basa su parecchie premesse: la maggior parte della gente ritiene che amore significhi «essere amati», anziché amare; di conseguenza, per loro il problema è come farsi amare, come rendersi amabili, e per raggiungere questo scopo seguono parecchie strade.
Una, preferita soprattutto dagli uomini, consiste nell'avere successo, nell'essere ricchi e potenti quanto lo possa permettere il livello della loro posizione sociale. Un'altra, seguita particolarmente dalle donne, è di rendersi attraenti, coltivando la bellezza, il modo di vestire ecc. Una terza via, seguita da uomini e donne, è di acquisire modi affabili, di tenere conversazioni interessanti, di essere utili, modesti, inoffensivi. [...]
Una seconda premessa per sostenere la teoria che nulla v'è da imparare in materia d'amore, è la supposizione che il problema dell'amore sia il problema di un oggetto, e non il problema di una facoltà. La gente ritiene che amare sia semplice, ma che trovare il vero soggetto da amare, o dal quale essere amati, sia difficile. [...]
In una civiltà in cui prevalgono gli orientamenti commerciali e in cui il successo materiale è il valore predominante, c'è poco da sorprendersi se i rapporti d'amore seguono lo stesso modello di «scambio» che regola la vita pratica.
Il terzo errore che porta alla convinzione che non vi sia nulla da imparare in materia d'amore è la confusione tra l'esperienza iniziale d'innamorarsi e lo stato permanente di essere innamorati. [...] *scambiano l'intensità dell'infatuazione, il folle amore che li lega, per la prova dell'intensità del loro sentimento* [...].
Il primo passo è di convincersi che l'amore è un'arte così come la vita è un'arte: se vogliamo sapere come amare dobbiamo procedere allo stesso modo come se volessimo imparare qualsiasi altra arte, come la musica, la pittura, oppure la medicina o l'ingegneria.

E. FROMM, *L'arte d'amare*, Il Saggiatore, Milano 1981

Antonio Canova, *Il bacio tra Amore e Psiche*, particolare, 1787-93, Museo del Louvre, Parigi.

La visione biblica della coppia umana

Nel primo racconto della creazione si legge:

> *Dio creò l'uomo a sua immagine; a immagine di Dio lo creò;*
> *maschio e femmina li creò.*
>
> Gen 1, 27

Uomo e donna, entrambi, sono dunque immagine di Dio. Qui è affermata l'uguale dignità dei due sessi: tutto quello che si può rilevare di differente tra il maschio e la femmina non riguarda il valore fondamentale della persona agli occhi di Dio, poiché tutti e due sono voluti da Dio stesso e tra loro non c'è subordinazione.

Alcuni teologi si sono chiesti se questi versetti vogliano insegnare che non solo l'uomo e la donna in sé, ma la coppia nella sua unità è immagine di Dio.

In questa prospettiva, l'amore sessuale umano aiuta a comprendere Dio.

Il racconto di Gen 2 parla della creazione della donna dalla costola di Adamo. Un'immagine che vuole esprimere di nuovo la pari dignità, l'uguaglianza tra uomo e donna in quanto:

> *Essa è carne dalla mia carne e osso dalle mie ossa. La si chiamerà donna* [*ishà* = propriamente «uoma»] *perché dall'uomo* [*ish*] *è stata tolta.*
>
> Gen 2, 23

Proprio all'inizio del brano Dio dice che: «*non è bene che l'uomo sia solo: gli voglio fare un aiuto che gli sia simile*» (Gen 2, 18). Di nuovo vengono sottolineate l'unità e l'uguaglianza nella distinzione. La grandezza di questa unione di coppia si manifesta nel fatto che è feconda in quanto genera figli e domina, gestisce, amministra il mondo creato.

L'amore umano viene celebrato in un altro testo dell'Antico Testamento, il *Cantico dei Cantici*, che è l'esaltazione dell'amore di due giovani che esprimono la loro passione con semplicità, naturalezza, calore e intimità.

Nulla può infrangere l'amore autentico che è come un fuoco divino; neppure la morte o le acque del caos primordiale, segno del nulla, dell'anti-creazione, della morte stessa, possono distruggerlo. Nello stesso tempo, neppure le ricchezze

Lucas Cranach il Vecchio, *Il Paradiso*, XV-XVI secolo, Kunsthistorisches Museum, Vienna.

possono creare questo amore perché esso è infinito, impagabile, gratuito. Il *Cantico* è, dunque, un invito a rallegrarsi per lo splendore dei doni di Dio e, in particolare, per l'amore umano.

Ma il simbolismo nuziale, sulla scia di un procedimento seguito dai Profeti (cfr. Os 2; Ger 2, 2; 3, 1 ss.; Ez 16; Is 54; 62, 1-5), diventa immagine del rapporto tra JHWH e il suo popolo. Israele è paragonato alla moglie e Dio al marito; questo perché il quadro culturale del tempo vedeva il marito come colui che dava pienezza alla moglie e la moglie era colei che si realizzava mediante il marito. Si istituisce qui un'importante analogia che pone in relazione simbolica la fedeltà coniugale con la fedeltà di Dio, l'amore gratuito della coppia con la misericordia divina e le nozze stesse con l'impegno di Dio a salvare il suo popolo.

Anche per indicare l'infedeltà del popolo ai comandi di Dio vengono utilizzati paragoni dalla vita di coppia (cfr. ad esempio Os 1, 2-8; 2, 4-25; 3).

Lucas Cranach il Vecchio, *Adamo ed Eva*, 1526, Courtauld Institute Galleries, Londra.

Nella *Lettera agli Efesini* di Paolo (5, 21-33) avviene un chiarimento ulteriore e dalla similitudine tra l'amore umano e Dio si traggono anche conseguenze sul piano dei rapporti tra marito e moglie. In questo caso non è più il rapporto uomo-donna a diventare immagine dell'amore di Dio, ma è l'amore tra Cristo e la Chiesa, la sua offerta totale in croce, a configurarsi come il modello supremo di ogni rapporto di coppia. In questa analogia si fonda la stessa indissolubilità del matrimonio che non è più un semplice contratto umano, ma è segno (sacramento) della definitiva donazione di Cristo per l'umanità e dell'amore con cui Egli ama gli uomini.
È come se Paolo dicesse: voi mariti non potete più ripudiare vostra moglie proprio perché Dio non ripudia l'umanità, anche se peccatrice.

Nell'*Apocalisse* il compimento pieno della redenzione dell'umanità è presentato nei toni festosi e sontuosi delle nozze dell'Agnello con la Gerusalemme celeste (cfr. Ap 19, 7; 21, 2): il destino dell'umanità è quello di un'unione piena e completa nell'amore con Dio, come in un matrimonio eterno.

Il sacramento del matrimonio e la sua indissolubilità

Il matrimonio è una realtà naturale, presente in tutte le culture, con una valenza sociale e comunitaria. Infatti presso tutti i popoli esistono riti civili o religiosi che esprimono il significato e il valore comunitario di questo avvenimento.

Nel cristianesimo delle origini non ci si sposava in chiesa, ma i cristiani, secondo l'uso e le tradizioni dell'epoca e del luogo, celebravano il matrimonio in casa, davanti al capo famiglia. Questa consuetudine esprimeva bene la naturalità dell'evento. Il fidanzato, vestito a festa, con amici e parenti, si recava alla casa della sposa per prenderla in consegna dal padre e introdurla nella nuova casa. Accompagnata dalle amiche e ricoperta di un velo, la sposa faceva il suo ingresso nella camera nuziale. Diverse preghiere dovevano accompagnare questi riti e in particolare quella del padre dello sposo al banchetto nuziale. Per i primi tre secoli la Chiesa non ha dunque conosciuto un proprio rituale matrimoniale, conservan-

Paolo Caliari detto il Veronese, *Le nozze di Cana*, 1526-63, particolare, Museo del Louvre, Parigi.

do alla celebrazione il tipico carattere familiare, anche se i primi documenti segnalano la presenza del ministro di culto al momento della benedizione nuziale, in sostituzione del *pater familias*.

Dal IV secolo in poi viene introdotta l'abitudine di assistere alla messa dopo avere contratto le nozze, celebrate sempre in casa. Si incomincia a sottolineare l'importanza della manifestazione del libero consenso matrimoniale e, a salvaguardia della libertà degli sposi, si mette in discussione il fidanzamento precoce. I riti dello scambio degli anelli e della congiunzione delle mani come simbolo di fedeltà reciproca passano nel rituale matrimoniale. Si mantengono anche elementi come la *velatio* (l'uso di ricoprire la donna con un velo) e l'antico rito dell'introduzione della sposa nella nuova casa. La benedizione paterna passa al sacerdote e si celebra nel luogo dove la comunità si riunisce per pregare.

Dalle invasioni barbariche in poi il matrimonio viene celebrato in chiesa, davanti al rappresentante della comunità cristiana e in maniera pubblica; questo era dettato da alcune preoccupazioni tra le quali quella di tutelare i diritti della donna, che secondo l'uso barbarico era un semplice oggetto di compravendita, e di garantirne il libero consenso.

Nel secolo XVI la Riforma protestante negò il valore sacramentale del rito matrimoniale; il Concilio di Trento, invece, lo affermò e fissò anche le norme per dichiararne la validità. Oggi la celebrazione del matrimonio avviene normalmente durante la celebrazione della messa in un clima di festosità che dovrebbe essere semplice espressione di felicità.

Tale evoluzione nel rito del matrimonio ha contribuito a evidenziare il carattere di **sacramento** dell'unione tra uomo e donna rispettandone, nel contempo, la naturalità. Infatti, con la venuta di Cristo e la salvezza da Lui compiuta, il matrimonio è stato elevato a sacramento, cioè a segno dell'amore con il quale Dio ama ogni uomo. L'amore totale, personale, gratuito ed esclusivo proprio dei coniugi, per i cristiani diventa un segno e realizza l'amore completo e unico con il quale Dio, in Gesù, ha dimostrato di amare ogni uomo.

Ogni cristiano è chiamato a imitare Cristo; così i coniugi cristiani si scambiano un amore simile a quello con il quale Cristo ha amato gli uomini fino al dono totale della propria vita. Questo è il senso di quanto Paolo scriveva agli Efesini:

> *State sottomessi gli uni agli altri nel timore di Cristo. Le mogli siano sottomesse ai mariti come al Signore; il marito infatti è il capo della moglie, come anche Cristo è capo della Chiesa, lui che è il salvatore del suo corpo. E, come la Chiesa sta sottomessa a Cristo, così anche le mogli siano soggette ai loro mariti in tutto.*

Annibale Carracci, *Matrimonio mistico*, XVI secolo, Museo Nazionale di Capodimonte, Napoli.

E voi mariti, amate le vostre mogli, come Cristo ha amato la Chiesa e ha dato se stesso per lei, per renderla santa, purificandola per mezzo del lavacro dell'acqua accompagnato dalla parola, al fine di farsi comparire davanti la sua Chiesa tutta gloriosa, senza macchia né ruga o alcunché di simile, ma santa e immacolata. Così anche i mariti hanno il dovere di amare le mogli come il proprio corpo, perché chi ama la propria moglie ama se stesso. Nessuno mai infatti ha preso in odio la propria carne; al contrario la nutre e la cura, come fa Cristo con la Chiesa, poiché siamo membra del suo corpo. Per questo l'uomo lascerà suo padre e sua madre e si unirà alla sua donna e i due formeranno una carne sola. Questo mistero è grande; lo dico in riferimento a Cristo e alla Chiesa! Quindi anche voi, ciascuno da parte sua, ami la propria moglie come se stesso, e la donna sia rispettosa verso il marito.

Ef 5, 21-33

La celebrazione di un matrimonio secondo il rito protestante. Per tale confessione il matrimonio non è un sacramento.

Tutto il discorso si svolge sotto il segno dell'amore, per cui l'essere sottomessi l'uno all'altro non è segno di dipendenza, ma di reciproca e completa dedizione e le distinzioni tra uomo e donna non devono essere causa di discriminazione. Anche il marito, che è pur detto «capo della moglie», non sfugge a questa dipendenza nell'amore. Paolo insiste su questo paragone: l'amore degli sposi deve essere come l'amore di Cristo verso la Chiesa. Ora, Cristo è morto per la Chiesa e la salvezza degli uomini, quindi Paolo sta dicendo che i mariti devono essere pronti anche a morire per le proprie mogli e che la sottomissione della donna non va intesa come subordinazione, ma come rispetto, adesione al marito, piena condivisione di sentimenti e ideali.

Paolo usa il termine «mistero» per affermare che il matrimonio fa parte del progetto divino di salvezza: l'amore coniugale vissuto nella totale donazione è occasione di piena realizzazione umana e di redenzione. In questo progetto di salvezza l'uomo e la donna collaborano con Dio creatore anche nella responsabilità di generare e crescere i figli. Questi valori presenti nel matrimonio cristiano aiutano a capire meglio l'esigenza che esso sia indissolubile, totale e fedele. L'amore ha in sé questa tensione interna e non è soltanto istinto, bensì un atto di volontà (nel senso di «voler bene, volere il bene dell'altro»), non è un semplice trasporto del sentimento, ma una decisione.

Fa parte degli sviluppi dell'amore verso livelli più alti, verso le sue intime purificazioni, che esso cerchi ora la definitività, e ciò in un duplice senso: nel senso dell'esclusività – "solo questa persona" – e nel senso del "per sempre". L'amore comprende la totalità dell'esistenza in ogni sua dimensione, anche in quella del tempo. Non potrebbe essere diversamente, perché la sua promessa mira al definitivo: l'amore mira all'eternità. Sì, amore è «estasi», ma estasi non nel senso di un momento di ebbrezza, bensì estasi come cammino, come esodo permanente dall'io chiuso in se stesso verso la sua liberazione nel dono di sé, e proprio così verso il ritrovamento di sé, anzi verso la scoperta di Dio.

Benedetto XVI, *Deus caritas est*, n. 6, 25 dicembre 2005

Il vero amore vuole andare oltre ogni limite di tempo, si espande e abbraccia ogni prospettiva futura. E, nel momento in cui si dichiara, si percepisce come totale, eterno, fedele: se così non fosse non sarebbe amore, sarebbe istinto, attrazio-

Pietro Longhi, *Il matrimonio*, particolare de *I sacramenti*, 1755 circa, Fondazione Querini-Stampalia, Venezia.

ne, opportunismo, ma non il dono completo di sé per il bene e la felicità dell'altro; di certo non sarebbe l'amore cristiano.

Questa promessa e l'impegno di amore che si celebra nel matrimonio, più che un vincolo, una situazione di non ritorno, diventa una prospettiva di rinnovamento continuo.

Nel corso di un'intera vita in comune, l'amore è chiamato a rinnovare ogni giorno il suo dinamismo, resistendo all'usura del tempo e riscoprendo sempre nuovi valori e nuove forme di espressione. Ogni altro impegno della coppia è legato a questa sua quotidiana tensione di rinnovamento. Spesso si pensa all'armonia della coppia come a qualcosa di fortunato, a una felice eventualità che si verifica, se si verifica naturalmente, in modo facile e spontaneo. Se invece non si verifica, la colpa non sarà di nessuno ma il matrimonio va considerato irreparabilmente fallito: nessuno può creare l'armonia che manca e nulla può supplirla nel giustificare e rendere felice o almeno sopportabile la convivenza coniugale.

G. GATTI, *Morale matrimoniale e familiare*, in *Koinonia. Etica della vita sociale*, I, Queriniana, Brescia 1984

La comunione coniugale si caratterizza non solo per la sua unità, ma anche per la sua indissolubilità: «Questa intima unione in quanto mutua donazione di due persone, come pure il bene dei figli, esigono la piena fedeltà dei coniugi e ne reclamano l'indissolubile unità». È dovere fondamentale della Chiesa riaffermare con forza [...] la dottrina dell'indissolubilità del matrimonio.

GIOVANNI PAOLO II, *Familiaris Consortio*, n. 20

Cristo ha affermato l'indissolubilità del matrimonio; e che l'unione coniugale debba essere indissolubile corrisponde alla volontà di Dio creatore (cfr. Mt 19, 4-9 e anche Mt 5, 31-32; Mc 10, 1-12; Lc 16, 18, 1Cor 7, 10-11).

DOCUMENTI

Il matrimonio

E il Matrimonio, maestro?
E lui rispose dicendo:
Insieme siete nati, e insieme sarete in eterno.
Voi sarete insieme
quando le ali bianche della morte disperderanno i vostri giorni.
Sì, voi sarete insieme finanche nella silenziosa memoria di Dio.
Vi siano però spazi nella vostra unione,
Così che i venti celesti possano danzare tra di voi.
Amatevi l'un l'altro, ma non rendete schiavitù l'amore:
Sia piuttosto un mare che si muove tra le rive delle vostre anime.
Riempitevi l'un l'altro le coppe ma non bevete da una coppa soltanto.
Donatevi l'un l'altro il vostro pane ma non mangiate da un medesimo boccone.
Cantate e danzate insieme e siate lieti, ma che ognuno di voi sia solo,
Come le corde del liuto sono sole sebbene vibrino della medesima musica.
Donatevi il cuore, senza però affidarvelo l'un l'altro.
Poiché solo la mano della Vita può contenere i vostri cuori.
E restate l'uno accanto all'altro ma non troppo vicini:
Le colonne del tempio s'ergono separate tra loro,
E la quercia e il cipresso non crescono l'una nell'ombra dell'altro.

G.K. GIBRAN, *Il profeta*, Demetra, Bussolengo 1993

Matrimonio, convivenza, unioni di fatto ...?

In questi ultimi decenni il matrimonio non è stato più accettato come un fatto «normale» o addirittura «naturale». Quanto meno, è stato recepito come un dato culturale, frutto di una determinata civiltà e di un ordinamento sociale e quindi mutabile e contestabile. Ma...

> *... matrimonio e famiglia non sono* [...] *una costruzione sociologica casuale, frutto di particolari situazioni storiche ed economiche* [...]. *Il matrimonio non è quindi una indebita ingerenza della società o dell'autorità, l'imposizione di una forma dal di fuori nella realtà più privata dell'amore; è invece esigenza intrinseca del patto dell'amore coniugale e della profondità della persona umana.*
>
> Benedetto XVI, 6 giugno 2005

L'introduzione dei Patti civili di solidarietà

Nel mondo occidentale il diffondersi del fenomeno di persone che convivono coniugalmente (*more uxorio*), senza che il loro vincolo abbia un pubblico riconoscimento né religioso né civile, è particolarmente marcato, al punto che a partire dal 1996 in alcuni comuni italiani è stato istituito un "registro delle unioni civili" senza che questo comporti alcun valore di vincolo per le coppie di fatto. A tutt'oggi pochissime coppie eterosessuali e omosessuali si sono registrate.

In Francia il 15 novembre 1999 sono stati introdotti i Pacs (Patti Civili di solidarietà); si registrano anche casi di Pacs fittizi ("i Pacs bianchi"), cioè quelli stipulati fra persone tutt'altro che vicine, solo per goderne i vantaggi legali (ad esempio un maggiore punteggio in graduatorie di lavoro). In molti casi le unioni di fatto hanno il carattere di contestazione nei confronti del matrimonio considerato qualcosa di formale, burocratico, contrario alla spontaneità e autenticità dell'amore: l'amore non dipende da un contratto che viene stipulato tra le persone, ma è il rapporto d'amore che crea il vincolo. C'è il desiderio di stare insieme al di là dei formalismi. Le forme pubbliche di riconoscimento, anziché essere considerate un aiuto all'autentico amore, vengono interpretate solamente come vuoto formalismo, una forma di perbenismo e di adattamento ai modelli sociali. L'accusa è indirizzata a quei matrimoni in cui, dietro a un formale rispetto del vincolo nuziale, si nascondono situazioni di incoerenza, infedeltà, ipocrisia. La libera convivenza crea la convinzione di poter attribuire alla vita in comune un'autenticità che invece l'istituzione mortificherebbe. Alcune proposte di legge per la disciplina delle unioni di fatto, ancor prima di rispondere a esigenze concrete, sembrano avere un obiettivo simbolico e culturale, cioè il riconoscimento pubblico di queste forme di convivenza alternative al matrimonio.

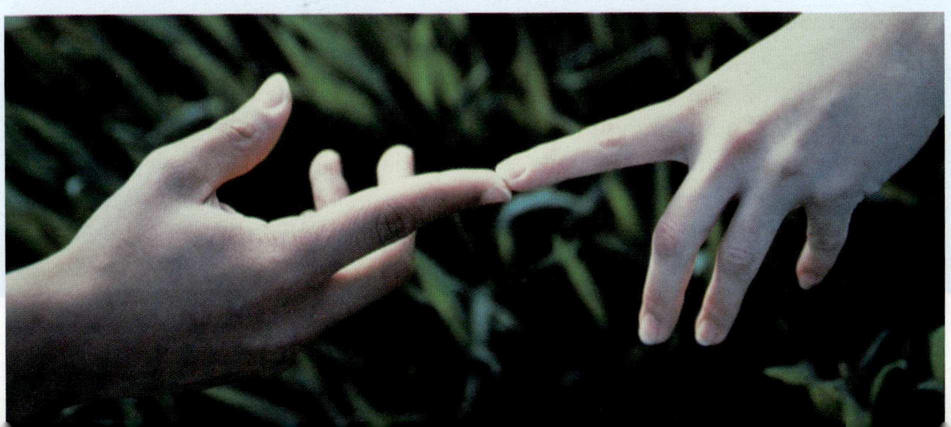

L'incapacità di affrontare un impegno "per sempre"

Si impongono comunque una serie di altre riflessioni.

Innanzitutto, una chiave di lettura del fenomeno delle convivenze è da ricercarsi nella difficoltà da parte dei giovani a compiere scelte irrevocabili.

Un primo dato emerso con particolare crudezza è una certa congenita incapacità delle generazioni più giovani a impegnarsi in scelte definitive, se non attraverso e dopo un diuturno e alterno travaglio di ricerche, di tentativi, di esperimenti. Decidersi «per sempre» è impresa dura.

A. VALSECCHI, *Famiglia*, in *Dizionario Enciclopedico di Teologia Morale*, Edizioni Paoline, Roma 1981

Marc Chagall, *Nozze*, 1918, Galleria Statale Tret'jakov, Mosca.

L'aumento delle separazioni e dei divorzi ha poi indotto una sorta di scetticismo, in base al quale il mantenimento di impegni definitivi viene considerato una situazione eccezionale. In effetti vi sono situazioni problematiche come la diminuzione di matrimoni, l'aumento delle convivenze, la fragilità delle relazioni coniugali, i tassi di natalità sempre bassi, nuove forme di povertà, precarietà del lavoro, difficoltà a trovare casa, problemi economici ecc. e questo ingenera un senso di insicurezza e paura verso le responsabilità che il matrimonio comporta. In molti giovani questa fragilità e insicurezza viene rilevata non come sfiducia nei confronti dell'altro, ma proprio come una propria personale debolezza. Un'inchiesta (fonte: Ipsos 2002) mostra che per l'80% dei giovani il miglior modello è quello di coppia che dura tutta la vita, ma c'è una incapacità psicologica ad assumerne le difficoltà. Nelle coppie di fatto questa instabilità pare emergere ancora di più e alcuni osservatori rilevano che la maggior parte delle unioni di fatto si divide e ha una durata minore rispetto al matrimonio, con scarsa propensione alla natalità.

Alcuni scelgono la convivenza come momento di verifica. Si cerca di mettersi alla prova (per poter accedere alla scelta definitiva e superare le incertezze) e si cerca di verificare come impostare il proprio rapporto così che, maturato in un clima di libertà e spontaneità, mantenga freschezza e autenticità nel tempo. In questi casi la convivenza è vista come una preparazione alla scelta matrimoniale, un esperimento, un preludio alle nozze, l'occasione per conoscersi meglio. Il matrimonio è visto come la conclusione, il coronamento di un impegno preso con il fidanzamento e la convivenza, che è considerata il periodo in cui sperimentare una condivisione totale.

In altri casi, invece, la scelta di convivere va interpretata come un sintomo di individualismo, che rinnega il valore sociale della vita di coppia. È l'affermazione della propria libertà individuale che non si vuole perdere.

I due partner impegnano solo se stessi e la loro esistenza privata: «*All'origine di simili convivenze stanno situazioni e motivazioni diverse:* [...] [vi sono anche] *quelle più radicali legate alla cosiddetta nuova cultura che tende a rifiutare, per motivi vari tra cui l'individualismo esasperato, il matrimonio come istituzione pubblica*» (da Conferenza Episcopale Italiana, *La pastorale dei divorziati risposati e di quanti vivono in situazioni matrimoniali irregolari e difficili*, 27 aprile 1979 , n. 35).

L'importanza sociale del matrimonio

È il rifiuto di un modello storico in ragione della libertà individuale, è il rifiuto del valore sociale dell'unione coniugale: l'amore e l'impegno di vita tra due persone è visto soltanto come un "fatto privato" senza rilevanza per la società, una scelta individuale che non ha bisogno di riconoscimenti istituzionali e pubblici.

Il fenomeno delle convivenze è in rapido accrescimento e a favorire indubbiamente le libere unioni contribuisce anche la scissione tra esercizio della sessualità e matrimonio istituzionalizzato. Vi sono sempre state relazioni prematrimoniali ed extramatrimoniali, ma l'elemento nuovo è che l'incontro sessuale tra uomo e donna non avviene più nella prospettiva del matrimonio e, al tempo stesso, il matrimonio non è più il modello di riferimento per l'esercizio della propria sessualità. La dissociazione tra procreazione e sessualità è rivendicata come un diritto ed è esercitata mediante la contraccezione.

In altri casi vi sono coppie che scelgono la convivenza perché non possono accedere al matrimonio per qualche motivo pratico (ad esempio vedovi che non vogliono perdere la pensione di reversibilità; separati in attesa di divorzio, o, come già ricordato, difficoltà economiche, precarietà del lavoro ecc.).

Il messaggio cristiano continua a ribadire l'importanza e il valore del matrimonio come impegno pubblico di fronte alla società e alla Chiesa.

Le unioni di fatto, il cui numero è progressivamente aumentato, si basano su una falsa concezione della libertà di scelta degli individui e su un'impostazione del tutto privatistica del matrimonio e della famiglia. Il matrimonio non è un semplice patto di convivenza, bensì un rapporto con una dimensione sociale unica rispetto a tutte le altre, in quanto la famiglia, provvedendo alla cura e all'educazione dei figli, si configura come strumento primario per la crescita integrale di ogni persona e per il suo positivo inserimento nella vita sociale. L'eventuale equiparazione legislativa tra la famiglia e le "unioni di fatto" si tradurrebbe in un discredito del modello di famiglia, che non si può realizzare in una precaria relazione tra persone, ma solo in un'unione permanente originata da un matrimonio, ovvero dal patto tra un uomo e una donna, fondato su una reciproca e libera scelta che implica la piena comunione coniugale orientata verso la procreazione.

PONTIFICIO CONSIGLIO DELLA GIUSTIZIA E DELLA PACE, *Compendio della dottrina sociale della chiesa*, n. 227, Libreria Editrice Vaticana, Città del Vaticano 2004

Il vero senso dell'amore coniugale

Il vero senso dell'amore coniugale esclude per principio limiti e scadenze; inoltre la prova è un controsenso per l'amore: non si prova ad amare; si ama, si cresce nell'amore! Ed è proprio l'amore che spinge a superare timori, incertezze, insicurezze psicologiche fino all'assunzione responsabile di impegni. L'impegno matrimoniale di-

Attività

- Ricerca l'art. 29 della *Costituzione Italiana* ed evidenzia come viene definita la famiglia.

- Ricerca e commenta gli articoli 143, 144 e 147 del *Codice civile* riguardanti il matrimonio e gli impegni che si assumono i coniugi.

- Ricerca alcuni testi di proposte di legge presentati alla Camera oppure al Senato riguardanti i Patti Civili di solidarietà e le unioni di fatto. Quali sono le richieste che vengono avanzate? Qual è la situazione legislativa attuale?

Testi presentati alla Camera

- Proposta di legge n. 795, prima firmataria Bellillo, "Disciplina dei patti di convivenza", 13 giugno 2001.
- Proposta di legge n. 3296, primo firmatario Grillini con altri 161 deputati, "Disciplina del patto civile di solidarietà e delle unioni di fatto", presentata il 21 ottobre 2002.
- Proposta di legge n. 4334, primo firmatario Rivolta e altri 37 deputati, "Disciplina del patto civile di solidarietà", presentata il 2 ottobre 2003.
- Proposta di legge n. 4442, primo firmatario Buemi, "Disciplina delle unioni di fatto", 29 ottobre 2003.
- Proposta di legge n. 4585, primo firmatario Moroni, "Istituzione del patto civile di solidarietà e disciplina delle famiglie di fatto", presentata il 22 dicembre 2003.
- Proposta di legge n. 4588, Consiglio regionale della Toscana, "Disciplina delle unioni di fatto", presentata il 29 dicembre 2003.
- Proposta di legge n. 5153, primo firmatario Strano, "Modifiche al Codice civile concernenti l'introduzione del patto civile di solidarietà", 15 luglio 2004.
- Proposta di legge n. 5321, primo firmatario De Simone con altri 9 deputati, "Disciplina delle unioni di fatto", presentata l'1 ottobre 2004.

Testi presentati al senato

- Proposta di legge n. 47, primo firmatario Cortiana, "Normativa sulle unioni civili", presentata il 16 ottobre 2001.
- Proposta di legge n. 305, primo firmatario Malabarba, "Disciplina delle unioni civili", presentata il 2 aprile 2002.
- Proposta di legge n. 3134, primo firmatario Biscardini, "Disciplina delle unioni di fatto", presentata il 5 ottobre 2004.
- Proposta di legge n. 3534, primo firmatario Angius, "Disciplina del patto civile di solidarietà e delle unioni di fatto", presentata il 7 luglio 2005 e sostanzialmente analoga alla proposta Grillini all'esame alla Camera.
- Disegno governativo di legge Bindi-Pollastrini, presentato l'8 febbraio 2007.

chiarato davanti alla società e alla Chiesa non va dunque inteso come una formalità esterna, ma piuttosto come il momento in cui la comunità riconosce (e quindi aiuta e valorizza) quanto l'amore ha creato di nuovo, cioè una nuova famiglia. In tal senso il matrimonio è una garanzia ulteriore alla stabilità dell'unione che va accresciuta e rafforzata. L'amore coniugale, la sua apertura alla vita, la costituzione di una nuova famiglia non sono solo questioni private, ma hanno anche un valore sociale. Per un credente il rito conferma l'amore che è andato crescendo nel segreto delle coscienze e il sacramento significa che la capacità di amare non è solo qualcosa di umano, ma è dono e riflesso di Dio in noi.

Per quanto riguarda il riconoscimento legislativo delle coppie di fatto, la Chiesa non ritiene giusto equiparare le unioni libere con la famiglia fondata sul matrimonio:

- le unioni di fatto spesso non implicano alcun impegno di fedeltà, oppure si fondato su un impegno precario, limitato nel tempo; lo Stato non può equiparare la libera scelta di chi si impegna nel vincolo matrimoniale, assumendosi un dovere pubblico alla fedeltà, con la libera scelta di chi non intende stringere un patto nuziale;
- se una coppia rifiuta il valore pubblico del proprio stare insieme e considera qualcosa di formale e burocratico ogni riconoscimento dello Stato, quasi fosse un'ingerenza nella vita privata, non dovrebbe essere interessata a che lo Stato riconosca formalmente la loro unione (anche se in un modo diverso dal vincolo matrimoniale);
- ci si chiede anche come lo Stato possa prendere impegni e doveri con una coppia che ha liberamente scelto di non prenderne alcuno nei confronti dello Stato; alcune proposte di legge per le coppie di fatto, totalmente libere nella loro decisione di non sposarsi, chiedono invece una forte tutela dei propri diritti, per lo più economici, a fronte dell'assunzione di pochi doveri;
- c'è il rischio di creare confusione nell'idea di che cos'è il matrimonio;
- una disciplina delle unioni di fatto non serve a chi pensa alla convivenza come a un percorso da coronare con il matrimonio ed è inutilizzabile per

chi ha qualche motivo pratico per cui non può accedere al matrimonio.

Certamente vi sono molte situazioni connesse alla convivenza che hanno una certa rilevanza e che vanno in qualche modo affrontate, soprattutto a tutela della parte più debole in caso di scioglimento della coppia (ad esempio l'assegnazione della casa, l'assistenza medica, l'affido dei figli ecc.). Basta ricorrere al diritto privato per regolare molti aspetti di tipo economico e patrimoniale tra conviventi (entrambi in stato libero) ed esistono gli accordi di convivenza, cioè dei contratti atipici che regolano questioni come il mantenimento di uno dei due partner, il regime degli acquisti fatti durante la convivenza, il diritto di abitazione. Dovendo tutelare i figli e il coniuge che ne assume la cura, basta estendere le norme già esistenti riguardanti i diritti e i doveri verso i figli anche alle unioni di fatto.

DOCUMENTI

Le unioni di fatto

Le unioni di fatto non hanno tutte la stessa portata sociale né le stesse motivazioni. Quando si cerca di determinare le loro caratteristiche positive, oltre ai loro punti comuni negativi che consistono nel rimandare, ignorare o rifiutare l'unione matrimoniale, risaltano alcuni elementi. Anzitutto, il carattere puramente pratico (fattuale) di un tale rapporto. È opportuno precisare che esso suppone una coabitazione accompagnata da una relazione sessuale (il che le distingue da altri tipi di convivenza) e da una relativa tendenza alla stabilità (che le distingue dai legami con coabitazioni sporadiche o occasionali). Le unioni di fatto non comportano diritti e doveri matrimoniali, né pretendono una stabilità basata sul vincolo matrimoniale. Si distinguono per la ferma rivendicazione di non implicare alcun vincolo. L'instabilità costante, dovuta alla possibilità di interrompere la vita in comune è, di conseguenza, caratteristica delle unioni di fatto. Esiste anche un certo "impegno", più o meno esplicito, di "fedeltà" reciproca, per così dire, fintanto che dura la relazione. Alcune unioni di fatto sono chiaramente la conseguenza di una scelta ben precisa. L'unione di fatto "a esperimento" è frequente tra coloro che progettano di sposarsi nel futuro ma condizionano il loro matrimonio all'esperienza di un'unione senza vincolo matrimoniale. [...] Alcune persone che convivono giustificano la loro scelta con motivi economici o per evitare difficoltà legali. Molte volte i veri motivi sono più profondi. Non è raro che questo genere di pretesti nasconda [...] una mentalità che porta l'impronta del pragmatismo, dell'edonismo e di una concezione dell'amore senza alcuna responsabilità. Permette di evitare l'impegno di stabilità, le responsabilità, i diritti e i doveri, inerenti all'amore coniugale autentico. In altri casi, le unioni di fatto vengono stabilite tra persone divorziate. Rappresentano allora un'alternativa al matrimonio. Con la legislazione divorzista il matrimonio tende spesso a perdere la propria identità nella coscienza individuale. A questo proposito bisogna sottolineare che5la sfiducia verso l'istituzione matrimoniale nasce a volte dall'esperienza negativa e traumatica di un divorzio precedente, o dal divorzio dei propri genitori. [...] Non è raro che le persone che convivono in una unione di fatto rifiutino esplicitamente il matrimonio per motivi ideologici. Si tratta allora della scelta di un'alternativa, di un modo ben preciso di vivere la propria sessualità. Queste persone considerano il matrimonio inaccettabile, contrario alla propria ideologia, una "violenza inammissibile al loro benessere personale" o perfino la "tomba dell'amore selvaggio", espressioni queste che denotano un'errata conoscenza della vera natura dell'amore umano, della sua oblatività, nobiltà e bellezza nella costanza e nella fedeltà dei rapporti umani. [...] La complessità e la diversità della problematica delle unioni di fatto appaiono chiaramente se si considera, per esempio, che a volte la loro causa più immediata può corrispondere a motivi assistenziali. È il caso, ad esempio, nei sistemi più sviluppati, di persone in età avanzata che stabiliscono relazioni solo di fatto per paura che il matrimonio comporti maggiori carichi fiscali o la perdita della pensione.

PONTIFICIO CONSIGLIO PER LA FAMIGLIA, *Famiglia, matrimonio e "unioni di fatto"*, nn. 4-7, 26 luglio 2000, Edizioni Paoline, Milano 2000

L'apertura alla vita e l'educazione dei figli

Il dono-impegno dell'amore coniugale è intimamente connesso con un altro dono-impegno, quello della fecondità.

In passato la procreazione veniva indicata come il fine primario del matrimonio; oggi tale modo di impostare la riflessione ha ceduto il passo alla considerazione che l'amore di per sé è una realtà che cresce, si sviluppa, non può restare chiusa in se stessa, si apre agli altri.

L'amore coniugale è finalizzato al mutuo aiuto e reciproco perfezionamento grazie proprio alla scambievole donazione e comunione (cfr. Paolo VI, *Humanae Vitae*, 25 luglio 1968). In tal senso gli atti coniugali hanno un valore unitivo che giustifica anche il loro valore procreativo. Allora l'accoglienza di un figlio non è qualcosa di alternativo o di concorrente con l'intimità dei coniugi, esso forma con l'amore coniugale un'unità vitale, una sorta di prolungamento. La fecondità non è quindi qualcosa di accessorio o di casuale, ma è intimamente connaturata all'amore sponsale.

Il matrimonio e l'amore coniugale sono ordinati per loro natura alla procreazione ed educazione della prole. I figli, infatti, sono il preziosissimo dono del matrimonio e contribuiscono pure al bene dei genitori.

CONCILIO VATICANO II, *Gaudium et Spes*, n. 50

Con la creazione dell'uomo e della donna a sua immagine e somiglianza, Dio corona e porta a perfezione l'opera delle sue mani: Egli li chiama a una speciale partecipazione del suo amore e insieme del suo potere di Creatore e di Padre, mediante la loro libera e responsabile cooperazione a trasmettere il dono della vita umana: Dio li benedisse e disse loro: «Siate fecondi e moltiplicatevi, riempite la terra e soggiogatela» (Gen 1,28). Così il compito fondamentale della famiglia è il servizio alla vita, il realizzare lungo la storia la benedizione originaria del Creatore, trasmettendo nella generazione l'immagine divina da uomo a uomo. La fecondità è il frutto e il segno dell'amore coniugale, la testimonianza viva della piena donazione reciproca degli sposi.

GIOVANNI PAOLO II, *Familiaris Consortio*, n. 28

Il figlio diventa dunque la concretizzazione dell'amore coniugale dal momento che l'amore genera vita, è fonte di vita.
La cultura contemporanea vede invece nella natalità più una difficoltà che un dono e una responsabilità.

Vi sono preoccupazioni di tipo economico, si teme che una maternità crei difficoltà al proprio curriculum lavorativo e alla propria carriera, si vuole restare liberi e non assumere responsabilità, si fa fatica a gestire i tempi e la cura dei figli.

Dare la vita non significa soltanto comunicarla in senso biologico. Nell'idea di fecondità propria della famiglia va inclusa certamente la generazione dei figli, ma vanno comprese anche altre forme di fecondità, cioè altre modalità nelle quali l'amore coniugale si mette al servizio della vita: si pensi all'adozione, alla cura dei bambini abbandonati, dei portatori di handicap, degli anziani, all'assistenza sociale, all'evangelizzazione, all'educazione. In definitiva «fecondità» significa apertura generosa e disponibilità al servizio e questo può indirizzarsi a vantaggio di molte situazioni di bisogno.

In particolare, l'amore coniugale verso i figli si traduce nella preoccupazione educativa, un compito preminentemente dei genitori, anche se tutti i membri della famiglia sono in un certo senso educatori. Ma ai genitori spetta per primi il diritto-dovere di educare i figli e tale compito è essenziale, originario e primario, insostituibile e inalienabile (cfr. *Familiaris Consortio*, n. 36). L'autorità paterna, temperata di tenerezza e amore, è concepita come una forza esercitata al servizio della crescita dei figli e della coesione della famiglia. Infatti l'autorità educativa ha come unico scopo e giustificazione la crescita dell'educando (cfr. Ef 6, 1-4).

I genitori hanno il compito di crescere il figlio in tutte le sue potenzialità, fisiche, psicologiche, spirituali e cristiane.

Non è facile creare un rapporto equilibrato tra obbedienza e autonomia: c'è sempre il rischio di un'eccessiva dipendenza, un'incapacità a essere autonomi in modo maturo oppure di un'esagerata possessività e di un atteggiamento autoritario.

«Educare» significa formare i figli all'esercizio dei compiti professionali, guidarli a giudicare anche moralmente e in maniera autonoma e corretta i valori, sviluppare in loro un'autentica capacità di amare. La famiglia, in quanto luogo d'amore, dialogo, condivisione, è l'ambiente favorevole a tale iniziazione. Non meno importante, anzi doverosa, è l'educazione alla fede: i coniugi cristiani, in forza del sacramento del matrimonio, sono dei veri e propri ministri di Dio e della Chiesa nell'educazione dei loro figli (cfr. *Familiaris Consortio*, n. 38).

L'educazione familiare non va però scambiata con la semplice trasmissione di contenuti culturali, convinzioni, sentimenti, pratiche, comportamenti; a maggior ragione per quanto riguarda la fede, poiché, propriamente parlando, la fede non si trasmette, essendo questa una libera scelta della persona. L'educazione familiare e l'educazione alla fede sono spunto, sollecitazione, avviamento alla crescita della personalità del figlio che poi con libertà e consapevolezza farà le proprie scelte. Tale educazione risponde a un dinamismo psichico che per tanti aspetti è misterioso e inconsapevole, ma che comunque non è riducibile all'ammaestramento, all'indottrinamento, all'insegnamento: è identificazione. I figli guardano ai genitori come a dei modelli e anche quando viene meno questo atteggiamento, in ragione del distacco proprio dell'età adolescenziale e giovanile, tuttavia resta ai genitori il compito della testimonianza, che si fa anche annuncio esplicito e ragionato, così da permettere al figlio un'assimilazione consapevole del messaggio.

Come in ogni relazione tra persone, non solo i genitori «danno» qualcosa ai figli, ma anche i figli «educano» e fanno crescere i genitori sotto il profilo umano e religioso con il dialogo e la condivisione di valori e le loro esperienze.

La famiglia, il suo clima di accoglienza e amore e la sua funzione educativa difficilmente potranno essere sostituiti là dove mancano.

Se la famiglia è il soggetto primario dell'educazione, non è però l'unico. Essa coopera con altre agenzie educative, si avvale della collaborazione della comunità ecclesiale per educare alla fede e della scuola per la maturazione sociale e professionale dei figli.

La denatalità nei Paesi occidentali

L'espressione "paternità e maternità responsabili" indica l'atteggiamento consapevole con il quale i coniugi si pongono il problema del concepimento dei figli: quanti figli avere e quando averli. La coppia matura deve essere pienamente cosciente delle proprie responsabilità riguardo alla finalità procreativa. Esistono, infatti, condizioni fisiche, economiche, psicologiche e sociali che devono essere tenute in debito conto nell'esercizio di una procreazione responsabile, per cui può essere moralmente necessario attendere ad avere un figlio. Tuttavia, non si può mai ritenere giustificata una posizione dettata da ragioni di convenienza, egoismo, opportunità e, a maggior ragione per un credente, da ragioni ispirate a una scarsa fiducia nella provvidenza di Dio.

La Chiesa non dice quanti figli avere, e nemmeno quando averli: però, interpretando il messaggio della Rivelazione, ribadisce con forza che una delle finalità del matrimonio è quella di donare la vita ai figli. Essi sono la concretizzazione dell'amore coniugale, realizzano in «una sola carne» la piena unione degli sposi: è tale il loro amore da donarlo a qualcun altro. La coscienza dei coniugi, adulta nella fede, sa valutare ed è responsabile delle proprie scelte. Diamo quindi per scontato che la regolazione delle nascite sia un diritto-dovere dei genitori, per cui, come ogni grande opera dell'uomo, anche un figlio deve essere frutto dell'amore e dell'intelligenza. Rispetto alle società passate, l'odierna società industriale è contrassegnata da una forte contrazione della natalità nei Paesi in cui esistono condizioni migliori per una crescita dignitosa dei figli.

Di tutti i cambiamenti che sono avvenuti in Europa negli ultimi due secoli, il forte declino sia della mortalità sia della fecondità è stato uno dei più importanti. [...] *D'altra parte, l'urbanizzazione e l'industrializzazione misero in crisi la famiglia come unità di produzione e incoraggiarono l'individualismo, mentre il lavoro extradomestico rese più difficile per le donne il generare e l'allevare i figli.*

Storia della famiglia italiana 1750-1950, a c. di M. Barbaglie - D. I. Kertzer, Il Mulino, Bologna 1992

In opposizione alla denatalità dei Paesi occidentali, nei Paesi in via di sviluppo si registra una crescita demografica molto forte.

Si è dunque imposta all'opinione pubblica mondiale la necessità di discutere e avviare programmi di pianificazione familiare.

La posizione della Chiesa sulla contraccezione

Anche la Chiesa riflette su questi problemi, e fa innanzitutto una distinzione tra metodi contraccettivi, che impediscono la fecondazione, e metodi abortivi, che agiscono sull'ovulo già fecondato, ne impediscono il successivo sviluppo e sono quindi l'interruzione di una vita umana già concepita (ad esempio la "pillola del giorno dopo" che impedisce l'annidamento dell'embrione nell'utero materno). Al riguardo:

Il pensiero cattolico è sovente equivocato, come se la Chiesa sostenesse un'ideologia della fecondità a oltranza, spingendo i coniugi a procreare senza alcun discernimento e alcuna progettualità.

GIOVANNI PAOLO II, *Angelus domenicale*, 17 settembre 1994

Per questo il Magistero parla di «paternità e maternità responsabile». Se è lecito che per giustificati motivi i coniugi regolino il numero delle nascite dei figli, non è automaticamente lecito qualsiasi metodo per raggiungere tale finalità. I mezzi devono essere rispettosi della dignità delle persone e dei valori che ognuno porta in sé.

La posizione della Chiesa parte dall'analisi attenta dei fenomeni biologici, nasce da un'intelligenza della struttura e della fisiologia umana. Partendo dalla considerazione che la donna è feconda solo per alcuni anni della sua vita e solo in alcuni giorni del suo ciclo, il pensiero cristiano vi legge un insegnamento profondo, che va oltre la pura questione biologica. Dio ha voluto questi ritmi nella vita delle persone e anche i "tempi" della natura hanno un valore, "insegnano" qualcosa: ad esempio che una donna non sia feconda per tutta la vita aiuta a capire l'importanza della possibilità di aver cura dei figli, della disponibilità di salute, dell'opportunità di una vicinanza e di una maggiore sintonia tra la generazione materna e quella del bambino ecc.

Quindi anche il funzionamento dell'organismo umano ricorda alcuni valori morali.

In riferimento alla sessualità, che abbiamo già visto essere una dimensione fondante e fondamentale dell'identità personale, si possono rilevare due finalità, due istanze etiche, due orientamenti ai valori:

- la sessualità umana è finalizzata alla maggiore unione e armonia tra i coniugi (finalità unitiva);
- la sessualità è finalizzata alla procreazione, che negli animali risponde soltanto alle leggi dell'istinto, ma che nell'uomo è invece un esercizio intelligente.

Separare queste due finalità contraddice la natura della sessualità umana. La stessa finalità unitiva non si realizza pienamente senza mantenersi aperta la possibilità di avere un figlio: non ci può essere vera accoglienza reciproca se non accettando l'altro per tutto se stesso, quindi anche come una persona feconda. La contraccezione fa interpretare negativamente la fecondità dell'altro coniuge.

La posizione della Chiesa si è precisata definitivamente con l'enciclica *Humanae Vitae* di Paolo VI (25 luglio 1968) che, dopo aver presentato queste finalità della sessualità umana, afferma:

Infatti per la sua intima struttura, l'atto coniugale, mentre unisce profondamente gli sposi, li rende atti alla generazione di nuove vite, secondo le leggi iscritte nell'essere stesso dell'uomo e della donna. Salvaguardando ambedue questi aspetti essenziali, unitivo e procreativo, l'atto coniugale conserva integralmente il senso di mutuo e vero amore e il suo ordinamento all'altissima vocazione dell'uomo alla paternità.

PAOLO VI, *Humanae Vitae*, n. 12

Una sessualità responsabile

Il contesto in cui si richiede che l'atto coniugale sia posto è quello di un amore che sia pienamente umano, cioè coinvolgente non solo l'aspetto sensibile, corporeo, ma anche quello dell'intesa spirituale; un amore totale che non preveda riserve egoistiche, ma sia rivolto al completo servizio e bene dell'altra persona; un amore fedele nel tempo che escluda tutto ciò che può distogliere da questo dovere di crescere nell'amore; un amore fecondo, cioè che non si esaurisce nella comunione tra i due coniugi e meno ancora in una forma di egoismo a due.

La mentalità contraccettiva può favorire una maggiore facilità a essere infedeli in quanto deresponsabilizzati, può ridurre la sessualità a pura ricerca del proprio piacere, può indurre mancanza di rispetto per la donna considerata come strumento di godimento egoistico e non come una compagna amata e rispettata. Talvolta si inserisce la pericolosa ingerenza di autorità politiche che, incuranti delle esigenze morali, negano il diritto dei coniugi a generare in modo libero e responsabile (ad esempio con il controllo delle nascite e la sterilizzazione imposti in alcuni Stati).

Jan van Eyck, *I coniugi Arnolfini*, particolare, 1434, National Gallery, Londra.

Molte di queste campagne contraccettive sono sponsorizzate ed economicamente sostenute dai Paesi industrializzati, preoccupati del divario crescente relativo al problema della natalità. Non si nega la gravità del problema demografico cui certe nazioni sono soggette, ma la soluzione non può contraddire la responsabilità e la dignità della persona umana e della coppia.

La Chiesa ritiene dunque rispettosi dell'esigenza della paternità e della maternità responsabili, ma anche delle finalità della sessualità, soltanto i metodi naturali di regolazione delle nascite. D'altra parte, essi favoriscono all'interno della coppia alcuni atteggiamenti positivi:

- consentono che entrambi i coniugi (e non soltanto la donna) siano pienamente responsabilizzati;
- fanno sì che l'attività sessuale non venga ridotta esclusivamente all'attività genitale, per cui anche l'astinenza diventa attività sessuale;
- promuovono la reciproca conoscenza, comunicazione, informazione nella coppia;
- aiutano, nel rispetto dei tempi di fertilità e nell'uso dei momenti di infertilità, a maturare l'autocontrollo che è anch'esso dimostrazione d'amore;
- liberano da una mentalità consumistica per cui il sesso deve essere fruito e goduto ogni qual volta se ne sente il desiderio;
- sono anche sempre più spesso usati non per evitare ma per ottenere una gravidanza.

La posizione della Chiesa non intende assolutamente mortificare l'atto coniugale nelle sue componenti di integrazione affettiva e spirituale e nemmeno favorire atti imprudentemente e irresponsabilmente fecondi: ritiene di dover aiutare i coniugi a superare, nel momento della loro massima unione, una visione soltanto a due. Dunque, è importante chiedersi: che cosa intendo per sessualità? Che cosa ricerco nell'atto coniugale?

Onora il padre e la madre

Il Signore vuole che il padre sia onorato dai figli,
ha stabilito il diritto della madre sulla prole.
Chi onora il padre espia i peccati;
chi riverisce la madre è come chi accumula tesori.
Chi onora il padre avrà gioia dai propri figli
e sarà esaudito nel giorno della sua preghiera.
Chi riverisce il padre vivrà a lungo;
chi obbedisce al Signore dà consolazione alla madre. [...]
Onora tuo padre a fatti e a parole,
perché scenda su di te la sua benedizione. [...]
Figlio, soccorri tuo padre nella vecchiaia,
non contristarlo durante la sua vita.
Anche se perdesse il senno, compatiscilo
e non disprezzarlo, mentre sei nel pieno vigore.
Poiché la pietà verso il padre non sarà dimenticata [...].

Sir 3, 2-14

Vittore Carpaccio, *Natività di Maria*, dettaglio, XV-XVI secolo, Accademia Carrara, Bergamo.

Il capitolo 3 del *Siracide* è uno dei commenti più appassionati e intensi del quarto comandamento che prescrive di «onorare il padre e la madre». In ebraico il verbo *kabbed* («onorare») significa «dare il giusto peso», capire l'importanza che qualcosa merita, e ha un ambito di significati molto ampio e, oltre al rispetto, comprende l'obbedienza, la venerazione, l'amore fino al sostegno economico.

Luca scrive che Gesù «*stava sottomesso*» (Lc 2, 51) ai propri genitori. Per come si è espressa la sua personalità adulta, possiamo pensare a un'obbedienza di Gesù non nel senso di una dipendenza infantile, ma come un progressivo e giusto consenso a Giuseppe e a Maria; anche nei confronti di Dio Padre, Gesù dimostra non una sottomissione cieca basata sul timore, ma un'adesione libera fondata sull'amore.

Gesù ricorda al giovane ricco il quarto comandamento (Lc 18, 20) ed è severo verso chi non assiste economicamente i genitori anziani. Infatti, secondo una prassi del tempo (*korbàn*), dedicando a Dio una cifra da offrire al Tempio, alcuni si sentivano esentati dal dovere del sostentamento economico dei genitori anziani (Mt 15, 3-7; cfr. anche Mc 7, 10-13).

Paolo ritorna sul quarto comandamento insegnando che i figli devono obbedire ai genitori e i padri (i genitori) devono educare i figli senza inasprire le relazioni, esasperare le richieste e indebolire il loro senso di autostima.

Voi, figli, obbedite ai genitori in tutto; ciò è gradito al Signore. Voi, padri, non esasperate i vostri figli, perché non si scoraggino.

Col 3, 20-21; cfr. anche Ef 6, 1-4

DOCUMENTI

Come frecce in mano a un eroe sono i figli della giovinezza (Sal 127, 4)

E una donna che reggeva un bimbo al seno disse:
Parlaci dei Figli.
E lui disse:
I vostri figli non sono figli vostri.
Sono i figli e le figlie della brama che la Vita ha di se stessa.
Essi vengono attraverso voi ma non da voi,
E sebbene siano con voi non vi appartengono.
Potete donare loro il vostro amore ma non i vostri pensieri.
Poiché hanno pensieri loro propri.
Potete dare rifugio ai loro corpi ma non alle loro anime,
Giacché le loro anime albergano nella casa di domani,
che voi non potete visitare neppure in sogno.
Potete tentare d'essere come loro, ma non di renderli come voi siete.
Giacché la vita non indietreggia né s'attarda sul passato.
Voi siete gli archi dai quali i figli vostri, viventi frecce, sono scoccati innanzi.
L'Arciere vede il bersaglio sul sentiero dell'infinito,
e vi tende con la sua potenza
affinché le sue frecce possano andare veloci e lontano.
Sia gioioso il vostro tendervi nella mano dell'Arciere;
Poiché se ama il dardo sfrecciante, così ama l'arco che saldo rimane.

G. K. GIBRAN, *Il profeta*, Demetra, Bussolengo 1993

I figli, anche da adulti, ormai autonomi e con una propria famiglia, restano comunque in dovere di sostenere moralmente ed economicamente i genitori, di dimostrare loro affetto, gratitudine e rispetto, anche avendo convinzioni diverse e facendo scelte di vita differenti. I genitori devono a loro volta comportarsi in modo da meritarsi il rispetto, l'aiuto e la riconoscenza dei figli.

Il Concilio Vaticano II ricorda che:

> *... i figli* [...] *contribuiscono pure in qualche modo alla santificazione dei genitori. Risponderanno infatti ai benefici ricevuti dai genitori con affetto riconoscente, con devozione e fiducia; e saranno loro vicini, come si conviene ai figli, nelle avversità e nella solitudine della vecchiaia.*

CONCILIO VATICANO II, *Gaudium et spes*, n. 48 g

Dialogo tra le generazioni nella famiglia

I vincoli, le relazioni, gli affetti che si instaurano all'interno della famiglia hanno una loro naturalezza profonda, ma anche un altissimo significato etico, civile e religioso. L'impostazione delle famiglie cosiddette «patriarcali» (o famiglie complesse o multiple, formate da più unità coniugali e caratterizzate da un alto numero di figli) vedeva come preminente la figura del *pater familias* che aveva il ruolo di centro unificante del gruppo parentale. La famiglia patriarcale complessa ha dominato per lungo periodo in molte regioni dell'Italia centro-settentrionale. In queste aree rurali, nel Settecento e nell'Ottocento, la grande maggioranza della popolazione viveva in famiglie formate da due o più unità coniugali. Le coppie, subito dopo le nozze, seguivano la regola di residenza patrilocale, cioè andavano a risiedere con i genitori del marito. La nascita della famiglia moderna, quella nucleare domestica

chiusa, nasce con la distinzione e la separazione dalla comunità parentale (indipendentemente dal fatto che fosse patrilaterale o matrilaterale).

Con l'industrializzazione e il fenomeno dell'inurbamento, il modello familiare patriarcale ha subito mutamenti dovuti certo a una serie integrata di diverse cause. Le stesse relazioni interne al nucleo familiare vengono stravolte.

> *La famiglia era il luogo dell'apprendimento e della trasmissione del «mestiere»; il figlio imparava da suo padre e da suo nonno delle tecniche che si trasformavano solo molto lentamente. La macchina sopprime il bisogno dell'insegnamento familiare; né del resto richiede forza fisica, basta sorvegliarla e alimentarla. È sul posto di lavoro, nel cuore dell'officina, che si apprende il proprio mestiere, senza far ricorso al sapere degli anziani.* [...] *Nella famiglia operaia è la relazione verticale tra le generazioni che viene spezzata. Il padre non ha più né un sapere né un patrimonio da trasmettere, cose da cui un tempo traeva il fondamento della sua autorità.*
>
> M. SEGALEN, *L'Occidente: industrializzazione e urbanizzazione*, in AA. VV., *Storia universale della famiglia*, Mondadori, Milano 1988

All'esperienza e alla saggezza di vita viene contrapposta la conoscenza scientifica; le condizioni delle famiglie che si staccano dal mondo rurale per andare a lavorare nelle grandi città sono condizioni di isolamento dal contesto parentale: si avvia così il processo che porterà all'odierna famiglia nucleare: padre, madre, uno o due figli. Così sganciata dal gruppo parentale, la nuova famiglia punta ad acquisire un benessere stabile: una propria casa, un proprio patrimonio, la possibilità di studiare per i figli, possibilità di svago ecc.

Dal grande spirito di gruppo che nella famiglia patriarcale avvicinava figli e figlie, nipoti, nuore, generi, si passa all'autonomia di ogni singola unione coniugale. Il nuovo modello di famiglia in certi casi ha portato con sé alcune conseguenze, come la maggiore autonomia e anche solitudine della coppia, un maggiore distacco tra parenti, un accresciuto carico di costi, la difficoltà di gestione dei tempi familiari e dei tempi per la cura dei figli, il cui numero è limitato a poche unità ecc.

Nella famiglia mononucleare sono molto più evidenti le difficoltà di raccordo e di dialogo tra le varie generazioni. Eppure la famiglia dovrebbe porsi come elemento di ampia comunione tra tutti i suoi componenti, proprio a partire dall'amore dei due coniugi.

> *La comunione coniugale costituisce il fondamento sul quale si viene edificando la più ampia comunione della famiglia, dei genitori e dei figli, dei fratelli e delle sorelle tra loro, dei parenti e di altri familiari.*
>
> GIOVANNI PAOLO II, *Familiaris Consortio*, n. 21

Innanzitutto esiste un problema di dialogo e di comprensione tra genitori e figli che si acuisce per i repentini cambiamenti di modelli culturali cui è sottoposta la nostra società. Così il salto generazionale risulta più forte, nonostante lo scarto di anni sia minimo, anche tra fratelli. Poiché il linguaggio, i modelli di riferimento, gli indirizzi culturali, o più semplicemente il modo di divertirsi, le mode e i comportamenti, il modo di impiegare il tempo libero ecc. cambiano velocemente, ne deriva una difficoltà a capire e ad accettare da parte dei genitori (talvolta anche da parte dei fratelli maggiori nei confronti dei minori) il modo di agire e di pensare dei figli. Paradossalmente questa incomunicabilità esplode nella famiglia nucleare, quella cioè più ristretta.

Tra le varie generazioni vi è dunque un affievolimento, o peggio uno scollamento della capacità di reciproca accoglienza e comprensione. La conseguenza è particolarmente evidente a livello adolescenziale e giovanile: ne sono sintomo il tempo passato dai figli fuori casa, con il gruppo, la difficoltà al dialogo con i genitori e la scarsa considerazione dei genitori come figure guida.

L'altra frattura generazionale avviene tra il **nucleo familiare** e gli **anziani** della casa. Esistono obiettivamente delle difficoltà nell'assistenza di molti anziani in casa a causa degli impegni lavorativi o del tempo assorbito dai figli. La conseguenza più evidente dal punto di vista antropologico è il tramonto della figura dell'anziano come portatore di esperienza di vita, di saggezza, di consiglio, di prudenza.

Il più delle volte oggi gli anziani vengono sistemati in strutture di accoglienza (ospedali a lunga degenza, case di riposo, case albergo...) che acquistano il ruolo di «parcheggi» per chi «è di un'altra generazione».

Tra gli stessi coniugi si affievolisce talvolta la possibilità di dialogo e di comprensione: tempi di lavoro differenziati che tengono lontano da casa e impediscono maggiori occasioni in comune, il ritmo di vita che offre poco spazio alla riflessione personale e di coppia, la mancanza di una reale e soddisfacente parità tra uomo e donna, l'assenza di modelli sociali omogenei e accettati da tutti, la rivendicazione di spazi di autonomia di ogni singolo coniuge, indipendentemente dal rapporto di coppia: queste sono alcune situazioni sintomatiche di una difficoltà alla completa unione spirituale degli sposi tra loro.

Di fronte a queste situazioni presenti nelle famiglie, il messaggio evangelico e la Chiesa riaffermano la centralità di una reciproca e serena dedizione fondata sulla logica del dono. Ognuno si pone al servizio dell'altro, non in competizione o in un atteggiamento di indifferenza o sopportazione. L'autorità dei genitori, cui spetta il diritto-dovere di educare i figli, è l'esercizio umile e disinteressato a favore della loro crescita. I figli, a loro volta, devono sentire il loro rapporto di provvisoria subordinazione come un passaggio sulla via della piena realizzazione di sé.

Il valore della sessualità

- La sessualità è una dimensione fondamentale della persona umana e dell'identità di ognuno.
- La sessualità esprime la profonda vocazione, il desiderio e l'esigenza di amare e di essere amati.
- Amare, voler bene è un'arte a cui educarci continuamente per arrivare al dono completo e sincero di sé.

Le finalità della sessualità

La sessualità ha una finalità unitiva, una finalità procreativa, una valenza sacra e spirituale.

Il messaggio biblico

- Nella Bibbia la coppia umana, l'uomo e la donna, sono a immagine di Dio; la loro capacità di amare è a immagine di Dio;
- Dio ama di un amore unico, totale, personale.

Il matrimonio è sacramento indissolubile

Dal matrimonio, chiamato ad essere fedele e totale come l'amore di Dio, nasce la famiglia che è l'unione di un uomo e una donna che si impegnano per un reciproco amore eterno.

La famiglia è una comunità d'amore e di relazioni

La famiglia è un insieme di relazioni tra i coniugi, tra genitori e figli, con i parenti, con le persone anziane, è aperta agli altri ecc.

La famiglia inoltre:
- è aperta alla vita, disposta ad accogliere il dono dei figli;
- è il primo e fondamentale ambiente per l'educazione dei figli;
- ha un insostituibile valore per la società.

1 **Analizza e confronta questi brevi testi.**

Lo sbaglio è d'impegnarti ad amare sempre, ad avere sempre fede nello stesso credo. Che cosa stupida! Come se si potesse giurare che ci piacerà sempre un dato cibo o una data bevanda!

T. HARDY, *Jude l'oscuro*, Einaudi, Torino 1990

L'amore non è soltanto una cosa spontanea o istintiva: è scelta da confermare costantemente. Quando un uomo e una donna sono uniti da vero amore, ognuno assume su di sé il destino, il futuro dell'altro come proprio, a costo di fatiche e sofferenze, perché l'altro «abbia la vita e l'abbia in abbondanza» (Gv 10, 10). Queste parole di Gesù si riferiscono a ogni vero amore. Solo così si ama «sul serio» e non per gioco, né per un momento.

GIOVANNI PAOLO II, *Discorso ai giovani*, Caravaggio, 20 giugno 1992

– Confrontando le due posizioni, qual è la prima differenza che emerge?
– Nelle considerazioni del papa c'è una precisa idea della sessualità e dell'amore. Quale?
– Quali caratteristiche ha l'amore umano?

2 **Il quarto comandamento dice: « ________________________________ ».**
Quindi all'interno della famiglia esistono dei reciproci doveri:

Doveri dei genitori verso i figli	
Doveri dei figli verso i genitori	

3 **Leggi questa lettera, citata nel "Bollettino salesiano", e scrivi una risposta.**

Sono una mamma come tante. Una mamma che, quasi tutte le sere, vede i figli adolescenti uscire e non sa se li vedrà tornare. Regolarmente, dopo aver detto loro: «Ciao, non fate tardi, state attenti», arriva il pensiero lancinante e sconvolgente: «Torneranno?». Sì, magari per tornare, tornano. Ma come? Quando? A che ora? Con chi sono stati? E quello che guidava l'auto in che condizioni era? Avrà bevuto o fumato qualcosa? Finora sono stata fortunata: sono sempre tornati, anche se alle 4, alle 5 o alle 6 del mattino. E noi genitori a casa ad aspettare! C'è chi dorme ugualmente, sfiancato dalla giornata di lavoro. E c'è chi non ce la fa e rimane lì, con gli occhi sbarrati, nel buio della stanza ad aspettare quel rumore benedetto, quella chiave che, finalmente, gira nella toppa della porta. È tornato! È quasi mattina, la notte l'hai già persa, ma tuo figlio è a casa!
Ma è vita, questa? Quanto dovrà durare? Fino a che punto noi genitori resisteremo, prima di dar fuori di matto? E poi liti a non finire, musi lunghi, prediche, pianti, ricatti... Dove abbiamo sbagliato? Perché i figli ricambiano così il nostro tentativo di dar loro quello che noi non abbiamo avuto? Ai nostri figli abbiamo dato molta fiducia, rispetto e libertà. Ma la fiducia ce l'hanno ricambiata con il più completo menefreghismo; il rispetto l'hanno tolto a noi che siamo ridotti ormai al rango di servi di tutti i loro bisogni; la libertà si è trasformata in egoismo allo stato puro. Non c'è niente e nessuno che venga prima di loro. Non ci sono più doveri, ma solo diritti. La famiglia, il sentimento, il cuore... per loro non hanno più importanza... Come educatori, abbiamo fallito!

B. FERRERO, *Alcune regole sulle regole*, in "Bollettino salesiano", maggio 2003

4 **Tabula i dati contenuti in questo brano e descrivi il "genitore ideale".**

Dopo decenni passati a sentirsi dire che bisogna essere amici dei figli, un'indagine della Fondazione Exodus di Don Mazzi tra 635 adolescenti tra i 14 e i 19 anni boccia questo atteggiamento: un adolescente su tre non sopporta che i genitori «facciano gli amiconi» e «desiderino piacere a tutti i costi», anche con comportamenti imbarazzanti. [...] gli adolescenti bocciano papà e mamma perché «non sanno capire cosa ci serve nella vita» (32%), e perché «pensano troppo a loro stessi» (21%). Il 23% dei ragazzi lamenta l'incapacità di comunicare dei genitori» e il 18% una «eccessiva loro presenza» nella intimità dei figli. Di contro, il 31% dei ragazzi vorrebbe che i genitori fossero un «punto di riferimento sicuro in ogni occasione» (e forse anche ai genitori piacerebbe esserlo, potendo), mentre il 24% vorrebbero che i genitori «trasmettessero le regole di vita con l'esempio».

P. PANZA, *Meglio avere un padre severo che amico*, in "Corriere della sera", 27 aprile 2001

5 **Il nuovo rito cattolico del matrimonio è entrato in vigore alla fine del 2004. Tra i vari momenti esso prevede anche la memoria del battesimo con l'aspersione e l'invocazione di santi che hanno vissuto l'esperienza di coniugi e di famiglia. Il testo che segue è la formula centrale del consenso matrimoniale con la quale si contrae il matrimonio.**

Sacerdote: *NN. siete venuti a contrarre matrimonio in piena libertà e consapevoli del significato della vostra decisione?*
Sposi: *Sì*

Sacerdote: *Siete disposti, seguendo la via del Matrimonio, ad amarvi e a onorarvi l'un l'altro per tutta la vita?*
Sposi: *Sì*

Sacerdote: *Siete disposti ad accogliere con amore i figli che Dio vorrà donarvi e a educarli secondo la legge di Cristo e della sua Chiesa?*
Sposi: *Sì*

Sacerdote: *Alla presenza di Dio e davanti alla Chiesa qui riunita,*
datevi la mano destra ed esprimete il vostro consenso.
Il Signore, inizio e compimento del vostro amore, sia con voi sempre.

Sposi:
Io NN., accolgo te, NN., come mia sposa/o.
Con la grazia di Cristo
prometto di esserti fedele sempre,
nella gioia e nel dolore,
nella salute e nella malattia,
e di amarti e onorarti tutti i giorni della mia vita.

- Quali caratteristiche dell'unione coniugale sono ricavabili da queste espressioni di consenso?
- Quali valori vengono messi in evidenza?
- La formula «*Io prendo te*» è stata sostituita da «*Io accolgo te*». Che cosa significa secondo te questo cambiamento?

6 **Leggi Mc 10, 1-12, dove Gesù parla dell'indissolubilità del matrimonio. Presta attenzione e chiarisci i motivi di alcuni particolari del testo.**

Guercino, *Abramo caccia Agar*, XVII secolo, Pinacoteca di Brera, Milano.

- Gesù fa riferimento a un preciso brano della Bibbia per sostenere l'indissolubilità del matrimonio.
- Mosè aveva dato delle "norme" per regolarizzare la possibilità di divorziare e Gesù esprime la propria disapprovazione: «*Per la durezza del vostro cuore egli scrisse per voi questa norma*».
- La domanda iniziale era se fosse lecito "al marito" ripudiare la moglie. Gesù risponde precisando sia la posizione del marito che ripudia la moglie sia quella della moglie che ripudia il marito. Quale novità rispetto alla cultura del tempo?

7 **Ciascuna delle seguenti definizioni appartiene alla concezione tipicamente cristiana, ma ha anche un significato, spesso differente, nella cultura laica.**
Prova a operare un confronto:
- l'amore è dono sincero di sé;
- la paternità e la maternità devono essere responsabili;
- l'amore è esigente.

UNITÀ 16

La ricerca della pace nel mondo

Contenuti

- Il messaggio biblico ed evangelico della pace
- La legittima difesa e la guerra giusta
- La dottrina cattolica nel XX secolo
- Da Benedetto XV a Giovanni XXIII
- Il Concilio Vaticano II, Paolo VI, Giovanni Paolo II e Benedetto XVI
- Le vie della pace

Obiettivi

- Conoscere il messaggio biblico sulla pace.
- Riconoscere i valori evangelici di pace e non-violenza in rapporto al dovere morale della legittima difesa e della giustizia.
- Sapere quali sono le prospettive e le finalità, i limiti e le incoerenze della dottrina sulla "guerra giusta".
- Prendere visione della situazione attuale riguardo alla guerra e alla pace e dell'evoluzione del recente Magistero.
- Riflettere sulla posizione di rifiuto della guerra e sulla necessità di costruire la pace attraverso nuovi modelli di rapporti interpersonali, economici, politici, internazionali.
- Acquisire un'attenta sensibilità rispetto alla portata cosmica dei rischi attuali della guerra.
- Imparare a fare scelte di solidarietà e pace in situazioni reali e quotidiane.

Il messaggio biblico ed evangelico della pace

Nella Bibbia il termine *shalom*, che noi traduciamo con la parola «pace», è assai ricco di significati che vanno oltre l'istintiva e semplice idea di assenza di guerra e mancanza di conflitti, pur presente nell'accezione del termine. Lo *shalom* biblico è benessere, armonia, concordia, felicità nella prosperità sia individuale sia sociale, in una situazione di buone relazioni tra gli uomini, tra l'uomo e la natura e tra l'uomo e Dio.

Il monogramma di Cristo tra due colombe, simbolo delle anime dei fedeli.

L'Antico Testamento associa l'idea di pace a quella di benedizione divina. La pace è un dono di Dio condizionato dalla fedeltà e dall'osservanza della volontà divina. L'uomo che è giusto «*cammina nella pace*» (Is 59, 8-9) perché «*effetto della giustizia sarà la pace*» (Is 32, 17). Nella Bibbia l'uomo giusto è colui che osserva i comandi di Dio che, donando al popolo la sua legge, prepara Egli stesso le condizioni perché si realizzi la pace. La concordia tra gli uomini e Dio, tra gli uomini e i loro simili, tra gli uomini e la natura stessa caratterizzerà la venuta del Messia e il suo Regno sarà un Regno di giustizia e di pace. Il Messia stesso sarà «il Principe della Pace» (cfr. Is 9, 5-6).

Il Nuovo Testamento approfondisce il tema della pace come dono che viene da Dio, un dono che Gesù fa ai propri discepoli, precisando che la sua pace è diversa da quella degli uomini.

Vi lascio la pace, vi do la mia pace. Non come la dà il mondo, io la do a voi.

Gv 14, 27

Filippino Lippi, *Intercessione di Cristo e della Vergine*, 1495-98, Alte Pinakothek, Monaco.

Apparendo risorto saluterà gli apostoli con l'augurio pasquale della pace che viene dalla salvezza operata dalla sua morte e risurrezione (cfr. Lc 24, 36; Gv 20, 19 ss.).

All'inizio della sua missione Egli pubblicamente afferma di essere venuto a ripristinare i giusti rapporti di rispetto e valorizzazione della dignità di ogni uomo (cfr. Lc 4, 16-22), chiarendo che la pace di cui si fa portatore e annunciatore non è collocabile solo a livello politico ed esteriore.

Dopo aver perdonato la donna peccatrice, la congeda dicendole: «*Va' in pace*» (Lc 7, 50) e le stesse parole dice alla donna emorroissa guarita miracolosamente (cfr. Mc 5, 34).

La pace di Cristo è una pace totale, che raggiunge le coscienze, sanando alla radice le cause dell'odio e delle discordie.

L'augurio di questa pace torna parecchie volte anche nelle lettere di Paolo che, scrivendo alle comunità cristiane, evidenzia che la «*pace di Dio* [...] *sorpassa ogni intelligenza*» (Fil 4, 7), cioè va oltre le aspettative umane e sana totalmente i conflitti umani, siano essi esterni o interni all'individuo.

Cristo richiama chi vuol essergli discepolo a farsi promotore di pace attraverso il dialogo (cfr. Mt 5, 25), la mitezza che si fa generosità (cfr. Mt 5, 38-42), l'amore per i nemici (cfr. Mt 5, 43-48) e il perdono (cfr. Mt 5, 23-24). Proclama «*beati gli operatori di pace, perché saranno*

Colomba, ulivo, arcobaleno: simboli di pace

Il richiamo alla pace è adombrato in molti riti e simboli nati in culture e tempi diversi. Tuttavia hanno acquistato una particolare valenza universale i simboli della colomba, dell'ulivo e dell'arcobaleno.
La loro origine è biblica e tutti e tre compaiono nel racconto del diluvio universale (Gen 6, 5-9, 17).
La Bibbia annota che la terra era piena di violenza e ingiustizia così che Dio decise di distruggere l'umanità, salvando però la famiglia di Noè, uomo onesto e giusto.
Dopo i quaranta giorni di pioggia ininterrotta che allagarono e distrussero la terra, per tre volte Noè lasciò partire dall'arca una **colomba** così da verificare se le acque si fossero ritirate. La seconda volta la colomba ritornò con un ramoscello di **ulivo** nel becco (Gen 8, 11).
Dopo che la famiglia di Noè e gli animali lasciarono l'arca, Dio stabilì un patto di Alleanza con Noè e i suoi discendenti: l'arcobaleno divenne il segno di tale Alleanza (Gen 9, 16-17). Così l'**arcobaleno** venne a significare la grandezza di Dio (cfr. anche Ap 4, 3) e allo stesso tempo la sua misericordia che ricrea il mondo nella concordia universale. La colomba è anche simbolo dello Spirito Santo (cfr. Lc 3, 22) che è Spirito di pace e unità.
L'abbondanza e lo splendore dell'ulivo, da cui si estrae l'olio, richiamano la situazione di benessere propria dei momenti di pace stabile.
Collocati all'interno del racconto del diluvio, questi tre elementi divengono simboli della distruzione di ogni ingiustizia, dell'Alleanza tra Dio e l'uomo e della ricomposta pacificazione e concordia anche con tutto il creato.

Scuola fiamminga, *Dio annuncia a Noè il diluvio*, dipinto su rame, XVII secolo, Museo de Arte de Queretaro, Queretaro.

chiamati figli di Dio» (Mt 5, 9) e, contro ogni pregiudiziale divisione tra gli uomini, afferma che tutti sono l'unica famiglia di Dio, Padre comune di tutti, come esprime la preghiera propria del cristiano (cfr. Mt 6,9).

La legittima difesa e la guerra giusta

Durante i secoli la riflessione teologica cristiana non ha mai smesso di approfondire il messaggio evangelico di pace. Tuttavia, una visione realistica del mondo non poteva nascondersi le difficoltà esistenti nell'instaurazione della pace e il forte divario tra l'ideale e le concrete situazioni. Anzi, in alcuni momenti della storia della Chiesa l'ideale della pace fu perseguito attraverso la ricerca del potere e una poco evangelica fiducia nella forza delle armi.

Tuttavia, fin dai primi secoli non mancano testimonianze che evidenziano come il rifiuto della guerra sia proprio del messaggio cristiano: il vescovo di Cartagine, Cipriano (210-258), dichiara impossibile l'impegno dei cristiani nell'esercito romano; Tertulliano nel *De corona* (211 ca.) affronta il problema della liceità per un cristiano di militare nell'esercito e sostiene l'immoralità della guerra; anche gli *Atti dei martiri* riportano la condanna di cristiani obiettori. I cristiani dei primi secoli constatarono nel mondo militare il reale pericolo della violenza elevata a istituzione, a causa delle guerre di conquista e dell'espansionismo. Questa situazione perdurò anche durante il Medioevo.

Stefano di Giovanni detto il Sassetta, *San Francesco parla con il lupo di Gubbio*, XV secolo, National Gallery, Londra.

Francesco d'Assisi (1182-1226) da giovane era stato cavaliere ma, dopo la conversione, scelse in modo radicale di vivere il Vangelo *sine glossa* ("alla lettera"). Nella Regola inviava i suoi frati nel mondo come testimoni di pace, invitandoli a confidare unicamente sulla forza della Parola di Dio. Egli stesso, durante una crociata, si recò a incontrare il sultano Melik per annunciare il Vangelo con fede nella forza del dialogo e della persuasione.

Il richiamo radicale alla scelta della pace del Vangelo è stato testimoniato lungo tutti i secoli cristiani fino ai nostri tempi, in cui voci profetiche, quali quelle di don Lorenzo Milani (1923- 1967) e don Primo Mazzolari (1890-1959), ricordavano che il comandamento «Non uccidere» non ammette eccezioni.

Se da una parte la tradizione cristiana presenta queste testimonianze di pace, dall'altra si è imposta la necessità di riflettere sulla situazione concreta della legittimità della guerra. Si è elaborata così, lungo l'arco dei secoli, una «teologia della guerra»:

Nella prospettiva della guerra giusta, uccidere rimane un male che bisogna cercare in tutti i modi di evitare: il cristiano può ricorrervi soltanto come «male minore», dopo aver verificato che siano soddisfatte un certo numero di condizioni.

C. MELLON, *I cristiani di fronte alla guerra e alla pace*, Queriniana, Brescia 1986

La dottrina tradizionale della pace e della guerra non cercò di spalancare porte e finestre alla furia della guerra, bensì di arginarla [e questo perché] *la guerra in quanto tale tende per sua natura a commettere violenze e a farlo senza scrupoli e senza limiti.*

J. HÖFFNER, *La dottrina sociale cristiana*, Edizioni Paoline, Cinisello Balsamo 1986

La riflessione teologica poneva limitazioni e cercava di ridurre al minimo il male della guerra, ponendo restrizioni per quanto riguardava i **bersagli** (il Sinodo di Charroux, nel 989, lanciò la scomunica su coloro che durante la guerra attaccavano i poveri, i bambini, le donne, il clero, i mercanti, affermando il dovere di rispettare i non-combattenti), i **tempi** (nel 1027 si introdusse la «tregua di Dio» con il divieto di combattere di sabato e di domenica; poi si sarebbero prolungati sempre più i periodi di non belligeranza) e le **ragioni** a giustificazione dei conflitti.

È con Agostino che la teologia della guerra assume un volto e una fisionomia ben definiti. Nel tentativo di limitare la guerra, la si legittima in particolari situazioni e circostanze. Scrive il vescovo di Ippona a Bonifacio, generale dei mercenari goti: «La pace deve essere la volontà e la guerra solo una necessità, finché Dio ci liberi dalla necessità e ci conservi nella pace! Infatti non si cerca la pace per provocare la guerra, ma si fa la guerra per ottenere la pace. Anche facendo la guerra, sii dunque ispirato dalla pace in modo che, vincendo, tu possa condurre al bene della pace coloro che tu sconfiggi». La guerra qui appare come male che può essere intrapreso per un motivo giusto. Ri-

prendendo un detto già presente nella cultura antica, si sottolinea come attraverso la guerra si possa realizzare la pace.

I cristiani e l'obiezione di coscienza, a c. di A. CAVAGNA, Edizioni Dehoniane, Bologna 1992

La pace dunque deve essere il solo obiettivo da perseguire in un conflitto.

A motivare **Agostino** nella legittimazione del ricorso alle armi da parte di un cristiano fu anche la situazione storica in cui visse: il sacco di Roma da parte di Alarico nel 410 e, soprattutto, il fatto che con Costantino i cristiani vennero ammessi nell'esercito dell'Impero.

Agostino non ammetteva l'autodifesa personale ma, come sosteneva anche Ambrogio, riteneva un dovere la difesa dell'altro, soprattutto del debole (l'idea agostiniana fu poi ripresa da Lutero). È chiaro che egli non legittimava ogni scontro. Per Agostino l'iniziativa del conflitto doveva venire sempre dall'alto: la guerra doveva essere decisa dal detentore dell'autorità politica legittima. Si escludevano, quindi, le guerre basate su interessi puramente privati. Inoltre, prima di ricorrere alla guerra, dovevano essere stati tentati tutti gli altri mezzi di risoluzione del conflitto.

Tommaso d'Aquino (1225-1274) affermava che la guerra è peccato, salvo il caso di una «*guerra giusta*». Una guerra d'attacco poteva dirsi «giusta» se coesistevano tre condizioni:

- l'**autorità del principe**: i privati per le loro controversie potevano rivolgersi a un tribunale. I principi invece, in assenza di un'autorità internazionale, dovevano rivendicare giustizia da soli;
- la **giusta causa**: implicava una concezione penale della guerra stessa, in base alla quale venivano puniti i nemici che avessero meritato il castigo della guerra;
- la **retta intenzione**: l'intento punitivo non era sufficiente, ma bisognava ristabilire la giustizia e la pace; ogni altra intenzione (volontà di espansione, ricerca di gloria, acquisizione di ricchezze o di territori) doveva essere esclusa. La guerra doveva essere condotta con l'intenzione di promuovere il bene e impedire il male. Il desiderio di apportare danno, la crudeltà nel vendicarsi, l'animo esacerbato e implacabile, la ferocia nel contrattaccare erano considerati riprovevoli e una guerra condotta con tali disposizioni era una colpa gravissima.

Era invece scontato che la guerra puramente difensiva fosse sempre legittima. Le tre condizioni espresse dall'aquinate furono poi accolte dai teologi dei secoli successivi.

Il domenicano **Francisco de Vitoria** (1483-1546) introdusse il concetto di proporzionalità, per cui i mali che una guerra provoca non devono essere maggiori di quelli a cui cerca di porre rimedio. Il gesuita **Francisco Suarez** (1548-1617) aggiunse un ulteriore elemento di riflessione: una guerra può essere intrapresa se si hanno delle probabilità concrete di «vittoria», cioè di ristabilire il diritto negato: in altri termi-

Giovanni Biasin, *Il sacco di Roma*, 1861.

ni, non è lecito prendere le armi «per principio» o «per onore».

Nel complesso, i punti che questi pensatori avevano evidenziato riguardo allo *ius ad bellum* («diritto alla guerra») portano a ritenere legittima una guerra unicamente difensiva, dove il ricorso alle armi sia comunque l'estremo e inevitabile rimedio a una situazione di maggiore e grave ingiustizia. Siamo nell'ambito di applicazione del principio di legittima difesa. In questa visione le rappresaglie, la guerra espansionistica o coloniale, la guerra punitiva non possono avere nessuna legittimazione morale.
Il *Catechismo della Chiesa Cattolica* precisa «*le strette condizioni che giustificano una legittima difesa con la forza militare*»; tale decisione «*per la sua gravità, è sottomessa a rigorose condizioni*», per cui occorre contemporaneamente:

Manifesto contro la bomba atomica, XX secolo.

- *che il danno causato dall'aggressore alla nazione o alla comunità delle nazioni sia durevole, grave e certo;*
- *che tutti gli altri mezzi per porvi fine si siano rivelati impraticabili o inefficaci;*
- *che vi siano fondate condizioni di successo;*
- *che il ricorso alle armi non provochi mali e disordini più gravi del male da eliminare.*

Nella valutazione di questa condizione ha un grandissimo peso la potenza dei moderni mezzi di distruzione.

Catechismo della Chiesa Cattolica, n. 2309, Libreria Editrice Vaticana, Città del Vaticano 1992

Infine il *Catechismo* sottolinea come tali condizioni di legittimità debbano comunque essere valutate con giudizio prudente da chi ha la responsabilità del bene comune, cui compete anche il diritto di imporre ai cittadini l'obbligo della difesa nazionale, fatto salvo il diritto personale all'obiezione di coscienza, da attuarsi con altra forma di servizio alla comunità umana.

Tuttavia, anche nel caso di una guerra «legittima», la morale cristiana pone ulteriori restrizioni.

Un sit-in a favore della pace.

Si trattino con umanità i non combattenti, i soldati feriti e i prigionieri. Le azioni deliberatamente contrarie al diritto delle genti e le disposizioni che le impongono sono dei crimini che l'obbedienza cieca non serve a scusare. Si devono condannare le distruzioni di massa come pure lo sterminio di un popolo o di una minoranza etnica, che sono peccati gravissimi: si è moralmente in obbligo di fare resistenza agli ordini di chi li comanda.

Catechismo della Chiesa cattolica, Compendio, n. 485, Libreria Editrice Vaticana, Città del Vaticano 2005

Anche il diritto internazionale ha sancito delle regole che devono essere rispettate durante un conflitto (ad esempio i non-combattenti non possono essere oggetto di attacchi diretti; bambini, anziani, malati non possono essere considerati combattenti nemmeno nell'accezione più ampia del termine). Il concetto di guerra giusta dovrebbe essere, naturalmente, salvaguardato anche nei conflitti moderni.

> *La sola efficacia storica dei discorsi di guerra giusta si ha dunque in tempo di «pace», quando gli uomini possono discutere freddamente su ciò che sarebbe opportuno fare in tale o tal altra ipotesi e, di conseguenza, decidere politiche di difesa e strategie. Ciò è ancor più vero nel contesto della guerra moderna che riduce considerevolmente i tempi decisionali. Il moralista deve ricordare che gli attacchi contro i non-combattenti sono dei «crimini» quando vengono votati i programmi di potenziamento, quando si decidono le strategie o si sceglie un determinato tipo di difesa piuttosto che un altro, e non nel momento in cui scatta la guerra nucleare.* [...] *Se i criteri della guerra giusta rimangono validi, non è più per valutare che cosa è lecito fare una volta che i missili sono partiti, ma per contribuire a valutare a freddo le politiche di difesa e le strategie.*
>
> C. MELLON, *I cristiani di fronte alla guerra e alla pace*, Queriniana, Brescia 1986

Attività

La guerra
Affronta il tema della guerra attraverso lo studio della Storia, della Letteratura e dell'Arte.

- In Letteratura puoi analizzare:
  - l'interventismo di Gabriele D'Annunzio;
  - la posizione di Giovanni Papini sulla guerra come «male necessario»;
  - alcune poesie di Giuseppe Ungaretti (ad esempio *Veglia*, *Fratelli*, *Sono una creatura*);
  - *Uomo del mio tempo* di Salvatore Quasimodo;
  - L'intero romanzo di Primo Levi, *Se questo è un uomo*.
- In Storia dell'arte analizza *Guernica* di Pablo Picasso.
- In Letteratura inglese puoi leggere alcuni brani di Siegfried Sasson (ad esempio *Glory of Women*), Wilfred Owen (ad esempio *Dulce et decorum est*), Rupert Brooke (ad esempio *The Soldier*).

Per queste ragioni, senza abbandonare la riflessione morale passata, il Magistero recente ha proposto prospettive di approfondimento teologico.

La dottrina cattolica nel XX secolo

Il tema della teologia della guerra è posto radicalmente in questione nel XX secolo dall'esplodere di due conflitti mondiali di immani proporzioni. Con la Prima guerra mondiale vi fu il coinvolgimento di molti Paesi nel conflitto e si sperimentò come tutti gli aspetti della vita di una nazione fossero colpiti e danneggiati dai combattimenti.

> *Era una guerra nuova e diversa da tutte le precedenti quella che i popoli europei si accingevano a combattere nell'agosto del 1914, anche se non subito se ne resero conto. La mobilitazione generale fu la grande novità di questa guerra: non si trattò solo di raccogliere, riunire, organizzare, addestrare una massa enorme di uomini, borghesi, proletari, contadini. Tutta la struttura economica, amministrativa e politica degli Stati fu trasformata in militare o paramilitare: dalle fabbriche, che producevano strumenti bellici più potenti e perfetti di quelli fino ad allora conosciuti, ai servizi pubblici, all'apparato statale. In una parola, tutta la vita delle nazioni belligeranti fu condizionata dalla guerra. Nacquero e si svilupparono nuove mentalità e nuove esigenze, influenzate dalla propaganda militarista, i cui toni divennero sempre più accesi.*
>
> G. DE ROSA, *Storia contemporanea*, Minerva Italica, Milano 1982

DOCUMENTI

Gesù rispose: ... basta così!

Riconosco di essere stato convinto anch'io[1] *che l'uso della violenza sia utile e necessario quando si tratta della libertà dei popoli. Dopo aver visto e vissuto da vicino che cosa vuol dire la guerra di oggi, non la penso più così. Anzi. Sono profondamente convinto, e lo potrei provare, che l'uso della violenza ha portato sempre un peggioramento. Questo vale oggi come mai prima, perché i danni delle guerre di oggi sono tali da non poter giustificare nessun tipo di guerra.* [...]

Oggi, purtroppo, non ci sono vincitori giusti. Si deve dire che oggi non ci sono nemmeno i "cavalieri", nel fare le guerre. Il nemico non viene trattato da uomo. Ecco perché le moderne guerre non mirano solo a combattere, ma a distruggere il nemico. A chi non bastano i casi della Bosnia ed Erzegovina, del Ruanda, della Cecenia? Coloro che giustificano le proprie guerre con le ingiustizie sofferte, dopo aver vinto impongono ai vinti i sistemi e le condizioni più o meno uguali a quelli che li hanno spinti a fare la guerra. Così viene a crearsi una spirale cieca di guerre continue.

La seconda considerazione si riferisce alle armi con cui vengono fatte le guerre oggi. Tra le imprevedibili conseguenze dell'uso delle armi moderne vi è anche il fatto che, dopo essere state messe in azione, non sono più sotto il controllo di coloro da cui vengono usate. Allora il destino dell'umanità è all'estremo rischio, perché dipende da una realtà fatalmente cieca.

Il nostro tempo ha superato la predizione di Cristo: «... tutti quelli che mettono mano alla spada periranno di spada» *(Mt 26,52) perché le guerre d'oggi uccidono prima di tutto coloro che non le fanno e che non sono in grado di proteggersi. Si calcola che nel mio Paese più dell'ottanta per cento di tutte le vittime della guerra erano civili, con una percentuale spaventosa di bambini. Le vittime inoltre non sono solo, e oserei dire, non sono prima di tutto, coloro a cui viene tolta la vita. Come culmine della violenza, la guerra "uccide" prima di tutto psicologicamente, ma molto spesso anche moralmente.*

Fanno paura gli uomini che devono vivere senza il senso e il sapore della vita, che vengono tolti dalla guerra. Noi oggi in Bosnia ed Erzegovina non siamo più sicuri su chi ci ha danneggiato di più. Coloro che hanno ucciso circa trecentomila persone o coloro che, per liberarci, con le armi usate, hanno contaminato e reso micidiale per mille anni il suolo che dovrebbe nutrirci? [...]

Se una volta anche la Chiesa poteva capire o, addirittura, sostenere la teoria della guerra giusta e dell'ingerenza umanitaria, mi pare che, dopo le esperienze degli ultimi decenni occorra applicare letteralmente il monito di Cristo rivolto a Pietro che con la spada voleva proteggere la vita del Giusto e dell'Innocente: «... basta così!» *(Lc 22,51). Le guerre di oggi il Pietro dei nostri giorni*[2] *le ha definite come avventura senza ritorno.*

PERO SUDAR, ... *basta così!*, in AA.VV., *Segni di pace*, AVE, Roma 2003

[1] Chi scrive è mons. Pero Sudar, vescovo ausiliare di Sarajevo.

[2] Si riferisce a papa Giovanni Paolo II, successore di Pietro.

Al termine della "Grande Guerra" l'ingente numero delle vittime e l'ammontare dei danni mostrarono che ormai la guerra era qualcosa di molto più drammatico di uno scontro tra due o più eserciti nazionali.

La Seconda guerra mondiale rimarcò, in maniera eccezionalmente drammatica...

... la dimensione fino allora sconosciuta, a cui può giungere il disprezzo dell'uomo e la violenza dei suoi diritti. Essa ha compiuto una mobilitazione inaudita dell'odio, che ha calpestato l'uomo e tutto ciò che è umano nel nome di una ideologia imperialistica.

GIOVANNI PAOLO II, *Lettera ai vescovi della Polonia nel 50° anniversario dell'inizio del secondo conflitto mondiale*, 26 agosto 1989, n. 3

Durante la Guerra del Vietnam, un bambino sudvietnamita osserva un fucile automatico M-16 americano, 1966.

Non meno rilevanti agli occhi dell'opinione pubblica sono stati altri conflitti come quelli di Corea (1950-53), del Vietnam (1959-1969), la guerra lampo tra Egitto e Israele (1967), la guerra del Golfo tra Usa e Iraq (1991-1992), la guerra dei Balcani (1991-1995), la guerra in Afghanistan (2001), la guerra in Iraq (2003).

Da Benedetto XV a Giovanni XXIII

All'esplodere della Prima guerra mondiale, Benedetto XV in un'esortazione a tutti i cattolici del mondo (8 settembre 1914) espresse la consapevolezza di essere di fronte all'inizio di una tragedia che non poteva essere giustificata da alcun motivo. Per questo si invitavano i governanti a scelte coraggiose. Il 10 novembre 1914 il papa denunciò la terribile tecnologia che aveva posto in quella guerra una logica di morte non più controllabile. Il 1° agosto 1917 rivolse un messaggio a tutti i capi dei popoli in guerra e indicò la via per raggiungere la pace: un giusto accordo di tutti per la diminuzione simultanea e reciproca delle armi, la costituzione di un arbitrato per risolvere i conflitti, il reciproco condono delle spese di guerra, la reciproca restituzione dei territori occupati.

Benedetto XV definì la guerra un'«*inutile strage*», non utilizzando il linguaggio tipico della teologia della guerra, ma cercando di vedere la guerra dalla parte dei popoli, non dei governi.

Pio XII (1939-1958), il cui pontificato si svolse durante il secondo conflitto mondiale fino al periodo della «guerra fredda», nel radiomessaggio del 24 agosto 1939 lanciò un appello: «*Nulla è perduto con la pace. Tutto può essere perduto con la guerra*». Durante la guerra il papa si prodigò molto per le vittime del nazismo, ma tenne una posizione di prudente imparzialità.

Dopo la fine della guerra, di fronte alla politica dell'Unione Sovietica, nel discorso per il Natale del 1948, rivendicò ai popoli il diritto alla difesa di fronte all'aggressore come estrema difesa contro le ingiustizie; riaffermò quest'idea nel Natale del 1956 dopo l'intervento armato russo in Ungheria.

La sua posizione rimase fortemente omogenea rispetto alla tradizionale teologia della guerra anche se insisteva sulla necessità di istituzioni internazionali veramente efficaci (radiomessaggio per il Natale del 1957).

Un ritratto di papa Benedetto XV, 1914-22, Castello Mina della Scala, Casteldidone, Lombardia.

Dopo la guerra, la Conferenza di Yalta (1945) stabilì un nuovo assetto mondiale mediante la spartizione in zone d'influenza controllate da Stati Uniti (intorno a cui gravitava l'Europa occidentale) e Unione Sovietica (a cui erano legati i Paesi dell'Europa orientale). Il clima di tensione stabilitosi tra le due superpotenze avviò il periodo della cosiddetta «guerra fredda», durante la quale più volte si rischiò un nuovo conflitto mondiale. La gravità della situazione era determinata dalla minaccia che derivava dagli arsenali dei due Paesi, entrambi in possesso di armi nucleari. Fortunatamente, dopo la morte di Stalin, nel 1953, iniziò un processo di distensione grazie alle azioni del leader sovietico Kruscev e del presidente americano Kennedy.

Il primo ministro britannico Winston Churchill, il presidente degli Stati Uniti Franklin Delano Roosevelt e il capo del governo sovietico Stalin ritratti durante la Conferenza di Yalta, 4 febbraio 1945.

Proprio in questi anni si svolse il pontificato di Giovanni XXIII (1958-1963), che diede un contributo alla politica di distensione tra i due blocchi, sovietico e atlantico. La sua enciclica *Pacem in Terris* (11 aprile 1963) segnò una svolta decisiva: il pontefice si rivolse a tutti gli uomini, non solo ai cattolici, superò il linguaggio e la prospettiva della teologia sulla «guerra giusta», abbandonò ogni forma di pessimismo che aveva portato nei secoli precedenti ad accettare la guerra come male minore e unico mezzo per ristabilire la giustizia. Nell'enciclica si affermava con chiarezza:

> *Riesce quasi impossibile pensare che nell'era atomica la guerra possa essere utilizzata come strumento di giustizia.*
>
> GIOVANNI XXIII, *Pacem in Terris*, n. 67

Più che soffermarsi sulle condizioni di una guerra giusta il papa preferì insistere sulle condizioni di una vera pace. Sulla falsariga della *Dichiarazione* dell'Onu (10 dicembre 1948) riaffermò lo stretto legame che vi è tra diritti e doveri della persona umana, insistendo sulla necessità che il loro rispetto divenisse piattaforma comune di intesa tra i popoli. Lo Stato di diritto, nelle sue articolazioni istituzionali e tramite i suoi ordinamenti giuridici, doveva farsi garante di questi diritti. Inoltre il papa evidenziava come il mondo fosse incamminato verso una convivenza unitaria a carattere globale, dove tutte le nazioni, le loro politiche, economie, culture sarebbero state interattive. Per questo era necessario un ordine fondato sulla verità, orientato alla giustizia, che trovasse la ragione del proprio impegno nell'amore e nell'attuazione piena della libertà. Esisteva un bene comune universale, che richiedeva organismi mondiali deputati a realizzarlo.

DOCUMENTI

Disarmo: liberi dalla paura di un nuovo conflitto

Ci è pure doloroso constatare come nelle comunità politiche economicamente più sviluppate si siano creati e si continuino a creare armamenti giganteschi; come a tale scopo venga assorbita una percentuale altissima di energie spirituali e di risorse economiche; gli stessi cittadini di quelle comunità politiche siano sottoposti a sacrifici non lievi; mentre altre comunità politiche vengono, di conseguenza, private di collaborazioni indispensabili al loro sviluppo economico e al loro progresso sociale.
Gli armamenti, come è noto, si sogliono giustificare adducendo il motivo che, se una pace oggi è possibile, non può essere che la pace fondata sull'equilibrio delle forze. Quindi, se una comunità politica si arma, le altre comunità politiche devono tenere il passo e armarsi esse pure. E se una comunità politica produce armi atomiche, le altre devono pure produrre armi atomiche di potenza distruttiva pari.
In conseguenza, gli esseri umani vivono sotto l'incubo di un uragano che potrebbe scatenarsi a ogni istante con una travolgenza inimmaginabile. Giacché le armi ci sono; e se è difficile persuadersi che vi siano persone capaci di assumersi la responsabilità delle distruzioni e dei dolori che una guerra causerebbe, non è escluso che un fatto imprevedibile e incontrollabile possa far scoccare la scintilla che metta in moto l'apparato bellico. Inoltre va pure tenuto presente che se anche una guerra a fondo, grazie all'efficacia deterrente delle stesse armi, non avrà luogo, è giustificato il timore che il fatto della sola continuazione degli esperimenti nucleari a scopi bellici possa avere conseguenze fatali per la vita sulla terra.
Per cui giustizia, saggezza e umanità domandano che venga arrestata la corsa agli armamenti, si riducano simultaneamente e reciprocamente gli armamenti già esistenti; si mettano al bando le armi nucleari e si pervenga finalmente al disarmo integrato da controlli efficaci.

GIOVANNI XXIII, *Pacem in Terris*, nn. 59-60

Una scultura fatta con la fusione di armi confiscate dall'amministrazione della città cambogiana di Phnom Penh, in occasione di una campagna a favore del disarmo, 2001.

Armi e disarmo: prospettive etiche

Il periodo della guerra fredda

Dopo la Seconda guerra mondiale l'incremento degli arsenali militari è divenuto un problema centrale della politica internazionale. Gli Stati Uniti erano convinti che il possesso dell'arma atomica sarebbe stato un ottimo espediente per "dissuadere" l'Unione sovietica da iniziative espansionistiche; dall'altro lato, l'Unione Sovietica si dedicò alla preparazione di ordigni atomici. La contrapposizione tra il blocco sovietico e i Paesi del Patto Atlantico portò a una rincorsa per dotarsi e installare armi sempre più potenti e sofisticate in modo da avere una posizione di superiorità tattica e bellica sull'avversario. Furono gli anni della «guerra fredda» e della politica militare della "deterrenza". Questa corsa al riarmo atomico raggiunse momenti di tensione fortissimi e drammatici che fecero temere lo scoppio di un conflitto mondiale e nucleare (ad esempio la guerra di Corea dal 1950 al 1953 con la divisione lungo il 38° parallelo e lo scontro tra il governo del Nord filosovietico e quello del Sud sostenuto dagli Stati Uniti; oppure la crisi di Cuba del 1962 quando l'Urss cominciò a fornire armi e a installare basi missilistiche sull'isola, costituendo una seria minaccia per gli Stati Uniti; alla fine prevalse il buon senso e l'Urss rinunciò alle basi di missili). Eletto nel 1960 alla presidenza degli Usa, John F. Kennedy fu un fautore della politica di coesistenza pacifica con l'Unione Sovietica e diede un contributo importante alla smobilitazione del clima della «guerra fredda» e alla riduzione del rischio atomico (cfr. l'accordo di Monaco del luglio 1963 per sospendere gli esperimenti atomici), nonostante il fatto che sotto la sua presidenza si fossero verificate la crisi di Cuba e la guerra del Vietnam.

Il palazzo dell'Onu nel quartiere di Manhattan, New York.

La pericolosità delle nuove armi

La pericolosità della corsa al riarmo non consisteva però soltanto nella fragilità di un equilibrio basato sulla paura. La gravità della situazione era anche legata al fatto che la produzione di armi da parte delle due superpotenze, Usa e Urss, comportava la loro vendita ai cosiddetti Paesi del Terzo Mondo, alimentandovi così pericolosi focolai di guerra. Le preoccupazioni maggiori riguardavano la quantità e la distribuzione delle armi, ma anche la loro qualità.

Le armi utilizzate e costruite fino a quel momento avevano infatti un potere distruttivo limitato, per quanto imponente fosse, ed erano costruite per colpire obiettivi militari: solo un loro perverso e deliberato impiego avrebbe coinvolto obiettivi civili. La corsa agli armamenti è stata invece contrassegnata dalla fabbricazione di ordigni il cui potenziale offensivo era talmente forte da distruggere totalmente intere zone abitate e da coinvolgere inevitabilmente anche obiettivi civili e ambientali: le armi nucleari, chimiche, batteriologiche sono mezzi di distruzione totale il cui impiego, in una possibile escalation militare, potrebbe pregiudicare l'esistenza stessa dell'uomo e della vita sulla terra.

La posizione della Chiesa

Questo notevole salto qualitativo della tecnica militare non poteva che provocare giustificati timori e paure. Risulta quindi comprensibile la posizione della Chiesa che ha condannato in maniera irrevocabile queste armi e il loro utilizzo (cfr. *Gaudium et Spes*, n. 80), preoccupata anche del fatto che le cause delle guerre non ve-

Jean Carlu, *Per il disarmo delle nazioni*, poster creato per una campagna contro la guerra nel 1932.

nissero eliminate, ma anzi minacciassero di aggravarsi (cfr. Paolo VI, *Messaggio all'Assemblea generale dell'Onu*, 24 maggio 1978).

La riflessione conciliare dedicava anche un paragrafo al problema della corsa agli armamenti (n. 81), il cui accumulo era finalizzato al loro utilizzo in tempo di guerra. Tale accumulo avrebbe dovuto dissuadere eventuali avversari dal compiere aggressioni militari. Ma la posizione della Chiesa su queste politiche militari fu inequivocabile.

Qualunque cosa si debba pensare di questo metodo dissuasivo, si convincano gli uomini che la corsa agli armamenti, alla quale si rivolgono molte nazioni, non è la via sicura per conservare saldamente la pace né il cosiddetto equilibrio che ne risulta può essere considerato pace vera e stabile. Le cause della guerra, anziché venire eliminate da tale corsa, minacciano piuttosto di aggravarsi gradatamente. E mentre si spendono enormi ricchezze per procurarsi sempre nuove armi, diventa poi impossibile arrecare sufficiente rimedio alle miserie così grandi del mondo presente. [...] *è necessario pertanto ancora una volta dichiarare: la corsa agli armamenti è una delle piaghe più gravi dell'umanità e danneggia in modo intollerabile i poveri.*

CONCILIO VATICANO II, *Gaudium et Spes*, n. 81

Negli anni successivi al Concilio, la Santa Sede intervenne più volte ribadendo la pericolosità e l'immoralità della corsa agli armamenti e offrendo valutazioni in merito al processo di disarmo, allo smantellamento delle armi convenzionali e nucleari e ai problemi legati alla riconversione dell'industria bellica.

In sintesi, la critica della Chiesa riguardava la scelta politica ed economica delle nazioni produttrici di armi, definita come:

- un pericolo per l'intera umanità;
- un'ingiustizia, in quanto tende a sostituire al diritto il primato della forza;
- un furto poiché destina capitali immensi per le armi, sottraendoli alle necessità di uno sviluppo di tutte le nazioni, soprattutto delle più povere;
- una colpa contro lo spirito umano e cristiano;
- una pazzia rivolta a creare paura, pericolo, isterismo collettivo e ingiustizia tra i popoli (cfr. Commissione pontificia «Iustitia et Pax», *La Santa Sede e il disarmo generale*, 3 giugno 1976, in *Enchiridion Vaticanum*, v, nn. 1990-2024, Edizioni Dehoniane, Bologna 1982).

La riduzione degli armamenti è invece il segno di un ritorno alla fiducia, garantisce maggiore credibilità nelle relazioni internazionali e consente l'uso di nuove somme di danaro per scopi umanitari.

Il disarmo è quindi un'esigenza morale anche se si tratta di coniugare in maniera adeguata le urgenze del messaggio evangelico e la via del realismo politico. In tal senso:

Nelle condizioni attuali, una dissuasione fondata sull'equilibrio – non certo concepito come un fine in se stesso, ma come tappa sulla via del

Un manifesto della Germania occidentale contro l'installazione dei missili americani in Europa, 1948.

A sinistra: bambini-soldato addestrati a uccidere nella giungla birmana; a destra: un soldato tenta di disinnescare una mina camuffata in un pezzo di pane.

disarmo progressivo – può ancora essere considerata come moralmente accettabile. Tuttavia, per assicurare la pace è indispensabile non accontentarsi del minimo, che è sempre minacciato dal pericolo reale di esplodere.

Giovanni Paolo II, *Messaggio all'Onu*, 7 giugno 1982, in *Enchiridion Vaticanum*, VIII, n. 216, Edizioni Dehoniane, Bologna 1984

La Chiesa quindi propone un «*disarmo generale, equilibrato e controllato*» e ritiene che il principio di sufficienza deve valere per tutti i Paesi: uno Stato può possedere unicamente i mezzi necessari per la sua legittima difesa (cfr. Pontificio Consiglio della Giustizia e della Pace, *Il commercio internazionale delle armi*, 1° maggio 1994).

La deterrenza e l'accumulo di armi sono un modo paradossale di dissuadere la guerra, creano un equilibrio precario e fragile, non assicurano la pace. Questa politica militare, tipica della guerra fredda, deve essere sostituita dal disarmo e dal negoziato.

Fortunatamente, a partire dagli anni Ottanta, si è iniziato un efficace dialogo tra le due superpotenze americana e russa per il disarmo e la collaborazione reciproca, che ha portato a una serie di accordi di non proliferazione e per lo smantellamento e la limitazione delle armi nucleari.

Tuttavia la situazione attuale presenta molte ambiguità. Nel passato gli arsenali atomici avevano una funzione di deterrenza. Oggi si progettano armi "pronte all'uso" (ad esempio i *bunker busters*, miniordigni nucleari capaci di penetrare in profondità), ordigni che danneggiano anche l'ambiente e nuocciono alla salute degli stessi soldati.

Il commercio delle armi è fiorente e vi sono difficoltà a controllare la destinazione finale delle forniture a causa di intermediari e acquirenti "prestanome". Di fatto è facile esportare armi anche in Paesi che violano i diritti umani, che sono in guerra o coinvolti in tensioni internazionali, aggirando i divieti e gli embargo decretati dall'Onu o dall'Unione Europea. In Italia il commercio delle armi è regolato dalla Legge 185 del 1990 modificata il 27 luglio 2000. L'Italia sarebbe l'ottavo esportatore di armi nel mondo dopo Stati Uniti (44% dell'intero mercato), Russia, Francia, Regno Unito, Germania, Ucraina, Paesi Bassi (cfr. la ricerca SIPRI, del Centro studi sulla pace e sul disarmo di Stoccolma, sul commercio internazionale di armi nel periodo 1997-2001). L'export italiano di armi ha una quota rilevante

Attività

Ti vengono forniti alcuni temi delle Giornate Mondiali per la Pace che si celebrano ogni anno il 1° gennaio, a partire dal 1968.

- Sceglinе uno e svolgilo attraverso una composizione scritta.
- Ricercane il testo integrale, leggilo attentamente ed evidenzia in modo schematico i passaggi fondamentali.

1969: *La promozione dei diritti dell'uomo, cammino verso la pace*
1972: *Se vuoi la pace, lavora per la giustizia*
1973: *La pace è possibile*
1978: *No alla violenza, sì alla pace*
1981: *Per servire la pace, rispetta la libertà*
1982: *La pace, dono di Dio, affidata all'uomo*
1985: *La pace e i giovani camminano insieme*
1986: *Nord Sud Est Ovest una sola pace*
1987: *Sviluppo e solidarietà: chiavi per la pace*
1990: *Pace con Dio creatore, pace con tutto il creato*
1991: *Se vuoi la pace rispetta la coscienza di ogni uomo*
1992: *Le religioni del mondo: unite per la pace*
1993: *Se vuoi la pace va' incontro ai poveri*
1994: *Dalla famiglia nasce la pace della famiglia umana*
1995: *La donna educatrice alla pace*
1996: *Diamo ai bambini un futuro di pace*
1997: *Offri il perdono, ricevi la pace*
1998: *Dalla giustizia di ciascuno nasce la pace per tutti*
1999: *Nel rispetto dei diritti umani il segreto della pace vera*
2000: *"Pace in terra agli uomini che Dio ama"*
2001: *Dialogo tra le culture per una civiltà dell'amore e della pace*
2002: *Non c'è pace senza giustizia, non c'è giustizia senza perdono*
2003: *Pacem in terris: un impegno permanente*
2004: *Un impegno sempre attuale: educare alla pace*
2005: *Non lasciarti vincere dal male, ma vinci con il bene il male*
2006: *Nella verità, la pace*
2007: *La persona umana cuore della pace*

- Approfondisci la specificità del messaggio e del contributo offerto per l'edificazione della pace nel mondo da uno dei Premi Nobel per la Pace sotto elencati. Evidenzia le caratteristiche del suo impegno per la giustizia e la fratellanza tra gli uomini, tenendo anche conto del contesto sociale e culturale in cui ha operato. Ti vengono suggeriti alcuni nomi:

1953: Albert Schweitzer
1961: Dag Hammarskjold
1964: Martin Luther King
1975: Andrei Sacharov
1978: Sadat e Begin
1979: Madre Teresa di Calcutta
1980: Adolfo Pérez Esquivel
1983: Lech Walesa
1984: Desmond Tutu
1989: Dalai Lama
1990: Michail Gorbacev
1991: Aung San Suu Kyi
1992: Rigoberta Menchù
1993: Nelson Mandela e Frederik Witlem de Klerk
2003: Shirin Ebadi

nel settore elicotteristico, navale, dei siluri leggeri e delle artiglierie, dei blindati e degli autocarri e nei componenti elettronici (radar, telecomunicazioni ecc.).

Negli anni passati vi è stata anche una grande attività di sensibilizzazione per la messa al bando delle mine anti-uomo. Alcune stime parlano di circa 100 milioni di mine disseminate in 62 Paesi. Questi ordigni sono estremamente pericolosi e insidiosi perché sono di piccole dimensioni, hanno costi molto bassi (circa una decina di Euro), si mimetizzano e restano attivi anche a distanza di decenni impedendo il lavoro nei campi, il pascolo, gli spostamenti ecc. Le vittime sono soprattutto civili e bambini e l'opera di sminamento è lunga e costosa. Con la Legge 374 del 1997, l'Italia ha aderito al Trattato di Ottawa per la messa al bando delle mine antipersona.

La Chiesa condanna le armi di distruzione di massa (biologiche, chimiche e nucleari) considerando un crimine contro Dio e contro l'uomo ogni azione bellica che indiscriminatamente miri alla distruzione di intere città o di vaste regioni con i loro abitanti. Nello stesso tempo condanna l'uso delle mine antiuomo e invita la Comunità internazionale a continuare l'attività di sminamento e di bonifica dei territori.

Martin Luther King dopo aver ricevuto il premio Nobel per la pace nel 1964, a Oslo.

Il Concilio Vaticano II, Paolo VI, Giovanni Paolo II e Benedetto XVI

Il Concilio Vaticano II affronta il tema della pace nella *Gaudium et Spes* (nn. 77-83). La riflessione conciliare rilevava come la ricerca della pace si fondasse sulla giustizia e sull'amore, nella costruzione di un mondo più umano.

> *La pace non è la semplice assenza della guerra, né può ridursi unicamente a rendere stabile l'equilibrio delle forze contrastanti, né è effetto di una dispotica dominazione, ma essa viene con tutta esattezza definita opera della giustizia.*
>
> CONCILIO VATICANO II, *Gaudium et Spes*, n. 78

Tale pace si può conseguire solo con la tutela del bene delle persone e in un clima fraterno di collaborazione e scambio tra tutti i popoli. Di fronte alla guerra, «*stato di degradazione dell'umanità*», il Concilio individuava gli strumenti che possono rendere meno inumani i conflitti, richiamandosi innanzitutto alla coscienza di ogni uomo che, davanti a certi crimini, non può essere giustificata dal dovere di ubbidienza. Sottolineava anche la necessità del rispetto delle convenzioni internazionali che esistono in materia di guerra e chiedeva che vi fosse un'autorità internazionale competente e con reali possibilità di garantire pacifici accomodamenti dei conflitti. Il Concilio era consapevole del fatto che la nuova situazione mondiale obbligava...

> ... *a considerare l'argomento della guerra con mentalità totalmente nuova* [...] [poiché] *il progresso delle armi scientifiche ha enormemente accresciuto l'orrore e le atrocità della guerra.* [...] *Anzi, se mezzi di tal genere, quali ormai si trovano negli arsenali delle grandi potenze, venissero pienamente utilizzati, si avrebbe la reciproca, pressoché totale, distruzione delle parti contendenti.*
>
> CONCILIO VATICANO II, *Gaudium et Spes*, n. 80

Ne deriva una condanna assoluta della guerra totale.

> *Ogni atto di guerra, che indiscriminatamente mira alla distruzione di intere città o di vaste regioni e dei loro abitanti, è delitto contro Dio e contro la stessa umanità e con fermezza e senza esitazione deve essere condannato.*
>
> CONCILIO VATICANO II, *Gaudium et Spes*, n. 80

Il Concilio Vaticano II ha inoltre cercato di individuare le cause profonde che, partendo da situazioni di ingiustizia, generano i conflitti. Le disparità economiche, lo spirito di dominio, il

Un gruppo di Scout regge la bandiera arcobaleno durante la marcia per la pace Perugia-Assisi, maggio del 2002.

Ingerenza umanitaria

A livello internazionale esistono dei vincoli e delle regole da rispettare anche in guerra. Purtroppo durante i conflitti molti civili indifesi sono minacciati, aggrediti, violentati, condannati a morire di fame, imprigionati, torturati, assassinati, usati come scudi umani ecc. e in alcuni casi si compromette gravemente la sopravvivenza di popoli e di interi gruppi nazionali, etnici, linguistici, religiosi. Di fronte a questi crimini la Comunità internazionale è spesso impossibilitata a intervenire perché ci si appella al principio della sovranità territoriale e alla non ingerenza negli affari interni di un Paese. Una tale situazione emerse in tutta la sua gravità durante la guerra serbo-bosniaca (1991-1993). Il papa Giovanni Paolo II, ripetute volte, a partire proprio da quegli anni introdusse il concetto di «ingerenza umanitaria».

L'uomo e le sue necessità sono, ahimè, tuttora minacciati a dispetto dei testi più o meno vincolanti del diritto internazionale, a tal punto che un nuovo concetto si è imposto in questi ultimi mesi, quello di «ingerenza umanitaria». [...] Una volta che tutte le possibilità offerte dai negoziati diplomatici, i processi previsti dalle convenzioni e dalle organizzazioni internazionali siano stati messi in atto, e che, nonostante questo, delle intere popolazioni sono sul punto di soccombere sotto i colpi di un ingiusto aggressore, gli Stati non hanno più il diritto all'indifferenza.

GIOVANNI PAOLO II, *Discorso al Corpo Diplomatico*, Vaticano, 16 gennaio 1993; cfr. anche il *Messaggio per la pace del 2000*, n. 11

Il concetto di «ingerenza umanitaria» si fonda sul principio di umanità e sul dovere di proteggere e aiutare le vittime innocenti di conflitti spesso interni a uno stesso Stato, che non risultano protette dal diritto internazionale umanitario.
L'«ingerenza umanitaria» non è soltanto un diritto ma anche un dovere.

La Comunità internazionale nel suo complesso ha l'obbligo morale di intervenire in favore di quei gruppi la cui stessa sopravvivenza è minacciata o di cui siano massicciamente violati i fondamentali diritti. Gli Stati, in quanto parte di una Comunità internazionale, non possono restare indifferenti: al contrario se tutti gli altri mezzi a disposizione si dovessero rivelare inefficaci, è legittimo e persino doveroso impegnarsi con iniziative concrete per disarmare l'aggressore. Il principio della sovranità nazionale non può essere addotto come motivo per impedire l'intervento in difesa delle vittime.

Compendio della dottrina sociale della Chiesa, n. 506, Libreria Editrice Vaticana, Città del Vaticano 2004

Questo principio non va equivocato, perché legittima l'uso della forza contro l'aggressore e non la violenza. Inoltre sono sempre in fase di perfezionamento e studio le forme di realizzazione della presenza delle forze di pace dove si verificano situazioni abnormi e violazioni dei diritti umani fondamentali.

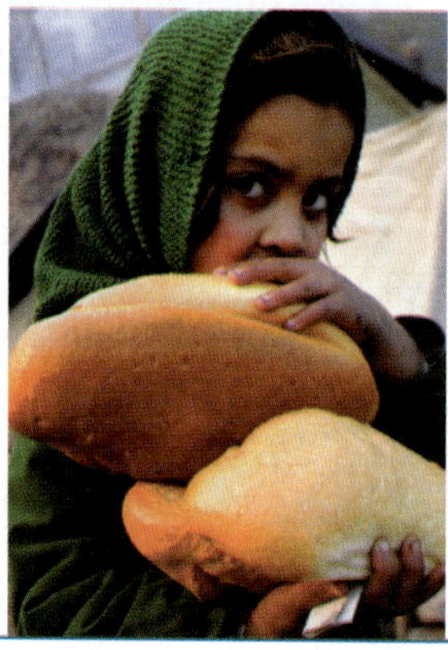

Una giovane riceve beni di prima necessità.

disprezzo delle persone, l'invidia, l'indifferenza, l'orgoglio, gli odi razziali, le ideologie ostinate sono i mali profondi che generano l'odio e le guerre.

Di qui l'estrema, urgente necessità di una rinnovata educazione degli animi.
CONCILIO VATICANO II, *Gaudium et Spes*, n. 82

Papa Paolo VI (1963-1978), durante i lavori conciliari, si recò in viaggio a New York dove tenne un accorato appello davanti all'Assemblea delle Nazioni Unite, invitando tutti a lavorare per l'educazione alla pace, per il disarmo, per la promozione e la collaborazione tra i popoli e per il rispetto dei valori spirituali dell'uomo (4 ottobre 1965). Quella visita fu, oltretutto, un riconoscimento morale e una ratifica solenne dell'importanza dell'Onu.

I viaggi apostolici di Paolo VI nel mondo furono più volte contrassegnati dal richiamo alla pace. Fu anche istituita la Giornata Mondiale per la Pace, da celebrarsi all'inizio dell'anno civile (il 1° gennaio).

Questo impegno per la pace ha caratterizzato il pontificato di Giovanni Paolo II (1978 - 2005) che ha dimostrato intraprendenza e coraggio nel richiamare tut-

Non c'è più una guerra giusta

Le armi nucleari producono danni incalcolabili all'uomo e all'ambiente.

È sorprendente notare come ogni guerra si metta alla ricerca affannosa di una giustificazione morale, di una qualche benedizione in nome della giustizia, o quanto meno, della necessità. E, una volta dichiarata la guerra, si pretende di essere morali nel condurla, e si denunciano poi le azioni criminali compiute, come se si potessero prevedere iniziative umane in un contesto disumano. Non ci sono aggettivi (giusta, santa, necessaria) che cambiano l'insensato in sensato. In verità, né la ragione, né meno che meno Dio, possono essere mai tirati in mezzo ai belligeranti. La guerra è solo guerra: un puro fatto irrazionale, un'offesa contro l'uomo e, per chi è credente, contro Dio.

È doveroso osservare – e nello stesso tempo sorprendente – che le medesime condizioni che concedevano una certa legittimità alla guerra concludono oggi per la sua immoralità. La guerra è divenuta del tutto sproporzionata in ordine a qualsiasi causa giusta. Non è che un rimedio peggiore del male: il male della guerra è superiore a qualsiasi altro male che la guerra vorrebbe evitare. La guerra ha raggiunto nella nostra epoca il massimo della degenerazione.

Nel pensiero tradizionale, la guerra, per potersi dire giusta, doveva assommare in contemporanea una serie di condizioni:

- *causa giusta da difendere;*
- *autorità legittima che la dichiari;*
- *inevitabile, siano cioè esaurite tutte le altre possibilità di composizione del diritto violato;*
- *contenuta entro precisi obiettivi militari;*
- *proporzionata, i mali cioè che con la guerra si infliggono non siano superiori ai beni che si vogliono ottenere. Detto ancora più chiaramente, si esige il controllo del processo distruttivo della guerra in modo che non si trasformi in una peggiore ingiustizia.*

Queste condizioni potevano forse verificarsi nella guerra tradizionale, ma è impossibile dire la stessa cosa per la guerra moderna. E ciò soprattutto in riferimento alla necessaria proporzionalità tra i costi, in termini di distruzione di vita e di ambiente, e gli eventuali benefici. Certamente la guerra nucleare supera il concetto di proporzionalità, e intenzionalmente la si esclude. Ma una volta che la guerra è iniziata, è proprio del tutto fuori dall'orizzonte delle possibilità l'uso dell'arma nucleare? Ora se nel conflitto medio-orientale[1] *si poteva escludere una escalation nucleare in senso tecnico, nessuno poteva negare che qualcuno dei contendenti – come gesto disperato di difesa o di offesa – ricorresse a ordigni nucleari tattici (limitati).*

Un'eventuale guerra giusta non potrebbe essere condotta che con armi convenzionali.

Ma «lo spaventoso salto di qualità distruttiva delle "armi convenzionali" ha vanificato il confine invalicabile tra armi convenzionali e armi non-convenzionali».

La guerra moderna oggi risulta sempre sproporzionata a qualsiasi causa, anche giusta, da difendere o da ripristinare. La guerra oggi, anche quella condotta con armi cosiddette convenzionali, è guerra di distruzione di massa e dell'ambiente naturale. C'è chi vuol far credere che la tecnologia è a servizio di una guerra «dal volto umano». La guerra nell'epoca post-moderna in verità è divenuta ancora più mostruosa di quella dei tempi pre-moderni.

L. Lorenzetti, *La guerra e la morale*, in *I cristiani e l'obiezione di coscienza al servizio militare*, Edizioni Dehoniane, Bologna 1992

Hiroshima distrutta dalla bomba atomica lanciata dall'Aeronautica militare statunitense il 6 agosto 1945.

[1] Il riferimento è alla guerra del Golfo (1991).

ti alle proprie responsabilità riguardo alla pace. Anche nei *Messaggi per la Giornata Mondiale per la Pace*, Giovanni Paolo II ha evidenziato i molti fattori che concorrono all'edificazione di una pace giusta e stabile, fondata sul rispetto dei diritti dell'uomo, condannando sempre in maniera inappellabile la guerra.

Il 27 ottobre 1986 egli invitò ad Assisi i rappresentanti di tutte le religioni in un incontro ecumenico per pregare per la pace nel mondo, superando pregiudizi e ostilità. A questo primo meeting ne seguirono altri, organizzati a vari livelli, ma tutti rivolti a creare tra le religioni del mondo una profonda concordia e armonia così da diventare promotrici di pace.

Gravi episodi bellici hanno sollecitato l'intervento di papa Giovanni Paolo II. Ad esempio, in occasione della guerra del Golfo tra Usa e Iraq (1991) egli scrisse personalmente al presidente Bush e a Saddam Hussein e in seguito intervenne molte volte in modo forte per scongiurare la successiva guerra scoppiata nel 2003 sempre tra Usa e Iraq.

La situazione di guerra nella ex-Jugoslavia e la notizia di gravi episodi di brutalità (campi di concentramento, violenza a donne musulmane) hanno suscitato nuove riflessioni: fino a che punto e con quale diritto gli Stati possono rimanere indifferenti alle atrocità che si compiono? Il diritto di sovranità territoriale e la non-

DOCUMENTI

Se questo è un uomo

Primo Levi (1919-1987), scrittore di origini ebraiche, nel suo libro autobiografico *Se questo è un uomo* racconta la sua drammatica esperienza di deportato nel campo di concentramento di Auschwitz. Senza toni accusatori, con sobrietà di stile e precisione cronachistica, emerge una forte difesa della dignità dell'uomo.
Il brano poetico riportato è posto proprio in apertura del libro, quasi un monito, un nuovo comandamento che richiama al rispetto dell'uomo. Il testo stesso riecheggia il comandamento di Dio di Dt 6, 6-7:
«Questi precetti che oggi ti dò, ti stiano fissi nel cuore; li ripeterai ai tuoi figli, ne parlerai quando sarai seduto in casa tua, quando camminerai per via, quando ti coricherai e quando ti alzerai».

Voi che vivete sicuri
Nelle vostre tiepide case,
Voi che trovate tornando a sera
Il cibo caldo e visi amici:
Considerate se questo è un uomo
Che lavora nel fango
Che non conosce pace
Che lotta per mezzo pane
Che muore per un sì o per un no.
Considerate se questa è una donna,
Senza capelli e senza nome
Senza più forza di ricordare
Vuoti gli occhi e freddo il grembo
Come una rana d'inverno.
Meditate che questo è stato:
Vi comando queste parole.
Scolpitele nel vostro cuore
Stando in casa andando per via,
Coricandovi alzandovi;
Ripetetele ai vostri figli.
o vi si sfaccia la casa,
La malattia vi impedisca,
I vostri nati torcano il viso da voi.

P. LEVI, *Se questo è un uomo*, De Agostini, Novara 1986

Pace o pacifismo?

La "non-violenza evangelica" spinge alla rinuncia assoluta a qualsiasi ricorso alla lotta o spinge all'azione anche manu militari[1], *ove fossero esperite senza significativi risultati tutte le altre strade? Quale pace è quella "giusta", sempre secondo il Vangelo? La pace come pacifismo e quindi anche come sottomissione al tiranno e – nel nostro caso – come resa al terrorismo oppure la pace come ricostruzione della giustizia e dell'ordine, come restaurazione delle libertà violate? Ebbene, davanti al terribile ed efferato attentato*

Alcune donne imparano la parola "pace" in una scuola di Kabul, in Afghanistan.

ingerenza negli affari interni di un'altra nazione possono scusare l'immobilismo del mondo davanti alla violazione sistematica della dignità umana? Il papa ha invitato espressamente a disarmare l'aggressore, a porre fine al commercio delle armi, a togliere embarghi che colpivano solo la gente comune, ha avanzato l'idea del dovere morale di un intervento umanitario e ha parlato di «*ingerenza umanitaria*».

Benedetto XVI, in occasione del 1° gennaio 2006, invitava a riflettere sul rapporto tra verità e pace.

> *Basti pensare a quanto è successo nel secolo scorso, quando aberranti sistemi ideologici e politici hanno mistificato in modo programmato la verità e hanno condotto allo sfruttamento e alla soppressione di un numero impressionante di uomini e di donne, sterminando addirittura intere famiglie e comunità.*
>
> BENEDETTO XVI, *Nella verità, la pace. Messaggio per la Giornata Mondiale della pace*, 1° gennaio 2006, n. 5

E invitava ad abbandonare la legge del più forte e a promuovere relazioni internazionali amichevoli, fondate sui diritti e sulla riconciliazione e sul perdono perché «*il sangue versato non grida vendetta, ma invoca rispetto della vita e pace!*» (Benedetto XVI, *Discorso al corpo diplomatico presso la Santa Sede*, 9 gennaio 2006).

dell'11 settembre [2001], *di fronte all'attentato a Madrid dell'11 marzo 2004, di fronte ai quattrocento morti del 3 settembre 2004 in Ossezia, che cosa insegniamo ai giovani e alle generazioni future? A non reagire? L'acquiescenza alla violenza terroristica? La sottomissione ai nuovi padroni che si affacciano sulla scena, per averne un ritorno di tranquillità? Giustamente Angelo Panebianco, in un editoriale, ha paragonato l'Europa di oggi a quella della Conferenza di Monaco del 1938, quando l'Europa, di fronte alle prime mosse della politica di aggressione di Hitler, ha scelto l'*Appeacement*, ossia l'accordo vergognoso con l'aggressore, per assicurarsi una momentanea tranquillità che in realtà è stata foriera di guerra. Ecco l'ambiguità della parola "pace", quando nascondesse atteggiamenti di viltà e di resa. Sempre nel suo intervento citato, ho letto parole molto forti e coraggiose di Mieli, che condivido: «Con l'aggressore non si fanno patti separati, segreti, ma con l'aggressore ci si batte. Si può scegliere di battersi con le armi della democrazia: aiutando chi nel terzo mondo si batte per la democrazia, combattendo una battaglia di idee. Non sto suggerendo di andare a prendere pistole o bombe; però ci si batte. È lo spirito che si batte, lo spirito, quello duro, quello per cui non la si fa passare, non lo spirito di chi dice: ritiriamoci, usciamo dal conflitto, così staremo più tranquilli». E conclude: «Nessuno l'ha mai fatta franca compiendo un atto di viltà»[2]. Insomma, è la diserzione culturale, morale e politica di una parte notevole del nostro Occidente che va denunciata come acquiescenza al male, e non può essere fatta passare come atteggiamento di dialogo e come azione di pace.* [...]

Messaggi di cordoglio e candele accese per ricordare la strage compiuta dal terrorismo islamico l'11 marzo 2004 alla stazione ferroviaria di Atocha, a Madrid.

Quando alla radice del pacifismo c'è solo una posizione ideologica, allora in realtà non si vuole difendere e promuovere la pace, costi quel che costi: si vuole solo condannare l'avversario politico, strumentalizzando il tema della pace per finalità puramente politiche; quando addirittura non si vuole difendere nient'altro che il proprio benessere e la propria tranquillità, lasciando ipocritamente che altri si assumano l'onere di difendere anche con le armi, e a rischio della propria vita, il nostro sistema di vita.

A. FRANZINI, *A tutto campo*, Itaca, Castel Bolognese 2004

[1] Con la forza militare.

[2] *Quale futuro per l'Europa?*, incontro con Paolo Mieli, Itaca, Castel Bolognese 2004.

Gli anni di piombo in Italia

Il fenomeno del terrorismo è uno dei più inquietanti della nostra epoca, una manifestazione assolutamente ingiustificabile di violenza e di disprezzo per la vita umana e per la pacifica convivenza.

Nei decenni passati vi sono stati movimenti eversivi che usavano la violenza e colpivano obiettivi istituzionali (ad esempio uomini politici, magistrati ecc.) e civili. In Italia ricordiamo gli "anni di piombo", cioè il periodo che, a partire dal 1969 fino al 1980, vide un crescendo di attentati e azioni violente (ad esempio la strage di piazza Fontana con l'esplosione di una bomba nella Banca Nazionale dell'Agricoltura il 12 dicembre 1969; la strage di Piazza della Loggia a Brescia il 28 maggio 1974; l'attentato al treno *Italicus* diretto da Roma a Monaco il 4 agosto 1974 ecc.). Molti giornalisti, sindacalisti, magistrati subirono ferimenti alle gambe o furono assassinati. Il caso più grave fu il sequestro e l'uccisione della scorta e dello statista Aldo Moro (16 marzo 1978) da parte delle Brigate Rosse, il cui corpo fu ritrovato in una macchina abbandonata il 9 maggio successivo.

Il terrorismo era un fenomeno violento ed eversivo: con la tattica stragista voleva scardinare l'ordine e lo Stato e colpiva i rappresentanti della società civile e anche persone innocenti, seminando paura e insicurezza. Molti carabinieri e poliziotti morirono nella lotta contro i terroristi rossi e neri, difendendo lo Stato e i cittadini.

> *Se l'obiettivo delle formazioni terroristiche, dalle Brigate Rosse a Prima Linea, era di destabilizzare lo Stato, questo non è stato raggiunto: lo Stato non solo ha resistito, ma ha inferto, mercé l'azione dell'arma dei carabinieri e della polizia che hanno raggiunto un grado elevato di preparazione, ai 180 gruppi terroristici, di cui ben 140 della sinistra eversiva, colpi durissimi. Interi gruppi, con i loro capi, sono stati sbaragliati.*
>
> G. De Rosa, *Storia contemporanea*, Minerva Italica, Milano 1982

Il terrorismo di quegli anni, pur potendo avere ramificazioni, ispiratori e fiancheggiatori anche all'estero, colpiva all'interno di uno Stato, in questo caso l'Italia.

Il terrorismo oggi

Il terrorismo attuale è molto più grave, inquietante e diffuso di quello degli anni Settanta, perché è un fenomeno internazionale.

> *Il terrorismo è una delle forme più brutali della violenza che oggi sconvolge la Comunità internazionale: esso semina odio, morte, desiderio di vendetta e di rappresaglia. Da strategia sovversiva tipica soltanto di alcune organizzazioni estremistiche, finalizzata alla distruzione delle cose e all'uccisione delle persone, il terrorismo si è trasformato in una rete oscura di complicità politiche, utilizza anche sofisticati mezzi tecnici, si avvale spesso di ingenti risorse finanziarie ed elabora strategie su vasta scala, colpendo persone del tutto innocenti, vittime casuali delle azioni terroristiche. Bersagli degli attacchi terroristici sono, in genere, i luoghi della vita quotidiana e non obiettivi militari nel contesto di una guerra dichiarata. Il terrorismo agisce e colpisce al buio, al di fuori del-*

le regole con cui gli uomini hanno cercato di disciplinare, per esempio mediante il diritto internazionale umanitario, i loro conflitti. In molti casi il ricorso ai metodi del terrorismo è considerato un nuovo sistema di guerra

Compendio della dottrina sociale della Chiesa, n. 513, Libreria Editrice Vaticana, Città del Vaticano 2004

Dopo gli attentati dell'11 settembre 2001, con il dirottamento degli aerei e l'attacco alle Torri gemelle di New York e al Pentagono, i vescovi americani dichiararono che:

... gli atti di tipo bellico dell'11 settembre sono stati attacchi spaventosi contro il nostro Paese, i nostri cittadini e i cittadini di molte nazioni. A ragione il Santo Padre li ha definiti crimini contro l'umanità. Il terrorismo non è un problema nuovo, ma l'attuale minaccia terroristica è unica per le sue dimensioni globali e per l'agghiacciante intensità del terrore che i suoi autori sono disposti e capaci di scatenare.[...] il modo in cui si difende il bene comune e si ristabilisce la pace è una questione morale cruciale. L'azione militare, se può essere necessaria, non è in alcun modo sufficiente ad allontanare la minaccia terroristica. [...] riconosciamo comunque il diritto e il dovere di un Paese e della comunità internazionale di usare, se necessario, la forza militare per difendere il bene comune proteggendo gli innocenti dal terrorismo di massa. Per le sue terribili conseguenze, si deve ricorrere all'uso della forza militare sempre con un senso di profondo rammarico, anche quando è giustificato e attuato con precauzione.

CONFERENZA EPISCOPALE DEGLI STATI UNITI D'AMERICA, *Vivere con fede e speranza dopo l'11 settembre. Un messaggio pastorale*, 14 novembre 2001

Per questo motivo il terrorismo va condannato e combattuto nel modo più assoluto. Pur rispettando le regole morali e giuridiche e i diritti dell'uomo, esiste un diritto a difendersi dal terrorismo.

Non vanno però trascurate le cause del terrorismo ed esiste il dovere di capirne le ragioni e di creare le condizioni perché non nasca o non si sviluppi ulteriormente.

Vi sono ideologie e dottrine fondamentaliste e integraliste che alimentano il terrorismo islamico, coltivando odio verso l'Occidente e i suoi valori democratici e di libertà. Non bisogna fare indebite estensioni né identificare il terrorismo con la nazione, l'etnia, la religione alla quale i terroristi dicono di appartenere. Alcuni terroristi cercano tuttavia motivazioni di tipo religioso, proclamano appelli all'unità religiosa nella guerra contro l'Occidente fino a giustificare le proprie azioni violente ricorrendo a Dio.

È profanazione e bestemmia proclamarsi terroristi in nome di Dio [...]. Definire «martiri» coloro i quali muoiono compiendo atti terroristici è stravolgere il concetto di martirio, che è

La Torre-sud prima di crollare sotto l'urto degli aerei dirottati dai terroristi, 11 settembre 2001, New York.

testimonianza di chi si fa uccidere per non rinunciare a Dio e al Suo amore e non di chi uccide in nome di Dio. Nessuna religione può tollerare il terrorismo e, ancor meno, predicarlo. Le religioni sono impegnate, piuttosto, a collaborare per rimuovere le cause del terrorismo e per promuovere l'amicizia tra i popoli.

Compendio della dottrina sociale della Chiesa, n. 515, Libreria Editrice Vaticana, Città del Vaticano, 2004

Il terrorismo rivela tutta la sua pericolosità e tutta la nostra vulnerabilità se consideriamo la facilità di aggirare i sistemi di controllo, i rischi di bioterrorismo con l'uso di armi chimiche e batteriologiche e la pratica degli attentatori suicidi.

Alcuni studiosi del fenomeno fanno notare che vi sono situazioni drammatiche che possono alimentare il terrorismo, per cui il reclutamento dei terroristi sarebbe più facile nei contesti sociali in cui si semina l'odio, i diritti vengono violati e le situazioni di grave ingiustizia durano troppo a lungo (ad esempio il conflitto israelo-palestinese, le sofferenze di popolazioni sottoposte a embarghi economici, la povertà e il divario tra Paesi ricchi e Paesi poveri). La povertà e l'ingiustizia scatenerebbero questa forma violenta di opposizione e rivendicazione. Altri studiosi contraddicono questa posizione facendo notare che alcuni capi del terrorismo internazionale e alcuni attentatori vengono da famiglie benestanti, hanno un elevato grado di istruzione e magari da anni risiedono in Occidente; quindi, teoricamente, dovrebbero essere integrati con la nostra cultura.

La guerra santa nell'islam

L'espressione di «guerra santa» non ha alcun riscontro, né letterale né concettuale, nel Corano: è stata coniata in Occidente per indicare le azioni bellicose condotte dai musulmani in nome di Dio, prescindendo dalle motivazioni religiose che le ispiravano. Molte volte quindi questa espressione è stata usata impropriamente. Anche se in più casi per i musulmani fu facile attribuire a iniziative militari di pura espansione territoriale una ispirazione religiosa.

A. NANGERONI, *Dizionario del Corano*, Xenia Edizioni, Milano 1994

Un'immagine di Osama Bin Laden, capo di al-Qaeda, in un mercato di Pashawar, in Pakistan, subito dopo la strage dell'11 settembre 2001.

Il termine arabo *jihàd* indica lo sforzo e l'impegno profuso per aprire la via di Dio, quindi ogni forma di impegno missionario volto alla conversione dei non credenti all'islam.
Attualmente si tende a interpretare l'insegnamento coranico attinente alla cosiddetta guerra santa in maniera spirituale, cioè come lotta interiore contro l'infedeltà e come sforzo per la diffusione della fede, distinguendo tra lo *jihad akbar* (il grande *jihad*, la lotta contro l'egoismo e i mali della società, lo sforzo etico e spirituale) e lo *jiahd asghar* (il piccolo *jihad*, la guerra santa contro gli infedeli). Questa precisazione sarebbe «confermata da un *hadith* secondo cui Muhammad, proprio rientrando da una razzia, avrebbe detto: "Ora torniamo dal piccolo *jihad* al grande *jihad*", e interrogato dai presenti su che cosa intendesse con grande *jihad* spiegò: "È lo sforzo contro noi stessi" (G. Vercellin, *Jihad. L'islam e la guerra*, Giunti, Firenze 2001).
Diversi gruppi integralisti, tuttavia, mantengono una lettura fondamentalista di alcuni passi coranici.

DOCUMENTI

Religioni e pace

Il 27 ottobre 1986 può essere considerata una data storica del dialogo tra le religioni nel mondo. Il papa Giovanni Paolo II invitò ad Assisi, la città di san Francesco, i rappresentanti di tutte le religioni del mondo per una giornata di preghiera e di digiuno per la pace. La risposta fu straordinaria e positiva.
Senza sincretismi, le varie fedi si incontrarono e, ciascuna secondo la propria tradizione religiosa, pregarono per la pace.
Quella giornata fu la prima di una lunga serie di incontri interreligiosi che seguirono.
Nel Messaggio per la giornata della pace del 1° gennaio 1992 "Le religioni del mondo unite per la pace", Giovanni Paolo II scriveva che i credenti, proprio in ragione della loro fede, sono chiamati a costruire la pace.
Il 24 gennaio 2002, sempre incontrando i rappresentanti delle varie religioni del mondo ad Assisi, Giovanni Paolo II ricordava alcuni aspetti:

- Dio stesso ha posto nel cuore umano un'istintiva spinta a vivere in pace e armonia;
- lungo la storia molti testimoni di pace ci insegnano che è possibile il dialogo e la riconciliazione;
- le religioni sono al servizio della pace;
- spesso i conflitti sono derivati da un'ingiusta associazione della religione con interessi nazionalistici, politici, economici o di altro genere;
- le persone e le comunità religiose manifestino il più netto e radicale ripudio della violenza;
- l'offesa all'uomo è offesa a Dio: non v'è finalità religiosa che giustifichi la pratica della violenza;
- la preghiera non è evasione dalla storia, ma significa affrontare la realtà non da soli, ma con la forza che viene dall'Alto.

In quella giornata fu proclamato il seguente *Decalogo* che il mese successivo il papa inviò a tutti i capi di Stato del mondo.

1. *Ci impegniamo a proclamare la nostra ferma convinzione che la violenza e il terrorismo si oppongono al vero spirito religioso e, condannando qualsiasi ricorso alla violenza e alla guerra in nome di Dio o della religione, ci impegniamo a fare tutto il possibile per sradicare le cause del terrorismo.*

2. *Ci impegniamo a educare le persone al rispetto e alla stima reciproci, affinché si possa giungere a una coesistenza pacifica e solidale fra i membri di etnie, di culture e di religioni diverse.*

Giornata di preghiera per la pace, Assisi, 2002.

3. *Ci impegniamo a promuovere la cultura del dialogo, affinché si sviluppino la comprensione e la fiducia reciproche fra gli individui e fra i popoli, poiché tali sono le condizioni di una pace autentica.*

4. *Ci impegniamo a difendere il diritto di ogni persona umana a condurre un'esistenza degna, conforme alla sua identità culturale, e a fondare liberamente una propria famiglia.*

5. *Ci impegniamo a dialogare con sincerità e pazienza, considerando ciò che ci separa non come un muro insormontabile, ma, al contrario, riconoscendo che il confronto con la diversità degli altri può diventare un'occasione di maggiore comprensione reciproca.*

6. *Ci impegniamo a perdonarci reciprocamente gli errori e i pregiudizi del passato e del presente, e a sostenerci nello sforzo comune per vincere l'egoismo e l'abuso, l'odio e la violenza, e per imparare dal passato che la pace senza la giustizia non è una pace vera.*

7. *Ci impegniamo a stare accanto a quanti soffrono per la miseria e l'abbandono, facendoci voce di quanti non hanno voce e operando concretamente per superare simili situazioni, convinti che nessuno possa essere felice da solo.*

8. *Ci impegniamo a fare nostro il grido di quanti non si rassegnano alla violenza e al male, e desideriamo contribuire con tutte le nostre forze a dare all'umanità del nostro tempo una reale speranza di giustizia e di pace.*

9. *Ci impegniamo a incoraggiare qualsiasi iniziativa che promuova l'amicizia fra i popoli, convinti che se manca un'intesa solida fra i popoli, il progresso tecnologico espone il mondo a crescenti rischi di distruzione e di morte.*

10. *Ci impegniamo a chiedere ai responsabili delle nazioni di compiere tutti gli sforzi possibili affinché, a livello nazionale e a livello internazionale, sia edificato e consolidato un mondo di solidarietà e di pace fondato sulla giustizia.*

Segni di pace, a cura di G. Di Santo - A. Martino - F. Zavattaro, AVE, Roma 2003

Le vie della pace

La pace è molto di più che la semplice assenza di guerra e l'impegno a costruirla è un valore e dovere di tutti. L'ideale della pace richiede di essere affrontato con convinzione e realismo. Si tratta, cioè, di rimuovere le cause delle guerre e di instaurare rapporti di concordia tra i popoli.

L'insegnamento biblico e i ripetuti appelli della Chiesa esigono che ciascuno, a livelli diversi e secondo i ruoli che gli sono propri, divenga operatore di pace. Tale impegno appartiene a ogni singolo uomo, ma soprattutto a chi, per i compiti istituzionali che riveste, ha responsabilità politiche (nazionali e sovranazionali). Gli organismi internazionali, nati proprio da esigenze di maggior coesione tra le varie nazioni, devono sviluppare politiche adatte a promuovere la giustizia e la pace nel mondo. La promozione della pace nel mondo è parte integrante della missione con cui la Chiesa continua l'opera di Gesù.

Sintetizziamo di seguito alcune ricorrenti indicazioni che la Chiesa propone alla riflessione di tutti come vie all'edificazione di una pace stabile e duratura.

Una colomba della pace affrescata in una sinagoga, 2005, Parigi.

- Innanzitutto il **dialogo**, il coraggio di incontrare l'altro, di entrare in familiarità con lui, di creare occasioni di incontro, scambi di idee e contatti tra culture e tradizioni diverse per favorire la reciproca conoscenza, il superamento di pregiudizi e chiusure sono tutte occasioni che giovano alla causa della pace, diffondendo quello spirito di armonia e concordia che evita irrigidimenti e fraintendimenti e che incrementa invece la reciproca stima e fiducia.
- La **via diplomatica**, la ripresa di relazioni ufficiali tra Stati in guerra, il dialogo a livello politico internazionale si sono rivelati in molte occasioni la soluzione incruenta di conflitti già in atto o prossimi a scoppiare.
- Indubbiamente è necessario, anche come supporto al compromesso diplomatico, che gli **organismi internazionali** si rafforzino, guadagnando potere e autorevolezza, così da poter intervenire a sedare conflitti in atto, svolgendo quel ruolo di arbitraggio sovranazionale necessario a dirimere le contese dei Paesi in guerra (cfr. Giovanni XXIII, *Pacem in Terris*, n. 137; *Gaudium et Spes*, n. 84; Discorso di Paolo VI all'Onu, New York, 4 ottobre 1965). L'importanza delle organizzazioni internazionali e regionali deriva dal fatto che i singoli Stati non sempre dispongono degli strumenti adeguati per provvedere alla loro difesa. Inoltre, in nome della giustizia e della verità, è opportuno istituire Organismi giudiziari internazionali per accertare le responsabilità dei crimini compiuti durante le guerre.
- Il dialogo, il rafforzamento delle relazioni tra i popoli, la circolazione di cultura, idee, uomini e cose, le relazioni diplomatiche, il consolidamento degli organismi internazionali rispondono anche alla forte spinta unitaria che deve portare tutte le nazioni del mondo a riconoscersi come un'unica comunità di popoli e come un'unica famiglia umana.
- La pace è frutto della **giustizia** e solo nel rispetto dei **diritti umani** fondamentali e nella promozione dello sviluppo di tutti può crescere e consolidarsi. Ne deriva che non c'è pace vera senza il rispetto per la vita umana, per la coscienza di ogni uomo, per le minoranze, per la libertà. Nel misconoscimento di questi diritti si ri-

trovano spesso le cause di molti conflitti, come hanno richiamato molti temi della Giornata Mondiale per la Pace, sottolineando che bisogna rimuovere queste discriminazioni che sono causa di guerre. Gli stessi accordi internazionali garantiranno la pace soltanto se si fonderanno sul rispetto dei diritti fondamentali dell'uomo (cfr. Giovanni XXIII, *Pacem in Terris*, n. 74).

• I decenni passati hanno mostrato quanto fragile fosse la pace costruita sulla contrapposizione tra il blocco sovietico e i Paesi del Patto Atlantico. A questa contrapposizione si è aggiunta quella tra Paesi ricchi (il Primo Mondo) e Paesi poveri (il Terzo e Quarto Mondo). Il forte indebitamento estero dei Paesi in via di sviluppo e le situazioni tragiche di miseria e fame sono una vera minaccia alla pace in quanto alimentano desideri di rivalsa, sollevazioni di popolo, rivoluzioni armate. Molti gruppi estremisti fanno leva su questa situazione di miseria per scatenare la propria offensiva verso i Paesi ricchi. Già Paolo VI rilevava la necessità di promuovere lo sviluppo di tutti i popoli come garanzia della pace e in nome della giustizia (*Populorum Progressio*, n. 76) e su questo tema sono ritornati insistentemente anche Giovanni Paolo II e Benedetto XVI.

> *Non si può dire pace, là dove l'uomo non ha nemmeno l'indispensabile per vivere in dignità. Penso qui alle* turbe *sterminate di popolazioni che soffrono la fame* [...] *le immagini sconvolgenti dei grandi campi di profughi o di rifugiati* [...] *a tutti coloro che condizioni di vita non degne spingono a emigrare.*
>
> BENEDETTO XVI, *Discorso al corpo diplomatico presso la Santa Sede*, 9 gennaio 2006

• A garanzia della pace, la Chiesa ricorda sovente quanto importante sia stroncare il **commercio delle armi** e riconvertire le industrie belliche. Tale commercio porta con sé risvolti paradossali: nazioni poverissime investono capitali nell'acquisto di ordigni; contributi internazionali per lo sviluppo vengono utilizzati per il potenziamento bellico; rifornimenti di armi giungono ai Paesi in guerra, mentre i generi di prima necessità non riescono a superare i blocchi e gli embarghi.

• «*Il mondo attuale ha bisogno della testimonianza di profeti non armati, purtroppo oggetto di scherno in ogni epoca*» (*Compendio della dottrina sociale della Chiesa*, n. 496, Libreria Editrice Vaticana, Città del Vaticano 2004). Sono persone che hanno compiuto scelte coraggiose e anche rischiose recandosi in territori di guerra. Anche la difesa non-violenta, la resistenza passiva, le varie forme di non collaborazione, l'obiezione al servizio militare, l'obiezione fiscale alle spese militari, il rifiuto di lavorare a progetti finalizzati alla costruzione di armamenti o di materiale bellico sono scelte concrete, talvolta poco note e che attendono di essere applicate e diffuse nella popolazione. L'efficacia di tali opzioni è testimoniata dai risultati conseguiti, ad esempio, da Gandhi e da Martin Luther King.

• La Chiesa insegna anche che la pace vera è possibile con il **perdono** e la **riconciliazione**. È un percorso difficile e lungo. Sono necessari la lealtà e il coraggio di riconoscere in modo obiettivo le ingiustizie e la forza di chiedere e offrire il perdono. La vendetta e gli atteggiamenti punitivi per il passato alimentano la continuazione dei conflitti e non aiutano a creare le condizioni per la pace e la riconciliazione (cfr. Paolo VI, *La riconciliazione via alla pace*, 1 gennaio 1975; Giovanni

Il Mahatma Gandhi (1869-1948), promotore della dottrina della non-violenza.

Paolo II, *Offri il perdono, ricevi la pace*, 1° gennaio 1997; *Non c'è pace senza giustizia, non c'è giustizia senza perdono*, 1° gennaio 2002).

- La Chiesa lotta per la pace con la preghiera perché la pace è «*dono di Dio affidato agli uomini*» (cfr. Giovanni Paolo II, 1° gennaio 1982). La preghiera infonde coraggio, dà sostegno a chi lavora per la pace e apre il cuore a un profondo rapporto con Dio. E solo da un cuore "in pace", solo da persone profondamente pacificate, può nascere la pace. Chi manifesta per la pace e pronuncia parole violente, aggredisce, distrugge, esterna odio e desiderio di rivalsa, chi tiene criteri di giudizio parziali e ideologizzati, non è un costruttore di pace.
- Da ultimo, non certo per importanza, bisogna ricordare che la Chiesa considera la pace come frutto di una coscienza personale educata a costruire rapporti di pace in ogni situazione di vita. La Chiesa stessa si sente investita di questo compito educativo per far crescere nelle singole coscienze i valori della tolleranza, della collaborazione, dell'integrazione, combattendo anche nelle forme individuali l'arroganza, la prepotenza, il desiderio di vendetta. Al «cuore nuovo», da cui nasce la pace, all'educazione continua alla pace erano dedicati i temi delle Giornate per la Pace del 1970, 1974, 1979, 1984, 2004.

DOCUMENTI

Nessuna guerra può essere santa

Non lo si può dimenticare: per secoli, le religioni, o meglio, uomini di religione, hanno ispirato, giustificato, nutrito guerre chiamate "divine", "sante" o semplicemente "giuste". Talvolta, il ricorso alle armi è stato presentato come raccomandato o comandato da Dio: ci si batteva per difendere Dio più ancora che per difendere sé stessi.
Spesso, la chiamata alle armi era sostenuta dall'invocazione a Dio, per catturarlo e schierarlo in un campo contro l'altro. Così i soldati della Germania nazista portavano sul loro cinturone questo motto: Gott mit uns, *Dio con noi.* [...]
Come dichiara il preambolo costitutivo dell'Unesco: «Le guerre nascono nello spirito degli uomini; è nello spirito degli uomini che devono essere innalzate le difese della pace». In questo senso, la religione, educatrice della coscienza, ha un ruolo importante sul terreno nel quale si mescolano guerra e pace.
Lungi dall'essere per essenza bellicosa, una religione autentica non può che essere portatrice di germi di pace. Se talvolta la religione sembra veicolare passioni guerriere, non è affatto per ragioni propriamente religiose, ma perché maschera spesso rivalità che derivano anzitutto da differenze culturali, sociali o politiche, alle quali serve da mezzo di espressione.
In ogni caso, le guerre di religione sono diventate oggi anacronistiche ed è con molta cautela che si deve utilizzare questo concetto di fronte a riapparizioni che sono il frutto di intollerabili e pericolosi estremismi.
A dispetto di tutte le controtestimonianze che oggi divampano qua e là, bisogna pensare che ogni religione si coniuga profondamente con la pace.
È per questo che quindici anni fa (27 ottobre 1986) Giovanni Paolo II aveva invitato ad Assisi i leader delle diverse religioni per una giornata di preghiera e digiuno, perché il cuore dev'essere incessantemente purificato. Ogni religione, secondo il suo proprio genio, quando attinge alle scritture che l'hanno fondata, apre sempre un cammino di pace. [...]
Il messaggio di pace non è certo proprietà esclusiva d'una religione. Tuttavia il cristianesimo ne può rivendicare la parte più originale, la più feconda.
Il cristiano sa che Dio è venuto ad abitare tra noi per dare un nuovo inizio a «la pace sulla terra... pacem in terris*».* [...]
Per il cristiano, la pace e la guerra non possono essere messe sullo stesso piano come due contrari.
Esse, se lo si può dire, non combattono ad armi pari: la pace si fonda sull'amore e l'amore è sempre più forte dell'odio, della vendetta, della violenza.
Alle tre grandi religioni monoteistiche (giudaismo, cristianesimo, islam) spetta in particolare la missione di suscitare questa "civiltà dell'amore", la sola che sfugge alla guerra, alla morte, e della quale il mondo ha tanto bisogno di questi tempi.

CARD. ROGER ETCHEGARAY, *Nessuna guerra può essere santa*, in "Famiglia cristiana", 11 novembre 2001

BEATI GLI OPERATORI DI PACE

PACE – SHALOM

- Benessere, armonia, concordia, felicità, riconciliazione, pienezza di vita...
  ... si raggiungono con: il dialogo, la diplomazia, la capacità di mediazione e di compromesso, il rispetto della giustizia e dei diritti umani, il perdono e la riconciliazione, la promozione di uno sviluppo equo e solidale, il blocco della produzione e del commercio delle armi, la scelta della non violenza, l'educazione alla pace e a comportamenti di pace, la preghiera.
- La pace è dono di Dio.

DALLA LEGITTIMA DIFESA ALLA TEORIA DELLA "GUERRA GIUSTA"

Si definisce "giusta" una guerra :

- di difesa;
- a protezione dei deboli e degli innocenti;
- sotto la guida della legittima autorità;
- fatta per una giusta causa e per riportare giustizia;
- condotta con retta intenzione;
- combattuta rispettando il criterio di proporzionalità;
- intrapresa con la possibilità di vincere, o meglio di far vincere la giustizia.

MA LE GUERRE DI OGGI, LE ARMI ATTUALI E LA SITUAZIONE INTERNAZIONALE ... POSSONO RISPETTARE QUESTI CRITERI?

La risposta è: mai più la guerra ... inutile strage ... avventura senza ritorno!

1 Ricerca sulla Bibbia i seguenti brani: Gen 4, 3-15 (Caino uccide Abele) e Gen 4, 23-24 (Il canto di Lamech).

– Questi brani presentano situazioni di violenza e sopruso. Quali sono le ragioni che muovono verso condotte omicide? È davvero motivata in questi brani la ragione di tanta violenza?

2 Confronta il testo della lettera di Giacomo con il brano di Giovanni Paolo II.

Da che cosa derivano le guerre e le liti che sono in mezzo a voi? Non vengono forse dalle vostre passioni che combattono nelle vostre membra? Bramate e non riuscite a possedere e uccidete; invidiate e non riuscite ad ottenere, combattete e fate guerra!

Gc 4, 1-2

È ormai noto per esperienza che la divisione arbitraria di nazioni, lo spostamento forzato di popolazioni, il riarmo senza limiti, l'uso incontrollato di armi sofisticate, la violazione dei diritti fondamentali delle persone e dei popoli, la non osservanza delle regole di comportamento internazionale come l'imposizione di ideologie totalitarie non possono che condurre alla rovina l'umanità.

GIOVANNI PAOLO II, *Mi hai gettato nella fossa. Lettera apostolica in occasione del 50° anniversario dell'inizio della Seconda guerra mondiale*, n. 2, 27 agosto 1989

– Quali sono le cause della guerra secondo gli autori dei due brani?
– Qual è il tuo giudizio riguardo all'analisi che fa l'apostolo Giacomo circa le cause delle guerre e dei conflitti?
– Ricerca sul libro di storia come sono descritte le cause della Seconda guerra mondiale e crea opportuni collegamenti e conclusioni.

3 Ritieni che il messaggio della non violenza, così come lo propone Cristo, sia attuabile?

L'ideale della pace cristiana è:

- ☐ utopia
- ☐ profezia
- ☐ meta cui tendere sempre
- ☐ un messaggio consolatorio di speranza
- ☐ doveroso insegnamento morale

- **A quali condizioni ti sembra realizzabile l'ideale cristiano della pace? Quali motivazioni stanno alla base della scelta cristiana della pace?**
  Prendi come spunto di partenza per le tue considerazioni e analisi il brano di Lc 6, 27-35.

4 Ogni guerra influisce e muta l'assetto politico, economico, sociale delle nazioni coinvolte. Tacito, il grande storico latino, nella *Vita di Agricola*, commentando le sanguinose imprese delle legioni romane annota:

Ubi solitudinem faciunt, pacem appellant (Dove fanno un deserto, lo chiamano pace)

– È ancora attuale questa constatazione?
– Puoi fare degli esempi concreti legati ai conflitti attuali, prendendo in considerazione le conseguenze dei conflitti:
  - sulla popolazione;
  - sull'ambiente;
  - sull'economia e la vita sociale.

5 **Individua le idee fondamentali presenti nell'articolo 11 della *Costituzione Italiana* (riportato sotto) e commentale, anche con riferimenti attuali ed esemplificazioni.**

L'Italia ripudia la guerra come strumento di offesa alla libertà degli altri popoli e come mezzo di risoluzione delle controversie internazionali; consente, in condizioni di parità con gli altri Stati, alle limitazioni di sovranità necessarie a un ordinamento che assicuri la pace e la giustizia fra le Nazioni; promuove e favorisce le organizzazioni internazionali rivolte a tale scopo.

6 **Durante la celebrazione eucaristica, ritornano parecchie volte i richiami alla pace. Ne indichiamo alcuni:**

La grazia e la pace di Dio nostro Padre e del Signore nostro Gesù Cristo sia con tutti voi.

Gloria a Dio nell'alto dei cieli e pace in terra agli uomini di buona volontà.

Per questo sacrificio di riconciliazione dona, Padre, pace e salvezza al mondo intero.
(Preghiera eucaristica III)

Agnello di Dio che togli i peccati del mondo, dona a noi la pace.

La Messa è finita: andate in pace.

Signore Gesù Cristo che hai detto ai tuoi apostoli: «Vi lascio la pace, vi dò la mia pace», non guardare ai nostri peccati, ma alla fede della tua Chiesa, e donale unità e pace secondo la tua volontà.

- Quale idea di pace puoi ricavare da queste affermazioni? Quali caratteristiche presenta la pace invocata durante la celebrazione eucaristica?

7 **Rifletti sulla distinzione tra pace e pacifismo.**

I pacifisti, alle cui file appartengo, farebbero bene a meditare le parole di Gandhi, maestro della non violenza: «La violenza è peggio della non violenza, ma la viltà è peggio della violenza».

ABBÉ PIERRE, *La Bosnia mi riguarda*, in "Famiglia cristiana", 9 agosto 1995

- Quale rimprovero intende muovere l'abbé Pierre a un certo tipo di pacifismo?
- Nella riflessione della Chiesa, quali principi si trovano in sintonia con la critica dell'abbé Pierre?
  - ☐ principio di sufficienza
  - ☐ criterio di proporzionalità
  - ☐ diritto-dovere all'ingerenza umanitaria
  - ☐ diritto alla legittima difesa

8 **Analizza la seguente dichiarazione dell'ex presidente della Repubblica Carlo Azeglio Ciampi.**

Quando le religioni predicano l'odio rinnegano se stesse. →	Nel cristianesimo, nell'ebraismo e nell'islam si insegna a rifiutare l'odio?
Quando cercano nel dialogo il linguaggio comune danno un contributo per il futuro dell'umanità. →	In quali occasioni le religioni hanno cercato un "linguaggio comune"?
Loreto, 8 settembre 2002	

- Quale ruolo possono avere le religioni del mondo nel processo di pace tra i popoli?
- Dalle conoscenze che hai delle altre fedi e delle altre tradizioni religiose, quali elementi possono favorire un avanzamento nel cammino verso la pace?

In questa bibliografia vengono proposti dei testi che sono adatti o comunque utili, accessibili e consultabili da studenti delle scuole superiori. Queste pubblicazioni sono indicate in riferimento alle Unità didattiche e ai Dossier di cui possono essere approfondimenti e ai ampliamenti.

Unità 1: In ricerca e in dialogo

- CEI, *La verità vi farà liberi*, Libreria Editrice Vaticana, Città del Vaticano 1995, nn. 1-100.
- O. BENZI, *Ho scoperto perché Dio sta zitto*, Mondadori, Milano 2002.
- L. MISTÒ, *Io non credo in Dio. Io credo in Dio Padre*, Edizioni Paoline, Milano 1999.
- AA.VV., *Magia e sacro*, San Paolo, Cinisello Balsamo 1999.
- E. BIANCO, *Magia. Non è vero ma ci credo*, Elledici Leumann, Torino 1998.

Unità 2: Le grandi religioni del mondo

- *Enciclopedia delle religioni*, Garzanti, Milano 1989.
- AA.VV., *Ecumenismo e dialogo tra le religioni*, San Paolo, Cinisello Balsamo 2001.
- A.T. NEGRI, *I cristiani e l'islam in Italia*, Elledici Leumann, Torino 2000.
- S. FERRARI - G.B. VARNIER (a cura di), *Le minoranze religiose in Italia*, San Paolo, Cinisello Balsamo 1997.
- *Le grandi religioni*, E.M.I., Bologna.

Dossier 1: Lo spazio e il tempo come dimensioni espressive della fede

- *Enciclopedia delle religioni*, Garzanti, Milano 1989.
- GIOVANNI PAOLO II, Lettera apostolica, *Dies Domini*, 31 maggio 1998, Edizioni Paoline, Milano 1998.
- PONTIFICIO CONSIGLIO DELLA PASTORALE PER I MIGRANTI E GLI ITINERANTI, *Il santuario*, 8 maggio 1999.
- *Lettera di Giovanni Paolo II sul pellegrinaggio ai luoghi legati alla storia della salvezza*, 29 giugno 1999.
- A. BERGAMINI, *Cristo festa della Chiesa. L'anno liturgico*, Edizioni Paoline, Milano 1985.

Unità 3: Israele la storia che ci parla di Dio

- R. CAVEDO, *Indicazioni per leggere l'Antico Testamento*, Nuova Editrice Cremonese, 1999.
- *Storia del popolo di Gesù*, vol. 1 e 2, Edizione Periodici San Paolo, Milano 1981-1981.
- G. STEMBERGER, *La religione ebraica*, Edizioni Dehoniane, Bologna 1996.
- E. TOAFF - A. ELKANN, *Essere ebreo*, Bompiani, Milano 2005.
- R. A. ROSENBERG, *L'ebraismo*, Mondadori, Milano 1995.
- T. DOWLEY, *Atlante biblico dello studente*, Elledici Leumann, Torino 1991.
- A. CHOURAQUI, *Il mio testamento*, Edizioni Queriniane, Brescia 2002.
- G. LUZZATO VOGHERA, *L'antisemitismo*, Feltrinelli, Milano 1994.

Dossier 2: La Bibbia

- G. RAVASI, *La Bibbia*, San Paolo, Cinisello Balsamo 1998.
- R. BERETTA - E. BROLI, *Gli undici comandamenti*, Piemme. Casale Monferrato 2002.
- G. GIRARDET, *La Bibbia*, Claudiana, Torino 2001.
- *ABC per la lettura della Bibbia*, San Paolo, Cinisello Balsamo 2002.
- A. GIRLANDA, *Antico Testamento*, San Paolo, Cinisello Balsamo 1995.
- A. GIRLANDA, *Nuovo Testamento*, San Paolo, Cinisello Balsamo 1997.
- D. BONHOEFFER, *Risposta alle nostre domande. Pensieri sulla Bibbia*, Editrice Queriniana, Brescia 2003.

Unità 4, 5, 6: Gesù di Nazaret, Gesù tra gli uomini, Gesù il vivente

- A. MAILLOT, *Le parabole di Gesù*, San Paolo, Cinisello Balsamo 1997.
- F. ARDUSSO, *Gesù Cristo*, San Paolo, Cinisello Balsamo 1998.
- F. CRAVERO, *L'inchiesta*, Elledici Leumann, Torino 1999.
- G. BIFFI, *Identikit del festeggiato*, Elledici Leumann, Torino 1999.
- G. RAVASI, *I Vangeli della passione*, Periodici San Paolo, Milano 2004.
- J. C. REY GARCIA PAREDES, *Figlio di Dio Figlio dell'uomo*, San Paolo, Cinisello Balsamo 2002.
- P. CHAVOT, *Un uomo di nome Gesù*, Fabbri Editori, Milano 2000.
- R. CAVEDO, *L'amore vero è fonte di vita*, Federazione Oratori Cremonesi 1993.
- V. MESSORI, *Dicono che è risorto*, SEI, Torino 2000.
- V. MESSORI, *Ipotesi su Gesù*, SEI, Torino 1976.
- V. MESSORI, *Patì sotto Ponzio Pilato?*, SEI, Torino 1992.

Unità 7: Il Dio di Gesù Cristo

- CEI, *La verità vi farà liberi*, Libreria Editrice Vaticana, Città del Vaticano 1995, nn. 315-350.
- COMMISSIONE EPISCOPALE PER LA DOTTRINA DELLA FEDE, LA CATECHESI E LA CULTURA, *Non di solo pane*, Edizioni Conferenza Episcopale Italiana, Roma 1979.
- GIOVANNI PAOLO II, Lettera enciclica, *Dives in misericordia*, 30 novembre 1980, Edizioni Paoline Roma 1980.

Unità 8, 9: La Chiesa, La Chiesa oggi

- COMMISSIONE TEOLOGICA INTERNAZIONALE, *Memoria e riconciliazione: la Chiesa e le colpe del passato*, Edizioni Paoline, Milano 2000.
- F. PIERINI, *La storia della Chiesa*, San Paolo, Cinisello Balsamo 2000.
- M. GNOCCHI - M. MARCOCCHI, *Il Concilio Vaticano II raccontato ai giovani*, AVE, Roma 2000.
- S. DIANICH, *La Chiesa*, San Paolo, Cinisello Balsamo 1998.
- *Storia della Chiesa*, vol. 1-2-3, Periodici San Paolo, Milano 2000-2001.

Unità 10: Le Chiese cristiane

- G. GIRADET, *Protestanti e cattolici: le differenze*, Claudiana, Torino 2000.
- P. RICCA - G. TOURN, *Le 95 tesi di Lutero*, Claudiana, Torino 1998.
- A. GOUNELLE, *I grandi principi del protestantesimo*, Claudiana, Torino 2000.
- M. INTROVIGNE, *I protestanti*, Elle Di Ci, Leumann (Torino) 1998.
- A. PACINI, *Le Chiese ortodosse*, Elle Di Ci, Leumann (Torino) 2000.
- GIOVANNI PAOLO II, *La luce dell'Oriente*, 2 maggio 1995.

Unità 11: La morale cristiana

- E. TREVISI, *Coscienza e libertà*, Edizioni Paoline, Milano 1995.
- G. GATTI, *Libertà e legge*, Elle Di Ci, Leumann (Torino) 1995.
- C.M. MARTINI, *Le virtù*, In Dialogo, Milano 2002.
- C. FIORE, *I 10 comandamenti per i giovani*, Elle Di Ci, Leumann (Torino) 2006.
- C.M. MARTINI, *Viaggio nel vocabolario dell'etica*, Video Rai - Centro ambrosiano, Edizioni Piemme, Casale Monferrato 1993.
- GIOVANNI PAOLO II, *Ai giovani e alle giovani del mondo*, 31 marzo 1985.

Unità 12: I grandi interrogativi dell'uomo

- G. BIFFI, *Che cosa c'è dopo? Di là? Alla fine?*, Elle Di Ci, Leumann (Torino) 1996.
- G. BIFFI, *L'Aldilà*, Elle Di Ci, Leumann (Torino) 1998.
- H.J. GAGEY - A. LALIER, *Breve introduzione alla fede*, San Paolo, Cinisello Balsamo 1999.
- J. RATZINGER, *Creazione e peccato*, Edizioni Paoline, Cinisello Balsamo 1986.
- J. VERNETTE, *Reincarnazione. Si vivono altre vite?*, Elle Di Ci, Leumann (Torino) 1997.
- K. RAHNER, *Ai giovani rispondo così...*, Città Nuova, Roma 1984.
- PADRE LIVIO, *Ragioni per vivere. Ragioni per credere*, San Paolo, Cinisello Balsamo 1998.
- S. MAGGIOLINI, *I novissimi*, Piemme, Casale Monferrato 1989.
- V. MESSORI, *Scommessa sulla morte*, SEI, Torino 1982.

Dossier 3: Nuove spiritualità e movimenti religiosi alternativi

- A. D'ARCADIA, *Nuove religioni, culti emergenti, sette*, De Vecchi Editore, Milano 1991.
- C. FIORE, *Religioni tra storia e attualità*, Elle Di Ci, Leumann (Torino) 1999.
- G. RAGOZZINO, *Religioni Sette Occultismo*, Edizioni Dehoniane, Roma 1997.
- J. VERNETTE, *Le sette*, Gribaudi, Milano 2002.
- M. INTROVIGNE, *I Testimoni di Geova*, Mondadori, Milano 1991.
- P. SCONOCCHINI, *La Bibbia dei testimoni di Geova. Traduzione o manipolazione?*, Elle Di Ci, Leumann (Torino) 2001.
- R. HUMMEL - K. E. NIPKOW, *Nuova religiosità*, Edizioni Messaggero, Padova 1989.

Unità 13: Fede e scienza

- G. GALLINA, *La questione galileiana oggi*, Centro Pastorale Diocesano di Cremona, 1991.
- M. GARGANTINI, *Uomo di scienza, uomo di fede*, Elle Di Ci, Leumann (Torino) 1991.
- R. LAURENTIN, *Dio esiste ecco le prove*, Piemme, Casale Monferrato 1997.
- T. MAGNIN, *Parabole scientifiche*, San Paolo, Cinisello Balsamo 2001.

Unità 14: La vita umana e il suo rispetto

- C. FIORE, *Etica per i giovani 2*, Elle Di Ci, Leumann (Torino) 2003.
- C. FIORE, *Tecniche riproduttive*, Elle Di Ci, Leumann (Torino) 1996.
- M. DOLDI, *Bioetica per giovani*, Piemme, Casale Monferrato 2001.
- M. PELLICONI, *Diventerete come Dio*, Itaca, Castel Bolognese (RA) 2006.

Unità 15: L'amore umano e la famiglia

- *Carta dei diritti della famiglia*, Documento della Santa Sede del 1983.
- D. SONNET, *Il primo bacio e dintorni*, Elle Di Ci, Leumann (Torino) 2003.
- F. MACIOCE, *PACS. Perché il diritto deve dire no*, San Paolo, Cinisello Balsamo 2006.
- G. MURARO, *La morale familiare*, San Paolo, Cinisello Balsamo 1999.
- O. LOSANA, *Io sono il mio corpo*, Elle Di Ci, Leumann (Torino) 2005.
- Pontificio Consiglio per la famiglia, *Famiglia, matrimonio e "unioni di fatto"*, 26 luglio 2000.

Dossier 4: La dottrina sociale della Chiesa e i diritti dell'uomo

- A. SOCCI, *I nuovi perseguitati*, Piemme, Casale Monferrato 2002.
- PONTIFICIA COMMISSIONE IUSTITIA ET PAX, *La Chiesa di fronte al razzismo*, 3 novembre 1988.
- PONTIFICIO CONSIGLIO DELLA GIUSTIZIA E DELLA PACE, *Compendio della dottrina sociale della Chiesa*, Libreria Editrice Vaticana 2004.

Unità 16: La ricerca della pace nel mondo

- AA.VV., *Segni di pace*, AVE, Roma 2003.
- GIOVANNI XXIII, *Pacem in terris*, 11 aprile 1963.
- M. CONTADINI - G. BEVILACQUA, *La sfida della mondialità e dell'intercultura*, Elle Di Ci, Leumann (Torino) 2000.
- PONTIFICIO CONSIGLIO DELLA GIUSTIZIA E DELLA PACE, *Compendio della dottrina sociale della Chiesa nn.488-520*, Libreria Editrice Vaticana, Città del Vaticano 2004.
- PONTIFICIO CONSIGLIO PER LA GIUSTIZIA E LA PACE, *Il commercio internazionale delle armi*, 1° maggio 1994.

Dossier 5: La questione ecologica

- CONFERENZA EPISCOPALE LOMBARDA, *La questione ambientale. Aspetti etico religiosi*, Centro ambrosiano, Milano 1988.
- GIOVANNI PAOLO II, *Pace con Dio creatore. Pace con il creato*, Messaggio per la Giornata per la pace del 1° gennaio 1990.
- M. O. CEDRÀ - D. RUSSI, *Debito ecologico. Chi deve a chi?*, E.M.I., Bologna 2003.